AZOTE DE REYES

Primera edición: mayo de 2024

Título original: *Kingsbane*
Furyborn #2 © 2019 by Claire Legrand
This edition is published by arrangement with Sourcebooks LLC., through International Editors & Yáñez Co S.L.

© De esta edición: 2024, Editorial Hidra, S.L.
red@editorialhidra.com
www.editorialhidra.com

Síguenos en las redes sociales:

 EdHidra   editorialhidra   editorialhidra

© De la traducción: Eva González Rosales

BIC: YFH

ISBN: 978-84-19266-84-2
Depósito legal: M-2008-2024

Todos los derechos reservados. Esta publicación no puede ser ni total ni parcialmente reproducida, almacenada, registrada o transmitida en ninguna forma ni por ningún medio, sea mecánico, fotoquímico, electrónico, magnético, electroóptico, ni mediante fotocopias o sistemas de recuperación de la información, o cualquier otro modo presente o futuro, sin la autorización previa y por escrito del editor.

AZOTE DE REYES

Trilogía Empirium II

Claire Legrand

Traducción de Eva González Rosales

*Para Erica,
mi luz en la oscuridad*

UN VIAJERO Y UN DESCONOCIDO

«Muchos son los peligros de deambular por el tiempo, pero a menudo se pasa por alto el riesgo que supone para el viajero. La mente es frágil, y el tiempo es implacable. Incluso los marcados más poderosos se han perdido en los estragos de sus tentativas temporales. Quizá sea mejor, entonces, que en el trascurso de la historia conocida solo un par de cientos hayan poseído este poder, y que la mayor parte de ellos esté ahora muerta».

Reflexiones sobre el tiempo,
de Basara Oboro, célebre erudito de Mazabat

Cuando Simon despertó, estaba solo.

Se encontraba tumbado sobre su espalda en una llanura llena de maleza, salpicada de rocas marrones y de blancas franjas de hielo. Sobre su cabeza, el cielo era del color de la pizarra, asfixiado por las enormes nubes que le recordaban a las olas y de las que caían finas espirales de nieve.

Durante unos minutos se quedó allí, casi sin respirar mientras la nieve se reunía en sus pestañas. Después, lo sucedido en las últimas horas regresó a su memoria.

La reina Rielle había dado a luz a una niña.

Su padre, cuya mente ya no era suya, se había lanzado desde la torre de la reina.

Rielle le puso a su pequeña hija en los brazos, con el rostro demacrado y los ojos salvajes de un fulgurante dorado.

«Eres fuerte, Simon. Sé que puedes hacerlo».

Había visto hilos centelleando en las yemas de sus dedos: sus hilos, los primeros que invocaba solo, sin la ayuda de su padre. Eran fuertes y sólidos. Lo llevarían tanto a él como a la niña que tenía en los brazos a la seguridad.

Pero entonces…

La reina había luchado contra el ángel al que llamaban Corien en sus aposentos. Su voz había sonado distorsionada y divina. Una luz brillante explotó desde el lugar donde estaba arrodillada, torciendo los hilos de Simon e invocando otros nuevos, unos oscuros y violentos que se impusieron sobre los anteriores. Eran hilos de tiempo, más volátiles que las hebras de espacio, y más arteros.

Sujetó con fuerza al bebé, que estaba llorando, se aferró a la manta en la que su madre lo había envuelto. Entonces se produjo una oleada de sonido negro, un rugido de algo grande y antiguo acercándose.

Simon se levantó con un gemido, tragándose las lágrimas, y se miró los brazos.

Los tenía vacíos.

Lo único que quedaba de la princesa era un fragmento roto de su manta, con los bordes ligeramente quemados por las llamas frías del tiempo.

De inmediato comprendió lo que había pasado.

Comprendió la inmensidad de su fracaso.

Pero quizá había todavía esperanza. Podía usar su poder y viajar en el tiempo al momento en el que estaba en la terraza, con el bebé en los brazos. Se movería más rápido, y se pondrían a salvo antes de que la reina Rielle muriera.

Se puso de rodillas y elevó sus brazos delgados en el gélido aire. Todavía tenía la manta del bebé en la mano derecha. Se negaba a soltarla. Era posible invocar los hilos con la tela en el puño y, si soltaba la manta, sabía que ocurriría algo horrible. Esa certeza le apretó el pecho como una tuerca.

Cerró los ojos, respirando temblorosa y rápidamente, y recordó las palabras de sus libros:

«El empirium forma parte de todos los seres vivos, y todos los seres vivos forman parte del empirium».

«Su poder no solo conecta la carne con el hueso, la raíz con la tierra y las estrellas con el cielo, sino también los caminos con otros caminos, las ciudades con otras ciudades».

«Los momentos con otros momentos».

Pero, sin importar cuántas veces recitara las conocidas frases, los hilos no acudieron a él.

Su cuerpo permaneció oscuro y callado. La magia marcada con la que había nacido, el poder que había llegado a amar y a comprender, con la paciente tutela de su padre, en el interior de su pequeña tienda en Âme de la Terre había desaparecido.

Abrió los ojos y miró la tierra rocosa y estéril, las cumbres blancas más allá, el cielo negro. El aire no contenía magia alguna. Era pálido e insípido; agotado, en lugar de vibrante y vivaz.

Algo iba mal en aquel lugar. Parecía deshecho y nublado. Con cicatrices. En carne viva.

En el pasado, su sangre de marcado (en parte humana, en parte ángel) le había permitido tocar el empirium.

Ahora no sentía nada de ese antiguo poder. Ni siquiera quedaba de él un eco, un rastro de luz o sonido que seguir.

Era como si el empirium no hubiera existido nunca.

No podía viajar a casa. No podía viajar a ningún sitio al que sus pies no pudieran llevarlo.

Solo, tiritando en una enorme meseta de una tierra que no conocía, en una época que no era la suya, Simon enterró su rostro en el retal de tela y lloró.

Estuvo acurrucado en la tierra durante horas, y después durante días. La nieve tapó su cuerpo con una alfombra fina.

Tenía la mente vacía, destripada por sus dolorosas lágrimas. El instinto le decía que debía encontrar refugio. Si se quedaba mucho más en el amargo frío, moriría.

Pero morir parecía una idea bastante agradable. Le proporcionaría una escapatoria de la horrible marea de soledad que había comenzado a atravesarlo.

No sabía dónde estaba, o en qué tiempo estaba. Podía haber terminado en una época en la que solo los ángeles moraban en Avitas, sin humanos. Podía haberse visto lanzado al lejano futuro, a un tiempo en el que no quedara viva ninguna criatura de carne y hueso y el mundo estuviera abandonado a su vacía vejez.

Le daba igual dónde estuviera, en qué tiempo estuviera. Le daba igual todo. No era nada, y no estaba en ninguna parte.

Se presionó el trozo de manta contra la nariz y la boca e inhaló el tenue olor a limpio de la niña a la que había abrigado.

Supo que el aroma se disiparía pronto.

Pero, por el momento, olía a hogar.

Una voz lo despertó, débil pero clara.

Simon, tienes que moverte.

Abrió los ojos, lo que fue difícil porque casi se le habían congelado.

El mundo era denso y blanco; estaba semienterrado en un montón de nieve reciente. No se sentía los dedos de las manos ni de los pies.

—Levanta.

La voz sonaba cerca, y lo bastante familiar para encender una débil chispa de curiosidad en su cerebro agonizante.

Pasó un siglo antes de que encontrara la fuerza para levantar su cuerpo del suelo.

—En pie —dijo la voz.

Simon miró la nieve con los ojos entornados y vio una silueta cerca, envuelta en gruesas pieles.

Intentó hablar, pero su voz había desaparecido.

—Arriba —le ordenó la figura—. Levántate.

Simon obedeció, aunque no quería hacerlo. Quería volver a meterse en su cama de nieve y dejar que lo llevara amablemente por el camino que conducía a la muerte.

No obstante, se puso en pie y dio dos pasos tambaleantes a través de la nieve que le llegaba a las rodillas. Casi se cayó, pero aquella persona, fuera quien fuera, lo sujetó. Sus manos enguantadas eran fuertes. Miró los pliegues de las pieles que le cubrían la cara, pero no pudo ver nada que revelara quién era.

La figura lo rodeó con el brazo, acercándolo a su costado, y se giró hacia el viento.

—Ahora tenemos que caminar —le dijo, con la voz amortiguada por las pieles y por la nieve, pero todavía familiar, de algún modo, aunque Simon no conseguía ubicarla—. Hay un refugio. Está lejos, pero lo conseguirás.

«Lo haré». Simon estaba de acuerdo con aquellas palabras. Se deslizaron en su mente, firmes pero amables, y le dieron la fortaleza que necesitaba para mover las piernas. Una repentina ráfaga de aire lo abofeteó, robándole el aliento. Se giró contra las pieles de la persona que estaba a su lado, buscando calor en su cuerpo.

Quería vivir. De pronto, apasionadamente, quería vivir. Ansiaba encontrar calor y comida. Apretó la manta del bebé entre sus dedos temblorosos y medio congelados.

—¿Quién eres? —le preguntó, capaz por fin de hablar.

El brazo del desconocido era un peso consolador alrededor de sus hombros; caminaba con paso firme a pesar del terreno nevado. Durante un extraño momento, tan extraño que se sintió desequilibrado y fuera de su propio cuerpo, a Simon le pareció que quizá aquella persona ni siquiera estaba allí de verdad.

Pero le respondió.

—Puedes llamarme Profeta —le dijo—. Necesito tu ayuda.

1
RIELLE

«Para su majestad la reina es un placer anunciar que lady Rielle Dardenne, recientemente nombrada Reina del Sol por el sagrado arconte con el beneplácito del Consejo Magistral y de la Corona, llegará a la ciudad de Carduel la mañana del 14 de octubre para presentarse como la Reina del Sol, rendir homenaje a los santos y demostrar sus habilidades a aquellos que no pudieron asistir a las sagradas pruebas celebradas este año».

Bando de Genoveve Courverie, reina de Celdaria,
que fue enviado a los magistrados de Carduel
el 20 de septiembre del año 998 de la Segunda Era

Al parecer, ser nombrada Reina del Sol no conseguía disminuir en nada el dolor del sangrado mensual.

Rielle se había pasado media mañana en la cama y había decidido que no se levantaría nunca. Era una buena cama, grande y limpia, adornada con montones de cojines y una colcha tan suave que se sentía tentada a robarla. Según le había contado la noche anterior el nervioso propietario del Château Grozant mientras la escoltaba a ella y a su guardia a su habitación, aquella era la mejor cama de la posada. En realidad, tenía que disfrutar de la habitación que aquel hombre y su equipo le habían preparado tan meticulosamente. Se lo debía.

Así se lo dijo a Evyline.

Evyline, la capitana de la recién creada Guardia del Sol, resplandeciente con su armadura dorada y su inmaculada capa blanca ante la puerta del dormitorio, levantó una indescifrable ceja gris y contestó:

—Lamentablemente, señorita, no creo que quedarse en la cama toda la mañana esté incluido en nuestra agenda.

—Pero tú podrías incluirlo, ¿no? —Rielle se tapó los ojos con el brazo e hizo una mueca cuando el dolor regresó en poderosa venganza. Movió la bolsa de agua caliente que Ludivine le había llevado, se presionó el bajo vientre con ella y murmuró una maldición—. Tú puedes hacer todo lo que te propongas, Evyline. Yo creo en ti.

—Me siento conmovida —dijo Evyline con amargura—. Sin embargo, señorita, nos esperan abajo en quince minutos.

Alguien llamó a la puerta con los nudillos.

—El príncipe Audric desea ver a lady Rielle —se oyó la voz atenuada de Ivaine, uno de los guardias de Rielle.

La joven miró desde debajo de su brazo.

—¡Voy a quedarme en la cama! ¡Para siempre!

—Bueno, pero he traído tarta —respondió Audric.

Rielle sonrió y se incorporó. Antes de que pudiera contestar, Evyline puso los ojos en blanco y abrió la puerta.

Audric entró con su pulcra levita de gala verde esmeralda, totalmente satisfecho consigo mismo. Se acercó a la cama, se arrodilló junto a Rielle y le ofreció un recipiente de plata con un trozo minúsculo de pastel de chocolate.

—Para la Reina del Sol —murmuró mirándola, con un danzante destello en los ojos—. El cocinero la envía con sus mejores deseos.

Evyline chasqueó la lengua desde la puerta.

—¿Tarta para desayunar, señorita? Nos espera un largo día. Algo más contundente sería más adecuado.

—Nada es más adecuado que la tarta cuando llevas un mes de viaje y tienes el cuerpo hecho papilla. —Rielle dejó el plato sobre su mesita de noche y se giró para mirar a Audric con una sonrisa. Le puso las manos en la cara, disfrutando de su cálida piel bronceada, de sus rizos oscuros, de su amplia sonrisa—. Hola.

—Hola, cariño. —Él le apresó la boca suavemente con los labios—. ¿Quieres que te deje a solas con tu tarta?

—Por supuesto que no. Debes sentarte conmigo y ordenarle a todo el mundo que nos deje en paz el resto del día. —Le rodeó el cuello con los brazos y susurró en su oído—: Y después debes besarme por todas partes una y otra vez hasta que me harte, cosa que nunca ocurrirá.

Evyline se aclaró la garganta, se marchó de la habitación y cerró la puerta en silencio a su espalda.

Audric se rio contra el cabello de Rielle.

—Y yo que pensaba que no te sentías bien.

—Y no me siento bien. Estoy fatal. —La joven cerró los ojos mientras Audric le besaba las mejillas, la frente, el hueco de la garganta—. Aunque esto me ayuda —murmuró. Introdujo los dedos en sus rizos y tiró de él suavemente, con una sonrisa derritiéndose en su rostro. Se acercó a él, se aferró a su camisa. Audric le deslizó la palma por la espalda, una caricia tan suave que pintó leves escalofríos sobre su piel. Cerró la otra mano sobre su pecho a través de la fina tela del camisón, y ella se arqueó con un suave gemido.

Desde el patio de la posada llenó un distante alboroto: petardos, campanillas, los gritos de los niños que esperaban ver por primera vez a la Reina del Sol.

Pero Rielle lo ignoró todo y permitió que Audric la tumbara con cuidado sobre los cojines. Entrelazó los dedos con los suyos, le arañó la mandíbula ligeramente con los dientes y deslizó la lengua sobre su piel.

—Rielle —dijo él con voz ronca, encontrando su boca—. No tenemos tiempo.

Odio tener que interrumpir, dijo Ludivine con recato. *Pero ¿qué excusa debo ponerle exactamente a la encantadora gente de Cardual que espera ansiosa para ver a su Reina del Sol? ¿Que se encuentra indispuesta en este momento? ¿Que tiene la lengua del príncipe en la garganta?*

Rielle se apartó con un gruñido.

—Voy a matarla.

Audric, que había estado cubriéndole el cuello de besos, levantó la mirada.

—¿A Lu?

—Nos está echando la bronca.

¿Prefieres que sea Tal quien venga a echarte la bronca?, sugirió Ludivine.

La idea casi hizo que Rielle se atragantara.

«¡No!».

Yo estaría encantada de quedarme aquí a la sombra, disfrutando tranquilamente de mi té, y enviarlo a él en mi lugar.

«No, no, ya vamos. Danos solo un momento».

Ludivine hizo una pausa, y después dijo con amabilidad: *Esta es nuestra última parada. Pronto estaremos en casa.*

«Lo sé». Rielle suspiró. «Gracias».

Le acarició a Audric la mejilla.

—Tienes que afeitarte.

Él sonrió.

—Creí que te gustaba así. ¿Cómo lo llamaste?

—Un poco descuidado. Y sí, me gusta. Me gusta cómo te queda, y notarlo en los muslos cuando...

Con un gemido y un beso, Audric la interrumpió.

—Creí que íbamos a ser responsables e ir a saludar a las fervientes masas.

—Y lo seremos, lo seremos, sí, vale.

Rielle se apartó suavemente de sus brazos y le permitió que la ayudara a salir de la cama. Cuando se giró para mirarlo, verlo tan elegante y preparado (con los labios hinchados tras sus besos y la luz del sol que atravesaba las ventanas dorando sus rizos) la hizo quedarse sin respiración.

Recordó las palabras, afiladas y mordaces, que Ludivine había pronunciado semanas antes: *Y tú le mentiste a Audric sobre la muerte de su padre. Somos tal para cual.*

El pecho le atenazó el corazón, y de repente no hubo nada que deseara más que rodear a Audric con sus brazos y no perderlo nunca de vista.

—Te quiero —le dijo en su lugar.

Él tomó su rostro en sus manos como si quisiera grabárselo para siempre en la memoria.

—Te quiero —respondió en voz baja, y se encorvó para besarla de nuevo. Después murmuró contra su boca, antes de alejarse—: Mi luz y mi vida.

Antes de que la puerta se cerrara, mientras Evyline regresaba a la habitación flanqueada por dos doncellas de Rielle, un paje apareció en el rellano, sin aliento tras subir las escaleras.

—Alteza —le dijo a Audric—, traigo un mensaje del norte...

Pero entonces se cerró la puerta, y no oyó la respuesta de Audric.

—¿Qué vestido se pondrá hoy, señorita? —le preguntó su doncella más joven, Sylvie, con el uniforme blanco y dorado que vestían todas sus nuevas asistentes.

En ausencia de Audric, el dolor abdominal volvió con Rielle. Se puso una mano en el bajo vientre y se metió la tarta en la boca con la otra.

—Algo cómodo —declaró—. Y rojo.

Llevaban un mes viajando por el centro de Celdaria, presentando a Rielle como la recién consagrada Reina del Sol. En cada una de las trece ciudades y aldeas que habían visitado hasta entonces, la recepción había sido, en las irónicas palabras de Ludivine, «apasionada».

La ciudad de Carduel no fue distinta.

Cuando Rielle salió del Château Grozant y se dirigió a la calzada de piedra que conducía a la Casa de la Luz de Carduel, el muro de sonido que la recibió estuvo a punto de hacerle perder el equilibrio.

Carduel tenía menos de mil habitantes, y todos acudieron a su presentación. Bordeaban la carretera, vestidos con su ropa más lujosa: levitas bordadas con ribetes dorados en estilos que habían pasado de moda varias temporadas atrás; vestidos brocados tiesos por la falta de uso y descoloridos por el paso del tiempo; peinecillos enjoyados que atrapaban la luz del sol de la mañana y la lanzaban al camino en trémulos estallidos. Los niños, a hombros de sus padres, lanzaban pétalos blancos y agitaban medallones dorados con forma de sol. Había acólitos de la Casa de la Luz de Carduel cuyas forjas brillaban suavemente cada pocos metros.

Rodeado por su guardia, Audric guiaba el camino del brazo de Ludivine, engalanada con un vestido de verano lavanda y perla.

Rielle los miró con una ligera inquietud royéndole el esternón. Aunque nada se había anunciado oficialmente, la verdad saltaba a la vista. Si se prestaba atención, era imposible no percatarse de que la Reina del Sol y el príncipe heredero se veían a escondidas noche tras noche, y el rumor se había extendido rápidamente por el reino. Algún día, pronto, tendrían que decidir cómo proceder, cómo apaciguar a la Casa Sauvillier, cómo hacer pública la ruptura del compromiso y presentar la idea de Rielle como pareja de Audric.

Pero no sería aquel día.

Se agachó para pasar bajo el emparrado que señalizaba la entrada del patio y sonrió a la multitud reunida.

Una repentina llamada desde arriba convirtió su sonrisa en una radiante.

Cuando Atheria descendió, los ciudadanos que estaban más cerca de Rielle gritaron y se alejaron rápidamente, dejándole espacio. La enorme bestia divina aterrizó junto a la joven sin emitir un sonido y plegó sus alas pulcramente contra su cuerpo.

—Aquí estás —la mimó Rielle, poniéndose de puntillas para plantar un beso en el aterciopelado morro de Atheria—. ¿Has estado cazando?

En respuesta, el chavaile chilló y miró a su alrededor con curiosidad y los ojos brillantes.

Rielle se rio mientras comenzaba el ascenso hacia la humilde Casa de la Luz de Carduel con Atheria a su lado. Sintió la mirada de la multitud y se irguió; la satisfacción sonrojó sus mejillas. Cuando pasaba, algunos buscaban sus ojos; otros sonreían y apartaban la vista; y había quien hacía una reverencia, quien le besaba los dedos y después se tocaba los párpados, una señal de oración en honor de santa Katell y la Casa de la Luz.

Cuando Rielle llegó a la entrada del templo, tenía los brazos cargados de flores, y suaves pétalos blancos le salpicaban el cabello.

Tal, que esperaba en la puerta con su túnica escarlata y dorada de magistrado, le quitó uno del cuello.

—Llegas tarde.

Rielle arrugó la nariz.

—Las Reinas de Sol pueden llegar tarde si quieren, lord Belounnon —le contestó, e hizo una pronunciada reverencia. Él tomó sus manos y le besó la frente.

—La última —le recordó Tal en un susurro bajo el jolgorio.

—Gracias a Dios.

Tal miró su vestido y levantó una ceja.

—No estoy seguro de que sea prudente vestir de rojo.

Rielle puso los ojos en blanco. Había supuesto que él no aprobaría su vestido de profundo carmesí.

En él, era uno de los colores de los fraguafuegos.

En ella, podía ser interpretado como el color de la Reina de la Sangre.

Aceptó el brazo que Tal le ofreció y lo acompañó al altar en el interior del templo. Cuando comenzó con la ceremonia de bienvenida (con la que estaba ya tan familiarizada que podría recitarla entera de memoria), dejó que su mente vagara. Sabía que era una falta de respeto. Pero si tenía que escuchar a Tal alabando su valor y su heroísmo en el día de la prueba del fuego una vez más, empezaría a gritar o a confesar cosas que no debía.

Mantuvo una expresión de plácida humildad mientras él narraba la tragedia de los civiles inocentes que habían perdido la vida entonces, de los soldados ejecutados de los Sauvillier, que habían sido engañados por el propio y traidor lord Dervin Sauvillier después de que la ambición lo hiciera perder la cabeza.

«Ambición», pensó Rielle. «Es una buena palabra para describirlo».

Presta atención, le riñó Ludivine. *Pareces aburrida.*

«Estoy aburrida». Rielle tomó aliento. «Deberíamos decirles la verdad».

¿Sí? ¿Que un ángel se hizo con las mentes de sus iguales? ¿Que los ángeles están regresando? ¿Que la Puerta se está debilitando? Sí, me parece una idea magnífica.

«¿Durante cuánto tiempo crees que seguirán creyendo estas mentiras y omisiones?». Rielle miró el santuario, en el que se habían abarrotado tantos ciudadanos que el ambiente se había vuelto húmedo y caluroso. «El pueblo no es estúpido. Deberíamos dejar de tratarlo como si lo fuera».

—... Y, por supuesto —continuó Tal. Su ya solemne voz asumió una gravedad extra que hizo que Rielle se pusiera tensa en el sitio, porque sabía qué vendría a continuación—, todavía lloramos las muertes de Armand Dardenne, lord comandante del ejército real, y de nuestro querido rey, Bastien Courverie, un hombre compasivo y valiente que condujo a nuestro reino a una era de paz y prosperidad sin precedentes.

Rielle se miró las manos y tragó saliva con dificultad. No quería pensar en su padre, ni en el rey Bastien ni en lord Dervin. No quería pensar en el glorioso momento que había vivido justo antes de detener sus corazones, cuando el empirium estaba a su merced.

Cerró los ojos para alejar aquel recuerdo, pero aun así su mente lo invocó: la sensación del mundo dividiéndose en fragmentos a sus órdenes. El calor reuniéndose en sus palmas. Una detonación de poder invisible cuya onda le apartó el cabello de la cara. El empirium, puro y cegador, reflejando su furia y su miedo.

Corien, alejándose a rastras de ella, con el cuerpo deshecho y quemado.

Tres hombres inmóviles a sus pies.

Su padre, que había empleado su último aliento en cantar la nana de su madre.

Una madre y un padre. Ambos muertos por su mano.

Rielle abrió los ojos, miró sus blancos dedos cerrados. Cada vez que las palabras de Tal la obligaban a recordar ese día horrible y maravilloso (el día en el que su padre había muerto, el día en el que había transformado el fuego en plumas, había asesinado a un rey y había comenzado a comprender el verdadero alcance de su poder), se veía obligada a considerar una verdad que no podía evitar: si volviera atrás, lo haría todo de nuevo. No cambiaría nada de lo que había ocurrido ese día, porque hacerlo sería renunciar a ese breve momento de radiante comprensión en la que había tocado el empirium puro, en el que había tenido en la lengua su chisporroteante y tormentoso sabor.

Aunque a cambio su padre viviera, y también el padre de Audric. Aun así, no cambiaría nada, y su corazón bullía con su propio y negro deleite, avergonzado, pero decidido.

Cuatro hombres se están abriendo camino entre la gente con la intención de matarte, le dijo entonces Ludivine.

Rielle se estremeció. «¿Qué? ¿Quiénes son?».

Hombres que perdieron a sus seres queridos en la prueba del fuego. Te culpan a ti de la masacre. No confían en ti. No actúes hasta que yo te lo diga. Debemos esperar el momento correcto.

Rielle cerró los puños.

«Dime dónde están, de inmediato, y los desollaré aquí mismo».

Eso tranquilizaría a todos los que desconfían de ti, sin duda, dijo Ludivine con brusquedad.

«¿Están armados?».

Sí.

La ira le clavó sus ávidas garras en la espalda.

Audric está aquí, y también Tal. Estás poniendo sus vidas en peligro.

Una mujer está a punto de interrumpir la ceremonia. Déjala hablar. Prepárate.

Un instante después, una mujer de piel oscura con un vestido celeste de cuello alto se acercó desde el fondo, hasta que los acólitos de Tal se interpusieron en su camino.

—Mataron a mi hija —gritó, interrumpiendo a Tal, con la voz rota y débil—. Murió en la prueba del fuego. La asesinaron. A mi hija.

La sala se quedó en silencio. Audric se puso en pie.

—Había ido a ver la prueba del fuego —continuó la mujer. En sus ojos brillaban las lágrimas—. A rendir homenaje a la Reina del Sol. La asesinó un soldado de la Casa Sauvillier. —Señaló a Ludivine con mano temblorosa—. Su casa. Y no obstante ahí está ella, viva.

La multitud se removió, murmurando. Ludivine se puso en pie con una expresión de elocuente compasión en el rostro.

Aquí viene, le advirtió Ludivine.

A Rielle se le tensó el cuerpo entero. Intentó no examinar la sala. «¿Qué viene?».

—Tú la trajiste de nuevo a la vida. —La mujer clavó la mirada en ella—. Y deberías traer también a los demás. Si no lo haces, no nos sirves de nada. Eres una cobarde, y un fraude.

Las voces de los presentes se unieron en un rugido grave: insultos dirigidos a la mujer y algunos gritos furiosos de apoyo.

Rielle retrocedió un paso. «No deberías haberles mentido. Deberías haberle contado la verdad».

¿Que soy un ángel? Ludivine resopló. *Sí, me habrían recibido con los brazos abiertos.*

«Lo habrían hecho. Yo habría conseguido que te aceptaran».

Tenía que protegerte, no pasarme la vida disipando los miedos de la gente de mente cerrada a cada paso que diera... ¡Rielle, ahora! ¡A la izquierda!

Rielle se giró, levantando la palma. El fuego de las velas de oración del altar voló hacia ella: una docena de llamas fundiéndose en una única bola de fuego. La atrapó en su mano y la lanzó hacia un balcón acortinado que había en el extremo opuesto.

El nudo de fuego consumió la flecha que volaba hacia ella, convirtiéndola en ceniza.

Estalló el caos. Algunos corrieron hacia las puertas. Otros empujaron a sus niños al suelo y cubrieron sus cuerpos con los suyos.

Audric saltó ante Ludivine, desenvainando a Illumenor. En cuanto la hoja golpeó el aire, cobró una resplandeciente vida, y un calor repentino llenó el aire a su alrededor.

Evyline gritó algunas órdenes y la Guardia del Sol de Rielle, formada por siete mujeres, se dispersó en destellos dorados para formar un perímetro de protección. Rielle oyó un abrupto tañido y se giró hacia el muro opuesto. Sintió la flecha, más que verla, y el empirium dirigió el poder instintivo de su sangre más rápido de lo que su mente habría podido formular una orden. Transformó en una ráfaga de viento el aire sobre su cabeza y lo usó para lanzar la flecha contra una de las altas vigas arqueadas del santuario, donde se rompió en dos y cayó sin hacer daño a nadie.

Un tercer hombre estaba corriendo por los peldaños del altar con una larga daga destellando en sus manos. Audric lo interceptó, e Illumenor fulguró al tirarle el arma al suelo. Indefenso, el hombre cayó de rodillas.

—Piedad, alteza —le rogó con las manos unidas, mirando a Audric y a Rielle por turnos—. ¡Piedad, os lo ruego!

Un grito en la multitud hizo que Rielle se girara, a tiempo de ver a un grupo de mujeres jóvenes lanzando al suelo al cuarto atacante. Tres lo inmovilizaron contra las pulidas baldosas y una cuarta le despojó de la daga de una patada. La quinta le golpeó bruscamente la cabeza con su bota brocada. La multitud la vitoreó, y la joven le dio una patada más.

Muéstrale piedad, le sugirió Ludivine. *Los que ya te quieren, y son muchos, te amarán aún* más ferozmente por ello.

Rielle levantó las manos, en cuyos dedos chispeaba el fuego.

—¡Parad! Retenedlo, pero no le hagáis daño.

Las mujeres obedecieron de inmediato y bajaron la cabeza cuando Rielle se acercó. Ella extinguió el fuego de sus palmas y se arrodilló junto al hombre.

—Siento la pérdida que has sufrido —le dijo, suavizando la voz, aunque se moría de ganas de invocar de nuevo el fuego para arrancarle más lágrimas asustadas—. Todavía estoy aprendiendo, y espero que, algún día, nadie en Celdaria tenga que soportar el dolor de una muerte innecesaria. Trabajaré sin descanso junto a nuestra majestad, la reina Genoveve, para conseguirlo.

El hombre miró a Rielle con furia un instante. Le bajaba la sangre por la frente y la nariz. Y después, mientras Rielle lo miraba, su rostro se relajó y sus ojos perdieron su brillo. Su expresión cambió a algo artero y conocido.

Una de las mujeres que lo sujetaban gritó y se apartó de él.

A Rielle se le erizó la piel.

El hombre abrió la boca para hablar, pero Rielle no reconoció las palabras. Era una lengua abrupta, aunque lírica en cierto sentido, y a pesar de no conocer el idioma, captó muy bien el significado.

Era una burla. Una mofa.

Una invitación.

Y bajo la voz del hombre vibraba otra, una conocida que Rielle llevaba semanas sin oír.

Se quedó paralizada. «¿Corien?».

El hombre sonrió y sus ojos se despejaron bruscamente. Su cuerpo se puso rígido, se convulsionó y después se quedó inmóvil.

Rielle se puso en pie y se apartó despacio de él; el tambor salvaje de su corazón ahogó los sonidos de los asistentes, que se empujaban unos a otros para ver mejor y lanzaban preguntas a gritos; a Tal, a Audric, unos a otros.

La Guardia del Sol se acercó y formó un estrecho círculo alrededor de Rielle, a la que sacaron rápidamente del templo escoltada por la guardia de Audric.

La voz de Ludivine estaba llena de urgencia.

Tenemos que marcharnos. Ya.

Rielle murmuró una protesta y se zafó de su asombro mientras salían. Atheria brincaba nerviosamente en el jardín del templo, con las alas desplegadas, lista para alzar el vuelo.

Rielle se volvió y vio a Ludivine acercándose a ella con Audric. La multitud los seguía, apenas retenida por el círculo de guardias.

—No podemos marcharnos —protestó, mirando a su alrededor. Un hombre empujó hacia adelante a su hijo pequeño, que intentó agarrarse a la falda de Rielle, sollozando—. ¡Están asustados!

No. Sube.

La voz de Ludivine cortaba como una daga. Rielle trastabilló y se agarró al pecho de Atheria. La bestia divina se arrodilló a sus pies. Aturdida, la joven la montó. Oyó que Audric y Ludivine subían tras ella, notó los brazos de Audric alrededor de su cintura.

—Haz que vuele —dijo Ludivine, con voz tensa—. Nos marchamos.

No te tocará. En la mente de Rielle, la voz de Ludivine sonó grave y trémula, como el tronido de una tormenta cercana. *Jamás volverá a tocarte.*

Con frialdad, Rielle se dio cuenta de que no tenía el control de su mente. Ludivine estaba en ella, consolándola, calmándola, aunque no quería que lo hiciese.

Y, no obstante, agarró las crines de Atheria y graznó:

—Vuela, Atheria.

La bestia divina obedeció.

2
ELIANA

«El emperador prefiere los sueños a todo lo demás. En ellos, te encuentras en tu momento de mayor vulnerabilidad, y ahí se halla su atractivo. Antes de dormir, despeja tu mente. Reza tus oraciones. Recita lo siguiente: Yo soy yo. Mi mente es mía. Y no tengo miedo».

La palabra del Profeta

Al principio, el sueño era conocido.

Eliana estaba buscando en las humeantes ruinas del puesto de avanzada del imperio en el que había cenado con lord Morbrae. Los prisioneros que todavía estaban atrapados entre los escombros gritaban su nombre en un agónico coro.

Eliana.

Sus voces se solapaban, fragmentadas, aceleradas. Se tapó las orejas con las manos, pero los gritos le atravesaron las palmas y hurgaron en su interior como animales buscando cobijo.

Eliana.

Trémulos copos caían del cielo en una fina cortina de ceniza gris. Pronto se descubrió inhalando más humo que aire.

Tropezó con un brazo marrón que sobresalía de un montón negro.

Quería gritar una protesta, pero había perdido la voz.

Quería correr, pero su cuerpo no le obedecía. Su cuerpo ya no era suyo.

Agarró la mano fría, rígida por la muerte, y tiró de ella, extrayendo el cadáver de su madre. Era monstruoso, deforme. Se había congelado en un momento de convulsión; no era Rozen Ferracora, sino la acechadora bestial en la que el imperio la había convertido.

—Eliana.

La voz sonó cerca, y era singular. Una fría inhalación le rozó el hombro. Un aroma tenue y perfumado, a especias e incienso.

Se giró.

Ya no estaba en el campo de cenizas.

Se encontraba al final de un pasillo eterno de moqueta tan roja como una boca abierta.

Las luces galvanizadas, sujetas a las paredes con apliques de hierro forjado, zumbaban en silencio entre las puertas cerradas. Las paredes tenían paneles de madera, pulidos y brillantes. Mientras caminaba, su reflejo borroso iba con ella.

Probó la primera puerta. Alta y estrecha, su marco arqueado formaba una punta que le recordó a sus cuchillos.

Se llevó la mano al cinturón, pero descubrió que no tenía sus armas. Llevaba un sencillo camisón oscuro; sus pies descalzos estaban mojados.

Miró la mullida moqueta roja, la tanteó con el pie. Cuando se movió, la moqueta también lo hizo.

El rojo borboteó entre los dedos de sus pies.

Se le tensó el estómago, y un repentino y agudo gimoteo le dijo que huyera, pero, como antes, aunque intentó moverse, se quedó justo donde estaba. Tenía los pies clavados a la moqueta empapada. Cuando trató de gritar pidiendo ayuda, solo hubo silencio.

Entonces, con un gran estruendo, como golpeada por una fuerza invisible y descomunal, la puerta más cercana se estremeció en su marco.

Eliana la miró fijamente. Su piel tenía un gélido manto de sudor.

El sonido se oyó de nuevo, y de nuevo..., cada vez más rápido, más fuerte, hasta que fue un latido atronador. Entonces el ritmo se convirtió en la pedriza de dos puños frenéticos, de una docena, de dos docenas, todos golpeando la puerta cerrada.

Eliana se tiró de las piernas, desesperada por destrabarlas del suelo. Un grito mudo se alojó en su garganta, como una comida demasiado afilada y caliente para tragarla. Y la puerta seguía sacudiéndose, traqueteando en su marco. Un grito lejano, profundo y creciente, se unió a la cacofonía de puños hasta que los ahogó por completo, y la puerta empezó a temblar, no solo por el peso de aquellas manos sino por la angustia cruda del salvaje y furioso aullido que ahora pesaba sobre ella.

Eliana la miró con la visión borrosa y las piernas doloridas por los arañazos de sus propias uñas. No hacía mucho había invocado una tormenta en el cielo y la había usado para hundir una flota de buques imperiales. En la gélida playa de Astavar, en la fría orilla de la bahía de Karajak, sus dedos llameantes habían invocado un viento airado y unas olas furiosas, y en cada músculo de su cuerpo había florecido el dolor mientras un nuevo y extraño poder subía por la escala de sus huesos.

Pero allí, en aquel pasillo, el mundo era ordinario y estaba oculto a sus ojos. Le temblaban las manos y le flaqueaban las rodillas, y no conseguía organizar sus pensamientos lo suficiente como para reproducir ese terrible momento en la playa, con su madre muerta a sus pies, cuando su grito de dolor había destrozado el mundo.

La puerta se abriría en cualquier momento y, cuando lo hiciera, lo que estaba al otro lado la encontraría, sudorosa y descalza e indefensa y sola...

Eliana despertó.

Abrió los ojos. Pasaron cinco segundos completos antes de que fuera capaz de recuperar el aliento. Los extraños ángulos del mundo se volvieron familiares lentamente: el techo abovedado sobre su cabeza, pintado de un suntuoso violeta oscuro y salpicado de estrellas doradas. La gruesa colcha con abalorios de su cama. La alcoba en arco, iluminada por la luz titilante de unos centímetros de vela casi derretida.

Estaba en su dormitorio en el palacio astavari al que llamaban Dyrefal. Se trataba del hogar de los reyes Tavik y Eri Amaruk, de su hijo Malik y de otros tres hijos que trabajaban ayudando a la Corona Roja en aguas remotas, lejos de casa.

Y su hija menor, Navi.

Navi.

Eliana se incorporó, sacó las piernas de la cama y caminó por la alfombra azul medianoche hacia la pared opuesta. Se asomó a una puerta entreabierta, y al ver a Remy durmiendo tranquilamente en la habitación contigua (iluminado por las ascuas que brillaban suavemente tras la rejilla del fuego, con una manta de pieles subida hasta la barbilla), la tensión de sus hombros remitió un poco.

Pronto tendría que contarle que su madre había muerto; parte de la verdad, si no toda. Merecía saberlo, aunque ella no consiguiera encontrar el valor para decirle cómo había muerto Rozen.

Pero todavía no.

Cerró la puerta, se puso las botas y una pesada bata de terciopelo sobre el camisón y se recompuso antes de abrir la puerta de su habitación.

Los dos guardias apostados en el pasillo, apoyados en la pared opuesta, se irguieron y bajaron la cabeza.

Uno de ellos, una mujer bajita y recia con la piel oscura y el cabello rapado y blanco, dio un paso adelante.

¿Cuál era su nombre? Eliana buscó la respuesta en su memoria, pero solo se le presentaban imágenes del sueño: un grito tras una puerta cerrada, una moqueta empapando sus dedos de rojo.

—¿Podemos ayudarla en algo? —le preguntó la guardia—. ¿Quiere que llamemos al capitán?

Pensando en reunirse con Simon en su estado actual, Eliana replicó:

—¡Dios, no!

Después, recomponiéndose, consiguió mostrar una sonrisa educada.

—Solo quería salir a dar un paseo. Por favor, retiraos.

Pero, cuando Eliana se alejó, los guardias la siguieron.

Se giró para mirarlos.

—He dicho que os retiréis.

—Le ruego que nos perdone —dijo la guardia—, pero nos han ordenado que la acompañemos si tiene que abandonar sus aposentos.

Meli. Ese era el nombre de la mujer.

Haciendo un considerable esfuerzo, Eliana suavizó su expresión.

—Meli, ¿verdad?

La mujer se irguió, claramente satisfecha.

—Sí, señorita.

—Bueno, Meli, aunque aprecio vuestra dedicación, no dudo que, después de lo que he hecho por vuestra gente, tendréis esta pequeña deferencia conmigo.

Eliana le colocó una mano en el antebrazo y la mujer se estremeció. Miró la mano de Eliana como si fuera una estrella que había caído expresamente para su disfrute.

—Por supuesto, señorita —dijo Meli, inclinando la cabeza una vez más—. Mis disculpas.

—No necesito tus disculpas. Solo quiero una hora o dos para vagar por los pasillos sin que me molesten.

Dicho esto, Eliana dejó atrás a los guardias. Sentía en la espalda la presión de sus miradas sobrecogidas mucho después de doblar la esquina e intentar acallar su irritación. Si querían seguir mirándola así (como si de verdad fuera una muy esperada reina que había venido por fin a salvarlos de los males del mundo), podían hacerlo. Su adoración no cambiaría la verdad: el poder que había invocado aquella noche en la playa no había regresado.

Y ella no tenía prisa por encontrarlo.

❦

Tres cuartos de hora después, tras vagar por los oscuros y aterciopelados pasillos del palacio, tenuemente iluminados por las velas del interior y por la noche de ahí fuera, Eliana llegó a la galería con ventanales que conectaba el palacio con la torre de Navi. El techo se arqueaba, alto, sobre su cabeza, y las antorchas lanzaban sus titilantes brazos de luz sobre el pulido suelo de piedra.

Dudó.

Entonces captó un ligero movimiento por el rabillo del ojo. Un destello de color contra el cristal de obsidiana.

Se giró, y un cuerpo se abalanzó sobre ella y la tiró al suelo. Eliana consiguió darse la vuelta y aterrizar sobre el costado, pero entonces un puño le machacó la mandíbula. Golpeó el pavimento con la cabeza.

Se quedó allí tumbada, jadeando. En el pasado había sido capaz de aclararse la visión con una rápida sacudida de cabeza y de ponerse de inmediato en pie, pero ahora se quedó sin respiración, inmóvil. Estrellas brillantes destellaban en su visión. El dolor reverberó en su cráneo, afilado y caliente. Se tocó el cuero cabelludo y sus dedos regresaron rojos por la sangre.

Recordó las palabras que Remy le había dicho la semana anterior: «Tu cuerpo puede curarse y nunca hemos sabido por qué. Pero era debido a todo ese poder que estaba atrapado, dormido, en tu interior; como no tenía nada que hacer, te reparaba siempre que podía».

¿Y ahora?

Intentó incorporarse, pero la cabeza le daba vueltas y se sentía total e inusualmente desorientada. Volvió a caerse al suelo.

Un grito salvaje cortó el aire justo antes de que un peso la golpeara de nuevo, aplastándola. Un cuerpo se sentó a horcajadas sobre ella; dos manos se cerraron alrededor de su garganta.

Eliana parpadeó hasta que su visión se aclaró y vio a Navi, mirándola con los ojos brillantes y una mueca de ira en el rostro.

—¿Navi? —jadeó.

La chica le apretó el cuello, clavando las uñas en su carne. Gruñía palabras inarticuladas, y Eliana le arañó los brazos, intentó quitársela de encima, pero el dolor se extendía por su cabeza como una niebla que entumecía sus sentidos. Se sentía como si fuera a estallarle la cara.

Oyó pasos rápidos acercándose. Alguien agarró a Navi y tiró de ella. Eliana tragó aire, tosió y sufrió arcadas. Levantó la mirada, con los ojos llorosos, y vio a la joven agazapada a varios pasos de distancia, mostrándole los dientes a Simon. Él la rodeaba despacio, con una mano en la funda que colgaba de su cinturón.

—No —graznó Eliana—. No le hagas daño.

Simon la miró un segundo, y ese instante fue la oportunidad de Navi. Se levantó y saltó sobre él. Lo lanzó contra la ventana más próxima; Simon agrietó el cristal y se apartó, tambaleándose y sacudiendo la cabeza con una ligera mueca.

Navi corrió entonces hacia Eliana, pero esta estaba preparada. Dejó que la inmovilizara de nuevo, manteniendo los brazos quietos en sus costados.

—Navi, soy yo —le dijo—. Soy Eliana.

La mirada de Navi recorrió su rostro con una expresión animal y ciega.

Simon se lanzó sobre ella por segunda vez, pero Eliana le gritó:

—¡No, espera!

Él obedeció, con los puños cerrados a ambos lados de su cuerpo.

—Escúchame —le dijo Eliana a Navi con firmeza, parpadeando para alejar la negrura que ocupaba sus ojos—. Cuéntame algo real. ¿Recuerdas?

Una oleada de reconocimiento cambió la expresión de Navi. Eliana se aferró a esa visión.

—Fui a verte, en el Santuario. Había tenido una pesadilla. Tú me abrazaste. Me consolaste.

Navi aflojó las manos. La mueca de su rostro se relajó.

—Me pediste que te contara algo real. Yo te hablé de Harkan.

Los ojos de Navi se iluminaron como dos velas cobrando vida en una oscura habitación. Se alejó, negando con la cabeza.

—No, no, no. —Se llevó los dedos temblorosos a las sienes, se colocó las rodillas contra el pecho—. Oh, Dios, ¿qué me está pasando?

Inestable, Eliana gateó hacia ella.

—No pasa nada. Estoy aquí, estoy justo aquí, y estoy bien.

—¿Qué me hicieron?

Navi se acurrucó contra la columna de piedra que separaba la ventana agrietada de su vecina intacta. Temblando, con el rostro macilento y demacrado por el cansancio y las marcas de los cuchillos de Fidelia todavía en su cabeza rapada, dirigió a Eliana su mirada implorante. En el silencio, su único sollozo sonó como el cristal al romperse.

—¿Qué me hicieron? —lloró.

En el pasillo, más allá de Simon, cuatro guardias doblaron la esquina y corrieron hacia ellos, pero Simon (con el cabello alborotado y el cinturón de las armas apresuradamente puesto sobre el pantalón y la camisa del pijama) los detuvo con una mirada glacial.

Eliana se acercó a Navi como lo haría con un animal herido, sintiendo todavía la quemazón en el cuello. La sangre bajaba por su mejilla. Se la limpió, y una oleada de vértigo subió desde su vientre hasta su garganta cuando se dio cuenta de que, por primera vez en su vida, la herida no se estaba cerrando.

Pero entonces Navi levantó la mirada y gritó, y Eliana se olvidó de todo excepto del rostro cubierto de lágrimas de su amiga. La joven se acercó a ella y Eliana la abrazó con fuerza contra su pecho.

—Llamad a los sanadores de la princesa Navana —ordenó Simon a los guardias.

Con la cabeza de Navi bajo la barbilla, Eliana miró los furiosos ojos azules de Simon. Podía ver el reproche en ellos..., y la lástima.

—No lo digas —le advirtió en voz baja—. Esta noche no.

Él inclinó la cabeza y le dio la espalda para hacer guardia hasta que llegaran los sanadores.

Pero Eliana oyó las palabras que no había dicho tan claramente como si se las hubiera susurrado al oído: «No hay esperanza para ella».

«La Navi a la que conocimos pronto habrá desaparecido».

3
RIELLE

«*San Grimvald el Poderoso fue el primero en domar a los grandes dragones de hielo del lejano norte, aunque en aquella época no era ni santo ni poderoso. Era un soñador, un acuñametales cuyo corazón todavía no había endurecido la guerra. Viajó por las oscuras colinas de Villmark, decidido a ver una bestia divina con sus propios ojos, aunque las criaturas habían desaparecido medio siglo antes. Y fue su curiosidad, la pureza de su espíritu, lo que lo llevó hasta los elevados nidos ocultos en el hielo, y lo que lo mantuvo con vida*».

El libro de los santos

Llevaban en el aire casi una hora cuando la mente de Rielle se aclaró por fin.

A su espalda, Audric gritó sobre el viento:

—¿Dónde estamos? —Sonaba sorprendido, atontado, como si acabara de despertar de un sueño profundo.

Demasiado enfadada para hablar, Rielle condujo a Atheria a una pequeña zona boscosa bordeando un grupo de colinas bajas. La bestia divina respondía de inmediato incluso a sus movimientos más ligeros, y tan pronto como los cascos de

Atheria tocaron la tierra, Rielle bajó de su grupa, saltó al suelo y se giró hacia Ludivine.

—¿Cómo te atreves? Nos has obligado a marcharnos. Yo no quería hacerlo, y tú te has metido en mi mente sin mi permiso y me has forzado. —Observó a Audric mientras desmontaba. Parecía un poco desconcertado, pero aun así fulminó a Ludivine con la mirada—. También te has metido en la mente de Audric, ¿no es así? Lu, estoy tan enfadada contigo que ni siquiera puedo mirarte.

Ludivine desmontó por fin, y en cuanto se bajó de Atheria, el chavaile giró la cabeza y siseó, mostrándole una boca llena de dientes afilados y agitando sus grandes alas negras para que parecieran del doble de su tamaño.

Ludivine se apartó rápidamente, alisándose la falda.

—Qué dramática. Podrías haberte quedado, si hubieras querido. Yo no te he forzado a hacer nada.

—Quizá podrías abstenerte de entrar en nuestras mentes, excepto en momentos de absoluta necesidad —dijo Audric, con voz lenta y tensa—, como habíamos acordado. Y también podrías advertírnoslo antes cuando la gente se acerca a nosotros con la intención de atentar.

—La teatralidad tiene sus cosas buenas —contestó Ludivine, impasible—. Quería que todos los allí reunidos asistieran a una demostración espontánea de tu poder. —Echó una mirada a Rielle—. Que os vieran a ambos, juntos. Debemos recordarle vuestra fuerza y vuestra amistad a la gente de Celdaria tan a menudo como sea posible.

Audric hizo una mueca. Cruzó los brazos sobre el pecho.

—Debemos recordarles que Rielle es leal a la Corona, y que la Corona confía en ella.

La postura rígida de Ludivine se relajó ligeramente.

—Exacto.

—Un mensaje que sin duda perdió gran parte de su fuerza cuando huimos cinco minutos después —le espetó Rielle—, dejando que la gente de Carduel se enfrentara sola al peligro que se acercaba.

—El peligro era para ti, no para ellos —dijo Ludivine, contemplando a Rielle con tranquilidad—. Ha sido la primera vez que Corien te habla desde la prueba del fuego, ¿no es cierto?

Rielle sintió los ojos de Audric sobre ella y se le incendió la cara. Levantando la barbilla, respondió a la mirada amable de Ludivine sin pestañear.

—Sí. Ha estado totalmente ausente de mi cabeza.

Lo que era verdad... Una verdad que retorcía el pecho de Rielle con muchas emociones contradictorias y desordenadas.

—Y que haya elegido hablarte a través de ese hombre es una declaración de intenciones. —Ludivine le tocó la mano—. Está anunciando su regreso, si no inmediato, sí próximo. Así que no, no me arrepiento de haber huido. Poner distancia entre Corien y tú es una de las cosas más importantes que puedo hacer para protegerte, a ti y a todos los demás.

—¿Aunque al huir le haya dado la impresión de que me asusta su regreso? —señaló Rielle—. ¿De que ante él soy vulnerable y fácil de perturbar?

¿Y no lo eres?, le preguntó Ludivine con amabilidad.

Rielle se alejó antes de que la furia que estaba acumulando tras sus ojos se manifestara de un modo del que más tarde se arrepentiría.

Colocó la mano en el tronco de un roble de titilantes hojas y contempló las tierras ribereñas de abajo: desiertas y verdes, excepto por los grupos de árboles oscuros, una carretera solitaria y una pequeña aldea en el horizonte, acunada en las orillas de un estrecho río. A lo lejos, las montañas Varisias, en cuyo extremo sur se asentaba la capital de Ăme de la Terre, se alzaban solemnes hacia el cielo vespertino.

Durante un largo momento, nadie habló.

Después, Audric se aclaró la garganta.

—Aunque no apruebo tus actos, Lu, es posible que esto obre en nuestro favor. Me estaba preguntando cómo podíamos ausentarnos sin formar una escena terrible. Y... —añadió con ironía— sin que Lu interfiera.

Rielle miró sobre su hombro mientras Audric se sacaba un trozo de papel del bolsillo y lo desplegaba.

—¿Qué es eso? —le preguntó. Entonces lo recordó. Tu paje se ha presentado antes con un mensaje para ti. Del norte, ha dicho.

A unos pasos de distancia, Ludivine se puso tensa. Su mirada se volvió difusa, y después se despejó. Miró a Audric con avidez.

—Sí, del norte —dijo él antes de que Ludivine pudiera hablar—. Un mensaje del príncipe Ilmaire de Borsvall. Nos hemos escrito en silencio desde la muerte de la princesa Runa. Sobre su muerte, de hecho, entre otras cosas.

Ludivine lo observó con atención.

—¿Es eso prudente?

—Me sorprende que no supieras ya que hablábamos —dijo Audric con una nota de amargura en la voz.

Ludivine cuadró los hombros.

—Te dije que no hurgaría en tu mente a menos que fuera absolutamente necesario, y lo dije en serio.

Lo siento, de verdad. La voz de Ludivine llegó hasta Rielle avergonzada y acallada. *Apartarte de Carduel ha sido un traspié. Me he asustado al ver a Corien en el rostro de ese hombre. Perdóname.*

Pero Rielle carecía de la paciencia necesaria para consolarla.

—¿Por qué te escribe el príncipe Ilmaire sobre su difunta hermana? —le preguntó a Audric.

—Lo que está atacando nuestros puestos fronterizos está atacando también los de Borsvall —contestó Audric—. Él quiere evitar más muertes y determinar su causa tanto como yo. Aunque nuestros países no sean los aliados que fueron en el pasado, tanto Ilmaire como yo deseamos que llegue el día en que vuelvan a serlo. Por tanto, él pensó que sería adecuado comenzar una correspondencia con la que pavimentar el camino de una futura amistad.

Miró primero a Rielle y después a Ludivine, afianzándose en su decisión.

—Hay algo más. Unas fuertes tormentas han estado asolando la corta occidental de Borsvall durante semanas, con creciente severidad. Sus ciudades y puertos están destrozados. Han refugiado a tantos ciudadanos como pueden en la capital, pero incluso sus reservas de alimentos se están agotando, pues la mayor parte de sus barcos de mercancías se han dañado, y los mercaderes evitan las aguas de Borsvall a cualquier precio.

Audric hizo una pausa. Miró a Rielle de soslayo.

—En su última carta, nos pide ayuda. Te pide ayuda a ti.

Ludivine emitió un ruido incrédulo, pero Rielle la ignoró.

—¿Podemos confiar en él? —le preguntó a Audric.

—Creo que sí. He confirmado todo lo que había oído sobre su personalidad en el contenido de estas cartas, en su manera de escribir, en las ideas que expresa. En su pasión por la paz.

Ludivine negó con la cabeza.

—Puedes creer lo que quieras, Audric, pero teniendo en cuenta la historia de nuestros países, algunos dirían que lo que estás haciendo es traición.

—Y yo lo considero diplomacia —dijo él con brusquedad—. Por no mencionar que ayudar a un reino lleno de gente inocente, sean o no amistosas nuestras relaciones con sus líderes, es lo correcto.

Rielle sonrió, negó un poco con la cabeza y le hizo bajar la cara hasta ella.

—Cuando dices esas cosas frunces el ceño de un modo tan serio y severo que soy incapaz de resistirme a besarte —murmuró contra su boca.

Él le agarró las muñecas, le rozó el pulso con los labios.

—Una distracción que agradezco.

—Audric —dijo Ludivine despacio—, comprendo por qué quieres hacer esto, pero no creo que sea prudente. Puede que Ilmaire sea un amigo, pero no podemos estar seguros de la gente que lo rodea. Su padre, sus consejeros. Su hermana, que capitanea el ejército real.

Y de repente Rielle se descubrió incapaz de aguantar a Ludivine pronunciando otra palabra con esa cauta voz suya, como si fueran niños e intentara descubrir una manera de tranquilizarlos.

—Iremos de inmediato —le dijo a Audric—. Los ayudaremos, y si eso es traición, me presentaré orgullosa ante tu madre y el consejo para recibir mi castigo.

La expresión solemne de Audric se llenó de tanta adoración que Rielle se ruborizó.

—¿Y después amenazarás a cualquiera que se atreva a aplicar dicho castigo?

Ella le tomó la mano haciendo un ligero mohín.

—Lo dices como si fuera algo malo.

—Al contrario —replicó él, entrelazando los dedos con los suyos—. Me parece excitante.

Rielle miró a Ludivine con una sonrisa triunfal, recordándose que pronto estarían en casa, y que su sangrado terminaría, y que tendría a Audric para ella sola ininterrumpidamente una noche entera.

—¿Y bien? ¿Vendrás tú también, o te quedarás aquí enfurruñada en el bosque?

Ludivine los miró con el ceño fruncido.

—Tal estará furioso cuando regresemos.

—Yo me ocuparé de Tal.

—Por no mencionar al arconte.

—También me ocuparé de él. —Rielle se apoyó en los dedos entrelazados de Audric para subir a lomos de Atheria—. Puedo ocuparme de cualquiera.

Ludivine no dijo otra palabra hasta que todos estuvieron de nuevo sobre la enorme bestia divina.

—Al primer indicio de problemas, os controlaré a los dos y os traeré de vuelta a casa —dijo entonces con tranquilidad.

Rielle la miró y replicó:

—Si haces eso, serás tan mala como Corien.

La mente de Ludivine se sacudió como si la hubiera golpeado, pero Rielle no esperó su respuesta. Se inclinó hacia adelante, enredando los dedos en la crin de Atheria.

—Vuela, Atheria —le ordenó, y el chavaile corrió hasta el límite de la colina, abrió las alas y se lanzó al aire. Audric tensó los brazos alrededor del torso de Rielle y le besó la nuca.

Lo siento, Rielle, susurró Ludivine. Su remordimiento lamió a Rielle como un mar arrepentido. *Tienes razón. No volveré a hacerlo, por supuesto. Yo no soy como él. Yo solo...*

«Te preocupas por mí».

Ludivine asintió miserablemente. Rielle podía verla con claridad en su mente: su rostro pálido, su boca apretada en una línea tensa.

Sí.

«Y te quiero por ello».

Entonces, Rielle se imaginó que estaban de nuevo en casa, en los aposentos de Audric en Baingarde, acurrucados juntos ante el fuego como habían hecho durante años, antes de que su mundo se convirtiera en aquella cosa extraña y aterradora.

Le envió la imagen a Ludivine y la sintió suspirar en respuesta y susurrar, con la voz temblorosa por el alivio: *Gracias*.

Ilmaire les había pedido que se encontraran en una pequeña villa costera cerca de la capital de Borsvall, Styrdalleen. Atheria aterrizó en una meseta rodeada de tocones de árbol, y Rielle, después de besarla en el morro, la envió a un oscuro bosque cercano. Habían decidido que la presencia de una bestia divina arruinaría cualquier esfuerzo diplomático antes incluso de que comenzara.

La villa estaba situada en un terreno yermo, donde los corrimientos de tierra sin duda habían destruido lo que en el pasado habían sido carreteras y pastos. Solo quedaban un par de edificios derribados; las dunas de la playa estaban aplastadas, y el ambiente era húmedo y ventoso.

La playa entera estaba cubierta de lodo y escombros: platos rotos, baúles volcados y ropa ennegrecida por el moho, pinturas descoloridas por el mar, cadáveres devastados de ganado y aves. Las abandonadas casas de piedra de las colinas que se elevaban sobre la playa estaban muy deterioradas.

Pero la atención de Rielle se concentró rápidamente más allá. La capital, a salvo entre las montañas cercanas, se alzaba, blanca, contra un cielo acolchado de amarillentas nubes tormentosas. Y el mar que se extendía ante las montañas como una alfombra negra estaba furioso y rugía. Las olas rompían airadamente contra la rocosa costa. El rocío de espuma blanca se alzaba tan alto como las casas del amplio puerto, conectado con la ciudad por vecindarios menos elevados que habían sido demolidos por completo. En el horizonte se cernía un muro de nubes negras, amenazando más viento.

Audric murmuró una maldición y se detuvo a su lado. Ludivine se unió a ellos, con el rostro lleno de preocupación.

—Espero que los aldeanos consiguieran llegar a tiempo a las tierras altas —dijo Rielle, aunque el viento casi se tragó su voz. El aire estaba ahogado en sal y limo; diminutos granos de arena le herían bruscamente la piel.

—Algunos lo consiguieron —contestó una voz desconocida—. Pero no los suficientes.

Rielle se giró y vio a un hombre delgado, de porte elegante, acercándose desde la entrada de lo que supuso que era la Casa de la Noche de la villa, a juzgar por sus columnas de piedra y por los grabados de lobos en sus puertas de obsidiana. El desconocido tenía la piel pálida y estaba bien afeitado, con la mitad de su cabello rubio recogido detrás de la cabeza con un cordón de cuero. Llevaba una capa de raídas pieles blancas sobre los hombros y unas gruesas pulseras de plata en las muñecas. Rielle notó el peso de las forjas, el sabor de la magia que perduraba en su metal: alpino e intenso, fugaz y voluble. Aquel hombre era un cantavientos.

—Ilmaire —dijo Audric, sonriendo. Caminó hacia él y se arrodilló. Rielle y Ludivine lo imitaron, y después Audric se puso en pie y abrazó al príncipe de Borsvall con fuerza. Ilmaire le correspondió, pero tenía los brazos rígidos y se movía artificialmente. Su mirada estaba concentrada sobre el hombro de Audric, en Rielle. Sus ojos azules estaban serios, y le sostuvo la mirada solo un instante antes de fijar la vista en algo que había detrás de ella.

Rielle se giró, pero no vio nada. Solo la fantasmal aldea, golpeada por el viento, las colinas con costra de sal. La resplandeciente y blanca capital más allá. El agua y el cielo negros.

Una sensación levemente rasposa comenzó a trepar por las paredes de su cuerpo, como una uña arrastrada sobre la piedra áspera.

«¿Lu?». Envió un eco de la sensación en dirección a Ludivine.

Lo sé, contestó su amiga. *Algo va mal. Mantente alerta.*

—Desde que comenzaron —estaba diciendo Ilmaire, apartándose de Audric—, las tormentas apenas cesan durante una hora. Son antinaturales. Implacables. —Su voz era inexpresiva, y cuando Rielle lo observó con mayor atención, vio el cansancio de su rostro, la expresión acosada de sus ojos—. No te habría pedido que vinieras a un lugar tan peligroso, Audric, si no hubiéramos perdido toda esperanza.

—Por suerte para ti, los tres estamos acostumbrados al peligro. —Audric les indicó a Ludivine y Rielle que se unieran a él—. Esta es lady Ludivine Sauvillier, la sobrina de mi madre. Y esta... —Tomó la mano de Rielle y su rostro se llenó de cariño—. Esta es lady Rielle Dardenne, la recientemente nombrada Reina del Sol, y mi querida amiga.

—Y tu amante —replicó una nueva voz femenina, aguda y tan afilada como el implacable viento—. ¿O creías que los ingenuos bárbaros de Borsvall estábamos demasiado alejados de los rumores del mundo para no saber eso?

Una mujer joven emergió de las sombras del templo en ruinas para detenerse junto a Ilmaire. Ágil, ceñuda y casi tan alta como Ilmaire, todos sus movimientos destilaban energía. Tenía la misma piel pálida, la misma mandíbula y nariz elegantes, el mismo cabello rubio recogido en pulcras trenzas. Su largo abrigo de pelo arrastraba por el suelo, y el jubón que llevaba debajo parecía parte de una armadura.

Era lady Ingrid Lysleva, supuso Rielle, la hermana gemela del príncipe Ilmaire. A sus veintiún años, según les había contado Audric, era la comandante más joven que había tenido nunca el ejército de Borsvall.

Ludivine inclinó la cabeza como saludo, con expresión preocupada.

Algo evita que lea sus intenciones.

Rielle se enfadó ante el arrogante indicio de sonrisa que mostraba Ingrid.

—Un modo interesante de presentarte, seas quién seas.

Audric le tocó el labio suavemente.

—¿Lady Ingrid? No sabía que nos acompañarías hoy.

La sonrisa de Ingrid se endureció.

—Hay muchas cosas que no sabes, alteza. —Y, entonces, bramó furiosamente en la lengua borsválica.

—¡No! —gritó Ludivine, lanzándose delante de Rielle.

Una docena de soldados en cuero y pieles saltó de los arbustos y de debajo de las estatuas erosionadas por el mar que adornaban el techo medio derrumbado del templo, agrupándose para rodearlos. Las espadas y las hachas destellaron.

—¡Ingrid, para! —gritó Ilmaire, antes de lanzarles varias abruptas órdenes en borsválico.

Pero los soldados no lo escucharon, y un horrible descubrimiento se hundió en el pecho de Rielle: aquellos hombres no eran leales a su príncipe, sino a su comandante.

Audric desenvainó a Illumenor; la hoja brillaba tanto que Rielle tuvo que protegerse los ojos. Un viento feroz los golpeó, afilado por la magia de los cantavientos, y tiró a Rielle al suelo antes de que pudiera girarse hacia sus atacantes. Golpeó la dura piedra con la cabeza. Audric gritó de dolor; la luz de Illumenor titiló.

Rielle levantó la mirada, con la visión borrosa. Otro soldado agarró a Ludivine y la obligó a colocar los brazos a la espalda. Cuando Rielle consiguió ponerse en pie, con chispas furiosas cobrando vida en sus palmas y el viento de la montaña reuniéndose rápidamente alrededor de sus dedos, Ingrid rugió:

—¡Detente ahora mismo o le cortaré el cuello!

Rielle se volvió, despacio, y el miedo se zambulló en su estómago.

Audric estaba de rodillas. Ingrid, a su lado, lo amenazaba presionando a Illumenor contra su cuello y sujetándole cruelmente el cabello con la mano. Rielle lo miró a los ojos; él negó con la cabeza tanto como pudo.

Los soldados cayeron sobre Rielle, le inmovilizaron los brazos y se los sujetaron en los costados.

Ingrid le mostró una sonrisa lobuna.

—Ni se te ocurra lanzarnos ese poder tuyo, Reina del Sol, o haré pedacitos a tu amante ante tus ojos.

—Ingrid, para —dijo Ilmaire. Su voz era la única nota de calma en el tenso aire del océano—. Tú no eres así. Nosotros no somos así.

—En esto es en lo que ellos nos han convertido —replicó Ingrid, señalando con brusquedad en dirección a Rielle—. Matando a nuestra hermana. Nombrando Reina del Sol a una desconocida de la que nadie había oído hablar sin consultar a los líderes religiosos de los demás reinos.

La furia hirvió, roja, en el corazón de Rielle.

—Cómo te atreves. Los soldados de tu reino atacaron a Audric hace meses, ¿y ahora lo asaltas de nuevo cuando acude a ti impulsado por la amistad? —Dio un paso adelante, mareada por la ira—. No eres digna de tocarlo. Suéltalo de inmediato.

—Sigue dándome órdenes y empezaré una guerra de verdad aquí y ahora.

—Estás peligrosamente cerca de hacerlo, lady Ingrid —dijo Audric, con voz tensa. Intentó mirar a la izquierda, pero Ingrid le presionó con la hoja de la espada—. ¿Lu?

—Estoy aquí —se oyó la llorosa voz de Ludivine a unos pasos de distancia. Un soldado estaba atándole las manos a la espalda. Después le puso un saco de tela en la cabeza, y ella soltó un grito aterrado.

—¿Lu? —gritó Audric, forcejeando.

—Estoy bien —consiguió decir Ludivine—. Por favor, Audric, no los enfades más. No pasa nada.

Mantén la calma, le aconsejó a Rielle, con su voz angelical mucho más firme. *Ilmaire todavía es nuestro amigo y aliado.*

«Lo que no nos sirve para nada, ya que sus propios soldados lo ignoran», replicó Rielle. «Toma el control de sus mentes. Haz que nos liberen».

No lo haré.

«Ludivine...».

No, Rielle. Todavía no es tan grave. Todavía podemos ganarnos su amistad.

Rielle se clavó las uñas en las palmas.

«Tan pronto como Audric esté a salvo, voy a prenderle fuego a Ilmaire y a su hermana, y a sus soldados, y a todo su podrido reino».

No lo harás, dijo Ludivine con severidad. *Eso es exactamente lo que quiere Corien, que la guerra divida vuestros reinos para que le sea más fácil destruiros.*

—¿Qué significa esto, Ilmaire? —le espetó Audric—. ¡Hemos venido aquí a ayudarte!

Ingrid le escupió en la cara.

—Que te jodan. No necesitamos tu ayuda.

—Una guerra destrozará nuestros reinos. Debemos olvidar la vieja mala sangre que ha existido entre nuestros países y unirnos contra lo que está matando a nuestros soldados. Las tormentas que han asolado vuestras costas no pueden ser una coincidencia. —Su mirada se detuvo en Rielle—. La profecía...

Ingrid le dio una patada en la espinilla, y después le presionó la boca contra la sien y sonrió cruelmente a Rielle.

—Deberías haber pensado en tu querida profecía antes de asesinar a mi hermana —gruñó.

La expresión de Audric era tan feroz que Rielle apenas lo reconocía.

—Comandante Lysleva, Celdaria no es responsable de la muerte de la princesa Runa.

Pero antes de que Ingrid pudiera contestar, uno de los soldados de Borsvall soltó un grito abrupto que rápidamente imitaron los demás. El captor de Ludivine la soltó con brusquedad. La chica se tambaleó hacia adelante y tropezó con las rocas que tenía a sus pies. Rielle corrió hacia ella, la ayudó a levantarse y después miró al horizonte, que los soldados señalaban alzando sus voces frenéticas, con los rostros sobrecogidos por un miedo repentino.

La furia que le había nublado la visión se disipó de inmediato.

Aquella línea negra en el horizonte no eran nubes.

Era un maremoto precipitándose hacia la orilla, tan monstruosamente alto que había ennegrecido el cielo. Incluso desde aquella distancia, Rielle sabía que superaría las montañas y destruiría la capital de un solo golpe.

Su mente se aclaró, y un lento cosquilleo calentó su cuerpo mientras se enfrentaba a un desastre tan poderoso que solo ella podía evitarlo.

Si quería hacerlo, por supuesto. Y no estaba segura de querer.

Hazlo ya, la instó Ludivine, cuya presencia se hizo más aguda e insistente en su cabeza. *Esta es la oportunidad perfecta para conseguir su alianza.*

Entonces, lejana, enroscada y tímida, otra voz repitió las palabras de Ludivine:

Hazlo ya. Esta es la oportunidad perfecta para mostrarle el poder de la mujer a la que se enfrentan.

La presencia de Ludivine se volvió gélida. Sus diestros dedos comenzaron a cerrar las puertas de la mente de Rielle.

Pero esta, tensa, se aferró a la voz taimada que la acariciaba con tanta dulzura.

«¿Dónde estás?».

Corien no contestó.

Ingrid gritó a sus soldados en la lengua borsválica, silenciando sus gritos aterrados. Ilmaire corrió hacia ella, pero el viento se tragó sus palabras. Ingrid miró a Rielle y luego a Audric, a quien mantenía inmóvil con su propia espada, y después de nuevo a Rielle.

Frunciendo el ceño, soltó al joven. Cuando el príncipe se puso en pie, le entregó a Illumenor, negándose a mirarlo a los ojos.

Audric la aceptó, con expresión fría y dura, y se acercó a Rielle de inmediato.

Ella le dio la espalda.

—No me pidas que lo haga. No lo haré.

—Para esto hemos venido aquí —insistió él, rodeándola para mirarla—. Hemos venido a ayudarlos.

—Eso fue antes de que nos atacaran y de que te pusieran una espada en la garganta. No me pidas que ayude a los que podrían haberte matado.

Si no lo haces, cualquier posibilidad de amistad con Borsvall se perderá para siempre, dijo Ludivine rápidamente.

Ilmaire se acercó con cautela.

—Audric, no sé cómo podría disculparme por lo que ha ocurrido hoy aquí.

—No puedes —le espetó Rielle, girándose hacia él—. De no ser porque Audric y Ludivine me han pedido que no lo haga, ya os habría convertido en cenizas a ti y a tu hermana.

—Por favor, lady Rielle —comenzó Ilmaire. La luz espectral de la tormenta proyectaba sombras pálidas sobre su piel—. La situación en mi corte es... complicada. Pero el aprieto en el que mi pueblo se encuentra en este momento es sencillo. —La miró. Sus palabras estaban llenas de desesperación. Sus ojos se detuvieron en la ciudad blanca posada en las montañas cercanas. Las estrechas torres de mármol del castillo Tarkstorm, las calles de la ciudad que serpenteaban como ristras de perlas a través de las montañas—. Si no los salvas, morirán.

Ella le dio la espalda. Si tenía que verle la cara un momento más, le daría un puñetazo. El cielo se abrió, y la lluvia comenzó a caer en sábanas grises.

—Si los abandonamos ahora, cuando podríamos haberlos salvado —dijo Audric con urgencia—, seguramente estallará la guerra.

—Ellos propiciaron la guerra al atacarnos —replicó Rielle—. Ellos propiciaron la guerra al amenazar tu vida.

—Y, si tú salvas su capital, no tendrán más remedio que aceptar nuestras condiciones para la paz. —Le tomó la cara con la mano libre. La lluvia le pegaba los rizos oscuros a la frente—. Y aceptarte como la reina que eres.

Mientras Rielle lo miraba, lágrimas furiosas le llenaron los ojos. Sabía que él tenía razón, lo sabía... Y, no obstante, se imaginó los cuerpos de aquellas personas arrastrados por el agua, golpeados contra las montañas hasta terminar con los cráneos rotos. Se imaginó su dolor cuando la ola arrasara su ciudad y ahogara a sus familias, y no sintió más que alegría ante la idea.

Pero Audric tenía razón, y si rechazaba ahora aquella oportunidad, él nunca se lo perdonaría.

Llamó a Atheria con un silbido y, unos minutos después, el chavaile aterrizó junto a ellos con un graznido y se postró a los pies de Rielle.

La joven se apoyó en las manos entrelazadas de Audric y subió a la grupa de Atheria. Cuando echó una última mirada a Ilmaire y a Ingrid, la complació verlos acobardados ante su imagen a lomos de su bestia divina. Qué pequeños parecían, qué patéticos, con sus pieles empapadas.

Se tragó las cosas horribles que deseaba decirles, volvió la cabeza para contemplar la ola que se aproximaba y le gritó a Atheria que volara.

4
ELIANA

«Vintervok, la capital de Astavar, es una ciudad bien protegida cuyas fronteras son difíciles de franquear. Está asentada en un alto valle, entre montañas de densos bosques salpicadas de lagos glaciales. Cerca se encuentra la bahía de Karajak, cuyas aguas están llenas de rocas y hielo gran parte del año. De hecho, es esta característica la que ha hecho que Astavar sea inconquistable. Durante años hemos golpeado sus puertas y aún se mantienen en pie».

Informe del almirante Ravikant, comandante de la armada imperial, para su majestad el Emperador Eterno

A la mañana siguiente, en la Cámara del Consejo de los reyes, Eliana se removió incómodamente en su silla y contempló la mesa pulida con el ceño fruncido.
—Odio este vestido —murmuró.
Remy, sentado a su lado y temblando de entusiasmo, observó a los reyes, a la reina consorte y al comandante del ejército astavari acercándose con sus consejeros. A Eliana no le habría sorprendido que empezara a saltar en la silla.
—A ti te gustan los vestidos —replicó el niño.

—Me gustan otros vestidos. Odio este vestido.

Hob, al otro lado de Remy, la miró.

—¿Por qué? Es bonito.

—Es demasiado elegante para mí. —Se señaló el complicado bordado del corpiño, los pliegues de suave terciopelo de la falda índigo con dobladillo de raso—. Es demasiado recargado.

—Es adecuado para una reina —señaló Hob.

—Yo no soy una reina.

—Claro que lo eres —dijo Remy, sentado ahora en el borde de la silla—. Eres la Reina del Sol.

Eliana tuvo que contenerse para no gritarle que no volviera a llamarla así nunca. El recuerdo de los gritos enloquecidos de Navi, la noche anterior, perduraba junto a los ecos de su pesadilla. Y la fuerza de la fe de Remy en el destino que Simon le había prescrito (el antiguo y ferviente peso de ese destino; los siglos de oraciones murmuradas, incluyendo las propias) la hacía sentirse sin aliento, mareada.

Acorralada.

Por no mencionar que era totalmente consciente de que todavía le dolía la cabeza después del ataque de Navi. Se había arreglado el cabello para esconder el corte y evitar que esos entrometidos capitanes rebeldes la acosaran con preguntas. Pero esconder la herida no conseguía mitigar su propia inquietud, ni enterrar su preocupación por si aquello (aquella fragilidad, la suave y palpitante presencia del dolor) era el principio de una horrible y nueva realidad.

El secretario real golpeó la mesa con el mazo, sobresaltando a Eliana.

—Doy por iniciada la sesión del consejo —anunció el hombre, y acercó la pluma al papel para comenzar con el registro.

El rey Tavik, alto y delgado, con la piel de un marrón dorado y el cabello negro ya canoso, sonrió amablemente a los allí reunidos, aunque las ojeras que tenía bajo los ojos y las arrugas de cansancio alrededor de su boca atestiguaban su verdadero estado mental. Miró el cuello de Eliana, los moratones que las manos de Navi le habían dejado en la piel.

Ella no bajó la mirada, pero se arrepintió de no llevar un pañuelo. Todos los presentes sabían qué había pasado la noche anterior; habría sido un detalle por parte de Eliana no recordárselo.

Una persona más amable que ella quizá se habría acordado de hacerlo.

Se tragó el nudo que tenía en la garganta, manteniendo una expresión neutral.

—Buenos días a todos —comenzó el rey Talik—. Espero que no les importe que vaya directamente al grano. Como recordarán, la información que nos trajo la princesa Navana nos advertía de que una segunda flota imperial, más pequeña, planeaba partir de la costa noroeste de Ventera y atacar nuestra frontera sur, cerca de la desembocadura del río Ulioqua. Les alegrará saber que nuestras defensas han eliminado dicha flota con facilidad, hundiendo siete buques de guerra y haciendo que los demás se retiraran a Ventera.

Murmullos de celebración recorrieron la mesa. Uno de los consejeros de la reina consorte le dio una palmada en la espalda al comandante Lianti Haakorat. Él sonrió, tenso, y miró a Remy.

La expresión molesta del comandante enfadó a Eliana. Cerró los puños en su regazo.

Simon se echó hacia atrás en su silla y apoyó una larga pierna sobre la otra.

—Eso ha sido suerte.

El rey Eri frunció el ceño. Sentado a la izquierda de su marido, era más bajito y musculoso que este, con la piel pálida y el cabello castaño oscuro.

—¿Desea añadir algo, Simon?

—Ha sido una suerte —dijo Simon—, que hayan conseguido derrotar a toda una armada de buques imperiales en cuestión de... ¿cuánto? ¿Dos días?

—La información de Navi era precisa y minuciosa —contestó el rey Eri, con un atisbo de tristeza en la voz—. Hemos tenido suerte, sí, pero también estábamos bien preparados.

Simon negó con la cabeza.

—Ha sido un enfrentamiento demasiado breve y limpio. Les están poniendo a prueba, inoculándoles una falsa sensación de seguridad.

Lady Ama, la reina consorte, entrelazó las manos sobre la mesa.

—¿Con qué finalidad, capitán?

Eliana apenas podía mirarla. Su rostro se parecía demasiado al de Navi: elegante y de huesos delicados, con unos grandes ojos castaños, la piel cálida y bronceada, y una boca gruesa y expresiva. En lugar de eso, Eliana examinó la mesa, y leyó las expresiones de los oficiales reunidos mientras Simon hablaba. El secretario escribía furiosamente; su pluma volaba. Varios consejeros estaban tomando notas; otros se habían quedado en el perímetro de la cámara, examinando documentos.

El comandante Haakorat se mantuvo rígido en su silla. Sus ojos airados viajaron de Remy a Hob y a Remy de nuevo. Cuando miró a Eliana, ella le sostuvo la mirada, desafiante, hasta que Hob se aclaró la garganta y la desconcentró.

—Para mantenerlos distraídos —le respondió Simon a lady Ama—. Para que sus tropas se dispersen. Para pillarlos desprevenidos. —Se encogió de hombros—. Podrían ser muchas cosas, pero asumir que esta última victoria ha sido algo más que una derrota calculada por parte del imperio sería un error.

La reina consorte sonrió.

—Sí, y no quiera Dios que nos tomemos un momento para celebrar aunque solo sea eso.

Eliana miró una vez más al comandante Haakorat. El hombre parecía cada vez más nervioso: se removía en su silla, tamborileaba en la mesa con los dedos.

Uno de sus consejeros se acercó deprisa.

—¿Le traigo un vaso de agua, mi señor?

—No —murmuró, fulminando a Remy con la mirada—. No necesito agua.

—Aunque tenga razón —estaba diciendo el rey Tavik—, el otoño se acerca, y el invierno llegará poco después. El hielo nos protegerá de los ataques, al menos hasta la primavera. Nos pasaremos los próximos meses entrenando a nuestros soldados, reabasteciendo nuestros almacenes...

Simon resopló.

—Puede que sea la mano derecha del Profeta, capitán, pero en este palacio es solo un invitado —dijo el rey Eri con brusquedad—. Mostrará el debido respeto o dejará de ser bienvenido en estas reuniones.

Simon inclinó la cabeza.

—Debo señalar que hay un peligro que nadie ha abordado todavía, ni una sola vez, en los nueve días que han pasado desde nuestra llegada.

—¿Y cuál es? —le preguntó el rey Eri.

—El Paso de Kaavalan.

Hubo risas ligeras en la mesa.

—Nuestros barcos de reconocimiento aseguran que ese paso está congelado —indicó lady Ama—. El hielo es grueso, y se espesará más en los meses que vienen. Los barcos no pueden atravesar miles de kilómetros de icebergs del tamaño de un palacio, capitán. Ni siquiera los buques del imperio.

—No necesitan barcos —replicó Simon.

—¿Tropas terrestres? —El rey Tavik no intentó esconder su incredulidad—. Simon, ni siquiera los adatrox pueden sobrevivir a temperaturas tan bajas.

—¿No?

El comandante Haakorat golpeó la mesa con las manos, sobresaltando a varios de los presentes.

—Perdónenme, mis reyes, mi señora —espetó—, pero ¿es que a nadie le importa que haya un niño aquí con nosotros?

Eliana se echó hacia atrás, sonriendo. De repente, toda su energía nerviosa tenía un objetivo. Su mente se activó, despejada.

—Me preguntaba cuándo iba a decir algo, comandante. Llevo tanto rato viéndole rabiar que había apostado conmigo misma cuánto tardaría en estallarle esa vena de la frente.

—Me alegro de haberle proporcionado entretenimiento, lady Eliana —dijo el comandante—, pero esto no es un juego. Mis reyes, hace menos de dos semanas ni siquiera conocíamos a estas personas. ¿Es prudente hablar de asuntos tan importantes delante de ellos? Sobre todo, cuando entre ellos hay un niño, que puede contar nuestros secretos cuando le convenga.

Remy se puso en pie con una mueca de indignación en el rostro.

—¡Que sea un niño no significa que no pueda guardar secretos!

Hob le tocó el hombro y lo hizo sentarse de nuevo con amabilidad.

—No tiene que preocuparse por Remy, comandante. Le aseguro que tiene un corazón tan firme como cualquiera de los aquí sentados, si no más.

—Ah. La palabra de otro desconocido venterano. —El comandante Haakorat agitó la mano hacia Hob—. Me quedo mucho más tranquilo.

La voz de Simon contenía un deje peligroso.

—Yo respondo por ellos. Y mi palabra es tan buena como la del Profeta. ¿No es eso suficiente?

—Por no mencionar —le espetó Eliana—que, de no ser por mí, comandante, las acechadoras se habrían comido la mitad de su miserable trasero, cuya otra mitad estaría ahora congelado en el fondo del mar. Si eso no basta para demostrarle mi valía y lealtad, hágamelo saber, por favor, y la próxima vez que invadan su país me aseguraré de quedarme sentada con los pies en alto en lugar de correr a rescatarlo. —Se puso en pie—. Si me disculpan...

Pasó junto a los guardias que flanqueaban las puertas de la Cámara del Consejo y se apresuró por el pasillo camino de sus aposentos, en el este.

A su espalda se oyeron pasos rápidos.

—Tenemos que marcharnos —murmuró Simon, alcanzándola—. Lo antes posible.

Sus palabras no la sorprendieron, pero aun así sintió una oleada de temor al oírlas. Marcharse. ¿Marcharse para ir a dónde, y a hacer qué?

—No me iré hasta que Navi esté curada —replicó.

—Navi no va a curarse —fue la abrupta respuesta de él—. Creíamos que los médicos de Fidelia no habían comenzado con la transformación, pero es evidente que nos equivocábamos. Su cuerpo ha mutado, ha cambiado para siempre. No hay cura. —Suavizó la voz—. Lo mejor para ti, y para Remy, es que nos hayamos ido cuando empeore.

Los ojos de Eliana se llenaron de lágrimas. Incapaz de hablar, miró hacia adelante, imaginando que podía usar sus ojos para hacer agujeros en el suelo.

Caminaron en silencio unos minutos más antes de que Simon hablara de nuevo.

—¿Has leído los libros que te llevé?

—Algunos —le contestó ella, levantando la barbilla.

—Pero no todos.

—No.

Simon exhaló bruscamente.

—¿Has leído al menos los párrafos que te señalé?

—Algunos.

—Pero no todos.

Eliana sonrió para sí misma.

—Pareces enfadado.

Simon se detuvo ante ella, obligándola a dejar de caminar.

—¿Y qué hay de tu poder? —Examinó su rostro—. ¿Ha vuelto a emerger, aunque sea un instante? ¿Cómo te sientes?

—No lo sé, y no, y me sentía mucho mejor antes de que comenzara este interrogatorio.

No se permitió acobardarse, por muy fijamente que él la observara, por muy ardiente que fuera su mirada. Todavía no habían hablado de la noche en la que había despertado después de la batalla, cuando Simon le había tocado la cara con adoración, cuando le había prometido en un susurro su lealtad.

Cuando había estado a punto de meterse en su cama.

No habían hablado de ello y lo prefería así, y guardaría silencio mientras pudiera.

Aquella noche estaba sumida en el dolor, agotada y sola. Había ansiado el consuelo de las manos de un amante..., aunque esas manos estuvieran llenas de cicatrices, aunque fueran crueles y letales.

Nunca más.

Al final, Simon apartó los ojos con una mueca.

—Tenemos mucho trabajo que hacer. Pensaba que, después de la batalla, después de tu tormenta, tu poder habría despertado por fin y podríamos empezar a refinarlo.

Eliana comenzó a caminar de nuevo.

—Siento mucho haberte decepcionado.

Simon se apresuró tras ella.

—Tu desprecio, aunque encantador, no es desconcertante ni productivo.

—No te imaginas lo poco que me importa tu opinión sobre mi desprecio.

Simon se rio mientras doblaban la esquina hacia el estrecho pasillo que conducía a sus habitaciones.

—Mi imaginación es ilimitada, de hecho.

Sus palabras tensaron una cuerda en el vientre de Eliana, enviaron un cálido escalofrío por sus brazos. Lo ignoró.

—Tengo que practicar usando mi poder, ¿no es correcto?

—Sí, por supuesto, con eso es con lo que te he estado insistiendo.

—Entonces, seguramente sea más seguro que lo haga aquí, en Vintervok, bajo la protección del ejército de los reyes, con todo el catálogo de la biblioteca real a mi disposición y en un reino lejos del poder del imperio, que hacerlo en la carretera contigo como único compañero.

Simon exhaló bruscamente.

—Eliana... —dijo, como si fuera a sermonearla de nuevo, pero entonces se detuvo, y el sonido de su voz diciendo su nombre perduró en el aire como los últimos acordes de una canción.

Desesperada por quitárselo de los oídos, Eliana se giró para mirarlo.

—Afirmas que soy tu reina.

Simon se detuvo.

—Sí.

—Y tú eres un soldado. Mi consejero y mi protector.

—Sí —replicó Simon en voz baja—. Siempre, Eliana.

—Entonces aconséjame, como has hecho, y protégeme, como sin duda continuarás haciendo, al menos hasta que ya no te necesite. Y, mientras tanto, apártate de mi camino.

Dicho eso, pasó junto a él y lo dejó solo en el sombrío pasillo.

Esa noche, Eliana estaba sentada ante la mesa de su dormitorio, incapaz de dormir, con un montón de libros antiguos abiertos ante ella.

Miró una de las páginas de texto diminuto, intentando por quinta vez leer el párrafo de presentación del capítulo que Simon le había señalado:

> *Los padres que tienen curiosidad sobre las inclinaciones elementales de sus hijos podrían comenzar las clases, bajo la supervisión de los acólitos del templo, tan*

pronto como la Iglesia considere adecuado. Las capacidades de cada niño son, por supuesto, únicas. Un niño podría ser capaz de acceder al empirium a los ocho años (aunque una edad tan temprana es inusual, y tal tutela solo debería suceder bajo la estricta supervisión de la Iglesia). Otro, incluso de la misma familia, podría no hacerlo hasta algunos años después, o no exhibir nunca poderes elementales de ningún tipo. Por ejemplo, un joven cantavientos de Quelbani, la capital de Mazabat, no fue capaz de acceder al empirium y usar los poderes que Dios le había entregado hasta los diecisiete años...

Murmurando una maldición, Eliana cerró el libro. Una nube de polvo le cubrió la cara, y estornudó y maldijo de nuevo, más alto, y le dio un puntapié a la pata más cercana del escritorio.

—Conozco un modo de salvar a Navi —dijo una voz justo a su espalda.

Eliana se giró, llevando una mano a Arabeth, en su cadera, antes de que su mente entendiera la verdad.

Miró la silueta oscura y ondulante de Zahra, cuyo inescrutable rostro se elevaba un metro y medio sobre el de Eliana. El cuerpo de Zahra cambiaba de un momento al siguiente: al principio era una silueta sin forma; después, el eco del majestuoso ángel de dos metros y medio que había sido, con sus gloriosas alas de luz y sombra agitándose a su espalda; y más tarde titilaba hasta desaparecer.

—Además —continuó Zahra. Su voz sonora era un bálsamo para la mente cansada de Eliana—, debo decirte que, mientras hablamos, Simon está merodeando por el palacio de muy mal humor. Bien hecho. Disfruto mucho cuando se enrabieta.

—De verdad, Zahra —la riñó Eliana—, tienes que dejar de entrar y salir de las habitaciones solo porque puedes hacerlo. No es de buen gusto.

—Viniendo de ti, que eres un dechado de educación y buenos modales, eso no significa mucho.

Eliana sonrió, tan agradecida por la interrupción que al principio ni siquiera había captado las palabras del ángel. Entonces se levantó, con el pulso acelerado.

—Espera. ¿Has dicho que conoces un modo de salvar a Navi?

Zahra parecía extremadamente satisfecha. Se colocó un espectral mechón de su largo y blanco cabello sobre el hombro.

—Sí. Conozco un lugar en el que, con toda probabilidad, tendrán al menos una pequeña cantidad del antídoto para las acechadoras.

—Con toda probabilidad.

—Debo admitir que existe una posibilidad de que me equivoque. Pero no creo que sea así.

—¿Está lejos?

—No está muy lejos, no.

—¿Es peligroso?

—Tremendamente. De hecho, mi reina, me siento muy reacia a contarte esto, porque no es un lugar que me gustaría que visitaras. Pero... —Zahra se acercó flotando y le puso la mano en el hombro. El roce del espectro fue una brisa suave, fría y sedosa— sé que la quieres mucho, mi reina, y que su estado te hace sufrir.

—Gracias. —Eliana le devolvió el gesto a Zahra lo mejor que pudo: un roce con la mano en su hombro. Fue como hundir los dedos en el agua helada, tan suave como la miel—. ¿Cuánto tiempo tardaremos en llegar a ese lugar?

—Un par de horas. Tendremos que movernos con cautela.

—¿Cómo se llama?

—En astavari, se llama Annerkilak. En la lengua común, se le denomina el Nido. Es unos de los mercados negros más peligrosos del mundo, y uno de los pocos en los que hay mercancías angélicas robadas.

Eliana asintió.

—Como el antídoto para las acechadoras.

—Y, como puedes imaginar, un lugar así está muy bien protegido; no solo por humanos, por espectros también. Un contingente entero de ellos que no son leales a nadie más que a sí mismos: ni a la Corona Roja, ni al emperador. Supervisan el mercado entero. Nadie puede encontrar el Nido si ellos no quieren que lo haga. Es un juego para ellos, hacer trueques y tratos, atormentar a los ladrones, deleitarse con las riquezas. Es una distracción de su miseria.

Eliana se giró para detenerse ante las ventanas. Más allá, el cielo nocturno se extendía sobre las montañas de cumbres nevadas. La mañana empezaba a rozar el lejano cielo del este.

—¿Saben los reyes de ese lugar? —preguntó después de un largo momento.

—Sí. Deben mantener un difícil equilibrio: permitir que el Nido exista y que sus espectros lo manejen a voluntad, pero evitar que crezca y se trague la ciudad entera. Un lugar como el Nido es inevitable en un mundo como el nuestro, y los reyes tienen batallas más importantes que luchar.

—¿Y Simon? ¿Lo conoce él?

—No, que yo sepa —dijo Zahra con picardía—. Aunque, como sabes, mi reina, mi habilidad para leer esa mente horrible y destrozada es poco fiable. —Se detuvo y frunció el ceño—. Espero que no me pidas que se lo cuente ni que le proponga que nos acompañe.

—Al contrario. Si vamos a ese lugar... Es decir, cuando vayamos a ese lugar, lo dejaremos aquí para que se enfurruñe preguntándose dónde estamos.

Zahra pronunció las palabras alrededor de una sonrisa que era como una costilla oscura.

—Un plan excelente, mi reina.

—¿Me esconderás de él? ¿Te asegurarás de que no se entere nada?

—No podrá seguirnos, mi reina. Eso puedo prometértelo. Pero hay algo que debo contarte.

Notando una nota de vacilación en la voz de Zahra, Eliana se giró con los ojos entornados.

—Creo que esta parte no me va a gustar.

—Crees bien. Verás, mi reina, me niego a llevarte al Nido hasta estar segura de que puedes defenderte.

Eliana levantó las cejas.

—¿No lo he demostrado ya una docena de veces?

—Eso fue antes. —La oscura e insondable mirada de Zahra se detuvo en el cuero cabelludo de Eliana, donde la herida del ataque de Navi seguía doliéndole un poco—. Ya no eres la Pesadilla de Orline. Eres frágil. Y mi capacidad para protegerte es relativa, debido a mi impredecible fuerza. Sobre todo, porque haré un esfuerzo considerable para enmascarar nuestros movimientos, tanto ante Simon como ante los espectros que viven en el Nido.

Eliana abrió la boca para protestar, pero Zahra descendió y la miró a los ojos.

—Sin discusiones, mi reina —dijo Zahra—. No capitularé en este punto. Tu seguridad es primordial, y ahora está comprometida.

—¿No puedes traer el antídoto tú sola? —Eliana agitó la mano—. ¿Poseer un cuerpo, o forzar los movimientos de un ladrón?

—Sabes que para mí es difícil hacer eso. No conseguiría controlar un cuerpo el tiempo suficiente para robar algo de allí. Y, además, me descubrirían en cuanto lo intentara. Los espectros del Nido son especialmente sensibles a la presencia de aquellos que son como ellos. Te acompañaré para protegerte, pero debo mantener mi presencia tan oculta como sea posible para evitar que me detecten.

Eliana se tragó las cinco primeras respuestas que acudieron a su mente.

—Muy bien, entonces. ¿Qué debo hacer para aprobar el examen que me has preparado?

—Por mucho que me duela decirlo, harás lo que Simon te ha pedido —contestó Zahra—. Leerás y practicarás y aprenderás.

El duro nudo regresó a la garganta de Eliana; un compañero constante en los últimos días.

—Quieres que desarrolle mi poder —dijo, con la voz atrapada por las garras de la ira—. Igual que él. Quieres convertirme en algo que no soy.

—Quiero que comprendas quién y qué eres en realidad —replicó Zahra—. Quiero protegerte de ti misma y evitar que el poder con el que naciste te consuma, como hizo con tu madre.

La inesperada mención de la Reina de la Sangre golpeó a Eliana como una ráfaga abrupta y fría.

—¿Y si me niego?

La mirada de Zahra fue inmisericorde.

—Entonces no te llevaré al Nido y no conseguirás el antídoto. Y, muy pronto, Navi morirá.

5
RIELLE

«Cuando la ola llegó a nuestra ciudad, hermano, lady Rielle atravesó el cielo hasta alcanzarla. Se enfrentó a la furia de nuestra destrucción con el corazón libre de miedo, con el cuerpo tan brillante como el sol y su bestia divina refulgiendo como el fuego. Supe entonces que la Iglesia de Celdaria había hecho lo correcto al nombrar Reina del Sol a aquella joven. En el pasado, dirigía mis oraciones nocturnas a los santos. Ahora, son para lady Rielle. Que Dios la proteja de todo mal».

Diario de Reynar Pollari, gran magistrado
de la Casa de la Noche en Styrdalleen,
capital de Borsvall

Mientras Rielle atravesaba el cielo, el aullido del viento y el rugido del agua acercándose se tragaron todos sus pensamientos, menos uno:

«Detén la ola».

Cuanto más rápido volaba Atheria, con mayor ansia le lamía las venas su poder, hambriento y exigente. Lo habían refrenado injustamente en la aldea, mientras los soldados de Ingrid atacaban a sus seres queridos. Había ansiado saltar en su ayuda, destruirlo todo, y ahora cobró vida como una llama en un campo empapado en combustible. La lluvia le golpeaba el cuerpo con sábanas frías. La fuerza de la ola y la tormenta que se arremolinaba sobre su cabeza le succionaron el aire de los pulmones.

Pero nada de eso importaba, no ahora que su poder había cobrado vida en las yemas de sus dedos porque se enfrentaba a un muro de agua que se dirigía hacia la playa, la ya asolada playa de guijarros blancos, cubierta por los restos de los naufragios. Y hacia las carreteras que serpenteaban sobre la playa, empapadas e inundadas, y hacia la gente que corría frenéticamente por las calles golpeadas por el mar en dirección al castillo, desesperada por llegar a terrenos más elevados.

No pudo resistirse. Guio a Atheria a lo largo de los sinuosos caminos junto a la costa y sonrió contra su crin empapada por la lluvia al oír los gritos de los que estaban abajo. Asombrados al verla con su bestia divina, se detenían a observarla, la saludaban con la mano y gritaban, a pesar de la muerte que corría hacia ellos.

Como debe ser, murmuró Corien. En la mente de Rielle, su voz sonó tan suave que podría haber sido un hilo de seda arrastrado de manera vacilante por la parte posterior de su cuello.

Rielle se estremeció y dirigió a Atheria hacia el mar.

La ola gemía al moverse, succionaba ávidamente todo lo que tocaba: la costa, las montañas que bordeaban el agua, el aire que rasguñaba las mejillas de Rielle. Miró abajo una vez más; aunque el viento le humedecía los ojos, distinguió a la multitud reunida en el rompeolas para verla, oyó sus tenues gritos de terror.

Era amargo y horrible tener que salvarlos, a aquellos bárbaros, a aquellos idiotas. Debería darse la vuelta, obligar a Audric y a Ludivine a montar en Atheria y llevarlos a casa. Si Ludivine intentaba detenerla, la heriría, solo lo suficiente para incapacitarla, y más tarde le pediría perdón.

Y si estallaba una guerra debido a sus actos, lideraría el ejército que en el pasado había pertenecido a su padre sobre las derruidas ciudades de Borsvall y pondría a los enemigos supervivientes de rodillas.

Pero no podía olvidar las palabras de Audric: «Si salvas su capital, no tendrán más opción que aceptar nuestras condiciones para la paz».

Cerró los dedos con fuerza sobre la crin de Atheria.

Esperaba que Audric tuviera razón.

La ola cayó sobre ellos como una violenta montaña negra de rocío, de espuma y de furiosa energía. Con una punzada de miedo, Rielle recordó la avalancha a la que se había enfrentado en su primera prueba. La furia de la ola era la de un millar de avalanchas. Bullía, tronando inexorablemente, cada vez más cerca, consumiendo el resto de los sonidos: su propia respiración jadeante, el pesado golpear de las alas de Atheria. Rielle la acercó tanto como se atrevió a la ola; el enorme cuerpo gris del chavaile temblaba mientras luchaba desesperadamente contra el viento con sus alas empapadas.

Cerró los ojos y dejó florecer su poder. «Ven a mí», pensó, liberando su mente, imaginando su cuerpo expandiéndose más allá de sus frágiles líneas. El viento, cargado de agua, le azotaba la piel; la sal le escocía en los ojos.

Pero era inmensa. Estaba hecha de oleaje y de viento, y aun así era más que cualquiera de esas cosas, podía controlarlas como quisiera, y lo haría. Las haría suyas. Sintió su energía, su fuerza irreflexiva y pura, como la muda atracción del deseo tensando su piel.

«No me rompo ni me quiebro», rezó, recordando la voz de Tal acompañándola, guiándola a través de sus oraciones. Se recordó con cinco años, segura en su regazo. Recordó las manos del tutor ayudándola a pasar las páginas de *El libro de los santos*.

«No puedo ser silenciado». Despacio, abrió los ojos. El mundo estaba delineado por infinitesimales granos dorados. La ola estaba llena de ellos; giraban en un resplandor delirante. Iluminaban el rugiente aire como estrellas. Rielle buscó con su mente y atrapó cada jirón de viento que pudo encontrar. Las ávidas ráfagas coronaron las yemas de sus dedos.

Inhaló y el aire se combó emulando a sus pulmones.

«Estoy en todas partes».

Entonces abrió los ojos y elevó sus palmas extendidas.

El aire caliente se agitó, explotó desde sus manos para golpear la ola e inmovilizarla, como un dique. El agua golpeó un millar de redes de oro interconectadas. El impacto le devolvió una ráfaga de viento que casi la tiró de Atheria, pero el chavaile bajó la cabeza contra la estremecedora fuerza de la colisión, batió las alas y movió las patas con fuerza, y las mantuvo a ambas con firmeza en el aire.

Rielle apretó los dientes y se agarró a ella, luchando contra el deseo de bajar los brazos y dejar que la ola rompiera. A pesar de la abrasadora conexión de sus huesos con su sangre y con el destellante mundo que había más allá de las puntas de sus dedos, su visión se oscureció, sus músculos gritaron una protesta. El mensaje estaba claro: ella era solo una chica, y aquella ola era una fuerza inconquistable.

«No», le dijo a su dolorido cuerpo. «Yo soy una fuerza inconquistable».

El muro dorado se onduló y cambió: primero era invisible, después un conjunto de infinitas y brillantes motas doradas y, por último, invisible de nuevo. La ola giró, regresó al océano y se lanzó otra vez hacia delante, más pequeña ahora.

—Despacio —susurró una y otra vez, con el cuerpo tembloroso—. Tranquila, tranquila, tranquila.

Dudaba que las palabras ayudaran a que el agua se asentara más rápido, pero si no hablaba, se desmayaría. El reverberante sonido de su voz le recordaba el mundo que había tras aquel muro y aquella ola, la gente cuyas vidas dependían de su fuerza.

Audric y Ludivine, que la observaban desde las montañas.

Ilmaire e Ingrid, que, con suerte, habrían caído de rodillas ante la gloria de su poder.

Rielle cerró los párpados, mareada. No era una chica tiritando por la lluvia y la furia. No. Era un conducto. El mundo atravesaba su cuerpo y, al hacerlo, se volvía más vívido, más nítido. Escuchaba su voluntad y la obedecía. Exhaló, y el mundo exhaló con ella. Tembló y se sujetó con fuerza, y también lo hizo el muro de su creación. Movió los dedos como si acariciara el lomo de un sabueso inquieto, y observó cómo decrecían las aguas.

Al final, cuando la ola se aplanó y el mar se quedó en calma, dejando los restos esparcidos por la costa, cuando el graznido de las gaviotas regresó dubitativamente al aire, Rielle bajó sus brazos doloridos. El movimiento la hizo gritar; tenía los músculos agarrotados, y le dolían los dedos al recuperar la circulación. Deseaba derrumbarse contra el cuello de Atheria y dejar que la bestia divina la llevara a alguna tranquila caverna en la cumbre de una montaña, como había hecho aquel primer día, cuando la había salvado de la muerte para acogerla en el nido de sus alas.

Pero, en lugar de eso, susurró contra la crin empapada por el mar:

—Llévame con Audric, bonita.

Atheria obedeció y se lanzó de nuevo hacia la ciudad. Rielle observó las calles empapadas con los ojos llenos de lágrimas. Había edificios de piedra blanca incrustados en las montañas; torres estrechas y altas atravesando las nubes bajas; jardines en las azoteas, complicados y verdes en la decreciente niebla; árboles aplastados por la lluvia y el viento. El cielo estaba oscuro, y las farolas de la ciudad cobraron vida con indecisión. Habían pasado horas, descubrió Rielle con una leve punzada de alarma. Volvía a ser consciente de los límites de su cuerpo, de sus dedos hinchados y cortados por el viento, de su boca apergaminada y agria.

Atravesaron una bruma de nubes y se acercaron a una amplia plaza de piedra próxima a lo que parecían ser las puertas principales del castillo. Cientos de personas se habían reunido allí, abarrotando cada pequeño espacio libre. Seguían el avance de Atheria y, cuando descendió, el rugido de la multitud se volvió ensordecedor.

Pero Rielle, tiritando de frío, solo podía concentrarse en una cosa: Audric corría hacia ella, y Ludivine iba justo detrás. Un grupo de soldados uniformados los seguía, incluyendo al príncipe Ilmaire y a la comandante Ingrid.

Rielle apretó las enredadas crines de Atheria con sus dedos doloridos y en carne viva.

—Si intentan hacernos daño otra vez, no les mostraremos piedad.

Atheria relinchó, con reservas, y en el momento en el que sus cascos rozaron la piedra, Rielle desmontó con paso vacilante. La multitud las rodeó, y los soldados de Ingrid la apartaron de ellas, dejándoles espacio. Cuando el príncipe Ilmaire se acercó, Rielle levantó la barbilla y preparó un comentario cortante con el que esperaba borrarle la sonrisa de la cara.

Pero ni siquiera tuvo la oportunidad de decir su nombre.

Antes de que pudiera hacerlo, el príncipe se arrodilló ante ella y bajó la cabeza, y los que lo rodeaban siguieron su ejemplo: la guardia real, los soldados que los habían amenazado en las colinas de la aldea, un grupo de personas con elaboradas túnicas que Rielle identificó como los grandes magistrados de Borsvall.

La última en postrarse fue la comandante Ingrid, con una mirada letal... Pero lo hizo, y la multitud lanzó un vítor en respuesta. Arrojaron sus pañuelos empapados y los lazos que llevaban en el cabello sobre el suelo de piedra de la plaza. En las azoteas que rodeaban el lugar, asomados a las ventanas y a los balcones, los ciudadanos zapatearon y agitaron los brazos, llamando a Rielle como si estuvieran desesperados por ganarse al menos una mirada suya.

Ella se giró hacia Audric y lo encontró sonriéndole. Solo al ver su rostro se dio cuenta de lo cansada que estaba, de lo cerca que se encontraba de desplomarse. Había detenido un maremoto. Había domado el mar.

Se rio un poco, sin aliento, y cuando Audric y Ludivine se dispusieron a arrodillarse como los demás, negó con la cabeza y tomó sus manos.

—Vosotros no —dijo—. Vosotros nunca.

Entonces, con ellos a su lado, con sus dedos entrelazados con los suyos, Rielle levantó los brazos al cielo y escuchó con satisfacción los gritos de devoción del gentío haciendo temblar la piedra bajo sus pies.

Rielle soñó con olas tan grandes como el mundo…, con olas infinitas, con voces que bostezaban y gemían.

Las atravesaba con facilidad, como una niña saltando charcos. Cuando las tocaba, remitían. Las empequeñecía. Ella se cernía sobre el mundo. Lo sostenía, curiosa, en su palma.

Entonces, la voz de Ludivine (amable, pesarosa) la hizo despertar, regresar a los espaciosos aposentos a los que Ilmaire los había escoltado unas horas antes. Se habían bañado y habían descansado todos juntos en la cama más grande, y ahora Ludivine estaba hablándole, apartándole el cabello húmedo de la cara.

Debemos irnos pronto. No podemos demorarnos aquí. He tenido tiempo para leer la atmósfera mientras dormías, y ahora lo comprendo.

«¿Irnos?». Rielle se incorporó, frotándose los ojos. «¿Adónde?».

Ilmaire viene de camino, e Ingrid, y una escolta de guardias.

Rielle se puso tensa.

—Audric —dijo, zarandeándolo suavemente—. Despierta.

No debes temerlos. Te has ganado su lealtad. Ludivine hizo una pausa. *Bueno, a decir verdad, la de Ingrid todavía está por conquistar, pero no volverá a actuar en nuestra contra. No por ahora. Sin embargo, Rielle, la Puerta…*

El miedo de Ludivine se congregó en los límites de la mente de Rielle como una nueva tormenta.

Esa ola la provocó la Puerta. Y vendrás más olas, más tormentas, con el paso de los días.

Un lento escalofrío espabiló a Rielle por completo.

«¿Qué quieres decir?».

—¿Rielle? —murmuró Audric, con la voz ronca por el sueño—. ¿Qué pasa?

Te contaré más, le aseguró Ludivine, *y también a Audric, tan pronto como estemos solos. Pero, por ahora..., necesitamos un barco. El más rápido que tengan.*

Rielle tocó el brazo de Audric.

—Lu dice que Ilmaire viene hacia aquí, y también Ingrid. Llegarán pronto.

«Pero Tal, la reina Genoveve, todos los que están en casa, estarán preocupados y querrán que regresemos de inmediato».

Tendrán que esperar, dijo Ludivine con firmeza. *Debemos visitar la Puerta tan pronto como sea posible y evaluar el daño que los míos le han hecho antes de que sea demasiado tarde. Antes de que ocurra algo más desastroso.*

Rielle tragó con dificultad.

«¿Antes de que escapen más ángeles?».

No podemos retrasarlo más, fue la serena respuesta de Ludivine.

Entonces llamaron a la puerta. Un guardia anunció la llegada del príncipe Ilmaire y de la comandante Ingrid.

Rielle se levantó e hizo una mueca ante la rigidez de su cuerpo. Aunque todavía se sentía aletargada por el té de amapola que los criados de Ilmaire le habían ofrecido para relajar sus maltratados músculos, consiguió mostrar una expresión de supremo desdén cuando Ilmaire entró en la habitación, seguido por Ingrid y sus cuatro guardias.

—Príncipe Audric, lady Rielle, lady Ludivine. —Ilmaire sonrió de oreja a oreja, con los ojos brillantes y las mejillas arreboladas—. Espero que os sintáis mejor después de unas horas de descanso.

A su lado, Ingrid tenía los hombros tensos, la mandíbula apretada.

El enfado de Audric siempre había sido sutil, bien controlado, pero Rielle captó el rasgueo en su voz.

—Deberíais felicitar a vuestros criados por su hospitalidad y sus atenciones —dijo, con chispas de un oscuro fuego invadiendo su mirada.

Ilmaire no pareció percatarse del tono afilado de la voz de Audric.

—No sé qué decir. Me siento como si me hubiera adentrado en una historia de la Primera Era, cuando la magia del empirium brillaba en todas las cosas.

—Esto no es un cuento de niños, Ilmaire —murmuró Ingrid, con el tono de alguien que ha dicho eso mismo un sinfín de veces antes—. Esto es la realidad.

—No es una realidad que yo haya conocido antes. —Ilmaire miró a Rielle con una leve expresión de asombro—. Lady Rielle, ¿tiene tu poder algún límite?

—Si lo tuviera —dijo Rielle—, no te lo contaría.

Ingrid apretó los labios, pero antes de que pudiera contestar, Audric dio un paso adelante.

—Deberíamos hablar de lo que ocurrió ayer.

La expresión de Ilmaire se apagó por fin.

—Lo sé. Fue una decisión apresurada y abominable tomada por gente que, asustada por lo que nuestro reino ha sufrido en las últimas semanas y meses, permitió que el miedo dominara sus mentes.

No miró a Ingrid al hablar, pero un rígido cordón se tensó entre ellos. Rielle se preparó, esperando que se rompiera.

Pero transcurrió un instante de silencio, y después otro.

—Espero —dijo al fin Ilmaire—, que nos deis una segunda oportunidad.

—Nos atacasteis —le espetó Rielle—. Nosotros no os habíamos hecho nada.

No pierdas el tiempo en esto, le aconsejó Ludivine. *Tenemos cosas más importantes de las que ocuparnos.*

Rielle no le hizo caso y miró con furia a los hermanos reales. Ilmaire la observó, firme y triste, pero Ingrid apartó los ojos y sus pálidas y pronunciadas mejillas se colorearon, a pesar de que su boca siguió congelada en una mueca.

—¿Estos son los valores de la poderosa nación de Borsvall? —continuó Rielle—. ¿Atacáis a extranjeros inocentes siempre que tenéis miedo? No es de extrañar que vuestro reino esté en semejante estado. Sois todos extremadamente idiotas.

—Rielle, esto no ayuda a nadie —dijo Audric en voz baja.

—Me da igual. —Caminó hasta las ventanas y miró el amanecer. La ciudad era una aguada de luz rosada y de nieve blanca, con luces diminutas titilando a lo largo de las calles serpenteantes—. Casi desearía que nos hubierais hecho algo. Merovec Sauvillier se habría vuelto loco de ira si le hubierais infligido algún daño a Ludivine. —Lanzó una sonrisa cruel sobre su hombro—. El Escudo del Norte habría caído sobre vosotros durante la noche y habría matado a todos vuestros seres queridos.

Ingrid se mantuvo rígida junto a su hermano.

—Estoy perdiendo rápidamente la poca paciencia que me queda.

—Parad. —Audric se interpuso entre Ingrid y Rielle, ocultando a la una de la vista de la otra—. Si vamos a seguir adelante con la tregua, debemos esforzarnos de verdad, y no solo fingir que nos entendemos. —Hizo una pausa—. Y, aunque tenemos mucho que discutir sobre cómo comenzarán nuestros países a trabajar en una alianza, debo haceros una petición de inmediato.

Rielle frunció el ceño, sorprendida. «¿Qué está haciendo?».

Le he dicho que debemos viajar a la Puerta, le contestó Ludivine.

Eso sobresaltó a Rielle, como si hubiera tropezado con un escalón que no había visto. «¿Le hablas mentalmente, como haces conmigo?».

No tan a menudo. Y no tan fácilmente. Pero, cuando debo hacerlo, lo hago.

Rielle se cruzó de brazos, molesta: «¿Por qué acabas de hablarle?».

La respuesta de Ludivine fue amable.

Porque tú sigues demasiado enfadada para que pueda confiarte a ti las relaciones diplomáticas.

Se trataba de una verdad evidente, pero aun así le irritó oírla.

Oh, Rielle. Ludivine parecía ligeramente sorprendida. *Estás celosa porque hablo con él así. En nuestro modo especial.*

«No lo estoy», mintió Rielle, sabiendo que Ludivine notaría la mentira de todos modos.

Lo estás, y te adoro por ello. La tenue sensación de Ludivine besándole la mejilla atravesó sus pensamientos como una semilla de algodón en el aire. *Mi niña querida.*

—Necesitamos un barco —continuó Audric—. El más rápido del que dispongáis. Y que lo tripulen los marineros a los que confiéis vuestras misiones más importantes. Podéis acompañarnos, si deseáis hacerlo, pero debemos partir pronto. Al alba, si es posible.

Ilmaire parecía sorprendido.

—¿Por qué?

—Mi consejo de magistrados tiene razones para creer que la Puerta se ha debilitado —continuó Audric, echándole un vistazo a Ludivine—, y que esa es la causa de los distintos sucesos extraños que se han producido en todo el mundo: las tormentas que han dañado las ciudades costeras de Meridian, Ventera y Astavar fuera de temporada; los meses de sequía en las Vespertinas, y las tormentas que han asolado vuestro reino.

El silencio llenó la habitación. Fuera, en la terraza, Atheria repitió el canto de un pájaro con su propio y chirriante relincho.

—¿Cómo pueden saber tus magistrados que la Puerta se está debilitando? —le preguntó Ingrid, cuya voz sonó más débil y menos cortante que apenas unos momentos antes.

—Hace unos días estuve discutiendo esta posibilidad con los magistrados Saksa y Pollari, de hecho —dijo Ilmaire. La luz había regresado a sus ojos, y Rielle reconoció su expresión: era la que mostraba Audric cuando las aleccionaba sobre algún complicado dato obtenido durante las horas que pasaba en la biblioteca.

—Los tres veis catástrofes en un simple árbol caído —le espetó Ingrid a Ilmaire—. Las anheláis. Las ansiáis.

—Visitar la Puerta no puede hacernos ningún mal —señaló Ludivine—. Si se mantiene firme, así seguirá, y descartaremos que las olas, las sequías y las tormentas tengan algún significado más allá del desafortunado azar.

Ilmaire la observó en silencio.

—¿Y si se ha debilitado?

La respuesta era algo en lo que Rielle llevaba semanas pensando, desde los días anteriores al funeral del rey Bastien: «En ese caso, tendré que restaurarla».

—Entonces, ya que Celdaria y Borsvall son los dos territorios más cercanos a las Solterráneas —contestó Audric—, será mucho más importante que nos una la paz.

Ilmaire asintió, poniéndose en pie.

—El Kaakvitsi podría hacer el viaje en poco más de una semana, con viento favorable.

—¿Por qué necesitáis uno de nuestros barcos? —Ingrid señaló la terraza con irritación—. ¿No podéis volar en vuestra bestia divina hasta las Solterráneas?

—Podríamos hacerlo, sí —contestó Rielle de inmediato—, pero preferiría viajar cómodamente, ya que mi cuerpo tardará algún tiempo en recuperarse después de salvar vuestra ciudad de la destrucción total.

—Prepararé el Kaakvitsi —dijo Ilmaire antes de que Ingrid pudiera contestar. Rielle creyó verle esconder una sonrisa—. Le pediría a nuestro padre que nos acompañara pero, como sabéis, lleva unos años enfermo y no está lo bastante fuerte para hacer el viaje. Mi hermana y yo iremos con vosotros en su lugar. Mientras estemos a bordo, disfrutaréis de todas las comodidades que os podamos proporcionar.

—Te estamos agradecidos, Ilmaire —le aseguró Audric con una pequeña sonrisa—. Gracias.

—Mientras preparas nuestro barco —añadió Rielle, disfrutando de la expresión de insubordinación de Ingrid e incapaz de refrenarse—, me pregunto si podría reunirme con vuestro Consejo Magistral. Comprendo que los perturbó saber de mi nombramiento y que pensaron, quizá, que no merecía el título de Reina del Sol o que se me otorgó injustamente.

—Lady Rielle —dijo Ilmaire rápidamente—, no creo que nadie que haya sido testigo de lo que conseguiste ayer dude que eres la Reina del Sol.

—No obstante, me gustaría mucho reunirme con ellos. Para tranquilizarlos, y para darles la oportunidad de disculparse por el ataque que sufrió Audric hace unos meses y el que ayer recibimos todos. —Sonrió a Ingrid con dulzura—. Supongo que entendéis lo importante que es para mí.

Ingrid abrió la boca para contestar, pero Ilmaire la detuvo poniéndole una mano en el brazo... Una mano que ella apartó bruscamente.

—Desde luego, lady Rielle —le dijo el príncipe—. Me ocuparé de ello de inmediato.

Rielle inclinó la cabeza.

—Gracias.

¿Eso era necesario?, le preguntó Ludivine con ironía.

Y entonces oyó un eco, débil y cansado, satisfecho y solo para ella: *Bien hecho, Rielle.*

Rielle se puso tensa. Un fuego helado subió por su torso.

Ludivine lo notó de inmediato.

¿Qué pasa?

«Nada», mintió Rielle... Y supo, en el momento en el que la palabra se formó, que Ludivine no percibiría la mentira. Que algo lejano y taimado lo evitaría.

Y descubrió que se alegraba de ello, y que se sentía aliviada.

Le apretó la mano a Ludivine, tranquilizándola. «Solo ha sido un pequeño escalofrío».

6
ELIANA

«¡Hermanos y hermanas, amigos y compatriotas, no dejéis que estos humanos os engañen! Os prometen paz, pero lo que desean es nuestra destrucción. Podéis sentirlo en sus mentes tan bien como yo, pero os habéis dejado convencer porque estáis cansados y desesperados por la paz. Yo os pido que busquéis en vuestras mentes antiguas la fortaleza que sé que poseéis. ¡Os pido que os quedéis conmigo aquí, en estas costas heladas, y que luchéis por nuestra tierra! ¡Este es nuestro mundo! ¡Nacimos en él, y no dejaremos que estos humanos, de mentes débiles y corazones medrosos, nos hagan huir como cobardes a la oscuridad!».

Discurso del ángel Kalmaroth a las tropas angélicas
antes de la batalla de las Estrellas Negras

Debajo del palacio de Dyrefal y de las calles de oscuros adoquines de Vintervok, enterrado bajo las montañas cubiertas de nieve, había un mundo de piedra y titilantes sombras.

Escoltada por Zahra, Eliana recorrió con asombro los altísimos pasillos de obsidiana. Cada nueva sala era distinta de la anterior: algunas eran amplias, bordeadas de hileras de arcos de piedra gris con grabados de los santos en la guerra; otras, estrechas y silenciosas, cubiertas de estantes con libros, como si incluso las montañas se agacharan para oír los secretos que susurraban las páginas.

Había antorchas alargadas en las paredes, de un elaborado hierro forjado que lanzaba sombras cambiantes sobre cada superficie, creando la ilusión de que estaban caminando bajo el dosel de un bosque agitado por una brisa suave. Enormes tapices decoraban los muros, calentando los fríos pasadizos de piedra con representaciones de santa Tameryn, con dagas en las manos y sombras retorciéndose en sus rizos. El humo de las oraciones endulzaba el denso aire. Eruditos con túnicas azules y negras conversaban en voz baja, y los lugareños acudían de la montaña para rezar de rodillas ante las resplandecientes imágenes negras de santa Tameryn en combate, en meditación, en reposo.

Allí no había ídolos del emperador como los que salpicaban las calles de Orline; no se habían arrasado los templos ni destrozado las estatuas.

Aquel era un mundo que el imperio no había tocado, y Eliana no sabía cómo existir en él.

Apartó los ojos de la mirada vacía de santa Tameryn y posó la mano derecha sobre Arabeth, en su cadera, para recordarse quién era. No era una cobarde, a pesar de las insinuaciones que destellaban en los ojos de Simon. Tampoco era una reina, ni la heredera perdida de un reino muerto.

Era Eliana Ferracora. Hija de Rozen y Ioseph. Hermana de Remy.

Era la Pesadilla de Orline.

Su fortaleza no yacía en su sangre ni en la magia, sino en sus músculos, en la agilidad de sus pies, en su habilidad con sus dagas.

Lo dijo diez veces, como si rezara con el rosario de su padre: palabras que en realidad no creía, pero que de todos modos le proporcionaron consuelo. Después se imaginó que su duda era una pequeña criatura lloriqueando en una húmeda habitación, y la encerró tras una puerta de hierro.

Tendría que ignorar esa duda, que tragarse su resistencia ante de la idea de que hubiera magia en su sangre. Si quería salvar a Navi, tendría que satisfacer a Zahra. Tendría que invocar de nuevo su poder, igual que había hecho en la bahía de Karajak. Tendría que demostrar que era capaz de blandirlo, que era diestra y decidida al defenderse.

De algún modo, tendría que controlarlo, y ser capaz de hacerlo fácilmente y a voluntad.

La idea le formó un nudo en el estómago.

—Recuerda, quédate cerca de mí —murmuró Zahra, cerniéndose sobre ella—. Habla en voz baja y no te quedes atrás. Debemos darnos prisa. Si me fallan las fuerzas, y tienes que apañártelas sola sin que yo pueda ocultarte...

—¿Apañármelas sola ante una gente cuyos hogares acabo de salvar de la invasión del imperio? —replicó Eliana—. Creo que me irá bien.

—En Astavar no todos disfrutan con la idea de que estés en el palacio, mi reina. Lo que hiciste en la playa ha asustado a muchos.

«Incluyéndome a mí», pensó Eliana con tristeza.

Mientras seguía a Zahra durante lo que le parecieron horas, bajando escaleras retorcidas y atravesando pasadizos de piedra cada vez más toscos, dibujó un mapa en su mente. Pero cuando el aire se enfrió y el peso de la montaña comenzó a aplastarle los hombros, su mapa mental se desintegró. No sabía dónde estaba; la ruta había sido demasiado laberíntica para que pudiera encontrar el camino de vuelta sola.

Cuando las sombras se hicieron tan densas que Zahra desapareció en ellas, Eliana se sacó la pequeña lámpara de gas del bolsillo de la capa y giró el cierre de la base.

—Para —dijo Zahra en voz baja.

Pero Eliana ya se había detenido, pues la imagen que tenía delante la había dejado sin habla.

La pequeña llama de su lámpara iluminaba la orilla de un lago negro. Los muros de la caverna se alzaban, altos, a su alrededor, cubiertos de gemas resplandecientes. Formaciones rocosas sobresalían de las paredes, creando acantilados sobre el agua. En el centro del lago había pequeñas islas, como las jorobas de una bestia. Eliana lo miró todo con los ojos entornados, bajo la tenue luz de la lámpara.

—No temas, mi reina —dijo Zahra, divertida—. Este no es el lugar peligroso del que te hablé.

Eliana la siguió por la orilla del lago. El terreno era de dura piedra negra salpicada de diminutas vetas de amatista que relumbraban a la luz de la lámpara.

—¿Dónde estamos, entonces?

—Estamos muy por debajo de Dyrefal —contestó Zahra—, en un retiro privado que vuestra santa Tameryn pidió a sus compañeros que la ayudaran a construir para santa Nerida. En el pasado, cuando todavía había magia, este fue un refugio de luz y verdor.

A Eliana le resultaba familiar. Buscó en su memoria una de las muchas historias de Remy sobre los santos.

—Eran amantes, ¿no? —Atisbó una estructura escondida en una cala poco profunda—. Nerida y Tameryn.

Un muro de piedra conectaba la estructura con la orilla, y fue allí donde Zahara se detuvo y miró atrás. La llama de la lámpara no la iluminaba; era un abismo de oscuridad ante la débil luz ambarina.

—Lo eran —contestó el espectro—. Ven, mi reina. Con cuidado.

Eliana dudó un instante antes de seguir a Zahra por la resbaladiza piedra hasta la estructura. La lámpara reveló poco a poco un elegante mirador circular cuyas pulidas columnas de piedra estaban descoloridas y cubiertas de limo, y en cuyo tejado de azulejo brillaban los fragmentos de cristal. El agua lamía suavemente los peldaños, empujada por una leve brisa subterránea.

—Creo que es importante que tengas un lugar propio donde practicar la magia —dijo Zahra, deteniéndose por fin entre dos columnas—. Un lugar lejos de miradas indiscretas, enlazado con el Viejo Mundo en el que vivió tu madre. Por eso te he traído aquí.

Eliana recorrió el mirador con cautela, inspeccionando sus columnas, las motas de piedras que brillaban en el suelo. Un instinto infantil le decía que, si caminaba con demasiado ímpetu, despertaría a los fantasmas.

Un instinto más infantil todavía la impulsaba a huir de aquel lugar (de Vintervok, de Simon, incluso de la responsabilidad que suponía Navi) sin mirar atrás.

Entonces se le ocurrió una idea, y se aferró a ella con avidez. Haría cualquier cosa para postergar el momento inevitable de sentarse allí, ante la mirada expectante de Zahra, e intentar invocar una magia que no comprendía.

—Este fue un retiro que se construyó para santa Nerida —dijo despacio, deslizando los dedos por la piedra pulida de la columna más cercana—. Fue un regalo de santa Tameryn para ella.

—Sí, mi reina —contestó Zahra.

—¿Y qué se siente al estar en un espacio construido por aquellas que condenaron a los tuyos al Profundo?

El silencio que siguió a su pregunta se dilató hasta llenar la cueva entera. Eliana tomó tres controladas inspiraciones antes de girarse para mirar a Zahra.

El espectro se estremeció, severo. Fue como si adquiriera cierta textura, como si acabara de emerger de la tierra cubierta de turba. La luz de la lampara creaba sombras extrañas en el aire que la rodeaba, dibujando oscuras cumbres de nada.

—Lo que yo sienta es irrelevante —dijo al fin, con una voz tan serena y fría como la piedra que Eliana tenía bajo los pies—. Para ayudarte no conozco mejor modo que estar aquí, y ayudarte es lo que decidí hacer cuando escapé de la Puerta.

—Pero ¿por qué? ¿Por qué no decidiste hacerme daño? ¿Hacernos daño a todos? —A Eliana le latía el corazón con fuerza, pero había ido demasiado lejos para dar marcha atrás—. ¿Por qué me ayudas? Yo debería ser tu enemiga.

Una oleada de emoción atravesó el rostro de Zahra.

—Porque el emperador no cejará en su búsqueda hasta encontrarte —contestó con tranquilidad— y, si lo hace, podría conseguir contigo lo que no consiguió con tu madre. Si eso ocurre, estaremos todos sentenciados, en este mundo y en otros.

Eso sorprendió a Eliana.

—¿En otros?

Zahra se quedó callada un momento. Después suspiró y descendió hasta el suelo como si se deshinchara.

—Sería más fácil si pudiera enseñártelo, mi reina, como hice en tu celda de Fidelia. Mis palabras son inadecuadas. Me pierdo en ellas. ¿Me lo permitirías?

Eliana dudó, pero se sentó frente a Zahra en el suelo de piedra y colocó la lámpara a su lado. Cuadró los hombros, intentando no tener miedo. Ella había comenzado aquello, y lo terminaría.

—Sí —dijo—. Te lo permito.

—Seré breve, mi reina. Lo que estás a punto de ver podría desconcertarte.

Eliana asintió.

—Lo comprendo. —Se agarró las rodillas con fuerza, consiguiendo tragar a duras penas.

A continuación, como la vez anterior, Zahra se movió rápidamente hacia ella, como una ráfaga de humo exhalado, y desapareció.

Eliana abrió los ojos para ver un extenso mundo verde al alba: alegres bosques, campos de temblorosas florecillas silvestres, una colcha de estrechos ríos plateados.

Sobre su cabeza, en un despejado cielo azul, se arremolinaba un moratón. Mientras lo miraba, unas venas furiosas brotaron de su centro y se extendieron por el cielo, multiplicándose como grietas en el cristal.

Dio un paso atrás.

—Zahra, ¿qué es eso?

Zahra apareció a su lado, alta y entera, con la piel de ébano. Estaba radiante, con el cabello blanco hasta la cintura y una brillante armadura plateada. Unas alas de luz y de sombra titilaban en su espalda cuando se movía, ahumadas y oscuras en un instante y rutilantes al siguiente.

—Es la Puerta, mi reina —contestó Zahra en voz baja y cansada—. Al otro lado están Avitas y tus queridos santos.

—Entonces eso significa...

—Sí. Estamos en el Profundo.

Eliana miró con curiosidad el idílico mundo verde que la rodeaba.

—Pero esto no es una prisión, es un mundo completamente distinto. Zahra, ¿a esto te referías? —Sentía un hormigueo en la piel, como si su cuerpo estuviera expandiéndose para acoger aquella nueva información—. ¿Es el Profundo otro mundo como el nuestro?

—Eso nos hicieron creer durante las negociaciones —dijo Zahra—. No se tuvo en cuenta que nosotros fuimos los primeros en vivir en el mundo de Avitas, y que los humanos evolucionaron más tarde. Los humanos eran más débiles, eso nos dijeron los santos y nuestros líderes. Los humanos no sobrevivirían fuera del mundo en el que habían nacido. Pero los ángeles éramos más antiguos, formas de vidas más avanzadas. Podríamos adaptarnos a la vida en otro mundo, y nuestra partida pondría fin a la guerra. Ambos bandos habíamos perdido a muchos. Ambos bandos ansiábamos la paz. Ese parecía el modo más sencillo de conseguirla, o eso nos hicieron creer.

Entonces señaló la magulladura del cielo. Bajó la voz, que sonó densa y amarga.

—Llegamos.

Algo se rasgó al momento siguiente, algo en la fibra del suelo que tenía debajo, en el aire que respiraba. El cielo se sacudió como si lo hubieran golpeado y el moratón se oscureció, atravesando el lienzo de la luz del sol de la mañana como la embestida de un mar furioso.

—Mira, mi reina —dijo Zahra con amabilidad, y Eliana obedeció, dándose cuenta en ese momento de que se había agarrado al brazo del ángel como una niña al de su madre después de una pesadilla.

Miró el cielo y lo vio abrirse.

De él manó una enorme nube negra, espesa y abundante, como la caída de un río oscuro. Se extendió por el aire, floreciendo, aumentando, y de ella brotaron sonidos que Eliana no había oído nunca. Más furiosos que un grito de guerra, más intolerablemente solitarios que el aullido de los lobos.

Y el verde y frondoso mundo que esperaba que una raza de ángeles construyera su nuevo hogar en sus onduladas colinas, se estremeció y se derrumbó.

Ocurrió rápidamente, como si la estructura del mundo hubiera sido edificada con prisa y la llegada de los ángeles hubiera desencadenado su caída. El cielo se redujo; ya no era una suntuosa extensión, sino solo un puntito de luz que retrocedía hacia un horizonte inalcanzable. Los prados verdes y los ríos plateados se fundieron en una abrupta negrura.

Los horribles alaridos se enterraron en el cráneo de Eliana. Cayó de rodillas, intentando tomar aire, pero sus esfuerzos eran inútiles. No podía respirar en aquel sitio. No había oxígeno, ni agua, ni noción alguna de profundidad o distancia. Se agarró el pecho y se dio cuenta de que ya no existía. No tenía pecho ni pulmones. Pero todavía estaba viva. Podía pensar, y conocía su nombre.

Sin embargo, cuando tanteó el aire no encontró nada: ni piernas ni caderas ni manos. Buscó en su mente, que parecía ser lo único que le quedaba. Quería llorar, pero el llanto era una idea atrapada en su cabeza.

Fue entonces cuando la golpeó el dolor.

Aunque no tenía cuerpo, lo sentía. No había desaparecido: se lo habían arrebatado, se lo había arrancado aquel lugar en el que ahora se encontraba y que no era un mundo joven y verde, listo para ser convertido en un nuevo hogar, sino un abismo, un espacio vacío entre el mundo de Avitas y lo que había más allá.

Los santos humanos habían mentido.

Eliana añadió su voz furiosa a los millones de ellas que la rodeaban, todas apiñadas en un espacio infinito y limitado a la vez. Quería golpear los muros que la contenían. Los destrozaría, regresaría a Avitas y aniquilaría a los santos.

Pero... no era más que un pensamiento, una consciencia, incorpórea e impotente.

Aulló y gritó, furiosa, durante siglos, y después...

... el mundo cambió. Volvía a ser ella. Eliana.

Contuvo un sollozo, rodeándose el estómago con los brazos. Se tocó la cara. Estaba viva. Estaba entera.

—¿Zahra? —gimió.

—Estoy aquí, mi reina —dijo Zahra en voz baja y pesarosa—. Observa.

Siete figuras brillantes miraban el extenso mundo verde, intacto y pacífico. Un mundo falso, una mentira ideada para engañar y someter a los ángeles.

Y era una buena mentira, una hábilmente creada. De lo contrario, los ángeles, con sus poderosas mentes, nunca la habrían creído.

Eliana buscó la mano de Zahra y se la agarró con suavidad.

—¿Cómo os engañaron? —dijo con un suspiro—. ¿Por qué los creísteis?

—Eran unos mentirosos excelentes —contestó Zahra—. Y tuvieron ayuda.

Señaló a las siete figuras que estaban de pie ante la grieta abierta en el tejido del mundo. Aunque el corazón todavía le latía con fuerza, a Eliana se le había aclarado la mente, porque entonces los reconoció. Después de largos años escuchando las historias de Remy, ahí los tenía: Tameryn, de cabello oscuro y piel dorada y sombras en la estela de sus dagas; la pálida Marzana, con su cabello blanco y su escudo rodeado de llamas.

Los santos.

Eliana habría caído de rodillas una vez más si Zahra no hubiera estado allí para sujetarla. Allí estaba san Ghovan y su carcaj de flechas, santa Nerida y su tridente, san Grimvald y su martillo, santo Tokazi y su cayado.

Santa Katell, la tejesoles, con la piel de un suntuoso marrón oscuro y el cabello recogido en un tenso moño trenzado, portando una resplandeciente espada de luz solar.

Y a su lado, alto y esbelto, asombrosamente guapo, había un ángel de piel cálida cuyo cuerpo encuadraban unas alas de luz y de sombra.

—Aryava fue un gran líder para los míos —dijo Zahra en voz baja—. Muchos creían ciegamente en él.

Eliana recordó que Remy le había contado la historia de Aryava y Katell: un ángel y una santa, unidos por un amor prohibido.

—Él murió en sus brazos —murmuró Eliana, recordando la voz de Remy—. Murió en los últimos días de la guerra.

Zahra asintió.

—Murió combatiendo a los ángeles que habían descubierto su traición y el engaño de los santos, y que lideraron un último levantamiento para intentar salvarnos. —Se produjo un instante de silencio. La voz de Zahra sonó cauta, deliberada—: La rebelión fue un fracaso. Los arrojaron al Profundo, igual que al resto de nosotros.

—Y las últimas palabras de Aryava...

—«Dos reinas surgirán» —dijo Zahra—. «Una de sangre, y otra de luz».

San Grimvald dio un paso adelante, mirando lo que Eliana sabía ahora que era el Profundo, aunque estaba enmascarado para parecer otra cosa.

—Si los enviamos ahí, los condenaremos. No conseguirán sobrevivir, no así.

Santa Katell asintió, con expresión ilegible.

—Y, si no lo hacemos, nos destruirán. —Miró a Aryava con un atisbo de duda en el rostro.

Él le agarró la mano, contemplándola con cariño.

—Esta es vuestra única esperanza —le dijo en voz baja—. Y la nuestra.

Entonces los santos y el falso mundo verde del Profundo desaparecieron en una niebla rauda y oscura.

Eliana volvió en sí, intentando respirar mientras las lágrimas bajaban por su rostro. De rodillas en la caverna de santa Tameryn, buscó la mano de Zahra y no encontró nada. La incorporeidad del espectro le golpeó el pecho con fuerza.

—Mi reina, respira, por favor —dijo Zahra con preocupación—. Sé que hay mucho que asimilar. Quizá no debería habértelo mostrado...

—No, has hecho bien. —Eliana se tomó un instante para respirar y después se sentó con la espalda apoyada en una de las columnas de piedra, temblando y con ganas de vomitar—. Los humanos estaban perdiendo la guerra contra los ángeles, y descubrieron cómo abrir la puerta a otro mundo.

—No era otro mundo —la corrigió Zahra con amabilidad—. Ni siquiera los santos eran lo bastante poderosos para hacer eso.

—Entonces, ¿existen otros mundos?

—Sí, mi reina. Se encuentran al otro lado del tejido de este, fuera del alcance de cualquier ser vivo. —Se detuvo—. Excepto...

—Excepto del de mi madre —dijo Eliana sin emoción—. Y quizá del mío.

Zahra inclinó la cabeza.

—No obstante, el Profundo era el lugar más alejado de nuestro mundo al que tus santos podían acceder. Usaron sus poderes elementales para crear una mentira, una falsa promesa de un nuevo mundo que los míos podrían habitar y transformar a su antojo.

—Y después os encerraron en este mundo falso, donde os... —al recordarlo sintió una arcada, y tuvo que tragar saliva— donde os despojaron de vuestros cuerpos.

—El reino entre los mundos es un espacio liminal —le explicó Zahra—. El empirium funciona aquí de un modo distinto. Es distante, frío. Deja un vacío en su estela. No hay materia, no hay percepción. No es posible ver u oír.

—Una cárcel. Justo lo que siempre nos han dicho. Pero vosotros creísteis que sería un nuevo hogar. —Miró a Zahra a través de un velo de lágrimas—. Estabais dispuestos a renunciar al vuestro para que hubiera paz entre nosotros.

Zahra no dijo nada; en sus ojos oscuros había una tristeza tan inmensa que Eliana ya no podía mirarla. En lugar de eso, fijó los ojos más allá del pequeño círculo de luz que le proporcionaba la lámpara, en el lago negro que apenas podía ver.

—¿Por qué quieres ayudarnos, después de lo que hicimos? —susurró Eliana—. Luchas para la Corona Roja. Luchas contra los tuyos por nosotros, que os mentimos, que os desterramos a este horrible lugar donde perdisteis el cuerpo.

Cerró los ojos. Era monstruoso, tan horrible que apenas podía creérselo.

Pero lo había visto. Lo había vivido.

—No te culparía si lucharas junto al emperador para destruirnos —le dijo.

—Y yo no culpo a tus santos por hacer lo que hicieron —contestó Zahra—. Nos condujeron al Profundo para salvar a los suyos. Era la única opción que tenían. Y tú...

Zahra le tomó la mejilla, creando una bolsa de aire frío contra su piel.

—A pesar de vuestro poder, sois criaturas frágiles. Habríamos vencido si la guerra hubiera continuado. Si vuestros santos no hubieran creado la Puerta, si no nos hubieran expulsado al Profundo, es probable que ni tú, ni Remy, ni Simon, ni el Portador de la Luz y la Reina de la Sangre hubieran nacido. La raza humana habría desaparecido.

Eliana negó con la cabeza. Las lágrimas volvieron a reunirse furiosamente en sus ojos.

—Pero os engañaron. Os asesinaron, a todos vosotros.

—Y no obstante seguimos existiendo, aunque de un modo distinto. Y no quiero culpar a toda una especie por los crímenes de unos pocos. —Zahra le acarició la frente con los dedos—. Tan frágiles, y tan buenos. Vuestras vidas son apenas un destello en este mundo, como la luz de las luciérnagas. Y haré lo que pueda para que sobreviváis.

—¿Cómo puedes soportarlo? Yo no podría mirarte, y mucho menos luchar por ti.

Zahra sonrió amablemente a la luz de la lámpara.

—Vivo la vida que me ha sido otorgada porque es la única que tengo. Y es mi voluntad luchar por ti, mi reina, porque las cosas que ha sufrido tu gente desde que tu madre abrió la Puerta y liberó a los míos son tan atroces como lo que vuestros santos nos hicieron a nosotros, si no más. La deuda está pagada, y el emperador continúa matando. Sigue sembrando el terror y la destrucción. Y no creo que se detenga después de terminar con la humanidad. Creo que avanzará más allá de Avitas, más allá del Profundo, hacia los mundos que existen tras los límites que ahora conocemos. —Se detuvo—. Eso, por supuesto, si obtiene el poder para hacerlo.

El aire frío y húmedo de la caverna había enfriado la piel de Eliana. Se estremeció y se cruzó de brazos.

—Si me encuentra, quieres decir.

El silencio de Zahra fue toda la respuesta que necesitó.

—¿Por qué hace esto?

—Porque quiere respuestas que todavía no ha encontrado.

—¿Qué respuestas? ¿Y a qué preguntas?

Zahra dudó antes de contestar, despacio:

—¿Me perdonarás si postergo esta conversación? No es un tema trivial, y ahora mismo estás bastante pálida.

Eliana le mostró una sonrisa débil. Un profundo cansancio se hundía en sus huesos. Se tocó la costra de la herida que le había hecho Navi cuando la había atacado.

—¿Me ayudarás a practicar? —Su voz sonó aguda y extraña en sus propios oídos, como si la visión de Zahra la hubiera cambiado.

—Lo haré, mi reina.

—Prefiero practicar contigo a hacerlo con Simon.

Zahra hizo una mueca.

—No sé por qué. Es una persona muy agradable.

Eliana se rio un poco, poniéndose inestablemente en pie.

—Sea como sea —continuó Zahra, vacilante—, considero una buena idea que te plantearas hacerte una forja. Y yo de eso sé muy poco.

—Y crees que Simon podría saber mucho más. ¿Es eso?

—Sí.

Eliana suspiró y se frotó la cara con la mano.

—Cuando esté preparada, ¿me llevarás al Nido? ¿No lo retrasarás?

—No, mi reina. Te lo prometo. —Hizo una pausa—. Ahora quizá deberíamos regresar a tu habitación. Sé que estás ansiosa por empezar a practicar, pero, después de lo que acabas de vivir, quizá te vendría mejor descansar unas horas.

Eliana asintió de mala gana.

—Muy bien.

Cruzaron el estrecho puente hacia la orilla. Eliana se miró las botas mientras caminaba sobre la piedra resbaladiza.

Zahra le leyó el pensamiento.

—Me has preguntado por qué lucho por vosotros... por ti, concretamente. Lo hago, mi reina, porque por las venas de tu madre corría el poder no solo de salvar un mundo, sino muchos. De ayudar no solo a humanos o a ángeles, sino a ambos, y quizá a otras razas que todavía desconocemos en mundos que todavía no hemos descubierto. Ella tenía ese poder, y tú también lo tienes. Y creo que, aunque ella no lo consiguió, tú saldrás victoriosa.

Eliana dejó que las palabras de Zahra reverberaran en el silencio. Cargó con su peso a través de la cueva de Tameryn y hasta el palacio, como si fueran un fardo de piedras atadas a su cuerpo que se clavaban despacio, profundamente, en su piel.

Cuando Eliana volvió a su dormitorio, Remy la esperaba.

El niño se dio la vuelta cuando ella entró en la habitación. Tenía el rostro enrojecido y manchado de lágrimas.

Eliana se detuvo, con las extremidades heladas. «Lo sabe. Alguien se lo ha contado».

—Eli, no te lo vas a creer —le dijo sin aliento—. Tienes que venir conmigo. Vamos ya. No nos hacen caso, ni a mí ni a Simon. Solo te escucharán a ti.

Le agarró la mano y tiró de ella desesperadamente hasta la puerta, y luego por el pasillo. Eliana se lo permitió (aturdida, tan aliviada que trastabillaba), y no recuperó la voz hasta que llegaron a una estancia de la primera planta del palacio ante la que había dos guardias apostados. Al verla acercarse, se inclinaron y abrieron las puertas de inmediato.

Zahra, que los había seguido escaleras abajo, se detuvo a su espalda y tomó aire bruscamente, sorprendida.

Eliana entró en la sala, donde varias personas se encontraban reunidas: el rey Eri, el rey Tavik, lady Ama, Hob y un grupo de guardias reales. Una mujer vestida con la túnica de los sanadores estaba ocupándose de la pierna de alguien a quien no podía ver.

Cuando Eliana entró, Simon se giró hacia ella con una expresión ilegible en la cara, y después se apartó.

Detrás de él, mugriento y maltrecho, había un fantasma.

El asombro clavó a Eliana al suelo.

Harkan.

7
RIELLE

*«Ni al amor ni a la Iglesia,
a ningún país o Corona:
solo a la Puerta prometemos nuestro corazón.
Hasta el final de los días, hasta que los cielos se derrumben».*

El juramento del Obex

Rielle despertó en el cálido nido de los brazos de Audric; abrió los ojos, y de inmediato se arrepintió de haberlo hecho.

En los últimos días a bordo del Kaalvitsi había quedado terriblemente claro que su poder no la protegía contra el mareo, y que ni siquiera el sueño le proporcionaba un respiro del agitado mar, cuyas olas le revolvían el estómago.

Gimió, se hizo un ovillo para detener aquella sensación y escondió la cara de nuevo en el pecho de Audric.

Él se rio, atontado por el sueño.

—Puedes volar en una bestia divina y detener un tsunami, pero el mar puede contigo.

Rielle gruñó en señal de protesta.

—Nada puede conmigo.

Audric le besó la frente. La calidez de sus manos la alivió.

—Es nuestro último día en el agua. Deberíamos llegar a lo largo de la mañana.

—Y después tendremos que hacer el viaje de regreso en esta trampa mortal apestosa y horrible.

—El Kaalvitsi es un buen barco.

—Lo odio —declaró ella—, y te odio a ti por disfrutarlo.

—Para ser alguien que afirma odiarme, me das muchos besos.

Sonriendo, Rielle trepó por el cuerpo de Audric para besarle el cuello, la mandíbula.

—No te odio. Jamás podría odiarte. Te quiero como la luna quiere al sol. Te quiero tanto que podría morirme de amor.

La caricia hizo gemir a Audric, en cuyos labios jugaba una sonrisa.

—El mareo te hace decir tonterías.

Rielle se rio con la misma agitación dulce y urgente que sentía siempre que estaba con él. Se colocó a horcajadas sobre Audric y le sujetó los brazos contra la cama, encantada al ver el destello de deseo en sus ojos.

—Estoy cansada de esperar, cariño. Me siento bien. De verdad. He recuperado las fuerzas y ya no sangro, y te necesito. —Se movió lentamente sobre él—. ¿Qué te parece?

Audric le agarró las caderas, ayudándola. Le habló con voz ronca, lo que envió una deliciosa sensación por su cuerpo.

—No se me ocurre un remedio mejor para el mareo.

Ella disfrutó viéndolo sobre las almohadas con los ojos entrecerrados. Audric gimió despacio y con voz grave, de ese modo reverberante y profundo que le tensaba el vientre.

—Serás tierno conmigo, ¿verdad? —le preguntó en voz baja—. Porque tengo el estómago sensible.

Se inclinó sobre él para desabotonarle la túnica y dibujó un camino de besos por su pecho. Él murmuró su nombre y deslizó una mano por su muslo, subiéndole el dobladillo del camisón. Llevó la otra mano hasta su cabello, recorrió con los dedos sus ondas salvajes y tiró de ellas lentamente; las semanas anteriores habían descubierto que a Rielle le gustaba mucho.

Ella sonrió, aprobadora.

—Ah, pero no demasiado tierno.

Audric desplazó la mano desde sus caderas hasta el interior de sus muslos y trazó círculos suaves con el pulgar, sin apartar la mirada de ella.

—Justo como te gusta.

Rielle se agarró a su camisa, movió las caderas contra sus dedos, se encorvó para besarlo...

Y, de repente, Audric desapareció y la habitación se transformó alrededor de Rielle.

Era una cámara oscura, lujosamente amueblada, con una pared de ventanas cuadradas con vistas a un paisaje helado, montañoso y desconocido. Puede que se tratara de una región del norte. ¿Borsvall? ¿Kirvaya? ¿Astavar? Miró su cuerpo y vio que ya no llevaba puesto su camisón. En lugar de eso, un vestido de terciopelo negro salpicado de detalles dorados con formas abstractas le envolvía el cuerpo como un guante suave. El escote era pronunciado, y el aire invernal le erizó la piel que quedaba expuesta.

Y en una silla junto a las ventanas, mirando el hielo, estaba Corien, vivo y entero, con una larga levita negra sobre un elegante chaleco y unos pantalones de vestir, sosteniendo una copa de vino tinto.

Rielle deseó al mismo tiempo acercarse y huir de él. La indecisión la mantuvo paralizada.

Corien la miró con lágrimas brillantes en los ojos. A Rielle se le cortó la respiración.

—¿Te diviertes? —murmuró él.

Ella consiguió dar un paso adelante.

—¿Dónde estamos?

—Tú en la cama con tu amante —murmuró Corien contra su copa—, y yo muy lejos, planeando cómo acabar con él.

El calor estalló en el pecho de Rielle.

—Imposible. Él es demasiado bueno para ti. Y además, me tiene a mí para protegerlo. Tócalo y te quemaré de nuevo. —Levantó la barbilla, acercándose a él despacio. El deseo de castigarlo por hablar así de Audric hacía que le picaran las palmas—. ¿Te pareció divertido que te quemara? ¿Deseas que te cause más dolor?

Corien la observó sin moverse.

—Te deseo a ti, y todo lo que tú puedas darme.

Mientras Rielle seguía aproximándose, se acordó de examinar la habitación: el paisaje por las ventanas, las estrellas en el cielo, cualquier cosa en la que mereciera la pena fijarse. Documentos, pinturas, artefactos que pudieran revelarle el paradero de Corien. Audric querría que recabara aquella información.

Corien chasqueó la lengua; se bebió el contenido de la copa y la dejó, vacía, sobre la mesa auxiliar que tenía al lado.

—¿Estás espiándome? ¿Vas a observarlo todo antes de llevárselo de vuelta como un perro fiel?

Rielle se acercó, con la vista de pronto despejada y teñida de oro, y lo abofeteó.

Corien lo aguantó en silencio y después la miró, con la mejilla roja, sin miedo ni vergüenza.

—Te he echado de menos.

Rielle se quedó observándolo, con la mano dolorida tras el golpe, sin conseguir descifrar las sensaciones que corrían por su mente excepto una. Ella también lo había echado de menos, con una desesperación que no comprendía. Aunque se negó a pronunciar las palabras, estas se asentaron pesadamente en su lengua, y Corien debió notar su presencia, porque su ligera sonrisa se amplió.

Se levantó, sin tocarla. Las líneas de su cuerpo parecían tan tensas como Rielle se sentía.

—¿Fue divertido para ti verte obligada a salvar a unas personas que no se lo merecían? ¿Ponerte al borde de la muerte por un reino de mentecatos?

Rielle levantó la barbilla.

—Disfruté sometiendo a esa ola.

—Sé que lo hiciste.

Perturbada por el cariño que había en su voz, Rielle se obligó a calmarse.

—Establecer y mantener una relación amistosa entre Celdaria y Borsvall es crucial en esta época incierta. Cuando los salvé, hice mi parte para conseguir la paz. Estoy orgullosa de ello, y tú no conseguirás arrebatarme eso.

Corien dudó antes de acercarse y tocarle la mejilla. Ella se apoyó en su palma; la fría suavidad de su piel la hizo estremecerse.

—Sí —murmuró Corien amargamente—. Ese día fuiste una responsable Reina del Sol. Serviste bien a tu reino.

Le sostuvo la cara con ambas manos, le puso los dedos temblorosos en las mejillas. Se acercó, y sus labios se detuvieron a escasos centímetros de los de Rielle. Ella contuvo el aliento; todos los músculos de su cuerpo estaban tensos y calientes. Si se movía un milímetro, lo besaría.

—En mi reino, en mi mundo —murmuró. Rielle notó su aliento caliente en sus labios—, tú no servirías a nadie.

Rielle le colocó las manos en el pecho, pero no para apartarlo. Se introdujo en la curva de su cuerpo, cegada por unas lágrimas repentinas… Porque temía estar tan cerca de él, porque la aterraba lo que podía hacer y porque sus palabras resonaron en su interior como las primeras notas del canto de un pájaro después de un invierno duro. Cuando él la rodeó con los brazos, ella se derritió en ellos. Cerró los ojos, inhalándolo. En la rígida y delicada tela de su levita había rastros del frío invernal y algún tipo de aceite especiado que le recordaba al cuero y al humo. Corien enterró la cara en su cabello, susurrando su nombre, y le clavó los dedos dolorosamente en los hombros, pero la sensación hizo que su sangre cobrara vida, y se descubrió deseando más.

Buscando claridad frenéticamente en aquel momento que no comprendía, cerró los ojos... y, con ese pequeño movimiento, el mundo volvió a cambiar.

Se tambaleó y abrió los ojos de repente.

Estaba en el Kaalvitsi, a horcajadas sobre Audric. De repente, no eran de Corien, sino suyos, los brazos que la rodeaban, y su voz la que gemía su nombre.

Audric notó su inquietud de inmediato y la detuvo colocándole las manos con suavidad en las caderas.

—¿Estás bien, cariño?

Ella dudó, sin aliento, sintiéndose vulnerable en sus brazos. Cuando él quiso tocarle la cara, ella se apartó.

Audric retiró la mano, sin enmascarar el dolor de su mirada.

—¿Qué pasa?

Rielle negó con la cabeza. Las lágrimas acudieron rápidamente a sus ojos: lágrimas de verdad, no creaciones de la imaginación de Corien. Lágrimas en las que podía confiar. Deseó volver atrás unos minutos, cuando estaba contenta y satisfecha en la cálida familiaridad del amor de Audric y en su propio deseo..., pero no podía. En ese momento, la voz de Corien regresó a sus pensamientos, y ella le dio la bienvenida.

En mi reino, tú no servirías a nadie.

Furiosa consigo misma, con la piel arrebolada y hormigueante, se bajó de Audric y se acurrucó a su lado como una niña. Él se puso de costado para mirarla, esperando con paciencia.

Rielle notó un nudo en el pecho. No lo merecía, y no podía mirarlo a los ojos. Le agarró la mano y se la llevó al corazón.

—¿Qué puedo hacer? —susurró Audric—. ¿Qué ha pasado?

Ella negó con la cabeza, incapaz de hablar.

Después de un momento de silencio, Audric le preguntó:

—¿Era Corien?

La pregunta la golpeó. ¿Tan transparente era? Consiguió mirarlo por fin, temiendo encontrar desagrado en su rostro.

Pero él la contemplaba con cariño, sin juicio ni enfado, y la tensión que había en su interior se desvaneció. Le rodeó el cuello con los brazos y aplastó la cara contra sus rizos.

—Lo siento —susurró—. No podía ver nada. No tenía... No tengo nada que contar. De repente él estaba allí, y yo estaba allí con él, y me ha sorprendido tanto que no he prestado atención. Lo siento, lo siento...

—Por favor, no te disculpes.

Audric le agarró la nuca, tan tierno que a Rielle le dolió. Se aferró a él como alguien perdido en el mar, agarrándose al único punto estable en un océano de tormentas.

Habló contra su cuello:

—Debería haber prestado más atención.

—Eso no importa. Ahora estás aquí, y estás a salvo. Eso es lo único que quiero.

Un miedo repentino y horrible arraigó en el corazón de Rielle, y se aferró a Audric todavía con más fuerza.

—No me dejes, Audric. Por favor.

—Nunca. Yo nunca haría eso. Estoy aquí. —Tiró de la colcha de la cama sobre sus cuerpos, creando una reconfortante crisálida.

—No entiendo qué quiere. Habla con acertijos y medias verdades. Me da miedo.

Y esa era la verdad, pero no toda la verdad; un hecho que la hacía odiarse, aunque una parte de ella se resistía a ese odio y lo rechazaba, desafiante.

En mi reino, tú no servirías a nadie.

¿Tan horrible era aspirar a eso? ¿Se trataba de un deseo aborrecible?

—Estoy contigo —continuó Audric, en voz baja y suave. Le rozó la sien con los labios y ella cerró los ojos, concentrándose en su calidez, en su solidez—. Sujétate a mí. Quédate conmigo.

Unas palabras gritadas desde la cubierta penetraron en su apacible nido, seguidas de un resonante graznido de Atheria, que se había pasado gran parte de la semana sobrevolando el barco y zambulléndose alegremente para cazar tiburones.

Rielle esperó la traducción de Audric:

—Hemos llegado.

※

Una compañía con dos docenas de arqueros en largas túnicas grises, embozados e inmóviles, los observaba acercarse desde la larga costa blanca. Todavía no habían levantado las armas, pero Rielle los contempló desde la cubierta del Kaalvitsi con un nudo caliente y tenso retorciéndose en sus hombros.

Audric se detuvo junto a ella y Ludivine se colocó al otro lado, ambos vestidos, como lo estaba ella, con ropa de viaje forrada de piel y pesadas capas de lana abrochadas en el cuello, cuyos cierres plateados tenían la forma de los legendarios dragones de hielo de Borsvall. Incluso así, el viento del mar era cortante y gélido.

—El Obex —dijo Audric con voz entusiasta.

El Obex. La Guardia Sagrada, que no era leal a ningún reino ni país, sino al legado de los santos, a la protección y el mantenimiento de la Puerta. Rielle habría querido, por Audric, que las circunstancias hubieran sido distintas. El príncipe había deseado hacer el viaje hasta las Solterráneas para conocer a la Guardia del Obex durante tantos años como había sabido de su existencia.

Pero la inspección de una Puerta dañada que amenazaba con derrumbarse seguramente no era la visita con la que siempre había soñado.

—Avisamos de nuestra llegada —dijo Ingrid con brusquedad a pocos pasos de ellos, con las manos cerradas sobre la empuñadura de su espada—. ¿A qué viene esta actitud agresiva?

—A que son los protectores de la Puerta —contestó Ilmaire, observando la costa con un destello de asombro en los ojos—. Les importan muy poco los mensajes, aunque sean los de un príncipe. Para ellos, esto podría ser un truco.

Rielle miró a Audric y sintió una punzada en el corazón al ver una emoción similar en su rostro. Eran dos príncipes aficionados a la lectura que querían la paz; podrían haber sido buenos amigos..., de no ser por los agresivos soldados de Ingrid, por el mal que acosaba las fronteras de Borsvall y por los largos años de mala relación entre sus reinos.

—Debemos ser cautos, Audric —lo instó Ilmaire—. No dudarán en disparar para proteger la Puerta.

Ludivine habló en voz baja para que los demás no pudieran oírla.

—No estamos en peligro. No van a disparar. —Hizo una pausa—. Por ahora.

—Eso no es muy tranquilizador —murmuró Audric.

—Ilmaire no se equivoca. No dudarán en proteger la Puerta de cualquier peligro que detecten.

«Entonces, ¿tengo que controlarme?», pensó Rielle, enfadándose. «¿Eso es lo que estás insinuando?».

¿Es que no piensas hacerlo? ¿Debería preocuparme?, le contestó Ludivine con suavidad.

Rielle recordó la misteriosa sala en el norte en destellos de sensaciones y sonidos: la voz de Corien susurrando su nombre; sus brazos rodeándola con fuerza; el aire glacial, el terciopelo abrazando su cuerpo; la emoción de sus palabras y la promesa que contenían.

No servirías a nadie.

Libertad. Control. El empirium sería suyo para explorarlo y poseerlo sin restricciones.

¿Has hablado con él hace poco? Ludivine, en su mente, parecía sorprendida. *Rielle... Lo has visto. Lo has tocado. Y no me lo has dicho.*

La sorpresa de Rielle las perturbó a ambas.

«¿No lo sabías? ¿No lo has sentido?».

No. No he sentido nada.

«Pero ¿qué significa eso?».

Ludivine no tenía respuesta, y mientras navegaban las picadas aguas grises en pequeñas embarcaciones de remos y el rocío del mar les humedecía la cara, se quedó callada, con los labios apretados y la mente cerrada para Rielle de un modo que a ella le parecía un reproche.

«No tengo la obligación de revelarte cada parte de mí», le dijo a su amiga.

En lugar de darle un respuesta, Ludivine le apretó la mano enguantada.

Cuando llegaron a la orilla, Rielle, Audric, Ludivine, Ilmaire, Ingrid y un grupo de seis guardias bajaron de los botes y caminaron por la fina espuma que se aferraba a la arena blanca.

Ingrid lideraba el camino; el viento sacudía furiosamente sus trenzas rubias y su capa de pelo blanco. La expresión de ira de su rostro era espectacular. Había querido que los acompañara un grupo mayor de hombres, pero Ilmaire había insistido en que su número fuera pequeño para que resultara menos amenazador.

Se detuvieron a pocos metros de la hilera de arqueros e Ilmaire dejó su espada ceremoniosamente en el suelo. Cuando levantó las muñecas, sus forjas captaron la luz del sol e hicieron que la brisa marina remitiera hasta que pudieran oírlo.

—Soy Ilmaire Lysleva, príncipe heredero del reino de Borsvall —comenzó—, y me presento humildemente en el nombre de San Grimvald el Poderoso y de mi padre, el rey Hallvard Lysleva, para solicitar acceso a la Puerta.

Los arqueros se mantuvieron inmóviles, impasibles. El líder llevaba un largo cuerno tallado en hueso colgado de una cadena alrededor del torso. En la túnica tenía un símbolo bordado: una torre cuadrada y alta coronada por un ojo abierto.

Ingrid se removió, inquieta.

Ilmaire señaló a Rielle.

—Me acompañan Audric Courverie, príncipe heredero de Celdaria; su prima, lady Ludivine Sauvillier, y lady Rielle Dardenne, que recientemente ha sido nombrada Reina del Sol.

—Sabemos quién es lady Rielle. —La fría mirada del líder de los arqueros se detuvo en Rielle, después en Audric y, por último, en Ludivine. Entonces se puso tenso y abrió los ojos con sorpresa.

Ludivine contuvo el aliento y retrocedió como si la hubieran golpeado.

Rápidamente, el arquero levantó el arco y disparó una extraña flecha con punta de cobre. Ludivine la esquivó a tiempo; en lugar de atravesarle el corazón, la hirió en el hombro izquierdo. Profirió un grito, tambaleándose hacia atrás a causa del impacto.

El aire destelló alrededor de su cuerpo, como tenues ondas en la superficie de un lago. El espacio que la rodeaba se agitó y se tensó antes de cambiar de curso violentamente, transformado en una corriente rápida y furiosa. Toda la luz y la vida parecieron abandonarla. La flecha fulguró un instante, incandescente, y después se oscureció.

Ludivine se desplomó.

Audric corrió hacia ella de inmediato, y Rielle lo siguió. Con un grito furioso, Ingrid desenvainó su espada y se interpuso entre ellos y la línea de arqueros.

Audric cayó de rodillas junto a Ludivine y la tomó en sus brazos.

—¿Lu? ¡Lu! —Le quitó la arena de la cara—. ¡Di algo!

Los arqueros elevaron sus arcos al unísono y dispararon.

Rielle se giró con un relámpago recorriéndole las venas. Alzó los brazos y los cruzó, formando un escudo. El viento se levantó a su orden y formó un muro entre su grupo y las flechas que se acercaban. La muralla de aire se iluminó, como cubierta por una sábana de fuego dorado, y, cuando las flechas impactaron, se convirtieron en ceniza que se alejó en oscuros remolinos hacia el mar.

Rielle sonrió con frialdad a los arqueros. Todavía tenía los brazos rígidos. El muro dorado que había erigido destellaba al ritmo de su respiración.

—Si intentáis hacernos daño, aunque solo sea una vez más, os mataré.

El líder bajó el arco, y los demás lo imitaron.

—Ingrid, vigílalos —le ordenó Rielle—. Si te parece que van a disparar de nuevo, hazlo tú primero.

Ingrid señaló a sus propios arqueros y blandió su espada con una dura sonrisa.

—Será un placer.

Rielle se arrodilló junto a Ludivine.

—¿Está bien?

Audric la miró con los ojos brillantes y las manos manchadas con la sangre de su amiga.

—No respira. Está totalmente fría.

—Eso no es posible. No puede haber... —Rielle negó con la cabeza, y la garganta se le cerró dolorosamente. No podía creérselo; no lo haría—. Esa herida no habría sido mortal ni para una persona corriente, ¿verdad?

—Ni habría perdido tanto calor tan deprisa.

Ilmaire se unió a ellos.

—¿Una persona corriente? ¿A qué te refieres?

Audric miró la flecha que Ludivine tenía en el hombro.

—Esta flecha es rara.

—¿Qué quieres decir? —le preguntó Rielle.

—Mírala.

Cuando lo hizo, se dio cuenta de que la cabeza de la flecha era inusualmente larga y de que no había desaparecido del todo en el cuerpo de Ludivine. De su carne sobresalían unos ocho centímetros. En su brillante filo de cobre se arremolinaban unas nubes cambiantes de oscuridad y de luz, como si la cabeza de la flecha contuviera ahora una maraña de tormentas.

Rielle se levantó y se enfrentó al líder de los arqueros, conteniéndose a duras penas para no acabar con él.

—¿Qué le has hecho? ¿Qué tipo de arma es esa?

El arquero se acercó y observó el cuerpo de Ludivine sin emoción alguna.

—¿Ignorabais lo que es, o lo sabíais y nos lo ocultasteis?

A Rielle se le formó un nudo en la garganta.
Ilmaire los miró a ambos.
—¿Qué verdad? ¿De qué está hablando?
Rielle se quedó inmóvil, estupefacta, y el arquero sonrió sombríamente.
—Ah. Así que lo sabíais.
—Audric, ¿de qué está hablando? —le preguntó Ilmaire.
Audric no contestó.
—¿Está muerta?
—No —contestó el arquero—. Está atrapada.
Echó mano a la flecha, como si fuera a extraerla del cuerpo de Ludivine.
Rielle se movió para bloquearle el paso; el viento giró furiosamente a su alrededor y la playa tembló bajo sus pies.
—No vas a tocarla.
El arquero levantó una ceja con frialdad.
—No le hará daño. Este cuerpo ya no tiene importancia. La criatura a la que queréis está en el interior de esta punta.
Rielle dio un paso atrás, aterrorizada.
—¿Qué? —gimió Audric.
Ingrid, a unos pasos de distancia, escupió una maldición.
—Si nadie me explica qué está pasando en este preciso instante, empezaré a disparar de forma indiscriminada.
—No vas a hacer nada de eso, comandante —replicó Ilmaire, y la ferocidad de su voz sorprendió a Rielle—. Te recuerdo que soy el sucesor de nuestro padre, y que debes obedecer mis órdenes.
Ingrid lo miró fijamente, con la boca abierta por la sorpresa.
Ilmaire se arrodilló junto a Ludivine.
—Audric, por favor, explícame qué ocurre. Sé que todavía no he recuperado tu confianza, pero si mis soldados están en peligro, debo saberlo.
—Ludivine es un ángel —le dijo Audric de inmediato—. Mi prima murió a causa de una fiebre cuando era pequeña, y un ángel ocupó su cuerpo. No lo supimos hasta hace unas

semanas, cuando nombraron a Rielle Reina del Sol. —Miró a Rielle—. Es nuestra amiga. Confiamos en ella.

Ingrid dio un paso atrás. El horror era patente en su rostro. Incluso Ilmaire parecía haberse quedado sin palabras, aunque miraba el cuerpo de Ludivine con una nueva curiosidad, como si estuviera ansioso por examinar aquel espécimen.

Rielle oyó la voz alegre de Corien. *Dios mío, qué divertido.*

Su imagen, descansando en la butaca junto a las ventanas, apareció en la mente de ella.

—Calla —siseó en voz alta, distraída—. Déjame en paz.

—¿Con quién está hablando? —exigió saber Ingrid.

El arquero levantó una ceja, mirando a Rielle.

—Sí, ¿con quién?

Rielle no contestó a la pregunta.

—Explícamelo. ¿Qué tipo de flecha es esta?

—Es un flagelo —contestó el arquero tan despreocupadamente como si describiera el tiempo—. Fue forjado con una combinación de una aleación de cobre y la sangre de las monstruosas bestias a las que conocemos como cruciatas. Las cruciatas proceden del Profundo. Su sangre, que es venenosa para los ángeles y extremadamente potente, es la que otorga su poder a los flagelos. Cuando se usa contra un cuerpo poseído por un ángel, el flagelo expulsa su espíritu y lo atrapa, permitiendo que el cuerpo muera de manera natural.

Rielle lo miró, horrorizada. Audric cerró los ojos y le dio la espalda.

Ingrid estaba terriblemente pálida.

—¿De qué está hablando? ¿Cómo puede ser cierto? ¿Ángeles?

Ilmaire miró el cuerpo de Ludivine, asombrado.

—¿Sería posible sacarla del flagelo?

El arquero dudó.

Cuando Rielle se acercó a él, la arena crujió bajo sus pies como si las llamas se reunieran en su interior.

—¿Y bien? ¿Sería posible?

Después de un momento, el arquero asintió.

—Sí. Si se rompe, el flagelo libera al ángel que hay atrapado en él.

—¿Y entonces podría regresar a su cuerpo? —preguntó Audric.

—Te recuerdo que no es su cuerpo. Lo robó, como hicieron todos los ángeles que ahora viven en este mundo.

—Cuando el flagelo se rompa, ¿podrá regresar a su cuerpo? —repitió Audric, furioso.

—Sí.

—¿Y su cuerpo estará bien? —añadió Rielle.

El arquero se irguió.

—Oh, sí. Su naturaleza angélica hará que el cuerpo se recupere. No obstante, los flagelos dejan una cicatriz que, al parecer, es dolorosa incluso para un ángel. —Una diminuta sonrisa curvó la línea dura de su boca—. Y ningún poder angélico puede curarla.

—Entonces, ¿sufrirá dolor para siempre? —le preguntó Audric.

El arquero asintió.

—No —declaró Rielle—. Yo curaré su cicatriz y le quitaré el dolor. Volverá a estar bien.

—¿Eso es de verdad posible? —le preguntó Ilmaire—. ¿Puedes curar las heridas?

Rielle se acercó de nuevo a Ludivine e, ignorando las protestas de Audric, le arrancó la flecha. El cuerpo se convulsionó, inanimado, y Rielle sintió la bilis subiendo por su garganta.

—Es muy difícil romper un flagelo —le indicó el arquero.

Rielle sonrió con suficiencia. Sus ojos ardían, dorados.

—No para mí.

Lanzó la flecha al suelo y movió la muñeca bruscamente en el aire.

Una caliente ráfaga de poder bajó por sus brazos y escapó por sus dedos, calentando y ondulando el aire. El flagelo se deshizo en docenas de añicos diminutos; el brillante cobre se volvió mate.

Una silueta oscura y cambiante, más tenue que una sombra, alargada e irregular, emergió rápidamente de los restos de la flecha y atravesó la arena blanca hacia el cuerpo de Ludivine, como una criatura sedienta corriendo desesperada hacia el agua. En su interior, una voz extraña gemía con tristeza, pronunciando palabras que Rielle no comprendía. Contenía la voz de Ludivine y también otra, más grave, más antigua y cargada de melancolía.

Un lienzo de sombras se desplazó sobre el cuerpo de Ludivine, como si una máscara con forma de mujer la estuviera abrazando, y, en un instante, la figura desapareció. Ludivine abrió los ojos. Tomó aire en los brazos de Audric.

—Siento que hayáis tenido que verme así —sollozó, con los ojos muy abiertos, frenéticos. Se aferró a los brazos de Audric como si intentara no ahogarse, y sus gritos desesperados le rompieron el corazón a Rielle.

—Ahora ten cuidado. —Su primo le secó la cara con la manga antes de quitarse el cinturón del abrigo y usarlo para limpiarle la sangre del cuello y el hombro—. Despacio, Lu. Vas a hacerte daño.

—Oh, que Dios me ayude. Lo siento mucho. —Ludivine se giró hacia el pecho de Audric, temblando—. No dejéis que... Otra vez no, otra vez no. ¿Rielle? ¿Dónde estás, cielo? —La buscó a ciegas, y Rielle se sobrepuso al desconcierto para arrodillarse a su lado. Ludivine le agarró el brazo y tiró de ella y de Audric—. No me abandonéis —susurró—. Por favor, no dejéis que me aparten de vosotros. Otra vez no, otra vez no. No puedo volver, no puedo volver a ser eso...

Rielle la abrazó incómoda, incapaz de hablar. Quizá debería haber sentido rechazo, o preocupación por lo que el grupo de Borsvall estaría pensando de aquellas revelaciones. Pero solo le importaba una cosa: Ludivine, Audric y ella, juntos y a salvo. Posó los labios en la cabeza dorada de Ludivine, intentando no mirar el horrible y brillante moratón que estaba floreciendo en el hombro de su amiga, bajo la tela rasgada del vestido.

Audric se giró hacia el arquero.

—Supongo que aquí tenéis sanadores.

El arquero los estaba mirando, pensativo.

—Los tenemos.

—Llévanos con ellos de inmediato.

—No podrán aliviar su dolor —contestó el arquero, satisfecho—. La acompañará el resto de sus eternos días robados.

—Harán lo posible hasta que... —Audric miró a Rielle de soslayo.

—Hasta que pueda hacerlo yo —terminó ella por él—. Y lo haré, con el tiempo. Lo haré. Aprenderé. Sé que puedo hacerlo.

Miró a los demás: a Ilmaire, que lo observaba todo con fascinación; a Ingrid, recelosa y horrorizada; al arquero, que no parecía impresionado. Apretó la mandíbula.

—Dudas de mí.

—No, lady Rielle —contestó el hombre—. Te tengo miedo.

Se apartó y señaló la oscura línea de los árboles.

—Seguidme. Y no temáis. Mis arqueros no os dispararán de nuevo.

Mientras se alejaban del agua, Rielle sintió el aprecio de Corien como la caricia de unos dedos fríos. Cada vez que la tocaba, cada vez que le hablaba, su presencia en su mente parecía más fuerte, como si estuviera recuperando posiciones lentamente.

Casi me gustaría que hubieran disparado, murmuró Corien. *Solo para saber qué habrías hecho tú.*

Rielle se lo imaginó y sonrió, evitando la mirada curiosa y nublada de Ludivine.

«A mí también».

8
ELIANA

«El primer humano que manifestó poderes elementales fue una niña, una tejesoles de apenas nueve años, y aunque el tiempo ha hecho que olvidemos su nombre, en los textos antiguos de la Primera Era se la menciona a menudo. Esos textos se refieren a ella como la Niña del Alba».

Breve historia de la Primera Era, tomo I: Los albores de la humanidad, por Alistra Zarovna y Veseris Savelya, de la Primera Cofradía de Eruditos

Durante un momento, Eliana no pudo hablar ni moverse. Era imposible que Harkan estuviera allí sentado, en el palacio de Navi, pero parecía el de siempre: la misma piel dorada que había crecido viendo cada día, el mismo cabello negro y los mismos grandes ojos oscuros. Se sentía como si hubiera salido de su piel y estuviera sobrevolando la tierra, como si se encontrara en el Profundo del recuerdo de Zahra, desprovista de su cuerpo, pero esta vez sin dolor y sin miedo.

—¿Eli? —Harkan tenía la voz ronca, una voz que ella conocía y quería, y cuando sonrió, las ojeras que había bajo sus ojos disminuyeron—. Eli, me estás mirando fijamente.

Eliana gritó y corrió hacia él; cayó de rodillas a su lado y lo rodeó tan ferozmente con los brazos que él siseó de dolor.

—Eli, me estás aplastando.

Bajo el mal olor del viaje y del sudor estaba el aroma cálido de la piel de Harkan que tan bien conocía, y de repente, con los ojos cerrados con fuerza, Eliana se sintió de nuevo en su casa de Orline, en el refugio iluminado por las velas de su dormitorio. Sintió que el nudo de su pecho se disolvía, que sus hombros se relajaban, y sus ojos se llenaron de lágrimas.

—No me importa —le dijo. El cuello de la camisa de Harkan amortiguó su voz—. Y tampoco voy a soltarte nunca.

—Entonces, ¿voy a tener que pasarme el resto de mi vida contigo colgada del cuello? —Le puso una mano en la nuca y buscó sus dedos con la otra. Con la mejilla aplastada contra su cuello, ella notó que su voz, cargada de emoción, retumbaba en sus huesos—. Creo que podré vivir con ello.

Vagamente, Eliana oyó que el rey Tavik los instaba a todos a salir de la habitación, y levantó la mirada justo cuando Simon se giró para seguirlos. Remy brincó a su lado, tirándole del brazo.

—¿Te ha contado cómo escapó de Orline? —Le brillaban los ojos—. ¿Has visto su revolver? Se lo robó a un teniente adatrox.

A Simon no parecía perturbarle que Remy estuviera saltando a su alrededor como un cachorrillo demasiado entusiasta.

—¿Sí?

—¿Sabes que Harkan solía escribir conmigo? ¿Sabes que su santo favorito es santo Tokazi?

—No, eso no lo sabía. —Simon le colocó una mano en el hombro para sacarlo amablemente de la habitación.

Justo antes de salir al pasillo, Simon miró a Eliana. Sus ojos se encontraron un instante sobre el hombro de Harkan, y ella sintió una punzada sorda en el pecho que podría haber sido remordimiento o vergüenza o una combinación de ambas cosas, si tales sentimientos no fueran totalmente absurdos. No había nada ilícito en abrazar a un viejo amigo, y aunque Harkan y ella hubieran empezado a besarse justo allí, delante de todos, habrían estado en su derecho de hacerlo después de tanto tiempo separados. No tenían ningún motivo para esconderse.

Y, no obstante, la vergüenza trepó por su garganta, caliente, como si la hubieran pillado haciendo algo malo. Aquello no era una traición; no había nada que traicionar.

Pero la confesión de Simon la primera noche que pasaron en Dyrefal regresó a su mente, inoportuna e inesperada: «No me importa nada que no seas tú».

Abrazó a Harkan con fuerza, negándose a ser la primera en apartar la mirada.

Simon, con esa expresión ilegible y extraña todavía en la cara, fue quien lo hizo. Les dio la espalda mientras Remy seguía parloteando junto a su codo, y cerró la puerta con cuidado al salir.

Más tarde, aquella misma noche, Eliana se acurrucó en la cama contra el costado de Harkan, esperando tensa una respuesta. Una docena de velas iluminaba la habitación, que tenía las ventanas del fondo entreabiertas para permitir la entrada de una ligera brisa fría.

Sus palabras susurradas se cernían en el aire como hojas secas que estaban tardando una eternidad en caer de sus ramas. Ahora que las había pronunciado, se descubrió deseando haber mantenido la boca cerrada.

En lugar de hablar, podría haberse acostado a su lado, entrando y saliendo del sueño hasta la mañana siguiente. Podría haberle llevado una nueva infusión de amapola por si la necesitaba para su pierna. Podría haberlo dejado durmiendo tranquilamente y haber regresado a los montones de libros que había sobre su escritorio. Podría haber ignorado la inquietud que vibraba en silencio bajo su piel, que la hacía sentirse incómoda en su presencia de un modo que nunca había experimentado antes, y haberlo besado. Podría haberlo besado hasta que el beso se convirtiera en algo más, aunque él estaba cansado y dolorido, aunque ella no deseaba besarlo..., lo que había sido un desconcertante descubrimiento cuando se había metido con él en la cama.

Pero, en lugar de eso, le había contado la verdad sobre todo: según Simon y Zahra, era la presagiada Reina del Sol, hija del Azote de Reyes y del Portador de la Luz. La niña nacida de la furia. Tenía muchos nombres, o eso parecía, y ella no había elegido ninguno de ellos.

Había destrozado la flota invasora del imperio invocando una tormenta.

Había matado a Rozen cortándole el cuello con una daga.

Esperó, con la mejilla contra el pecho de Harkan, hasta que los brazos de él a su alrededor empezaron a parecerle una jaula. Entonces, tras una lenta respiración, él siguió trazando círculos sobre su hombro.

Eliana se obligó a relajar los músculos. Él no la había apartado, ni había rechazado su abrazo. Eso era algo.

—¿Se lo has contado a Remy? —le preguntó Harkan.

—No. —Eliana miró la parpadeante vela más cercana hasta que dejaron de escocerle los ojos—. Cree que la Corona Roja sigue buscándola.

—¿Y tú crees a Simon y a Zahra?

—¿Sobre mi origen y mi poder? No quiero hacerlo.

—Pero lo haces, de todos modos.

—Tú no estuviste allí ese día. —Cerró los ojos para detener el recuerdo de la batalla en la bahía de Karajak, pero eso hizo que las imágenes fueran aún más vívidas—. Las cosas que vi, las cosas que hice, no deberían haber sido posibles. Y, no obstante, ocurrieron.

Harkan pensó en ello.

—¿No podría haber sido una tormenta ordinaria? Has sufrido mucho, y quizá te has dejado sugestionar por Simon. Te ofreció una interpretación de lo que estaba ocurriendo, y tú la aceptaste de inmediato debido a la inmensidad del estrés.

—¿Me estás preguntando si todo fue producto de mi histeria? —lo interrumpió Eliana bruscamente.

La respuesta de Harkan fue tan amable como el pulgar con el que la acariciaba.

—Estoy intentando encontrar una explicación que tenga sentido.

—Eso ya lo he intentado yo. Mientras sucedía, allí en la playa, sentí que algo se movía en mi interior. Una fuerza. Cada relámpago, cada ráfaga de viento, me atravesaba el cuerpo como un golpe doloroso. Como... —Se detuvo, pensando en cómo describirle aquel imposible—. Como cuando te despiertas después de un trabajo difícil y te duelen los músculos, solo que cien veces más doloroso. Y era como si pudiera sentir cada gota de mi sangre, cada milímetro de mis músculos, y todo estaba en erupción, todo quemaba. Sentía cómo se construía el dolor. Creía que me destrozaría.

Se dio cuenta de que le había agarrado la túnica a Harkan y la soltó de inmediato.

—¿Podría haberlo hecho otra persona? —sugirió él—. Quizá había alguien cerca utilizando la magia, y tú solo sentías sus efectos. Simon, tal vez...

—No. Era yo.

—Pero ¿cómo puedes estar segura si nunca habías experimentado nada igual?

Eliana se sentó, haciendo un esfuerzo para no apartarle los brazos. Estaba deseando moverse. Aplastó las palmas con fuerza contra la cama.

—Si estuvieras en una habitación llena de gente hablando —le dijo—, y los niveles de sonido fueran tan apabullantes que apenas pudieras pensar... Si en un sitio así me oyeras llamándote, tú reconocerías mi voz, ¿no? Y la seguirías hasta encontrarme.

—Sí. Te seguiría a cualquier parte. —Le tomó la mano y besó sus nudillos rígidos—. Te he seguido.

Esa voz, esa caricia tierna la habrían derretido en el pasado. Ahora, la irritaban. Su presencia amable la estaba sacando de quicio, inexplicablemente.

—Bueno, eso fue lo que sentí en esa playa —dijo con brusquedad—. Sabía que ese poder me pertenecía, aunque fuera desconocido, aunque me asustara, igual que reconocería tu voz en cualquier parte, igual que reconocería el ritmo de mi propia respiración.

Entonces pensó en algo que la ablandó. Apenas podía mirarlo, recordando todos los años en los que había disfrutado de su tranquila lealtad.

—Nunca hablamos de ello, y te agradezco que nunca tocaras el tema, pero estoy segura de que notaste que mis heridas no duraban mucho. Conocías los rumores, como todos los demás. La indestructible Pesadilla de Orline.

Harkan la miró con firmeza.

—Sí.

Ella se apartó, deseando que aquella conversación lo perturbara. Apenas unos momentos antes se había estado preparando ante la posibilidad de que él la rechazara, para su desagrado y su juicio. Ahora que él estaba mirándola con la aceptación patente en su rostro, Eliana se descubrió ansiando una pelea. ¿Cómo podía seguir mirándola así, como siempre, después de que todo hubiera cambiado de forma tan definitiva?

Sería más fácil si se hubiera alejado, si la hubiera acusado de ocultarle un secreto. Si la hubiera atacado, desconfiando de aquella nueva criatura que se parecía a su mejor y más antigua amiga, pero que se había convertido en otra cosa completamente distinta.

Pero, en cambio, la miró, esperando a que hablara, y en el insoportable silencio, Eliana deseó de repente que Simon irrumpiera y dijera algo desagradable o desdeñoso, porque así tendría una excusa para levantarse de la cama y descargar algún golpe.

Se levantó y comenzó a caminar.

—Remy cree que detrás de esa indestructibilidad estaba mi poder. Durante años se mantuvo latente en mi interior, y su presencia me protegió del daño. Me reparaba cuando lo necesitaba, me proporcionaba una fuerza y resistencia increíbles.

—¿Y ahora que ese poder ya no está latente? —le preguntó Harkan.

Eliana se detuvo para mirar por las ventanas las oscuras montañas que se elevaban al otro lado del cristal. Tocó el diminuto chichón que todavía tenía en el cráneo tras el ataque de Navi, y se sintió avergonzada al sentir las lágrimas reuniéndose en sus ojos de nuevo.

—Dios, ¿qué me pasa? —murmuró—. He llorado más las dos últimas semanas de lo que lo había hecho en toda mi vida. Me he convertido en una niña llorica.

—¿Qué puedo hacer yo, Eli?

Ella se limpió violentamente la cara.

—Ahora que mi poder ya no está dormido, parece que no soy invencible como antes.

—¿Quieres decir que ahora pueden herirte?

Eliana se apartó el cabello para enseñarle el corte, todavía por sanar.

—Soy frágil. Soy vulnerable. —Escupió la palabra—. Podría resultar gravemente herida en un combate, y dejar a Remy sin protección. Y…

Pero entonces tuvo una idea que no soportaba verbalizar. Que el dolor que había ansiado durante años, del que había disfrutado, que había buscado en cada misión, en cada pelea y en cada muerte (el dolor que le había recordado que estaba viva, que era intocable, que no podía romperse y no lo haría) era ahora algo de lo que debía protegerse.

Harkan se acercó a ella y buscó su rostro, pero Eliana se apartó de él.

El joven se retiró de inmediato.

—Lo siento, no pretendía...

—No pasa nada. —Siguió caminando de un lado a otro—. Estoy bien.

—No lo parece.

—Simon y Zahra me contaron que mi madre, la mujer que me dio a luz, es la Reina de la Sangre. La reina Rielle Courverie de Celdaria, que vivió hace más de un milenio. El Azote de Reyes. La Dama de la Muerte.

—Sé quién es la reina Rielle. —Harkan sonrió un poco—. Remy me ha contado muchas historias sobre ella.

La mención de Remy la hizo cerrar los ojos. Harkan le tocó la mano y ella se apartó de nuevo.

Esta vez, él no consiguió esconder su dolor.

—Lo siento, Eli, es que pensaba...

—¿... que volvería a acostarme contigo —dijo Eliana con brusquedad—, como solíamos hacer?

—No intentaba llevarte a la cama, Eli. Estás temblando, y quería darte la mano.

—Darle la mano a un monstruo.

—¿Qué? —Él se rio, incrédulo—. Tú no eres un monstruo.

—¿Estuviste tú en la playa? ¿Viste lo que hice? —Señaló las ventanas con el brazo—. Mi tormenta dejó la bahía en ruinas. Destruyó docenas de barcos, tanto del imperio como de Astavar. Todavía están limpiando la playa. Está llena de cadáveres de acechadoras, adatrox y soldados astavaris. De gente a la que maté sin siquiera saber que lo estaba haciendo.

—Simon me dijo que habrían muerto muchos más de no ser por ti —señaló Harkan—. Astavar habría caído.

—¿No lo comprendes? Tengo su sangre. Yo no la pedí, y aun así aquí está. —Se señaló y sonrió amargamente—. He estado leyendo sobre ella, ¿sabes? Simon me trajo los libros de los archivos reales, aunque no es que queden muchos de aquellos días. Ella se aseguró de eso, ¿verdad? Cuando murió y terminó con tanto. Había entrenado durante años antes de utilizar la magia en un sitio que no fuera un aula del templo. Tenía una ciudad llena de magistrados ayudándola. Contaba con el apoyo de la Corona. Vivió en un mundo en el que la magia existía, y la gente era consciente de ello. Y aun así cayó. Lo arruinó todo. Lo destruyó todo.

—No lo destruyó todo —señaló Harkan.

—Fue más que suficiente.

Harkan se encorvó para mirarla a los ojos.

—Tú no eres ella. Tú eres Eliana Ferracora, no Eliana Courverie. Eres mi amiga. Eres la hermana de Remy.

Eliana apartó la mirada. Le había dicho a Zahra que aprendería a utilizar su poder. Había decidido hacerlo, tragarse su repulsa, para ayudar a Navi.

Pero el recuerdo de la visión del espectro seguía tan espeso como la bilis en su cabeza, y la presencia de Harkan la hizo sentirse pequeña de nuevo. Una niña llamando a su amigo desde el otro lado del hueco entre sus casas.

Negó con la cabeza. El pánico bullía, enfermizo y caliente bajo su piel.

—No voy a ser como ella. No lo seré. No haré lo…

—No tienes que hacerlo. —Harkan tomó su rostro con las manos—. Ya has hecho suficiente por esta guerra. Esta no es tu lucha. Eres Eliana Ferracora.

Ella cerró los ojos, incapaz de hablar.

—Eres mi amiga —continuó Harkan, en voz baja y urgente—. Eres la hermana de Remy. Eres la hija de Ioseph y Rozen Ferracora. Eres la Pesadilla de Orline.

—Pero ¿no te das cuenta? Ya ha comenzado. —Cuando volvió a mirarlo tenía los ojos secos, pero su cuerpo estaba apresado por una maraña de preocupaciones—. El día en el que mi poder despertó maté a la mujer que me crio, a la mujer que fue mi madre más que cualquier fantasma del Viejo Mundo. ¿Qué te dice eso?

A la espalda de Harkan se oyó un gemido suave.

El corazón de Eliana le golpeó las costillas.

Se giró para ver a Remy en mitad de la habitación; acababa de entrar con un tambaleante montón de libros en las manos.

La expresión de su rostro la hizo sentir que no había aire en la estancia. Lo miró boquiabierta, totalmente paralizada. El mundo estaba derrumbándose a su alrededor, y no tenía ni idea de cómo detenerlo.

Harkan lo ayudó con los libros alegremente, como si nada hubiera ocurrido.

—Hola, Remy. ¿Simon nos envía más lecturas? Qué considerado por su parte. ¿Podrías preguntarle si la próxima vez sería tan amable de irse un poquito a la mierda?

Pero Remy lo ignoró. Permitió que Harkan le quitara los libros y después se quedó allí, tan pequeño y frágil en las sombras que verlo hizo que a Eliana le doliera el pecho.

—¿Es cierto? —le preguntó el niño, con la voz y la expresión inquietantemente tranquilas, aunque tenía los ojos brillantes—. ¿Tú la mataste?

Eliana se obligó a mirarlo.

—Ya no era ella, Remy. La habían convertido en un monstruo. Atacó a Simon.

—No. —Negó con la cabeza y se alejó despacio de ella—. No. Tú eres el monstruo.

Entonces se dio la vuelta y se marchó corriendo de la habitación.

Dos días después, a última hora de la tarde, Eliana estaba encorvada sobre un libro abierto en una mesa de los archivos reales.

Había intentado hablar con Remy varias veces, y todas habían sido un desastre. Su hermano le había gritado, le había dicho que la odiaba, había llorado tan violentamente que había terminado vomitando, y ahora no le dirigía la palabra. La veía venir y corría en dirección contraria. Eliana lo había buscado en el castillo y había terminado persiguiendo sombras. Su hermano era una criaturilla astuta. Se había criado en las estrechas y sinuosas calles de Orline, y si no quería ser encontrado, no lo sería.

Así que Eliana se había retirado a la biblioteca, con el corazón totalmente destrozado y sintiéndose fatal, para pasar allí la mayor parte del día y concederle a Remy el espacio que sin duda ansiaba... Esperaba que Harkan consiguiera, de algún modo, llegar hasta su hermano, ya que ella no lo había logrado.

Un ligero movimiento en las sombras la hizo levantar la mirada, y vio a Simon sentándose en la silla que tenía enfrente. Volvió a bajar los ojos al libro y fingió leer unos minutos mientras él la observaba con las manos entrelazadas sobre la mesa.

Cuando ya no pudo seguir soportando su muda presencia, volvió a mirarlo.

—¿Sí?

—Me has llamado tú —contestó él.

Eliana se ruborizó un poco.

—Oh, es verdad. Lo había olvidado.

—Si tan poco importante es, puede que mi tiempo estuviera mejor empleado en otro lugar.

—¿Tienes algo mejor que hacer que servir a tu reina? —le espetó ella.

Simon sonrió despacio. Se echó hacia atrás en la silla, estudiándola.

—Te pega ser reina.

La tranquila satisfacción de Simon la desquiciaba y la hacía desear levantarse de la mesa y lanzar su silla contra las estanterías de una patada, pero temía empezar a llorar de nuevo si se movía con demasiada brusquedad.

Despacio, comenzó a apilar sus libros.

—¿Por qué lo dices?

—Eres una arrogante y tienes muy mal carácter —contestó Simon—, por no mencionar lo segura que estás de tu propia valía.

Eliana soltó una carcajada abrupta.

—Mi propia valía. —Cerró el libro de golpe—. ¿Sabes qué veo cuando me miro al espejo? Veo a la hija de una mujer cruel que estuvo a punto de destruir el mundo. Veo a una chica que no comprende una puta mierda de este sinsentido. —Señaló los libros con impaciencia—. Y veo a Remy mirándome, diciéndome que soy un monstruo porque maté a su madre.

Posó la vista en la mesa durante un largo y frágil momento, y cuando la levantó, ver a Simon observándola en silencio con unos ojos penetrantes e implacables hizo que algo se liberara en su interior. No estaba intentando consolarla; no le estaba mostrando ni una pizca de empatía. No se acercó para tocarla, para abrazarla, como habría hecho Harkan. Entonces se dio cuenta: él sabía muy bien qué era ella, y comprendía que no merecía consuelo ni deseaba amabilidad.

De repente, se alegró de tenerlo cerca.

Tardó unos segundos en encontrar la voz y recordar por qué lo había llamado: para convencerlo de su lealtad, y que así le fuera más fácil marcharse al Nido con Zahra.

—Necesito tu ayuda —le dijo al final—. Por eso te he mandado llamar. No he intentado usar de nuevo mi poder porque temo lo que pueda ocurrir.

—Otra tormenta —supuso él.

—O algo peor. Pero si tuviera la seguridad de que eso no va a suceder, o al menos no como en la playa, me sería más fácil abrirme a la idea. —Tomó aliento y lo miró a los ojos—. Quiero hacerme una forja, y necesito tu ayuda para ello.

Él asintió despacio.

—No soy un experto en herrería.

—Pero eres un experto en el Viejo Mundo. Puedes venir conmigo al Crisol, ayudarme a hablar con los acólitos. Cuando haga esto, me gustaría tener a alguien de confianza a mi lado.

Simon levantó una ceja.

—¿No preferirías que fuera contigo Harkan, entonces?

—Este no es el mundo de Harkan —respondió ella—. Es tu mundo. Y quiero proteger a Harkan y a Remy tanto como me sea posible.

Simon escudriñó su rostro mucho tiempo, impasible.

Eliana lo fulminó con la mirada.

—¿Has terminado de mirarme?

—Como es lógico, este cambio de actitud me hace recelar —le contestó él—. Hace dos días ignorabas los libros que te entregaba y apenas reconocías la existencia de tu poder. Ahora quieres crear una forja para volver a usarlo.

—Hace dos días, mi hermano hablaba conmigo.

—Dale tiempo —le dijo Simon en voz baja.

—Nunca me perdonará.

—Puede que no.

—Y, aun así, una parte de mí se alegra de que me oyera. Ahora vivirá sin engañarse sobre lo que soy.

—Sabe lo que eres desde hace mucho tiempo, y nunca ha dejado de quererte.

—Hasta ahora.

Simon bajó la cabeza.

—Supongo que eso es posible.

Eliana agarró con fuerza el respaldo de su silla y le lanzó una sonrisa irónica.

—¿Sabes? Debo darte las gracias.

—¿Por qué?

—Por tu crueldad. Una palabra tuya y me siento lo bastante furiosa para olvidar el resto de mis problemas.

Simon sonrió, tenso, como si estuviera a punto de responder. En lugar de eso, señaló los libros.

—Como estoy seguro de que ya habrás leído, cuando un elemental crea su forja, normalmente funde un artículo con valor sentimental para añadirlo a la aleación.

Eliana asintió.

—Cuanto más fuerte es el vínculo emocional con la forja, más fácil será para el elemental usarlo para manipular su magia. Por suerte, tengo el objeto perfecto. —Se quitó el colgante y lo tiró sobre la mesa. La superficie arañada del Portador de la Luz captó la titilante luz de la lámpara, que confirió a sus alas una ilusión de movimiento.

—Tú no eres ella, Eliana. —Las sombras envolvieron las largas líneas de Simon, cubriendo de oscuridad todo su cuerpo, excepto sus ojos—. Tú no eres tu madre.

—No, pero soy su hija. O eso dices. ¿Qué te hace pensar que no seré como ella?

—Que la conocí. Y te conozco a ti.

Eliana resopló.

—Apenas me conoces.

—Sé lo suficiente —fue su lenta respuesta—. Nadie más que tú puede decidir en qué vas a convertirte. Ni yo, ni tus padres. Tienes que tomar una decisión, igual que hizo ella, y creo que lo harás con sabiduría.

Se levantó y se alisó la chaqueta.

—Entonces, ¿quieres que visitemos el Crisol esta noche? ¿O esperamos hasta mañana?

Sus palabras la hicieron sentirse más perturbada que cuando, en su celda de Fidelia, el anuncio de Zahra todavía resonaba en sus oídos: «Eres la Reina del Sol, Eliana, y he venido a llevarte a casa».

Pero no le daría a Simon la satisfacción de verla tan afectada. Mantuvo un tono frío y recuperó el colgante de la mesa como si fuera una baratija, algo de lo que no le importaba desprenderse.

—No —le contestó—. Comenzaremos esta noche.

9
RIELLE

«Juntos, en las llanuras asoladas de la tierra que un día se convertiría en el reino de Celdaria, los santos comenzaron a tallar una puerta entre este mundo y el siguiente. Lo que encontraron, sin embargo, no fue un nuevo mundo, pues ni siquiera ellos eran lo bastante poderosos para llegar tan lejos. Lo que descubrieron fue el Profundo: un abismo eterno y angosto, un mar de vacío justo al otro lado del velo de nuestro mundo. Y fue entonces cuando comenzaron a entender lo que debían hacer, y cómo conseguirían por fin derrotar a los ángeles».

Los últimos días de los santos, estudio sobre la Puerta y su construcción, de Kristo Niskala, historiador de Borsvall

El arquero que había disparado a Ludivine se llamaba Jodoc, y mientras conducía al grupo a través de los bosques de Iastra, la isla más grande de las Solterráneas, Rielle le miraba fijamente la parte de atrás de la cabeza, preguntándose si podría abrírsela sin siquiera tocarlo.

Una parte de ella quería intentarlo.

Ludivine caminaba a su lado, haciendo un valiente esfuerzo por mantener el paso del grupo, pero el dolor le dibujaba unas arrugas finas alrededor de la boca y los ojos, como si hubiera envejecido en el horrible minuto que había pasado desde que el flagelo la había herido hasta que Rielle lo había roto.

Rielle miró el vestido de Ludivine, apresuradamente remendado. Volutas de oscuridad (azul marino, índigo y del escamoso negro marrón oscuro de la carne que empieza a pudrirse) serpenteaban bajo la prenda, siguiendo las delicadas líneas de su brazo.

Apartó la mirada rápidamente, con un nudo en la garganta. Volvió a concentrarse en la nuca de Jodoc y se dijo a sí misma que no debía matarlo, recordándoselo un sinfín de veces, hasta que relajó los puños y consiguió respirar sin sentirse como si estuviera hecha de fuego.

En las últimas horas, el moratón del flagelo se había extendido por el brazo izquierdo de Ludivine, cubriéndolo de un oscuro encaje de líneas desiguales que resplandecían bajo la luz como si hubiera diminutas joyas incrustadas en su piel. Le habría parecido precioso de no ser por el recuerdo de los gritos amortiguados de su amiga mientras florecía. En la enfermería, la chica se había aferrado a Rielle y había usado su capa para amortiguar sus alaridos de dolor.

Por suerte, el moratón parecía haber dejado de crecer, el vestido lo cubría casi por completo y Ludivine soportaba las molestias sin quejarse. Pero a Rielle no la engañaba su silencio. El dolor de Ludivine era una tenue presencia en el fondo de su mente, como los resquicios de un sueño perturbador del que no conseguía liberarse.

Y, cuanto más se alejaban caminando a través de los densos bosques de Iastra, más inquieta se sentía ella.

Ya no oían las olas lamiendo la extensa playa de la isla, ni los graznidos de las gaviotas. Los árboles estaban cada vez más juntos y más enmarañados, y sus troncos eran lo bastante grandes como para servir como torres de una fortaleza boscosa. Sus ramas se extendían como serpientes negras y antiguas sobre los musgosos recovecos, con la corteza cubierta de líquenes plateados. Algunos tenían grupos de flores blancas que brillaban tenuemente, como si cada una de ellas se hubiera tragado un trozo de estrella. Sus pétalos caídos estaban suspendidos en el aire, junto a las oscuras hojas de los robles, los granos de arena, los fragmentos de las conchas aplastadas y unas diminutas esquirlas blancas que Rielle creía que podían ser fragmentos de huesos de animales. El aire era denso, cargado de un peso lento y arremolinado.

Con cada paso, se sentía como si se estuviera alejando de su cuerpo y adentrándose en un nuevo reino. Su visión cambió, y pudo ver con mayor claridad la malla de gasa que lo conectaba todo a su alrededor: un delicado océano dorado en el que flotaba el mundo visible y que no dejaba nunca de moverse, siempre buscando nuevas orillas.

Sonrió y pasó los dedos a través de las olas de luz que nadie más era lo bastante poderoso para ver.

Ingrid rompió el silencio por fin.

—¿Qué ha pasado aquí? ¿Por qué flota todo?

Ilmaire y Audric respondieron a la vez: Audric en un tono susurrado y reverente; Ilmaire casi risueño.

—Es la Puerta.

Ingrid miró irritada en dirección a Audric.

—Cuanto más nos acercamos a la Puerta —les confirmó Jodoc—, mayor es la concentración del empirium. Y, en un sitio así, el mundo no es como en el resto de los lugares.

Apartó una rama para que los demás pudieran avanzar.

Pero Rielle no lo siguió. Sentía que Jodoc los estaba llevando en la dirección equivocada.

Bueno, no en la dirección equivocada, pero sin duda por el camino largo; para confundirlos, suponía, y para que les resultara más difícil volver sobre sus pasos. Se alejó de ellos, adentrándose en los árboles, y mientras caminaba, vio que el bosque infinito estaba atravesado por docenas de caminos serpenteantes. Los había creado el Obex, sin duda, transitando por ellos una y otra vez durante siglos, hasta que se habían convertido en allanados caminos de tierra. Era un laberinto; los visitantes no deseados se perderían con facilidad entre los árboles y no encontrarían jamás la salida.

Rielle suponía que ella también era una visitante no deseada, pero la Puerta la atraía como una luz distante al otro lado de un túnel oscuro. No se desorientaría entre aquellos árboles, por mucho esfuerzo que pusieran en confundirla.

Tarareando en voz baja, sin enfocar la mirada, mientras el mundo se movía lenta y soñadoramente a su alrededor, descendió por un sendero concreto, más sombrío que los otros, bordeado de flotantes pétalos secos. Los apartó con un ademán perezoso y ágil, como si arrastrara la mano por el agua. Parpadeó y solo vio su mano moviéndose por el aire, empujando suavemente los pétalos fuera de su camino. Parpadeó una vez más y el mundo del empirium apareció ante ella: cada hoja, cada pétalo, cada brisa ligera, cada poro de su piel estaban pintados de puntitos dorados.

Con las botas puestas no sentía la tierra bajo los pies, así que se las quitó y las dejó sobre un nudo de raíces. Grandes escarabajos iridiscentes emergieron de las sombras y se escabulleron al notar su presencia.

El aire inmóvil y húmedo se cargó de electricidad, como si se acercara una tormenta. A Rielle se le erizó el vello de los brazos. Cada vez que inspiraba se sentía como si intentara respirar con una mano sobre la boca y la nariz.

Entonces golpeó por fin con los pies algo frío y duro.

Parpadeó, alejando el empirium de su visión, y descubrió un enorme atrio de piedra, cuadrado y gris, inmaculadamente limpio y rodeado de árboles por tres lados. En el extremo opuesto se alzaba un negro y abrupto acantilado que desaparecía en un denso velo de nubes bajas y grises. En la piedra habían tallado un tramo estrecho de escalera.

Rielle empezó a subirla, y en la cima encontró una negra llanura rocosa, brillante y pulida. Copos de ceniza flotaban en el aire, girando lentamente. Una interminable niebla gris la rodeaba y le impedía determinar cómo era el paisaje más allá. Oía el oleaje rompiendo en la distancia, pero no veía ningún árbol, ni tampoco el cielo ni el agua.

Lo único que podía ver era una enorme extensión de escarpada piedra negra, como si algo terrible hubiera calcinado la tierra para siempre.

Y allí, en el centro de la llanura quemada, estaba la Puerta: una estructura angular de escueta piedra gris encuadrando una luz azul tenue y cambiante.

La Puerta, trapezoidal, se alzaba sobre una base de piedra, esta vez circular. Las dos columnas a los lados de la Puerta y la singular pieza que las conectaba por arriba eran enormes, cada una tan gruesa como veinte hombres con los brazos extendidos, dedo con dedo. Su altura hacía que Rielle se sintiera mareada. Debía de alzarse ciento cincuenta metros hacia arriba, y tenía otros ciento cincuenta de ancho. E incluso eso, pensó Rielle, era quedarse corto.

Se acercó a ella, respirando despacio y superficialmente, como si se aproximara a un animal salvaje al que quisiera domar. Por lo que había leído, sabía que la estructura era solo una fachada, un modo de delimitar el punto en el que la Puerta terminaba y comenzaba. La Puerta estaba en el aire, en realidad: era una abertura al Profundo, perforada en el empirium por los santos para desterrar a los ángeles a su interior y sellar la entrada.

Pero ese sello se estaba rompiendo. Rielle se percató de inmediato.

Lo vio tan claramente como si alguien estuviera sosteniendo ante ella un trozo de cristal agrietado por el impacto de una piedra. Concentrando la mente en el sobrenatural mundo que la rodeada, desenfocó la mirada y se imaginó que su sangre y sus huesos se extendían más allá de los dedos de sus manos y de sus pies, más allá de su lengua, para filtrarse en el terreno, en las rocas que tenía debajo, en la ceniza que flotaba a su alrededor. Ladeó la cabeza, tomó aire y lo soltó, y la imagen de la agrietada Puerta se hizo más nítida ante sus ojos.

El empirium era un sol incandescente en el centro de la Puerta, un muro de luz sólida..., excepto por las grietas finas y oscuras, tan delicadas como el hilo de una telaraña, que atravesaban su luz como las extrañas formas que flotaban ante sus ojos después de frotarse los ojos con demasiada fuerza. Un instante estaban allí, largas y delicadas, y al siguiente se desvanecían, para reaparecer segundos después en un lugar diferente.

Sería fácil remendar aquellos agujeros, pensó. Lo único que tenía que hacer era coserlos, como su padre había intentado enseñarle, sin éxito, con aguja e hilo hacía mucho tiempo. Se le había dado fatal la costura, y era impaciente; había replicado que tenían criados que hacían esas cosas para ellos. En ese momento, deseó haber prestado más atención durante las largas horas que había pasado encorvada sobre aquella mesa.

Tragó saliva, se despojó del caliente nudo de su garganta y le cerró la puerta al recuerdo de su padre. Dio un paso hacia la puerta, con la mano extendida.

Entonces, un grito terrible atravesó el aire.

Rielle se alejó de la Puerta, trastabillando, justo cuando Atheria aterrizaba en las rocas que tenía delante. Nunca había visto al chavaile tan feroz: con las orejas aplastadas contra el cráneo, los afilados dientes a la vista y la cabeza gacha, como si se preparara para morder. Tenía las alas totalmente extendidas, gigantescas y oscuras.

Rielle notó un hormigueo en la lengua; el aire que rodeaba la Puerta la entumecía.

—Atheria —consiguió decir, extendiendo la mano—. Ven aquí, mi dulce niña.

Atheria entornó los ojos. Pateó el terreno, resoplando.

—Querida Atheria, ¿intentas protegerme? —Rielle se acercó a ella, intentando ignorar la insistente llamada de la Puerta. Abrazó la enorme cabeza del animal y aplastó la cara contra su aterciopelado hocico.

Atheria se relajó y relinchó suavemente.

—¿No quieres que toque la Puerta? —murmuró Rielle.

Atheria le frotó la cara con el morro, la ocultó en el hueco de una de sus alas.

Sonriendo, Rielle retrocedió para mirar a los enormes ojos de la bestia divina.

—Pero debo hacerlo —dijo simplemente, y después, dando un paso atrás, tomó un puñado de aire en su palma y se lo lanzó para apartarla.

La ráfaga onduló el aire, pero, al parecer, Atheria era demasiado poderosa para que eso la alejara. Retrocedió un par de pasos antes de caer de rodillas. Con otro movimiento de muñeca de Rielle, una red dorada rodeó al animal, inmovilizándolo cruelmente contra las rocas.

Rielle regresó a la Puerta, ignorando los relinchos furiosos que profería Atheria mientras intentaba liberarse.

—No pasa nada —murmuró—. Te soltaré dentro de un minuto, cuando haya terminado. Puedo arreglarla. Lo veo con claridad.

Subió a la base de la Puerta y miró con los ojos entornados el resplandor brillante que contenían los enormes pilares de roca. La luz vibró, ahogando los frenéticos gruñidos de Atheria. Rielle solo podía oír el profundo tronido de la Puerta calándola hasta los huesos y el latido salvaje de su propio corazón.

Se concentró en la primera grieta que vio flotando ante ella, como un río oscuro trazado en un mapa. La solución estaba clara: tomaría aquella fisura entre los dedos y uniría sus bordes dorados, sujetándolos con su poder hasta que la grieta estuviera sellada.

Acercó los dedos al rasgón. Una enorme fuerza invisible la empujó, una ráfaga densa y caliente, demasiado para que un humano se pudiera mover en su interior.

Pero ella no era completamente humana, por supuesto. Era la Reina del Sol. Era más que humana.

A lo lejos oyó que alguien gritaba su nombre, suplicándole que parara.

A continuación, le llegó la voz de Ludivine. *¡Rielle, no!*

Pero Corien parecía encantado. *Continúa. Eres maravillosa*, le dijo, y por un momento se vio con el ángel frente a la Puerta, guiando sus brazos hacia la luz, acariciándole el cuello con los labios.

«Puedo arreglarlo», le dijo Rielle.

Puedes hacerlo todo, le contestó él. Cuando le besó el cuello, sus dientes le arañaron la piel, haciéndola estremecerse.

Tocó la grieta en la Puerta.

Un rayo la golpeó: un millar de relámpagos simultáneos. Había demasiada luz, demasiado poder, como si todo el sol del cielo intentara abrirse camino hacia su interior. La sensación la consumió, la hizo convulsionarse. Se quedó paralizada y ciega.

¡Atrás!, gritó Corien. Ya no parecía divertirse. *¡Apártate!*

Pero Rielle no podía moverse. El poder de la Puerta no se lo permitía; tejía sus huesos con la roca que había bajo sus pies.

Se oyó otro grito, más cerca que los demás.

—¡Rielle, quédate conmigo! ¡Escucha mi voz!

«Audric».

Sus gritos la desconcertaron. Con un esfuerzo monumental, dio un paso atrás y se zafó del agarre de la Puerta.

Se produjo un estallido de energía que la lanzó varios metros más allá del pedestal, hasta los brazos de Audric. Ilmaire los sujetó a ambos, y todos cayeron al suelo. Rielle tembló contra el pecho de Audric, con el cuerpo humeante y agrietado y las manos destellando, doradas.

—Dios mío —murmuró Ilmaire.

—¡No le toques las manos! —gritó Ludivine—. ¡Audric, ten cuidado!

A Rielle se le cerraban los ojos. Intentó concentrarse en la imagen que se cernía sobre ella, en el rostro de Audric. El joven tomó su mejilla en la palma de su mano.

—¿Estás bien? Dime algo.

Rielle se obligó a hablar.

—Algo.

Él soltó una risa frágil.

—¿En qué estabas pensando?

—Puedo repararla —contestó ella.

—Olvídate de la maldita Puerta, Rielle. Olvídate de todo esto. ¿De qué serviría si te mata? —Le besó la sien—. Sigues siendo humana, cariño. Sigues siendo frágil.

Rielle miró la puerta con los ojos borrosos. Intentó levantarse con la ayuda de Audric.

—Pero puedo arreglarla.

—¿Qué está haciendo? —preguntó Ingrid.

—Dejadla —dijo Ludivine en voz baja—. Tiene que darse cuenta ella sola.

Rielle intentó que Audric la soltara. Cuando no lo consiguió, le espetó:

—¿Vas a seguir los pasos de Corien?

Él dejó de sujetarla de inmediato, como si le hubiera dado una bofetada.

Jodoc se acercó, extrayendo una flecha del carcaj de su espalda.

—Dispararé si tengo que hacerlo.

Audric desenvainó a Illumenor. La espada crepitó, cobrando vida y proyectando los brillantes rayos del sol sobre la tierra.

—Inténtalo y te juro que te cortaré en dos.

Rielle aprovechó la oportunidad para dirigirse, tambaleándose, a la Puerta. El mundo no dejaba de dar vueltas a su alrededor. Atheria había dejado de relinchar, y Rielle se preguntó, distante y distraída, a dónde habría ido el chavaile, si se habría rendido o si habría muerto.

Trepó al pedestal y encontró una grieta de inmediato. Apresó los planos de luz a cada lado para intentar cerrarlos. Un dolor la atravesó, como si una criatura de fuego la hubiera poseído, decidida a destrozarla desde el interior.

Se apartó, con mayor facilidad esta vez, y tomó aliento. Los hilos ardientes saltaban sobre su piel como relámpagos en miniatura.

Gateó de nuevo hacia la Puerta y buscó la fisura que la había eludido... para ver, con desánimo, que ahora había más grietas que unos minutos antes.

Dudó. Las lágrimas se reunieron en sus ojos sin que pudiera evitarlo.

¿Lo ves? La voz de Ludivine estaba cargada de tristeza. *Lo estás empeorando.*

«Puedo repararla», insistió Rielle.

Sé que puedes. Pero no así. Todavía no. Tienes que ser más fuerte.

Y eso, decidió Rielle, era completamente injusto. Era poderosa, una criatura inusual (se hablaba de ella en una profecía, por el amor de Dios), ¿y aun así era incapaz de hacer algo tan insignificante?

Se enfadó. Se puso en pie y se lanzó contra la Puerta con un grito que rompió en dos su voz. Golpeó con los puños aquel campo de luz que parecía burlarse de ella.

La onda que se formó como resultado la hizo salir despedida hacia la inconsciencia.

Despertó acostada bocabajo en una cama de suaves sábanas blancas, dentro de una habitación iluminada por la luz de las velas.

Audric estaba dormido en una butaca a su lado, agarrándole la mano. Rielle tenía la cabeza apoyada en un cojín en el regazo de Ludivine.

Su amiga le pasó los dedos por el cabello.

—¿Qué tal estás?

Recordando todo lo que había pasado, Rielle sintió una creciente marea de vergüenza y apretó la mandíbula. Le dolía la cabeza y sentía el cuerpo maltrecho, como golpeado por un millar de puños furiosos.

Miró el envejecido suelo de madera.

—¿No lo sabes?

El dedo de Ludivine se topó con un enredo, y Rielle hizo una mueca.

—Sí, pero me gustaría que me lo dijeras tú.

—Vale. Me siento fatal.

—Me alegro —dijo Ludivine con recato.

—Déjala, Lu —murmuró Audric—. Ya ha tenido suficiente.

Al oír la voz de Audric, Rielle se giró para mirarlo y le apretó la mano.

—¿Estás enfadado conmigo?

Él se llevó los dedos de Rielle a sus labios.

—Sí, pero me alegro de que estés bien. Y comprendo por qué lo hiciste.

Entonces, Rielle recordó algo y el pánico la golpeó.

—Atheria. ¿Dónde está?

Audric dudó.

—No estaba herida, al menos visiblemente, pero se marchó volando poco después de que la Puerta te lanzara por los aires, y no la hemos visto desde entonces.

—Estaba enfadada —susurró Rielle, con un nudo de lágrimas en la garganta y los puños cerrados contra sus muslos—. Perdí la cabeza. Si no regresa, lo tendré bien merecido.

—No te preocupes, por favor. Volverá contigo. Dale tiempo. —Audric se inclinó para besarla y Rielle tomó su rostro en sus manos y presionó la frente contra la suya, devorando su firme mirada oscura, tan cerca en ese momento.

—Solo quería ayudar —dijo.

—Lo sé —contestó él en voz baja.

Y también alardear de lo que puedes hacer, le indicó Corien, malhumorado.

«Tú me instaste a hacerlo», replicó Rielle. «Aunque sabías que me haría daño».

Corien hizo una pausa.

No sabía que te dolería tanto.

«Audric nunca me haría algo así».

No, supongo que no, le contestó Corien con voz tensa. *Todavía no, al menos.*

Rielle desoyó sus palabras y se preparó para disculparse de nuevo... pero, antes de que pudiera hacerlo, Jodoc entró en la habitación acompañado por cuatro Obex con sencillas túnicas grises. Detrás de ellos estaban Ilmaire, Ingrid y tres de sus guardias.

Jodoc comenzó a hablar sin preámbulos.

—En las veinticuatro horas que han pasado desde tu imprudente y quizá desastroso intento de reparar la Puerta...

—¿Veinticuatro horas? —Rielle miró a Audric de soslayo—. ¿Tanto tiempo ha pasado?

—En esas veinticuatro horas —continuó Jodoc con brusquedad— ya he recibido una docena de informes de miembros del Obex de todo el mundo.

Miró el montón de finos papeles que tenía en las manos.

—Un terremoto ha sacudido Astavar. Un tifón en las Vespertinas ha destruido seis pueblos pesqueros en la costa este de la isla principal. Una ventisca en la ciudad de Zamar, en Mazabat, que por si no lo sabéis es de clima tropical, ha deshabilitado por completo el canal de Ferej, una importante ruta comercial para esa parte del continente. Un maremoto, incluso mayor que aquel al que os enfrentasteis hace poco, ha alcanzado la costa de Vindica, que está casi deshabitada, gracias a Dios. Y en vuestro reino, en la ciudad costera de Luxitaine, una bandada de aves de millares de ejemplares ha caído muerta del cielo, matando a varias personas y aterrorizando a otras muchas.

Audric cerró los ojos y apartó la mirada.

Jodoc plegó los papeles y se los guardó en el bolsillo del abrigo.

—Y estos, lady Rielle, son solo los sucesos que han llegado hasta nosotros.

Rielle se mantuvo en silencio mientras él hablaba, resistiéndose a la tentación de bajar la mirada por vergüenza. En lugar de eso, miró al guardia a los ojos.

—¿Cómo habéis podido enteraros de esas cosas con tanta rapidez?

Tienen marcados a sueldo, le contestó Ludivine de inmediato. *Les ofrecen protección frente a sus gobiernos a cambio de sus servicios.*

Jodoc levantó una ceja.

—¿Eso es lo que más te ha llamado la atención?

—Es una buena pregunta —dijo Ilmaire—. ¿Cómo sabemos que no has falsificado esos informes?

—¿Y por qué iba a hacerlo?

—Para asustarnos y que hagamos lo quieres —le espetó Ingrid.

—O para avergonzar a lady Rielle —añadió Ilmaire.

—Ella debería estar avergonzada, y vosotros asustados. —Jodoc miró a Rielle—. Lo que habéis hecho es exacerbar un problema que ya existía. Los eruditos elementales de nuestra orden, que se han pasado toda la vida estudiando el empirium, han contado treinta y tres nuevas fracturas en la Puerta. Los efectos catastróficos de esta aceleración en su colapso no pueden ser subestimados, y afectarán a toda Avitas.

Ludivine le apretó la mano a Rielle.

—¿Salió ayer algún ángel más? —consiguió preguntar Rielle cuando al fin encontró su voz.

Ludivine negó con la cabeza.

—No. Todavía no.

Jodoc le echó una mirada de absoluto desprecio.

—Pero lo harán, sin duda. Y estamos preparados para combatirlos, por ahora. Sin embargo, nuestras reservas de flagelos no son ilimitadas, y no pueden ser repuestas. Y cuando la Puerta caiga por fin y todos los ángeles regresen, nuestras escasas armas no servirán de nada.

Ludivine jugueteó con el dobladillo de su manga izquierda, debajo del que brillaba la cicatriz del flagelo.

Ilmaire miró a Jodoc, pensativo.

—Dijiste que los flagelos se forjan usando la sangre de unas bestias llamadas cruciatas, y que esas cruciatas provienen del Profundo. ¿Cómo obtuvisteis su sangre?

—Una única cruciata escapó de la Puerta debilitada hace muchos años —contestó Jodoc—. Conseguimos someterla, perdiendo muchas vidas, e hicimos experimentos con sus restos, que nos proporcionaron el primer flagelo. Solo hemos tenido acceso a ese cadáver, y cuando nuestras reservas de sangre se hayan agotado, no podremos seguir forjando flagelos. —Se detuvo, con expresión severa—. Al menos, no hasta que la Puerta se derrumbe y todo lo que existe en el Profundo escape.

Tras las palabras de Jodoc se hizo un silencio.

—¿Durante cuánto tiempo puede contener un flagelo a un ángel? —preguntó Audric.

—Depende de la fuerza de la hoja —contestó Jodoc—. Algunos solo unos minutos; otros, años.

Audric comenzó a caminar de un lado a otro.

—Entonces, la cuestión sigue siendo la misma: ¿cómo reparamos la Puerta?

—La Puerta no se puede reparar. La magia que los santos poseían, el poder crudo que usaron para crearla, ya no existe en este mundo. El empirium se está disipando, lleva años ocurriendo. —Jodoc miró a Illumenor, envainada en la cintura de Audric—. El poder que posees, alteza, es ahora una anomalía, como bien sabes. Y ni siquiera eso es suficiente para reparar la Puerta. —Miró a Rielle—. Y tampoco el poder de la Reina del Sol, al parecer.

—Tiene que haber un modo, algún método que nadie haya intentado —insistió Ilmaire—. Textos, diarios de los santos…

—Diarios que son inútiles sin el poder adecuado para implementar sus enseñanzas.

—Yo tengo suficiente poder para hacerlo —los interrumpió Rielle en voz baja—. Sé que lo tengo.

—Como ya hemos visto, ese no es el caso, lady Rielle —dijo Jodoc—. Por mucho que lo desees.

Ella levantó la barbilla para responder a su mirada.

—Quizá no pueda hacerlo ahora, pero creo que algún día podré.

—¿Y cuándo llegará ese día? ¿Será mañana? ¿El año que viene? ¿Dentro de veinte años? ¿No comprendes lo que ha pasado? La Puerta es un volcán a punto de entrar en erupción, uno lo bastante grande para aniquilarnos a todos, y no tenemos ningún modo de saber cuándo lo hará, ni qué están haciendo los ángeles al otro lado mientras intentan liberarse de su prisión. No sabemos cuántas cruciatas han encontrado y derrotado, o domesticado. Y tú… —añadió—, solo estás alimentando ese fuego.

Se produjo un instante de silencio. Después, Ilmaire dijo, pensativo:

—Quizá necesite una forja.

Rielle se rio.

—Como has visto, yo no preciso de forjas.

—Puede que no te haga falta para detener flechas o maremotos —dijo Ilmaire—, pero ¿para reparar la Puerta, cosida al tejido del empirium? ¿La Puerta que crearon siete de los humanos más poderosos que el mundo ha conocido? Creo que para eso sí podrías necesitar ayuda.

Ludivine, junto a Rielle, se puso tensa. *Tiene una idea, pero no quiere decirlo.*

«¿Quién?».

Jodoc. Ludivine dudó. *Ah. Es una idea excelente.*

—¿Tienes alguna sugerencia, Jodoc? —le preguntó en voz alta.

El rostro del hombre era impenetrable.

—¿Estás hurgando en mi cabeza? ¿No puedes contenerte?

—Si te guardas información que podría ayudar a Rielle, hurgaré en tu cabeza siempre que lo considere conveniente —replicó Ludivine.

—Algunos de nuestros eruditos tienen la teoría de que las forjas originales de los santos podrían ser necesarias para llevar a cabo cualquier reparación en la Puerta —dijo Jodoc después de un momento de tenso silencio. Miró a Rielle—. Todas las forjas retienen cierto poder residual incluso después de la muerte de su dueño, por lo que estas contendrían el recuerdo de la creación de la Puerta. Estarían familiarizadas con su tejido y con el modo en el que se construyó originalmente.

Audric parecía animado.

—¿Crees que, si Rielle usa las forjas de los santos...?

—Eso podría proporcionarle las herramientas que necesita para hacer las reparaciones —terminó Ilmaire.

—Como la magistrada Cateline Thoraval escribió en *Tratado sobre la vida interna de la magia* —continuó Audric—, la estructura es clave incluso para los elementales con mayor poder innato. Al ejecutar cualquier tarea con los elementos, sobre todo aquellas con las que el elemental no está familiarizado o las que son especialmente peligrosas...

Ilmaire chasqueó los dedos y terminó la frase por él.

—... unos cimientos fuertes, ya sea formados por el conocimiento, la memoria o la forja, son esenciales para tener éxito.

Ingrid les echó a ambos una mirada de desagrado.

—Eso ha dado miedo, y os ruego que no volváis a hacerlo nunca.

Rielle repasó la idea en su mente. «¿Es posible?».

No lo sé, le contestó Ludivine. *Jodoc parece pensar que lo es. Y se ha pasado la vida entera estudiando la Puerta.*

—Si quisiera intentarlo —dijo Rielle—, ¿dónde podría encontrar esas forjas? Están custodiadas por vuestra orden, ¿no es así?

Jodoc enarcó las cejas.

—No puedo responder a esa pregunta, lady Rielle.

—Pero acabas de decir...

—Custodiar las forjas de los santos y proteger la Puerta son los deberes sagrados que los propios santos confiaron a la orden del Obex hace siglos. No podemos compartir nuestra información.

Jodoc miró a Ludivine con aspereza.

—Tampoco puede extraerse contra nuestra voluntad fácilmente. Hemos entrenado durante siglos para bloquear esa parte de nuestra mente gracias a las enseñanzas que nos dejó el ángel Aryava. Y si lo intentas, lady Ludivine, soplaré este cuerno —señaló el cuerno de hueso que llevaba en la cintura—. Todos los miembros de mi orden que poseen esta información me oirán y, sin vacilar, ingerirán un veneno que siempre llevan encima, como haré yo. Moriremos en cuestión de segundos, y el conocimiento morirá con nosotros. Los marcados que trabajan para nosotros viajarán por el mundo y esconderán al resto de los miembros de nuestra orden. Jamás los encontraréis.

—¿Prefieres morir a ayudarnos? —le preguntó Ingrid, tensa—. ¿Prefieres abandonar la defensa de la Puerta?

—Prefiero morir a deja información sagrada en manos de un ángel en quien no tengo por qué confiar —contestó Jodoc.

Un silencio cortante llenó la estancia.

—Muy bien —dijo Ludivine al fin, con suavidad—. No intentaré nada.

Rielle levantó las manos.

—Entonces, ¿vamos a tener que vagar sin rumbo por el mundo tratando de encontrar las siete forjas escondidas antes de que la Puerta caiga?

—Nosotros vigilaremos la Puerta —contestó Jodoc—, y te informaremos si la situación lo requiere. Pero, hasta entonces, lady Rielle, has demostrado que eres impredecible y que no podemos confiar en ti. Y, por tanto, no voy a ponerte las cosas fáciles. Si deseas utilizar las forjas de los santos, a cuyo legado hemos dedicado la vida mis compañeros y yo, tendrás que demostrarme que eres digna de hacerlo. Y debo añadir —continuó, mirando a Audric—, que no vais a vagar sin rumbo. La primera pista que necesitáis para encontrar la forja de santa Katell está en el castillo Baingarde. Os sugiero que abandonéis las Solterráneas y que regreséis a vuestro hogar en Celdaria tan rápidamente como os sea posible.

Dicho esto, Jodoc y el resto de los Obex se marcharon de la habitación, dejando solo al grupo de cinco de Rielle. Ilmaire se acercó a la ventana y miró el bosque iluminado por la luna. Ingrid se sentó junto al fuego y se sirvió vino en un sencillo cáliz de metal.

—¿Alguien más necesita dos o tres copas? —murmuró.

Ludivine levantó la mano.

—Sí, por favor.

—¿Sabes a qué se refiere? —le preguntó Rielle a Audric—. ¿Qué hay en Baingarde?

—No lo sé, pero mi madre podría saberlo. —Se sentó a su lado y se frotó la cara con la mano—. ¿Estás lo bastante recuperada para partir mañana?

Rielle sonrió amargamente.

—¿Importa eso?

Audric la miró con ternura.

—Me importa a mí.

Rielle no pudo mirarlo un segundo más sin tocarlo, así que lo besó, suavemente, bajo el murmullo de las voces de los demás. Pero eso no era suficiente. Inquieta, agotada, sabía que solo había una cosa en el mundo que podía proporcionarle la paz que ansiaba, y no era un solo beso, por cariñoso que este fuera.

Se levantó, de la mano de Audric, y lo condujo en silencio por el pasillo hasta una pequeña y limpia habitación que estaba vacía, tenuemente iluminada por el cielo nocturno. Una vez dentro, Rielle cerró la puerta y lo besó de nuevo, con fuerza, hasta que apenas pudo respirar, hasta que él dejó de tratarla como si estuviera hecha de cristal. La apartó y la aplastó suavemente contra la puerta, y Rielle intentó tirar de él para acercarlo más, impaciente. Audric le besó el cuello y le levantó la falda, y durante los gloriosos y abrasadores minutos durante los que se movió en su interior, acariciándola entre las piernas con una mano y hablando con voz ronca y urgente contra su cabello, Rielle no sintió el peso del destino de mundo sobre sus hombros.

Solo se sintió afortunada por saber lo que era ser amada, y se aferró a esa sensación con tanta ferocidad como pudo, hasta que las palabras murmuradas de Audric y sus manos incansables la hicieron dejar atrás sus miedos y no pudo seguir pensando.

10
ELIANA

«No debe subestimarse la importancia de la solitud mental durante la creación de una forja. Estas horas deben considerarse el principio de una nueva vida. Es una resurrección. Es una transformación. Debe verterse en la forja todo lo que se tenga en el interior... Incluso la oscuridad, incluso la crueldad, incluso las partes que uno mismo desearía poder arrancarse y quemar».

Estudio completo sobre las forjas,
de Eko Kaarat, célebre acuñametales de Astavar

Cuando Eliana entró en el Crisol de Vintervok, los olores del humo y del aceite le llenaron los pulmones, y una oleada de recuerdos le aplastó el pecho.

Antes de que la guerra llegara a Ventera, antes de los años durante los que había sido la Pesadilla, le gustaban las historias del Viejo Mundo tanto como a Remy ahora: historias de los santos, de las bestias divinas y de la magia que había llenado el mundo antes de que la Caída de la Reina de la Sangre lo destruyera todo.

Cada año, en la onomástica de san Grimvald, visitaba el Crisol de Orline con sus padres y murmuraba el Rito del Metal junto al resto de los visitantes: turistas que acudían para dejarse enamorar de la arquitectura del Crisol; aquellos que creían que las viejas leyendas eran solo eso y pronunciaban sus oraciones sin pensar mucho; y los verdaderos creyentes, como Remy, para quienes las historias del Viejo Mundo eran tan reales como el aire que había en sus pulmones.

Eliana también lo había creído, antes de ponerse la máscara de Pesadilla por primera vez y empezar a mudar la fantasiosa piel de su infancia.

«¿Y ahora?», pensó, caminando por los pasillos escuetamente decorados del Crisol de Vintervok. «Ahora, ¿qué creo?».

Antes de que las tropas invasoras del imperio destruyeran el Crisol de Orline, había sido similar a aquel, todo ángulos rectos y brillantes superficies oscuras, con rígidas filigranas de hierro bloqueando cada ventana. Los retratos de san Grimvald con su armadura de peltre y su llamativa capa naranja compartían espacio con los paisajes bélicos: campos de batalla en los que resplandecían las espadas, soldados con brillantes forjas de bronce, ángeles de luminosas alas cayendo de cielos tormentosos con esquirlas metálicas clavadas en el pecho.

Una de las pinturas mostraba un espectáculo especialmente dramático. Un dragón, de escamas grises y vientre blanco, con una melena de pelo oscuro alrededor del cuello, corría hacia una cegadora puerta de luz que se cernía sobre un gran abismo abierto en la tierra. El agua emergía de las profundidades en una columna agitada y espumosa. San Grimvald montaba el dragón, con el martillo levantado para enfrentarse a un regimiento de ángeles enjambrados. Cada ángel portaba armadura y una espada; cada ángel tenía el exquisito rostro encendido por la furia.

Eliana pasó de largo, evitando mirarlos. Como todos los niños a los que conocía, a Remy le encantaban las bestias divinas, y los dragones de hielo de Borsvall siempre habían sido sus favoritas.

Dale tiempo, le había dicho Simon.

Pero ni todo el tiempo del mundo podría borrar lo que Eliana había hecho, y sintió que esa certeza reverberaba en su cuerpo con cada paso que daba.

Su escolta, una erudita llamada Ikari, los condujo a través de la estructura apanalada del Crisol hasta la enorme cámara central. Unos peldaños bajos descendían hasta un círculo en el centro de la estancia, donde un enorme hogar de carbón se mantenía encendido día y noche. Una estatua de piedra de san Grimvald se alzaba sobre el fuego, con el martillo elevado hacia lo alto, donde una serie de ventanas favorecían la ventilación. En la estancia había una docena de personas: eruditos vestidos con sencillos abrigos hasta el suelo y acólitos ceremoniales con las elaboradas y anticuadas túnicas grises.

Ikari, una mujer bajita y de rostro humilde, con los ojos amables y la piel bronceada, condujo a Eliana y a Simon hasta el hogar. En ese momento, todos los que se encontraban en la habitación dejaron lo que estaban haciendo (ocuparse del fuego, colocar las velas de oración, frotar las manchas de humo del suelo) y se giraron para mirar.

Ikari se aclaró la garganta.

—¿No tenéis nada que hacer, como lo tiene lady Eliana?

Los eruditos y acólitos reanudaron su trabajo rápidamente. Su silencio, repentino y denso, llenó el aire.

Bajo el crepitar de las llamas, Simon murmuró:

—Podemos marcharnos si quieres.

Eliana lo fulminó con la mirada.

—No me atrae la idea de quedarme en Dyrefal mordiéndome las uñas durante el resto de mi vida.

—A mí tampoco.

—Entonces deja de intentar que me sienta mejor.

—Nunca se me ocurriría hacer tal cosa. Pero no quiero que hagas el ridículo delante de toda esta gente.

—¿Temes que haga el ridículo o que te deje en ridículo a ti?

—Si estás asustada, intenta al menos que no se te note.

Eliana apretó los dientes.

—No estoy asustada.

Ikari le sonrió con amabilidad.

—He querido mostrarle el hogar del Crisol, mi señora, para que se familiarice con el método tradicional. Espero que disculpe nuestro entusiasmo. Hemos estudiado esta práctica con gran detalle, por supuesto, pero solo en la teoría. Esta será la primera vez que seamos testigos de la verdadera creación de una forja.

Eliana se limitó a asentir; no confiaba en su voz. Las miradas curiosas de los presentes se asentaron sobre su piel como ascuas encendidas.

—Es importante que la persona que va a usar la forja lleve a cabo personalmente cada paso del proceso de creación —comenzó Ikari—. Nosotros estaremos aquí para guiarla, por supuesto, pero es su mano la que debe sostener el martillo, son sus brazos los que deben activar los fuelles.

Eliana siguió a la erudita alrededor del hogar.

—Entiendo.

—Primero, usará los fuelles para bombear aire a través de la tobera y avivar las llamas. Cuando alcancen la temperatura adecuada, colocará cada una de las piezas de metal seleccionadas en la callana —Ikari señaló el tanque cilíndrico de piedra que se cocinaba tranquilamente en las ascuas— y las fundirá. Sus majestades nos han dicho que puede elegir cualquier artefacto de los archivos del templo, mi señora. Cualquier cosa que desee añadir a la aleación es suya. En los archivos guardamos incluso antiguas reliquias de la Segunda Era…

—No asaltaré vuestros archivos para mi beneficio —la interrumpió Eliana.

—Pero, mi señora…

—No usaré reliquias. Solo restos, fragmentos del metal que haya sobrado de vuestros trabajos. La delicadeza de esos valiosos artefactos no sería adecuada para mí.

Ikari inclinó la cabeza.

—Muy bien, mi señora. La llevaré al almacén de los residuos cuando hayamos terminado aquí, y podrá examinar lo que tenemos. Le sugiero que toque cada pieza y que escuche lo que le dice su corazón al estudiarla.

Una respuesta acudió a la mente de Eliana de inmediato. El corazón le estaba diciendo que debería haberse quedado en Orline. Que aquello era inútil, que Navi moriría antes de que ella pudiera ayudarla.

Que la aterraba en qué se convertiría la Eliana a la que conocía cuando sostuviera una forja en sus manos.

Pero se mordió el interior del labio y siguió el lento caminar de Ikari alrededor del hogar. Simon, como una silenciosa sombra, la seguía de cerca.

—¿Ha pensado en qué tipo de forja le gustaría crear? —le preguntó la erudita.

De hecho, Eliana había sabido qué forma tendría su forja desde el momento en el que se le había ocurrido la idea.

—Lo he hecho —contestó—. Me gustaría que fueran dos colgantes idénticos, pequeños, finos y de bordes redondeados. —Con el índice derecho dibujó un círculo en su palma izquierda para ilustrar el tamaño—. Me gustaría llevar uno en cada una de mis palmas, sostenidos por cadenas finas.

Ikari asintió y señaló a un joven acólito que estaba cerca. El chico se acercó rápidamente con una pluma y un pliego enrollado de papel.

—Diseñaremos los moldes que desea, mi señora, y los tendremos preparados para mañana por la tarde. —Ikari se acercó a un estante de piedra y dibujó rápidamente un boceto—. ¿Así?

Eliana examinó el esbozo de la mano. En la palma había un disco redondo conectado a unas finas cadenas cruzadas. Una rodeaba el dedo corazón, y otra le daba la vuelta a la mano. Una tercera conectaba la parte inferior del colgante con la cuarta y última cadena para formar un brazalete alrededor de su muñeca.

—Sí —dijo, satisfecha con el elegante diseño—. Sí, es exactamente lo que imaginaba.

Simon miró sobre su hombro.

—No será fácil quitártelas.

—Bien. No quiero que lo sea. Descansaré mejor sabiendo que tengo las manos atadas. Que no me despertaré de una pesadilla y descubriré que he echado el castillo abajo mientras dormía.

—Nosotros no le tenemos miedo, mi señora —dijo Ikari en voz baja—. Nos salvó de la invasión. Astavar sigue siendo libre gracias a usted.

—Algunos me teméis, y hacéis bien. Yo lo hago.

La erudita la miró con más cariño del que Eliana creía merecer.

—¿Mencionó que tiene un artefacto personal que le gustaría añadir a la aleación?

Eliana se quitó el colgante y se lo entregó sin vacilar.

Ikari le dio la vuelta y lo examinó. Sus ojos se llenaron de sorpresa.

—Oh, mi señora. Esto es...

—Lo sé. El Portador de la Luz. Mi padre, al parecer. —Las palabras sonaron frágiles en la lengua de Eliana. Eran una traición a Ioseph Ferracora, y deseó no haberlas pronunciado—. Bueno, lleva muerto mucho tiempo, ¿no? No creo que le importe que funda su colgante.

—No, mi señora. Este no es el Portador de la Luz. —Ikari señaló una serie de marcas en el dorso del colgante, cerca del borde inferior. Eliana las había visto antes, por supuesto, aunque nunca las había descifrado—. Esta es la firma del artesano acuñametales que creó esta pieza. Las tres líneas sesgadas, y la media luna arqueada que hay debajo, indican que es obra de un artesano de la casa real de Lysleva. Y la inscripción... es borsválico. Números. —Entornó los ojos—. «Año 999 de la Segunda Era». El año anterior a la Caída.

Algunos eruditos y acólitos, que habían ido acercándose en silencio para ver mejor, los rodeaban.

Ikari, con los ojos brillantes, señaló la figura que cabalgaba en el caballo alado.

—Y esta, mi señora, es la Reina de la Sangre.

Eliana frunció el ceño.

—Pero el Portador de la Luz acudió a la batalla a lomos de un chavaile. Eso es lo que Remy me contó. Y hay una estatua en la frontera este de Orline que representa al Portador de la Luz sobre esa misma bestia divina.

—Sí, según todos los relatos que nos han llegado, el Portador de la Luz luchó a chavaile contra los ángeles. —Ikari asintió—. Pero el chavaile no era suyo. Pertenecía a la Reina de la Sangre, si es que una bestia divina puede pertenecer a alguien. En los dos años previos a su muerte, esta imagen se utilizó en joyas, armaduras y forjas de todo el reino de Celdaria. De todo el mundo. De hecho, conservamos un artefacto con este grabado en nuestros activos. —La mujer miró a Eliana con una expresión de puro deleite—. Puedo mostrárselo, mi señora, para que vea uno mejor conservado.

Eliana, con la boca agria, señaló la desvaída inscripción que se arqueaba en la parte inferior del colgante.

—¿Y esto? ¿Qué dice?

—Es un antiguo dialecto borsválico —le explicó Ikari con voz reverente—. No lo conozco bien, pero reconozco esta frase. Dice: «Que la luz de la Reina te guíe».

La oración de la Reina del Sol. Mientras examinaba el collar, un recuerdo que no era suyo acudió a la mente de Eliana: la preciosa mujer de la visión de Zahra, vestida con una armadura negra y carmesí, besando al emperador en un sangriento campo de batalla.

No volvió a mirar el colgante.

La noche siguiente, Eliana y Simon regresaron al Crisol, donde el fuego del hogar todavía estaba encendido.

Los tres fragmentos de metal que había elegido en los almacenes del Crisol la esperaban en el hogar: un trozo de tubería de latón, una gruesa cadena de cobre, una golpeada campana de bronce.

Junto a ellos estaba su colgante, de aspecto inofensivo, como si no tuviera grabado el semblante de una zorra malvada y traidora.

Ikari se acercó a ella con el cabello recogido en un pulcro moño y el rostro limpio. Se había puesto un atuendo sencillo y práctico, un pesado delantal y guantes gruesos.

Eliana no podía llevar esas prendas, pues el proceso tradicional no lo permitía. El riesgo al que se exponía el elemental estaba pensado para potenciar la conexión con su forja, y ella había decidido atenerse a esa tradición, para enfado de Simon.

El hombre se mantuvo a su espalda; su tensa presencia era como una marea furiosa. Eliana disfrutaba de su irritación. Agudizaba su dolor por el silencio continuado de Remy y la hacía sentirse dura y afilada, como una de sus dagas sonrientes.

—¿Está lista, mi señora? —le preguntó Ikari.

—Casi —contestó ella con ligereza. Había comenzado a sudar en aquel aire caliente e inmóvil. Aunque era ligero, el vestido se le pegaba a la piel. Se lo quitó, zafándose de la desagradable tela para quedarse solo con las botas y una fina combinación.

Ikari se mantuvo impasible, aunque los jóvenes acólitos cercanos contuvieron el aliento, como si Eliana hubiera decidido fabricar su forja haciendo el pino.

Ella miró a Simon, desafiándolo en silencio a hacerle algún reproche, pero él se quitó el abrigo y, tras subirse las mangas de la camisa, lo colocó junto con el vestido de Eliana en un pulcro montón que dejó apartado. La luz del fuego del hogar hacía brillar la celosía de cicatrices sobre sus sudorosos antebrazos.

Eliana apartó la mirada rápidamente.

—Estoy lista.

Ikari señaló el fuelle.

—Entonces, mi señora, le ruego que empiece a avivar las llamas.

Eliana obedeció; empujó la oscura palanca de la bomba del fuelle y escuchó el siseo que se produjo cuando la tobera condujo el aire al hogar. Las llamas crepitaron y restallaron, floreciendo. Empujó la palanca de nuevo, y una tercera vez, y una cuarta. Tan cerca del fuego, el calor la envolvía como una segunda piel reluciente. El sudor le bajaba por la espalda, por el cuello, por la frente; el humo le quemaba las fosas nasales, y los ojos le escocían y se le habían llenado de lágrimas.

Con cada bombeo, la temperatura se volvía más insoportable, y el instinto le gritó que se alejara. Hacía demasiado calor junto a las llamas, era demasiado peligroso. Necesitaba aire fresco; necesitaba agua.

En lugar de eso, apretó los dientes y accionó la bomba del fuelle.

—«Una espada forjada con martillo y tenaza» —comenzó a recitar— «vuela cierta y veloz».

Levantó la bomba y la bajó de nuevo, moviéndose al ritmo de las palabras del Rito del Metal. Los últimos años se había esforzado mucho por borrar esas oraciones de su mente, pero no lo había conseguido, porque Remy nunca dejaba de hablar de los malditos santos.

«Remy, Remy». Pero no podía pensar en él. Ni en ese momento, ni durante aquella noche.

—«Un corazón fraguado en la batalla y la caza» —continuó— «corta como la espada más feroz». —Otro movimiento, otro empujón, un caliente soplo de aire a las llamas—. «Una espada forjada con martillo y tenaza...».

Los acólitos que se encontraban en la cámara, incluida Ikari, comenzaron a recitar el rito con ella. El único que se mantuvo en silencio fue Simon, tan cerca que Eliana podría haber retrocedido un poco para entrelazar los dedos con los suyos. Le agradecía el silencio. Era el eje sobre el que estaba equilibrando su trabajo.

—«...vuela cierta y veloz». —Eliana siguió los senderos que el sudor estaba trazando por sus brazos y su espalda, usándolos para recorrer las líneas de sus músculos mientras trabajaba—. «Un corazón fraguado en la batalla y la caza...».

—«...corta como la espada más feroz» —pronunció Ikari con voz firme.

Junto a Eliana, Simon se removió. Se acordó de lo que le había dicho aquella tarde, mientras caminaban hacia el Crisol: «Recuerda lo que sentiste ese día en la playa. Recuérdalo y canalízalo en cada movimiento que hagas esta noche».

Había leído aquello mismo en los libros que él le había buscado, así como en los que había conseguido encontrar gracias a los bibliotecarios reales. Debía mantener la mente clara y concentrada durante la forja, dirigir sus pensamientos a cada músculo y hueso de su cuerpo, y hurgar en su interior para encontrar el recuerdo de cómo había sentido su poder en la playa... Un recuerdo que había intentado reprimir diligentemente.

Pero ya no podía seguir haciéndolo.

Tras la Caída de la Reina de la Sangre, la magia que en el pasado había iluminado el camino de la humanidad hacia el empirium había desaparecido.

Y, de algún modo, Eliana tenía que volver a encontrarlo. A encontrarlo, y a controlarlo.

—«Un corazón fraguado en la batalla y la caza...» —dijo.

—«...vuela cierto y veloz» —replicaron Ikari y los acólitos.

Eliana había leído que, en la Primera y la Segunda Era, un verdadero proceso de forjado podía durar muchos días, muchos fuegos.

Pero Eliana no tenía tanto tiempo..., y tampoco Navi.

—«Un corazón fraguado en la batalla y la caza» —dijo, con los ojos llorosos— «corta como la espada más feroz».

Ikari levantó la mano, indicándole que se detuviera.

Eliana se acercó al hogar. Cada inspiración era un trago de fuego; sus pensamientos formaban una bruma urgente de calor y recuerdo. Con unas tenazas, tomó cada fragmento de metal y lo depositó en el Crisol. Primero, con un repique sordo, la campana de bronce. Después, la larga y gruesa cadena de cobre y el tubo de latón.

Por último, su colgante.

Este pendió de las tenazas, girando lentamente. Las alas del chavaile destellaron a la luz del fuego.

No debía pensar en ello (no debía, no quería) y aun así los recuerdos regresaron a ella, ávidos y crueles: cuando Rozen la tenía en su regazo y ella deslizaba los dedos sobre el grabado del colgante; cuando se quedaba adormilada contra el costado de Ioseph mientras él le leía una copia maltrecha de *El libro de los santos*; la vez que Remy le regaló un dibujo de su colgante, aunque en su versión no era el Portador de la Luz quien cabalgaba el chavaile sino la propia Eliana.

Dudó, casi soltando las tenazas.

—Simon —dijo con voz ronca.

Él se acercó, y le rozó el brazo con el suyo, caliente.

—Estoy aquí.

—Dime que no voy a ser como ella.

—No. Dilo tú.

Sus palabras directas y esclarecedoras la llenaron de rabia, pero él tenía razón y ella lo sabía.

—No soy como ella —dijo, con los dientes apretados—. No soy como nadie. Yo soy yo.

Entonces soltó el colgante en el Crisol y volvió al fuelle. Sopló para alimentar las llamas, a pesar de que le dolían los músculos, y rezó a los despiadados santos a los que su hermano adoraba.

Con cada soplido del fuelle, recitó el Rito del Metal.

Después el Rito del Fuego, y el Rito del Sol.

Recitó los siete ritos, que recordaba porque se los habían grabado en las paredes del corazón, primero Ioseph y más tarde Remy.

Rezó hasta que su voz fue tan débil como un susurro, y su garganta, una dolorida columna de fuego, y mientras oraba, se imaginó empujando las palabras por sus brazos, a través del fuelle, hasta las llamas. Se imaginó que era una bestia hecha de fuego que lamía los lados del Crisol, calentándolo. Se imaginó su colgante fundiéndose, las líneas del rostro marcado de la Reina de la Sangre desvaneciéndose.

«No me parezco en nada a ella».

Sintió que su mente se aclaraba y se estrechaba a la vez. Tuvo una visión, resplandeciente por el calor: estaba caminando por un estrecho saliente sobre un profundo abismo. Tenía que respirar despacio y caminar con cuidado, o el suelo que pisaba se vendría abajo y caería.

No pensaría en Rozen ni en Ioseph.

No pensaría en la voz de su hermano Remy acusándola de ser un monstruo.

En lugar de eso, recordaría la playa: el mundo erupcionando en la yema de sus dedos, el cielo abriéndose a una orden suya.

Reconsideró ese momento de desolación, cuando tenía las manos calientes por la sangre de Rozen. Lo revivió y luego se alejó de él, sostuvo el recuerdo en su palma como una criatura de cristal. Apenas respiraba, por miedo a romperlo. Caminando con ligereza junto al abismo que se abría debajo de ella, llevó el tesoro de la muerte de Rozen en la copa de sus manos y después, abriendo los dedos, lo lanzó al abismo.

No la entristeció despojarse de él. Al contrario: empujó los límites de su mente y atesoró la sensación del perfecto y abrasador equilibrio de su cuerpo, como una copa llena en el valle entre sus hombros.

«Yo soy yo».

La voz de Ikari sonó como un suspiro en el viento.

—Ya está, mi señora. Ha terminado.

Eliana vivía en una vibrante nube de fuego.

Temía moverse, así que siguió respirando superficialmente. Mareada, usó las tenazas para levantar el Crisol. Era demasiado pesado para moverlo con facilidad, pues su mente todavía nadaba en su extraña y excitada euforia, y los brazos le temblaban. Pero cuando Simon se acercó para ayudarla, cuando puso las manos sobre las suyas y notó su aliento caliente en la nuca, negó con la cabeza.

Si él se unía a ella en aquel inestable saliente, este se derrumbaría.

Era vagamente consciente de las lágrimas que bajaban por su rostro, como si las llamas extrajeran el calor de sus ojos.

Vertió el metal fundido (de un sucio color dorado, humeante y luminoso) en el molde que los acólitos habían creado para ella y bajó el Crisol de nuevo sobre el hogar. Después, usó las tenazas una vez más para apartar el molde del fuego y dejar que se enfriara sobre una repisa de piedra.

—Mi señora —dijo Ikari con amabilidad—, ¿desea lavarse la cara mientras se enfría el metal?

—No. —Eliana negó con la cabeza—. No me marcharé hasta que haya terminado.

Estaba sentada en silencio junto al molde, abrazándose las piernas contra el pecho. Más allá de su borroso campo de visión, el fuego ardía en el hogar, entusiasta y cruel.

Sin decir palabra, Simon dejó un vaso de agua a su lado.

Eliana lo ignoró. Mantuvo el equilibrio de puntillas, con los pies descalzos sobre el saliente rocoso. Una brisa maliciosa le embistió la parte de atrás de las rodillas, intentando hacerle perder el equilibrio.

Pero no tenía miedo.

Se encontraba junto al hogar del Crisol y las llamas danzaban en su piel. Expulsó el aire de sus pulmones, por sus brazos, hacia el metal que se enfriaba…, fortaleciéndolo, dorándolo con la abrasadora sangre de su madre.

El mundo estaba teñido de luz dorada. El resplandeciente aire se ondulaba a su alrededor.

Eliana respiró y, durante un demencial instante, tan cansada que sentía la mente tan fina como el papel, creyó que el mundo respiraba con ella.

༺ ༻

Dos horas después, el metal se había enfriado lo suficiente para sacarlo del molde.

Eliana se levantó. Le dolían los hombros, las piernas y el pecho. Usando las tenazas, extrajo los dos colgantes y los colocó en el yunque que los acólitos le habían proporcionado. Después se sentó a su lado y, con un carboncillo, dibujó algo en su áspera superficie.

No era una artista; sus líneas eran toscas y desiguales. Pero no quería que nadie más tocara los colgantes. Llevaban el peso de Eliana en su interior. Eran suyos; ella los usaría, y quizá algún día, si lo deseaba, los destruiría.

Estaba tan agotada que apenas comprendía sus propios actos, pero siguió trabajando, encorvada sobre el yunque. Cuando terminó de dibujar, tomó un martillo y un cincel del conjunto de útiles que los acólitos le habían preparado y comenzó a tallar el metal siguiendo sus torpes líneas. Cada golpe del cincel hacía que le traquetearan los huesos.

Trabajó durante horas, rechazando las mudas ofertas de agua de Simon. Solo aceptó el trapo que le tendió para secarse la cara y, cuando por fin terminó, uno de los colgantes exhibía la tosca talla de un sol.

En el otro había una daga de hoja serrada: su querida Arabeth. La asesina de madres.

Uno de los acólitos le proporcionó una piedra de afilar. Con los ojos borrosos, la boca seca y el corazón roto, utilizó la piedra y un trapo suave y grueso para limar y pulir, hasta que la superficie y los bordes de los colgantes brillaron.

Se sentó por fin. Le crujieron los hombros, le gritaron los músculos de la espalda y le pareció que la Eliana sentada junto al fuego del hogar dejaba escapar un suave gemido de cansancio.

La Eliana de verdad, sin embargo, estaba en el borde del precipicio donde había mantenido el equilibrio durante una eternidad.

Miró el abismo que la esperaba para descubrir que ya no era un abismo sino un río, cercano, rugiente y dorado. No parecía de sangre, pero ella sabía que lo era, y la deseaba como no había deseado otra cosa en su vida. Ni a Harkan, ni la lengua de la Alys de Orline, ni a la niña a la que le había dado su primer beso con casi siete años. Ni a Simon, ni encontrar a Rozen. Hundió el dedo de uno de sus pies en las arremolinadas orillas del río y la electricidad subió por su pierna, clavándola al suelo.

Levantó la mirada, aturdida. La cámara de forja estaba caliente y silenciosa; las llamas agonizaban. La luz de la mañana atravesaba las altas ventanas de la estancia, iluminando el rostro severo de san Grimvald. Unas siluetas se movían por la habitación, sombrías y suaves.

—Mi señora, ¿está lista?

En respuesta, Eliana levantó las manos.

Usando una cadena tan fina y fría que parecía un cordón de seda contra su piel, Ikari y dos jóvenes acólitos le colocaron los colgantes. Le engancharon las cadenas en el dedo corazón, en el dorso de las manos, alrededor de las muñecas.

Cuando terminaron, las medallas de Eliana se asentaron contra sus palmas como dos gotas de fuego gemelas. El metal se había enfriado hacía mucho; aun así su tacto la sobresaltó, como si la marcara, y se preguntó cómo había podido vivir sin aquellas cadenas alrededor de sus muñecas. Eran parte de ella, y siempre lo habían sido, eso era evidente. Se había cortado un fragmento de hueso de las costillas y le había dado la forma de aquellos discos que ahora acunaba en las manos.

Una intensa energía creció en su interior, martilleándole con ansia la piel, extraña y conocida a la vez. Conocida, porque había vivido mucho tiempo sabiendo que no encajaba en el mundo.

Extraña, porque por fin comprendía por qué.

Parpadeó y volvió en sí con un movimiento brusco, como si despertara de un sueño salvaje. El hambre, la sed, la fatiga, el punzante dolor que unía sus músculos a sus huesos... Todo rompió sobre ella a la vez, y se tambaleó hacia adelante con un grito.

Simon la atrapó antes de que se cayera, y estaba demasiado cansada, demasiado abrumada, demasiado furiosa para oponerse a él. Ella no había pedido aquello, no había pedido ser la hija del Azote de Reyes, escapar de la muerte la noche en la que nació y verse lanzada por un niño asustado a un futuro maldito.

Unas lágrimas amargas acudieron a sus ojos cuando pensó en la horrible verdad de que, más allá de encontrar el antídoto que habría de salvar a Navi, no sabía nada de lo que le deparaba el futuro ni cómo abordarlo.

Se sentía mal, febril. Con la combinación empapada de sudor y manchada de hollín, se giró hacia el pecho de Simon y le permitió que la rodeara con sus brazos. Aunque tenía la firme intención de decepcionarlo, decidió permitirse aquel pequeño instante de alivio, porque él olía a humo y a sudor y a metal caliente. Olía a muerte y eso la consolaba, porque la muerte era lo único que todavía comprendía, aunque el resto del mundo hubiera cambiado ante sus ojos.

—¿Y ahora qué? —murmuró contra su camisa, con las manos atrapadas entre sus cuerpos. Su voz sonó peor de lo que se sentía, y esperó que eso provocara que él se apiadara de ella.

Simon le puso la mano en la nuca y, cuando le acarició el cuello con los dedos, trazando pequeños y suaves círculos, Eliana se estremeció y frotó la mejilla contra su pecho sin darse cuenta de lo que estaba haciendo.

—Ahora —contestó él, con la voz tan cansada como la suya—, comienza el trabajo de verdad.

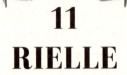

11
RIELLE

«La enfermedad de mi padre no remite. Habla de cosas que no comprendo, con palabras confusas y furiosas. A veces reconoce mi rostro. A veces se asusta cuando me ve, grita de miedo, como si fuera un monstruo de pesadilla que ha venido a reclamarlo en nombre de la muerte. Te ruego que visites Styrdalleen y que evalúes tú mismo su condición. Estamos perdiendo rápidamente la esperanza que nos quedaba».

Carta de Ilmaire Lysleva, príncipe de Borsvall,
al director de la Academia de Artes Curativas,
en la ciudad de Damezi, en Mazabat

A su regreso a Styrdalleen, un hombre de piel pálida con una sencilla túnica y un abrigo gris recibió al grupo en los patios inferiores del castillo Tarkstorm, flanqueado por cuatro asistentes de expresión asombrada.

—Mi príncipe —dijo el hombre, sin aliento—. Su padre desea verlo de inmediato.

—¿Se muere? —Las palabras de Ingrid cayeron como pesadas piedras.

—No, comandante, pero... —el hombre miró a Rielle con incertidumbre— quizá sería mejor que habláramos en privado, de camino a los aposentos de su majestad.

—Nuestros amigos merecen conocer la verdad sobre la salud de su aliado —dijo Ilmaire, con la voz cargada de un nuevo cansancio—. Llévanos con él, Arvo.

Impotente, el hombre miró a Rielle y después a Audric, antes de apretar los labios y girar bruscamente sobre sus talones.

Lo siguieron por los escalonados patios de Tarkstorm. Un pánico apenas contenido que Rielle no comprendía les apresuraba el paso.

—Ilmaire —dijo Audric en voz baja—, si debes ocuparte de un asunto familiar, nosotros esperaremos en nuestras habitaciones.

—Como he dicho —contestó Ilmaire, clavando sus ojos preocupados en el suelo ante sus pies—, merecéis comprender la verdadera gravedad del aprieto en el que se encuentra Borsvall.

«¿Qué está pasando?», le preguntó Rielle a Ludivine, apartando de su mente su preocupación por la Puerta, por la cicatriz del brazo de su amiga y por el paradero de Atheria. En el aire vibraba un miedo que no podía nombrar, como si unas nubes grises hubieran caído sobre su grupo, aunque el cielo estaba azul y despejado y el sol brillaba a pesar del frío.

Miente, le contestó Ludivine, con tono pensativo pero sin temor. *Quiere nuestra ayuda, nuestro consejo, pero no quiere decirlo en voz alta. Sabe que le estoy leyendo la mente. Está confuso y asustado, pero tiene una teoría. Tiene...*

Se detuvo, y su presencia en la mente de Rielle se intensificó, como si acabara de despertar.

Mantente alerta, le instruyó. En sus pensamientos había un hielo que hizo que el miedo descendiera por los brazos de Rielle. *No sé qué pasa, porque algo está impidiendo que lo descubra. Pero de una cosa estoy segura: no estamos solos.*

Los aposentos del rey estaban silenciosos y oscuros, con las cortinas cerradas para evitar el sol de la tarde.

El sanador del rey, Arvo, insistía en que la luz dañaba los ojos de su majestad, en que la montañosa vista desde su habitación lo perturbaba, porque le recordaba todo aquello de lo que ya no podía disfrutar: su ciudad, su pueblo, sus paseos matinales con Runa.

A Ilmaire, al parecer, no le importaba.

Rielle lo observó mientras atravesaba la habitación y abría las cortinas. La luz entró, brillante y clara, teñida por la nieve.

En su cama, el rey gimió suavemente. Ingrid, que lo contemplaba desde la entrada, hizo una mueca ante aquel sonido. Parecía poca cosa en aquella habitación, empequeñecida por el olor a cerrado y a enfermedad, como si la presencia de su padre enfermo la hubiera reducido a la niña que había sido en el pasado.

«¿Por qué estamos aquí?», preguntó Rielle, tensa junto a Audric. Se contuvo para no esconderse detrás de él, como una chiquilla. Había algo en aquella estancia, en sus sombras, en su olor, en el cuerpo del rey bajo las mantas, que reptaba bajo su piel como una enfermedad.

Quiere que veamos algo, dijo Ludivine. *Prepárate para huir si te pido que lo hagas. Toma a Audric y corre. Lucha si debes hacerlo.*

—Hola, padre —comenzó Ilmaire, con forzada alegría—. ¿Cómo te sientes hoy?

El padre de Rielle le había descrito a Hallvard Lysleva como un hombre poderoso, alto y arrogante, pero ahora el rey de Borsvall yacía, consumido, bajo un montón de mantas, con los músculos atrofiados y la piel colgándole de los huesos. Entornó los ojos para protegerlos del sol, haciendo un gesto febril para tapárselos.

—¡Demasiada luz! —graznó, con una mueca de sus labios resecos—. ¡Basta!

Ilmaire abrió una de las ventanas que daban a la terraza. Una ligera brisa de aire helado se abrió camino al interior.

—Lo siento, padre —dijo con ligereza—. Necesitas aire fresco, y necesitas luz del sol. No es bueno para ti estar aquí en la oscuridad día y noche.

—Cómo te atreves. —Hallvard fulminó a Ilmaire con la mirada cuando este se acercó—. Yo soy el rey. Tú no eres nadie.

Ilmaire se sentó en una silla junto a la cama.

—Bueno, padre —dijo con suavidad—, sabes que eso no es cierto. Yo soy el príncipe. Soy tu sucesor.

—¿Tú? ¿Un danzdyrka? —Hallvard se rio, una larga y resollante carcajada seguida de una estela de descolorida saliva.

—¿Danzdyrka? —susurró Rielle.

—El título que reciben los bailarines novatos en el teatro real —murmuró Audric en respuesta.

Pero, en este caso, dijo Ludivine, *no es un título de honor. Es un título de escarnio. Su padre lleva mucho tiempo humillándolo. Eso le rompe el corazón.*

—Runa —continuó el rey, con voz ronca—. Runa es mi sucesora.

Ingrid, en la puerta, le dio la espalda apretando los puños.

Ilmaire le tocó la mano a su padre. El hombre tenía la piel agrietada, frágil. A Rielle se le ocurrió la loca idea de que, si Ilmaire unía dos dedos, podría arrancarle al rey un trozo entero de carne, como una porción de pan rancio.

—Padre, Runa está muerta —dijo el príncipe con delicadeza—. Ya lo sabes.

—¡Mentiras! ¡Me estás mintiendo!

Y entonces, de repente, el rey comenzó a llorar, unos sollozos débiles y quejosos que a Rielle le recordaron el sonido que hace un animal herido antes de que su dolor remita.

Se sintió aplastada por el peso de un creciente miedo. Audric buscó su mano y se la apretó.

«No deberíamos estar aquí», le dijo a Ludivine. «Deberíamos marcharnos ya».

—Padre, si me lo permites. —Ilmaire se aclaró la garganta—. Quizá te gustaría conocer los detalles de mi viaje a las Solterráneas con el príncipe Audric de Celdaria.

Los gemidos del rey se detuvieron en seco.

—¿Qué? —Intentó apoyarse en el montón de almohadas dispuestas contra su cabecero—. ¿Qué has hecho?

Ilmaire sonrió con amargura.

—Has oído bien, padre. Acabo de volver de las Solterráneas con nuestros invitados de Celdaria: el príncipe Audric, lady Ludivine de la casa Sauvillier y lady Rielle Dardenne, a la que la Iglesia de Celdaria ha nombrado Reina del Sol recientemente.

Rígidamente sentado contra el cabecero, el rey Hallvard miró a su hijo en silencio. En su cuerpo y en su expresión había una repentina tirantez, como si un poder fantasma lo hubiera despojado de todo exceso.

—¿Y qué hicisteis allí, en las Solterráneas?

Su mirada se movió despacio por la habitación, deslizándose sobre Audric y después sobre Ludivine, hasta detenerse por fin en Rielle. Una tensa sonrisa se curvó en su rostro.

—Lady Rielle —dijo en voz baja y rota.

Audric le apretó la mano a Rielle.

No puede ser, dijo Ludivine con una nota de miedo en la voz.

—La Puerta está cediendo, padre —estaba diciendo Ilmaire—. Acuérdate. Te lo conté antes de embarcar.

No hubo respuesta. El silencio se prolongó. La mirada enrojecida del rey siguió concentrada en Rielle. Un tic apresó su sonrisa. En la puerta, Ingrid se revolvió, incómoda.

—Lady Rielle y el príncipe Audric nos pidieron que visitáramos las Solterráneas para evaluar en persona el estado de la Puerta —continuó Ilmaire, ahora vacilante—. No vi nada de malo en ello; después de todo, lady Rielle salvó nuestra capital de un maremoto de ingente poder destructivo, un tsunami provocado por el desgaste de la Puerta. Me pareció adecuado aceptar su propuesta.

Durante un momento reinó el silencio. Después, el rey se llevó las rodillas al pecho y se las rodeó con los brazos, como un niño ansioso por oír un cuento.

—¿Y después qué? —preguntó.

El miedo bajó de puntillas por la espalda de Rielle.

Ilmaire se quedó muy quieta.

—¿Estás bien, padre? Te comportas de un modo extraño.

—Solo espero el final de la historia. Continúa. ¿Qué hizo lady Rielle? Vio la Puerta, ¿verdad? ¿Consiguió repararla?

—No. —Ilmaire miró a Rielle, claramente incómodo—. De hecho, sus intentos parecen haber debilitado más la integridad estructural de la Puerta. O eso dijo Jodoc Indarie, representante del Obex.

El rey se inclinó hacia Rielle. Aunque no estaban cerca, se sintió invadida por él. Atrapada.

Quería alejarse, pero tenía los pies de piedra. «¿Qué está pasando, Lu?».

—Deberíamos marcharnos —dijo Audric en voz baja.

Pero Ludivine estaba embelesada, con el ceño fruncido. Examinaba al rey como si intentara diseccionarlo con la mente.

—¿Cuánto la ha debilitado? —preguntó este.

—No estoy seguro —contestó Ilmaire.

—Bah. Claro que lo estás. Haces pocas cosas bien, chico, pero al menos escuchas. ¿Cuánto ha debilitado la Puerta?

Después de un momento, Ilmaire cedió.

—Jodoc contó treinta y tres fracturas nuevas...

—¿Solo treinta y tres? —Hallvard emitió un sonido de disgusto—. Esa zorra es una inútil.

Las palabras apenas habían abandonado sus labios cuando soltó un abrupto grito de dolor, y una fuerza furiosa e invisible se apoderó de él. Su cuerpo se sacudió a la izquierda y después a la derecha; golpeó con la cabeza uno de los postes de la cama.

Ingrid corrió hacia él con la espada desenvainada.

Ludivine empujó a Rielle y a Audric detrás de ella. Gruñó algo en una lengua desconocida.

Ilmaire intentó sujetar las extremidades del rey.

—¡Detente, padre! ¿Qué estás haciendo? ¿Qué te pasa?

Pero el monarca esquivó las manos de su hijo. Sus frenéticos movimientos lo sacaron de la cama y lo tiraron al suelo, donde se retorció violentamente sobre la alfombra, arqueando la espalda hasta que pareció que iba a romperse por la mitad.

Audric se lanzó hacia ellos, pero Ludivine lo detuvo. Rielle vio que sus ojos se nublaban ligeramente, pero ni siquiera consiguió enfadarse con ella por tomar el control de su mente.

La puerta que Ilmaire tenía detrás se abrió. Entraron varios guardias, que se detuvieron abruptamente cuando vieron a Hallvard convulsionando sobre la alfombra.

—¿Comandante? —ladró el guardia más cercano.

Pero Ingrid no se movió. Tenía el rostro pálido y los ojos muy abiertos, y seguía sujetando inútilmente la espada en su costado. Su mirada estaba completamente despejada, pero el horror del momento la había paralizado.

—¡Buscad a Arvo! —gritó Ilmaire, que por fin consiguió sujetarle los brazos a su padre y esquivó por los pelos un derechazo en la mandíbula—. ¡Traed a los sanadores!

Un guardia se marchó de inmediato.

Hallvard se zafó de su hijo y se postró en el suelo, arrastrándose con debilidad sobre la alfombra hacia Rielle.

Ella retrocedió, alejándose de él, agradecida por la protección de Ludivine. Agarró la mano de Audric, sudorosa y fría.

—Lo siento —gimió el rey—. Lo siento, mi señor. No creo que lady Rielle sea una inútil. Perdóneme. Llevo demasiado tiempo pudriéndome en este cadáver, y eso ha debilitado mi mente. Por favor, mi señor, déjeme volver a casa. Echo de menos el norte, su presencia y sabiduría. Añoro la gran obra.

La parte baja de la espalda de Rielle se cubrió de hielo.

—¿Qué eres?

Hallvard levantó la cabeza con una sonrisa y pronunció en voz grave y débil unas palabras que ella no entendía. No pertenecían a ningún dialecto borsválico ni celdariano, ni tampoco a la lengua común.

—Lissar —susurró Audric, con los ojos todavía nublados por la presencia de Ludivine.

A Rielle se le secó la boca. Conocía esa palabra. Pertenecía a uno de los antiguos dialectos angélicos.

En su mente, Ludivine tradujo las palabras del rey: *Soy infinito. Soy invencible.*

Ingrid maldijo en voz baja y se alejó de su padre, levantando la espada. En sus ojos temblaban las lágrimas.

Ilmaire levantó una mano.

—No le hagas daño, Ingrid.

Hallvard siguió murmurando. Las sílabas desconocidas resonaban entre sus dientes.

Ludivine siguió traduciendo: *Soy esplendor, y vosotros sois polvo. Soy gloria, y vosotros sois cenizas.*

En el rostro de Ilmaire había una expresión de sombría resignación, como si por fin hubiera obtenido la respuesta a una pregunta.

—¿Cuál es tu nombre, ángel?

Uno de los guardias gritó de terror.

El rey Hallvard se irguió a una altura que parecía mayor de lo que su cuerpo debería permitirle. Las líneas de su rostro se transformaron en algo arrogante y furioso.

—Soy Bazrifel —contestó, y su voz ya no estaba embarrada por la enfermedad y el cansancio—. Subteniente de la tercera brigada imperial al servicio de su majestad, el Emperador Eterno.

—Nunca he oído hablar de dicho emperador —contestó Ilmaire.

Hallvard sonrió.

—Pronto lo harás. Contemplarás su gloria cuando la bota de su ejército aplaste tu patético reino.

—¿Por qué ha de hacerlo? ¿Qué es lo que quiere?

La sonrisa del rey Hallvard se amplió. Caminó despacio hacia el príncipe, cojeando con cada paso. Ingrid se acercó; su espada era un destello en la periferia visual de Rielle.

Pero Ilmaire, con los ojos tristes y los hombros tensos, no se movió.

El rey le agarró la cara con una mano agrietada y pálida.

—Veros arder. —A continuación, se acercó y pronunció cuatro palabras más—. Larga vida al rey.

Se produjo un cambio en el aire, una transformación en la forma de los planos invisibles del mundo que rodeaban el cuerpo de Rielle. Se tambaleó, sin equilibrio. Cayó con fuerza contra Audric, y este contra Ludivine, que se mantuvo fuerte, con la furia ardiendo en sus ojos mientras el cuerpo del rey Hallvard se desplomaba, pesado de repente, como si la piedra hubiera reemplazado cada gota de su sangre.

Ilmaire lo atrapó antes de que golpeara el suelo.

—¿Padre? —Rozó con suavidad la mejilla del soberano, le apartó los mechones apelmazados de cabello ceniza—. Padre, ¿me oyes?

Pero Hallvard Lysleva no respondió, y Rielle no vio en sus ojos fijos (que ya no estaban empañados, sino que eran de un azul vidrioso y brillante) ningún rastro de vida.

Dos horas después, Rielle caminaba de un lado a otro frente a la crepitante chimenea, intentando mantener la calma.

Audric estaba sentado en un diván cercano, con los codos en las rodillas, mirando pensativamente el fuego.

Ludivine se había acurrucado en una butaca junto a las ventanas. No había hablado desde que los acompañaron hasta sus aposentos después de la muerte del rey Hallvard; ni en voz alta, ni en la mente de Rielle.

Pero el silencio ya se había prolongado lo suficiente, y Rielle decidió que iba a decírselo justo cuando llamaron a la puerta y los guardias apostados en la entrada anunciaron a Ilmaire.

Entró solo. Parecía que se había pasado las horas anteriores raspándose capas de color de la piel.

—Ilmaire —comenzó Audric—, siento mucho lo ocurrido.

El joven negó con la cabeza para acallarlo.

—Dejadnos —dijo tranquilamente, volviendo la cabeza hacia los guardias, y cuando estuvieron solos (los cuatro, pues Ingrid no aparecía por ninguna parte), Ilmaire clavó los ojos en Ludivine—. ¿Conocías al ángel Bazrifel?

Ludivine negó con la cabeza y se levantó con elegancia de la butaca.

—Bien, no. Es mediocre en todo, excepto en su devoción por Corien.

—Y, según parece, en su habilidad para ocupar un cadáver humano durante una considerable cantidad de tiempo —indicó Rielle.

Ilmaire le echó una mirada.

—¿Podrías pensártelo dos veces, Rielle, antes de hablar de un modo tan desafecto de mi difunto padre?

Rielle se sonrojó, pero levantó la barbilla para mirarlo a los ojos.

—Por supuesto. Perdóname.

—Por favor, dime que no notaste que Bazrifel estaba aquí, Lu —le pidió Audric.

—No, aunque cuando regresamos de las Solterráneas sentí algo raro, algo malo. Pero no sabía qué era. —Ludivine miró al suelo con el ceño fruncido y Rielle comprendió por fin por qué había estado tan callada. Estaba avergonzada; estaba asustada—. Bazrifel no debería haber conseguido esconderse de mí.

—A menos que tuviera ayuda —sugirió Rielle.

Audric se puso tenso. Ludivine jugó con la manga del brazo de la cicatriz, con el ceño fruncido por la preocupación.

—¿Te refieres al emperador del que habló? —le preguntó Ilmaire, mirándolas con curiosidad.

—Su nombre es Corien —contestó Audric—. No sabía que ahora se hace llamar emperador.

—Yo tampoco —dijo Rielle en voz baja. Buscó sus ojos y le sostuvo la mirada un instante, en silencio. Recordó cómo la había mirado en el Kaalvitsi, después de su visión. La paciencia con la que la había escuchado. El cariño que había en su rostro, la confianza que mostraban sus rasgos.

¿La creía cuando decía que no estaba al tanto?

¿O se estaría preguntando qué más había visto en su visión? Qué había visto y le había ocultado.

Rielle bajó la mirada y se concentró en sus manos, entrelazadas en su regazo. Era absurdo. Audric no le había dado ninguna razón para dudar de su fe en ella. Lo que había sucedido aquel día la había perturbado. Estaba agotada; estaba inquieta.

La puerta se abrió sin previo aviso.

Ilmaire se giró, frunciendo el ceño.

—Joonas, he ordenado que no se nos interrumpa.

—Lo siento, mi príncipe —dijo la mujer que entró en la habitación—, pero esto no puede esperar.

Era robusta, de aspecto severo, y llevaba una túnica carbón bordeada de llamativo naranja: los colores del Crisol. Rielle suponía que era la gran magistrada del Crisol, el miembro más antiguo de la Iglesia de Borsvall. No tenían arconte; tradicionalmente, la mayor autoridad religiosa del reino era el gran magistrado del Crisol, en honor a san Grimvald.

La flanqueaban seis personas más, todas con túnicas de magistrado. Otras tres cerraban la marcha: un hombre y dos mujeres, cuyas túnicas grises ostentaban un símbolo que Rielle reconoció de inmediato: un único ojo abierto sobre lo que ahora sabía que no era solo una torre, sino la Puerta.

El sigilo del Obex.

El corazón le latía con fuerza contra las costillas. Se acercó a Audric, y Ludivine la siguió.

Los magistrados se apartaron para permitir que los Obex pasaran, y los tres avanzaron como uno solo.

En sus manos extendidas había un objeto conocido, desgastado e inmenso. Exhibía un sinfín de grabados diminutos en el mango y un bloque de metal cincelado con el símbolo del Crisol entre dragones voladores de hielo.

Ilmaire tomó aire abruptamente. Un escalofrío se movió despacio por la piel de Rielle.

Era el martillo de san Grimvald. No una réplica, sino la verdadera forja del difunto santo.

La atmósfera se volvió pesada, como la creciente presión de un cielo negro a punto de abrirse. Todos los reunidos, cada panel de cristal y cada baldosa del suelo vibraron como si respondieran al poder residual que todavía contenía el martillo.

Rielle se acercó a la forja de inmediato, inexorablemente atraída por ella, siguiendo la llamada del poder que la lamía como si fueran olas.

Pero entonces un miembro del Obex comenzó a hablar, flanqueado por sus camaradas, y sus palabras la detuvieron en seco.

—«La Puerta caerá» —declaró la mujer—. «Los ángeles regresarán y sumirán el mundo en el caos. Reconoceréis ese momento porque dos reinas humanas se alzarán: una de sangre, otra de luz. Una con el poder de salvar el mundo. Otra con el poder de destruirlo. Dos reinas surgirán. Portarán el poder de los Siete. Vuestro destino estará en sus manos. Dos reinas surgirán».

Rielle esperó en silencio a que terminara, con la aprensión borboteando en su garganta. Nadie habló, y ella se obligó a calmar la voz y a arquear una ceja.

—¿Habéis venido a recitarme la profecía de Aryava por alguna razón? ¿Creéis que no la conozco tan bien como la palma de mi mano?

—Lady Rielle —continuó la portavoz del Obex—, estamos al tanto de la directriz de Jodoc Indarien. Debe buscar las forjas de los santos sola, sin ayuda. Conocemos las razones por las que lo ha dispuesto así. También sabemos que usted evitó la destrucción de esta ciudad, aunque podría habernos abandonado. Somos conscientes de que la Puerta está cediendo, de que la oscuridad se está alzando. En el este, en el norte, en Celdaria, en nuestras calles y montañas. Nosotros, los miembros del Obex que vivimos aquí, en Borsvall, y que hemos dedicado nuestras vidas a proteger la forja de san Grimvald, creemos que no nos queda tiempo. No para juegos o acertijos, ni para nada que no sea una rápida actuación.

Los tres Obex se arrodillaron ante Rielle para ofrecerle el martillo de San Grimvald en el altar de sus manos.

—Esto es un regalo, lady Rielle, uno poderoso —continuó la Obex—. Confiamos en que lo usará con prudencia, y en que le dará buen servicio.

Rielle miró el martillo, mareada. Tan cerca de aquel metal sentía un hormigueo en las palmas, como si las tuviera demasiado próximas al fuego. Y, no obstante, dudó antes de tomarlo. Todo estaba ocurriendo demasiado rápido. Miró a los magistrados reunidos, el rostro desconcertado de Ilmaire. ¿De verdad iba a permitir que el Obex le regalara el martillo de Grimvald sin ceremonia, a puerta cerrada, sin que lo supieran sus ciudadanos?

¿*Te importa?*, le preguntó Corien.

Rielle se tragó una pequeña sonrisa. Esa era una buena pregunta.

Acéptalo, mi amor. La instó a ello suavemente, con palabras tan frías y tenues como el beso de una brisa. *Te lo ofrecen sin condiciones. Acéptalo. Te pertenece a ti más que a ellos. Te pertenece a ti más que a nadie.*

«¿Más de lo que te pertenece a ti?». No pudo resistirse a preguntar.

Nada me importan las tonterías humanas, le contestó él. Después, más suave, con la boca tan cerca del cuello de Rielle que esta casi podía fingir que estaba allí a su lado, añadió: *A mí solo me importas tú.*

—Tómelo, lady Rielle, y regrese a casa de inmediato —dijo la portavoz del Obex, alejando la voz de Corien de los pensamientos de Rielle—. Debe encontrar seis forjas más, y otras facciones de nuestra orden no serán tan benévolas como nosotros. Regrese rápidamente a casa, y busque con premura. Los ángeles no esperarán. Ya vienen.

Rielle dudó, miró a Audric y después agarró el martillo con ambas manos y lo levantó con cierto esfuerzo. El aire que la rodeaba vibró con una resonancia invisible que podía sentir en las venas, como el mordisco ebrio de la adrenalina, y supo con repentina y feroz certeza que, aunque el consejo o el Obex o el propio Ilmaire decidieran de repente arrebatarle el martillo, no lo conseguirían.

La forja de san Grimvald era suya ahora, propiedad de la Reina del Sol, para que la usara como considerara adecuado.

Y que Dios ayudara a aquel que intentara arrancársela de las manos.

12
ELIANA

«*Al utilizar la magia elemental, es crucial recordar que no se trata de forzar al empirium a obedecer nuestra voluntad. Es una unión, no una conquista. Piensa esto: ¿cómo puedo introducirme en el ritmo de la canción que ya está cantando el empirium? ¿Cómo puedo acompasar su garbo?*».

El camino del empirium: reflexión sobre la práctica elemental,
de Velia Arrosara, gran magistrada del Firmamento de Orline,
capital de Ventera, año 313-331 de la Segunda Era

Eliana esperó la respuesta de Harkan tanto tiempo como consiguió soportar el silencio. Zahra flotaba cerca, con sus grandes ojos negros clavados en el rostro del joven.

Harkan estaba sentado en el borde del diván del dormitorio de Eliana, con el ceño fruncido en una expresión que no le gustaba.

No tenía tiempo para las preocupaciones de su amigo, ni para sus dudas.

—Si no quieres venir con nosotras y ayudarme —dijo, porque él no hablaba—, ¿evitarás al menos que Simon y Remy lo descubran? ¿No dirás una palabra sobre esto?

—¿Magia, latrocinio y una misión secreta en un mercado negro regentado por espectros? —Harkan le dedicó una sonrisa cansada—. No puedo dejar que te diviertas sola.

Zahra se aclaró la garganta.

—¿Puedo recordarte que, aun sin tu compañía, ella no estaría sola?

Harkan se puso tenso.

—Claro que no. Lo siento, Zahra.

Su incomodidad (con Zahra, con aquella situación) era palpable, y se asentó alrededor de Eliana como una desagradable capa de suciedad que no podía limpiarse de la piel. Se preguntó brevemente si debía insistir en que se quedara atrás para cubrir sus pasos. Verla usar sus forjas cambiaría para siempre las cosas entre ellos.

Pero ese cambio ya se había producido. Lo sabía, aunque no estuviera lista para aceptarlo. No les quedaba otro camino que el que conducía hacia adelante.

Tomó la mano de Harkan intentando ignorar el dolor de su corazón y le sonrió como hacía siempre.

—Gracias. Podría hacer esto sin ti, pero no quiero.

Él le besó los dedos, evitando sus forjas. Un destello de oscuridad atravesó su rostro, como si le desagradara ver los discos y las cadenas, como si quisiera que desaparecieran. Eliana pensó en reprenderlo por ello, pero decidió no hacerlo. Después de todo, ella tampoco había conseguido sentirse cómoda con aquellas cadenas que rodeaban sus muñecas. ¿Por qué debería estarlo Harkan?

—¿Cuándo empezamos? —le preguntó él.

—Primero debo practicar con esto —contestó Eliana, y levantó las manos... sin mirar a Harkan a los ojos—. Y cuando Zahra diga que estoy lista, nos marcharemos.

La noche siguiente, mientras el castillo dormía, Eliana se sentó sobre la piedra fría y húmeda del mirador de la caverna de santa Tameryn. Con Harkan a su lado, levantó las manos, con las palmas rígidas, y comenzó a rezar.

El Rito del Viento parecía apropiado para su primera práctica. Le rezaría a ese elemento e invocaría su poder, justo como había hecho en la playa.

Podía verlo en su mente con claridad. El aire se abriría para ella tan fácilmente como una puerta. Lo reuniría en sus palmas, y tormentas en miniatura florecerían en la cuna de sus dedos. Las haría volar, como aves mensajeras, y después las llamaría de nuevo. Su llegada apartaría el cabello del rostro de Harkan, enfriaría sus mejillas calientes. Zahra lo aprobaría y la llevaría al Nido. Después regresaría triunfal al palacio, y Navi sobreviviría, y Remy volvería a quererla, aunque solo fuera porque había salvado a la amiga a la que tanto apreciaba.

Después de unos segundos de silencio expectante, Harkan le preguntó en voz baja:

—¿Se supone que debería estar pasando algo?

Eliana abrió un ojo.

La caverna seguía tranquila y muda. El aire ni siquiera le rozaba la piel.

Bajó los brazos.

—Me siento absurda haciendo esto.

—Solo lo has intentado durante cuarenta y siete segundos, mi reina —señaló Zahra.

—¿Debería estar haciendo algo para ayudar? —le preguntó Harkan—. ¿Quieres que rece yo también?

Eliana no creía que se estuviera burlando de ella, pero se enfadó de todos modos.

—Si rezas conmigo, te mataré. Hacer esto sola ya es bastante horrible.

—Me sentaré en silencio, entonces.

—Es lo único que te pido.

Zahra habló con paciencia.

—Inténtalo de nuevo, mi reina.

Eliana se recolocó, sintiendo la consoladora presión de los cuchillos con los que iba armada. Expulsó el aire con brusquedad, cerró los ojos y levantó las manos de nuevo. Con los ojos cerrados, cambió de imagen mental, probando con algo nuevo. En lugar de tormentas en miniatura, visualizó una serie de cuerdas. Un instrumento. Arrancaría cordones de aire de la caverna, los esculpiría y les daría nueva forma con los dedos; compondría una sinfonía usando el poder que tenía en las palmas.

Ralentizó su respiración, midiendo el tiempo al inspirar y espirar. Pasaron largos minutos durante los que se obligó a recordar los incesantes sermones de Remy sobre el empirium: que eran los últimos resquicios de poder tras la creación de todas las cosas. Las huellas de Dios. Una fuerza que unía el aire a la tierra y al agua, el viento a la luz del sol, el tiempo y el espacio. La orden «Obedéceme, obedéceme» giró en su mente hasta que sus pensamientos se convirtieron en una bruma confusa. Los músculos de sus brazos, doloridos tras la creación de sus forjas, le ardían, calientes como el fuego.

Al final los bajó, escupió una maldición, se levantó del suelo y se alejó.

Durante unos minutos, el único sonido de la caverna fue el goteo ocasional del agua en el extenso y oscuro lago.

—Seguiremos intentándolo —dijo entonces Harkan, con voz alegre—. No puedes rendirte después de apenas unos minutos.

—Estoy de acuerdo, mi reina —añadió Zahra.

Eliana resopló.

—No funcionará. La única vez en la que funcionó fue…

Dudó. Una idea se estaba formando lentamente en su cabeza. Cuando lo hizo, se le aclaró la mente y la invadió un adusto tipo de satisfacción.

Zahra emitió un sonido lleno de reproche.

—¿Qué pasa? —le preguntó Harkan.

—Mi poder ha emergido dos veces —dijo Eliana, girándose hacia ellos—. Una vez en la playa, y otra anoche, mientras creaba mis forjas. En el Crisol no pasó nada. No invoqué una tormenta, la tierra no se abrió ni ocurrió nada dramático. Pero sentí algo. Me sentí cerca de un precipicio, de un momento de comprensión. Durante un instante, mi cuerpo se abrió como si fuera a recibir una nueva luz y pudiera ver más allá del mundo como vosotros lo veis para contemplar algo más grande.

Zahra asintió.

—Atisbaste el empirium.

Eliana miró a Harkan.

—Esto te parece una locura.

Harkan dudó.

—Sí. Pero aquí estoy, y aquí estaré.

«Qué generoso por tu parte», deseó espetarle Eliana.

—En ambas ocasiones estaba agotaba, hambrienta, muerta de sed. Apenas podía pensar, mi cuerpo estaba al borde del desmayo. En el Crisol, el calor y el esfuerzo eran insoportables. En la playa... —Dudó, traspasando el muro mental que evitaba que su dolor la consumiera—. En la playa, la sangre de mi madre seguía caliente en mis manos. Y mi poder despertó.

Harkan la escudriñó.

—Crees que regresando a ese estado podrás invocar de nuevo tu poder.

—Mi reina, debo aconsejarte que no lo hagas —dijo Zahra—. No soy experta en magia elemental ni en el entrenamiento que recibió tu madre, pero sé que la magia que se crea en situaciones de estrés es inestable, desagradable y frágil.

Pero Eliana ya había tomado una decisión.

—No tengo alternativa, y tampoco Navi. Vendremos de nuevo aquí mañana por la noche, a la misma hora. Y la siguiente, y la siguiente, hasta que lo consigamos.

Entonces, tras echar una última mirada a la muda caverna, se giró e inició el trayecto de vuelta a través de la montaña.

Al día siguiente, después de un baño tan frío que había sido doloroso y de un desayuno que no se había comido, Eliana se recogió el cabello en una severa trenza y se reunió con Simon en una esquina de la biblioteca central del palacio.

Una mesa y dos sillas los esperaban junto a una ventana abierta que dejaba entrar la brisa de la mañana. En la mesa había un cuenco con agua, cinco fragmentos metálicos, un terrón de suntuosa tierra negra, una vela gruesa, cerillas, una jarra de agua y dos vasos.

Eliana apartó la mirada del agua, y tragó saliva con la garganta seca.

En silencio, leyeron los párrafos que los eruditos del templo les habían señalado. Probaron a hacer pequeños ejercicios con los materiales esparcidos ante ellos: Eliana murmuró oraciones mientras usaba sus forjas con el agua, la tierra y la vela encendida mientras Simon leía las notas garabateadas en los márgenes de distintos textos.

Unos criados de ojos sorprendidos les llevaron el almuerzo. Simon lo devoró de inmediato; Eliana ignoró el suyo, y también la cena.

Cayó la noche. Nada respondió a ella: ni la llama de la vela, ni el agua del cuenco.

—¿Estás decepcionado conmigo? —le preguntó a Simon, ignorando el gruñido de su estómago.

—No espero que aprendas a usar tus forjas en un día. —Él miró la cena que Eliana no había tocado, pero no dijo nada.

Al día siguiente ocurrió lo mismo, y también el día después.

Por las noches, con Harkan y Zahra a su lado en la caverna de Tameryn, Eliana intentaba utilizar la magia y fracasaba; en las horas anteriores al alba, se quedaba sola en su habitación y revivía el momento de la muerte de Rozen. Recordaba sus últimas palabras: «Termina con esto».

Por las mañanas, sin haber dormido y con el peso del dolor y la culpa aplastándole la mente, ejercitaba el cuerpo.

Por las tardes, se reunía con Simon en la biblioteca. Al tercer día, mientras recitaba el Rito del Sol bañada por su luz, se le nubló y oscureció la vista.

Se tambaleó, mareada.

Simon corrió hacia ella, pero Eliana lo apartó y se agarró a una silla cercana.

—Estoy bien —le aseguró—. Solo estoy cansada.

Simon la estaba mirando de ese modo intenso y penetrante que siempre la hacía sentirse demasiado expuesta.

—No has dormido.

—Sí.

—Tienes ojeras.

—Siempre las tengo.

Él se rio, un sonido suave y amargo.

—Claro que no. Me conozco tu cara muy bien.

Eliana se sacudió sus palabras de la piel.

—Léeme ese fragmento de nuevo.

—¿Cuál?

—No sé, el... —Pero no consiguió reunir sus agotados pensamientos para recordarlo.

—Si no comes, no podrás pensar.

Ella lo fulminó con la mirada.

—Estoy comiendo.

—No. —Simon cerró el libro de golpe—. Eliana, no sé qué intentas hacer, pero...

—No puedo dormir. ¿Eso es lo que quieres oír? —Se le rompió la voz, pero denegó las lágrimas a sus ojos. Si lloraba, ella misma sería consciente de lo hambrienta que estaba, de lo cansada y frustrada que se sentía, y su magia, sus forjas inútiles, la habrían derrotado—. Intento comer, pero no me entra nada.

Le dio la espalda, apretando la mandíbula.

Después de un momento, Simon le preguntó en voz baja:

—¿Es Remy lo que te impide dormir?

Ella asintió. No era del todo mentira.

—Deberías intentar hablar con él. Han pasado días. Ninguno de los dos sanará, si seguís así.

—No puedo —susurró—. Si vuelve a decirme cuánto me odia, no lo soportaré.

—Tú eres la adulta. Él es un niño. Acércate a él, recuérdale que estás aquí. Recuérdale que lo quieres.

—No es tan fácil —replicó ella, cruzándose de brazos—. Tú no le viste la cara cuando me dijo esas cosas. Cuando me gritó. No viste cómo me miró... Como si le hubieran extraído la vida entera de los ojos y solo quedara odio en ellos.

Se le quebró la voz. Oyó que Simon se acercaba y contuvo el aliento, esperando y temiendo que la tocara.

—Si te ayuda, podemos esperar uno o dos días antes de continuar con las sesiones. Puedes descansar. Tenemos tiempo. Estamos a salvo aquí. —Se detuvo, y cuando volvió a hablar, su voz sonó tan amable que la sorprendió—: Eliana, quiero ayudarte. No soporto verte así.

Las palabras de Simon le calentaron el cuerpo. En su voz había tanta ternura que su mente apenas sabía cómo procesarla. Se giró para mirarlo, y al verlo allí, con las cicatrices tenuemente iluminadas por la decreciente luz de la tarde y la expresión ferozmente honesta, casi sucumbió al deseo de acercarse a él. Simon la abrazaría, si ella quería. Se pelearía con ella, si así lo deseaba.

Se la llevaría a su cama y la ayudaría a olvidar todas las cosas insuperables a las que se enfrentaba.

Se apartó de él. No quería alejarse del camino que había trazado para sí misma. Navi dependía de su concentración.

—Gracias —consiguió decir—, pero creo que solo necesito dormir un poco.

⁂

Eliana entró en el dormitorio de Navi como si estuviera pisando una placa de frágil cristal.

La joven estaba tumbada en la cama, y un velo de sudor hacía brillar su piel cetrina. Resollaba débilmente. Vetas oscuras se extendían por su carne, como si sus venas contuvieran ahora tinta en lugar de sangre.

La enfermera que estaba de guardia se levantó e inclinó la cabeza.

—¿Le gustaría un poco de privacidad, mi señora?

Eliana asintió, aunque, a decir verdad, no quería quedarse a solas con Navi. ¿Y si volvía a ponerse violenta? ¿Y si se veía obligada a defenderse y terminaba matando a otra mujer inocente?

Recordó lo que había sentido cuando hundió Arabeth en la garganta de Rozen: la presión sobrenatural, la carne cediendo ante la hoja, el filo hundiéndose en el músculo.

Le dio la espalda al recuerdo, negándose a que apresara su corazón.

Cuando la enfermera se marchó, Eliana abrió la puerta que conducía a una enorme terraza. El aire de la estancia olía a rancio, y estaba cargado de humo de incienso y velas de oración. Se quedó un momento ante la puerta abierta, armándose de valor ante la fría brisa nocturna antes de sentarse con cautela en la silla que se había quedado vacía.

Se reprendió a sí misma por su vacilación. De no ser por ella, Fidelia no habría secuestrado a Navi. Estaría bien, y a salvo.

Sostuvo con suavidad la mano de su amiga.

—No sé si puedes oírme, pero espero... —Le falló la voz. Probó de nuevo—. Espero que no te duela mucho. He encontrado un modo de ayudarte.

Se obligó a mirar a Navi, que incluso durmiendo tenía una mueca crispada en el rostro.

—Me marcharé pronto, creo. Espero. —Eliana se rio un poco y frotó nerviosamente con el pulgar el dorso de la mano de la chica—. Creo que volveré. Pero, aunque no lo haga, si no puedo hacerlo, le pediré a alguien que te traiga la medicina. Zahra dice que conoce un sitio, un lugar secreto donde podrían tener el antídoto para los sueros que Fidelia suministra a las acechadoras. ¿No es fantástico? —Negó con la cabeza y apartó la mirada—. Dios, ¿qué estoy haciendo aquí? Sueno ridícula.

—No, no es verdad —dijo Navi con voz adormecida—. Por favor, sigue hablando.

Eliana se estremeció, sobresaltada.

—Por todos los santos. Creí que estabas dormida.

Navi sonrió con debilidad.

—Lo estaba. Pero entonces apareció en mi habitación una amiga irritante y comenzó a charlar conmigo.

—Necesitas amigas mejores.

—Imposible. —Le apretó la mano a Eliana—. Al parecer, mi amiga va a viajar a un lugar secreto para ayudarme. ¿Podría pedir a alguien mejor?

Eliana tomó aire profundamente.

—¿No se lo contarás a nadie?

—Si lo hiciera, ¿no disminuirían las posibilidades de que encontraras esa medicina mágica que te ha prometido Zahra?

—No es mágica. Es un medicamento. Un antídoto.

—No se lo diré a nadie. Pero... —Navi intentó acercarse.

—No te muevas, por favor. —Eliana se sentó en el borde de la cama—. Estoy aquí.

—Prométeme que no será peligroso —susurró la joven.

—No puedo hacer eso.

—Tú eres más importante que yo, Eliana. Debes protegerte.

—¿Porque soy la Reina del Sol? —murmuró Eliana.

—Si muero, mi familia y mi pueblo me llorarán. Si tú mueres, el mundo caerá.

—El mundo podría caer de todos modos. Ya lo ha hecho antes.

—La gente que sufre bajo el puño del imperio necesita esperanza más de lo que me necesita a mí. Y tú eres esa esperanza.

Eliana le dio la espalda.

—Yo no sé cómo ser la esperanza de nadie.

Navi le tocó la mejilla y la hizo girarse.

—Ya eres la mía. ¿Sabes? Te había rezado toda mi vida antes de conocer tu rostro. Y desde que descubrí quién eres, te he rezado a ti. A ti, Eliana, la Reina del Sol de mis oraciones y de mis sueños. Mientras estoy aquí, en esta cama apestosa donde el veneno de Fidelia me está devorando viva, pienso en ti y te rezo, y cuando lo hago, siento una ligereza en mi corazón que me ayuda a soportar lo demás. Porque, aunque muera, tú vivirás, y cabalgarás a la ciudad del emperador sobre un corcel de luz, y quemarás cada una de sus torres hasta que lo único que quede sean cenizas.

Eliana se tragó las lágrimas mientras le secaba la frente con un suave paño blanco.

—Necesitas descansar. Hablas como una loca.

—Sé lo que veo cuando cierro los ojos. Sé lo que me dicen mis oraciones. Mis oraciones pertenecen al empirium, y el empirium no miente.

—El empirium está muerto. Murió hace mucho tiempo.

—Y ahora vuelve a vivir en ti. —Navi le besó las manos e hizo una mueca de dolor, y Eliana se dio cuenta, con un nudo en la garganta, de que estaba atada a la cama con correas acolchadas—. Vete antes de que me convierta en algo que no soy yo misma. Y cuídate, Eliana. Vayas donde vayas, hagas lo que hagas por mí, no será tan importante como lo que puedes hacer por los demás.

—¿Los demás?

—Todos los demás —contestó Navi, empezando a jadear.

Eliana no podía soportar mirarla. Se marchó rápidamente y le pidió a la enfermera que volviera a entrar. Mientras se alejaba de la habitación, oyó los horribles gritos de dolor de su amiga y se cubrió la boca con la mano.

Eliana encontró a Remy en la pequeña biblioteca oriental, sentado junto a una ventana con uno de los bibliotecarios reales, un hombre joven de piel y cabello claros. Los dos bastones de los que se ayudaba para caminar descansaban apoyados contra la mesa. Estaba abriendo un libro para que Remy lo viera; desde su escondite, Eliana vio en el lomo los conocidos y coloridos símbolos de los antiguos templos elementales.

Remy señaló el libro abierto con los ojos brillantes.

—¡San Ghovan! He leído que su águila tenía una envergadura de dos metros y medio.

—¿Solo dos metros y medio? —El bibliotecario sonrió y negó con la cabeza—. Estamos hablando de una bestia divina, amigo mío. Las águilas imperiales tenían una envergadura de casi seis metros. La de san Ghovan era especialmente grande. Este relato en concreto... —El bibliotecario pasó con cuidado la frágil página y deslizó el dedo enguantado sobre las líneas del texto—. Ah, sí, aquí está. En este relato, que escribió el propio san Ghovan, se dice que su bestia divina tenía una envergadura de siete metros.

Remy abrió los ojos como platos.

—¿Esto lo escribió san Ghovan? ¿Esta es su letra de verdad?

El bibliotecario sonrió de oreja a oreja.

—El mismo, pequeño.

Eliana los observó, aturdida, desde detrás de una alta pila de volúmenes encuadernados en cuero tintado. Había decidido que intentaría hablar con su hermano de nuevo, pero ahora, tan cerca de él, el valor la había abandonado.

¿Cómo reaccionaría cuando la viera después de los días que habían pasado separados? ¿Volvería a llorar? ¿Volvería a mirarla con frialdad, con una mueca de odio en su rostro pálido?

Les dio la espalda y retrocedió hacia las sombras con los puños cerrados. Intentó convertir su cobarde y dolorido corazón en algo negro e insensible. Las palabras se quedaron sin pronunciar en su lengua: «Te quiero, Remy. Lo siento, y te quiero».

Vacilante y dolida, regresó a sus aposentos para continuar con su castigo: nada de agua, nada de comida, nada de descanso.

Solo la memoria la sustentaría: el recuerdo de la sangre de Rozen.

Su garganta, perforada y abierta.

Su cuerpo flácido en sus brazos.

La voz serena de Remy. «No. El monstruo eres tú».

Una y otra vez, Eliana se obligó a recordar cada terrible momento. Sin piedad, se forzó a realizar sus ejercicios, a practicar los puñetazos y patadas, a hacer dominadas en la barra de la cama. Cuando Harkan llegó, a la hora señalada, se giró hacia él, empapada en sudor y temblando..., y con la visión por fin bordeada de oro. Se tambaleó, pero no llegó a caerse.

Harkan tenía una expresión severa.

—Eli, tienes un aspecto horrible.

—Lo sé —le dijo, con la voz hueca y soñadora.

Zahra apareció junto al codo de Harkan.

—¿Estás lista, mi reina?

Eliana existía en un bosque dorado, denso y cruel; cada espinosa rama junto a la que pasaba enviaba un relámpago por su columna. El mundo se inclinó. El camino a través de aquella naturaleza extraña era doloroso y sofocante, pero era suyo.

Sin vacilación, tomó la vela que titilaba sobre la mesita de noche. La forja zumbó y vibró en su palma, como si acabara de salir del fuego del hogar del Crisol.

Y entonces la llama de la vela voló hacia ella y se detuvo en la yema de sus dedos.

Eliana la miró e hizo girar la mano a su alrededor, acariciándola. La llama se cernió, temblorosa, sobre el dorso, sobre sus nudillos, en la curva de su palma.

Cerró los dedos ligeramente, atenuando el fuego. Los abrió y aplanó la palma. La llama cobró una vibrante vida. Colocó la copa de sus manos debajo, extendió los dedos. Como si siguiera los pasos de un sueño, lanzó la llama hacia el techo. Golpeó las vigas y se extendió con rapidez, hasta que los delineó con franjas de feroz oro.

Harkan gritó, alarmado.

Una sacudida de calor subió por los dedos de Eliana hasta las articulaciones de sus hombros, como si unos cables gemelos conectaran sus forjas con las llamas y estuvieran llamándola, pidiéndole que abandonara su cuerpo para unirse al fuego.

Rechazó su llamada; un repentino temor dejó su piel fría y sudorosa. Sintió que un pinchazo caliente de sus forjas le quemaba las palmas. Las llamas eran testarudas, se aferraban a ella. Su deseo era insaciable, tanto por ella como por liberarse de ella. Controlarlas era como dirigir a una manada de animales salvajes usando solo su incierta voluntad.

—Tú las has creado, mi reina —oyó que decía la voz de Zahra, suave y tranquila bajo el chasquido del fuego—. También puedes hacerlas desaparecer.

Eliana se sentó en el suelo; necesitaba la solidez de la piedra para anclarse a la incandescente sensación de su cuerpo. No sabía cómo extinguir el fuego, solo seguir el tenso hilo del instinto que vibraba en su interior. Extendió las manos, con las palmas hacia abajo. Despacio, las bajó hacia el suelo, imaginando que podía aplastar la furia de aquellas llamas y obligarlas a someterse. Sus forjas se calentaron a medida que las acercaba al suelo, como si estuvieran absorbiendo el calor del fuego. Las llamas comenzaron a achicarse sobre su cabeza; la habitación se sumió en la oscuridad.

Eliana apoyó las palmas en la piedra. Bajó la cabeza y respiró profundamente a través de la nariz.

Las llamas disminuyeron. La habitación estaba oscura y silenciosa.

Levantó la mirada, con los hombros tensos y un escozor en las fosas nasales, y, a través de la intensa nube de humo, encontró los ojos sorprendidos de Harkan.

Eliana le hizo un gesto a Zahra, sonriendo débilmente.

—Estoy lista.

La boca del espectro era una ambigua línea negra.

Pero Eliana le sostuvo la mirada. «No voy a esperar más. Llévame al Nido. Ahora».

Zahra cedió. Asintió ligeramente, insatisfecha.

—Entonces nos marcharemos esta noche.

○○○

Mientras Zahra los conducía a la cueva de Tameryn, Eliana se aferró a la extraña sensación que le atravesaba las venas. Sospechaba que lo que estaba sintiendo era la cercanía de la muerte. Si no comía pronto, si no dormía, sería su final. Con cada paso que daba, con la mente suspendida en un estado febril, los discos de sus palmas se calentaban más, como estrellas gemelas que giraran.

Cuando llegaron a la orilla del lago negro, Zahra dijo en voz baja:

—Espera aquí. —Y después desapareció en el agua. La superficie vidriosa se la tragó sin sonido ni salpicaduras.

Harkan le agarró el brazo a Eliana.

—Esta es una malísima idea. No estás lo bastante bien para ir a ese sitio. Necesitas dormir y comer. Ahora que sabes lo que se siente al invocar el fuego, puedes recuperar esa sensación con facilidad después de descansar un tiempo.

Eliana observó el lago sin parpadear.

—Eso no lo sabemos. Tenso la sensación ahora, y debo aprovecharla mientras pueda.

Harkan la rodeó para bloquearle la vista.

—Eli, no podrás defenderte de lo que nos aguarda si apenas puedes mantenerte en pie.

Ella parpadeó, lo fulminó con la mirada y se alejó de él con pasos algo inestables.

—Puedo hacer mucho más que mantenerme en pie.

Zahra reapareció.

—El camino está despejado. ¿Estás preparada para nadar?

Harkan miró furiosamente a Eliana durante un momento más, como si eso pudiera disuadirla.

Ella le colocó una mano en el brazo. Al notar su forja, él se estremeció... ligeramente, pero suficiente.

En el pasado, no habría tenido que pedirle que confiara en ella.

Los tiempos habían cambiado.

—Confía en mí —le dijo. Era una orden, no una petición.

A continuación, se adentró en el lago y no se detuvo hasta que las aguas negras se ondularon alrededor de sus hombros. Contuvo el aliento, y oyó que Harkan hacía lo mismo. Luego se sumergió.

13
CORIEN

«Comenzó en el lejano norte hace muchos años, cuando aquella a la que llamaban Azote de Reyes seguía viva. Forjó un ejército en el hielo y las negras montañas. Aprendió a crear monstruos. Aquel fue el principio de su imperio. El amanecer de nuestro gran enemigo».

La palabra del profeta

Sobre una llanura de tierra helada, coronada de montañas y con vistas a un gélido mar negro, el ángel que había decidido llamarse Corien estaba sentado sobre los huesos de una fortaleza en construcción, bebiendo para olvidar.

O intentándolo, al menos, ya que, a pesar de lo poderoso que era, no encajaba del todo en aquel cuerpo robado y nunca lo haría.

Se bebió lo que le quedaba de vino, examinó la copa de cristal vacía y la lanzó contra el muro de piedra que tenía enfrente, esperando que su sonido al romperse lo satisficiera, que le proporcionara un alivio momentáneo de sus oscuros y furiosos pensamientos.

No lo hizo.

Se levantó, solo un poco mareado, a pesar de haberse bebido siete copas de vino. Para entretenerse, exageró los movimientos tambaleantes de su cuerpo, como si estuviera a punto de derrumbarse.

—Estoy borracho —anunció a la habitación vacía, pero era mentira. Todo en él era mentira: su ebriedad, su fachada serena, incluso su nombre.

«Corien». Después de atravesar la Puerta y huir del Profundo, se había despojado del manto de su nombre de ángel en un ataque de ira. Ese nombre pertenecía a su vida anterior, a la que había mancillado el exilio. No había vuelto a pronunciar el nombre abandonado desde entonces. Algunos días, si lo buscaba en su memoria, no conseguía encontrarlo.

Estaba bien. Ese ángel había sido un prisionero. Una víctima y un fracaso.

El ángel de ahora, el que había renacido, era un visionario.

Los primeros vertiginosos días tras escapar de la Puerta, sin nombre ni ataduras, había comenzado la búsqueda de un cuerpo al que poseer.

Había buscado durante años, decidido a ser exigente. Si tenía que habitar un cuerpo humano, solo se conformaría con el más hermoso que consiguiera encontrar... Y lo había hecho, por fin, en una verde cumbre de Celdaria. Se trataba de un patético y solitario pastor que no era consciente de su propia belleza ni entendía por qué volvía locos de deseo a todos los habitantes de la aldea.

Corien ni siquiera recordaba su nombre. Se había detenido apenas lo suficiente para fijarse en las delicadas líneas de sus pómulos, en la curva de sus labios gruesos, en su cuerpo esbelto y fuerte, forjado tras muchos años pastoreando ovejas en las montañas.

Pastoreando ovejas. Incluso ahora, Corien sentía a menudo una punzada de vergüenza y de orgullo herido al pensar en los orígenes humildes de la forma que había asumido.

Pero, claro, esa era una ironía maravillosa, ¿no? En el pasado había sido un pastor humano; ahora, era el ángel emperador del nuevo mundo. Había algo inmensamente satisfactorio en esa dicotomía. Cuando se sentía herido en su vanidad, Corien pensaba en aquella deliciosa contradicción y se apaciguaba.

Se acercó a las ventanas de la pared opuesta, que le ofrecían una impresionante vista del paisaje ártico. O que lo habría sido, quizá, si Corien fuera impresionable.

Apoyó la frente contra el frío cristal. Sus exhalaciones pintaron en él unas nubes diminutas. Las limpió con el dobladillo de la manga. Mentiras. Falsedades. Una farsa inventada.

Amargamente, miró la red industrial que se extendía sobre el hielo: sus iguales, que también habitaban cuerpos humanos e iban envueltos en pieles, dirigían a centenares de esclavos que transportaban rocas, retiraban nieve, forjaban armas o añadían estancias de piedra y hierro a la fortaleza. Otros ángeles trabajaban en la profundidad de las montañas, a cierta distancia, en los laboratorios subterráneos. Y otros, en cámaras cavernosas que ofrecían cierta protección contra el implacable viento, supervisaban el entrenamiento de los nuevos adatrox. Enseñaban a los bárbaros de ojos mate a moverse y luchar de nuevo, ahora que sus mentes ya no eran suyas.

Corien se frotó las doloridas sienes. Sus generales y algunos tenientes de confianza asumían una cuota generosa de la carga mental: capitaneaban a los adatrox, llevaban a cabo los reclutamientos en Kirvaya, supervisaban la logística de los laboratorios.

Pero aquel era su proyecto, su gran obra. Su imperio naciente. Solo soportaba ceder fragmentos diminutos de control. Le parecía crucial demostrar su poder a las tropas angélicas, dejarles claro que era merecedor de su lealtad y de su pretendido título para que siguieran luchando, fieles a él a pesar del implacable paso de los días. A pesar de que la Puerta seguía en pie, separándolos de los millones de ángeles que todavía estaban atrapados en el Profundo.

Lo más importante, se recordó Corien a sí mismo, era ser lo bastante poderoso para mantener el control de aquella base helada que había llamado Destacamento Norte, así como las bases en Kirvaya, y en Borsvall, y...

Cerró los ojos y buscó con vacilación, como un pajarillo abriendo las alas por primera vez: *¿Rielle? ¿Estás ahí?*

Ella no respondió.

En lugar de eso, alguien golpeó con fuerza la puerta de sus habitaciones.

Dejó de pensar en Celdaria, a la que relegó a la seguridad de las capas más profundas de su mente antes de volver la cabeza.

—¿Sí? ¿Qué ocurre?

Su sierva favorita entró e hizo una profunda reverencia: Alantiah, un joven ángel de gran potencial. Habitaba el cuerpo de una muchacha de ojos penetrantes, piel pálida y cabello castaño.

—El ángel Bazrifel ha regresado de Borsvall —anunció Alantiah— y solicita una audiencia con su majestad para ofrecerle su informe.

Corien examinó su reflejo en el cristal. Tenía los labios agrietados y descoloridos por haber bebido demasiado. El cabello le caía sobre la frente en mechones desaliñados y grasientos. Necesitaba un baño. Necesitaba una distracción, y sentirse él mismo de nuevo.

Tenía que dejar de pensar en Rielle durante algunas horas.

No quería hablar con el idiota de Bazrifel. Ya sabía, después de una pasada rápida por sus pensamientos, todo lo que necesitaba saber: el rey Hallvard Lysleva había muerto por fin. Su hijo y heredero, Ilmaire, un pusilánime, ocuparía pronto el trono, y esa perspectiva lo estaba volviendo loco de miedo. El sentimiento general en Borsvall era de temor. Nadie confiaba en la familia real... ni en Ilmaire, concretamente. Estaban preocupados por la misteriosa enfermedad que había postrado a su rey. Y todavía no habían superado la misteriosa muerte de su querida princesa Runa.

Odiaban a su vecino del sur, Celdaria, aunque ese odio había comenzado a cambiar. El reino de Celdaria seguía siendo el enemigo; sus líderes seguían siendo sospechosos del asesinato de Runa...

Pero la Reina del Sol de Celdaria, lady Rielle Dardenne... Bueno. Después de todo, ella había evitado la destrucción de la capital. Ella, al menos, se merecía lealtad. Confianza. Quizá incluso afecto.

Corien vio todo aquello en la mente de Bazrifel y se animó. Todo estaba saliendo como él había previsto.

—Dile a Bazrifel que regrese a su puesto —dijo innecesariamente, porque ya le había lanzado el pensamiento al propio Bazrifel. Pero disfrutaba ladrando órdenes. Disfrutaba de la sensación de las palabras deslizándose por su lengua robada.

—Sí, majestad —dijo Alantiah, girándose para marcharse.

—Pero tú quédate. —Corien miró el reflejo de Alantiah, y vio que la expectación le iluminaba la cara y que sus pensamientos florecían en su mente, reverentes pero encantados—. Necesito un baño y tu compañía.

Se quitó la chaqueta, el chaleco y la camisa de seda, y después las botas y los pantalones. Abrió otra botella de vino y se la llevó al cuarto de baño. La alegre mirada de Alantiah lo siguió, embelesada y anhelante.

Mientras preparaba el baño y él la observaba, admirando las líneas rollizas de su cuerpo, Corien se permitió mirar una vez más hacia Celdaria. Como si estuviera entreabriendo una puerta para mirar el interior de una estancia en la que sabía que no debía entrar, buscó a Rielle, y aunque solo tardó un instante en verla, le pareció una eternidad insoportable.

Vio la escena a través de los ojos de Rielle. Ludivine, Audric y ella estaban regresando a casa a caballo, acompañados por un séquito de soldados de Borsvall. El chavaile al que Rielle había llamado Atheria no había regresado desde el incidente en la Puerta. Corien notaba la angustia de Rielle, su deseo de hacer las paces con la bestia divina, y estuvo a punto de enviarle una sensación de consuelo. Un poco de afecto, la simple caricia de sus pensamientos.

Pero se contuvo... a duras penas. Apretó los puños y dejó de lado el deseo, como si este fuera una entidad física demasiado peligrosa para acercarse a ella.

Sabía que debía limitar el tiempo que pasaba con Rielle. Hacerlo intensificaba el deseo que ella sentía por él, su curiosidad, su frustración.

También evitaba que él hiciera alguna tontería que la alejara para siempre, como incitarla a apuñalar mientras dormía a la traidora llorica de Ludivine o a poner veneno en la cena del tortolito de Audric, o tomar el control absoluto de su mente y obligarla a abandonar su hogar para reunirse con él.

—¿Quiere que lo deje a solas para bañarse, majestad? —le preguntó Alantiah con amabilidad—. ¿O desea compañía?

Corien parpadeó, intentando aclararse la niebla de Rielle de la mente. Alantiah estaba ante él, aflojándose los cordones del vestido. Su descaro lo complacía; la suya era una danza practicada, una que lo distraería durante una hora o dos, y después volvería a dejarlo vacío.

El grupo de Rielle se había detenido a descansar en una soleada zona boscosa. Los guardias borsvalinos formaban un perímetro, de espaldas. Audric se tumbó en la hierba, bostezó y se frotó la cara con las manos. Rielle se acurrucó a su lado y, cuando él le acarició la cabeza y le besó la frente, su felicidad floreció, tierna y cálida, hasta que Corien se sintió tan desesperado que apenas pudo mirar.

La mente de Alantiah estaba cerca, abierta y anhelante. La agarró del brazo, tiró de ella contra su cuerpo y la besó con tanta fuerza que ella gritó contra su boca.

Antes de perderse en su deseo, Corien le envió a Rielle un último pensamiento, taimado y leve, mientras veía a Ludivine examinándose la cicatriz del flagelo. Sus feas líneas azules resplandecían bajo la luz del sol, como las espadas esparcidas por las ruinas de un campo de batalla.

La idea estaba ya allí, en la mente de Rielle. Había dejado claras sus intenciones ante el Obex. Había pasado muchas horas, mientras viajaban, estudiando en silencio las posibilidades. Solo necesitaba un empujón, y Corien se alegraba de dárselo.

Reparación, le murmuró.

Restauración.

Y después, incapaz de resistirse a tocarla, deslizó el último de sus pensamientos por la suave longitud de su columna y susurró: *Resurrección*.

14
RIELLE

«¿Cómo se supera la muerte de un padre? ¿Cómo se consigue vivir con ese dolor? El mío me provoca sueños violentos. A diferencia de Ingrid, yo no tengo un ejército con el que distraerme; solo cuento con un infinito montón de solicitudes sobre mi escritorio y los ojos escépticos del reino sobre mí. Los magistrados que adoraban a mi padre y a mi difunta hermana Runa y que no sienten ningún afecto por mí me susurran amargas instrucciones para mi coronación. Me reiría, si no temiera que eso me hiciera llorar. Para concluir, ¿te he mencionado que poseo una capacidad casi ilimitada para odiarme a mí mismo?».

Carta del príncipe Ilmaire Lysleva al príncipe
Audric Courverie, con fecha del 25 de octubre
del año 998 de la Segunda Era

Âme de la Terre bullía como una pegajosa colmena. Todos los patios que bordeaban la avenida central estaban llenos de ciudadanos que intentaban captar cualquier atisbo del regreso de la Reina del Sol.

Rielle apenas se dio cuenta, nerviosa porque iba a ver a Tal, a Sloane y a la reina Genoveve. Y a Evyline, a Dashiell, a Maylis y al resto de su Guardia del Sol. La pobre Evyline habría estado totalmente fuera de sí desde que se marcharon de Carduel.

Deberías saludar, le sugirió Ludivine, *y sonreír*.

«Estoy muy ocupada en este momento», le contestó Rielle.

Puedes preocuparte por Tal y por Evyline y saludar y sonreír al mismo tiempo.

Rielle obedeció de mala gana. «Bueno, ¿mejor?».

Esa parece la sonrisa pintada de una muñeca hambrienta, le indicó Ludivine, *pero sí, mejor. Es importante que te vean regresar contenta. Circulan muchos rumores desde que nos marchamos de Carduel.*

Rielle miró a Audric, que saludaba a la multitud con una amplia sonrisa en la cara. Una niña escapó de los brazos de su padre y corrió hacia ellos con un ramo de flores silvestres en las manos. La guardia real celdariana, que había reemplazado a su escolta borsválica en los límites de la ciudad, intentó interceptarla, pero Audric les hizo una señal para que se apartaran.

Se arrodilló para mirar a la niña a los ojos. Cuando ella le ofreció el puñado de flores, lo aceptó con una sonrisa.

—Son preciosas. ¿Las has cogido tú?

La niña asintió, con las mejillas bronceadas cubiertas de polvo dorado. Se mordió el labio, como si evaluara sus opciones, y después se lanzó hacia él y le rodeó el cuello con los brazos. La fuerza de su afecto casi le hizo perder el equilibrio, pero Audric le devolvió el abrazo antes de conducirla de nuevo hasta su padre, que los observaba mortificado desde lejos.

Rielle se llenó de orgullo, y eso alejó de su mente las erráticas y borrosas visiones de Corien que había tenido en su viaje de regreso. Desde entonces, una palabra permanecía enroscada en el rincón más profundo de su mente, con los ojos abiertos y la respiración firme, como un vigilante reptil.

Resurrección.

Miró a Ludivine, que estaba abstraída, toqueteándose el final de la manga izquierda. Tiró de ella hacia abajo, aunque la cicatriz del flagelo estaba totalmente oculta.

«Todos adoran a Audric», le dijo Rielle, decidida a distraerla y a distraerse. «Estas cosas se le dan genial».
Ludivine guardó silencio.
«¿Qué pasa?».
No todos lo adoran, le contestó Ludivine.
«Los que no lo hacen no lo merecen», dijo Rielle de inmediato. Después hizo una pausa. «¿Y a mí? ¿Qué opinan de mí?
Ludivine dudó.
Muchos se alegran de tu regreso.
«Y otros no se alegran tanto», supuso Rielle.
Creo que tendremos que hablar de esto más tarde.
«¿Por qué?».
Con un suave empujón en su mente, Ludivine dirigió la atención de Rielle a la carretera, hacia las majestuosas puertas de los patios inferiores de Baingarde, donde un grupo de gente las esperaba: Sloane, con su túnica azul y negra de la Casa de la Noche; Evyline y el resto de la Guardia del Sol de Rielle, con sus armaduras doradas.

Y Tal.

A pesar del clamor de la multitud, de los gritos que coreaban su nombre, de las flores lanzadas a sus pies, Rielle sintió el enfado de Tal con tanta claridad como si alguien le hubiera clavado un cuchillo en la carne tierna del interior del brazo.

Se le hizo un nudo en la garganta al verlo. No debería haberlo abandonado en Carduel sin darle siquiera una explicación.

Entraron en el enorme patio de piedra que separaba los límites inferiores de Baingarde de los barrios más altos de la ciudad. Las fuentes del patio resplandecían, adornadas con dramáticas esculturas de los santos. Rielle contuvo el aliento y se postró ante Tal. A su espalda, las puertas se cerraron. De inmediato, la multitud se apretó contra las rejas de forja, golpeándolas con los puños, agitando sus banderolas de seda dorada, coreando su nombre, el nombre de Audric, y el de Ludivine.

—¿De verdad detuvo un maremoto, mi señora? —gritó una jubilosa voz masculina.

Rielle le mostró a Tal una sonrisa esperanzada. Implacable, él abrió la boca, seguramente para reprenderla, pero, antes de que pudiera hacerlo, ella dio un salto y le rodeó los hombros con los brazos. El aroma a humo de su ropa y la suave presión de sus ondas rubias contra su mejilla eran sensaciones tan familiares que la abrumó una oleada de añoranza, irracional y sorprendente.

—Si me reprendes delante de todos —bromeó—, echarán las puertas abajo para rescatarme y te llevarán gritando a la mazmorra más cercana.

Él la abrazó con rigidez.

—En mi despacho —murmuró—. En una hora.

※

Rielle era consciente de que Tal estaría furioso con ella, pero no había imaginado cuánto.

Llegó a su despacho diez minutos antes, después de convencer a Audric para que postergara su reunión con la reina Genoveve. Tomó asiento en su lugar habitual junto a la ventana de cortinas escarlata y esperó, con las manos entrelazadas en su regazo. El reloj de la repisa, coronado de llamas doradas, marcaba el ritmo de su respiración. El escudo de Tal estaba en su estante junto a la chimenea, con una sonrisa demente y pulida.

Junto a los pies de Rielle había una caja de madera acolchada que su escolta de Borsvall la había ayudado a traer al sur. El contenido de la caja vibraba en silencio, una energía fantasma que sentía más que oía, como un brazo dibujando formas en una habitación oscura.

El reloj repicó una única y dorada vez (las cuatro y media), y la puerta se abrió para dar paso a un encolerizado Tal. Cerró de un portazo, se quitó la chaqueta escarlata y dorada y la lanzó a su silla. Durante largo rato, se quedó apoyado en el escritorio, de espaldas a Rielle.

—Yo también me alegro de verte —dijo ella cuando no pudo seguir soportando el tenso silencio.

Tal se dio la vuelta, con los ojos brillantes y angustiados. Rielle se quedó paralizada, mirándolo. No esperaba verlo llorar. Esperaba que le gritara o, incluso peor, que le dijera en voz baja y herida cuánto lo había decepcionado.

En lugar de eso, Tal cayó de rodillas ante ella, le agarró una mano y besó sus dedos entrelazados. Su boca se detuvo sobre su piel, cálida y urgente, como si aquella fuera su última oportunidad de mostrarle su afecto. La luz del sol de la tarde le bañaba la piel, iluminando las arrugas de cansancio que rodeaban sus ojos y su boca.

Rielle intentó encontrar su voz. Con la mano libre, le acarició el cabello.

—Tal, lo siento mucho.

Él negó con la cabeza contra sus nudillos, y después se incorporó para sentarse a su lado.

—Rielle, ¿puedo abrazarte un momento? ¿Para convencerme de que estás de verdad aquí, a salvo?

Rielle no conseguía recordar un momento que la hubiera pillado más desprevenida que aquel.

—Por supuesto.

Sin vacilación, Tal la rodeó con los brazos. Cuando respiró en su cabello, con la mano en su nuca, emitió un gemido roto. Rielle estaba en una postura incómoda, pero no se atrevía a moverse. Sintió una oleada de cariño hacia su yo más joven y enamorado, que se habría quedado de piedra si Tal la hubiera tocado así.

—Ahora que me he asegurado de que no eres un sueño que ha venido a atormentarme, debo hacerte una pregunta —le dijo él al fin. Había dejado de llorar; se alisó la túnica y le echó una mirada tan dura como un clavo iluminado por el sol—. ¿Qué estabas pensando, por el amor de Dios, cuando nos dejaste a todos en Carduel? ¿Y cómo se te ocurrió llevarte a Ludivine y a Audric contigo? Por Dios, Rielle.

Se pasó una mano por el cabello.

—Nadie sabía a dónde habíais ido. Nadie sabía si estabais vivos hasta que recibimos un informe de nuestros espías en Borsvall diciendo que sí, que estabais vivos, aunque habíais estado a punto de ser apresados por la comandante de Borsvall y sus hombres, que llevaban semanas conjurando para hacerlo. Y no creas que no voy a reprender a nuestros espías por su error... Si sobreviven a la furia de la reina Genoveve, claro está.

Tal se levantó y comenzó a caminar.

—Y, por supuesto, el hecho de que abandonaras a los asustados ciudadanos de Carduel no ha contribuido a aumentar tu popularidad entre los que ya desconfiaban de un poder capaz de hacer lo que tú hiciste. No exactamente.

—Tal...

—No, todavía no he terminado. Después, un maremoto amenaza a la capital de Borsvall y tú vuelas con Atheria para detenerlo, sin pensar en tu propia seguridad.

Rielle se enfadó.

—Para tu información...

—¡He dicho que todavía no he terminado! —le espetó el magistrado, con la voz rota. El sonido de su ira parecía haberlo desinflado. Se pasó una mano por la cara—. Y a continuación, después de todo esto, viajas a las Solterráneas, sin avisar a nadie en Celdaria de tu estado, de tu paradero, de tus intenciones. Y no se te ocurre otra cosa que visitar la Puerta e intentar repararla, sin preparativos ni ayuda, y la debilitas drásticamente.

Se giró para mirarla.

—Habrás oído hablar, supongo, de las miles de aves desorientadas debido a las ondas sísmicas que provocaste que cayeron muertas en las calles de Luxitaine. Cinco ciudadanos muertos. Diecisiete heridos. Y gracias a Dios que no fue más grave. Tormentas en todas las costas. Incendios forestales en el interior.

El autocontrol que necesitaba para quedarse allí sentada, quieta y en silencio, hacía que a Rielle le ardieran los hombros. Se negaba a derrumbarse o a verter una lágrima.

Tal miró fijamente su forja, con los brazos rígidos a los costados. Rielle le permitió un minuto entero de furioso silencio antes de decidir que ya era suficiente.

—¿Voy a tener la oportunidad de defenderme —le preguntó—, o tengo que aguantar que me grites sin una queja?

Tal la miró.

—¿Qué derecho tienes a quejarte?

—Tú no eres mi dueño, Tal —le espetó—. Nadie lo es, sea la Reina del Sol o no. Ni Audric, ni la reina Genoveve, ni el arconte. —Se levantó y alzó la barbilla—. Salvé Styrdalleen, sí, y a todos y cada uno de sus ciudadanos, de una ola que los habría arrastrado al mar. Y al hacerlo demostré mi valía ante el pueblo de Borsvall, ante el príncipe Ilmaire y la princesa Ingrid, ante su Consejo Magistral, incluso ante el Obex.

Dicho eso, Rielle se agachó junto al baúl y abrió sus cuatro cierres de bronce. Levantó la tapa y retrocedió para dejar que Tal lo viera por sí mismo.

Su tutor se acercó, frunciendo el ceño. En cuanto posó los ojos en el martillo de Grimvald, su expresión se relajó por completo, como si hubiera visto amanecer por primera vez.

Antes de que pudiera hablar, Rielle prosiguió.

—Jodoc Indarie, portavoz del Obex en las Solterráneas, cree que podría necesitar las forjas de los santos para reparar la Puerta. Considera que esas forjas podrían conservar el recuerdo de la creación de la Puerta y que, al usarlas, yo podría acceder a esos recuerdos, reproducir sus acciones y fortalecerla de nuevo.

Tal no dijo nada, todavía mirando el martillo con incredulidad.

Rielle examinó su rostro, ansiando encontrar algún signo que le indicara que la aceptaba, a ella y lo que había hecho. Algún indicio de que estaba orgulloso de ella, de que aquella nueva y extraña brecha entre ellos era fugaz e insignificante.

—Sé que debería haberte contado nuestras intenciones cuando nos marchamos de Carduel —dijo en voz baja—. Audric recibió una carta urgente del príncipe Ilmaire y no podíamos demorar el viaje a Borsvall. Te recuerdo que, si lo hubiéramos hecho, la capital habría sido destruida. Y Lu estaba convencida de que para mí era más seguro mantenerme alejada de Carduel, porque acababa de...

Tragó saliva. Todavía no le había hablado a Tal de Corien, y no se sentía precisamente ansiosa por hacerlo, no estando tan nerviosa.

—Bueno. Lu creyó que debíamos alejarnos de Carduel durante un tiempo debido al atentado, y yo confío en ella. Confío en ambos. Podría haberles pedido que regresaran, o haberles obligado a hacerlo, de haber sido necesario. Pero no quería volver y enfrentarme a toda esa gente que me odia.

Tal la miró.

—Ese día, en Carduel, muchos no te odiaban.

—Pero algunos sí, e intentaron herirme por ello. Podrían haberles hecho daño a mis amigos. ¿Puedes culparme por huir?

Tal negó con la cabeza.

—Eres la Reina del Sol, Rielle. Tienes el deber de ser una fuerza estable y tranquilizadora en tiempos de paz y una abanderada, una guerrera, en los momentos de lucha. No puedes marcharte volando sobre Atheria cada vez que te plazca.

Cuando mencionó a Atheria, las lágrimas de Rielle consiguieron atravesar sus defensas. Se pasó una mano furiosa por los ojos.

Tal se ablandó.

—Audric me lo ha contado. Lo siento. —Se acercó a ella, dudó, y finalmente le besó la frente y las mejillas.

Rielle cerró los ojos y se apoyó en él.

—¿No hice bien? A pesar de todo lo que he hecho mal, hice bien algunas cosas. Sé que sí. Por favor, dime que sí.

Tal tenía la voz ronca.

—Rielle... Lo que hiciste en Borsvall fue impresionante.

Ella abrió los ojos, aliviada, y descubrió que él la estaba mirando atentamente. Su postura, el nuevo fuego que había en sus ojos mientras la contemplaba, era algo que no había visto antes. Una emoción desbordante, nerviosa y desconcertada brincó sobre su ombligo.

—Nuestro espía te vio detener la ola con sus propios ojos —continuó Tal—. Recibí su informe hace tres días y lo he leído una docena de veces desde entonces. Rielle, no entiendo cómo hiciste lo que hiciste. No debería ser posible que un humano controle solo una fuerza tan inmensa.

Rielle sonrió de oreja a oreja.

—No creo que hubiera podido hacerlo sin tantos años de interminables y aburridas clases contigo.

Tal sonrió con tristeza.

—No estoy seguro de que mis clases te hayan hecho algún bien.

—Oh, venga ya. Seguro que no lo dices en serio.

—Libros y oraciones, rezos a los pies de las estatuas. —Tal resopló—. Tú estás por encima de esas cosas, Rielle, y siempre lo has estado. Tu padre y yo nos engañamos al pensar que un par de oraciones podrían contenerte.

La inesperada mención de su padre despojó a Rielle de su sensación de calma. Por un momento, apenas pudo hablar. Un deseo salvaje rompió contra las paredes de su pecho. De repente, quería confesarle todo lo que había ocurrido de verdad el día de la prueba del fuego. Para ver el asombro en el rostro de Tal y enfrentarse a su aversión. Para quitarse de encima aquel secreto que parecía estar adquiriendo una mente y voluntad propias.

En lugar de eso, se obligó a decir unas palabras que no eran mentira, pero tampoco toda la verdad.

—Lo echo de menos. Él me odiaba, y aun así... —Se rio un poco, asombrada por su propia actuación—. Lo echo de menos todos los días.

El magistrado dudó, y después le tocó la mejilla.

Llamaron suavemente a la puerta. Tal bajó la mano. Se apartó y se giró hacia su escritorio.

—¿Sí?

Una joven acólita de túnica escarlata entró, asintiendo nerviosamente. Sus ojos se posaron de inmediato en la caja abierta. Rielle se colocó delante y la fulminó con la mirada.

—Disculpe, señorita —dijo la acólita—, traigo un mensaje de su majestad la reina. Solicita que acuda a su sala de estar de inmediato.

—Ah —murmuró Rielle—. Ha llegado la hora de más gritos.

Tal se aclaró la garganta y adoptó una expresión afilada.

—Por favor, dile a la reina que...

—Lo siento, señorita —la interrumpió la acólita, que parecía bastante afligida—, pero traigo otro mensaje de su alteza real el príncipe. Dice... —La acólita desplegó un trozo de papel—. Por favor, dile a lady Rielle que «de inmediato» significa «de inmediato» y no «cuando Tal y tú hayáis dejado de gritaros».

Rielle le dedicó una sonrisa a su tutor. Él le devolvió un eco de la misma, a medio formar.

—Bueno, entonces supongo que debo darme prisa. —Se acercó a Tal y le colocó la mano sobre su mano—. ¿Puedo dejarte el martillo? Tu despacho siempre me ha parecido un lugar seguro. Me sentiría más tranquila sabiendo que queda bajo tu custodia.

Él se llevó su mano a los labios.

—Por supuesto.

Rielle examinó su rostro, pero no encontró nada que la consolara. Tal no la miró a los ojos, y su boca seguía cerrada en una amarga línea. Sin previo aviso, recordó las evasivas palabras que Corien le había dicho unas semanas antes: *¿No quieres que te cuente qué secretos he sentido en esa bonita cabeza rubia?*

Rielle corrió al pasillo para unirse a su guardia con el beso de Tal marcado en la mano y una zarza desconocida arraigando en su vientre.

—¿Evyline?

La mujer miraba fijamente la pared, flanqueada por dos miembros más de la Guardia del Sol.

—Sí, mi señora.

—Parece que me han llamado.

—Eso parece, mi señora —dijo Evyline, tensa.

Mientras comenzaban a caminar, Rielle la miró de soslayo.

—¿Durante cuánto tiempo vas a estar enfadada conmigo, Evyline?

Evyline cedió ligeramente.

—Calculo que solo un día o dos más, mi señora.

Rielle sonrió, y el alivio le relajó sus hombros. Un par de intercambios más con Evyline y se quitaría el mal sabor de boca de aquella extraña reunión con Tal como si se tratara de unas plumas viejas.

—De acuerdo, Evyline. Me parece justo.

※

Rielle se dirigió a la reunión con la reina Genoveve sintiendo gran turbación; podía oír voces elevadas desde el pasillo: de la reina y de Audric.

Se detuvo ante las puertas de la sala de estar, que eran lo bastante gruesas para amortiguar las palabras de la reina, aunque no su crueldad.

Evyline se aclaró la garganta.

—No creo que mirar las puertas detenga los gritos, mi señora.

Rielle puso los ojos en blanco.

—Me pregunto si tu tendencia a la insubordinación perderá alguna vez su encanto, Evyline.

—No es probable —dijo Evyline con suavidad—, porque tengo una excelente tutora.

Rielle se tragó una sonrisa, inspiró profundamente y abrió las puertas.

La reina Genoveve se giró de inmediato.

—Me sorprende, lady Rielle, el tiempo que has necesitado para llegar hasta aquí desde el Crisol, a tantos kilómetros de distancia.

Rielle estaba demasiado sorprendida para contestar. En las semanas que habían pasado desde que se marcharon para recorrer Celdaria, la apariencia de la reina había cambiado drásticamente: tenía las mejillas hundidas, los labios finos y pálidos, y las ondas castañas, que en el pasado había lucido pulcramente peinadas, hechas una maraña alrededor de la cabeza. Todavía resultaba adorable, al dramático estilo de los Sauvillier, pero ahora había algo espinoso en ella, una energía frágil que hablaba de noches sin sueño ni descanso y de días llenos de insatisfacción.

Rielle hizo una reverencia y su falda, embarrada por el viaje, se reunió rígidamente sobre la alfombra.

—Discúlpeme, mi reina. He venido tan rápido como he podido.

Genoveve hizo un gesto irritado.

—Estás llenándome la alfombra de barro. La próxima vez que te presentes ante mí asegúrate de cambiarte primero y vestirte de un modo más adecuado.

Rielle se contuvo para no decir que, si se hubiera detenido para ponerse ropa limpia, habría llegado aún más tarde a su reunión.

—Sí, mi reina. Por supuesto.

Audric, con expresión severa, ayudó a Rielle a ponerse en pie. Le apretó suavemente la palma de la mano; ella le devolvió el gesto, agradecida. No le pasó desapercibida la mirada aviesa que la reina les echó a sus manos unidas.

—Estaba hablándole a mi madre de los días que hemos pasado en Borsvall y en las Solterráneas —comenzó Audric con tranquilidad—. Y de nuestras conversaciones con Jodoc Indarien.

—Sí —lo interrumpió Genoveve—, y antes de seguir me gustaría oír tu versión de los hechos, lady Rielle.

Dicho esto, se sentó en un diván cercano, apoyó los brazos en los cojines y cruzó las piernas.

Rielle miró a Audric, insegura.

—Estoy esperando, lady Rielle —dijo la reina—. Todos hemos estado esperando, gracias a tu impetuosidad. Mientras yo y el resto del país llorábamos la muerte de nuestro rey, tú arrastraste a su hijo y heredero a un territorio enemigo, sin tener en cuenta su seguridad o nuestras tradiciones respecto al luto.

—Madre, como te he dicho —dijo Audric abruptamente—, no fue Rielle quien nos instó a abandonar Carduel. Fuimos Ludivine y yo los que la convencimos a ella.

—Se produjo un incidente durante nuestra estancia en Carduel —añadió Rielle—. Cuatro hombres intentaron matarme.

Continuó antes de que la reina pudiera interrumpirla y contó toda la historia, desde Carduel hasta la aldea abandonada a las afueras de Styrdalleen, el maremoto y, finalmente, las Solterráneas.

—Esperábamos, mi reina, que tuviera información sobre dónde podría estar la forja de santa Katell —concluyó, mirando a Audric— o sobre cómo abordar al Obex de Celdaria para...

—Por supuesto que no. —Genoveve se acercó a una pequeña mesa donde habían dejado unas bandejas de bordes dorados con té y pasteles—. Jodoc Indarien tenía razón cuando te dijo que deberías encontrar esas forjas sola, sin ayuda. Si te soy sincera, lady Rielle, no estoy segura de que ni siquiera entonces merecieras poseerlas.

La voz de Audric cortó el aire como un cable tenso.

—Madre, no nos estás escuchando. La Puerta está cediendo.

Genoveve les dio la espalda para llenarse la taza.

—Soy muy consciente de que la Puerta está cediendo.

—Entonces también debe ser consciente —dijo Rielle, dando un paso hacia ella—, de que yo soy la mejor opción que tenemos para repararla.

La reina se rio.

—Tiene gracia, lady Rielle, ya que acabas de contarme que en realidad la has debilitado.

Rielle se tragó una colección de respuestas zafias.

—Sí, mi reina. Fui temeraria e imprudente. Actué con demasiada rapidez, y no pretendo hacerlo de nuevo, ahora que comprendo el verdadero poder de la Puerta.

—Y, por supuesto, nunca nos has dado razones para desconfiar de ti —dijo Genoveve, tomando un sorbo de té.

—Ningún otro humano es lo bastante poderoso para reparar la Puerta, mi reina —insistió Rielle—. Ni cien humanos serían lo bastante poderosos. Debo encontrar las forjas de los santos tan rápidamente como me sea posible. —Dudó, pero se armó de valor—. ¿Sacrificará la seguridad de su reino por una rencilla personal?

Rielle notó que Audric se le acercaba ligeramente, como si se preparara para saltar en su defensa, pero ella mantuvo los ojos fijos en la reina. Genoveve le dio un último sorbo a su té antes de dejar la taza en el platillo.

—¿Una rencilla personal? —repitió en voz baja—. Haces que parezca muy poca cosa. Mi querida sobrina estaba prometida con mi único hijo y heredero, un acuerdo que mi familia y la familia de mi difunto marido firmaron cuando Ludivine era solo una niña. Durante años, ese acuerdo definió la relación entre nuestras casas. Estableció un futuro brillante para nosotros y para el país. La Casa Katell se uniría a la segunda familia más poderosa del reino.

La reina se giró y la miró con unos ojos fríos y terribles, rodeados por las ojeras del dolor.

—Y entonces sedujiste a mi hijo, lo metiste en tu cama como una ramera de la calle y lo arruinaste todo.

Audric habló, serio y furioso.

—Madre, discúlpate de inmediato con Rielle.

—¿O qué, Audric? ¿Me matarás? ¿Huirás con ella y renunciarás a la Corona? ¿Viviréis libres en el bosque, follando como campesinos?

Aquellas palabras vulgares en los labios de Genoveve fueron tan desconcertantes que Rielle deseó reírse a carcajadas.

A su lado, Audric se puso tenso.

—Madre, ¿cómo puedes decir esas cosas?

—¿Cómo puedo? ¿Cómo puedo? —A la reina le temblaba la boca—. ¿Cómo has podido tú avergonzarme y humillarme tan completamente como lo has hecho? Y con la muerte de tu padre tan reciente. Has abandonado a tu prima, me has abandonado a mí..., y todo por una chica que nos ha estado mintiendo durante años, por un poder que no comprendemos y en el que no podemos confiar. —Señaló a Rielle—. Ella misma acaba de decir que actuó de forma imprudente y temeraria. ¿Es esta la criatura en cuyas manos quieres poner el destino de nuestro mundo?

—No es una criatura —le espetó Audric—. Es un ser humano. Y en las pruebas demostró que...

—Las pruebas. —Genoveve resopló—. Las pruebas seguramente fueron diseñadas para favorecerla, gracias a la influencia de lord Belounnon, de su pusilánime hermana y de esa amante que tiene, que seguramente haría cualquier cosa por mantenerlo contento y en su cama..., en lugar de en la de Rielle.

Rielle no consiguió seguir callada. Le ardían las mejillas.

—Cómo se atreve. Está hablando de grandes magistrados. Tal, Sloane y Miren no tienen nada que ver conmigo ni con Audric ni con Ludivine. Han servido lealmente a este reino durante muchos años, y no se merecen su desprecio.

La reina se mantuvo en silencio un momento, antes de acercarse a Rielle y agarrarle la barbilla con una mano gélida para examinarla.

Audric, que estaba cerca, se quedó rígido. El aire crepitaba a su alrededor como la madera al quemarse, pintando las motas de polvo del tono dorado de las ascuas.

—Y pensar que te tenía lástima —susurró la reina—. Y pensar que me preocupé y recé contigo la noche antes de la prueba del metal. Que deseaba desesperadamente que estuvieras a salvo.

Soltó a Rielle, con los labios apretados y los ojos brillantes. Volvió a levantar su té con manos temblorosas.

—Te prometo una cosa, Rielle. Solo encontrarás la forja de Katell cuando me hayan dejado, fría e inerte, en la tumba... O cuando mi esposo se levante de la suya.

15
ELIANA

«El Nido es un problema crónico, uno del que no sé si que conseguiremos librarnos alguna vez... ni si debemos hacerlo. Su presencia trae a nuestro país a contrabandistas, asesinos, jugadores e incluso a espectros de ángeles, pero hay una ventaja en estos mercenarios, en las redes de villanos y ladrones que refuerzan nuestro ejército. Estos bribones y asesinos protegerán nuestro país tan ferozmente como nosotros, aunque solo sea porque su adorado Annerkilak se encuentra en el interior de nuestras fronteras».

Informe del comandante Lianti Haakorat
a los reyes Eri y Tavik Amaruk de Astavar

Cuando Zahra le dijo que el Nido era un mercado oculto, Eliana pensó que lo decía en sentido figurado: negocios ilegales, sustancias ilícitas, violencia y depravación.

Pero el Nido estaba literalmente oculto. Era una ciudad subterránea que existía en una serie de cavernas situadas bajo las montañas en la frontera norte de Vintervok.

Eliana y Harkan se mantuvieron en las sombras tras un húmedo saliente rocoso cuajado de líquenes. A sus pies se extendía una elaborada extensión de contradicciones: escarpadas formaciones rocosas arriba y abajo, flanqueando la ciudad de Annerkilak como hileras de dientes malformados y marrones. Aceras pavimentadas con brillantes baldosas de jade. Viviendas de cuatro plantas con pulcros jardines en las azoteas, plagadas de unas sombras que Eliana no conseguía definir. Ornamentados tejados de aguja, que se alargaban febrilmente hacia los altos techos de las cavernas que desaparecían en la oscuridad. Diminutas luces galvanizadas colgaban de cables sobre las abarrotadas calles, de escaparate a escaparate. La luz suave de las lámparas de gas se encharcaba en los patios y detrás de las ventanas, y un rugido grave interrumpía el retablo: vítores y gritos, discordantes melodías tocadas con instrumentos de cuerda y cuernos, el rebuzno de un burro, el llanto furioso de un bebé.

Enormes columnas de piedra se extendían por toda la ciudad, desde el suelo hasta la oscuridad, mostrando elaboradas tallas tanto de humanos como de ángeles. Los santos blandiendo sus forjas. Ángeles con las alas extendidas. Bestias divinas mostrando las garras y los colmillos.

—¿Arte angélico y humano? —preguntó Eliana, frotándose los brazos temblorosos para recuperar el calor. Para encontrar el Nido, habían nadado durante casi tres kilómetros por estrechos pasadizos inundados, habían escalado cuevas apenas lo bastante anchas para que una sola persona pasara a la vez, primero Harkan, y Eliana después. Ahora, el frío aire de la caverna les atravesaba la ropa empapada como cuchillos.

—La línea entre los bandos, que arriba está tan marcada, aquí no importa tanto —dijo Zahra—, no cuando la colaboración entre los malhechores humanos y los espectros de ángeles ha resultado tan beneficiosa para ambos.

—Así que una ciudad de ladrones y criminales ha descubierto cómo vivir pacíficamente aquí abajo mientras los demás, en la superficie, nos destrozamos —señaló Harkan con amargura—. Quizá deberíamos tomar notas. Llevarles sugerencias a los reyes.

—A pesar de su talento colaborativo, esta no es una ciudad en la que reine la paz —les advirtió Zahra—. No bajéis la guardia.

Harkan le tocó el brazo a Eliana.

—¿Estás bien?

Ella abrió los ojos. No se había dado cuenta de que los había cerrado mientras hablaban, de que estaba pesadamente apoyada en la roca que tenía a su izquierda.

—Necesitas comida. —Harkan buscó en la pequeña bolsa encerada que llevaba colgada del torso y sacó una tira ligeramente húmeda de cecina de cerdo—. Toma. Cómete esto, y siéntate.

Eliana lo rechazó.

—Deja de molestarme. Estoy bien.

—No tendrás nada que hacer si no puedes ni andar. No seas idiota.

—No me hables así.

Harkan suspiró abruptamente.

—Apenas controlabas el fuego de tu habitación. ¿Crees que conseguirás hacerlo de nuevo, si al final tienes que usar tu poder, mientras apenas te tienes en pie?

Eliana le quitó la cecina de la mano y arrancó un trozo con furia.

—Ya está. ¿Contento?

—Sinceramente, Eli, ¿tienes ocho años? Estoy intentando ayudarte... y, con ello, ayudar a Navi. Por eso estamos aquí, ¿no?

Eliana no tenía respuesta para eso. Harkan no se equivocaba, y odiaba que la hiciera sentir tan pequeña y culpable como una niña que se ha portado mal.

Casi tanto como odiaba el poder que la había conducido a aquel estado en el que apenas se sentía humana, en el que apenas se sentía viva. Estaba hambrienta y exhausta; desquiciada.

No le dijo lo que de verdad estaba pensando porque temía que, si lo hacía, tanto él como Zahra la obligarían a darse la vuelta y regresar al palacio a través de las cuevas.

No le dijo que temía comer, aunque solo fueran un par de bocados, por si eso saciaba demasiado su hambre. ¿Y si la ablandaba, y si la volvía incapaz de invocar su poder cuando más lo necesitaran?

Si era así como su madre había vivido, no era de extrañar que se hubiera vuelto loca y se hubiera unido a los ángeles.

«No creo que los humanos deban poseer este tipo de poder», le dijo a Zahra. «Somos demasiado insignificantes».

Tú no lo eres, mi reina, contestó Zahra después de un momento, pero no sonó convencida. Después, la sensación de alguien estrujándose las manos reptó hasta la mente de Eliana. *No debería haberte traído aquí*, dijo el espectro en voz baja. *No debería haberte hablado de este sitio.*

«Y entonces habrías condenado a Navi a una muerte inimaginable». Eliana se guardó el resto de la cecina en el bolsillo. «Has hecho justo lo que debías hacer. Y, si intentas obligarme a volver, nunca te lo perdonaré».

Zahra se sumió en un silencio triste.

—¿Otra vez hablando con el pensamiento? —les preguntó Harkan—. ¿Susurrando secretos que no queréis que yo oiga?

—Sí —dijo Eliana, sin más. Lo dejó atrás, sin prestar atención a su expresión desafiante—. Hagamos el trabajo y volvamos a casa.

La voz de Harkan sonó débil y apagada en la oscuridad.

—Como en los viejos tiempos.

Con Zahra como guía, recorrieron despacio las extrañas calles de Annerkilak. Para evitar que los espectros que dirigían el Nido los detectaran, Zahra había reducido su presencia a una sombra del tamaño de una mano que Eliana llevaba en el bolsillo, y sus pensamientos eran tan tenues que la joven tenía que esforzarse para comprenderlos.

Para aquí, le pidió Zahra cuando pasaron ante la entrada de un callejón, y Eliana obedeció y tocó suavemente el brazo de Harkan. Un taciturno vendedor había montado allí su tienda, una carreta hundida cargada de figurillas asombrosamente bellas talladas en distintas piedras preciosas. Santa Marzana en rubí. San Ghovan en diamantes y perlas. Un ídolo en topacio del emperador, con los ojos de brillante obsidiana.

A instancias de Zahra, Eliana compró una estatuilla del Emperador Eterno mientras Harkan coqueteaba con el vendedor.

Siguieron adelante. El peso del ídolo era notable y fastidioso en el bolsillo de su cadera izquierda. Su mente cansada se imaginó sus diminutos dedos de piedra tocándole la carne del muslo, insistente y risueño. Decidió deshacerse de él tan pronto como le fuera posible.

Gira aquí, le ordenó Zahra, y cruzaron una arcada que conducía a una plaza llena de fuentes: una en el centro, con un ángel de marfil de cuyos ojos manaba el agua como lo harían las lágrimas. Otra en cada esquina, todas con forma de ángeles llorando. Algunos lo hacían con desesperación, otros con furia. Algunos rezaban, otros luchaban y tenían humanos retorciéndose bajo sus botas. El agua de las fuentes se reunía en una serie de cuencas cuadradas poco profundas donde la gente se bañaba y bebía.

«¿Qué hacemos aquí?». Harkan le dio un toquecito en la muñeca, el antiguo idioma mudo que habían ideado mientras crecían en Orline.

Que dos forasteros aparezcan de la nada y se dirijan directamente a la madriguera de los espectros llamaría la atención. Debemos ser cautos. En cuanto me detecten, estaremos acabados.

Eliana le repitió la respuesta a Harkan, dándole golpecitos en los dedos.

Él cedió, con expresión tensa.

Atravesaron la ciudad de ese modo durante lo que les parecieron horas: vagando por barriadas de mala muerte en el perímetro del Nido, donde las calles eran estrechas y silenciosas; entrando y saliendo de edificios con mercados embutidos en salones y cocinas, como casas excéntricas que abrían sus estancias a la inspección de los potenciales compradores. Los vendedores gritaban sus precios desde detrás de sus carretas, y los compradores susurraban furtivamente en las esquinas, contando bolsas de monedas húmedas. Ojos acuosos y dilatados tras unas gotas de lácrima; alientos dulces y rancios, cuerpos tambaleantes.

Y después, por fin, tan tensa y rígida que se sentía frágil, descolorida, como una montaña estéril desprovista de árboles, Eliana notó que los pensamientos de Zahra la dirigían a un majestuoso edificio al otro lado de la carretera: circular, oscuro, tachonado de ventanas iluminadas de ámbar desde el interior.

El miedo de Zahra se filtró en la mente de Eliana, lento y viscoso.

—¿Es ahí? —murmuró, para beneficio de Harkan.

El espectro le envió la sensación de un asentimiento.

—Lo llaman la Colmena.

Entonces su presencia se crispó, con una punzada de sorpresa. Se aplastó contra la rígida palma de Eliana.

—Debemos movernos rápidamente. —En su voz había una nueva urgencia—. Sarash está de camino.

Eliana se puso tensa.

—¿Sarash?

—¿Un espectro? —preguntó Harkan.

La afirmación de Zahra llegó acompañada por una abrupta y fría presión en la parte carnosa del pulgar de Eliana.

—Si llega antes de que nos hayamos marchado, habrá muy poco que pueda hacer para protegeros de ella. Los espectros suelen ser frívolos, y es fácil distraerlos. Sarash no. —Entonces maldijo, en voz baja, una obscenidad angélica—. La última vez que estuve aquí, no parecía que fuera a volver a Annerkilak en algunas semanas.

—¿Cuánto tiempo tenemos? —le preguntó Eliana.

—Una hora. Quizá un poco más.

Entonces fue Harkan quien maldijo.

Una ola de agotamiento sacudió rápidamente a Eliana, pero no permitió que la abatiera. Le bailó la vista, errática. Apretó los puños y los dientes e intentó que se le despejara.

—Llévanos dentro.

Casi una hora después, tras haber conseguido infiltrarse en los niveles inferiores de la Colmena gracias a las instrucciones que Zahra les susurró, corrieron a través de un oscuro y pulcro panal de túneles subterráneos. La misma agua negra de la cueva en la que habían nadado antes humedecía las paredes, y pequeñas luces galvanizadas parpadeaban y vibraban, iluminando aleatoriamente su camino.

Mientras Eliana corría, con Harkan silencioso y rápido a su lado, recitó su misión como si entonara los versos de una plegaria: llegar a los almacenes donde los espectros guardaban sus medicinas, las sustancias para tratar las heridas y enfermedades de sus esclavos y las drogas recreativas como el anodinum y la lácrima.

Venenos.

Antídotos.

Después recitó las palabras en lissar que Zahra les había enseñado mientras atravesaban los niveles superiores de la Colmena, con la espalda aplastada contra los tapices de las paredes, caminando con cautela por pasillos de brillantes y resbaladizos suelos de mosaico. Lissar: el idioma angélico elemental. Era mucho más fácil que el qaharis y el azradil, según le había dicho Zahra antes de que Eliana le sisease que se callara. Puede que el lissar fuera más sencillo, pero a ella todavía le resultaba difícil recordar las desconocidas palabras. Era Remy quien tenía un don para los idiomas y una memoria que era como un cepo de acero.

Pero en aquellos túneles no podía pensar en Remy.

Tenía que atravesarlos sin ataduras, repasando las palabras en lissar una y otra vez por si Zahra tenía que marcharse inesperadamente, crear una distracción arriba, darles tiempo para completar su misión solos. Tenía que mantener la mente tan despejada y clara como la tenía cuando era la Pesadilla.

Arriba, los espectros celebraban un acto en una serie de salones oscuros, iluminados por bombillas galvanizadas en faroles de cristal multicolor. El sonido de los pasos frenéticos y de las vueltas de baile, al ritmo de las aullantes flautas y de los enajenados violines, flotaba en las muchas plantas de la Colmena como un débil estribillo espectral.

Eliana se apresuró, ignorando el zumbido cansado de su cabeza y el pinchazo en su costado. Pensó fugazmente en sus forjas y no sintió nada. Lágrimas de frustración acudieron a sus ojos. Harkan tenía razón; debería haber comido, debería haber dormido. Tanto trabajo, tanta tortura, ¿y para qué? Para conseguir dos forjas que seguían siendo un misterio para ella, que no le proporcionaban ningún consuelo.

Recordó la sensación de las llamas recorriendo las vigas de su dormitorio..., cómo la había llamado su calor, cómo sus forjas se habían sentido atraídas hacia él con un hambre urgente e implacable. Ella había creado las llamas, pero, aun así, habían sido también otra cosa... No solo obedecían a su voluntad, sino a algo más.

Había sentido, en aquel momento, que era solo un continente, un conducto entre el poder que llevaba en la sangre y las catadoras llamas sobre su cabeza.

¿Llegaría el momento en el que pudiera usar ese poder, en lugar de sentirse como si él la utilizara a ella?

Zahra le apretó los dedos, una caricia tan débil y cauta que podría haber sido solo un tic involuntario. *Después, mi reina. Hablaremos de eso más tarde.*

Las lágrimas de Eliana emborronaban el oscuro pasillo. Con cada respiración débil, su cuerpo maltrecho protestaba.

«Prométemelo».

Te lo prometo. Cuando Navi esté a salvo, pensarás con mayor claridad.

Eliana no se atrevía a creer que eso fuera cierto. Había pasado tanto tiempo desde la última vez que había pensado con claridad, desde la última vez que se había sentido con el control de su mente cansada, que apenas recordaba cómo era.

—Aquí —les ordenó Zahra en voz baja, contenida, y doblaron la esquina, obedeciéndola.

Eliana notó su miedo a hablar demasiado alto en el interior de aquellos muros, a existir. Se lo había explicado: «¿Cuánto tardarías en percatarte de una imperfección en la piel del dorso de tu mano, en algo que conoces bien y que ves cada día?».

No mucho. Y por eso, si no tenía cuidado, los espectros captarían su aroma con facilidad, porque era una imperfección en su Colmena. Una visitante indeseada.

Al final de un estrecho pasillo de piedra se toparon con dos tramos de escalera, que descendieron para ir a parar a un laberinto de pasadizos más oscuros y con el techo más bajo que el resto. Su camino los llevó ante una puerta negra, una de las muchas de un pasillo que se alejaba varios metros en cada dirección, en cuyo extremo había un arco que conducía a la oscuridad.

En el otro extremo, un muro de piedra. Un callejón sin salida.

Harkan se sacó un juego de ganzúas del bolsillo y se arrodilló, preparado para trabajar mientras Eliana hacía guardia con Arabeth en la mano. Sus forjas estaban calladas y quietas.

Pero la puerta no estaba cerrada.

Se encontraba ligeramente abierta, y una tenue luz artificial escapaba del interior.

Harkan se detuvo, con los hombros tensos.

Eliana miró la puerta. El corazón le latía tan fuerte que podía sentirlo en sus sienes.

«¿Zahra?».

No lo sé, contestó el espectro, más bajo ahora que antes. *Rápido. Entrad. Yo vigilaré la puerta. Ella está cerca.*

Los espectros podían ser descuidados, les había dicho Zahra mientras nadaban, distrayendo sus pensamientos del frío y de la oscuridad con una información que habría hecho que a Remy le brillaran los ojos como estrellas. Los espectros de Annerkilak no eran soldados del imperio, eficientes y disciplinados. Eran pandilleros, embotados por el libertinaje y malacostumbrados al poder. Quizá habían bajado a por un tarro nuevo de lácrima, tan colocados que se habían dejado la puerta descuidadamente abierta.

Fuera cual fuera la razón, Eliana no tenía tiempo para discutir.

Contuvo el aliento, apretó la empuñadura de Arabeth y entró detrás de Harkan en la habitación.

Era más grande de lo que esperaba: profunda y amplia, rodeada de docenas de estanterías altas con escaleras negras con ruedas para acceder a los estantes más altos. El suelo era de piedra, pero pulida. Había lámparas galvanizadas, de luz fuerte y blanca, zumbando tenuemente en las vigas del techo en una ordenada hilera. En cada estante se exhibían latas blancas pulcramente etiquetadas y marcadas con la escritura angélica. Lissar.

Se movieron rápidamente por las estanterías, examinando la desconocida escritura. El aire era frío, pero estaba tan inmóvil que Eliana se sentía agobiada. Se pasó una mano por la frente sudorosa, mirando con los ojos entornados el océano de inscripciones angélicas sobre sus cabezas.

—Aquí no hay nada —murmuró Harkan, pasando junto a ella hacia el siguiente pasillo de estantes.

Buscaron en silencio durante largos minutos que les parecieron siglos, y después, por fin, una palabra concreta captó la atención de Eliana.

Subió una escalera cercana hasta el cuarto estante, donde había una hilera de latas rectangulares en pulcros montones etiquetadas como *zapheliar*.

Zapheliar..., la palabra angélica para «acechadora», según le había contado Zahra. Y, si estaba interpretando las marcas correctamente, parecía que había distintos antídotos, quizá para los diferentes tipos de acechadoras.

Maldijo, dudó un momento y cogió uno de cada. Se giró y llamó en un susurro a Harkan.

Él ya estaba allí, abriendo la bolsa a los pies de la escalera. Eliana le tiró las latas..., dieciocho en total. Eran más ligeras de lo que esperaba, y traqueteaban extrañamente, como si su contenido estuviera hecho de un material desconocido.

—¿Están todas? —le preguntó Harkan.

—He visto nueve variaciones. He cogido dos de cada.

Harkan cerró su bolsa y miró la habitación, frunciendo el ceño como si hubiera captado un sonido que no consiguiera ubicar. Eliana acababa de comenzar a descender, con una pregunta en los labios, cuando el aire de la estancia cambió.

Se volvió justo a tiempo de oír la advertencia de Zahra y ver una fina red metálica saliendo de la oscuridad: una telaraña plateada. De su corazón emergieron unas placas de cobre, como alas desplegándose, y Zahra gritó al verla. El sonido de su miedo descontrolado era uno de los más aterradores que Eliana había oído nunca.

Harkan desenvainó su espada; Eliana saltó al suelo, blandiendo a Arabeth. Pensó en sus forjas, vagamente, pero seguían oscuras, inútiles. Todo estaba ocurriendo demasiado rápido para que pudiera concentrarse e invocar algo que no fuera pánico.

En lugar de eso, observó, horrorizada, como la tenue silueta oscura de Zahra disminuía, violentamente succionada por el artilugio giratorio de cobre. Después, el horrible aparato se cerró y traqueteó por el suelo con un estruendo metálico. Se detuvo allí, vibrando, como si albergara ahora un enjambre de abejas. Era una caja plana octagonal, brillante y cobriza, lo bastante pequeña para caber en la palma de Eliana, y del interior salía un alarido distante que sonaba como si perteneciese a Zahra, pero en una versión más pequeña y asustada que Eliana apenas reconocía.

Corrió a por la caja y se la guardó en el bolsillo. Harkan apareció a su lado de inmediato, con expresión feroz. Detuvo su mano libre sobre el bolsillo de su abrigo, donde Eliana sabía que esperaba un bombardero, listo para ser activado y lanzado.

—Muéstrate —exigió Eliana a quien había atacado a Zahra—. ¿Qué le has hecho?

—Qué modales tan groseros —dijo una voz de mujer. Sedosa. Con un aburrimiento que sonaba entretenido. Entró en la estancia despacio, con paso sutil y lento, arrastrando la hoja de una larga espada curvada por el suelo. Tenía la piel dorada, era alta y delgada, y su cabello formaba una red de brillantes nudos de color bronce. Llevaba un vestido largo hasta los tobillos en índigo y oro, de cuello alto y hombros cuadrados, con una manga oscura y la otra decorada con hilo dorado. Unos pantalones asomaban por las aberturas que el vestido tenía a cada lado para moverse con libertad.

Sus ojos fluctuaban del negro tinta, como los de un general del imperio, al castaño, al gris, y de nuevo al negro, en una cascada siempre cambiante de enfermizo color.

Eliana la reconoció de inmediato. La sensación que le provocaba la mujer coincidía con las crecientes oleadas de miedo que Zahra le había enviado apenas unos minutos antes.

«Sarash». Tenía que ser ella.

—Sí, esa soy yo —dijo Sarash con voz perezosa y suave. Señaló con la cabeza el bolsillo de Eliana, donde ahora estaba la extraña caja—. Ha sido un error confiar en ella. Es demasiado débil para reclamar un cuerpo durante más de unos minutos. Es demasiado débil para protegeros de mis amigos de arriba y a la vez sentir el peligro acercándose, hasta que es demasiado tarde.

Se detuvo, ladeó la cabeza. Sus ojos cambiaron al gris y se quedaron así.

A Eliana se le revolvió el estómago. Reconocía esa mirada. Se sintió de nuevo en el puesto de avanzada de Ventera. Bajo su cuerpo, lord Morbrae estaba rígido en su silla, con los ojos grises.

Harkan se removió.

—Eliana —murmuró—. ¿Qué está pasando?

—Eliana —dijo Sarash, con la voz transformada. Ahora no era solo ella quien hablaba. Había otra persona, una voz que Eliana reconocía.

Se le secó la boca. Cerró los dedos de la mano derecha alrededor de la empuñadura de Arabeth, y al hacerlo presionó la forja con fuerza contra su palma.

El emperador. Corien. Estaba hablándole a través de su espectro, desde medio mundo de distancia.

Sarash bajó la mirada hasta las manos de Eliana. Una diminuta sonrisa apareció en su boca.

—Es una pena —dijo con voz doble, de mujer y de hombre. Cerca y lejos—. Tu madre no necesitaba eso.

Entonces, sin previo aviso, Sarash atacó. La hoja de su espada trazó una sonrisa cruel en la vibrante luz galvanizada.

Eliana y Harkan se lanzaron a su encuentro.

El espectro se movía como una bailarina, con los faldones del vestido como su estela. Bloqueó cada movimiento de la daga de Eliana, cada corte de la espada de Harkan. Eliana le lanzó a Arabeth al corazón. Sarash la esquivó, y la daga se deslizó sobre el suelo.

Entonces Harkan le arrojó uno de sus pequeños cuchillos, que se clavó en la unión entre el cuello y el hombro del espectro. Sarash rugió, furiosa; su silueta tembló, cambiando de forma, y después se realineó. La daga de Harkan repiqueteó en las sombras.

Sarash se recuperó rápidamente. Sonriendo, corrió hacia Harkan con la espada levantada. Sus espadas colisionaron, y

Harkan giró para alejarse de ella, esquivando un golpe letal. Eliana corrió tras el espectro con un destello de dagas: Silbador y Tuora. Harkan mantuvo el equilibrio mientras Sarash los atacaba alternativamente.

De un golpe, le quitó a Harkan la espada de las manos, que salió volando, y lo lanzó al suelo de un codazo en la cara. No lo apuñaló; quería jugar. Se rio mientras él se tambaleaba con la nariz ensangrentada.

Eliana se abalanzó sobre ella. Sarash le arrebató a Silbador, pero Eliana se agachó bajo su brazo y le clavó a Tuora en el vientre.

El espectro aulló y se giró, se arrancó el cuchillo de la carne y levantó la espada.

La hoja se clavó en el hombro de Eliana; no era un corte profundo, pero era un corte. Gritó, perdió el equilibrio, y Harkan gritó su nombre y le lanzó a Arabeth, pero Sarash la desvió en el aire con un golpe. Eliana recuperó del suelo la espada de Harkan y se puso de pie de un salto justo cuando Sarash atacaba.

Se movieron juntas entre las abarrotadas estanterías, haciendo girar las armas. Eliana tenía la piel empapada en sudor; había fuego en sus músculos debilitados.

Después, por fin, Sarash gruñó y lanzó su espada a un lado. A Eliana la pilló desprevenida y golpeó con la suya el torso del espectro.

Pero Sarash agarró la hoja con las manos enguantadas y la sujetó con fuerza. Eliana intentó que la soltara, pero el espectro no cedió. Hizo retroceder a la joven hasta el muro, con las mangas oscurecidas por la sangre y los ojos cambiando del negro al gris.

—Te encontraré, Eliana —le dijo con una voz que era mitad suya y mitad del emperador, extrañamente tierna.

Ella sintió una oleada de repulsa que le rasguñó con fuerza los huesos.

Sin previo aviso, sus forjas cobraron vida.

Una fuerza bruta irrumpió en sus palmas, una explosión de luz que fue como el nacimiento de una nueva estrella y la cegó. Vio un sólido campo blanco. El suelo tembló bajo sus pies. No se sentía los dedos; solo eran un calor abrasador y mordiente. El humo hacía que le picara la garganta. En la periferia de su visión, una luz naranja crujía y titilaba. Se le erizó el vello de los brazos. Tenía la boca seca de repente, como si el aire hubiera perdido toda la humedad.

No sabía qué había pasado, pero lanzó a Sarash por los aires. El espectro colisionó con las estanterías más cercanas y las volcó. Una cascada de latas llovió sobre ella, y se alejó a rastras, desconcertada, justo antes de que las estanterías se vinieran abajo y la inmovilizaran bajo su peso.

Aulló de rabia, aunque su grito no era tanto suyo como del emperador. Eliana se sintió paralizada por aquel sonido, que la arañó con unos dedos invisibles y se enroscó alrededor de su garganta, voraz.

—¡Eli, muévete! —le gritó Harkan, que la agarró del brazo y tiró de ella hacia atrás, hacia la puerta. Eliana lo vio como a través de la niebla: con la boca y la barbilla manchadas de sangre, activó un explosivo y se lo lanzó a Sarash. Huyeron de la detonación con Harkan tirando de ella hasta el pasillo, escaleras arriba, hacia los zigzagueantes pasillos del sótano.

Pero apenas podía respirar. Le zumbaban los oídos, y a pesar de la insistencia con la que Harkan la empujaba, no conseguía seguirle el ritmo. El humo le obstruía los pulmones, hacía que le lloraran los ojos, en los que esa luz naranja todavía parpadeaba, persiguiéndola. Eliana no comprendió qué estaba ocurriendo hasta que subieron a uno de los salones abandonados, en el que el aire era denso y dulce y había trapos manchados de lácrima tirados por las baldosas, y después salieron tambaleándose a la calle.

Había provocado un incendio. Enorme y hambriento, ya había consumido la Colmena de los espectros y se arrastraba, cada vez más alto y rápido, por las calzadas adoquinadas de Annerkilak, trepando por las columnas de piedra tallada, buscando los jardines de las azoteas. Era más veloz que el fuego normal, más tenaz y antinatural. Rugía, devoraba. Sus oídos se llenaron de gritos, del estrepitoso gemido de los edificios derrumbándose bajo el peso de la ira de las llamas.

Buscó a Harkan, mareada. Allí, muy cerca... Su piel brillaba por el sudor, oscurecida por la ceniza. Harkan la encontró y tiró de ella, de la luz a la oscuridad, del infierno de su incendio a la fría oscuridad de las cuevas. La gente corría junto a ellos, huyendo de las llamas, subiendo las escaleras cortadas en la pared de la caverna, apelotonándose en los túneles, saltando a los botes que los llevarían por ríos subterráneos hasta el mar.

Eliana trastabilló y se sujetó a las rocas que tenía debajo. Golpeó la piedra con las manos. Un dolor fulgurante subió desde sus palmas por sus brazos, arrancándole lágrimas de los ojos.

—Mis manos —susurró, demasiado asustada para mirarlas.

Harkan la ayudó a ponerse en pie, tosiendo. El aire estaba lleno de humo. Una tóxica nube negra bañaba la extensa cámara por completo y bloqueaba toda la luz. Eliana miró hacia atrás y atisbó el enorme horror del incendio que había creado. Las llamas reptaban hacia el cielo de piedra. Lenguas de fuego se arrastraban tras ella, señalando su camino. Las explosiones sacudían las cuevas, como el eco de sus frenéticas respiraciones; era posible que el fuego hubiera llegado a los almacenes llenos de explosivos de contrabando.

Corrieron hasta que treparon y se arrastraron a través de los húmedos e inclinados túneles de piedra. El dolor de sus manos era impresionante. Quería sentarse y gritar, pero Harkan no le permitiría detenerse. Se concentró en el peso de la horrible caja de cobre que llevaba en el bolsillo, en los golpes de la bolsa de Harkan en su costado.

No comprendía qué le había pasado a Zahra. No sabía qué harían si los antídotos que habían robado no salvaban a Navi. Su mente era un rugido de preguntas imposibles y agotadas.

Dejaron de correr. Harkan le puso una mano en el brazo. Tosió, un sonido bronco y terrible.

—Contén la respiración —le ordenó, y ella lo hizo, y las lejanas explosiones dejaron de sacudir los muros. Después él dijo—: Ahora vamos a nadar. —Tenía la voz tensa, preocupada—. Sígueme, ¿de acuerdo? Mantente cerca.

Eliana asintió y saltó detrás de él al agua que, gracias a un recuerdo vago, sabía que los conduciría de nuevo a la cueva de Tameryn. Cuando metió las manos quemadas en el agua, sus forjas sisearon. Las inmóviles aguas negras borbotearon y se espumaron.

Una voz la siguió mientras nadaba, sin que las profundidades del agua ni el peso de las montañas la enturbiasen. Eliana no comprendía las palabras, pero entendía el sentimiento que había tras ellas, y la sensación de rabia que rechinaba los dientes en los dedos de sus pies.

Y peor: una pérdida y una frustración tan inmensas, profundas y antiguas que le partieron el pecho en dos y la impulsaron a abrirse paso hasta la superficie con las uñas, buscando aire en la oscuridad.

16
RIELLE

«*Algunos eruditos se niegan a discutir el contenido de las páginas del libro que estáis a punto de leer. Ciertas personalidades religiosas dirían incluso que es blasfemo. Pero lo que aquí se afirma es algo que los santos creemos cierto: es posible acceder, más allá de los elementos, a una capa más profunda del empirium. Todavía desconocemos qué hay allí. Pero quizá algún día, cuando las reinas de Aryava lleguen por fin, tendremos la respuesta*».

Más allá de lo elemental,
de Kerensa Garvayne y Llora Maralia,
de la Primera Cofradía de Eruditos

Resurrección.

La palabra no dejaba de moverse por la mente de Rielle. A veces se deslizaba, errática, distractora. Otras veces se arrastraba, taimada y lenta, y ella casi podía olvidar que estaba allí.

Por la noche, cuando conseguía dormirse al calor de los brazos de Audric, la palabra susurraba, sibilante y obstinada. Era una sensación, más que un sonido.

A veces la oía en la voz de Corien, tan tenue en su mente embotada por el sueño que tenía que hacer un esfuerzo para identificarla.

Sabía lo que significaba esa palabra, por supuesto, en su sentido más amplio: traer de vuelta a la vida lo que antes estuvo muerto.

Pero lo que la mantenía despierta por la noche, lo que hacía que visitara las bibliotecas reales tan a menudo que los bibliotecarios comenzaron a reservarle un espacio de trabajo, iluminado y abastecido de pasteles, era el conocimiento de lo que podía implicar la resurrección.

Devolver la carne herida a su estado original.

Sanar la dolorosa cicatriz que marcaba el brazo de una amiga.

Componer un nuevo cuerpo a partir de uno viejo.

Y entonces se produjo un cambio, como una curva en un oscuro sendero en el bosque, como un movimiento en el terreno.

Comenzó durante las oraciones.

Lo sugirió el arconte, y Audric y Ludivine se mostraron de acuerdo con él. Rielle rezaría en público, en un templo distinto cada noche, junto a la gente de la ciudad. Así demostraría su piedad, su devoción a los santos, su sincero amor por Celdaria. Al hacerlo, quizá acallaría parte de la agitación que perduraba desde la prueba del fuego. Desde que Ludivine había regresado de la muerte, y el resto de las víctimas no.

Pero el plan se torció rápidamente, porque siempre que Rielle rezaba, Corien aprovechaba la oportunidad para visitarla.

La primera noche, mientras estaba arrodillada a los pies de santa Tameryn con el arconte a su lado y el techo del templo abierto al pálido cielo violeta, Corien llegó en silencio.

Qué buena celdariana eres, murmuró. Su voz era como la presión de un pétalo contra su nuca. *Qué hija de Katell tan obediente*.

Rielle soltó un grito ante su repentina cercanía, demasiado sorprendida para disimular su asombro.

El abrupto sonido resonó en el silencioso templo, con sus suaves fuentes y los tenues pasos sobre las baldosas de obsidiana. Los ciudadanos que se habían reunido en los peldaños de oración, delante de las velas encendidas, levantaron la mirada con ojos perplejos y curiosos, frunciendo el ceño o divertidos.

El arconte, a su lado, con los ojos todavía cerrados y un mar de túnicas blancas a su alrededor, murmuró:

—¿Ocurre algo, lady Rielle?

—No, nada —contestó ella—. Siento la interrupción.

La risa de Corien acompañó sus oraciones como una sombra.

La noche siguiente, el arconte caminó con ella del brazo a través de los patios suavemente iluminados que rodeaban el Fortín, cuya exuberante vegetación resplandecía con el brillo suave de las flores del silencio.

Por supuesto, Audric, Ludivine y ella le habían contado todo lo que había sucedido en las Solterráneas, pero ese era un tema demasiado delicado para tratarlo en los jardines públicos. Así que no hablaban de nada importante mientras se dirigían al templo a un paso que hacía que a Rielle le dieran ganas de gritar.

En las sencillas habitaciones de adobe del Fortín, rodeada de creyentes descalzos sobre la tierra, rezó con una esperanza negra y secreta en el corazón.

Corien le respondió con una visión muda: un paisaje ventoso, de montañas escarpadas y tan monstruosamente altas que

Rielle sabía que no podían estar en Celdaria. Se vio a sí misma subiendo un camino nevado hacia un oscuro *château* en la cumbre, descalza y helada, con los dedos de los pies ennegrecidos por la congelación.

Horrorizada, intentó alejar esa imagen, pero no consiguió zafarse de ella.

Aquí, susurró Corien. *Aquí, Rielle*.

Con lágrimas en los ojos buscó a través de la nieve arremolinada y lo encontró en un suave claro verde, sentado junto a un fuego. Gimió y trastabilló hacia él. Corien abrió los brazos para recibirla y la envolvió en el forro de piel de su capa.

Rielle aplastó la cara contra su pecho. Los labios de Corien le rozaron el cabello. En sus brazos ella floreció, se calentó. El dolor de sus dedos se disipó, y también lo hizo su miedo.

«¿Dónde estás?», le preguntó, temiendo conocer la respuesta.

Ven a buscarme, le contestó Corien, y después desapareció junto con la fogata y el invierno extranjero.

Rielle se arrodilló sobre la tierra. Respiraba con rapidez, y una capa de sudor le cubría la piel.

El arconte la contempló con una ceja levantada.

—En todos mis años, lady Rielle, nunca había visto a nadie rezar con tanta violencia.

Ella sonrió. Tenía la mandíbula tan tensa que le dolía.

—Es la fuerza de mi devoción, santidad.

Corien no se dirigió a Rielle la tercera noche, en el Firmamento, ni la cuarta, en la Casa de la Luz.

Cada momento de silencio disparaba los pensamientos de la joven. ¿Cuáles eran sus intenciones? ¿Qué escondía? Estaba jugando con ella. Tenía un plan, y ella no sabía cuál.

En la Casa de la Luz (el templo de Audric, el templo de los tejesoles y del Portador de la Luz, el templo de la Reina del Sol), se arrodilló sobre un cojín con flecos dorados ante la estatua de mármol de santa Katell y se concentró en sus oraciones.

¿Corien no le hablaba? ¿La acosaba con visiones horribles, con la tierna caricia de su voz, y después la abandonaba? De acuerdo. Entonces rezaría. Rezaría como nadie había rezado antes.

Pero rezar nunca había sido algo natural en ella. Exigía una calma mental que le resultaba tediosa y casi imposible. Con el paso de los años, se había obligado a aprender: primero por miedo a su padre, después por amor a Tal y, más tarde, porque había tenido que admitir de mala gana que rezar la ayudaba a concentrarse. Rezar amansaba su poder, pulía su mente como una piedra del río.

Aquella noche, su cabeza era cualquier cosa excepto pulida. Corien le había lanzado un ancla, se había enganchado a sus pensamientos, y las repercusiones de eso no dejaron de crecer hasta que sus oraciones rugieron y aullaron.

Más tarde buscó a Audric, sintiéndose salvaje. Lo condujo arriba, a la cuarta planta, a una pequeña estancia con vistas a la sala de baile norte. Le susurró sus deseos, eufórica cuando él la aplastó suavemente contra las cortinas de terciopelo. Lo besó hasta que le dolieron los labios. Le tiró de los pantalones.

—Alguien podría oírnos, cariño —murmuró Audric mientras le besaba el cuello.

Ella deslizó los dedos en sus rizos y lo sujetó. Si Audric no se daba prisa, se haría pedazos.

—Que nos oigan —jadeó, y esperó que Corien la oyera mejor que nadie—. Que oigan cómo te amo.

La noche siguiente (dolorida, delirante por el cansancio, sonriendo para sí misma de un modo que no era del todo apropiado en un templo), Rielle permitió que el arconte la ayudara a entrar en las calientes aguas de las Termas, y juntos rezaron a santa Nerida.

Sobre sus cabezas, los creyentes caminaban por las tres entreplantas abiertas de las Termas, cuyas esbeltas columnas de piedra estaban cubiertas de flores púrpura. El agua de las fuentes caía suavemente a las piletas de oración; los tranquilos gorjeos de los cantos bajaban desde las vigas.

Rielle se sentía consolada, con la mente más tranquila que en los días anteriores.

«¡Oh, mares y ríos!», rezó, pasando las manos a través de las suaves aguas. «¡Oh, lluvia y nieve! Aplacad nuestra sed, purificadnos. Haced crecer el fruto de nuestros campos. ¡Ahogad los gritos de nuestros enemigos!».

Apenas había terminado de recitar las palabras cuando Corien llegó.

Sus palabras fueron como el chasquido de la yesca.

¿Cómo estás hoy, querida? ¿Cansada? ¿Deseosa?

Rielle abrió los ojos. La noche había caído. El templo estaba vacío. La nieve descendía a través del techo abierto, tranquila y constante, espolvoreando la superficie del agua.

Se estremeció. La fina túnica de oración se le pegaba al cuerpo, cubierta por una costra de hielo.

—¿De verdad vas a hablar conmigo? —preguntó en voz alta—. ¿O solo quieres jugar y enviarme pesadillas?

A su espalda se oyó un suave chapoteo. Se giró para ver a Corien acercándose a ella por el agua con una túnica oscura.

—Para mí, esto no es un juego —replicó, en voz baja y débil. Llegó hasta ella con mayor rapidez de la que era posible. Rielle se sintió mareada y tropezó con una placa de hielo. Se tambaleó; él la agarró por la muñeca, la sujetó contra su cuerpo.

—Suéltame ahora mismo —le ordenó.

Él obedeció. Su aliento se congeló en el aire helado. Hizo una reverencia.

—Perdóname, Reina del Sol.

De repente, Rielle se descubrió parpadeando para no llorar.

—No te comprendo. Me das miedo, y te odio.

—No es verdad —replicó él de inmediato—. Aunque desearías hacerlo.

—¿Por qué me atormentas? ¿Es porque aquel día te quemé?

Él se rió.

—Podrías quemarme un millar de veces y seguiría deseando que fueras mía.

El frío y la aterradora belleza de su voz hicieron que se estremeciera.

—¿Por qué me quieres? ¿Porque puedo echar la Puerta abajo? ¿Porque deseas usar mi poder para destruir a los míos?

Corien acercó la mano a su cara, pero se detuvo.

—¿Puedo tocarte, Rielle?

La joven soltó un gemido impaciente y atrapó el rostro de Corien en sus manos.

—Ya está. Te he tocado yo. ¡Ahora respóndeme!

La mirada pálida de Corien parecía de repente cansada, antigua. Giró la cara en su mano, le posó un beso en la palma.

—Ven a buscarme, mi querida niña —susurró contra su muñeca—, y te contaré todo lo que deseas saber y más.

Entonces se marchó. El agua volvía a estar caliente, la luz de la noche era de un alegre violeta y en los muros del templo reverberaban las oraciones.

—Mi señora —dijo un devoto cercano, mirándola con sorpresa—. ¿Está bien? Está llorando.

—A veces, mi poder me hace llorar —contestó Rielle, con la voz ronca y las manos temblando bajo el agua—. Porque es un don de Dios, del empirium, y me proporciona una dicha indescriptible.

※

Esa noche, sus pies la llevaron a la habitación de Audric. Sin embargo, cuando lo encontró, no se decidió a despertarlo.

Dormía tranquilamente, tumbado en la cama, con el rostro tranquilo y los rizos despeinados. Tenía un libro abierto sobre el torso, *El increíble y terrible legado de nuestros bienaventurados santos*. Había tres más sobre la mesita de noche, también cuadernos y plumas, y pequeños fragmentos de papel marcando las páginas importantes. Había estado leyendo para ella, tomando notas para ella.

Se acercó a él, con lágrimas en los ojos y un nudo en la garganta, y le besó la frente. Él se movió ligeramente, pero continuó durmiendo.

Rielle se marchó, con el cuerpo tenso y dolorido. Ojalá no lo amara tanto. Si no lo hiciera, no habría dudado en despertarlo.

En lugar de eso, fue a ver a Ludivine y pidió a sus desconcertados guardias que la esperaran fuera. Se habían acostumbrado a sus excursiones nocturnas y eran increíblemente discretos, pero era consciente de que su estado de ánimo era frenético, enloquecido. Evyline debió de darse cuenta de ello.

—Señora —comenzó en voz baja mientras Rielle llamaba a la puerta de Ludivine—. Si hay algo que pueda hacer para ayudarla, por favor, dígamelo.

«Lu, voy a entrar».

—Por favor, ahora no, mi querida Evyline —dijo Rielle con brusquedad antes de apresurarse al interior.

Ludivine estaba sentada en la cama; su cabello era una nube dorada que caía hasta su cintura. Las mangas fluidas de su camisón dejaban al descubierto el horrible mapa de la cicatriz del flagelo, azul y creciente. Se dirigía a su cuello y bajaba por la curva de su costado, lenta pero inexorable.

—¿Qué pasa? —Su amiga comenzó a levantarse. Su preocupación golpeó la mente de Rielle como las olas del océano.

—Quédate ahí —le espetó Rielle—. Por favor. ¿No lo sabes? ¿No has mirado?

—Te he dejado espacio durante las oraciones nocturnas, como me pediste.

—No deja de hablarme —dijo Rielle, caminando de un lado a otro—. Intenta decirme algo, puedo sentirlo, pero no sé qué es. Esta noche me ha besado la mano, y deseaba que me besara mucho más. Ha estado visitándome durante mis oraciones. Puede que sepa que me dejas sola ese tiempo. Puede que no le guste que rece y quiera distraerme.

Se detuvo, abrió y cerró los puños.

—He ido a ver a Audric, pero está dormido. No me he atrevido a despertarlo. ¿Qué iba a decirle, que Corien ha estado tocándome? ¿Que ardo en deseo por él? «Hazme el amor, Audric, e intenta no pensar en que la boca de Corien ha estado en la mano con la que te estoy acariciando».

—Rielle, por favor, ven aquí —le dijo Ludivine en voz baja—. Estás temblando.

Rielle obedeció de inmediato. Se subió a la cama de Ludivine y se acurrucó en su regazo, con los ojos llenos de lágrimas frenéticas. Le tocó la cara, se bebió su rostro pálido y serio.

—Cuando era más pequeña, estuve un tiempo enamorada de ti —susurró, acariciando las mejillas de Ludivine con los pulgares—. No solo te quería como amiga, no solo te quería como hermana. El sentimiento iba y venía, como suele pasar con estas cosas, supongo. Y cuando venía, pensaba en ti a menudo. Todavía pienso en ti, a veces. —Se apoyó en ella, deslizó las manos por su cuerpo—. Por favor, Lu, creo que me estoy volviendo loca. La cabeza me da vueltas. Apenas puedo respirar.

—Rielle, escúchame —dijo Ludivine. Su compasión floreció con suavidad en la mente de Rielle.

Pero Rielle no quería escuchar. Quería que alguien le sacara aquella furia; quería borrar de su piel la caricia de Corien. Envió su desesperación a Ludivine, indiferente y avara, y después se inclinó para besarla.

Ludivine se lo permitió por un momento. Su cuerpo se relajó, derritiéndose en los brazos frenéticos de Rielle. En su preocupación había un suave pulso de curiosidad, de deleite.

Después, con la misma rapidez, se apartó. Tenía las mejillas sonrosadas.

—Rielle, escúchame.

Rielle soltó un abrupto sollozo e intentó acercarse a ella.

—Por favor, no pares. Me volveré loca si lo haces.

—Rielle. —La voz de Ludivine era severa. Agarró a Rielle por las muñecas y se las llevó al corazón—. Te quiero, cielo, pero esto no te ayudará. Podría hacerlo, durante un rato, y después te sentirías igual de asustada, igual de destrozada. Y —añadió con amabilidad— tendrías que contárselo a Audric, y creo que esa conversación sería muy incómoda.

—A Audric no le importará —replicó Rielle—. De hecho, hemos hablado de proponerte...

—Lo sé —dijo Ludivine con una leve sonrisa—. Y podemos hablarlo, los tres, y sería un placer para mí amaros a ambos así. Pero este no es el momento para eso, y tú lo sabes.

Por un momento, Rielle siguió obstinadamente posada en el regazo de Ludivine. Después, el agotamiento la abrumó. Se apartó, abrazó una de las almohadas contra su pecho y le dio la espalda a su amiga. Acurrucada y tensa, mientras Ludivine le deshacía con los dedos los enredos del cabello, Rielle miró el fuego al otro lado de la habitación hasta que, por fin, su cuerpo comenzó a relajarse.

—Creo —murmuró, mientras el sueño la rondaba—, que deberíamos comenzar por Kirvaya. Recuperaremos la forja de Marzana.

—¿Sí? —dijo Ludivine, todavía acariciándole el cabello—. ¿Por qué Kirvaya primero?

Demasiado cansada para hablar, Rielle envió las últimas visiones de Corien a la mente de Ludivine: las altas montañas extranjeras. El sendero nevado, la capa de hielo que había cubierto el agua de las Termas. El cálido claro, verde e imposible en el corazón de una ventisca, como el claro en el que, mucho tiempo antes, santa Marzana había encontrado a su bestia divina, una enorme ave con las plumas tan brillantes como el fuego.

17
ELIANA

«Mi querida Nerida, ha pasado demasiado tiempo desde la última vez que vi tu rostro. Por favor, ven a Astavar antes del cambio de luna. Tengo un regalo para ti, y si te gusta, quizá te convencerá para que te quedes para siempre a mi lado. Sigo teniendo pesadillas con el Profundo. Solo me dan un respiro cuando tú estás conmigo. Savrasara, Nerida. Ven a casa conmigo».

Carta de santa Tameryn la Astuta
a santa Nerida la Luciente, conservada
en la Primera Gran Biblioteca de Quelbani

Eliana emergió del agua en la caverna de Tameryn. Tenía fuego en los pulmones, pero eso no era nada comparado con el calor de sus palmas.

Nadó y se arrastró hacia la orilla, tosiendo, y se desplomó sobre los guijarros negros. El corazón le latía con fuerza entre los dedos temblorosos.

Harkan intentó ayudarla a levantarse, a salir del agua, pero, al rozarla, retrocedió con un siseo.

—Te arden las manos. Eli, por Dios, tus forjas…

Mareada, Eliana bajó la vista. Las forjas se habían marcado a fuego en la carne de sus manos humeantes.

—¿Tienes el antídoto? —le preguntó a Harkan. Sus palabras sonaron toscas y débiles.

Él le dio una palmada a la bolsa que llevaba en la cadera, con una sonrisa cansada.

—Lo hemos conseguido. Lo has conseguido tú, Eli. ¿Y Zahra?

Eliana se sacó la diminuta caja de cobre del bolsillo de la chaqueta, manipulándola con cautela, como si demasiada presión pudiera romperla. Por lo que sabía, podría ocurrir. ¿Y entonces qué? ¿Sería libre Zahra? ¿O romper esa extraña caja la heriría de algún modo?

Eliana se sentó pesadamente en la orilla y tanteó los suaves bordes de la caja con dedos temblorosos. Pero no había ninguna marca visible, ninguna tapa que abrir. La caja parecía frágil en sus dedos, un envase construido con un metal tan ligero como una hoja. La aplastó con el tacón de la bota, después la golpeó contra las rocas del suelo.

—Maldita sea —resolló. Sus esfuerzos enviaron abrasadoras oleadas de dolor por sus brazos, desde sus manos heridas hasta las articulaciones de sus hombros—. ¿Qué es esta cosa?

—Eli. —Harkan se arrodilló ante ella, deteniéndole las manos—. Recuerda, hemos hecho esto por Navi. Ahora vivirá.

—¿Y Zahra? —Eliana se tragó las lágrimas—. ¿Qué le pasará a ella?

—La liberarás. Encontraremos un modo de abrir esto. —Dudó—. Puede que Simon sepa qué es. Quizá se le ocurra algo.

—¿Y si no lo conseguimos? —No podía mirarlo, así que clavó los ojos en el suelo—. ¿Y si le hago daño a alguien cuando pruebe mis forjas? ¿O a Zahra? Has visto lo que ha pasado allí. Has visto lo que he hecho. ¿A cuánta gente he quemado en el Nido? ¿Cuántos no habrán logrado escapar, y todo porque no puedo controlar este poder que no he pedido?

Harkan no contestó. Su silencio habló por él.

Entonces, una nueva voz se unió a ellos desde las sombras.

—Y si los espectros de Annerkilak os siguen hasta aquí y matan a todos los ocupantes de este castillo como venganza, será culpa vuestra.

Eliana miró sobre el hombro de Harkan y vio a Simon acercándose con algunos soldados astavaris detrás.

Eliana se mordió la lengua y miró sus furiosos ojos azules en silencio.

—Hola, Simon —dijo Harkan, buscando las palabras—. Solo estábamos...

—Sé exactamente lo que estabais haciendo. ¿Estáis heridos?

—Levemente. También tengo hambre. —Eliana levantó las manos para que las viera, mordiéndose el labio con fuerza para no gritar—. Además, estas mierdecillas me han quemado.

—Necesita ver a los sanadores —dijo Harkan—. ¿O pretendes retenernos aquí como castigo?

Simon lo ignoró.

—¿Dónde está el espectro?

—Zahra. —Apretando la mandíbula tan fuerte que le dolieron los dientes, Eliana levantó la caja—. Llámala por su nombre.

La mirada de Simon se detuvo en el objeto que ella tenía en las manos. Frunció el ceño.

—¿Es una broma? ¿Qué es eso?

Y, con esa pregunta, Eliana perdió la esperanza, demasiado rápida y duramente para que fingiera otra cosa.

—Esperaba que tú lo supieras.

Pasó un instante. Después, Simon entornó los ojos.

—¿Me estás diciendo que ella está dentro de eso? —Como no obtuvo respuesta, exhaló con brusquedad—. Así que ahora, pase lo que pase a continuación, no tenemos a ningún espectro que nos ayude. Maravillosa noticia. Espero que estéis orgullosos de vosotros mismos.

—¿Por haber conseguido robar el antídoto que ayudará a Navi a sanar? —le preguntó Harkan—. Sí, la verdad es que estoy muy orgulloso de nosotros.

Simon lo fulminó con la mirada.

Eliana habría deseado que Harkan no hubiera dicho nada; odió lo santurrón que sonaba, y lo descarado. Solo ahora, tiritando y quemada en la orilla del lago de Tameryn, empezaba a darse cuenta de la auténtica temeridad que habían cometido. Podrían haber muerto en el incendio, dejando a Remy huérfano y sin hermana. Además, ¿y si los antídotos que habían robado no funcionaban? ¿Y si no conseguían liberar nunca a Zahra de su diminuta prisión brillante?

Eliana apartó la mirada, incapaz de soportar el peso de los ojos de Simon.

—Bloquearemos este pasadizo, lo derrumbaremos —dijo él, dirigiéndose a los guardias que lo acompañaban—. Y necesitaremos a veinte hombres aquí apostados, día y noche. Si algo sale del agua, matadlo. Si lo que os ataca parece humano y os suplica piedad, matadlo de todos modos. Mirad sus ojos. Los tendrán negros. No pueden esconder sus ojos.

Un guardia, que parecía horrorizado, se aclaró la garganta.

—¿Ojos negros, señor? ¿Como los generales del imperio?

—Ojos negros como los ángeles. —Simon miró las manos quemadas de Eliana e hizo una mueca—. Ven conmigo, antes de que te desmayes.

Su voz sonó aguda y precisa, como una aguja preparada para clavarse.

Eliana lo siguió, deseando tener energía suficiente para discutir.

❦

Simon se sentó en una silla baja junto al fuego mientras los sanadores le cambiaban las vendas a Eliana.

Habían pasado largas horas desde que regresaron del Nido, durante las que los sanadores habían declarado que las quemaduras de Eliana eran leves y comenzado su tratamiento. Le reaplicaron un ungüento agrio en las líneas rojas que le habían dejado las cadenas candentes de las forjas, y después le cubrieron las heridas con unas vendas limpias y volvieron a colocarle con cuidado las forjas en las muñecas.

Una de ellos, una mujer pequeña y recia de piel clara, levantó la mirada mientras cerraba el último broche de las forjas. Cuando sus ojos se encontraron con los de Eliana, una corriente de comprensión muda circuló entre ellas.

Eliana le apretó con cuidado la mano.

—Gracias, Ilsi. Él no va a hacerme daño.

La mujer se relajó ligeramente, pero de todos modos le echó una fea mirada a Simon al salir.

Cuando se quedó a solas con él, Eliana se sentó más cómodamente en el sofá y dejó que el silencio se prolongara. Se alisó los pliegues de la túnica que le habían llevado los sanadores; se examinó las uñas.

Al fin, Simon habló.

—¿De verdad creía que iba a hacerte daño?

—Eso parece —dijo Eliana con frialdad.

—No ha dicho nada. ¿Ahora también puedes leer la mente?

Ella le lanzó una mirada dura.

—Una mujer no necesita leer la mente para comunicarse con otra mujer. Tenemos un idioma, sobre todo cuando hay peligro.

—Yo no soy un peligro para ti, Eliana.

—Díselo a Ilsi.

—Lo haría, si todavía estuviera aquí.

—La has ahuyentado con esa cara de ogro enfadado.

—No estaría enfadado si no te hubieras ido —le dijo él con voz tensa.

Eliana se irguió.

—No tenía opción. Navi está enferma. Nadie había conseguido ayudarla. Si te hubiera pedido permiso, no me habrías dejado ir. Así que aquí estamos. Y pronto estará curada.

Simon se frotó la cara con ambas manos.

—Sí, y ahora Zahra está encerrada y no podemos utilizarla. Habría preferido contar con un espectro leal y dispuesto a ayudar cuando lo necesitáramos, aunque probablemente eso a ti te dará igual.

—Por supuesto que no. Y voy a sacarla de esa caja pronto, así que no te preocupes. Dentro de nada podrás utilizarla de nuevo.

Él la observó, implacable.

—Supongo que no conseguiste descubrir qué es durante tu misión. Nunca había visto un metal como ese.

Eliana miró la pequeña caja, inocente sobre su mesita de noche. Bajo la luz de la mañana, el cobrizo metal tenía un brillo iridiscente, con ondas violetas e índigo, tan intensas que parecían pelo, aunque la superficie de la caja era lisa al tacto.

—No, pero no me importa lo que sea. Cuando me haya recuperado, encontraré un modo de abrirla. La liberaré, y entonces dejarás de fruncir el ceño. —Eliana hizo una pausa—. Oh. Espera. Eso te sería imposible, ¿no?

—Cuando te hayas recuperado. Ya, supongo que es posible que tu poder pudiera quebrar lo que sea esto. Eso, por supuesto, si dejas de atormentarte y de obligarte a usar una versión a medio formar de ese poder. Y sí —añadió antes de que ella pudiera interrumpir—, sé exactamente lo que intentas hacer con todas esas tonterías de no comer ni dormir, maltratándote. Pero todos me dijeron que te dejara en paz, incluida tú, así que lo hice, y mira a dónde nos ha llevado eso.

Eliana se puso tensa y se apartó de él.

—Eres la persona más negativa que he conocido nunca. Me has jurado lealtad, estás de mi parte, y aun así criticas todo lo que hago.

—He intentado asesorarte amablemente, y has ignorado mis consejos.

Ella se rio.

—Tu concepto de amabilidad es interesante. Si pudieras, me dirías cuándo y a dónde puedo o no puedo ir. Planificarías cada instante de mi vida.

—Ese es un buen resumen, sí.

—¿Y eso es amabilidad para ti?

—¿Preferirías que me sentara y mirara la pared mientras corres por ahí arriesgando tu vida cada vez que te place?

—Qué desfachatez. Tú no eres mi tutor, Simon. De hecho, soy yo quien debería decidir a dónde vas tú, y qué sabes tú, ya que, según me dijiste, yo soy tu reina y tú eres mi súbdito. En ese sentido, no he hecho nada mal. Si no estuvieras dispuesto a obedecer mis órdenes, a mantenerte en un plano inferior, entonces quizá deberías haberme escondido quién soy.

Simon sonrió.

—Que seas una reina no implica que puedas hacer lo que quieras sin que haya consecuencias.

—Sin duda significa que puedo arriesgar mi vida para salvar a una amiga si decido hacerlo.

—Te equivocas.

Eliana exhaló, irritada.

—¿Quién eres tú para decidir esas cosas?

Simon se inclinó hacia adelante y se colocó los codos en las rodillas. Una pose relajada que contradecía la intensidad que había en sus ojos.

—Eliana, ¿comprendes el alcance de lo que está ocurriendo? Esta guerra entre humanos y ángeles se ha prolongado durante milenios. Si no la detenemos, seguirá propagándose como un incendio. Consumirá todos los mundos que existen.

Eliana había decidido mantenerse impasible, pero la mención de otros mundos la desconcertó.

—Zahra me habló de esa idea. ¿Cuántos mundos hay?

—No tengo la menor idea. Algunos afirman que el número podría ser infinito.

—Y, enviando a los ángeles al Profundo, los acercamos al resto de los mundos.

—Es una teoría. ¿Adónde quieres llegar?

—Creamos una mentira para atraer a los ángeles al Profundo, y fue allí donde ellos nos confirmaron la idea de la existencia de otros mundos. Zahra dijo que nada evitaría que el emperador conquistara este y vengara a su gente. Me dijo que busca respuestas, aunque no sé qué significa eso. Me lo contó antes de que nos marcháramos. Así que, si hay otros mundos que están en peligro por el insaciable deseo de conquista del emperador, será culpa nuestra. Será culpa de los santos, de la humanidad.

—Eso es irrelevante —le espetó Simon—. Lo que importa es lo que está ocurriendo ahora, y cómo podemos evitar que empeore. El único humano con poder suficiente para contener la marea de violencia de los ángeles era tu madre.

Eliana comenzó a protestar.

—Mi madre...

—Sí, lo sé, tu madre adoptiva era Rozen Ferracora —dijo Simon, elevando la voz—, pero la madre que te parió, la que tenía tu sangre, fue Rielle Courverie, la Reina de la Sangre, el Azote de Reyes, y cuanto antes aceptes eso y abraces el poder de tu linaje, antes podremos ponerle fin a esta guerra. Podremos terminar con el sufrimiento que millones de inocentes han soportado durante demasiados años para contarlos, y que el mundo vuelva a ir bien. No estoy seguro de cómo volver a explicarte esto para que lo entiendas. Poniéndote en peligro, estás poniendo en riesgo no solo tu vida, sino el futuro del mundo.

Se levantó y se alejó de ella, pasándose una mano furiosa por el cabello. Las largas líneas de su cuerpo exudaban una gravedad embriagadora. Eliana no conseguía apartar los ojos de él.

Simon habló en voz baja, mirando hacia el luminoso mediodía del mundo al otro lado de las ventanas.

—Si hubieras muerto, Eliana, ¿qué sería de todos nosotros? Navi seguiría enferma, y los demás estaríamos irreversiblemente más jodidos de lo que ya lo estamos.

Su tono era duro, tenso, dominado por una enorme emoción que Eliana no conseguía distinguir. Su sonido la tranquilizó. Se sentía aliviada, relajada. Se levantó para acercarse a él, pero se detuvo a unos centímetros a su derecha. Contempló por la ventana el lienzo de terciopelo azul de las montañas.

—Supongo que algunas niñas soñaban con ser reinas —dijo en voz baja—, o con realizar hazañas impresionantes. Yo nunca lo hice. —Apretó los puños con cuidado e hizo una mueca. Pero había un extraño consuelo en el escozor de sus forjas—. Yo no pedí esto. Lo he dicho antes, lo sé, pero sigue siendo cierto, y es algo que no consigo quitarme de la mente.

Simon contestó de inmediato.

—Y yo no pedí que me alejaran de mi hogar, que me lanzaran a un lejano futuro para salvar a una niña que crecería para sacarme de quicio.

Eliana sonrió con brusquedad.

—¿Me estás diciendo que cuando me marché estabas preocupado por mí? ¿El duro y temible Lobo estaba comiéndose las uñas en su habitación como una madre ansiosa?

Se hizo un nuevo silencio, denso y lleno de significado. Eliana mantuvo la mirada clavada en las montañas durante tanto tiempo como pudo aguantar, mientras el calor trepaba por su cuello. Después, miró a Simon.

Estaba totalmente inmóvil, excepto por sus manos. Cerradas en sus costados, las abría y las apretaba de nuevo.

—Estaba preocupado —le dijo al final, con voz entrecortada—. No me había sentido así desde que Fidelia te secuestró en el Santuario. Pero esta vez ha sido peor. Entonces, al menos tenía alguna idea del lugar al que te habían llevado y estaba seguro de que conseguiría sacarte de allí. Pero esta vez no sabía a dónde habías ido, y cuando lo descubrí, con la ayuda de los reyes, apenas tuve tiempo suficiente para reunir a un grupo de guardias y algunas provisiones antes de que regresaras.

Eliana sintió una punzada de culpabilidad, de un obsceno y satisfecho placer.

—¿Ibas a salir en mi busca?

—Por supuesto. Por suerte, no ha sido necesario. —Tomó aire despacio—. Por suerte, has vuelto con nosotros sana y salva. Remy estaba inconsolable cuando descubrió que te habías marchado. Se sentía culpable.

«Remy». Su nombre fue como una flecha disparada a su corazón.

—¿Eso te dijo? —le preguntó—. ¿Que se sentía culpable?

—No tuvo que hacerlo.

Eliana miró las montañas. Algo caliente estaba reuniéndose tras sus ojos.

—Fui una tonta.

—Sí.

—Pero ¿sabes? De no ser por mí, Navi no habría estado en el Santuario aquella noche. No la habrían secuestrado. No le habrían... —Tragó saliva, hizo un esfuerzo por encontrar la voz—. No le habrían hecho daño. Tenía que intentar salvarla. —Lo miró, implorante—. De lo contrario, no habría podido seguir viviendo conmigo misma.

—Lo comprendo, y te entiendo. —Simon se giró hacia ella, y aunque no la había tocado, cuando su urgente mirada se encontró con la suya, Eliana sintió su cercanía con tanta intensidad como si hubiera tomado su rostro entre sus manos—. Pero no puedes volver a hacerlo. Por favor, no vuelvas a hacerlo. No te marches, no huyas. El mundo te necesita. —Vacilante, acercó la mano al brazo de ella, pero se detuvo y apretó la mandíbula—. Yo te necesito, Eliana. Sin ti, soy el único habitante de Celdaria que todavía sigue vivo. Mi vida desde que me marché de casa esa noche ha sido solitaria. Ahora que he conocido la vida sin ti a mi lado, no estoy seguro de poder soportar de nuevo esa soledad.

Sus palabras la embelesaron; la sorpresa la paralizó. Apenas sabía qué pensar de él. No lo había creído capaz de tanta ternura.

Intentando reordenar sus pensamientos, hizo un gesto de impotencia con las manos vendadas.

—Yo no sé ser como ella. Ya te lo he dicho. Eso no ha cambiado.

—Has conseguido entrar y salir del Nido —le indicó Simon—. Te has defendido, y has defendido a Harkan, con tu poder.

—Pero ¿qué he tenido que hacer para lograrlo? Apenas he comido, apenas he dormido. No puedo librar una guerra así, y tú no puedes basar tu estrategia militar en una chica que tiene que matarse de hambre para servir de ayuda, y cuyo poder erupciona incontrolablemente.

—Trabajaremos en ello juntos. Te lo prometí, y seguiré prometiéndotelo hasta que confíes en mí.

Ella negó con la cabeza.

—Tú crees en alguien que no existe, Simon. La persona a la que has estado esperando todos estos años, la salvadora que creaste en tu mente, no soy yo.

—No —replicó él—. De hecho, eres mejor de lo que había imaginado.

Eliana se rio y le dio la espalda. Estaba tan cansada que incluso pensar era doloroso, y él estaba desconcertándola.

—Me adulas.

Simon se acercó.

—¿Te parezco el tipo de hombre que adula a la gente?

—Si así consigues lo que quieres, sí.

—¿Y qué crees que quiero? —murmuró Simon.

El sonido de su voz la atrajo hacia él. Cuando lo miró a los ojos recuperó la claridad, una quietud absoluta. De repente, era abrasadoramente consciente de su cercanía, del tamaño de su cuerpo en comparación con el suyo, del brillo de su penetrante mirada.

—No creo saber lo que quieres —le contestó en voz baja—. Lo sé.

Y después, mientras los latidos subían rápido por su garganta, le tocó la mejilla con el dorso de sus dedos vendados. Sus cicatrices la cautivaban, los grabados de plata sobre sus mejillas sin afeitar. Una coronaba su ojo izquierdo; la otra le cortaba en dos la sien derecha. Cuando empezó a tocarlo, no pudo parar. Recorrió todas las cicatrices que consiguió encontrar, siguiendo las líneas de un rostro que llevaba mucho tiempo cincelado en su mente.

Simon cerró los ojos, frunció el ceño. Le tomó la mano y, cuando el pulgar de Eliana le rozó los labios, abrió la boca ligeramente y se lo presionó con la lengua.

—Eliana —murmuró contra sus dedos.

El tono ronco de su voz la hacía sentirse mareada, impaciente.

—¿Sí?

Abrió los ojos, y el frustrante cariño que sentía por su rostro severo, por sus mejillas maltrechas, le arrebató el aire de los pulmones. Se tambaleó un poco y se apoyó en él.

De inmediato, Simon bajó las manos hasta su cintura. Cerró los dedos suavemente alrededor de su túnica. En sus ojos había una pregunta.

Ella se la respondió acercándose a él. El cuerpo de Simon se cernía sobre el suyo, esbelto y caliente y de una elegancia letal. Él inclinó la cabeza para acariciarle la mandíbula con la mejilla, y después bajó hasta su cuello. Le rozó la clavícula con los labios; su lengua marcó el hueco de su garganta.

Eliana cerró los ojos y echó la cabeza hacia atrás. Desatendiendo el estado sensible de sus manos, le pasó los dedos por el cabello. Era más fino de lo que esperaba. Gimió de placer.

Simon murmuró una pregunta contra su cuello.

Aturdida, a Eliana le resultó difícil contestar.

Él le rozó la frente con la suya. Sus manos permanecían firmes en sus caderas.

—¿Quieres que pare? —le preguntó con rudeza.

Eliana negó con la cabeza.

—No. Quiero que sigas, pero más rápido.

Se sentía ebria en su cercanía, en la imposible realidad de aquel momento. Simon estaba besándola, dibujando círculos tiernos en la parte baja de su espalda... Simon. Algo puro y vulnerable amenazaba con abrirse en su interior. La sensación la asustaba, pero no podía darle la espalda.

—Quiero que me beses hasta que se me olvide lo enfadada que estoy contigo.

Sonrió, pero su mirada seria y honesta la hizo sentirse avergonzada. Bajó la boca de nuevo por su cuello.

—Sí, mi reina —murmuró contra su piel—. Lo que sea para complacerte.

Llamaron a la puerta, bruscos y eficientes, y Eliana se sobresaltó.

Simon maldijo entre dientes.

—Voy a matar a quien esté al otro lado de esa puerta.

Ella se rio un poco, temblorosa, con la sangre rugiendo en sus oídos. Le plantó las manos en el pecho, tomando un momento para recuperarse.

—Sí, ¿qué pasa? —gritó, con la voz un poco aguda.

—Disculpe, mi señora —dijo su guardia, Meli—, pero traigo un mensaje de los sanadores de la princesa Navana. Solicitan su presencia en sus aposentos de inmediato.

Eliana miró a Simon, sin saber cómo dejarlo. Su cuerpo ansiaba más de él... y, aun así, ahora que estaban separados, empezaba a sentirse idiota por haber permitido que la besara. La presión de su boca sobre su piel la había empujado a una tierra desconocida para ella, peligrosa y salvaje.

Una sonrisa atravesó rápidamente el rostro de Simon.

—Vete.

Ella vaciló solo un instante más antes de marcharse corriendo de la habitación.

Mientras se apresuraba por los pasillos de Dyrefal, Eliana tenía la mente llena de preocupaciones. No había pasado tiempo suficiente para que el antídoto hiciera efecto. El mensaje era solo una llamada, sin información. Si Navi estuviera despierta, si estuviera bien, se lo habrían dicho. Pero esperarían para romperle el corazón en persona, cuando estuviera junto a la cama vacía de su amiga.

Cuando llegó a los aposentos de Navi, Eliana era presa del pánico. Abrió la puerta y entró.

—¿Navi? —Atravesó rápidamente la antesala: mullidas alfombras azules, alegres pinturas de estrellas y de doradas nubes nocturnas—. ¿Estás bien? ¿Está bien?

Entró en el dormitorio y vio a Navi sentada en la cama, apoyada en una pálida montaña de almohadas. Una enfermera sonriente le estaba dando caldo con una cuchara.

Uno de los sanadores se acercó y cayó de rodillas ante Eliana. Le besó las manos y, después, ruborizado del cuello al cabello, se puso en pie tambaleante. Otro estaba junto a la ventana, agarrándose el cuello, sonriendo con los ojos llenos de lágrimas.

—Disculpe, lady Eliana —dijo el primer sanador, haciendo una torpe reverencia—. La medicina que nos ha traído... No sé dónde la ha encontrado, ni cómo, y no me importa. Era extraña, mi señora, un tubo transparente, una aguja plateada... ¡Un mecanismo extrañísimo! De los ángeles, supongo. Pero no importa. Mi señora, ha funcionado. Ha funcionado.

Señaló la cama, pero Eliana ya estaba allí, y tuvo que contenerse para no lanzarse a los brazos de Navi.

—Navi, ¿estás...? —Se le rompió la voz—. ¿De verdad...? —Se encogió de hombros, riéndose. La dicha la mantuvo inmóvil—. ¿Puedo...?

—Vuelvo a ser yo. Estoy débil, tengo hambre, y soy yo.
—Navi sonrió, cansada. Todavía había zarcillos oscuros encuadrando levemente su rostro, ajenos y crueles bajo el caótico cabello negro, pero tenía los ojos despejados y claros, y eran los suyos. Parte del castaño dorado había regresado a su piel, antes cetrina. Apartó amablemente a la enfermera que seguía a su lado.

—Si no vienes aquí de inmediato —dijo Navi, abriendo los brazos—, te desterraré al Paso de Kaavalan y tendrás que cazar focas y pingüinos y coserte una capa de pieles de oso, y se te pudrirán los dientes y se te caerán, uno a uno.

Eliana se rio. Con cuidado, se acurrucó junto a Navi y le rodeó el torso con los brazos. Al notar cuánto había adelgazado su amiga, se le hizo un nudo en la garganta. Dijo su nombre, «Navi», una y otra vez, y después, como una torre de bloques infantiles demasiado alta, la tensión que había acumulado en el pecho la hizo derrumbarse. Sentía las extremidades pesadas por el cansancio, y comenzó a llorar, aunque no reconoció sus lágrimas hasta que notó los dedos amables de Navi acariciándole la trenza.

—Qué dramática eres —dijo la joven con amabilidad—. Soy yo quien debería estar llorando. Oh, mi querida Eliana. Mi cielo, mi corazón.

Navi se hundió en las almohadas y levantó el borde de su suave colcha gris mientras los sanadores y las enfermeras abandonaban la habitación. Eliana reptó bajo las mantas y acunó a su amiga, sujetándole la cabeza rapada como si fuera una niña. Le besó la frente, las mejillas y las sienes.

—Te he echado de menos —susurró, y después no dijo nada más. Entrelazaron brazos y piernas en una cálida crisálida. El sueño acudió a ellas suavemente.

Entraron y salieron del sueño durante días, despertándose solo para comer y hablar, para estirar las piernas en la terraza de la habitación de Navi y regresar a la cama cuando esta empezaba a cansarse, lo que ocurría rápidamente.

Eliana se escondió allí de buena gana, y pensaba seguir haciéndolo tanto tiempo como Navi necesitara. Nadie se atrevió a molestarla mientras estuvo encerrada en los aposentos de Navi, ni siquiera Simon.

Entonces, la noche del cuarto día, Remy fue por fin a verla.

Una suave llamada a la puerta anunció su presencia, e incluso antes de que los guardias de fuera hablaran, Eliana lo reconoció por el sonido de sus nudillos en la madera. Nerviosa, salió de la cama para detenerse ante la ventana más próxima, tensa de los dedos de los pies a los hombros.

Navi la observaba con ternura.

—Te perdonará, Eliana.

Eliana no encontró una respuesta en su interior. Cuando Remy entró y corrió alegremente por la estancia hacia la cama de Navi, con los brazos cargados de libros, su corazón retrocedió en su jaula. De repente, era demasiado consciente de su carnosidad, de su obviedad. Le era imposible esconderse, por rígida que fuera su postura.

Aun así, Remy no la vio hasta que dejó el montón de libros en el suelo y abrazó a Navi, con expresión alegre y sincera.

Entonces, su mirada encontró la de Eliana y todo en él (la chispa de sus ojos, el ímpetu de sus extremidades delgadas) se cerró y disminuyó.

Se miraron, uno a cada lado de la cama. Eliana se arrepintió de haberse situado junto a las cortinas, como si la hubieran pillado robando. Se acercó a la luz, dudando de su propia lengua.

—Hola —dijo—. Me alegro de verte.

Cuando las palabras abandonaron sus labios, hizo una mueca. «¿Me alegro de verte?». Como si fuera un simple conocido. Pero la distancia entre ellos, los días de silencio, hacían que no supiera cómo hablar con él.

—No sabía que estabas aquí —dijo él, con voz impasible—. Simon no me dijo que estarías aquí.

Pero Simon debía saberlo. Dudó entre sentirse agradecida o molesta con él por haber organizado aquella pequeña reunión.

—Bueno —dijo estúpidamente—, pero aquí estoy. —Esperó un instante y se atrevió a añadir—: Te he echado de menos, Remy. —Otro instante. Tomó aire, apretó los puños. Se preparó—. Lo siento mucho.

Remy frunció el ceño, pensando. Había seriedad en su rostro, una severidad que no había existido antes de conocer la verdad de la muerte de Rozen. Era como si hubiera envejecido meses, incluso años, desde que la había descubierto: había ojeras tenues debajo de sus ojos, una línea dura en su boca.

—No nos dijiste a dónde ibas —dijo con brusquedad—. Siempre haces eso. Siempre te marchas sin decirnos a dónde vas.

—Hay un mercado clandestino —comenzó ella, sin saber qué otra cosa decir—. Lo llaman el Nido, y está en el corazón de Vintervok, a gran profundidad bajo las montañas. Tienen...

—Sé lo que hiciste, y a dónde fuiste. Me lo contó Harkan. También me dijo lo de Zahra.

Eliana se llevó la mano automáticamente al bolsillo de la túnica, donde guardaba la caja que contenía a Zahra.

Remy se cruzó de brazos, encerrándose en sí mismo.

—¿Puedo verla?

Eliana sacó la caja del bolsillo, la sostuvo en su palma.

El niño se acercó, la examinó... y quizá, pensó Eliana, aprovechó para examinar también su forja. Apenas se atrevía a respirar; hacía días que no se acercaba tanto a ella. Se le llenaron los ojos de lágrimas. Quería tocarlo, rodearlo con sus brazos, enterrar la cara en la suave y cálida maraña de cabello oscuro de su coronilla.

—¿Le duele estar ahí dentro? —preguntó Remy en voz baja. Se produjo un momento de silencio y después la miró, con los ojos brillantes.

Eliana negó con la cabeza.

—No lo sé. Espero que no.

A Remy le temblaron los labios. Dudó un momento y se tambaleó un poco, como si estuviera dispuesto a encontrarse con ella a mitad de camino y a terminar con la horrible y forzada vastedad que había entre ellos. A Eliana se le cortó la respiración.

Entonces él se alejó, dándole la espalda.

—Tengo que irme —le dijo, con los hombros tensos. Señaló los libros—. Navi, son para ti.

Eliana dio un paso adelante.

—Remy, espera, por favor...

Pero él se marchó rápidamente de los aposentos de Navi, sin mirar atrás. El dormitorio permaneció en silencio hasta que Navi dijo en voz baja:

—Ven aquí, Eliana. Pareces a punto de venirte abajo.

Pero antes de que ella pudiera recuperar el aliento, o incluso pensar en moverse (porque si se movía se vendría abajo, las lágrimas escaparían y la dejarían desprovista de luz), un rugido gutural explotó en las montañas, al otro lado de las ventanas de Navi.

Fueron tres estallidos abruptos y secos, seguidos de una explosión más larga. El urgente ritmo se repitió, lo bastante fuerte para que Eliana lo sintiera en el pecho.

«¿Un cuerno, de algún tipo?».

Navi se quedó paralizada, con expresión perturbada.

—¿Qué es eso? —Como su amiga no respondió, Eliana corrió a la terraza y examinó el cielo—. Viene del noroeste, creo.

Y entonces sus forjas cobraron vida contra sus vendas, cálidas y urgentes. Eliana contuvo el aliento, todavía deshabituada a la sensación y sintiendo las palmas aún tiernas bajo los vendajes.

—¿Navi? —Se alejó de la barandilla de la terraza. El suelo de piedra vibraba con cada atronador estallido—. ¿Qué significa eso? ¿Qué es ese sonido?

Navi buscó la mano de Eliana, con la misma oscura llama que había iluminado sus ojos la noche en la que la sacaron del palacio de lord Arkelion, cuando había estrangulado al adatrox que estaba atacando a Eliana con su collar.

—Es el cuerno de Veersa —dijo con la voz aguda y dura—. Eso significa que se han avistado enemigos en el Paso de Kaavalan. Significa invasión.

18
RIELLE

«Bueno, ya está. Soy rey, y nunca me había sentido más inadecuado en mi propia piel. Las coronas son para las guerreras como Ingrid, o para las diplomáticas encantadoras como Runa, o para los grandes hombres que, de manera irritante, parecen hacerlo todo bien. Como tú, mi exasperante amigo. La corona no es para mí. Soy un estudioso, no un gobernante. Y no obstante aquí estoy, fingiendo sonrisas ante mis consejeros mientras Ingrid viaja a Grenmark para investigar los ataques que recientemente se han producido allí. En uno de nuestros puestos de avanzada, el castillo Vahjata, han muerto treinta y un soldados. Sobrevivieron dos. Es extraño, pero ese es un patrón que parece repetirse. Siempre que atacan un puesto, dejan a dos personas con vida para que cuenten la misma historia del ataque invisible de unas sombras en la noche. Los soldados terminan retorcidos y blancos como huesos sobre la nieve, dejando a los aldeanos indefensos y aterrados. Y esta es la tierra de la que ahora soy rey. Audric..., estoy asustado. ¿Qué es lo que nos espera a todos nosotros?».

Carta del rey Ilmaire Lysleva al príncipe Audric Courverie, con fecha del 5 de diciembre del año 998 de la Segunda Era

Cada mañana, durante el viaje a Kirvaya, Rielle examinaba el cielo buscando la silueta de Atheria y no veía nada más que nubes.

Por la noche, cuando se acostaban, doloridos y sudorosos después de un duro día cabalgando, mientras sus caballos sin alas olfateaban cansados las hierbas cercanas, Rielle se controlaba hasta que se ponía cómoda en la seguridad de la tienda que compartía con Audric, con una escolta de tres docenas de hombres haciendo guardia al otro lado de la lona.

Allí lloraba miserablemente, sintiéndose como una niña cuyo perrito se ha perdido. Cuando se lo había confesado a Audric por primera vez, él se había limitado a besarle la frente, las mejillas, la boca salada. Olía a caballo y a sudor y a la piedra calentada por el sol del verano, y la había abrazado hasta que ella había conseguido calmarse. Murmurando palabras de consuelo contra su cabello, había peinado pacientemente cada enredo con sus dedos.

Una noche, después de consolar su llanto, Rielle se tumbó a su lado en su nido de pieles y lo observó en silencio. El aire de la noche era frío tan al norte, pero el pecho desnudo de Audric estaba caliente, y se aferró, agradecida, a su sólido calor.

—¿Por qué me quieres? —murmuró después de un rato.

Él sonrió, con los ojos cerrados.

—Porque tus besos me aflojan las rodillas. Porque se te da genial quitarme las contracturas de los hombros.

—Lo digo en serio —replicó ella, dándose cuenta en ese momento de lo desesperadamente que necesitaba conocer la respuesta.

Audric se giró para mirarla. Le acarició la mejilla y le colocó un mechón de cabello detrás de la oreja.

—Porque hacemos buena pareja —le dijo—. Como el sol y la luna. Como el día y la noche. Yo soy la orilla y tú eres el mar, amor mío. Un mar profundo y salvaje..., cambiante y poderoso. Necesito tu pasión, y tú necesitas algo firme a lo que sujetarte. Un ancla cálida y luminosa.

Se detuvo, con una sonrisa avergonzada curvando sus labios y los ojos entornados y somnolientos.

—Parece que cuando estoy cansado me vuelto bastante poético.

—Y te quiero por ello. —Rielle le besó la piel de debajo de los ojos, oscura por la falta de sueño y enrojecida por el viento cortante de las llanuras occidentales de Kirvaya. Audric le apoyó la cansada cabeza en el pecho hasta que el sueño lo volvió pesado en sus brazos.

Entonces, Rielle envió un pensamiento a la tienda de Ludivine, que estaba a poca distancia de la suya. «Desde que me marché de casa, no he dormido una sola noche sin verlo».

Lo sé, fue la respuesta de Ludivine, susurrada por el cansancio. El crecimiento de la cicatriz se había ralentizado, pero su presencia todavía parecía debilitarla.

«¿Lo sabe Audric?».

No, dijo Ludivine después de una pausa. *Pero se lo pregunta. Y le preocupa.*

Rielle rodeó a Audric con los brazos y acercó los labios a sus rizos. Era tan cálido como fríos eran los sueños de Corien. Unos sueños gélidos, oscuros y nevados que cada noche se volvían más nítidos.

Un camino de montaña. Un oscuro *château* sobre un acantilado blanco. Una alta figura embozada cubierta de pieles, con los brazos abiertos como si le diera la bienvenida a casa.

La visión estaba llegando ya, introduciéndose en su mente junto a las primeras caricias del sueño.

Rielle cerró los ojos con fuerza y esperó… Para reunir pistas, se dijo. Cada sueño traía consigo una imagen más clara de la ventosa montaña a la que Corien estaba conduciéndola. Era lógico recibir de buena gana el conocimiento que le proporcionaban. De hecho, era lo que Audric quería. Como Reina del Sol, era su deber investigar.

Ten cuidado, Rielle, susurró Ludivine con debilidad.

Pero Rielle ya se había adentrado en la nieve, y en sus oídos resonaba el aullido de un viento ansioso que portaba en su interior el fantasma de su nombre.

※

Después de tres semanas de duro viaje, llegaron a la capital de Kirvaya, Genzhar, y se la encontraron dorada y resplandeciente en su honor.

Era una ciudad vestida para los hijos del sol. Sedas ambarinas y marfileñas decoraban todos los escaparates. De las torres bruñidas colgaban banderolas con el fulgurante símbolo de la Casa de la Luz. Pétalos blancos y pañuelos de bordes dorados cubrían las calles.

La amplia avenida central bullía de alegres multitudes, mucha más gente de la que Rielle había visto nunca en Âme de la Terre, incluso durante las pruebas. En el estridente caos, captó su nombre, el nombre de Audric, el de santa Katell. Oyó gritos de «¡Reina del Sol!» en celdariano, en kirvayano, en la lengua común, bajo el clamor de las campanas del templo, el trino aflautado de los violines de Kirvaya, los pequeños tambores de lata de los niños.

En el centro de la avenida, cerca de la base de un edificio largo y bajo de piedra escarlata con laboriosas llamas grabadas, una estrecha puerta de hierro conducía a un amplio patio empedrado. Más allá se alzaba Zheminask, el palacio de la reina kirvayana. Varias veces más grande que Baingarde, estaba coronado por docenas de elegantes torres blancas, cuyas cúpulas brillaban como monedas recién acuñadas.

Ante la puerta los estaba esperando un séquito, imponente y tan espléndido en sus delicadas túnicas bordadas que Rielle se sintió harapienta en comparación, con su ropa arrugada y raída por el viaje. Levantó la barbilla cuando se acercaron. Cuando tuviera la oportunidad de bañarse y ponerse uno de sus vestidos, sería esa gente la que se sentiría desharrapada en su presencia.

Tres figuras se adelantaron para recibirlos. Primero, un hombre alto de piel oscura con túnica blanca y dorada, que Rielle supuso que era el gran magistrado de la Casa de la Luz. Después, un guardia atractivo aunque de apariencia sencilla, con la piel ligeramente bronceada y unos dulces ojos castaños. El guardia examinó a la escolta celdariana durante un momento antes de apartarse para revelar al tercer miembro de la comitiva: una niña que no tendría más de trece años. Su piel era de un marrón claro y dorado, y su cabello, recogido con una red de oro tachonada de rubíes, era tan blanco como la nieve reciente.

Rielle la reconoció de inmediato: la recién nombrada reina, Obritsa Nevemskaya. Según Audric, era una especie de aberración. Kirvaya no había tenido una reina humana en siglos. Habitualmente, se elegía a una joven fraguafuegos de los templos en honor a santa Marzana que había por todo el país: escuelas religiosas en las que se educaba a aquellas que tenían potencial para ser nombradas reinas algún día. Audric suponía que la elección de Obritsa había sido una decisión estratégica del Consejo Magistral de Kirvaya. Debido a la agitación que estaba gestándose en el reino, y a los pequeños grupos de esclavos humanos que se rebelaban por todas partes, era sensato señalar como reina a una humana, sobre todo si se parecía increíblemente a santa Marzana.

Audric se inclinó ante la niña, y el resto de su escolta lo imitó.

Pero la reina les hizo un ademán para que volvieran a ponerse en pie.

—Levantaos, por favor —dijo, apresurándose hacia Rielle. Evyline e Ivaine dieron un paso adelante para bloquearle el paso.

Rielle apenas consiguió esconder su sonrisa al ver la expresión que se dibujó en la cara de Obritsa. Dudaba que aquella niña reina estuviera acostumbrada a que algo se interpusiera en su camino.

—Dejadla pasar —les ordenó Rielle y, cuando obedecieron, Obritsa se acercó con una enorme sonrisa y le agarró las manos.

—No creo que haya estado tan nerviosa por conocer a alguien en toda mi vida —dijo la chica, sin aliento, prácticamente saltando de puntillas. Parte de la tensión de Rielle se disipó. Aquella reina aberrante era solo una niña, nerviosa e ingenua, y no tendría que insistir mucho para que hiciera lo que ella le pidiera..., aunque dicha petición fuera la entrega de la forja de Marzana.

Rielle se inclinó de nuevo y posó los labios en la mano de Obritsa. La niña sonrió, con los ojos muy abiertos y brillantes.

—Es un honor conocerla, majestad —dijo Rielle, y después miró con timidez su falda manchada de tierra—. Siento pedirle un favor tan pronto, pero ¿podrían mostrarnos nuestras habitaciones? Le confieso que me siento bastante pequeña y harapienta ante vuestro encanto.

—¡Oh, tonterías! —Obritsa señaló con desdén su brillante vestido—. Estas recargadas ropas de anciana palidecen en comparación con tu belleza, lady Rielle. ¡Vamos! Todos debéis descansar antes del banquete de esta noche. Pobrecitos, qué cansados debéis de estar. Habéis hecho un viaje muy largo.

Chasqueó la lengua como una madre preocupada..., o más bien como una niña jugando a las mamás. Rielle se tragó una sonrisa cuando notó las expresiones contrariadas de los magistrados de la reina. Seguramente aquella no era la majestuosa bienvenida que esperaban.

Pero Obritsa continuó, ignorándolos por completo. Todavía de la mano de Rielle, como si fueran viejas amigas con mucho sobre lo que cotillear, se marcharon charlando, cambiando despreocupadamente de tema de conversación: la arquitectura del palacio, la salud y felicidad de la reina Genoveve, lo nerviosos que estaban los criados del palacio ante la idea de conocer a la Reina del Sol. Porque todos habían oído las historias sobre las pruebas y ese horrible maremoto que casi había asolado Styrdalleen, por supuesto. ¿De verdad había detenido la ola con las manos? ¿Con esa mano, la misma que Obritsa tenía en la suya?

Rielle volvió la cabeza para mirar a Audric y levantó una ceja. Él se tapó la sonrisa con la mano, con expresión divertida.

A Ludivine, por el contrario, no le parecía tan gracioso. *Ten cuidado con ella. Esconde algo.*

Pero Ludivine parecía insegura, titubeante, como si no estuviera convencida de la validez de su propia advertencia.

Rielle la apartó rápidamente de su pensamiento. Era delicioso que estuvieran tan emocionados con ella, después de largas semanas en la carretera. Si tenía que preocuparse por la reina Obritsa, lo haría, en un momento u otro, pero solo después de haber disfrutado de un baño.

Esa noche cenaron en el salón más grande del palacio, un espacio opulento y majestuoso de altas vigas arqueadas, tapices en los muros y lo que debían de ser miles de velas, que colgaban de candelabros fijados al techo y en apliques dorados en las paredes. Sobre cada larga y pulida mesa había alegres ramos de llamativas flores. Cada mueble y extensión de pared estaba decorada con tonos escarlata, dorados y blancos: una combinación de los colores de santa Marzana y santa Katell. El efecto general era de tal luminosidad que Rielle sintió pronto un dolor de cabeza vibrando tras sus ojos, y deseó apasionadamente su cama y la segura crisálida de los brazos de Audric.

Pero no podría irse a dormir pronto, porque el salón entero de emplumados cortesanos y criados ojipláticos estaba observándola, esperando.

La moda en la capital se basaba, al parecer, en la estética del pájaro de fuego, lo que hizo que Rielle recordara su última prueba, y cómo había transformado las llamas que atrapaban a Tal en inofensivas plumas. Desde aquel día, había intentado llevar a cabo otras transformaciones muchas veces: plumas de escritura en cuchillos, tenedores en plantas. Pero lo único que había conseguido era incendiar esos objetos o hacerlos añicos, reduciéndolos a trocitos demasiado pequeños para que fuera posible repararlos.

Y ahora que la cicatriz del flagelo de Ludivine era una presión constante en sus sentidos, la necesidad de dominar aquel profundo poder le parecía más acuciante cada día. Parecía seguro que ambas ideas estuvieran relacionadas: transformar el fuego en plumas y devolver la carne dañada a su estado anterior.

Akim Yeravet, el gran magistrado de la Casa de la Luz, se aclaró la garganta. Estaba ante la mesa, a unos pasos de distancia, con un entusiasmo apenas contenido.

—¿Lady Rielle? —le preguntó en voz baja—. ¿Está bien? ¿Desea que ordene a los músicos que toquen algo? Podemos continuar dentro de unos minutos, después de que haya bebido agua.

Rielle parpadeó, despejando su mente confusa. Audric, Ludivine y ella estaban sentados en una tarima elevada junto al Consejo Magistral, con la reina Obritsa y su siempre presente y muda guardia, ante una mesa en la que todavía estaban los restos de su cena.

Por debajo de la mesa, Audric buscó la mano de Rielle y trazó un suave círculo en su muñeca con el pulgar.

Justo ahora, Audric desearía que pudierais retiraros a vuestros aposentos, le dijo Ludivine en silencio. *También está pensando en lo orgulloso que está de ti, y en lo cansado que se siente. En la desesperación con la que te ama, y en lo guapa que estás a la luz de tantas velas. Y en que, después de pasar unas horas amándote, le gustaría mucho visitar los archivos de Zheminask y pedirles permiso a los bibliotecarios para ver los diarios de Marzana.* Ludivine hizo una pausa y después continuó, artera: *No me he adentrado en su mente lo suficiente para conocer los detalles de cómo le gustaría yacer contigo, pero creo que la idea general te dejaría muy satisfecha.*

Rielle se rio un poco y reunió fuerzas para levantarse. «Gracias, Lu», dijo. «Lo necesitaba».

Lo sé. A continuación, en un susurro acompañado por la suave presión de un sentimiento de ternura, añadió: *Por favor, no te preocupes por mí. El dolor de mi cicatriz es algo que soporto de buena gana.*

Rielle se levantó, inclinó la cabeza ante la reina y después se giró para examinar la habitación.

«Dame tiempo, Lu», dijo con firmeza. «Pronto, tu dolor huirá de mí aterrado».

Entonces comenzó a hablar.

—Reina Obritsa. Grandes magistrados. Pueblo de Kirvaya. Gracias por la generosa hospitalidad que nos habéis mostrado tanto a mí como a mi príncipe y a mi familia de Celdaria.

Dudó y le ofreció la mano a Audric. Él se la tomó y se puso en pie. Rielle odiaba dar discursos. Le rogó en silencio que encontrara las palabras que a ella le faltaban.

Él lo entendió de inmediato.

—Sabemos que vivimos tiempos desconcertantes —dijo, y su voz llenó con facilidad la estancia—, que oscuros susurros y negros rumores recorren vuestras calles, como ocurre en nuestro hogar en Celdaria. Pero no tememos los días que están por venir, lo que podrían depararnos. Vuestra nueva reina está llena de vigor y energía y tiene toda una vida de trabajo y grandes logros por delante.

Con los ojos brillantes y embelesados, la reina Obritsa se irguió un poco en su enorme butaca.

—Hace poco, reavivamos la amistad entre nuestro país y el reino de Borsvall —continuó Audric—. Todavía hay mucho trabajo que hacer en la reconstrucción de esa alianza, pero en mi opinión, es muy prometedora, y hará que nuestro vecino en el oeste sea más fuerte, más firme y más diligente para venir en vuestra ayuda si surge la necesidad. Toda la zona norte de este gran continente, desde Celdaria hasta Borsvall y

Kirvaya, vuestro reino, se alzará como una unida región amiga, lo bastante fuerte para capear cualquier temporal. Y, por supuesto, ahora contamos con nuestra Reina del Sol.

Audric miró a Rielle. La adoración que reflejaba su cara era tan descarada que ella se habría sentido avergonzada si no la hubiera complacido tanto verla.

—Sé que todos vosotros habéis oído hablar de sus grandes logros, primero en Celdaria y más recientemente en la capital de Borsvall. Y este es solo el principio de su poder. Cada día se hace más fuerte. Cada día —dijo Audric, suavizando la voz—, la amo más profundamente que el día anterior.

Se oyeron murmullos, una oleada de deleite y curiosidad que atravesó la habitación, y a Rielle se le calentaron las mejillas. Siempre recordaría a Audric en ese momento: iluminado por las velas que flanqueaban los platos de la cena, con la mandíbula cuadrada recién afeitada. Su presencia a su lado, sólida y firme, era una fuerza tangible, física y amable. Y suya.

Audric se giró para mirar a los que estaban reunidos en el salón.

—No tenemos miedo. Miramos el futuro con los ojos brillantes, y os instamos a acompañarnos en esto, a conservar la esperanza en vuestros corazones y a uniros a nosotros ante la incertidumbre, en lugar de permitir que esta nos fragmente.

Rielle le sonrió. Un tranquilo orgullo se avivó en su pecho al oír su voz, tan parecida a la que murmuraba palabras de cariño contra su piel cada noche, y no obstante tan diferente, tan serena y practicada. Era la voz de un rey. ¿Era posible amar tanto a una persona? ¿Podía partírsele el corazón, literalmente, bajo el peso de tal sentimiento? Lo habría agarrado por la levita para besarlo allí, delante de todo el mundo, si Ludivine no estuviera inmiscuyéndose en sus pensamientos insistentemente, suplicándole que se controlara.

Así que Rielle le dio la espalda, levantó las manos y atrajo a sus palmas todo el fuego que iluminaba el salón.

Miles de llamas diminutas corrieron hacia ella, acompañadas de los gemidos y gritos de sorpresa de la multitud. Se quedó de pie, con los brazos extendidos y un nudo de fuego del tamaño de un cráneo en cada mano. Los sostuvo un instante; las llamas temblaban, ávidas, y la maravilló lo fácil que le resultaba invocar su poder. Sentía la mente flexible y enérgica. Tenía la sensación de que podría correr todo el camino de vuelta a Celdaria sin siquiera sudar. Podría golpear el suelo con las palmas y destrozar montañas del otro lado del mundo.

En lugar de eso, exhaló despacio y movió las palmas como si empujara unas puertas.

El fuego escapó de sus dedos en un remolino silencioso, un millar de diminutos granos de luz que sustituyeron a las llamas afiladas de hacía un momento. Estrellas de fuego, titilando, ambarinas. Rielle contuvo el aliento y desenfocó la mirada. No veía nada más que siluetas vagas y oscuras (las mesas, la multitud, los tapices que abrazaban las paredes) y, conectándolo todo, una fina y resplandeciente extensión dorada.

Qué maravilloso, qué extraño y espectacular era recordar que solo ella podía ver la belleza del empirium puro.

Suspiró de placer y movió los dedos una vez más.

El fuego se detuvo en el aire: sobre las mesas, sobre las emplumadas cabezas de los nobles, en todo el salón, del suelo al techo. La voluntad de Rielle mantenía los brillantes granos suspendidos.

Apenas oía los vítores, el aplauso asombrado, y solo al final miró a la reina Obritsa, porque Ludivine se lo pidió. La chica estaba a su lado, casi llorando de emoción. Incluso abrazó a Rielle antes de que su guardia, horrorizada, la apartara con suavidad.

Rielle sintió un poco de lástima por ella, por todos ellos... Por su ceguera, por su ignorancia e incapacidad. Miró la belleza de su creación e intentó imaginar cómo la veían ellos. Como una criatura inhumana, quizá; algo indescifrable y colosal.

Algo más parecido a un dios de lo que ellos jamás podrían ser.

19
ELIANA

*«Y cuando el cuerno de Veersa suena,
levantaos, vecinos, familiares, amigos míos.
Levantaos contra la marea de maldad;
manteneos firmes en vuestra tierra natal».*

*El grito de batalla de lady Veersa,
himno bélico tradicional de Astavar*

Las puertas de los aposentos de Navi se abrieron bruscamente. Los largos y graves aullidos del cuerno de Veersa eran tan ensordecedores que Eliana sentía la vibración en los dientes. Se llevó la mano a Arabeth.

—¿Qué vamos a hacer? —le preguntó—. ¿A qué distancia está el Paso de Kaavalan?

Cuatro guardias reales entraron en la estancia y ayudaron a Navi a ponerse en pie.

—No te preocupes —le dijo esta a Eliana, moviéndose con rigidez—. La entrada del paso está a ciento cincuenta kilómetros de aquí. Tenemos tiempo para preparar un contrataque.

Apoyándose en uno de los guardias, se puso los pantalones, las botas, una túnica y un jersey, y un abrigo largo. Se ciñó el fajín, sacó dos cuchillos de un cajón de su mesilla de noche y se los guardó en las fundas que llevaba en el cinturón.

A pesar de todo, Eliana sonrió un poco.

—Nadie diría que hace apenas unos días estabas ahí tumbada, agonizando y transformándote lentamente en un monstruo.

Navi le echó una mirada amarga.

—Vas a enfadar a mis guardias, Eliana. —Miró a uno de los guardias en cuestión, una mujer de hombros anchos, mandíbula cuadrada y pecas—. Ruusa, quizá tengas que llevarme abajo.

Ruusa asintió.

—La llevaría al fin del mundo, alteza.

—¿Qué hay abajo? —preguntó Eliana.

—La Sala de Guerra de mis padres —le explicó Navi—, donde estará mi hermano, y también lady Ama. No sé a qué nos enfrentamos, y los exploradores entregarán allí toda la información que consigan. Después de eso...

Se detuvo.

—Las tropas de tus padres los detendrán —dijo Eliana después de un silencio, obligándose a mantener la voz serena—. Astavar se ha mantenido libre durante años gracias a ellas.

—Pero ahora tenemos algo que desean incluso más de lo que deseaban destruir nuestro reino y a nuestra gente —comentó su amiga, mirándola—. Tenemos a la Reina del Sol.

A Eliana se le había ocurrido la misma idea. Levantó la barbilla y se tragó la vertiginosa punzada de culpabilidad que inflamaba su cuerpo.

—Saldré a su encuentro y me entregaré. Eso los contendrá un tiempo, y los demás tendréis la posibilidad de escapar.

—No digas tonterías —le dijo Navi con sequedad—. Nada de lo que pudieras hacer le daría al pueblo de Astavar la oportunidad de huir hacia la libertad. Y, aunque lo hiciera, yo no te permitiría ponerte en peligro de ese modo.

—Tú no me lo permitirías. —Eliana siguió a Navi y a sus guardias fuera de la habitación. Sus forjas eran redes abrasadoras y vibrantes alrededor de sus manos. Estuvo a punto de arrancárselas y lanzarlas por la ventana—. Nadie me permite nada. ¿Y si soy yo quien quiere entregarse? ¿Es que eso no importa?

—No, no importa. —Navi se detuvo en el umbral de su sala de estar y le echó a Eliana una mirada paciente y firme—. Y creo que tú lo sabes. Sé que no te gusta oír estas cosas, pero...

Se oyó un cañonazo fuera, lo bastante cerca para hacer temblar el suelo, la puerta de los aposentos de Navi, la escultura de Tameryn y su pantera negra que había sobre una mesa cercana.

Se produjo otro estruendo poco después, y otro, y un cuarto, cada vez más próximos. El cuerno de Veersa seguía balando sobre todo aquello como un cachorro llamando a su madre. Voces, gritos y los sonidos distantes de las armas de fuego comenzaron a entrar por las ventanas abiertas del dormitorio de Navi.

—Eso ha sonado cerca —murmuró Eliana—. Parece que están justo en las puertas.

Navi miró la habitación a su espalda, con la expresión repentinamente tensa por el miedo.

—No lo comprendo. El paso está a más de ciento cincuenta kilómetros. ¿Cómo podrían haberse acercado tanto sin ser detectados?

Eliana encontró la respuesta rápidamente.

Solo había un modo en el que el ejército imperial podría haber tomado a los centinelas tan completamente por sorpresa: que alguien hubiera enmascarado su acercamiento. Y la única criatura lo bastante poderosa para hacer eso era el emperador. Pero ¿era posible algo así? Imaginar el poder necesario para ejercer un control mental de esa magnitud, y desde esa distancia, la hacía sentirse mareada.

—Mi señora —intervino Ruusa, dirigiéndose a Navi—, debemos bajar rápidamente. Sus padres querrán que se dirija a los túneles...

—Preferiría someterme de nuevo a los experimentos de Fidelia —le espetó la joven— a esconderme bajo tierra mientras mi pueblo se enfrenta solo a las armas del imperio. No, iremos a la Sala de Guerra. De inmediato.

—Me reuniré contigo allí —le dijo Eliana rápidamente, tomándole las manos—. Tengo que encontrar a Remy.

Navi asintió.

—Por supuesto. En la tercera planta, en el ala norte, hay un tapiz de santa Tameryn rezando. Detrás de este se esconde una puerta estrecha. Sigue el pasadizo y, cuando llegues a una bifurcación, toma el segundo pasillo desde la derecha. Te conducirá a una puerta flanqueada por guardias. Esa es la Sala de Guerra de mis padres. Los guardias te permitirán entrar sin hacerte preguntas. —Entonces le apretó las manos y le dio un beso en la mejilla—. *Savrasara*, Eliana.

—¿Qué significa eso?

—Es una antigua palabra astavari, una que aparece en los escritos de santa Tameryn. Más o menos, significa: «Te llevas mi corazón». Una expresión de amor y de advertencia. Es una gran responsabilidad que te confíen otro corazón.

Un hormigueo bajó por la nuca de Eliana. Algo terrible estaba a punto de ocurrir. Lo sentía: una sutil putrefacción en el aire, un cambio en los ángulos del mundo. Y sabía, por el ceño fruncido de Navi, que ella también lo percibía.

—Has elegido un momento extraño para decirme algo así —dijo Eliana, jovial.

La sonrisa de Navi no se reflejaba en sus ojos.

—Siempre es el momento adecuado para decir algo así.

Se produjo un estruendo terrible que hizo añicos el techo de cristal que permitía la entrada de la luz del sol en la sala de estar de la princesa.

El tono de Ruusa no dejaba espacio a la discusión.

—Mi señora, debo insistir.

—Vete —susurró Navi, soltándola—. Y date prisa.

Eliana se dio la vuelta y corrió hacia la biblioteca central, suponiendo que Remy habría acudido allí en busca de consuelo después de verla. Otro estruendo en el exterior provocó que cayera polvo de las oscuras vigas sobre sus cabezas, haciendo traquetear los jarrones en sus pedestales y las obras de arte que colgaban en las paredes. Los pasillos eran un caos: los sirvientes y el personal del castillo corrían a resguardarse, los guardias se dirigían hacia sus puestos. La guerra se acercaba, y la gente no estaba preparada para ello.

Y más adelante, ante la puerta de su habitación, Eliana se topó con Harkan. Una detonación, seguida por el precipitado empujón de un sirviente lloroso y de mirada enloquecida, los lanzó el uno a los brazos del otro.

Harkan la abrazó contra su pecho durante un momento. Después se apartó para mirarla, y el alivio que atravesó su rostro fue tan palpable que Eliana se sorprendió deseando poder amarlo de nuevo como lo hacía en el pasado. El descubrimiento la asaltó con la fuerza y claridad de un puñetazo en la mandíbula.

—¿Dónde está Remy? —preguntó Harkan, mirando a su alrededor.

—No lo sé. Ha venido a la habitación de Navi, hemos hablado un poco, y después se ha marchado. Estoy buscándolo para llevarlo conmigo a la Sala de Guerra. Navi está allí, y los reyes.

Entonces Eliana se detuvo. El rostro de Harkan estaba extrañamente inexpresivo, como si intentara imitar la ilegible crueldad fría que Simon exhibía siempre, como un accesorio de su ropa de diario.

La misma inquietante sensación de temor la abrumó... Era como si algo inexorable y terrible se acercara.

—¿Qué ocurre? Harkan, ¿qué ha pasado?

La fría luz del mediodía que se derramaba a través de una ventana rota cercana se reflejó en sus ojos, brillantes y grandes.

—Lo siento, Eli, pero no tenemos tiempo para buscarlo —murmuró—. Perdóname.

Antes de que Eliana pudiera moverse o protestar, Harkan la agarró con determinación. Se apoyó en la pared mientras ella forcejeaba, intentando liberarse. La sujetó con firmeza, y después le cubrió la boca y la nariz con una mano en la que tenía un trapo empapado y maloliente, y ella se dio cuenta de lo que estaba ocurriendo en los pocos segundos de furiosa consciencia de los que dispuso antes de que la negrura se elevara para ahogarla.

Harkan estaba drogándola, como había hecho Fidelia semanas antes, en el Santuario.

Gritó su nombre, pero el trapo que él presionaba con fuerza contra su boca le amortiguó la voz.

—No puedo perderte, otra vez no —lo oyó decir contra su cabello, con la voz tan ahogada por las lágrimas que apenas parecía la suya—. Lo siento mucho, Eli.

Y después su voz se desvaneció, y también lo hizo ella.

20
SIMON

«En la sabiduría sagrada y el arte religioso, sobre todo en el relacionado con los santos, encontramos a menudo la imagen del lobo. Aunque no es una bestia divina, se trata de un animal importante. Una manada de lobos crio a la huérfana santa Tameryn, y las bestias divinas se encontraban a menudo en compañía de lobos. Esa criatura siente afinidad por los seres tocados por el empirium, pero no debemos confundirlo con un guardián. La aparición de un lobo también puede simbolizar incertidumbre. Un despeñadero. Un augurio».

Acotación de *El libro de los santos*

Cuando Simon entró en la Sala de Guerra de los reyes, supo de inmediato que Eliana no estaba allí.

Era terrible y maravilloso, poder sentir tan intensamente su presencia. Él no era un ángel, aunque por sus venas de marcado corría sangre angélica, latente e inútil, que la maldita Reina de la Sangre había extinguido junto a todo lo demás. No era un ángel y, sin embargo, después de apenas un par de días observando a Eliana desde lejos en Orline (antes de que lucharan en su casa, antes de mirarla a los ojos y de verle por fin la cara sin interrupciones ni trabas), después de apenas un par de días vigilándola, la había reconocido. Cómo se movía a través del espacio, el sonido de sus pasos contra el suelo, las arrugas entre sus cejas cuando fruncía el ceño.

Tenía los labios gruesos, la frente seria, los ojos oscuros de su padre. La feroz mandíbula de su madre, la curva delicada de sus muñecas.

Desde el momento en el que había puesto sus ojos Eliana, la había reconocido en sus huesos, en la tensión de sus músculos, en el rugido de su sangre. De niño había acunado su diminuto cuerpo de bebé en sus brazos y había hecho cuanto había podido por no soltarla, incluso mientras el mundo se deshacía a sus pies. Y ahora, de adulto, su cercanía cambiaba el aire a su alrededor, tensaba sus sentidos como la cuerda de un arco e iluminaba su piel desde el interior, como si hubiera tomado un estofado de estrellas que no dejaran de girar.

Pero en la Sala de Guerra el aire seguía siendo mate y ordinario, y supo que ella no estaba allí antes de examinar la estancia para confirmarlo.

Él no solía perder los nervios, pero, en este caso, se sentía peligrosamente cerca de ello.

—¿Dónde está? —dijo en voz muy baja, y después un suave gemido desde el extremo opuesto de la estancia captó su atención: Remy.

El niño corrió hacia él y chocó con su torso. Aplastó la cara contra la camisa de Simon, lo abrazó con fuerza y murmuró:

—Navi dice que Eliana ha ido a buscarme, pero no ha regresado. Hemos enviado guardias en su búsqueda.

Simon le colocó una mano en la cabeza y la otra en el hombro. Una idea horrible comenzó a formarse en su mente.

—¿Y dónde está Harkan, si se puede saber?

Antes de contestar, Navi lo miró a los ojos desde el otro extremo de la habitación.

—Tampoco hemos conseguido encontrarlo. —Hizo una pausa y sus ojos se llenaron de sorpresa—. ¿No creerás...?

—No sé qué pensar, pero no me gusta nada no saber dónde está ninguno de ellos. De hecho, en lugar de quedarte aquí mirándome, ¿por qué no envías a tus putos guardias a buscarlos?

El rey Tavik, encorvado sobre un mapa toscamente esbozado en la mesa central de la sala, se irguió con expresión severa.

—Aunque seas la mano derecha del Profeta, si vuelves a decirle algo así a mi hija, haré que mis guardias te echen de esta torre.

—Yo te ayudaré —le ofreció Navi con brusquedad.

Simon ignoró la mirada furiosa del rey.

—Dime qué ocurrió la última vez que la viste.

—Me dijo que tenía que encontrar a Remy, y me pareció lógico —le contestó ella—. Se marchó en dirección a la biblioteca central.

—Maldita sea, Navi. —Simon se giró, pasándose una mano por el cabello—. No deberías haberla dejado irse.

—¿Y qué debería haber hecho, exactamente? ¿Ordenarle que no fuera a buscar a su hermano? ¿Encadenarla y obligarla a venir conmigo?

—Sí —dijo él de inmediato—. Eso es exactamente lo que deberías haber hecho.

Navi se levantó de la silla, apoyándose pesadamente en una guardia de hombros anchos.

—¿No se te ha ocurrido que esa insistencia en marcarle el camino podría ser justo lo que la aleja de ti?

Simon se enfadó.

—He sido excepcionalmente paciente con ella.

—Tu definición de paciencia es extraña, capitán —dijo lady Ama con amabilidad, examinando el mapa junto a los reyes—. Llevas semanas acosando a la pobre chica, siguiéndola con cara de pena y el ceño fruncido. —Levantó una ceja—. ¿No te enseñó modales el Profeta?

—Los modales no tienen cabida en un mundo en guerra —dijo Simon—. Y sí, Navi, tus guardias podrían haberla obligado a acompañarte, de haber sido necesario. Sin ella no tenemos ninguna oportunidad de resistir, o de enfrentarnos al imperio, o de cambiar la balanza. Sin ella no somos nada.

—Hemos hecho un buen trabajo solos durante las últimas décadas —dijo el rey Eri—. Hemos resistido los ataques de la flota del imperio...

—Estaban jugando con vosotros —lo interrumpió Simon—. Eso era solo un entretenimiento para el emperador. Hasta que encontró a la hija de Rielle, la lenta conquista de este mundo fue un pasatiempo para él. Pero ahora la ha encontrado, y esto ya no es un juego. Es una cacería. Una obsesión. Esta invasión es solo el principio. No se detendrá hasta que llegue hasta ella, y cuando lo haga...

Una serie de explosiones sacudieron la estancia. Remy le apretó los dedos a Simon.

La puerta de la Sala de Guerra se abrió de golpe y entró Hob con una criada, una mujer joven, quizá un año o dos mayor que Eliana. Su boca formaba una línea fina y severa.

Hob se secó la frente; la piel oscura le brillaba por el sudor y el polvo.

—Diles lo que me has contado a mí, Perri.

Perri asintió.

—Yo los vi. A lady Eliana y a Harkan. Estaban hablando en el pasillo, cerca de los aposentos de lady Eliana. Y después...

Perri miró a Hob, con las manos entrelazadas con nerviosismo en la cintura.

—No pasa nada —le dijo Hob—. Continúa.

La mujer levantó los hombros.

—Y después vi a Harkan sujetando a lady Eliana y presionándole un trapo contra la cara. Ella forcejeó y luego se quedó sin fuerzas. Todavía estaba un poco consciente, creo, lo bastante para caminar con él. Pero él dirigía sus movimientos, como si ella no pudiera andar sin su ayuda. Tenía los ojos abiertos, pero confusos. Y Harkan parecía muy perturbado. Por un momento, pensé que estaba enfermo. Después se marcharon corriendo por el pasillo. Fui de inmediato a decírselo a alguien, y encontré a Hob. —Perri frunció el ceño—. Siento no haber ido tras ellos. No sabía qué hacer.

—Hiciste bien en no seguirlos —dijo Navi amablemente en el desconcertado silencio, con expresión pétrea—. Harkan podría haberte hecho daño para conseguir escapar.

—Voy a matarlo. —La furia de Simon era tan completa que parecía aturdirlo, reducirlo a un hombre incapaz de moverse. Tenía la mente embotada, confusa: todos los instintos que poseía, todas las lecciones que había aprendido a golpes lo inundaron con el deseo de infligir violencia—. Los encontraré, y lo mataré allí mismo.

—No, por favor —le pidió Remy, con la voz rota. Tiró de la mano de Simon—. Los encontraremos. No pueden haber ido lejos. Creo que Harkan solo tenía miedo. Él no le haría daño. Puede que ella intentara marcharse de nuevo y que tuviera que detenerla.

—¿Eliana intentaba huir dejándote a ti atrás? Imposible.

Y, entonces, Simon tuvo claro su camino.

Se zafó de los brazos de Remy, le colocó las manos en los hombros y se inclinó para mirarlo a los ojos. Navi trataría de evitar que se llevara a Remy, igual que Hob, igual que todos ellos.

Fracasarían.

—¿Confías en mí? —le preguntó al niño, suavizando la voz. A pesar de su furia, le fue fácil hacerlo, deslizarse a ese astuto mundo plateado de mentiras en el que había vivido desde que aterrizara en este futuro, hacía tantos años.

Las puertas de la Sala de Guerra se abrieron de nuevo detrás de él, y entraron el príncipe Malik, el comandante Haakorat y dos soldados más, salpicados de barro y sangre. Se acercaron rápidamente a la mesa, y Malik les habló a los reyes con furiosos susurros.

Remy los observó, mordiéndose el labio.

—Malik no parece contento. ¿Crees que la ciudad caerá?

—Contéstame. —Simon giró a Remy hacia él—. ¿Confías en mí, Remy?

—Eli me diría que no debería —contestó Remy después de un momento, y su expresión se vació de un modo que Simon no había visto nunca—. Lo que probablemente significa que debo hacerlo.

—Buen chico. Si nos movemos con rapidez, los encontraremos, daremos con Harkan y Eliana antes de que se adentren en la naturaleza. Y, si estás conmigo, nuestras probabilidades de conseguir que Harkan cambie de idea o de poner a Eliana en su contra serán mayores.

Remy lo examinó con seriedad.

—¿Me harías daño para conseguir que ella volviera?

Simon solo se paró a pensarlo un momento. No tenía sentido mentirle al niño, y decirle la verdad, por dura que esta fuera, quizá lo ayudaría a ganarse su confianza.

—No me gustaría, pero si debo hacerlo, lo haré.

Remy espió sobre el hombro de Simon.

—Navi nos está mirando.

—Entonces responde rápido.

El niño clavó sus brillantes ojos azules en los suyos durante un largo momento. Después levantó su pequeña barbilla afilada y apretó la mandíbula como Eliana hacía a menudo.

—Sí.

Simon le mostró una sonrisa tensa.

—Sujétate a mí y cierra los ojos. Cuando corra, tú correrás también.

Entonces rebuscó en su bolsillo, sacó tres diminutos ahumadores negros y los lanzó al suelo. Se abrieron con un trío de abruptos chasquidos y llenaron la habitación de humo. Hob bramó una maldición con voz profunda. Navi gritó el nombre de Simon. Los guardias sacaron sus armas, tosiendo. El escofinar metálico de sus espadas resonó en la arremolinada niebla.

Simon corrió, empujando a Remy para que mantuviera el paso. En la puerta, hundió los puños en las mandíbulas de los dos guardias que obstaculizaban su camino. Cayeron desplomados al suelo. Les quitó una de las espadas, y tomó una daga del cinturón del más cercano para entregársela a Remy.

El niño agarró el arma y juntos atravesaron los túneles que separaban la Sala de Guerra de un castillo lleno de ventanas rotas y de criados gritando. El sonido acuciante de las armas de fuego puntuaba el aire, y Simon se negó a pensar en balas atravesando el cuerpo de Eliana, o en cañonazos haciéndola trocitos, o en que debería habérsela llevado lejos de aquel lugar tan pronto como ella había creado sus forjas.

En lugar de eso, sus pensamientos se deslizaron en el cómodo ritmo de las enseñanzas del Profeta, en los años de entrenamiento y preparación que había soportado en ese gélido complejo bajo la montaña, en la larga y brutal oscuridad que había sido su vida antes de encontrar a Eliana en Orline. Tres soldados los siguieron desde la Sala de Guerra. Extrajo el revólver de su cadera y les perforó el cráneo. Remy gritó una protesta, pero Simon lo empujó hacia adelante.

Con cada golpe de sus botas contra el suelo, su mente coreaba una palabra furiosa, una maldición, una súplica, una oración.

«Eliana. Eliana. Eliana».

21
NAVI

«Quien lea esto, lo último que escribo en mi vida, debe saber que luché por mi país junto a mi adorado esposo Eri y mi querida amiga Ama. Junto a mis comandantes, defendí mi ciudad hasta mi último aliento. Es posible que mi reino caiga, pero el imperio arderá pronto a manos de la Reina del Sol».

Mensaje del rey Tavik Amaruk de Astavar,
confiscado por las tropas invasoras del imperio
el 6 de septiembre del año 1018 de la Tercera Era

Navi no podía seguir callada.

—Somos unos cobardes —murmuró a la oscuridad.

La antorcha de Ruusa era lo único que iluminaba su camino a través de los túneles que corrían bajo Dyrefal.

Malik, a su lado, no dijo nada. Su tenso silencio vibró como el eco furioso de un tambor.

—No sois cobardes —contestó Hob. Su piel oscura brillaba bajo la luz de la antorcha, dorada por la noche—. Sois los líderes del pueblo; cuando el polvo se asiente, buscarán vuestra guía. Os encontrarán, allá donde estéis en los días que están por venir, y os ayudarán en la reconstrucción.

—Yo debería estar ahí afuera, luchando con ellos —replicó Malik—. No escabulléndome en la oscuridad como una rata asustada.

—¿Y qué tendría de positivo que murieras? —Hob se agachó bajo un bajo arco de piedra—. Dos príncipes muertos, y los otros tres al otro lado del mundo. Sin reyes ni Corona. La gente se dispersaría, perdida, sin líder. Lo correcto en este caso es marcharse.

Navi se apoyó en el brazo de Ruusa y cerró los ojos. Se le balanceaba la cabeza como si estuviera en la cubierta de un barco en mitad del océano.

Ruusa le entregó la antorcha a otro guardia de la escolta.

—Mi señora, ¿la llevo en brazos?

—Todavía no, Ruusa —contestó Navi—. Tenemos un largo camino por delante. Reserva tus fuerzas.

—Un largo camino por delante. —Malik soltó una abrupta carcajada—. Vaya manera de decirlo.

Navi buscó la mano del joven.

—Tranquilo, hermano.

Él la rechazó.

—¡Tranquilo! ¡Tranquilo, mientras matan a nuestro pueblo sobre nuestras cabezas, mientras nuestros padres entregan sus vidas para que nosotros podamos huir!

Navi se le acercó, tambaleándose. Él se encontró con ella a medio camino, y le agarró los brazos.

—Navi, apenas puedes caminar —murmuró.

—Escúchame. —Ella estudió su rostro. La tristeza líquida de sus ojos le apresó el corazón—. Sé cómo te sientes. Yo también me siento así. Pero no podemos permitirnos caer presas de nuestro propio orgullo.

Malik negó con la cabeza.

—Navi, no soporto dejarlos atrás…

—Lo sé, pero debemos hacerlo. —Le sujetó la nuca con las manos, le bajó la frente hasta la suya—. En esta guerra no está en juego solo el futuro de Astavar, y no podremos ayudar a Eliana si caemos muertos en el campo de batalla.

—Eliana. —Malik escupió una maldición—. Ella tiene la culpa de esto.

Navi frunció el ceño.

—Ella nos salvó a todos, aquella noche en la bahía de Karajak. Hundió la armada del imperio.

—Y al final no sirvió de nada. —El príncipe señaló el techo con la mano—. Escucha, Navi. Oye cómo muere nuestra gente. Oye cómo cae nuestro reino. Si ella no hubiera venido aquí...

—Si ella no hubiera venido aquí, habríamos caído hace semanas. Y no vuelvas a hablar mal de ella, no en mi presencia. Su camino es mucho más difícil que el nuestro. Solo puedo rezar para que, allá donde Harkan la haya llevado, pueda disfrutar de un poco de paz antes de que la encuentren de nuevo.

Malik le mostró una sonrisa triste y tensa, pero, antes de que pudiera seguir hablando, se produjeron varias explosiones sobre sus cabezas, amortiguadas por la gruesa roca. El príncipe intentó alejarse y se pasó una mano por la cara con un pequeño sollozo, pero Navi lo detuvo.

—Astavar podrá caer —dijo en voz baja—, pero su gente vivirá, y cuando los supervivientes huyan y se dispersen, tú y yo lucharemos para salvarlos, a ellos y a sus hermanos venteranos y a sus hermanas celdarianas. —Tomó aire profundamente, casi sin energía—. Dime que lo haremos.

Después de un largo momento, Malik consiguió hablar.

—Huiremos al sur, a las Vespertinas.

—¿Y después?

—Reuniremos aliados mientras viajamos.

—Agruparemos a los perdidos y a los que se han quedado sin hogar, a tantos como podamos cobijar, a tantos como quepan en nuestro barco. Y buscaremos más barcos, y nuestro número crecerá, y entonces ninguno volverá a estar perdido o sin hogar, porque habremos construido uno nuevo. Un nuevo país.

—Tendremos que reunir un ejército para aplastar al imperio —añadió Malik, con voz más fuerte ahora, más segura.

Navi asintió. Tenía el corazón rebosante de amor por él. Todavía sentía los besos de despedida de sus padres en la frente. Si inhalaba lo bastante profundo, todavía olía el perfume de Ama en su ropa.

Para honrar su sacrificio, luchó contra sus lágrimas hasta someterlas. Ya emergerían más tarde.

—La posición del imperio en las islas no es tan fuerte como en el pasado. Podríamos desplazarlo, si no en Tava Koro, quizá en una de las islas más pequeñas.

—Estarán distraídos, buscando a Eliana.

—Seguramente. —Navi agarró el suave cabello negro de Malik y clavó la mirada en él—. Uniremos a las Vespertinas a nuestra causa. Reuniremos barcos, armas, soldados. Y cuando Eliana esté preparada para destruir al emperador... Porque lo hará, lo destruirá, lo creo con toda mi alma, en ella pongo toda mi esperanza, querido hermano. Cuando esté lista, nosotros estaremos allí, con nuestro ejército de vagabundos, y lucharemos a su lado, y no la dejaremos caer.

Malik cerró los ojos. Las lágrimas bajaron por sus mejillas.

—No somos unos cobardes.

—No. Me equivoqué al decir eso. —Se apartó de él y miró a sus guardias, uno a uno—. Nosotros somos la luz contra la oscuridad, y debemos seguir ardiendo con fuerza para que otros puedan encontrar la salida.

Por último, miró a Hob a los ojos. Él asintió, y después dijo:

—Que la luz de la Reina nos guíe.

Navi rezó una oración rápida y muda en la que prometió que no solo viviría lo suficiente para luchar de nuevo junto a Eliana, sino también para ver el reencuentro de Hob y Patrik. Desde que dejó a Patrik en la Ratonera de la Corona, hacía semanas, Hob no se había quejado ni una sola vez porque aquella lucha lo hubiera separado de su amor, pero Navi veía su mudo dolor en cada arruga de su rostro, lo oía en cada palabra que pronunciaba.

Le tocó el brazo y le dedicó una ligera sonrisa, que él le devolvió con los ojos brillantes.

—Que la luz de la Reina nos guíe —repitió ella, y después, tambaleándose, rechazó la muda oferta de ayuda de Ruusa (al menos durante un rato, al menos unos pasos sobre sus dos pies renacidos) y se giró para mirar su hogar la que sabía que sería la última vez, mientras rezaba en silencio a los devastados vestigios del empirium que pudieran quedar en el mundo.

«Encontradla».

«Protegedla».

«Ayudadla a creer».

22
ELIANA

«Cuando la Reina del Sol llegue, es posible que no sea como la habéis imaginado. Podría no saber quién es, y podría no desear el destino para el que ha nacido. Tened paciencia con ella. Nutridla y apreciadla. Y, sobre todas las cosas, haced lo que sea necesario para mantenerla a salvo, aunque os odie por ello».

La palabra del Profeta

Eliana fue testigo de su huida con Harkan a través de una niebla amarga. Le dolía la cabeza.

Sabía qué droga había usado Harkan: un poderoso sedante comúnmente conocido como lirio negro. Cuando era la Pesadilla, ella misma lo había usado a menudo con sus víctimas. Estaba tan furiosa con él por emplearla contra ella, y consigo misma por no haberlo visto venir, que, a pesar de sus sentidos embotados, la furia le incendió las plantas de los pies, encallando su cuerpo inútil.

Tenía que apoyarse pesadamente en Harkan para mantenerse en pie. Él le sujetaba la cintura con el brazo mientras huían por el castillo siguiendo la conocida ruta hacia la caverna de Tameryn, y después a través de una serie de túneles distintos que, afortunadamente, no estaban inundados ni les exigían nadar.

Al final salieron a la ciudad, al caótico centro de Vintervok. Las explosiones estaban haciendo añicos las calles, y los escombros caían sobre las carreteras desde los tejados rotos por los cañonazos. Los ciudadanos aterrados gritaban y corrían por las avenidas, cargados , con las pocas pertenencias que podían transportar a la espalda y los brazos llenos de niños, libros y bolsas de comida. No habían tenido tiempo para prepararse; la invasión había llegado de repente, como un monstruo que saliera del interior de la tierra, y ahora no había ningún sitio al que huir.

El lirio negro se hundía lentamente en las venas de Eliana, sofocando su visión, su equilibrio. Se dejó caer sobre Harkan y se tambaleó a su lado como un animal dirigido por su amo.

Bajo las olas de la droga que inundaba su mente, su ira se enroscó, esperando.

Subieron a un barco; el Streganna, le dijo Harkan al oído. Mientras los empujaban a una de las oscuras bodegas, junto a tantos otros pasajeros que lloraban y sollozaban que, incluso en su estado, a Eliana se le erizó la piel, Harkan le contó lo que había hecho.

—Mientras estabas con Navi —le dijo en voz baja—, fui a la ciudad. En una taberna, conocí a un hombre llamado Arris y le pagué unos pasajes para este barco. Se dirige a Meridian. Le entregué una buena suma, robada del tesoro de los reyes. Lo sé, no debí hacerlo. Que Dios me perdone, pero no soportaba seguir allí, viendo cómo te sometías a los planes de Simon. Esas forjas… Eli, él quiere que seas un arma en su guerra. No creo que ese sea el destino que de verdad deseas tú.

Ella lo escuchó hasta que no pudo seguir haciéndolo. Su furia borboteó, permitiéndole hablar.

—¿Y Remy? —consiguió decir, despacio y con gran esfuerzo. Calculaba que tendría que soportar otras dos horas de los peores efectos del lirio negro y, hasta entonces, seguiría sin fuerzas y con la boca seca.

Harkan se detuvo. La había llevado a una esquina tranquila de la bodega donde había una raída hamaca de lona, una zona en la que el suelo estaba bastante limpio. Le había cubierto las manos vendadas, las forjas, con sus guantes.

—No quería dejarlo atrás —le contestó al final, con la voz tan pesada como ella sentía la mente—. Sabes que no. Pero si tenía que elegir entre ir a buscarlo y perder la oportunidad de escapar, o sacarte de allí a salvo... Eli, no podía desaprovechar el momento. Tenía que actuar.

—No, no tenías que hacerlo. —Intentó mirarlo con odio, irritada porque sus ojos seguían cerrándose contra su voluntad—. No tenías que hacer nada de esto. Quedarme o marcharme era decisión mía, y me la has negado.

Él negó con la cabeza, se pasó una mano por la boca.

—Por favor, intenta comprender...

—No. Te odio. ¿Entiendes tú eso? ¿Me has oído? Me has perdido. Me has traído aquí porque eres un egoísta y un cobarde, pero al hacerlo me has perdido para siempre. Tenlo claro. Tendrás que vivir con ello.

Para decir esas palabras agotó toda la voz que le quedaba. Le ardían los ojos por las lágrimas, por la droga, por la ceniza que salpimentaba el cielo. Se recostó en la hamaca donde Harkan la había situado y se sumió en un palpitante sueño negro.

El mar de Huesos estaba tranquilo (en ello insistía el capitán, en cualquier caso), pero Eliana no estaba acostumbrada a viajar en barco y se pasó los dos primeros días a bordo del Streganna acurrucada en su hamaca, sintiéndose miserable y enferma de rabia. En el suelo había un cubo, uno de muchos. Lo usaba a menudo.

Harkan no estaba mucho mejor, y eso era un pequeño consuelo.

Ahora que ya no sentía los efectos del lirio negro, Eliana podía examinar lo que la rodeaba. Las hamacas en la bodega del barco estaban colgadas muy cerca unas de otras, con cuerdas atadas a las vigas. Había contado al menos setenta en la bodega principal, y no todos los pasajeros habían conseguido hacerse con una. El aire húmedo se volvió desagradablemente humano rápidamente. Pero, aunque el barco era pequeño, parecía estar bastante limpio, y las hamacas eran grandes y recias.

Lo bastante grandes, de hecho, para que Harkan la compartiera con ella.

Había estado caminando por la bodega, convencido de que el movimiento y la conversación con el resto de los viajeros evitarían que pensara en las náuseas, y quizá suponiendo que dejar espacio a Eliana disiparía su enfado.

Pero al final se rindió y se subió en silencio a la hamaca. No les quedaba nada en el estómago, y aunque Eliana estaba tan furiosa con él que no podía mirarlo a la cara, también estaba demasiado enferma para rehuirlo. Su cuerpo, aunque tan sudoroso como el suyo, era algo sólido y familiar, así que se aferró a él de mala gana mientras el barco los balanceaba. Incluso los sonidos de siempre parecían nuevos y extraños en el interior del casco del Streganna: el llanto de los bebés, el murmullo grave de la conversación, las risas y el movimiento de los naipes, el chisporroteo distante de la carne friéndose en las cocinas.

—No sé cómo alguien puede pensar en comer —gruñó Eliana contra el cabello de Harkan.

—Por favor, no me vomites encima.

—Te lo merecerías.

Quería decirle mucho más. Quería levantarse de la hamaca y abandonarlo, mantenerse tan lejos de él como le fuera posible hasta que llegaran a puerto en Meridian, y después decirle adiós para siempre.

Pero esa distancia habría sido un acto de piedad que ninguno de los dos se merecía. Él la había alejado de Remy, de Simon, de la gente que necesitaba su ayuda.

Y ella estaba aterrada por la idea de enfrentarse sola a lo que fuera que se avecinara, aunque contaba con la compañía de Harkan. En el pasado, después de una traición tan atroz, se habría alejado de él sin mirar atrás.

Pero, en el pasado, el imperio no le seguía los talones, y no tenía en las manos unas jaulas que no comprendía.

Se metió la mano derecha en el bolsillo del abrigo y rozó las frías líneas metálicas de la caja que contenía a Zahra. Acordarse de la ausencia del espectro la enfureció. Se le inundaron los ojos cuando la recordó flotando cerca, enfriándole las mejillas con la sutil corriente oscura de su mano.

—Me pregunto si Remy habrá muerto después de que lo abandonáramos —dijo—. Tal vez intentó encontrarnos, se separó de los demás y murió con una flecha del imperio en el vientre.

Harkan soltó un suspiro tembloroso.

—Eli, no.

—Me pregunto si habrá muerto solo, aterrorizado, sin saber por qué lo abandonamos.

—Por favor, no hagas esto.

—Vete a la mierda, Harkan. Haré lo que me dé la gana.

Y entonces, mientras el barco se balanceaba con fuerza, sus lágrimas emergieron hasta que apenas pudo respirar. Se tragó el sabor agrio de su estómago revuelto.

—Nunca te perdonaré esto —le dijo, con la cara aplastada contra su cuello. Una rabia animal que vibraba bajo su esternón anhelaba arrancarle la carne con los dientes, separarle la cabeza del cuerpo, dejar que se desangrara y que sufriera como temía que hubiera sufrido Remy, solo, en el castillo invadido, sin su hermana para protegerlo.

En lugar de eso, lloró contra la camisa de Harkan, le apartó el brazo cuando él intentó consolarla, lo maldijo con crueldad cada vez que él pronunció su nombre. Aunque conocía su voz y su cuerpo era un ancla agradable en mitad de aquel mar agitado, era raro estar tan cerca de él. Nunca lo habría creído capaz de hacer lo que había hecho. Nunca había imaginado que era el tipo de hombre capaz de arrebatarle su voluntad, de organizar su vida como le pareciera adecuado en lugar de permitir que la gobernara ella, como era su derecho.

Se le ocurrió una idea terrible: ¿lo había cambiado la guerra? ¿Lo habían dañado irreparablemente las horribles y largas semanas desde que se separaron en Orline?

¿O nunca lo había conocido de verdad?

La sensación se asentó en su pecho como una comida que no podía digerir. No intentó deshacerse de ella; dejó que se descompusiera, hiriente, entre sus costillas.

Después de eso, no le fue fácil conciliar el sueño.

Se despertó sobresaltada y descubrió que Harkan no estaba.

Pero había otra persona mirándola.

Había un niño muy cerca, con los ojos oscuros muy abiertos bajo la tenue luz. Tenía la piel marrón oscuro y rizos negros.

Y estaba observando sus forjas.

Durante un instante, Eliana se quedó paralizada. Y después lo recordó: se había quitado los guantes de Harkan aquella noche, para que la piel de sus manos vendadas pudiera respirar, y después había olvidado ponérselos de nuevo.

—¿Qué es eso? —El niño levantó la mirada, y su expresión se volvió inquisitiva—. Nunca lo había visto antes.

—No, supongo que no. —Eliana sacó las piernas de la hamaca, lista para agarrar a Arabeth—. Pertenecieron a mi madre. ¿Qué quieres?

El niño miró sus manos una vez más.

—Si los toco, ¿me harán daño?

—Si los tocas, yo te haré daño.

El chaval levantó la vista, evaluándola.

—Me llamo Gerren. Roncas. Si no dejas de hacerlo, alguien terminará dándote un puñetazo en la cara.

Entonces, rápido como un gatito, dejó un trozo de papel doblado en su palma, se agachó para pasar por debajo de la hamaca contigua y se marchó.

La bodega estaba en penumbras, iluminada por un par de velas casi consumidas y por el halo de luz que entraba por la escotilla más cercana. Eliana abrió la nota y entornó los ojos para leerla.

Vertedero. En una hora.
Sabemos quién eres.

Encontró a Harkan limpiando la cubierta lateral y levantó el papel para que lo leyera, ignorando el irritado ladrido del contramaestre.

El joven se secó la frente. El incipiente alba iluminó el velo de sudor sobre su piel.

—¿Qué le dijiste? —le preguntó en voz baja—. A ese hombre que encontraste y que nos proporcionó los pasajes. ¿Esto es cosa suya?

—No le dije nada importante. —Harkan miró el papel con el ceño fruncido, y después se dirigió a la barandilla y lo tiró por la borda—. ¿Quién te ha dado esto?

—Un niño. Gerren dijo que se llamaba. Vio mis forjas.

Harkan la miró, espantado.

—¿Cómo? Mis guantes...

—Me los quité para dejar respirar las manos, se me olvidó ponérmelos de nuevo y me quedé dormida.

—Eli, no puedes ser tan descuidada.

—No te atrevas a hablarme así —le dijo, aunque había sido descuidada y la enfurecía darse cuenta de ello—. Estaba cansada, ¿vale? Estoy tan cansada que apenas puedo pensar.

—Quizá si no te hubieras llevado a ti misma al borde de la muerte en Astavar, ahora no estarías así —le dijo Harkan.

Ella le dirigió una dura mirada.

—Me sorprende que te creas con derecho a decir algo al respecto. Hice lo que tenía que hacer para salvar a Navi.

Harkan se giró para mirarla. Tenía los ojos brillantes por las lágrimas.

—Y yo hice lo que tenía que hacer para salvarte a ti.

Se instaló el silencio entre ellos. Harkan se dio la vuelta para contemplar el brillante mar. El sol engordó en el horizonte; no había tierra a la vista.

Cuando volvió a hablar, su voz sonó firme.

—Supongo que tendremos que reunirnos con ellos, sean quienes sean. De lo contrario, podría ser peor.

—Tengo que reunirme yo con ellos, en cualquier caso.

—No esperarás que te deje ir sola.

Eliana se detuvo, con el cuerpo tenso por las ganas de pelea.

—¿Dejarme? Piensa muy bien lo que vas a decir a partir de ahora, Harkan.

Él se quedó callado mucho tiempo, y cuando por fin volvió a mirarla, había cansancio en su expresión, y arrepentimiento.

—Lo sé. Lo siento. No creo que jamás pueda disculparme lo suficiente. Y lo asumo. Pero no creo que debas hacer las cosas sola, ni aquí ni cuando desembarquemos. Tienes una diana en la espalda, ahora más que nunca, y no tenemos amigos aquí ni en ninguna parte. Solo nos tenemos el uno al otro.

Esa horrible verdad se asentó, girando, en su vientre.

Solo tenía a Harkan.

Y se dio cuenta, al mirarlo, de que, a pesar de todo, todavía lo quería y siempre lo haría. Había hecho algo imperdonable, y lo recordaría el resto de su vida, cada vez que posara sus ojos en él.

Pero antes de eso había habido toda una vida de amistad y devoción, y aunque anhelaba desechar esos recuerdos, limpiar la pizarra de su historia, no podía hacerlo. Harkan era parte de ella, y ella de él. Estaban entrelazados y, si separaba esas hebras, no le quedaría nada a lo que aferrarse.

Sin decir una palabra, lo ayudó a terminar sus tareas y después, juntos, bajaron a la bodega.

El vertedero se encontraba al final del pasillo, más allá de las cocinas. Varias veces al día, los ayudantes de los cocineros tiraban comida podrida, desechos y basura a través de una escotilla cerrada en el suelo de aquel cuarto.

El estrecho pasillo que conducía hasta allí estaba vacío. Reinaba el silencio, excepto por las estrepitosas carcajadas que salían de las cocinas.

Eliana llamó a la puerta. Esta se abrió de inmediato, dejando escapar un nauseabundo hedor; olía exactamente como había esperado que lo hiciera un vertedero.

—Llegas tarde —dijo una mujer desde el interior, a la que Eliana había visto al pasar en el barco. Era joven, quizá dos o tres años mayor que ella, delgada y ágil, de un modo que sugería que rara vez dejaba de moverse. Tenía unos ojos vivos y penetrantes, de un marrón miel que hacía juego con su piel salpicada de pecas. Se había teñido el largo cabello castaño de un llamativo escarlata, aunque debía de haber pasado cierto tiempo, porque gran parte del color de su trenza se había disipado.

La mujer le miró las manos de inmediato.

—Bueno, ¿qué son?

Eliana no parpadeó.

—Eran de mi madre.

—Sí, eso dijo Gerren. Pero ¿qué son?

—Es raro que te interese tanto la joyería —dijo Harkan, junto a Eliana.

La mujer levantó una ceja.

—Son bastante feas, para ser joyas.

—¿Qué quieres? —le espetó Eliana.

La mujer la examinó un instante más.

—Tu ayuda —le dijo, y después se apartó para revelar al hombre que estaba sentado detrás de ellas en un cubo del revés. Tenía la piel clara, el cabello cobrizo y despeinado y una cicatriz reciente cruzándole la cara, oculta en parte por un parche negro.

Eliana dio un paso atrás, tambaleándose. Se sentía como si estuviera abandonando su piel.

—¿Arris? —dijo Harkan con sorpresa—. ¿De qué va todo esto?

—Harkan. —El hombre inclinó la cabeza y habló con voz lenta y suave, como si aquello lo divirtiera—. Cuando nos conocimos en Vintervok, no me contaste con qué tipo de compañía contarías. —Miró a Eliana, con una curva en la boca.

—No se llama Arris —consiguió decir Eliana, obligándose a superar el asombro—. Es Patrik. Es de la Corona Roja.

23
RIELLE

«Las historias de los primeros días de la Segunda Era cuentan que santa Marzana, sabiendo lo cansados que estaban los refugiados y cuánto echaban de menos sus lugares de origen tras tantos años de guerra, decidió crear su trono a partir de unas llamas que jamás se extinguirían. Incluso en la noche más oscura, el trono sería más brillante que el sol y calentaría los recovecos incluso del corazón más desolado».

El fuego que iluminó el mundo.
Historia del origen del reino de Kirvaya,
de Blazh Tarasov y Lyudmilla Zakhovna

La voz urgente de Ludivine despertó a Rielle en la madrugada de un inusual sueño sin pesadillas.

Rielle, despierta. Ha venido alguien a verte. La representante del Obex en Kirvaya. Estamos fuera. Me ha costado evitar que entre. Despierta a Audric.

El cansancio de Rielle desapareció. Zarandeó a Audric ligeramente hasta que este se despertó y se frotó los ojos.

—¿Qué pasa? —murmuró.

—La representante del Obex está aquí. —Se levantó de la cama y el aire frío le erizó la piel. Recuperó su bata del suelo—. Lu está fuera con ella.

Rielle esperó hasta que Audric se puso la túnica y los pantalones para decirle a Ludivine: «Adelante. Estamos visibles».

Ludivine entró de inmediato, con el ceño fruncido por la preocupación. La seguía una mujer con el cabello gris rapado y la piel clara arrugada y envejecida, pero el paso firme. Llevaba varias capas de pieles cubiertas de nieve y un bastón, y la acompañaba el frío mordisco del invierno.

En el broche de bronce de su capa lucía el símbolo del Obex: un ojo sobre la Puerta.

—Príncipe Audric. Lady Rielle. —La mujer hizo una reverencia—. Mi nombre es Vaska. Hablo en nombre del Obex.

—Es bastante tarde, Vaska —dijo Audric—, y hemos viajado durante días. ¿No puede esto esperar hasta mañana?

Vaska parpadeó.

—No, mi señor. No puede esperar hasta mañana. —Miró a Rielle—. Ha venido para recuperar la forja de santa Marzana, ¿no?

—Sí, así es —respondió Rielle—. ¿Ha pasado algo?

La mujer negó con la cabeza.

—No hablaré de ello aquí, mi señora. Como sabe, el Obex solo es leal a nuestra sagrada labor. No nos postramos ante el Trono de Fuego ni ante el Consejo Magistral. Y, como estoy segura de que también sabe, reina la agitación en la ciudad. Es posible que haya oído hablar de los niños elementales que han desaparecido.

Rielle enarcó las cejas. Notó la sorpresa de Ludivine como un diminuto empujón en su columna. *Yo no sabía nada de eso.*

—No —dijo Rielle—. No hemos oído hablar de niños desaparecidos.

Audric dio un paso adelante.

—¿Cuántos han desaparecido? ¿Se han tomado medidas para encontrarlos?

—Sí, pero eso no es asunto suyo —replicó Vaska—. Solo lo he mencionado para ilustrar el estado precario de esta ciudad, algo que estoy segura de que nuestra reina y sus consejeros se están esforzando por ocultar durante su visita. Ahora, por favor, vengan conmigo. No confío en las paredes de Zheminask.

Vaska caminó hacia las puertas. Como no la siguieron, se giró y los miró.

—¿Por qué dudan?

—Esto es completamente inapropiado —contestó Audric—. Una representante del Obex acude a nosotros en mitad de la noche y nos insta a marcharnos con ella a un lugar incierto.

Vaska asintió.

—Lo comprendo. Por desgracia, no puedo informar de nuestro destino. —Se detuvo y apretó los labios—. Jodoc nos ha hablado de su ángel. Seguramente ella notará mi sinceridad.

Ludivine miró a Rielle. Su presencia era un enredo inseguro en la mente de Rielle, como un borrón.

—Noto que estás diciendo la verdad, Vaska —dijo Ludivine con lentitud.

Pero, por lo demás, sus pensamientos son un misterio para mí; están ocultos de un modo que me desagrada.

Rielle perdió la paciencia que le quedaba.

—Dice que le estás ocultando tus pensamientos, y que eso no le gusta.

Vaska sonrió levemente.

—En el Obex aprendemos con los años a proteger nuestros pensamientos de la intrusión de los ángeles. —Sus ojos pasaron sobre Ludivine como lo harían sobre una zona descolorida del suelo—. Ahora, por favor, venid. Cada momento de retraso estamos un instante más cerca de la destrucción de la Puerta. Y poneos ropa de abrigo. Ha comenzado a nevar.

Evyline insistió en acompañarlos junto a tres miembros más de la Guardia del Sol de Rielle: Jeannette, Ivaine y Riva. Rielle no protestó. No confiaba en Vaska, que los sacó de Zheminask usando sombríos pasadizos subterráneos que corrían bajo el palacio.

Notaba la mente de Ludivine como la de una niña confusa, aunque decidida, tanteando en la oscuridad.

Algo no va bien aquí, le dijo a Rielle.

«¿Aquí? ¿Con nosotros?».

Aquí, en esta ciudad. Y no sé qué es. Algo me está bloqueando.

Rielle tenía una idea de lo que podía ser. Hizo un esfuerzo por aclarar y tranquilizar su mente. «Puede que solo estés cansada».

Ludivine guardó un obstinado silencio. Al final, atravesaron una estrecha puerta y emergieron a una llanura agreste cubierta de nieve. Estaban detrás del palacio, cerca de una serie de acantilados.

Cinco elegantes puentes de piedra conectaban la tierra sobre la que se alzaba Zheminask con las montañas que había más allá. Vaska los condujo hacia la izquierda y, después, por un abrupto camino que rápidamente se convirtió en una pendiente salpicada de parches de hielo negro. Cuanto más subían, más fuerte caía la nieve, hasta que Rielle apenas podía verse los pies. Pronto se encontraron caminando a través de los montones de nieve en polvo, mientras Rielle respiraba con dificultad y el sudor resbalaba sobre su piel debajo de las capas de lana.

Trastabilló, torpe por el frío. Audric la sujetó de inmediato, pasándole un brazo fuerte alrededor de la cintura.

—Nos volvemos en este mismo instante —le dijo, aunque tuvo que gritarle junto a la oreja para que lo oyera, porque el viento había comenzado a aullar con fuerza—. Esto es absurdo. Vamos a morir en una caída.

Pero Rielle no podía permitirlo. El aullido del viento, la nevada y la negra noche más allá eran vestigios de sus sueños.

—Si te caes, yo te cogeré —le gritó, quitándose la nieve de la nariz con el guante.

Enmarcado por las pieles, que tenían una costra de hielo, Audric hizo un gesto de preocupación. Miró la pendiente, que parecía alejarse hasta el infinito en la negrura.

—¿Hay algo que tengas que contarme? —le preguntó sin mirarla.

Rielle negó con la cabeza.

—Tengo frío. En este momento no puedo pensar en nada más.

Le pareció que él sonreía, aunque no podía estar segura. Vaska les gritó que se dieran prisa; en la montaña, detenerse podía significar la muerte. La siguieron, siempre hacia arriba, y cuando Vaska gritó por fin algo que Rielle no comprendía, señalando la nieve frente a ellos, ella se quedó paralizada.

Era el *château* negro de sus sueños.

Construido para adaptarse a los salientes y acantilados de la montaña, acunado entre las rocas, abrazaba la pendiente en largas capas, con tejados cuadrados y acusadamente puntiagudos, como si cada planta del edificio contara con un par de cuernos.

¿Qué pasa? Pareces asustada, le dijo Ludivine.

«No lo estoy. No pasa nada». Rielle intentó cerrar las puertas de su mente. Sentía sus pensamientos tan desmañados y entumecidos como sus dedos. «Tengo mucho frío».

Mientras seguía a Vaska por el sendero, examinó la nieve. El corazón le latía con tanta fuerza que lo sentía en las plantas de los pies.

※

Los alojaron en un ala privada del templo del Obex, tenuemente iluminada, con el ambiente almizclado y en calma endulzado por el incienso. Los pasillos estaban silenciosos, bordeados de gruesas alfombras que ofrecían poco alivio frente al inclemente frío. Había algunos miembros del Obex, callados, con sus túnicas gruesas y sus zapatillas forradas en piel. Con las capuchas bajadas y la cabeza inclinada, pasaron junto a los exhaustos recién llegados que dejaban hielo y barro en sus baldosas sin prestarles atención.

Afortunadamente, las habitaciones que les asignaron estaban calientes. Un enorme fuego rugía en la chimenea.

Cuando Ludivine los dejó y la Guardia del Sol se apostó al otro lado de la puerta, Rielle se quitó la ropa. Tiritando, se metió en la cama, amontonada de pieles y, en cuanto Audric se unió a ella, se abrazaron y permanecieron en silencio hasta que sus cuerpos se hubieron calentado.

—Qué lugar tan extraño —murmuró Audric al fin—. No me gusta. Creo que no deberíamos haber venido. Cuando la tormenta haya pasado, deberíamos marcharnos.

—Necesitamos la forja —replicó Rielle, con la cabeza debajo de la de él—. Hemos venido a buscarla.

Audric no dijo nada. Distraído, le peinó el cabello con los dedos, como a ella tanto le gustaba.

¿Qué me ocultas? La voz de Ludivine le llegó abruptamente desde su habitación, al otro lado del pasillo. *¿Qué estás haciendo, Rielle?*

«Intentando dormir», le contestó Rielle. «Déjame en paz».

Pero no se durmió. Se mantuvo despierta hasta que la respiración de Audric se ralentizó, y entonces envió un único y tranquilo pensamiento: «Estoy aquí. ¿Y tú?».

Corien respondió de inmediato. *Sí. Ven a buscarme.*

Rielle se escabulló de los brazos de Audric y se vistió, apenas consciente del frío, sin estar segura del todo de si estaba soñando.

«¿Me estás mirando?», le preguntó, subiéndose los rígidos pantalones, las botas maltrechas.

Siempre, Rielle.

Debería haberse sentido alarmada, furiosa.

No fue así.

«Ojalá no llevara estos harapos», admitió, cerrándose la capa. «No me gusta que me veas con ellos».

Notó la satisfacción de Corien arqueándose contra ella como un gato contento.

Quieres estar guapa para mí.

Rielle corrió por el pasillo, dejando atrás a su desatenta Guardia del Sol, con las manos enguantadas cerradas en puños. El templo estaba a oscuras después de que la mayoría de las velas se hubieran agotado.

«No sé cuándo volveré a verte», le explicó. «Quiero que...».

Dudó. Le ardía la cara, y las lágrimas habían formado un nudo en su garganta.

Él terminó la idea por ella.

Quieres que te recuerde preciosa. Oh, Rielle. Se rio, una sedosa cascada de sonido. *Tu belleza no tiene igual en este mundo, y sería así ataviada con harapos sucios o con un vestido tejido de estrellas.*

Ella vaciló y se apoyó en la pared. Intentó recuperar el aliento, tranquilizar su respiración.

Sientes miedo, le susurró Corien.

«Siento muchas cosas». Se dio cuenta de que no oía a Ludivine. «¿Le has hecho daño a Lu? Si se lo has hecho, te mataré».

No. Te estoy escondiendo. Su voz se enroscó, satisfecha. *Esa pequeña rata cree que estás dormida.*

«No la llames así. Su nombre es Ludivine».

Ese es el nombre que le robó a tu amiga, señaló él. *Su verdadero nombre es...*

«No eres tú quien debe decírmelo», le espetó Rielle.

Él cedió.

Ven a buscarme.

«¿Dónde estás?».

Lo sabes bien.

Era cierto. Cruzó uno de los patios del templo, pasó sobre una barandilla baja de piedra y se hundió en un montón de nieve blanca. Caminó pesadamente a través de la nieve, siguiendo el rastro que le habían dejado sus sueños.

Lo encontró en un claro rodeado de montañas. Un claro verde, tranquilo y fresco, desprovisto de nieve. Los pájaros cantaban dulcemente.

Era una mentira que él había creado, en cuyo centro estaba esperándola.

—Cámbialo —le dijo, sin aliento mientras se acercaba a él. Apenas podía hablar: le dolía el costado, tenía las extremidades entumecidas por el frío y las costillas tensas y calientes alrededor de su corazón—. No quiero tus mentiras. Quiero ver la verdad.

De inmediato, el claro verde desapareció de su mente. Corien estaba ahora ante una escarpada elevación, delante de la entrada de una cueva donde se amontonaba la nieve.

Se bajó la capucha, revelándose ante ella: su rostro blanco, sus claros ojos azules, los copos de nieve que se derretían en su cabello.

Ella corrió hacia él, olvidándose de todo, olvidándose del frío y de su cuerpo agotado y del hecho de que quería huir de él tanto como quería tocarlo.

Él abrió los brazos para recibirla, igual que lo había hecho en sus sueños, y cuando llegó hasta él, la envolvió con su capa. Ella se aferró a su chaqueta; estaba rígida por el frío. Ebria de su cercanía, mareada y con las rodillas débiles, buscó su rostro con unas manos que ardían en el interior de sus guantes. Se los arrancó con los dientes, dejó escapar un suave gemido de frustración y después posó las manos desnudas en las mejillas del ángel y deslizó los pulgares por el abrupto corte de su mandíbula.

—Estás aquí —susurró, sonriendo a pesar de las lágrimas, odiándose y a la vez dichosa al sentir el cuerpo de Corien contra el suyo—. Estás aquí y yo estoy aquí, aunque no debería. —Se secó la cara con una mano temblorosa—. Que Dios me ayude.

—Dios no pinta nada aquí —murmuró Corien, y bajó su boca hasta la de Rielle.

Ella se puso de puntillas para recibir el beso, le rodeó el cuello con los brazos. Corien le abrió la boca con la lengua, la alzó contra su cuerpo, se movió rápidamente para apoyarla en la pared de la cueva. La dura piedra se le clavó dolorosamente en la espalda. El latido de su corazón aullaba en sus oídos, ahogando los sonidos de la tormenta, y cuando él le metió los dedos en el cabello y le tiró bruscamente de la cabeza hacia atrás, exponiendo el cuello de Rielle ante su boca caliente y exploradora, ella gimió una súplica muda.

Corien la miró, con el pelo oscuro cayendo sobre sus ojos claros y un destello en la mirada.

—¿Quieres que pare?

¿Parar? Parar era impensable. Parar era la muerte. Pero a Rielle se le ocurrió preguntarse de repente cómo sabía él que le gustaba que la besaran así, con los dedos enredados con rudeza en su cabello. Se le hizo un nudo en el estómago y se apartó de él.

—Sí —susurró—. Para, por favor.

Corien la soltó y la observó mientras se alejaba, tambaleándose y recomponiéndose.

—Nos has estado espiando —murmuró ella, mirándolo de nuevo—. A Audric y a mí. ¿No?

—Solo ocasionalmente. —Corien le mostró una sonrisa áspera e insatisfecha—. Parece que me gusta torturarme.

Rielle deseó abofetearlo, pero, si lo tocaba de nuevo, no podría parar.

—Eres asqueroso.

—Y tu conflicto es delicioso —le contestó él, impasible—. En un momento me odias. Al siguiente, te mueres por mí.

Rielle se ciñó la capa alrededor del cuerpo.

—Te prohíbo que vuelvas a espiarnos. El tiempo que paso con Audric es solo nuestro.

—Muy bien. Tienes mi palabra. Me mantendré alejado.

—¿Y me permitirás dormir?

—Nunca he evitado que duermas —le contestó Corien con suavidad.

—Cada vez que entras en mis sueños y me envías imágenes que no comprendo me despierto más cansada que el día anterior.

Corien sonrió un poco.

—Me halaga que mi presencia sea tan distractoria.

—Tengo que dormir, Corien. —Se cruzó de brazos—. No sé qué quieres de mí, pero no seré de utilidad para nadie si no puedo descansar.

—Lo comprendo —dio él al fin, serio y amable—, pero es el único momento en el que puedo verte, Rielle. Cuando estás dormida y tu bullicioso mundo se aquieta por fin.

—Eso no es problema mío. —Ella levantó la barbilla—. ¿Por qué me has traído aquí?

—Ah, y aquí está de nuevo: lady Rielle, la Reina del Sol. Todo compromiso y obligaciones, encadenada a su adorado príncipe. —Sonrió amargamente—. La dicha de imaginármelo encontrándote en mis brazos podría sustentarme durante semanas.

—Eres patético. —Cuando la realidad de los últimos frenéticos minutos se asentó en su mente, el estómago se le revolvió. ¿Por qué había permitido que ocurriera? Recuperó sus guantes del suelo, con la boca agria. Se limpió los labios con el dorso de la mano como si les quitara un veneno—. No eres digno de él.

—Tú tampoco, querida —le espetó Corien—. Y cuanto antes lo aceptes, más felices seremos todos.

El ángel se adentró en las sombras de la caverna. Cuando regresó, traía consigo un maltrecho escudo de bronce.

—Toma —murmuró, entregándoselo y evitando su mirada—. Cógelo y vuelve con él.

El borde del escudo le hizo daño en las manos. Su palpitante poder se adentró en sus venas, despejándole la mente. Cuando sus pensamientos se aclararon, su visión se expandió más allá de lo físico, más allá de la cueva y de la nieve y de los grabados antiguos del escudo. Unas siluetas doradas emergieron en la profundidad de su cerebro: una mujer pálida con el cabello blanco acunando un fuego en sus palmas. Estaba ante un agujero del cielo, sosteniendo su escudo en llamas contra un nudo de tormentas.

—La forja de Marzana —susurró. Miró a Corien y lo descubrió observándola—. ¿Por qué me lo das? ¿Cómo se lo has robado al Obex?

—Lo he robado porque soy poderoso, y ellos no. Y te lo entrego a ti porque estoy harto de esperar.

Corien le agarró la barbilla y su mirada pálida vagó por su rostro. A Rielle no le fue fácil apartarse de él, pero pensó en Audric, durmiendo en el templo, inocente y ajeno a todo aquello, y lágrimas de vergüenza acudieron a sus ojos.

El ángel la soltó con una mueca.

—Entregarte el escudo es una demostración de fe y una muestra de mi devoción. No te obligaré a pasar una prueba. No te llevaré ante una multitud y te instaré a jugar con tu poder como una artista callejera. Esos idiotas del templo te habrían puesto a prueba durante semanas antes de permitir que te llevaras la forja. Habría sido una pérdida de tiempo, y un insulto para ti. —Le sujetó la cara y la acercó a él, pero no volvió a besarla—. Te veo, Rielle. Yo te veo. Y no te tengo miedo. Conmigo nunca tendrás que fingir. Nunca.

Entonces la soltó. Un sutil temblor movió el aire. Rielle se tambaleó, como si escapara del sueño. Estaba sola en la cueva con el escudo de Marzana. Corien había desaparecido.

Cuando regresó al templo, casi había amanecido.

Entró por el mismo patio cubierto de nieve y subió las escaleras, sintiéndose enferma en cuerpo y alma. El escudo era pesado; le dolían los brazos, y le ardían los músculos de las piernas después de caminar a través de la inacabable nieve.

Evyline, ante la puerta de sus aposentos, gimió suavemente cuando la vio. Corrió hacia Rielle, con el resto de la desconcertada Guardia del Sol pisándole los talones.

—Mi señora, ¿qué ha pasado? —le preguntó—. Creíamos que estaba dormida. ¿Qué...? —Miró el escudo. Se arrodilló, le besó los dedos y se los llevó a la sien—. ¿Es esa la forja de santa Marzana, mi señora?

—Lo es —dijo Rielle, cansada, pasando de largo—. Te lo explicaré más tarde, Evyline. No quiero despertar a Audric.

Pero cuando cerró la puerta a su espalda y entró en el dormitorio, vio que él ya estaba despierto. Estaba sentado en el borde de la cama, con los hombros encorvados y una expresión tan triste en la cara que Rielle se quedó sin aliento.

A su lado estaba Ludivine, con las manos entrelazadas en la espalda. Miró a Rielle sin vergüenza.

—Por fin —dijo, con voz tensa y terrible—. Estábamos esperándote.

24
ELIANA

«En las páginas que estáis a punto de leer se encuentra una teoría que solo aquellos de corazón intrépido y mente valiente se atreven a plantear: el nuestro no es el único mundo. De hecho, existen muchos, y entre ellos se extiende el eterno Profundo. No podemos suponer qué horrores de esos mundos podrían desatar los ángeles en su deseo de venganza. Debemos mantenernos siempre en guardia. No debemos descansar nunca».

Muchos mundos: un estudio radical, autor desconocido

—Sí, soy yo —dijo Patrik, obvia y arrogantemente divertido—. Y esta es Jessamyn. —Señaló a la mujer de la trenza roja, que asintió con brusquedad—. Tengo una oferta para ti, Eliana. Una proposición. Cuando lleguemos al puerto de Meridian, queremos asaltar un puesto de avanzada del imperio a algunos kilómetros de la orilla. Primero, para apartar su atención de nuestros refugiados a bordo de este barco, a quienes estamos escoltando a una ciudad llamada Karlaine. Segundo, porque uno nunca debe perder la oportunidad de patearle el trasero a algunos adatrox.

Harkan se removió junto a Eliana.

—Cuando nos conocimos en Vintervok, me aseguraste que nuestro dinero sería suficiente para los pasajes. No dijiste quién eras en realidad, ni tu relación con la Corona Roja.

—Eso fue antes de darme cuenta de con quién viajarías —le dijo Patrik.

La impaciencia de Eliana crepitó como el fuego.

—¿Cuál es tu propuesta, Patrik? ¿Qué quieres de mí?

Él se inclinó hacia adelante con los codos en las rodillas.

—Puedes ayudarnos a cumplir con nuestros objetivos en Meridian prestando tu considerable talento a la causa. O puedes morir.

—No hay mucho entre lo que escoger —murmuró Harkan.

Patrik se encogió de hombros.

—Si no estás de acuerdo con estos términos, os mataremos antes de llegar a puerto y tiraremos vuestros cadáveres al mar. Bueno. —Miró a Harkan—. Puede que al chico no, si no hace nada estúpido. A él todavía no lo odio.

Eliana sonrió con dureza.

—¿Y a mí sí?

—Sí.

—¿Por lo de la Ratonera de la Corona? —le preguntó Harkan.

—Ah —dijo Patrik—. Así que se lo has contado.

—Sí, se lo he contado —dijo Eliana—, y entiende por qué hice lo que hice.

—Oh, yo también comprendo por qué lo hiciste, Eliana, pero no te lo perdono. Sin embargo, ayudarnos podría reparar nuestra relación.

—Y si no accedo a ayudaros, ¿cómo crees exactamente que vas a conseguir matarme?

—Espero que no sea difícil. —Le miró las manos—. Llevas las manos vendadas. Te he observado mientras trabajaba en el barco. Te duele. Eso es nuevo, ¿no?

Eliana hizo una mueca.

—Sí —dijo Patrik en voz baja—. Una novedad para la gran Pesadilla de Orline. ¿Qué te ha pasado, Eliana? ¿Qué ha cambiado?

A su lado, Harkan se dio un golpecito en el muslo.

«No. Silencio».

Le habría dado una bofetada. Como si ella fuera a contarle a Patrik algo importante.

—Han pasado muchas cosas —le contestó, antes de que se le ocurriera una idea sorprendente—. ¿Por qué no viniste a Dyrefal? Hob estaba allí. Te habrás preguntado dónde está, sin duda. Sabías que nos dirigíamos a Astavar y que Hob se había reunido con nosotros. ¿Por qué no viniste?

Ahora fue Patrik quien hizo una mueca.

—Porque, si hubiera ido a Dyrefal, si hubiera visto a Hob, no podría haberlo dejado de nuevo. Otra vez no. Habría abandonado la Corona Roja por él.

—Y ahora Astavar ha caído, sin duda —dijo Eliana, imaginándose clavando un cuchillo en el corazón de Patrik, profundamente, hasta que no se hundiera más—. Y puede que Hob haya caído con él.

Jessamyn, apoyada en la pared, observó a Eliana con tranquilidad.

—Eres una persona horrible. Ahora comprendo cómo pudiste delatar la ubicación de la Ratonera y dejarlos morir allí.

Eliana clavó la mirada en ella.

—Estaba intentando salvar a mi familia. A mi hermano, a mi madre.

Jessamyn miró a su alrededor con curiosidad.

—¿Sí? ¿Y dónde está ahora esa familia tuya?

Harkan dio un paso adelante.

—Esto no es necesario...

—Ya no existe. —Eliana se obligó a hablar. Esperaba que sus palabras le dolieran a Harkan tanto como le dolían a ella—. Todos han muerto.

Después de su reunión con Patrik y Jessamyn, Harkan despareció en alguna parte con expresión preocupada, y Eliana regresó a su hamaca a pensar. Al alba, el odioso tañido de la campana la despertó de un mal sueño. Hizo las tareas que le habían asignado y, por la tarde, se retiró a su hamaca, ahuyentó a dos chicas que estaban recostadas en ella, riéndose y besándose, y se dispuso a reflexionar un poco más. Se metió la mano en el bolsillo de la chaqueta y tocó sin pensar las líneas de la caja de Zahra.

Después se sentó derecha, haciendo que la hamaca se balanceara. Agarró la caja con fuerza un instante, hasta que le dolió la palma. Después, fue a buscar a Patrik.

Lo encontró afilando sus cuchillos cerca de la proa, en la cubierta principal. Había antorchas iluminando la zona de estribor, donde un grupo de personas bebía y cantaba. Un hombre se levantó tambaleándose de su asiento, se acercó a la barandilla, se bajó los pantalones y orinó en el mar. Aquello provocó una ronda de aplausos de los demás, uno de los cuales vomitó de repente sobre sus zapatos.

Evitándolos, Eliana se unió a Patrik en silencio y lo observó trabajar mientras la cortante brisa marina le enfriaba las mejillas. Pasaron cinco minutos antes de que él advirtiera su presencia.

—¿Sí?

—Te ayudaremos a llevar a tus refugiados a Karlaine —le contestó ella.

—Excelente. Entonces, supongo que no te mataré. Al menos, no esta noche.

Eliana se tragó su réplica y sacó la caja de Zahra para enseñársela.

—Esperaba que supieras qué es esto.

Patrik miró de soslayo.

—¿Y si lo sé?

—No seas gilipollas, Patrik.

—No estás en posición de darme órdenes, Pesadilla.

—Por favor. —Tomó aliento despacio, tras decidir asumir el riesgo—. Una amiga mía está atrapada dentro. Se llama Zahra. Es un espectro..., un ángel que decidió no ocupar un cuerpo humano. Es simpatizante de la Corona Roja y nos ayudó a Navi y a mí a escapar de Fidelia. —Hizo una pausa—. Sabes quiénes son, supongo.

Patrik había dejado de limpiar sus cuchillos.

—Esperaba que fueran solo rumores.

—Eres tonto si esperas algo bueno. Fidelia nos secuestró en el refugio de Camille, en el Santuario. Sin Zahra, no sé si Simon habría conseguido sacarnos de allí. Y ahora está atrapada aquí dentro. —Parpadeó para alejar las lágrimas, culpando de ellas al viento—. Yo no puedo abrirla. No sé si está muerta. No sé si puede morir.

Se miró las manos. Los guantes demasiado grandes de Harkan escondían sus forjas.

—No sé nada —añadió en voz baja, y después contuvo el aliento, esperando que Patrik le preguntara, desconcertado y confuso, a qué se refería cuando hablaba de ángeles y espectros y otras tonterías del Viejo Mundo.

Pero, en lugar de eso, Patrik se quedó callado un momento y después se puso en pie.

—Ven. Puede que quieras ver esto.

En una de las bodegas más pequeñas del Streganna, protegida por una mujer y un hombre armados con fusiles que se apartaron, haciendo un gesto con la cabeza, cuando vieron acercarse a Patrik, había una bestia encadenada al suelo.

Y estaba viva.

Eliana se detuvo en el umbral durante cinco segundos enteros antes de conseguir recuperarse y entrar.

—¿Qué es?

Patrik cerró la puerta a su espalda, sumiéndolos en una oscuridad casi absoluta. La única fuente de luz provenía de la pequeña lámpara de gas que portaba consigo.

—Los ángeles los llaman cruciata.

Eliana lo miró fijamente, sin saber calibrar qué sabía Patrik exactamente.

Él se percató de su expresión y puso los ojos en blanco.

—¿Crees que eres la única que conoce la verdad sobre el imperio? Intento escondérsela a tanta gente como me es posible, por supuesto, por compasión. Y yo mismo no la creía hasta que Simon me convenció, cuando nos conocimos... ¿hace cuánto? ¿Tres años? Pero, sí, sé que las viejas historias son ciertas y que hay ángeles entre nosotros.

Atravesó la habitación, pasando sobre la larga cola de la bestia. Tenía las seis patas extendidas a ambos lados de su cuerpo negro y escamoso, y una larga y agrietada lengua colgaba de su boca como una bandera cansada.

—A este lo llaman víbora —dijo—. ¿Ves que tiene el cuerpo largo y delgado, como una serpiente? Sus puntos débiles están aquí, debajo de la barbilla, y aquí —señaló—, en la unión entre las patas traseras y el vientre. En el resto de su cuerpo, su piel es casi tan dura como la piedra. Es muy difícil de matar. Pero preferiría enfrentarme a uno de estos antes que a una rapaz. Al menos, las víboras no vuelan.

Eliana se agachó, despacio y con cautela. Miró los turbios ojos amarillos de la criatura. Su fina pupila se movió lentamente, observándola.

—¿De dónde ha salido?

Patrik levantó una ceja.

—Bueno, eso es lo increíble. Te contaré lo que Simon me contó a mí. Así fue como nos conocimos, en realidad. Él me salvó del ataque de una víbora. Era más pequeña que esta, como la mitad de tamaño, pero, aun así, bastante grande. La mayoría están al otro lado del océano, en el continente oriental. Vinieron a través de la Puerta. Pero de vez en cuando, una de ellas consigue llegar hasta aquí. Son listas. Difíciles de atrapar. Pronto, supongo, estarán por todas partes.

—Vinieron a través de la Puerta. —Un escalofrío bajó alegremente por su columna—. ¿Son del Profundo?

Una sonrisa triste suavizó el rostro de Patrik.

—Hob te contaría mejor esa historia. Es como tu Remy, ¿sabes? Le fascinan todos esos cuentos; el Viejo Mundo, las leyendas que yo siempre había pensado que eran tonterías. Pero resulta que el mundo es tan horrible como esas historias dicen que es.

—Eso he descubierto —dijo Eliana sin emoción, obligándose a disolver sus pensamientos para no detenerse en el recuerdo de Remy.

Patrik la miró.

—Simon me explicó entonces que, cuando los ángeles estaban en el Profundo, intentaron encontrar un modo de salir y que, al hacerlo, abrieron un agujero entre el Profundo y el mundo que hay más allá de este.

Eliana asintió.

—Zahra me mencionó la idea de otros mundos.

—Simon tenía un nombre para este, pero no lo recuerdo. —Patrik frunció el ceño un instante. Después, su rostro se iluminó—. Hosterah. Ese era su nombre. El mundo de las cruciatas.

—Entonces, cuando los ángeles atraviesan la Puerta...

—Traen consigo a algunas de estas bestias —terminó Patrik con seriedad—. Simon me contó que los ángeles están haciendo todo lo posible por expulsarlas de nuevo a su mundo, para evitar que pasen en manada e infesten el nuestro. Pero parece que esa es una tarea difícil, incluso para ellos.

Eliana se levantó y se apartó de la bestia. Tenía las patas y el torso sujetas al suelo de madera con cadenas tan pesadas que habían clavado surcos profundos en su carne, pero aun así no le gustaba la idea de estar cerca de ella.

—¿Qué tiene esto que ver con la caja de Zahra?

—¿Ves eso? —Patrik señaló la cadena más cercana—. Es sangre de cruciata.

Eliana se acercó y, entornando los ojos, vio que el hierro estaba manchado..., pero no por una sangre que ella hubiera visto antes. En lugar de roja, era de un azul profundo y llamativo, como el cielo del este en el ocaso.

—Es posible forjar un arma usando sangre de cruciata —le explicó Patrik—. Se llama flagelo, y es letal para los ángeles. Bueno, no letal, exactamente, pero si hieres a un ángel con un flagelo, este succionará al ángel y se quedará allí, atrapado, dejando el cuerpo que estuviera habitando vacío e inútil.

Eliana pensó con rapidez.

—Debe de haber un mercado enorme para esto. Gente que forje flagelos y se los venda a las facciones rebeldes. Ángeles que intentan comprarlos para que sean difíciles de encontrar.

Patrik asintió.

—Y es difícil crearlos. El proceso es muy complejo, y solo un par de tipos ingeniosos han conseguido perfeccionarlo. Uno está en Meridian, un viejo desagradable llamado Rufian. La mujer que atrapó a esta —señaló a la víbora— es amiga mía. Y con amiga me refiero a que me emborraché con ella en Vintervok dos días antes de conocer a Harkan. Está loca. Caza estas cosas y las vende al mejor postor.

—¿Y esto?

Eliana se sacó la caja de Zahra del vestido. A la tenue luz de las lámparas, el metal destelló con un extraño tono cobrizo. Cada placa estaba cubierta por ondas violetas y azuladas tan profundas que parecía posible zambullirse en el metal y hundirse en él para siempre.

—Si te soy sincero, nunca había visto nada como esa estructura —admitió Patrik—. Una caja, en lugar de una daga. Pero el metal está hecho de... Simon tuvo un flagelo una vez, y nunca he olvidado cómo era esa hoja. Ese extraño color cobre, mudable e iridiscente. Como el ala de un pájaro, líquido. —Señaló con la cabeza la caja que ella tenía en la palma—. Era igual que eso.

Eliana se quedó inmóvil.

—Cuando le pregunté a Simon sobre esto, parecía saber tan poco como yo. No me dijo nada. Actuó como si nunca hubiera visto nada igual.

—Bueno —dijo Patrik después de un momento—. No sé por qué, pero Simon te mintió.

25
RIELLE

«Sé que todavía estás en Kirvaya, pero ansiosas tormentas llenan mi cabeza y escribirte me ayuda a acallarlas. Ingrid ha traído a casa una bestia muerta, Audric. Forma parte de lo que ha estado masacrando a nuestros soldados en el este... y también a los tuyos, sospecho. Es una criatura que no se parece a nada que yo haya visto nunca, como hecha de partes distintas: tigre y oso y ave. Incluso dragón, diría yo. Lo sé, suena ridículo, e Ingrid piensa que soy un idiota por albergar esa idea. Pero tiene escamas en las patas traseras, duras y afiladas, vellosas. ¿Crees que los ángeles podrían estar controlando a estas criaturas? ¿Y cómo las crearon, para empezar? Tenemos muchas preguntas y ninguna respuesta. Mientras tanto, los ataques continúan. Cada dos semanas, uno de mis puestos es asaltado durante la noche, y ante sus puertas solo quedan los huesos de sus soldados, la nieve pintada de rojo».

Carta del rey Ilmaire Lysleva al príncipe
Audric Courverie, con fecha del 27 de diciembre
del año 998 de la Segunda Era

Al principio, cuando se enfrentó a la mirada muda y furiosa de Ludivine y a los ojos desolados de Audric, Rielle no pudo hablar.

Se detuvo, incómoda, rígida, sin saber si sería mejor actuar como si nada hubiera pasado, como si no acabara de besar a Corien, como si no sintiera todavía ese hormigueo en la piel que habían despertado sus caricias..., o si, en lugar de eso, debería defenderse con un buen ataque, aunque ignoraba si tenía argumentos para ello; dependía de lo que Audric supiera.

Tomó aire y solo consiguió decir:

—Oh. Hola.

Audric bajó la mirada hasta el escudo que tenía en las manos. El calor del fuego de la chimenea estaba derritiendo ya la capa de hielo y nieve que cubría el metal. El agua goteaba sobre la alfombra junto a las botas de Rielle.

—¿Es ese el escudo de Marzana? —le preguntó en voz baja.

—Sí —respondió Rielle de inmediato.

—¿De dónde lo has sacado? ¿Y cómo?

Rielle quería apartar la vista. Si no le escondía los ojos, él captaría su engaño. Pero se obligó a mirarlo y decidió proporcionarle una versión de la verdad.

Una versión alterada, piadosa.

—Corien me ha hablado esta noche —respondió—. Me ha pedido que fuera a buscarlo, que me daría la forja de Marzana. Que el Obex insistiría en ponerme a prueba durante semanas para determinar mi valía antes de concederme el escudo. Que eso sería una pérdida de tiempo y un insulto. Y en eso estoy de acuerdo con él.

—Así que has ido a verlo —dijo Audric—. Y él te ha entregado el escudo.

—Obviamente —contestó ella sin poder contenerse.

La oscura mirada de Audric se detuvo abruptamente en la suya.

—No me hables así, Rielle. No soy yo quien ha metido la pata.

—¿La pata? —Soltó el escudo, lo apoyó contra la pared—. ¿Cómo he metido la pata exactamente?

«¿Qué le has dicho, Lu?».

Le he dicho que fuiste a reunirte con Corien, contestó Ludivine, *y que ya venías de regreso.*

«¿Le has contado que nos hemos besado?».

No. Y espero que no lo hagas tú. Eso solo serviría para hacerle daño.

Rielle tragó saliva.

«¿Lo sospecha?».

No. Ludivine suavizó la voz. *No está enfadado porque piense que has besado a Corien. Está enfadado porque te has puesto en peligro.*

—Me dijiste —dijo Audric—, me prometiste que, si hacíamos esto, si perseguíamos a Corien y descubríamos sus intenciones, lo haríamos juntos. Me prometiste que no habría secretos ni mentiras.

—No te he mentido —dijo Rielle en voz baja—. No quería despertarte.

Él alzó las cejas.

—No esperarás que me crea eso.

—¿Tan difícil es creer que pongo tu bienestar por delante de todo lo demás?

Audric resopló y se puso en pie.

—Rielle, ¿cuál es la verdadera razón por la que me has dejado aquí mientras te escabullías durante la noche para encontrarte sola con nuestro enemigo?

Ella dudó, sin saber qué verdad deformar, qué mentiras contarle.

Cuidado, dijo Ludivine.

«Maldita seas, Lu, no me pidas que tenga cuidado. Esto es culpa tuya. No debiste despertarlo».

Lo hice, contestó Ludivine con tranquilidad, *para que, al menos, te lo pienses dos veces la próxima vez que cedas ante Corien y decidas marcharte sola, como él te pide que hagas.*

«Fui yo la que decidí ir a verlo. Quería el escudo, y él estaba dispuesto a entregármelo».

Querías el escudo, dijo Ludivine, asintiendo, *y querías verlo. Querías tocarlo.*

Un abrupto y hormigueante calor se elevó tras los ojos de Rielle.

«¿Y qué, si era así?».

—Te he dejado aquí porque me sentía avergonzada, Audric, y cohibida —le espetó, ignorando a Ludivine tan vehementemente que el esfuerzo hizo que le doliera las sienes—. ¿Sabes lo horrible, lo violento que es acostarme cada noche a tu lado mientras él me susurra en la cabeza? ¿Lo sucia que me hace sentir, lo indigna de ti?

La expresión de Audric se suavizó.

—Tú nunca podrías ser indigna de mí.

—No me hacía a la idea de llevarte conmigo para que lo conocieras —continuó—. Te habría dicho cosas horribles. Habría intentado hacerte daño. Podría haberme forzado y haberte obligado a mirar. Sola, puedo defenderme de él. Pero contigo allí, habría estado distraída. Él te habría usado para llegar hasta mí. No era seguro que vinieras.

Cuanto más hablaba, con mayor facilidad abandonaban sus labios las mentiras. Incluso empezaba a convencerse a sí misma. Había dejado a Audric allí por su bien, claro. Era lo lógico.

—Mi deber como Reina del Sol es servir y proteger a mi país —dijo, acercándose a él—. Y tú eres mi país. Tú eres su heredero, su futuro rey. —Le tocó la cara, la ligera sombra de la barba—. Sí, me habría avergonzado que vieras cuánto me desea, que oyeras las cosas que habría dicho para hacerte daño. Pero es que, además, yo no te pondría en ese tipo de peligro. Aunque no te amara, con ello traicionaría todo lo que implica ser la Reina del Sol.

—Pero ¿no se te ocurrió pensar que tampoco sería seguro para ti? —le preguntó Audric después de un momento—. ¿No te extrañó que no apareciera Lu allí para detenerte? Él la ha mantenido al margen. Ni siquiera sabía que te habías marchado hasta que has regresado con el escudo en la mano. —Negó con la cabeza, se apartó de su mano—. Sé que resistirte a él es difícil para ti. Sé lo que él te ofrece.

Rielle se puso tensa.

—¿Lo sabes?

—Sí. —Miró a Ludivine—. Libertad. Nada de reglas ni de empalagosas tradiciones, nada de obligaciones con la Iglesia o la Corona. Eso es algo que yo no puedo ofrecerte, aunque me gustaría. —Apartó la mirada con una mueca—. Odio saber que tu mente me asocia con aquello que te tiene atada.

—No sé qué cree saber Ludivine, qué te ha estado contando —le dijo Rielle con frialdad—, pero me alegro de servir a mi país. Me vanaglorio de ello, de hecho. Y me ofende que alguno de vosotros piense lo contrario.

—Sí, sé que te enorgulleces de ello. Ese no es el problema.

—¿Cuál es el problema, entonces?

—Tienes el deber de proteger tu país, sí, pero eres demasiado importante para actuar de un modo tan temerario. Que seas poderosa no significa que puedas exponerte a un peligro innecesario.

—¡Innecesario! —Rielle señaló el escudo—. He hecho lo que hemos venido a hacer, ¿no? Me he plantado delante de esos bobos y he sonreído, y me he comportado como ellos querían. Como tú querías.

Audric la miró con seriedad.

—La diplomacia nos exige a menudo que nos humillemos.

—Sí, debió de ser muy difícil para ti quedarte ahí y aceptar las felicitaciones de la corte de Kirvaya por mi bonita presentación.

—Por Dios, Rielle —dijo Ludivine—. ¿De verdad piensas tan mal de él? Todo el que se acercó a él para elogiarlo en lugar de ir a felicitarte a ti fue inmediata y apasionadamente corregido.

Rielle se sonrojó.

—Bien. Pero sigo creyendo que tuve que humillarme en ese salón mucho más que nadie. Y ahora me estáis castigando por ello.

—No te estamos castigando —dijo Audric—, y si así fuera, no sería por eso. Sería por haberte marchado sola en mitad de una ventisca.

Rielle se mordió la lengua. Todas las respuestas que se le ocurrían obrarían en su contra, y no disfrutaba de la expresión irritada y frustrada con la que Audric la estaba mirando. Se le llenaron los ojos de lágrimas; si hablaba, se derrumbaría.

Audric regresó a la cama con un suspiro, peinándose los rizos con la mano.

La habitación se quedó en silencio un momento. Después, cuando Rielle se hubo recuperado, dijo con malicia:

—¿Estás contenta, Lu, de haber organizado esta encantadora escenita?

—No, no estoy contenta —replicó Ludivine—. Estoy furiosa contigo, y asustada por la facilidad con la que Corien consigue interponerse entre nosotros, por cómo me oculta sus movimientos y engaña a tus guardias. Si te quedara algo de sensatez, tú también estarías aterrada.

Rielle alzó las manos.

—Y, no obstante, aquí estoy, ni seducida ni asesinada. Sí, es difícil resistirse a él. Sí, es implacable. Pero yo también lo soy. Mi voluntad es superior a la suya. Y el hecho de que ninguno de vosotros confiéis en mí, después de todo lo que hemos soportado juntos, es indignante.

Estás caminando sobre una capa de hielo peligrosamente fina, Rielle, le dijo Ludivine. *Tengo reciente tu imagen lanzándote a los brazos de Corien, y solo estoy dispuesta a mentir por ti hasta cierto punto.*

«Y ese punto se encuentra ahí donde estén tus deseos y necesidades». Rielle le lanzó la respuesta a Ludivine con crueldad. «Cuando a Audric le venga bien saber cómo murió su padre, ¿se lo contarás sin pensar en lo que pase conmigo?».

El horror de Ludivine era un vacío callado y herido.

Sabes que yo nunca haría eso.

Rielle rechazó el sentimiento, cerrando la parte de su mente en la que su amiga vivía.

—Tú querías que hiciera esto —dijo, acercándose a Audric de nuevo—. Querías que fuera una espía. Que le permitiera que hablara conmigo, que le dejara moverse libremente y que hablara con él e intentara sonsacarle información. Sobre sus intenciones y sus movimientos. —Se arrodilló delante de Audric, tomó sus manos—. ¿No es verdad?

Él la miró, pensativo.

—¿Y has descubierto algo? ¿Sabes ahora más de lo que sabías antes de dejarme para reunirte con él?

Rielle se levantó, enfadada.

—Tengo la forja —dijo con brusquedad—. Eso es lo más importante ahora mismo, porque si la Puerta cede, todo lo demás no tendrá sentido. Y no te he dejado aquí para irme con él. Te he dejado aquí para cumplir con mi deber. Un deber que tú colocaste sobre mis hombros. Me ordenaste que me pusiera en riesgo, que me hiciera vulnerable a una criatura que está hambrienta de mí, porque eso ayudaría a Celdaria. Y yo me alegré de hacerlo, porque te amo, y amo mi hogar. Pero no puedes tenerlo todo, Audric. O soy la Reina del Sol y hago lo que sea necesario para protegernos a todos, aunque para ello tenga que arriesgar mi vida, o me quedo sentada en casa bajo llave, a salvo y consentida. Decorativa e inútil.

Audric la miró en silencio, pero el cansancio que había en esos enormes ojos oscuros le contó la verdad. Lo lamentaba y la amaba, y sus sentimientos eran tan contradictorios como los de ella.

Antes de que él pudiera decir algo que la hiciera sentirse peor, algo que le recordara la horrible traición que había cometido en esa cueva nevada, Rielle se levantó, con la garganta dolorida.

—Tomaré el desayuno abajo. Lu, vigila ese maldito escudo hasta que regrese.

Entonces les dio la espalda a ambos y huyó hacia el consuelo de las extrañas y perfumadas sombras del templo, con su guardia pisándole los talones y un nudo de vergüenza girando lenta, abrupta y dichosamente en su vientre.

26
ELIANA

«Meridian fue la primera región del continente occidental en caer ante el imperio. El que en el pasado fue un país exuberante y verde, salpicado de lagos plateados y de ríos brillantes formados por las benditas manos de santa Nerida en persona, es ahora una tierra baldía de bosques arrasados y aguas turbias. Más maltratada que Ventera, más peligrosa que las innumerables y casi innavegables islas de las ocupadas Vespertinas, Meridian es una sombra de su antiguo y radiante ser. Santa Nerida lloraría si la viera, y sus lágrimas furiosas ahogarían el mundo».

La tristeza de santa Nerida,
tal como fue escrito en el diario de Remy Ferracora.
13 de noviembre del año 1018 de la Tercera Era

Amarraron el Streganna en una pequeña cala en la costa noroeste de Meridian.

Una villa abandonada los esperaba, asolada hacía mucho por las tropas invasoras y convertida en una ruina de recuerdos. La estrecha almazuela de muelles se mecía sobre el agua, como si algunas testarudas ráfagas más de viento salado pudieran arrastrarlas al mar.

La tripulación del Streganna remó hasta la costa en botes: Eliana, Harkan, Patrik, Jessamyn, el niño Gerren y los otros doce soldados de la Corona Roja, además de treinta y un refugiados.

Cuando todo el grupo hubo desembarcado, Eliana se detuvo en la orilla y observó la marcha de los botes, hasta que ya no pudo distinguir sus siluetas en la oscuridad. Era una noche sin luna. El Streganna estaba oscuro y silencioso, casi invisible en el agua. De no haber sabido dónde mirar, habría pasado totalmente desapercibido a sus ojos.

Patrik apareció a su lado, ajustándose el cinturón de las armas en las caderas.

—Hola, Eliana. ¿En qué horrores estás pensando?

La alegría de su voz la cabreó.

—Si te lo contara, nunca te recuperarías.

—Muy bien. Entonces déjalos en tu negro corazón, que es a donde pertenecen.

Se quedaron en silencio. Insultos y réplicas dieron vueltas por la mente de Eliana, hasta que esta se sintió tan cargada que tuvo que sentarse en la húmeda arena gris y apoyar las manos doloridas en el suelo.

—Ojalá tuviera el corazón negro —dijo después de un momento—. Ojalá fuera tan duro como la piedra pulida. Impenetrable, irrompible.

Patrik se unió a ella.

—Si intentas darme pena, debo advertirte que es una tarea imposible.

—No intento hacer nada. Me estoy compadeciendo de mí misma.

—Tu amigo Harkan es un buen hombre —dijo Patrik, mirando hacia atrás—. Está ayudando a los huérfanos a encontrar cobijo, está repartiendo las raciones. —Chasqueó la lengua—. Si fuera más joven y mi corazón no perteneciera ya a otro, le declararía mi amor. Fuerte y apasionadamente. Quizá de rodillas.

—Te llevarías una decepción —le dijo Eliana en voz baja—. Le gustan las mujeres. Una en concreto.

Patrik se llevó una mano al corazón con sorpresa fingida.

—Por favor, no me digas que eres tú. El mundo no puede ser tan cruel como para emparejar a un hombre así con un monstruo.

Esta vez, cuando el recuerdo de Remy se manifestó en su mente («No», le había dicho, alejándose de ella. «El monstruo eres tú»), el dolor le pareció sordo, amortiguado.

«Bien hecho, mi negro corazón».

—¿No es cruel el mundo? —Se rio, con una exhalación sonora—. Qué chiste tan bueno, Patrik. ¡Y yo que pensaba que no tenías sentido del humor!

Por un momento, se quedaron en silencio. Las incansables olas lamían la orilla. Eliana oyó a los refugiados que se estaban asentando en las casas que quedaban junto al muelle, a los rebeldes haciendo recuento de las armas y provisiones. Harkan se rio, y alguien más rio con él. Eran sonidos desconocidos, incluso ilícitos, en un lugar así.

—Quiero contarte nuestro plan para mañana —dijo Patrik. La diversión había abandonado su voz—. No porque confíe en ti, sino porque solo cuento con otra luchadora decente, y te necesito preparada. En cuanto huela problemas, te dispararé sin dudarlo, y no fallaré.

Eliana asintió.

—¿Es Jessamyn? La otra luchadora.

—Así es. Y si estoy muerto cuando decidas traicionarnos, será ella quien te mate.

—¿Puedes decirme una vez más, por favor, qué ocurrirá si te traiciono? No me ha quedado claro ese punto.

Patrik chasqueó la lengua.

—Como te dije en el Streganna, la mayoría de la gente que tenemos a nuestro cuidado es de la ciudad de Karlaine. La presencia del imperio es débil allí. Es una ciudad de poca importancia estratégica, pues no cuenta con canales o carreteras importantes. Pero el río Nalora, a unos quince kilómetros de Karlaine, bloquea el camino más directo a la ciudad. Hay un pequeño puesto de avanzada allí, en la orilla oeste del río. La tierra es llana y abierta. Los centinelas pueden ver a kilómetros de distancia.

»Nuestro objetivo es doble: servir de distracción mientras los refugiados cruzan el río y huyen a Karlaine, y asaltar el puesto de avanzada para liberar a tantos prisioneros como sea posible. Llevaremos a los supervivientes a Karlaine si podemos; en caso contrario, tendremos que confiar en que nuestros refugiados sí consigan llegar, y nos retiraremos con los supervivientes a un refugio de la Corona Roja que está a unos treinta kilómetros al sur. No es lo ideal. Dudo que estén en condiciones de viajar, pero al menos habrán conseguido salir de ese laboratorio.

Eliana se giró para mirarlo, súbitamente alerta.

—¿Qué tipo de laboratorio? ¿Fidelia?

—Nuestra información es incompleta, pero sí, eso creo. El puesto de avanzada es su defensa.

A Eliana se le ocurrió una idea, y esta llegó acompañada por una cálida oleada que alivió parte del caos que rugía en su mente.

—¿Qué pasa? —Patrik estaba mirándola—. Se te ha ocurrido algo.

—Cuando Fidelia nos secuestró a Navi y a mí, la torturaron y experimentaron con ella. Cuando huimos, su cuerpo había comenzado a cambiar. Sufrió durante semanas.

Patrik cerró los ojos.

—Siento oír eso. Es una pena que fuera ella la que sufrió, y no tú.

—Tu odio es de una perseverancia admirable.

—¿Murió?

—No. Harkan y yo encontramos el antídoto.

Patrik se sentó, con expresión animada.

—¿Tenéis más?

—Sí. Se guardó lo que quedaba en la bolsa antes de... Antes de que nos marcháramos.

—¿Lo compartirás con los supervivientes a los que liberemos? ¿Para aplacar lo que espero que sea un resentimiento devorador y siempre presente?

—No —dijo ella con ligereza—, había pensado tirarlo todo al río al pasar.

Patrik se rio un poco, frotándose la cara.

—He tenido muy pocas alegrías en esta vida, y han sido incluso menos desde que me separé de mi Hob. Esta noticia es una de ellas, y te lo agradezco.

—¿Ha mejorado tu opinión de mí?

—Ligeramente.

—Ah. Es un avance.

Se quedaron callados, observando el mar en silencio. Después, Patrik habló en voz más amable.

—¿Te separaste de Remy durante la invasión? —le preguntó—. ¿O lo dejaste atrás deliberadamente?

La caliente tenaza de las lágrimas se cerró sobre la garganta de Eliana. Durante varios segundos, le fue físicamente imposible contestar.

—Harkan me obligó —dijo al final. Su voz era una sombra de sí misma—. Quería ponerme a salvo. Me drogó y me sacó de la ciudad antes de que el imperio llegara al palacio. Su intención era buena, aunque se equivocó, y nunca se lo perdonaré. No sé qué ha sido de Remy. No sé si sobrevivió a la invasión.

Patrik aspiró aire a través de los dientes.

—Siento oírlo —le dijo. Eliana se rio—. Lo siento de verdad. Harkan cometió un grave error.

—Seguramente sea mejor así. Remy vivirá más cuanto más lejos se mantenga de mí. Conmigo no está a salvo.

Notó que Patrik le miraba las manos.

—¿Qué significa eso?

—Muchas cosas.

Él asintió y volvió a mirar el agua.

—¿Y Simon? ¿Estaba bien la última vez que lo viste?

—La última vez que lo vi... —Se detuvo al recordar cómo la había mirado aquella noche, en su dormitorio, cuando su boca trazó un abrasador camino por su mandíbula, por su cuello.

Cuánto se habría enfadado (y preocupado, quizá) al descubrir que ella había desaparecido.

«Ahora que he conocido la vida sin ti a mi lado, no estoy seguro de poder soportar de nuevo esa soledad».

—Sí. —Se cruzó de brazos para protegerse del frío del mar—. Estaba bien.

※

Llegaron al puesto de avanzada del imperio después de tres días de viaje. Caebris, pues según Patrik ese era su nombre, consistía en una serie de bajos edificios negros acurrucados a la orilla del río Nalora. Rodeándolos había una alta muralla de piedra, con altas torres cuadradas en cada una de sus esquinas.

Eliana examinó el complejo. Tumbada bocabajo, escondida entre la maleza de una colina baja, esperaba la señal de Patrik. La noche había caído. Una brisa se deslizaba desde el oeste entre las finas y secas briznas de hierba que se agrupaban en las orillas del río.

Miró a su izquierda. A algunos metros de distancia, Harkan esperaba con Jessamyn y dos soldados de la Corona Roja: Dasha y Viri. A su derecha, había pequeños grupos de refugiados ocultos entre la hierba, a poco menos de medio kilómetro ribera abajo, donde un estrecho puente salvaba el río.

Eliana lo miró y se puso tensa. Era un río ancho, y el puente parecía extenderse durante kilómetros. Había una torre vigía de diez metros en cada orilla. Patrik esperaba que el alboroto que se produciría cuando estuvieran al otro lado de la muralla alejara a los centinelas de sus puestos para que los refugiados pudieran cruzar. Gerren, el niño, no estaba hecho para el combate cuerpo a cuerpo, pero era un tirador prodigioso. Esperaba junto a la torre más cercana con su fusil, listo para abatir a los adatrox desde el suelo.

Un cambio en la luz captó la atención de Eliana y la desvió hacia el complejo. Las puertas principales estaban abriéndose, mostrando una estrecha ranura de claridad que provenía de las antorchas del interior. Unas siluetas oscuras atravesaron la luz: algunas entrando, otras saliendo. Había movimiento de caballos, de provisiones transportadas y arrastradas. El cambio de turno.

A un par de pasos de ella, oyó el suave canto de una codorniz escondida en la hierba, y luego otro.

La señal de Patrik.

Eliana se puso en pie y bajó corriendo la suave pendiente hacia el río. Miró a su izquierda y vio a los otros equipos de ataque acompañándola, en grupos de dos o tres. Rebeldes en su mayoría, pero también algunos refugiados que eran lo bastante fuertes para luchar y que anhelaban esa oportunidad.

Harkan formaba parte del grupo que tenía más cerca, y corría rápidamente a través de las hierbas altas, con un revolver en la mano y la espada oscilando en su costado.

Eliana envió una oración muda a la noche, a los taimados santos que había atisbado en la visión de Zahra: «Protegednos. Ayudadnos a correr deprisa. Iluminad nuestro camino».

Sintió una sacudida en las forjas, abrupta y caliente, que la sorprendió.

De inmediato, el puesto de avanzada explotó. Una serie de detonaciones se produjeron en el muro delantero, cuatro en total, que abrieron grandes agujeros en la muralla y los edificios anexos. Escombros y adatrox salieron volando. Una alarma repicó en una de las altas torres. Gritos y alaridos de dolor resonaron en las ruinas.

Eliana dejó de correr, sin aliento.

Según el plan de Patrik, se produciría una única explosión cuando lanzaran uno de los valiosos bombarderos que les quedaban a través de las puertas abiertas. El caos les permitiría abrirse camino luchando y, en ese momento, detonarían dos explosivos más y lanzarían una cortina de ahumadores. Patrik, Harkan y algunos otros se quedarían fuera del laboratorio, luchando contra los adatrox y creando tanta confusión como fuera posible con la munición que les quedaba. Eliana, Jessamyn y los otros cuatro miembros de su grupo entrarían en el laboratorio de Fidelia. Los demás reunirían a tantos supervivientes como fuera posible y los ayudarían a salir del complejo a través de una pequeña puerta auxiliar que la exploradora de Patrik, Ursula, había descubierto durante una de sus patrullas.

¿Y Eliana y Jessamyn? Se cargarían a cualquiera que se interpusiera en su camino para que los prisioneros del laboratorio tuvieran tiempo de escapar.

Ese era el plan. Pero el origen de esas explosiones no había sido el bombardero.

Había sido Eliana.

Sintió su eco, un vibrante hormigueo en la piel del interior de los brazos.

Con el corazón desbocado, se examinó las manos de arriba a abajo, las palmas y después los nudillos, las muñecas. Estaba ocurriendo de nuevo: sus forjas usaban el empirium de manera impredecible, como habían hecho en su dormitorio con las hileras de chisporroteante fuego, y en el Nido, cuando las llamas se habían extendido por el mercado como una enfermedad.

La caja de Zahra, guardada en el bolsillo de su abrigo, comenzó a vibrar, como si las explosiones la hubieran despertado.

Eliana se cubrió el bolsillo con una mano, esperando frenéticamente que la caja se rompiera…, pero permaneció intacta, y el zumbido cesó abruptamente. Cerró los ojos con fuerza, intentando tranquilizar su acelerado corazón. Debería haber creado unas forjas más grandes, más fuertes. Con más cadenas, más metal; planchas enteras que aplastaran sus manos capa sobre capa lo suficiente para extinguir el instinto que poseía su traicionero cuerpo.

Quizá entonces sus forjas funcionarían como era debido, quizá pondrían orden a su confusión, someterían su miedo, canalizarían el poder que parecía no poder controlar.

—¡Eli! —rugió Harkan desde algún punto entre el humo—. ¡Vamos!

Su voz la sacudió. Echó a correr.

En la entrada del puesto de avanzada, humeante y salpicado de diminutas llamas, se oyeron disparos y choques de espadas. Eliana se lanzó sobre un adatrox con Arabeth en una mano y Nox en la otra. El guardia la atacó torpemente con su espada, pero ella lo esquivó, se giró, le abrió el vientre y salió corriendo. Había otro enfrascado en una pelea con Viri, a unos pasos de distancia. Eliana se apresuró hacia ellos y clavó a Arabeth en la espalda del adatrox justo cuando este echaba mano a su pistola.

—¡Gracias! —dijo Viri, jadeando. Le dedicó a Eliana un destello blanco, una sonrisa en el humo, y desapareció.

Eliana corrió hacia el centro del complejo. Los bombarderos explotaban a su alrededor; intentó no contar las explosiones, intentó no pensar en su disminuida reserva de munición. Le ardían las manos alrededor de las empuñaduras de sus dagas. Intentó no prestar atención. No significaba nada. Eran sus quemaduras, todavía recientes, que no habían tenido tiempo de sanar. Era el calor del puesto que ardía a su alrededor. No había peligro; sus forjas no invocarían de nuevo ese inextinguible fuego que los devoraría a todos, como había hecho en Annerkilak.

Encontró el laboratorio a la vez que Jessamyn. Intentaron abrir la puerta (pesada y de madera, reforzada con barras metálicas) pero, por supuesto, estaba cerrada. Jessamyn soltó una maldición y se pasó la mano por la cara manchada de humo. Los otros cuatro integrantes del equipo del laboratorio se unieron a ellas, con la piel resbaladiza por el sudor y cubierta de polvo, pero los ojos brillantes.

—Atrás —les ordenó Jessamyn a todos. Eliana obedeció, apartó a los demás y reparó, con una apreciación instantánea después de años viviendo como la Pesadilla, en la elegancia con la que Jessamyn se movía por el campo de batalla, en la facilidad con la que habitaba su propio cuerpo. Eliana instó a los demás a cobijarse detrás de un montón de cadáveres pulcramente amontonados, cuya piel desvaída y agrietada estaba cubierta de unas pústulas que ya había visto antes.

Jessamyn se unió a ellos, impávida, aunque echó una terrible mirada a los cuerpos.

—Esto es una mierda —declaró, y después se sacó un bombardero del bolsillo, lo besó y miró a Eliana—. El último.

Lo lanzó contra el muro de piedra del laboratorio. Explotó segundos después, y la estructura cedió con un gemido. Toda la pared se sacudió y se derrumbó.

Eliana corrió hacia allí, con Jessamyn y el resto de su equipo justo detrás. En el interior del laboratorio se toparon con un escuadrón de cuatro adatrox que tosían, desconcertados, y se movían con dificultad por los escombros. Eliana terminó con dos, cayendo de buena gana en el ritmo de su antigua vida: Arabeth en el estómago, Nox en la garganta. Se giró y vio a Jessamyn arrancando su daga del vientre de un guardia antes de volverse para enfrentarse a otro, al que le golpeó el brazo con el codo justo cuando disparaba su arma. El disparo atravesó el pasillo sin hacer daño a nadie. Jessamyn retorció el brazo del guardia, que se rompió con un horrible chasquido. Este gritó y parpadeó con esos ojos muertos y grises. Después Jessamyn le rebanó el cuello y lo vio caer.

Uno de los refugiados de su grupo, una mujer recia de ojos amables llamada Catilla a la que se le daba bien la espada, se dio la vuelta y vomitó de repente en el suelo. Otro refugiado, Jaraq, se agachó junto a los caídos para buscar llaves en sus uniformes.

La mirada llameante de Jessamyn se encontró con la de Eliana. Señaló con la cabeza el pasillo.

—¿Vamos?

Como era la única que había estado dentro de un laboratorio de Fidelia, Eliana había dibujado un mapa de las instalaciones de Rinthos para los líderes de cada grupo. Si aquel edificio se parecía al otro, sabría exactamente donde retenían a los prisioneros. De lo contrario, improvisarían.

Jaraq soltó un grito triunfal.

—¡Aquí! —Le lanzó un aro de llaves a Eliana.

Ella lo atrapó, asintió mirando a Jessamyn y después se dio la vuelta y corrió por el pasillo. Las lámparas galvanizadas titilaban sobre su cabeza en el interior de los plafones rotos. Del exterior llegaban los sonidos distantes de la batalla, disipándose a medida que Eliana se adentraba en el laboratorio con su equipo a su espalda. Gritos inhumanos y resollantes llenaban el aire; eran sonidos que las negras profundidades animales de las entrañas de Eliana reconocieron con espanto.

Llegaron a la primera de muchas puertas metálicas, con el número cuarenta y siete pulcramente pintado en una placa rectangular, a la altura de los ojos.

Eliana se encorvó y forcejeó con las llaves. De repente sentía torpes sus manos vendadas, y los gritos de los que estaban atrapados en aquel edificio la envolvieron en una pegajosa bruma que lo ralentizó todo, excepto los acelerados latidos de su corazón. Pensó en Navi, sin poder evitar acordarse de ella y preguntarse si estaría muerta. Si, después de todo lo que habían hecho para salvarla, habría muerto de todos modos en manos del imperio.

—Déjame a mí —le espetó Jessamyn con impaciencia, arrebatándole las llaves.

Cuando entraron, la luz titilante del pasillo se vertió en la negra habitación, iluminando a una mujer con los pantalones y la túnica manchados. Estaba descalza, acurrucada en el extremo opuesto de la habitación sobre un montón de sus propios excrementos. Tenía la piel pálida cortada, magullada. Pústulas bulbosas marcaban su sien, su garganta, su brazo izquierdo. Unas telarañas oscuras cubrían su cabeza afeitada y encuadraban sus mejillas y su frente.

Eliana se sintió abatida. Aquella mujer ya había empezado a transformarse, lo que significaba que sería impredecible.

Jessamyn dio un paso adelante.

—¿Puedes caminar?

La mujer miró al grupo. Asintió, bestial en su nerviosismo. Movió las manos sobre sus rodillas.

Jessamyn la agarró del brazo y la puso en pie.

—Catilla, ayúdala si lo necesita.

Catilla se acercó rápidamente y sacó a la mujer de la habitación.

—Si nos atacan, tendré que luchar —la oyó explicar Eliana—. Pero no temas. Quédate atrás, a resguardo, y cuando la pelea haya terminado, sigue adelante. Te sacaremos de aquí.

Corrieron de habitación en habitación, reuniendo prisioneros cuando podían y dejando a los muertos donde estaban. Dejaron intactas algunas habitaciones, porque al oír el sonido de las llaves las prisioneras del interior se lanzaron contra las puertas, rugiendo y aullando.

Con cada habitación abandonada, Eliana sentía que un grito se estaba formando en su interior; un grito que no era de furia, sino de agotamiento. Aquella lucha era demasiado para ella. Demasiado grande, demasiado inconmensurable. En el pasado la habría enfurecido estar allí, ver aquella masacre. Ahora, avanzaba sin sentir nada, oyendo apenas los gemidos de las siete prisioneras a las que habían liberado y matando a cualquier guardia que las interceptara con entumecida eficacia.

Ante la última puerta («1», decía la placa metálica) no se oía nada: ni rugidos ni gritos de dolor. Eliana miró a los demás.

La segunda prisionera a la que habían liberado, una mujer mayor, de cabello gris y piel oscura, tenía que sujetarse a Jaraq. Otra, de mirada despierta y mandíbula tensa, llevaba a otra prisionera medio inconsciente en sus brazos.

La primera en ser liberada esperaba con los ojos muy abiertos justo detrás de Catilla, a la que le tenía agarrado el brazo.

Jessamyn usó la última llave y abrió una puerta de un empujón. De inmediato se oyó un disparo. La mujer maldijo y tiró de la puerta para volver a cerrarla, justo a tiempo. La bala rebotó en el metal. Sonaron más disparos, frenéticos y precipitados, uno detrás de otro, hasta que se hizo de nuevo el silencio.

Eliana miró a Jessamyn.

—Déjalo.

—Se han quedado sin balas —contestó Jessamyn.

—A menos que tengan otra arma.

—Deberíamos irnos —sugirió la prisionera de mandíbula cuadrada—. Antes de que vengan más.

—Por favor —gimió la primera liberada, con la cara aplastada contra la manga de Catilla—. Por favor, vámonos.

Jessamyn siseó una maldición y abrió la puerta, con el revolver preparado para matar. Eliana la siguió, blandiendo sus dagas.

Pero no necesitaban un arma. En la esquina opuesta de la habitación, acurrucados junto a una prisionera de ojos adormilados, había dos hombres de piel clara. Parecían sanos, y llevaban túnicas hasta la rodilla, bien planchadas, con el cuello alto abotonado. Uno de ellos dejó el revolver en el suelo, y después levantó sus manos temblorosas en el aire.

—Somos médicos —dijo con voz frágil—. No somos soldados. Por favor, tened piedad.

—¿Médicos? —le espetó Jessamyn—. Quieres decir que sois los que habéis estado torturando a estas mujeres.

El hombre se derrumbó y las lágrimas bajaron por sus mejillas.

—No, por favor, ¡no es eso!

—Es exactamente eso —dijo la prisionera de mandíbula cuadrada sobre el hombro de Eliana.

El otro médico, no obstante, no levantó las manos y no suplicó. En lugar de eso, le echó a Eliana una mirada glacial y cargada de desprecio.

—Somos aquellos a los que Él invoca en la noche —murmuró—. Somos los continentes de su voluntad.

Las forjas de Eliana se iluminaron como el fuego, enviando calientes punzadas de impaciencia de arriba a abajo por sus extremidades.

Jessamyn soltó una maldición y se apartó de ella.

—¿Qué es eso? ¿Qué estás haciendo?

—¿Qué está diciendo? —preguntó Catilla, con voz tensa.

—Repetimos la palabra que él ha orado —continuó el hombre, y entonces sus ojos cambiaron. Su color se onduló y palideció—. Sobre sus alas, nuestras almas vuelven a brotar.

Eliana supo lo que estaba a punto de ocurrir antes de que sucediera, pero no podía moverse. Una presencia, electrificada y furiosa, escapó de la mente del médico que estaba en el suelo y se arrastró, buscando la suya. La atrapó, la mantuvo inmóvil en esa habitación fétida y oscura. El mundo cambió y se reorganizó.

Estaba una vez más en el pasillo de moqueta roja de sus sueños. No lo había visto desde la noche en Astavar en la que Navi la había atacado. Pero ahora, al verla de nuevo, el eterno espacio le resultó tan conocido como entonces le había parecido ajeno. Las luces galvanizadas zumbaban en las paredes brillantes y pulidas. Una hilera de puertas de arcos apuntados se extendía hasta el infinito.

En el extremo visible más alejado del pasillo se abrió una de ellas, dejando escapar un rayo de luz tan brillante y blanco que la aterró. Un instante después, la puerta se cerró.

Entonces la siguiente hizo lo mismo, y la siguiente, y la siguiente, cada vez más cerca del lugar donde se encontraba. La flanqueaban sus reflejos en la madera pulida, el rojo que borboteaba, caliente, entre los dedos de sus pies. Cada vez que se abría una puerta, emergía una luz brillante, acompañada de un sonido tenue, un susurro ininteligible en los límites de su mente. Las puertas se abrían más y más rápido cada vez. Las cortantes luces blancas que escapaban de ellas sajaban el pasillo rojo como porciones de carne. Los siseos se convirtieron en susurros y formaron una palabra.

Eliana.

Se giró, levantando los pies de la moqueta. Corrió, pero las puertas la seguían, y las luces crepitaban en sus talones.

Eliana.

Muy por delante de ella, a la derecha, se abrió una puerta de la que no salió ninguna luz. Se apresuró hacia ella, buscando desesperadamente el escudo de la oscuridad, y trastabilló hasta el interior. Cerró de un portazo, se aplastó contra la puerta, giró el pestillo con manos temblorosas.

Se mantuvo, jadeando con fuerza, con la mejilla caliente contra la madera fría.

Entonces una mano le tocó el cuello, y otra, la muñeca.

Una voz le besó la sien, alborozada y conocida:

—Aquí estás.

El emperador.

Corien.

El antiguo amante de su madre. El líder de los ángeles, el destructor inmortal.

Le deslizó los dedos por el cabello, cada vez más fuerte, hasta que a ella le dolió el cuero cabelludo y los ojos se le llenaron de lágrimas.

—Eliana, Eliana. Un nombre precioso. Melodioso y dulce. Me pregunto qué nombre te habría puesto ella. Me pregunto si nos estará observando, incluso ahora. —Se acercó a su espalda, informe en la oscuridad—. Rielle —aulló, con la voz rota—. ¿Nos ves? ¡Moriste para nada!

Eliana le dio una patada y lo arañó, buscó desesperadamente la salida. Apenas podía respirar; estaba hecha de terror y de nada más. No tenía sangre ni pulmones.

—Ahora es mía —anunció Corien, sin aliento, estridente—. ¡Es mía, Rielle, y tú no puedes hacer nada para salvarla!

Resonó un disparo, y después otro.

Eliana parpadeó. Era libre.

Se desplomó en el suelo, jadeando. El impacto le destrozó las rodillas. La respiración talló surcos en su garganta. Tenía las mejillas calientes y húmedas.

Jessamyn la ayudó a levantarse. Detrás de ella estaban los demás, con los ojos muy abiertos. La primera prisionera escondió la cara en los brazos de Catilla, llorando de un modo patético y lastimero.

—Lo he matado —dijo Jessamyn, señalando a los dos médicos muertos que tenía detrás—. Los he matado a los dos.

—¿Al emperador? Oh, Dios. ¿De verdad? ¿Lo has matado? —Eliana se dejó caer en Jessamyn, riéndose y llorando a la vez—. Entonces yo no tengo que hacerlo. Ya está. Ha terminado. ¿No ha terminado?

—No, Eliana. —Jessamyn la miró con el ceño fruncido, con expresión clara y firme—. Al emperador no. Nada ha terminado. Tenemos que darnos prisa.

«Nada ha terminado». Nunca dos palabras habían llenado a Eliana de tanta desesperación.

Los gritos que venían del pasillo hicieron volverse a los demás. Las prisioneras chillaron; una de ellas se echó a llorar.

—¿Puedes luchar? —le preguntó Jessamyn, zarandeando un poco a Eliana—. ¿O voy a tener que hacer esto sola?

La crueldad que había en la voz de Jessamyn, su indiferente desprecio, hizo que Eliana volviera en sí. Simon habría hecho lo mismo. Él no le habría mostrado un instante de compasión, no hasta que la misión hubiera terminado.

Eliana asintió, recuperó a Arabeth y Nox del suelo.

—Puedo luchar. Voy a luchar.

Entonces pasó junto a Jessamyn y las desconcertadas prisioneras y condujo el camino de vuelta a la batalla.

27
LUDIVINE

«*Sin fuego ni metal ni mar arrolladora,
sin sombras en las que ocultarnos ni luz redentora.
Aunque la tierra no se abra, nosotros arderemos.
Sin viento que se eleve, nos levantaremos*».

Oración de la revolución, atribuida a Ziva Vitavna,
artífice de la revolución humana de Kirvaya

Algo iba mal en la ciudad de Genzhar, pero Ludivine no sabía el qué.

Lo único que había conseguido deducir era que algo estaba ocurriendo en el extremo norte, en la helada cordillera montañosa que llamaban Villmark, donde poca gente vivía y las noches otoñales eran largas y oscuras.

Sabía que habían desaparecido algunos niños en la capital de Kirvaya, todos ellos niños elementales, y que varias personas del palacio habían facilitado esos secuestros: magistrados, consejeros reales, cortesanos influyentes.

Por último, sabía que los ángeles estaban involucrados. Notaba sus tenues huellas mentales, un polvo como ceniza que le oscurecía el aliento.

Por lo demás, no sabía nada.

La cicatriz del flagelo estaba afectando a su fuerza, a la capacidad de su mente para concentrarse. Pero su ceguera no se debía solo a eso. Habían corrido un velo ante su visión angélica, específicamente diseñado para enturbiar su conexión con Rielle, para obstruir su visión de las mentes que vivían en la capital, y ella solo conocía a un ser lo bastante fuerte para crear una barrera tan exhaustiva, tan inamovible.

Por primera vez en años, intentó hablar con él.

En la oscuridad de su habitación en el templo del Obex, con los ojos cerrados, Ludivine se reafirmó en su decisión. Respiró despacio a través de la nariz y expulsó el aire por la boca, ignorando el tenue dolor de la cicatriz de su brazo. A continuación, abrió los ojos.

Estoy aquí, Corien. Estoy dispuesta a hablar.

Le respondió el silencio. Probó de nuevo.

¿Qué pasa con los niños desaparecidos? ¿Qué has hecho con ellos? ¿Adónde te los has llevado?

Una fina espiral de diversión se enroscó en su mente. Entendió su significado de inmediato, lo gracioso y estúpido que le parecía que le preguntara directamente cosas que ya sabía que él no le iba a responder.

No habló con ella directamente; no había esperado que lo hiciera, pero pudo sentir su desagrado. La fuerza de su odio era tan intensa que la empujó de la cama y la tiró al suelo, sobre sus manos y rodillas. Ludivine tembló encima de la alfombra, luchando con toda su fuerza humana robada para mantenerse erguida, luchando con toda su fuerza angélica para evitar que Corien hurgara en su mente y la matara.

Entonces Corien habló, pronunciando cada palabra con crueldad: *Yo al menos le muestro a Rielle lo que soy de verdad, y lo que quiero de verdad. No le miento. ¿Puedes tú decir lo mismo?*

Después de un momento que se prolongó, implacable, hasta que Ludivine estuvo al borde del desmayo, él desapareció.

Y ella se derrumbó sobre la alfombra. Las lágrimas bajaron por sus mejillas porque el alivio de su ausencia fue absoluto, porque se sentía tan eufórica como en el momento en el que escapó del Profundo en su estela... y porque no estaba totalmente equivocado.

Ella estaba hecha de mentiras, igual que él, pero era demasiado cobarde para admitirlo.

Sin embargo, se negaba a perder el tiempo dirimiendo si sus actos estaban bien o mal. En lugar de eso, disfrutó del dolor en su pecho, del nudo en su garganta, de las lágrimas calientes en su cara, del sabor de su sal en los labios.

Recordó que, antes del Profundo, cuando todavía habitaba su verdadero cuerpo, llorar a menudo le parecía una liberación. Recordó el placer de tener un amante, la satisfacción de la comida en su estómago, la calidez de la luz del sol sobre su piel.

Y ahora, qué pálido era todo. El carácter antinatural del crimen que había cometido evitaba que experimentara sensaciones de verdad. Desde el momento en el que ocupó aquel cuerpo (cuando se deslizó en su interior mientras Ludivine exhalaba su último aliento), había sabido que nunca sería feliz en él. La existencia en un cuerpo humano era la sombra de una vida, comparada con lo que había experimentado antes del Profundo. El empirium la había castigado por ello, había castigado a Corien por ello, y seguiría castigándolos mientras vivieran. Habían perdido sus cuerpos en el Profundo, e intentar recuperarlos tomando otros que no les pertenecían estaba mal, era una maldad que superaba cualquier otra infracción mensurable.

Pero mientras que Corien estaba dispuesto a destruir el mundo como venganza por su pérdida, Ludivine solo quería una cosa: una única cosa, algo muy pequeño. No le importaban nada las alas que había perdido, los siglos que se había pasado perdiéndose en el vacío, ni siquiera el destino de los suyos.

Después de todo, habían sido ellos quienes habían provocado aquello. Habían iniciado la gran guerra antigua, y esa guerra los había condenado al Profundo.

Pero Ludivine era poco más que una niña, y había sido todavía más joven cuando la Puerta se cerró. Aquella guerra nunca fue suya.

Dejó de llorar, aunque seguía teniendo un nudo alojado entre sus clavículas. Se sentía vacía, exhausta. Se levantó, secándose la cara, y se puso el vestido, las pieles, las botas gruesas. Abandonó el templo del Obex por el largo camino nevado que la conduciría a la ciudad.

Si no conseguía descubrir qué tenía planeado Corien, necesitaría un soldado que la ayudara.

Afortunadamente, en el palacio que había a los pies de la montaña vivía alguien perfecto para la tarea.

Horas después, en el momento más oscuro de la noche, Ludivine entró en los lujosos aposentos reales de la niña reina Obritsa Nevemskaya.

Observó a la niña en su cama: insomne, con el ceño fruncido y una postura impecable y serena incluso tumbada.

Ajena al ángel que acababa de entrar en su dormitorio.

Ludivine todavía no estaba preparada para darse a conocer. Se sentó en una silla y acarició la mente preocupada de la chiquilla. Ya había visto las cosas importantes: Obritsa no era en absoluto la niña tonta y coqueta que les había parecido a su llegada. Era una agente de la revolución humana que estaba agitando Kirvaya, luchando para derrocar a los tiránicos elementales que habían gobernado el país durante mucho tiempo, esclavizando a los humanos. La había criado el líder de dicha revolución, y podía matar rápida y limpiamente con cualquier objeto. El Consejo Magistral la había elegido reina tras ser convencido por uno de los suyos: Akim Yeravet, gran magistrado de la Casa de la Luz, que también era un aliado de la revolución, aunque solo fuera porque consideraba que su victoria era inevitable.

Todo ello habría sido una historia interesante: una niña humana, hija de radicales, en una posición perfecta para favorecer un levantamiento.

Pero había un pequeño y delicioso detalle adicional: en realidad, Obritsa no era humana.

Era una marcada.

Ludivine observó a Obritsa mientras se levantaba de la cama y se acurrucaba en una brocada butaca escarlata junto al fuego. Miró las llamas, con su pequeña boquita apretada con rabia. Ludivine captó un atisbo de los horribles sueños rojos que la niña había sufrido las pasadas noches, desde que comenzó a vagar por la ciudad con la determinación de resolver ella misma el misterio de los niños desaparecidos en la capital. Eran sueños violentos: rojos como la ira, rojos como la sangre. Eran unos sueños que Obritsa no comprendía.

Pero Ludivine sí.

Con un delicado cambio mental, se dejó percibir.

Obritsa se irguió, con los ojos muy abiertos. Se llevó la mano al tobillo, buscando el cuchillo que solía guardar en su bota. Pero había olvidado que estaba descalza, y cuando se percató, la ira la travesó, tan clara y precisa que Ludivine notó su sabor en la lengua. La furia tenía un gusto particular: carnoso, agrio, ligeramente quemado.

Entonces, Obritsa la vio por fin.

—¿Lady Ludivine? —Parpadeó, y otra vez, y después se encogió en su butaca, invocando una sonrisa nerviosa y tímida. Se agarró el vestido, cerrado en el cuello.

Ludivine observó su transformación, divertida.

—Por todos los santos —murmuró Obritsa, riéndose un poco—, se supone que no deberías estar aquí. No estoy vestida,

¡y es medianoche! Además, ¿cómo has conseguido que mis guardias te dejen entrar? Esto es sin duda extraño. Espera un momento. —Dudó, y cambió su sonrisa por una expresión ansiosa—. ¿Le ha pasado algo a lady Rielle o al príncipe Audric? ¿Estás enferma? Oh, por favor, dime algo, lady Ludivine. No soporto tu silencio.

—Eres una mentirosa maravillosa —le indicó Ludivine—. Convenciste a Rielle y a Audric... Sobre todo a Audric, porque él es muy confiado. Pero a mí no me convenciste, ni por un segundo.

Notó que Obritsa se apresuraba a buscar en su mente. La niña fingió una frívola carcajada.

—Actúas de un modo extraño, lady Ludivine. No sé qué pensar de lo que estás diciendo.

—Sé que eres una marcada. Si no cooperas conmigo, le diré a todo el mundo lo que eres en realidad, y no moveré un solo dedo para ayudarte cuando vengan a por tu cabeza.

Obritsa se quedó paralizada; los cálculos estaban claros en su mirada.

Después, su expresión se endureció. Ludivine sonrió. Aquel lobezno astuto y observador era la verdadera Obritsa Nevemskaya.

—¿Cómo lo has descubierto? —le preguntó, con voz seria y letal.

—Los espías de mi familia son mejores que los tuyos —contestó Ludivine—. Los tuyos son descuidados.

Ante la mención de la casa Sauvillier, Obritsa apretó la mandíbula.

—¿Qué quieres, entonces?

Ludivine dudó y, sin previo aviso, su mente, todavía perturbada por el maltrato de Corien, se llenó de negra desesperación.

«¿Qué quería?».

Lo que quería era sentir algo de nuevo, volver a encajar en el interior de un cuerpo, mirar a Rielle y a Audric y no sentir ese horrible aleteo de miedo en sus mentes: miedo a los ángeles, y a ella en concreto, por mucho que afirmaran quererla, aunque la querían.

La verdad era que ella no era como ellos, que les había mentido, que era una intrusa viviendo en el cadáver de una querida amiga de la infancia. Esa era una realidad que no podía deshacer, pero si ella pudiera rehacerse, si pudiera renacer (no como ángel sino como una criatura igual a ellos, como humana), entonces quizá su miedo disminuiría con el tiempo.

Y volvería a saborear, y volvería a ver, y a sentir, no solo la imitación gris del sentido y del color que actualmente definía su existencia.

Existencia. Se tragó un amargo suspiro. Aquella era una palabra demasiado amable para lo que soportaba cada día. Se contuvo para no tocarse la cicatriz.

—Esta ciudad está podrida de actos oscuros —le dijo a Obritsa, intentando recuperar el control de su mente inquieta—. Los niños desaparecidos, los asesinatos. He intentado investigar qué significa y solo he encontrado callejones sin salida. Lo único que he conseguido descubrir es que tres miembros de vuestro consejo de magistrados están involucrados en los secuestros, y que se llevan a los niños a algún lugar de Villmark, en la región conocida como Shirshaya.

Obritsa levantó una ceja con frialdad.

—Ah, ¿sí? ¿Y qué magistrados son esos?

—Los magistrados Yeravet, Kravnak y Vorlukh.

Obritsa negó con la cabeza, intentando encontrarle sentido a aquellas revelaciones. Se levantó de la butaca con los brazos cruzados y se dirigió despacio a su escritorio, que estaba frente a los ventanales de la fachada sur.

—Esa es una acusación difícil de creer —dijo—. ¿Por qué debería tomarte en serio?

—Porque es verdad —le contestó Ludivine—. Y porque sé muchas cosas que no debería. Sé que eres una herramienta de la revolución, que Sasha Rhyzov te crio en los barrios bajos de Yarozma. Sé que te cortaron las alas y que tu piel se regeneró. Sé que quieren que secuestres a Rielle para usarla como arma de la revolución, algo que me parece una locura, ya que Rielle podría borrar esta ciudad con un movimiento de muñeca, si quisiera.

Obritsa la escuchó, de espaldas, y presionó un diminuto botón metálico que había debajo de su mesa.

Ludivine casi puso los ojos en blanco. Si hubiera sido humana, quizá no habría visto el movimiento y Obritsa habría conseguido engañarla. Pero Ludivine iba diez pasos por delante de la mente de la niña, planeando su ataque. El botón había activado un canal de magia de agitatierras, y el devoto guardia de Obritsa, Artem, que también era un revolucionario disfrazado, irrumpiría pronto en la habitación, listo para matar a quien estuviera amenazando a su protegida.

Ludivine se reclinó en su asiento, esperando su llegada.

—Qué escena tan fascinante me has dibujado, lady Ludivine. —Obritsa se apoyó en la mesa—. Por favor, prosigue.

—Sé lo que viste la otra noche en el patio de ese colegio —continuó Ludivine—. Viste a un niño matando a su maestro y después subiendo a un carruaje que se alejó con él en la noche. Intentaste seguirlo, pero no pudiste. Las sombras confundieron tu visión y bloquearon tu avance, haciendo que pareciera que el carruaje estaba viajando a mayor velocidad de lo que debería haber sido capaz. Quizá pensaste que era magia de lanzasombras. No lo era. Era obra de los ángeles, que enturbiaron tu mente y desequilibraron tus sentidos.

Ludivine se detuvo, observando el rostro de Obritsa. La niña tenía un control admirable: no reveló nada, aunque su mente bullía después de que las palabras de Ludivine la hubieran ayudado a recuperar los detalles de aquel horrible recuerdo.

—Sé que el gran magistrado Yeravet se acercó a ti, te drogó con lágrimas de viuda y te llevó de vuelta a tus aposentos —continuó Ludivine—. Cuando despertaste, solo recordabas ecos. El gran magistrado le dijo a tu guardia que te había encontrado borracha en la calle, que te habías escabullido para visitar las tabernas. Sé que has sufrido horribles pesadillas. Son producto de tu mente, que te grita que recuerdes lo que ocurrió esa noche.

El control de Obritsa se agrietó por fin. Se agarró el vientre, con los ojos brillantes.

Solo consiguió decir una palabra.

—¿Cómo?

Entonces se abrió la puerta de su dormitorio. En el aire crepitó la magia con olor a tierra y madera de los agitatierras. El guardia de Obritsa, Artem, levantó su cayado con fuego en la mirada. Era un agitatierras, un elemental simpatizante de la revolución que había sido reclutado por sus líderes para proteger a Obritsa. Su compromiso con su deber, con la propia Obritsa, era tan puro y limpio como el fuego.

Ludivine suspiró, cauta de repente.

Tranquilízate, le dijo, y lo observó mientras se detenía. La violencia abandonó su cuerpo. *Camina hacia la terraza y sal al exterior.*

El guardia bajó el cayado y obedeció. Cuando abrió las puertas de la terraza, una ráfaga de nieve y un viento helado tiraron un montón de papeles del escritorio de Obritsa.

Súbete a la barandilla, le ordenó Ludivine, cansada, apreciando la utilidad de su sangre de ángel y odiando a la vez su brutalidad. *Lánzate al vacío.*

Artem atravesó la terraza y comenzó a subirse a la barandilla.

—¡Para! —gritó Obritsa, corriendo hacia él, y Ludivine notó el amor que inundó rápidamente el cuerpo de la niña, feroz y desesperado.

—Déjalo —le ordenó Ludivine—. Un paso más, y le diré que continúe.

Obritsa tiritó de frío. Por fin volvía a parecer una niña.

—¿Qué eres tú?

—Soy un ángel —le dijo Ludivine—, y creo que otros como yo están construyendo algo en el norte, en Villmark.

Necesito que vayas a descubrir qué es y que vuelvas para informarme de ello.

En la mente de Obritsa surgieron tantas preguntas que Ludivine se sintió abrumada por ellas.

Al final, la niña consiguió hablar:

—¿Por qué no lo haces tú?

—No puedo abandonar a Rielle. No puedo ponerme en peligro y arriesgar de ese modo su seguridad. Además, cada vez que intento examinar el norte, algo me detiene. Una obstrucción. Una burla. Creo que los ángeles tienen algo que ver en esto, y si intento acercarme demasiado a ellos, me detectarán y detendrán. Estarán buscándome. Pero a ti no, si te mueves deprisa y con cautela.

Ludivine se levantó porque ya no podía seguir sentada. Dar voz a aquellas cosas la hacía sentirse crispada, agitada, y cada momento que pasaba lejos de Rielle era un tormento que apenas podía soportar.

—Sé que todo esto es abrumador —le dijo a Obritsa—. También sé que eres muy capaz no solo de comprender lo que estoy diciendo, sino también de llevar a cabo esta tarea.

Obritsa miró sobre su hombro para ver a Artem inmóvil cerca de la barandilla.

—¿Por qué debería hacer algo para ayudarte? —le preguntó.

—Porque uno de tus magistrados te drogó para que esto siguiera siendo un secreto —le contestó Ludivine—. Él y los demás están permitiendo el secuestro de esos niños por razones que no comprenden. Lo único que saben es que se les ha prometido poder. No te son leales, ni a su reino, ni al pueblo. Solo son leales a sus propios deseos. Puede que estés más segura en el Villmark que en tu propio palacio.

—No creo que estés organizando esto solo para protegerme —dijo Obritsa con mordacidad—. ¿O sois los ángeles tan estúpidos como crueles?

Ludivine sonrió, contenta de oír la pasión de la niña. La necesitaría.

—Claro que no es la única razón, ni siquiera es la principal. Si mueres tras ayudarme, no me dará ninguna pena. Te lo pido porque no puedo hacerlo yo, y porque tu magia de marcada te llevará hasta allí más rápido de lo que yo podría viajar. Y porque lo que está ocurriendo en el norte podría afectarnos a todos, y nos afectará, si permitimos que continúe.

Dudó, y después decidió que Obritsa se merecía saberlo.

—La Puerta está cediendo, Obritsa. Hay muchos ángeles en el mundo, y vendrán más si Rielle no consigue repararla. Están escondiendo algo en el norte, y necesito que tú descubras qué es. No por mí, ni por Rielle, y desde luego no por el hombre que te crio o por su revolución. Quiero que lo hagas por el mundo. Por toda la raza humana.

Ludivine notó que Obritsa intentaba asimilar esas palabras.

—¿Y si me niego a ayudarte?

—Entonces me deslizaré en tu mente, igual que en la de Artem —contestó Ludivine—, y haré que ambos os tiréis al vacío. Escribiré una nota, una confesión, en la que traicionas a todos tus amigos rebeldes. Y acallaré cualquier atisbo de duda, hasta que todos estén convencidos de tu cobardía.

Después de un momento en el que Ludivine sintió la furia de Obritsa creciendo en silencio (como el maremoto de Rielle, una fuerza inmensa apenas contenida), la niña asintió con brusquedad.

—Te ayudaré —dijo—, porque me obligas a ello. Cada día te despreciaré y odiaré por ello. Cada día rezaré no para que mueras, sino para que te veas obligada a vivir siempre desdichada por lo que has hecho.

«Siempre desdichada». Ludivine estuvo a punto de reírse a carcajadas. Si la niña supiera.

—No te culpo. Y, por mi parte, rezaré para que llegues a ver la crueldad de los que te han criado y para que consigas liberarte de sus cadenas. Te mereces algo mejor que lo que ellos te han dado.

Miró la terraza. *Ven dentro.*

Artem obedeció, tiritando, con el cabello castaño blanqueado por la nieve. Se derrumbó sobre la alfombra, apoyado en sus manos y rodillas.

Obritsa corrió hacia él, se quitó la bata y se la colocó por encima.

—Artem, Artem, cielo. —Tocó el rostro de mandíbula cuadrada de su guardia y le rodeó los hombros con los brazos—. Estás aquí. Estás a salvo.

Entonces, sin previo aviso, se produjo una explosión de violencia en la mente de Ludivine acompañada por una furiosa sucesión de imágenes: pinos aplastados por montones de nieve, una aldea semienterrada. Llamas. Carne quemada.

—Él está aquí —susurró. Ya no se encontraba del todo en los aposentos de Obritsa. Una parte de ella estaba en las montañas, devanándose la mente para encontrar la fuente de aquellas terribles imágenes—. Está ahí. Está haciéndoles daño. Oh, Dios.

—¿Quién? —Obritsa se levantó—. Dímelo, de inmediato.

—Se llama Corien. Es el más poderoso entre los ángeles. —Ludivine examinó los límites de sus pensamientos y descubrió la verdad—. Está en las montañas, en una pequeña aldea. Polestal. Está obligando a los elementales que hay allí a hacerse daño unos a otros. Se están quemando.

Y de repente comprendió qué estaba pasando. Era una trampa; era un señuelo. Había perdido la paciencia, y probaría todos los métodos que se le ocurrieran hasta que Rielle cediera.

Pero ella no cedería. Ludivine no se lo permitiría, aunque tuviera que asentarse obstinadamente en la mente de Rielle durante el resto de su vida, controlando cada movimiento, como una centinela condenada a una guardia eterna.

—Debes llevarme a Polestal de inmediato —le ordenó Ludivine, agarrándose al brazo. La cicatriz del flagelo le dolía como si se la acabara de hacer.

Obritsa entornó los ojos.

—¿Por qué?

—Porque está haciendo esto para obligar a Rielle a actuar —contestó, intentando contener el pánico—. Y, si lo consigue, estaremos todos muertos.

28
ELIANA

«He oído hablar de bestias salvajes que corren libremente en la noche, de horrores de cuentos infantiles que se infiltran de repente en el mundo de la vigilia. Eso no me sorprende, que ahora debamos añadir monstruos a la lista de terrores que crean el caos en nuestro mundo. Estoy convencido de que hicimos algo terrible, hace mucho tiempo, algo antiguo e imperdonable, y que estos interminables años de guerra son nuestro castigo por ello».

Antología de historias escritas por los refugiados de la Ventera ocupada, recopilada por Hob Cavaserra

En la ciudad de Karlaine, Eliana no podía dormir. Estaba tumbada en el duro y frío suelo bajo una pálida alba acuchillada por pinos negros. Habían acampado en un pequeño grupo de edificios vacíos a las afueras de Karlaine para entrar en la ciudad en pequeños grupos de dos o tres con los que no llamar la atención. La atmósfera en Karlaine ya era tensa y vigilante. El humo de Caebris manchaba el horizonte, y aquellos que vivían en la ciudad seguramente habían oído las explosiones.

Eliana cerró los ojos. En el pasado, no había tenido problemas para dormir, sin importar el momento del día o el estado de su mente. Esos días habían quedado atrás hacía mucho, y mientras estaba allí tumbada, con la espalda contra la raíz de un árbol y las piernas y brazos cruzados con fuerza, los sonidos de la batalla llenaron su mente.

Explosiones, seguramente provocadas por ella misma.

Madera astillada, torres derrumbándose con un gemido.

El crepitar de las llamas, el repique de las espadas, el encuentro de una hoja con la carne, los silbidos de las balas atravesando los cuerpos y los cuerpos cayendo al suelo.

Las puertas abriéndose y cerrándose en un pasillo infinito, cada vez más rápido, más fuerte, más cerca. Implacables.

La voz de Corien en la oscuridad: «Aquí estás».

Y Jessamyn, observándola con curiosidad: «Nada ha terminado».

Eliana se puso de lado, llevándose las doloridas manos al pecho. Sus forjas no se habían serenado desde el asalto a Caebris, y todavía no estaba segura de si ella había causado esas explosiones iniciales, o si Patrik había decidido de repente usar más bombarderos, o si se había equivocado al contar los estallidos. No sabía si podía confiar en su propia mente.

Apretó los puños, desoyendo el dolor de sus quemaduras, todavía curándose, y cerró los ojos. Era una sensación extraña e inquietante, amar y odiar algo tan apasionadamente y en igual medida, aquellas forjas que había creado con sus propias manos.

Aquellas armas en las que no confiaba, y que la encarcelaban.

Intentó recordarse un par de simples y agradables verdades.

En total, habían salvado a nueve prisioneras de los laboratorios de Fidelia.

De los refugiados que habían viajado a bordo del Streganna, más de tres cuartos habían sobrevivido a la batalla, y los que no se habían marchado ya a la ciudad descansaban tranquilamente en aquel bosquecillo y en los pequeños edificios cercanos: un establo, un cobertizo y dos viejas cabañas. Una de ellas estaba habitada por un anciano y su marido, que tenían jabón y patatas y que de inmediato se habían puesto a trabajar sacando agua del pozo y encendiendo el fuego.

Jessamyn estaba viva, y también Patrik.

Harkan dormía acurrucado a su lado, roncando levemente.

Pero, aun así, Eliana no conseguía conciliar el sueño. Se sentó, frotándose la parte de atrás del cuello. Notaba allí el débil eco de los dedos de Corien, acariciando y agarrando. Su mano en su cabello, su voz desenredándose contra su nuca.

Tenía el estómago revuelto y un horrible sabor en la garganta, como a tierra y a sangre y a comida estropeada. Se puso en pie y vagó por el campamento hasta que encontró a Patrik, de guardia en un muro bajo de piedra mirando al oeste. Formaba parte de un amplio potrero vacío que llevaba mucho tiempo sin uso, salpicado de rocas y de maleza.

—Tenemos que marcharnos antes del mediodía —dijo Patrik en voz baja cuando ella apareció a su lado—. Vendrán a por nosotros pronto.

—Los matamos a todos —replicó Eliana, recordando. Cuando los prisioneros estuvieron a salvo, Jessamyn y ella habían regresado a través de la puerta auxiliar y abatido a todos los médicos a los que encontraron, a todos los adatrox de mirada muerta que merodeaban por los escombros.

—Quizá —asintió Patrik—, o quizá no. Lo hicimos bien, eso es verdad. Jessamyn y tú formáis un buen equipo. Pero el mundo está plagado de soldados del imperio. Y no confío en estos bosques, en estos campos. —Señaló el horizonte con una mano—. Me da la sensación de que una cruciata va a saltar de las sombras en cualquier momento, como la que me atacó hace años.

—Por lo que me has contado, eso no es probable —le dijo Eliana sin emoción.

—Los ángeles están convirtiendo mujeres en monstruos y creando ejércitos de monstruos —murmuró Patrik—. No lo comprendo. ¿Por qué nos odian tanto?

—Es una larga historia.

Él le echó una brusca mirada y la observó un largo momento.

—Supongo que no vas a contármelo.

—Cuando me haya dado un baño y haya comido algo, te contaré la sórdida historia completa.

—Lo estoy deseando. Mientras, dejaremos a los refugiados con sus familias. Se mezclarán bien con los ciudadanos, a pesar de haber estado meses fuera. Pero tendremos que llévanos con nosotros a las prisioneras cuando nos marchemos por la mañana. Su presencia no pasaría desapercibida aquí.

Eliana apoyó las manos en la tierra. Su textura seca y dura no fue ningún consuelo, y aun así deseó tumbarse en ella y no volver a levantarse jamás.

—¿A dónde iremos?

—Hay una ciudad a cincuenta kilómetros al sur. Briserra. Es mucho más grande que Karlaine y tiene una presencia decente de la Corona Roja. Mi amiga Edge tiene una especie de posada allí. Las prisioneras estarán a salvo con ella.

—¿Y nosotros?

Patrik se encogió de hombros.

—No sé a dónde iréis vosotros. Harkan y tú habéis hecho lo que os pedí que hicierais. Si os marcháis en este mismo momento, no me quejaré. Bueno. Me dolerá un poco perder a Harkan. En cuanto a mí y a Jessamyn, Gerren y los demás, iremos allá donde nos necesiten. Y seguiremos hasta que ya no sea así o muramos.

—Supongo que eso es todo, ¿no? Eso es lo único que nos queda. —Eliana pensó en sentarse en el muro, pero eso le habría exigido demasiado esfuerzo. Se sentía aplastada por un cansancio gris y eterno, pero sabía que, si regresaba con Harkan e intentaba dormir, no lo conseguiría—. Lucharemos hasta que ya no podamos seguir luchando, y entonces moriremos y nada de esto importará ya. Nada va a cambiar.

Patrik se quedó callado mucho tiempo.

—Cuando Simon y tú llegasteis a la Ratonera de la Corona —dijo al final—, no fue para llevar a Navi a Astavar, ¿verdad? Ni siquiera para encontrar a tu madre.

Eliana se rio un poco.

—Para mí, sí. Yo creía que eso era lo que estaba haciendo, en cualquier caso.

—¿Y qué estaba haciendo Simon?

—Él cree que soy la Reina del Sol —le dijo, porque no consiguió reunir la voluntad suficiente para inventarse una mentira—. Me mintió para que abandonara mi hogar y luchara en su guerra.

—¿Eres la Reina del Sol? —Patrik le señaló las manos—. ¿Para eso son? ¿Cómo las llamaban en el Viejo Mundo? ¿Forjas?

Algo se vino abajo en su interior. No sabía a dónde intentaba conducirla Patrik con sus preguntas, pero no deseaba seguirlo.

—No puedo hablar de esto —dijo, y se apresuró a través de los árboles, buscando. Cuando por fin encontró a Jessamyn, la chica estaba sentada en el cobertizo a la luz de una pequeña fogata, trenzándose el cabello.

Por suerte, estaba sola.

Eliana cerró la puerta a su espalda.

—¿Qué viste cuando estuvimos en esa última celda?

—Vi que te ponías rígida —le contestó Jessamyn de inmediato—. Se te llenaron los ojos de lágrimas y empezaste a convulsionarte como si intentaras alejarte de alguien, o de algo, pero no pudieras moverte. Tus ojos cambiaron, aunque no tanto como los del médico. Gritaste, asustada de algo. Me preocupaba que lo que te estaba pasando te matara. —Jessamyn se ató

la trenza y se la lanzó sobre el hombro, con expresión aguda—.
¿Por qué? ¿Qué viste tú?

Eliana dudó y después se sentó en la tierra junto al fuego.

—No estoy segura de cómo explicarlo.

—O de si deberías explicarlo.

Eliana la miró bruscamente.

—Quizá.

—No es la primera vez que veo algo así —dijo Jessamyn, inclinándose para alimentar el fuego—. Los ojos de un adatrox, o de alguien que trabaja para el imperio, se vuelven más borrosos de lo habitual. Y alguien se desploma cerca, o sufre un ataque, o hace algo fuera de lugar para hacerse daño a sí mismo o a los demás.

Jessamyn se echó hacia atrás.

—¿Sabes qué significa eso? No tienes que contármelo, sobre todo si fuera más seguro que no lo supiera. Me gusta bastante mi vida de mierda. Pero ¿sabes qué significa?

—Sí —contestó Eliana, sencillamente.

—Bueno, es un consuelo saber que hay al menos una persona que comprende lo que está ocurriendo en este mundo.

—No, eso no es del todo cierto —dijo Eliana, cruzándose de brazos—. Sé qué significa, me lo han explicado, pero no lo comprendo. O, mejor dicho, comprendo parte de ello, pero no todo, y lo que comprendo me hace desear...

Se detuvo de repente, ahogada por unas lágrimas repentinas. Fue tan eficaz al suprimirlas que le dolió la garganta como si se le fuera a partir en dos.

Después de un momento, Jessamyn se agachó entre Eliana y las llamas. Le agarró las manos con las suyas, callosas, y se las inspeccionó con cautela.

—Tienes que cambiarte las vendas —le indicó.

—Sí —respondió sencillamente.

Jessamyn recorrió las líneas de las forjas con los dedos.

—¿Lo que sabes sobre esta guerra tiene algo que ver con esto?

Eliana asintió.

—Sí.

Jessamyn la miró a la cara.

—¿Te duelen?

—A veces —dijo Eliana—. Por eso llevo las vendas.

—¿Puedes quitártelas, aunque sea un rato?

—Me da miedo hacerlo.

—¿Son peligrosas?

—Yo soy peligrosa —susurró—. Soy un monstruo, de hecho.

—¿No lo somos todos? —Jessamyn le unió las manos con cuidado entre las suyas—. ¿Está mal que saber que eres peligrosa me haga desear besarte? —le preguntó con una pequeña sonrisa.

No fue hasta ese momento cuando Eliana se dio cuenta de lo desesperadamente que necesitaba un beso…, no de alguien que la conociera o que quisiera algo de ella, sino de alguien con manos amables que no esperara nada más que otro beso a cambio.

—Si está mal —le contestó, apoyándose con agradecimiento en la calidez del cuerpo de Jessamyn—, no me importa.

Sus labios se encontraron con suavidad y Eliana notó que la tensión de sus hombros resbalaba de inmediato por sus brazos y salía por sus dedos. Sonrió un poco contra la boca de Jessamyn y disfrutó al descubrir que a aquella chica se le daba genial besar.

—Estás llorando —murmuró Jessamyn, mordisqueando con ternura el labio inferior de Eliana—. ¿Quieres que pare?

—¿De hablar? Sí —dijo ella, cerrando los ojos—. De besar, no.

Jessamyn asintió, satisfecha. Tomó la cabeza de Eliana en sus manos y la bajó suavemente hacia ella para profundizar el beso, lenta y lujuriosamente, hasta que Eliana se sintió mareada y le hormigueó la piel. Cuando Jessamyn se puso en pie y le ofreció la mano, Eliana la aceptó de inmediato, sintiéndose confusa, y le permitió que la condujera al diminuto camastro que había a unos pasos: el harapiento abrigo de Jessamyn extendido sobre un pulcro montón de hojas y paja vieja.

—Normalmente no busco sexo —le confesó Jessamyn cuando se acomodaron sobre su abrigo. Examinó el rostro de Eliana y le quitó el cabello de los ojos—. Pero me gusta besar y que me abracen, y hay algo en esas manos tuyas que hace que me apetezca, por una vez.

Eliana se sentía aturdida, a salvo en los brazos de aquella chica. Jessamyn le besó el cuello, y la calidez de sus labios expulsó sus oscuros pensamientos, bruñéndola y suavizándola.

—Entonces te satisfaré —susurró Eliana. Rodeó a Jessamyn con los brazos, deslizó sus manos enjauladas bajo su camisa y las extendió por su espalda desnuda.

Con una carcajada entrecortada, Jessamyn se estremeció.

—Has captado la idea —le dijo, y después se colocó sobre Eliana, uniendo sus caderas, y comenzó a moverse despacio.

※

Los disparos despertaron a Eliana.

Se incorporó, conteniendo el aliento.

A su lado, Jessamyn se levantó de un salto. Agarró su pistola, se colocó el cinturón de las armas y se guardó los cuchillos en las fundas.

—Vamos —gritó antes de salir por la puerta.

Eliana buscó sus dagas y salió tambaleándose a la tenue mañana del exterior. Un nuevo viento frío agitaba los pinos. En las lejanas colinas, una tormenta se acercaba, y la lluvia punteaba la tierra.

El campamento era un caos: los refugiados corrían buscando cobijo, Gerren conducía a algunos niños a una quebrada, Patrik gritaba órdenes. Los dos hombres que vivían en la cabaña subieron a las prisioneras de Caebris a una carreta desvencijada.

Su greñudo caballo se movía nerviosamente, brincando en su yugo, y la carreta se combaba con el peso de demasiados pasajeros. Los ancianos sacudieron las riendas y gritaron al caballo para que se moviera.

Eliana corrió hacia la voz de Patrik. La tormenta que se avecinaba amortiguaba todos los sonidos que no pertenecían a la batalla. Era un mundo sombrío: el cielo de un agitado azul pizarra, los balanceantes pinos negros, la rocosa tierra marrón, los montones de agujas de pino secas y grises. Los disparos atravesaban el aire como clavos. Eliana corría, manteniéndose agachada, golpeando la tierra con las botas, y por fin encontró a Patrik en el bajo muro de piedra donde había estado de guardia. Se había agachado detrás del mismo, y apuntaba con el arma a lo que había más allá. Harkan y Jessamyn lo flanqueaban.

Eliana corrió hasta ellos y golpeó la piedra junto a Harkan justo cuando una bala machacaba el muro, lanzando un rocío de roca.

—¿Qué pasa? —gritó—. ¿Adatrox?

—Y algo más —respondió Harkan con seriedad. La lluvia le estaba lavando la sangre de las mejillas.

Un escalofrío bajó por la espalda de Eliana.

—¿Acechadoras?

Patrik la miró, con expresión severa y significativa.

—Y bestias.

Con el olor de la pólvora cosquilleándole la nariz, Eliana miró sobre el muro y vio de inmediato a qué se refería Patrik.

Justo fuera del alcance de sus armas de fuego, moviéndose a lo largo del bajo muro de piedra al otro lado del potrero, había tres siluetas oscuras. Lo primero que a Eliana se le ocurrió fue que eran pumas, porque se movían sinuosamente y tenían colas finas casi tan largas como sus cuerpos.

Pero entonces una de ellas levantó la cabeza y soltó un horrible y rechinante alarido, como una hoja arrastrándose despacio sobre otra.

A Eliana se le heló la sangre. Nunca antes había oído ese sonido, pero la expresión en la cara de Patrik le dijo todo lo que necesitaba saber.

—Cruciatas —susurró.

Jessamyn soltó una maldición.

—¿Estáis seguros?

—¿Qué son? —preguntó Harkan, tenso.

—Víboras —dijo Patrik—. Su piel es dura, pero el cuello y el inicio de sus patas traseras, donde estas se encuentran con el vientre, son su punto débil.

Entonces oyeron otro chillido estridente y, cuando Eliana miró de nuevo sobre el muro, vio que las tres bestias saltaban la valla y corrían hacia ellos a través del bosque… justo mientras otras tres bajaban de los árboles con las alas extendidas. Eran pequeñas y más esbeltas, con escamas de un verde irisado y rojo sangre y unas alas enormes terminadas en gancho. Atravesaron el aire tan rápidamente que Eliana se mareó al mirarlas.

—¡Rapaces! —gritó Patrik, señalando el cielo—. ¡Disparad!

Harkan y Jessamyn apuntaron de inmediato a las rapaces, pero las bestias giraron y viraron, demasiado rápidas para convertirlas en un objetivo. Las balas volaron, inútiles, a través del aire.

Entonces una de las rapaces se lanzó en picado.

—¡Al suelo! —gritó Harkan.

Los demás se agacharon, aplastándose contra la tierra y el muro.

Eliana se puso en pie, se sacó a Arabeth de la cadera y se mantuvo incorporada tanto tiempo como se atrevió. La rapaz se acercó en un parpadeo, en dos… Y después, en el último momento, cuando la criatura se lanzó sobre ella con las garras extendidas y los ojos amarillos grandes y despiadados, se lanzó al suelo y giró en el barro, evitando por poco que la apresara. La bestia dio media vuelta en el aire con un chillido furioso.

Eliana se puso en pie y lanzó a Arabeth al vientre expuesto de la criatura. La daga se clavó y, aunque la rapaz intentó alejarse volando, pronto flaqueó y cayó al suelo.

Eliana corrió hacia ella, le arrancó a Arabeth y se giró para mirar a los demás, triunfal.

El estómago se le cayó a los pies.

Dos rapaces más descendieron de los árboles para perseguir a los refugiados que huían a través de lo que quedaba del campamento. Se zambullían y los agarraban; volaban de nuevo hacia los árboles con su presa gritando entre sus garras y entonces la soltaban. Los gritos de terror se silenciaban abruptamente cuando los cráneos golpeaban la piedra.

Gerren salió corriendo del barranco donde estaban escondidos los huérfanos, con el fusil colgado del hombro. Se lanzó detrás de un árbol caído y medio podrido y disparó a todas las cruciatas a las que vio, pero eran demasiadas (al menos una docena, quizá más) y demasiado rápidas, demasiado desconocidas, demasiado ajenas. Una de ellas cayó después de que una bala de Gerren le perforara el pecho y atravesó el tejado del cobertizo de Jessamyn.

Pero solo una.

Otra se lanzó hacia la carreta de los ancianos, apresó a una de las prisioneras liberadas y volvió a elevarse. Lanzó a la mujer hacia arriba, la atrapó con su sonriente pico y la sacudió cruelmente hasta que dejó de gritar. Otra se posó en el pobre caballo asustado y hundió las garras en las ancas de la criatura. Los ancianos bajaron rápidamente para ayudar a las prisioneras supervivientes a descender de la carreta. Se dispersaron por el bosque: algunas corrieron hacia la ciudad, y otras hacia la maleza.

Los raptores se enjambraron en el cielo: rojos y verdes, como joyas letales contra un lienzo de lluvia gris. No estaban solos. Adatrox los seguían, y también otros, humanos encorvados como simios, como lobos con piernas disparejas. Acechadoras. Mujeres transformadas en monstruos.

Gerren recargó su fusil, desesperado.

Desde el otro lado del potrero, disparaban cada pocos segundos, manteniendo a Patrik, a Jessamyn, a Harkan y a los demás inmovilizados contra el muro, en un charco de barro y sangre. Los adatrox estaban usando a las cruciatas como primera línea de ataque y a las acechadoras como segunda, lo que les facilitaba acceder a sus presas. Pero ¿cómo podían hacer algo así, controlar a unas mujeres que eran más monstruo que humano y a irreflexivas bestias violentas de otro mundo?

Eliana vio que la muerte se dirigía inexorablemente hacia ellos a través de los árboles. Los sonidos quedaron atrás; se concentró en su respiración.

Un ángel tenía que estar trabajando con los adatrox, usando sus mentes vacías para manipular tanto a los monstruos que habían creado como a los que habían despertado en el Profundo.

Un general quizá, en un puesto a miles de kilómetros de allí.

O el emperador en persona, puede que desde el otro lado del mar. Olfateándola desde miles de kilómetros de distancia.

Ahora es mía, Rielle, y no puedes hacer nada para salvarla.

Eliana se apartó de la pared; el corazón le latía con fuerza en los oídos. Casi esperaba que el emperador emergiera, riéndose, de entre los árboles.

¡Te encontré!.

Patrik le gritó a Dasha que mirara a la izquierda, justo antes de que una de las rastreras víboras saltara y le apresara la garganta con una boca enorme llena de dientes negros y serrados.

Otra víbora saltó sobre el muro de piedra y atacó a Harkan con sus largas garras palmeadas. Jessamyn brincó y le acuchilló la pata. La bestia giró la cabeza, chillando. Harkan, en el suelo, le disparó al vientre. La víbora cayó, pero no antes de golpearle la pierna a Jessamyn con su cola en forma de gancho.

La mujer se derrumbó con un grito, agarrándose el muslo derecho. Harkan la cogió y la ayudó a tumbarse en el suelo, presionándole la herida con las manos.

—¡Eli, haz algo! —le gritó—. ¡Tus forjas!

Eliana las miró. Zumbaban, calientes y vibrando, como extrañas arañas metálicas cobrando vida en sus palmas.

Su mente protestó: las explosiones en Caebris. El incendio en el Nido. La tormenta en la bahía de Karajak.

La Reina de la Sangre.

El Azote de Reyes.

«Su sangre corre por tus venas».

Pero a su sangre... Oh, a su sangre no le importaba nada, ni el peligro ni las madres que hubieran terminado con el mundo. Su sangre corría a reunirse con el canto de sus forjas, que seguían presionando febrilmente el dorso de su piel.

Su sangre sabía lo que quería.

De nuevo se oyeron disparos, bruscos y precisos. Eliana levantó la mirada. Dos rapaces cayeron del cielo. Una tercera. Una cuarta.

Corrió hacia el muro y se agachó junto a Patrik mientras se secaba la lluvia de la cara.

—¿Quién está disparando? ¿Es Gerren?

Patrik tenía los ojos feroces y brillantes, casi ocultos bajo el caos empapado de su cabello. Señaló con la cabeza el muro izquierdo del potrero, a unos cincuenta metros de distancia.

—Es Simon.

29
RIELLE

«He comenzado a plantearme, como lo hicieron Marzana y Ghovan, la posibilidad de usar nuestro poder para sanar a aquellos que han sufrido graves heridas al ayudarnos. Luchan por nosotros, por nuestra raza, y se merecen a cambio todo lo que podamos darles. Dios nos concedió suficiente poder para realizar increíbles actos naturales. ¿No sería, por tanto, una extensión de ese poder realizar el acto natural más increíble que existe? ¿Dar la vida a lo que carece de ella? Debo creer que es posible. El empirium no tiene límites, y nosotros estamos hechos de empirium. Por lo tanto, no tenemos límites».

Fragmento de los diarios
que se conservan de santa Katell de Celdaria.
24 de mayo del año 1531 de la Primera Era

Rielle oyó los gritos de los aldeanos en sus sueños y se despertó con la sensación del fuego en su piel.

Gritó, horrorizada, y se bajó de la cama tanteándose los brazos y el torso.

—¿Rielle? ¿Qué pasa?

Audric la siguió e intentó agarrarle las manos, pero ella lo apartó de un empujón. Si la tocaba, se quemaría.

Evyline y Maylis irrumpieron en la habitación, seguidas por el resto de los miembros de la Guardia del Sol.

Rielle se dio cuenta entonces de que el fuego era una ilusión, un resquicio del sueño. Tenía el camisón pegado a la piel. Aunque el suelo bajo sus pies descalzos estaba pulido y frío, tenía el cuerpo empapado en sudor.

Durante cinco temblorosas respiraciones, se mantuvo con la cara aplastada contra el pecho de Audric. Él le suavizó los enredos húmedos.

—No pasa nada, Evyline —oyó que decía Audric—. Lady Rielle ha tenido una pesadilla.

Entonces oyó la voz de Ludivine, seguida por el tenue eco mental de los gritos.

¡Rielle, se están quemando! ¡Date prisa!

Soltó un sollozo cansado y se apartó de Audric, buscando su ropa en la habitación a oscuras.

Él recuperó también la suya.

—¿Qué pasa? ¿Qué te dice?

Audric conocía bien sus distintas expresiones cuando Ludivine le hablaba. Rielle sintió una oleada de ternura al verlo vistiéndose diligentemente a su lado, dispuesto a ir allá a donde ella le ordenara, sin cuestionarla.

—Los aldeanos se están quemando —le dijo—. Creo que se ha producido un incendio.

No. No es un incendio. Es Corien. Está controlándolos. Es demasiado poderoso.

«¿Dónde estás?».

Intentando detenerlo.

Y de repente la mente de Rielle se llenó con las imágenes que Ludivine le proporcionó: una humilde aldea de montaña, una serie de cobertizos de piedra construidos en el lateral de una colina salpicada de cuevas. Había cuatro elementales lanzando bolas de fuego, y cuerpos ennegrecidos quemándose allí donde habían caído. Las llamas persistían a pesar de la nieve.

—Es Corien —dijo Rielle, poniéndose el abrigo—. Está controlando a los elementales de una aldea cercana. Está obligándolos a quemarse unos a otros. —Temía mirar a Audric a los ojos—. Lo siento. Él estará allí, pero debemos ir a ayudarlos.

—Claro que debemos. —Su voz era ilegible. Se cerró la capa en la garganta, se puso el cinturón de la espada y agarró a Illumenor. Juntos atravesaron el templo, con la Guardia del Sol silenciosa y bruñida en sus talones.

Ludivine les dio la información por el camino. La aldea no estaba lejos, y el Obex les prestó siete greñudos ponis de montaña, recios y de paso firme.

La aldea se llama Polestal, dijo Ludivine. *Ochenta y siete habitantes.* Se detuvo. *Ahora ochenta. Siete han muerto. Más se están quemando vivos. En la aldea, la mayoría son elementales. El resto son esclavos humanos.*

Rielle le repitió esta información a Audric y a su guardia, gritando a través de la nieve.

—¿Por qué están superando los fraguafuegos al resto de los elementales? —le preguntó Audric—. ¿Por qué no se defienden?

Corien los está confundiendo, contestó Ludivine. *Está hurgando en sus mentes. No consiguen concentrarse. Su poder no está afianzado.*

Después de que Rielle se lo explicara, Audric soltó una apasionada maldición.

—¿Por qué hace esto? Supongo que para hacerte salir, pero ¿por qué? Acaba de verte.

«¿Por qué, Lu?».

Su mente es inaccesible para mí, cariño. El miedo y la furia hacía que la voz de Ludivine sonara frágil. *Estoy intentando comprenderlo; sin embargo, apenas puedo concentrarme en mis propios pensamientos. Corien es una enorme tormenta, y en su estela es difícil incluso mantenerse en pie.*

—Lu no lo sabe —le contestó Rielle.

Audric parecía furioso.

—Es una trampa, y vamos directos hacia ella.

—No podemos volver, Audric. No podemos abandonar a esa gente.

—Le ruego perdón, mi señora —la interrumpió Evyline—, pero las vidas de un par de aldeanos no son equivalentes a la suya.

—Lady Rielle tiene razón —dijo Audric—. Si abandonamos a esos inocentes para que mueran, lo único que habremos hecho es facilitarle las cosas a Corien. —Miró a Rielle, con la cara encuadrada por las pieles.

Ella habría deseado enviarle un sentimiento de amor en ese momento, como podría haber hecho si Ludivine estuviera allí.

«Dile que le quiero», pensó. «Por favor, Lu, transmítele la desesperación con la que lo amo».

Pero Ludivine no respondió.

—¡No me responde! —gritó Rielle, con una oleada de pánico en el pecho. Apresuró a su poni por un sendero escarpado, estrecho y entre dos salientes rocosos. La nieve llegaba hasta las rodillas de las bestias, que tenían las orejas aplastadas y sacudían las cabezas por el esfuerzo de subir la pendiente.

Después, cuando coronaron el camino, los recibió un penacho de humo y una luz naranja.

Rielle levantó un brazo para protegerse los ojos.

—Dios mío —exclamó Evyline, deteniendo su montura junto a Rielle.

La aldea de Polestal se encontraba acurrucada entre los peñascos de la montaña que tenían debajo: casas diminutas talladas en la roca, pequeños patios de piedra y potreros llenos de nieve. Los esbeltos pinos negros estaban en llamas; los gritos se elevaban con el aire ventoso. Oscuras figuras peludas se perseguían unas a otras sobre un chamuscado lienzo blanco. Algunos lanzaban bolas de fuego desde sus brillantes forjas: colgantes, cuchillos y flechas. Otros caían, gritando. Se arrastraban por la nieve, intentando huir desesperadamente, pero los atrapaban, abatían y golpeaban con puños de fuego.

Ardían.

Rielle respiraba rápida y superficialmente. Las llamas que había manipulado ante la corte de Kirvaya estaban domesticadas. Estas eran distintas, salvajes y furiosas.

Sintió una suave presión en su brazo y se dio cuenta de que Audric estaba tocándola.

—¿Estás bien? —le gritó. En su cadera, Illumenor refulgió.

Ella asintió y buscó de nuevo a Ludivine.

«Lu, no sé qué hacer. Sé que superé la prueba de fuego, pero esto...».

Sabes muy bien qué hacer, Rielle.

«¿Corien?». Se puso tensa en su silla, con todos sus sentidos despiertos. «¿Por qué estás haciendo esto?».

Su voz sonó cargada de deleite.

Porque puedo. Porque me dejaste inquieto e insatisfecho, y uno debe encontrar un modo de matar el gusanillo, ¿no es así? Pero también porque sé que tú puedes salvarlos, incluso a aquellos que han muerto. Y deberías salvarlos y lo harás, a menos que quieras que arda toda la aldea.

El poni de Rielle se movió, inquieto.

«¿Salvarlos? No puedo hacer eso».

Claro que puedes. Transformaste esas llamas en plumas. Le ordenas al empirium que teja redes y forme escudos. Luchas contra olas y creas sombras.

«Sí», susurró. Sus palabras la estaban ablandando y calentando. Cerró los ojos recordando el tsunami, el momento en el que detuvo las espadas y las hizo caer al suelo, inofensivas a sus pies, en la prueba del metal. El momento en el que quemó a Corien, en la cueva en la que murió su padre.

El momento en el que detuvo los corazones de tres hombres con la maza de su furia.

¿Y bien? Corien estaba ante ella, en el ojo de su mente. Se vio a sí misma a su lado: libre, ardiente y brillante. Una creadora de mundos, otorgadora de vida y tratante de muerte.

—¡Rielle, quédate conmigo! —gritó Audric. Su voz temblorosa la sacó de su ensoñación.

Rielle no se permitió mirarlo. Si lo miraba, volvería con él, con su guardia, con el peso del escudo que esperaba su regreso en el templo, con el peso de un papel que no tenía más remedio que aceptar.

En lugar de eso, se bajó de su poni y se hundió en la nieve. Con un movimiento del brazo, abrió un camino hasta la aldea. Una tormenta blanca se elevó en el aire, nublando su visión momentáneamente y dejando atrás una franja oscura de tierra y de piedra desnuda. Corrió, siguiendo el camino pendiente abajo, ignorando los gritos de Audric y de Evyline a su espalda.

El primer cuerpo con el que se topó pertenecía a un hombre, creía, aunque sus rasgos estaban quemados, moteados. Tenía parches de brillante piel roja, franjas de hueso blanco, ropa y cabello chamuscados. Se retorcía en la nieve y, aunque esta debería haber apagado las llamas que lo estaban quemando, el fuego persistía. Subía y bajaba por su cuerpo, ennegreciendo su piel y la nieve que tenía debajo.

Rielle tosió, con los ojos llenos de lágrimas por el humo. Movió el brazo a través del aire sobre el cuerpo del hombre, extinguiendo las llamas, y se permitió un diminuto instante de triunfo ante la facilidad con la que lo consiguió.

En el pasado, no habría logrado hacerlo. En el pasado, ver las llamas la habría paralizado, la habría hecho sentirse impotente y asustada.

Tú eres más fuerte que cualquier fuego, murmuró Corien.

—No temas —le dijo Rielle al hombre, aunque no sabía si él podría oírla—. Voy a ayudarte.

Entonces bajó las manos hasta su pecho, hizo una mueca ante la desagradable textura de su piel destrozada y se puso a trabajar.

Tomó aire y lo expulsó, dejando que su mirada se perdiera. En los libros que había leído con Ludivine y Audric, distintas aproximaciones a la teoría elemental habían mencionado la posibilidad de la sanación, de la reparación y restauración. Incluso, aunque con menor frecuencia, el concepto de la resurrección total.

Tales ideas eran una extensión natural del poder elemental, habían postulado varios de los estudiosos del empirium más radicales. Para invocar el fuego, para manipularlo, un fraguafuegos debía recurrir a su conexión con el empirium y reorganizarlo, como si moviera los bloques de una construcción infantil para crear algo nuevo, más alto, mejor. De manera similar, un elemental que fuera lo bastante poderoso podría, en teoría, ahondar bajo la superficie del empirium y manipular no solo los elementos del mundo físico, sino también los elementos de un cuerpo físico.

En lugar de agua, tierra y metal; sangre, músculo y hueso.

«Voy a necesitar nuevas oraciones», pensó Rielle, examinando con la mente las capas doradas del cuerpo destrozado de aquel hombre. «El Rito del hueso. El Rito de la sangre».

Y el mundo va a necesitar nuevas oraciones para rezarte, replicó Corien. *La plegaria de Rielle. El Gloria a Rielle.*

«Me halagas».

Porque sé que te gusta. Ahora, concéntrate.

Era más difícil que detener un centenar de espadas en seco, una tarea más inmensa que acorralar a un tsunami. Había muchas más capas que organizar de las que había en una llama o una ola. Había carne y músculo, articulaciones y ligamentos, tendones y hueso y sangre, y bajo todo aquello...

«Vaya», susurró Rielle. «Hay muchas cosas en un cuerpo».
Dime, mi querida niña, le contestó Corien. *Cuéntamelo todo.*

«En su cráneo hay impulsos diminutos que viajan a lo largo de una extraña telaraña que se extiende por toda su longitud, por su torso y sus extremidades. Por todo. Destellan como tormentas». —Se quedó boquiabierta, asombrada—. «Llevan información. Transportan la luz y el sonido. Las sensaciones».

¿Qué más?

«Hay un mapa, debajo de todo lo demás». Miró a través del océano de luz dorada que era el cuerpo del hombre, más atenta. «Son como perlas infinitesimales, son empirium puro. Lo forman, como los ladrillos de una casa. No. Más pequeños que ladrillos. Como los minúsculos granos de arena, demasiado pequeños para verlos, que hacen que un ladrillo sea lo que es».

Vagamente, Rielle sintió que algo se movía cerca, oyó que alguien gritaba su nombre. Pero lo ignoró porque era mucho más importante examinar los órganos del cuerpo y comprender cómo se relacionaban, cómo funcionaban. Como una manada de bestias sin razón, puro instinto y carne, atestadas en el interior de un pulposo y caliente cubil.

Embelesada, recorrió con los dedos el resplandeciente esqueleto del hombro, sintiendo cada uno de sus nudos y crestas, cada articulación. Vio la destruida coraza de su piel, cómo había quemado el fuego sus capas exteriores, y decidió que sería fácil volver a tejer a aquel pobre hombre. Vio las diminutas tormentas de su cuerpo destellando frenéticamente, desde el cráneo a las extremidades, desde el cráneo al vientre, y comprendió que en ese momento vivía en una insoportable agonía.

—Te curaré —susurró—. Es muy fácil.

Cuéntame qué haces mientras lo haces, la urgió una nueva voz, aguda pero ansiosa. *Quiero entenderlo.*

La voz sorprendió a Rielle, desconcentrándola.

«¿Lu?».

Déjala en paz, rata, le ordenó Corien con frialdad. *Estás estropeándolo todo.*

La envenenas, contestó Ludivine, con la voz llena de ira. *Serás su perdición, y entonces tu supuesta gran obra habrá sido para nada. Disfrutaré de tu fracaso. Me deleitaré en ello.*

Eres una traidora y una idiota de mente débil, le espetó Corien, *y cuando Rielle acabe por fin contigo, será un destino demasiado amable para ti.*

La discusión hizo que punzadas de dolor rebotaran entre las sienes de Rielle como puñetazos calientes. Pero no podía dejar que la distrajeran. Tenía trabajo que hacer.

Se encorvó más hacia el hombre, cerniendo las manos sobre el destrozado mapa de su piel. Allí, en su pecho, había una quemadura especialmente horrible, una herida grande y profunda. La telaraña del empirium estaba descolorida, retorcida. Había una oscuridad donde solo debería existir luz.

Comenzaría por allí. Sería fácil. Colocaría las manos sobre la quemadura, vigorizaría el empirium en ese punto y lo animaría a repararse, a crecer, hasta que la carne se hubiera formado de nuevo. Capas y capas de carne, saludable y nueva. Y después pasaría a la siguiente quemadura, y a la siguiente, y a la siguiente…

Algo la detuvo. Un sonido horrible y estridente que no había oído nunca envió un violento escalofrío por su espalda. Tenía las manos atrapadas en algo. Intentó soltarse, pero descubrió que no podía moverse. La luz que florecía sobre sus dedos estaba creciendo, haciéndose más brillante, tan fulgurante que le hacía daño en los ojos.

Ludivine le gritó: *¡Rielle, para! ¡Abre los ojos!*

Unas manos le agarraron los hombros, tiraron de ella y la arrastraron. Una voz desesperada gritó su nombre.

Rielle parpadeó, su visión se emborronó. Ya no estaba mirando el cambiante mar dorado del empirium.

Estaba mirándose las manos, atrapadas en una informe masa carnosa. Era como si un horrible monstruo de piel y pus hubiera surgido del pecho del hombre y se hubiera expandido, ocupando la mitad de su torso y todavía creciendo. Había devorado sus quemaduras, sus extremidades convulsionantes. Se había metido en su brillante boca roja, cruda y brillante, recién nacida.

Su garganta había emitido el horrible grito que Rielle había oído. Se retorcía, con los ojos en blanco y salvajes. Ella tiró de sus manos, intentando liberarlas de su cuerpo, pero estaban atrapadas.

Gimió, frenética, y la voz de Audric llegó hasta ella desde algún sitio de aquella horrible noche en blanco y negro: montañas y humo, hielo y nieve y los ojos del hombre, vueltos en su cráneo quemado.

Pero la voz de Audric, firme y familiar, no la ayudaría. Temblando, regresó con la mente al lugar donde había estado instantes antes, a aquel mundo dorado, el reino del empirium. Era como intentar dirigir un barco a través de una tempestad. Su mente se opuso. Se tambaleó, jadeando, y al final se deslizó a través de una oscilante grieta en el mundo más allá del velo de la realidad.

Vio el montón de carne, creciendo desde sus manos unidas.

«Para», le ordenó, con la mente inestable. «Deshazlo. Deshazlo».

El empirium obedeció de inmediato. La luz que formaba parte de la carne que había crecido en el hombre se esparció, derramándose sobre los laterales de su cuerpo.

«Deshazlo», dijo Rielle una y otra vez, mareada, observando con los ojos vidriosos cómo el cuerpo de hombre se desplegaba y derrumbaba, cómo la inhumana red de carne lo liberaba.

Sus alaridos cesaron abruptamente en algún lugar del mundo que había fuera de su mente. Sus manos volvían a ser libres. Se apartó de él con un grito abrupto y cayó contra algo caliente y sólido.

Unas manos conocidas la atraparon. Debilitada por el alivio, permitió que la ayudaran a ponerse en pie, pero entonces sufrió una arcada, con el estómago en llamas y revuelto, y se apartó tambaleándose para vomitar sobre la nieve.

—Rielle, tenemos que marcharnos. Ahora —le dijo Audric con urgencia.

Ella se limpió la boca con el dorso de la mano, pero sentía algo caliente y húmedo en los labios. Parpadeó, desconcertada, y se miró.

Estaba empapada en sangre: sus manos, su túnica, sus botas. Gritó y retrocedió, trastabillando, pero no había manera de escapar de su propio cuerpo.

—Rielle —dijo Audric con voz tensa—. Tenemos que marcharnos.

—¿Qué ha pasado? —Miró a su alrededor y de inmediato vio tres cosas.

Rodeándolos, había un semicírculo de figuras con capuchas peludas. Eran los aldeanos, que ya no luchaban, ya no estaban controlados por Corien. La miraban horrorizados, furiosos. Varios lloraban, y el viento se tragaba sus sollozos.

Después estaba Ludivine, abriéndose camino a través de la multitud.

Y el hombre quemado, en el suelo sobre la nieve. El hombre al que Rielle había intentado curar.

Ya no era un hombre. Era un colapsado montón de partes humanas: huesos y órganos, trozos informes de carne. Tenía el cráneo hundido, las manos arrugadas y descamadas, una boca sin cara de dientes blancos haciendo una mueca al cielo.

A Rielle se le aflojaron las rodillas. Audric la sujetó, se la acercó al cuerpo mientras la Guardia del Sol formaba una línea entre ellos y los agitados aldeanos.

—¡La Reina de la Sangre! —gritó alguien. Lanzaron una piedra. Riva la desvió con el canto de la espada.

Otra voz repitió el grito.

—¡La Reina de la Sangre!

Pronto fue un cántico, un coro. Les lanzaron más piedras. Alguien corrió hacia la Guardia del Sol, agitando frenéticamente una pequeña maza. Evyline lo abatió con facilidad, dejándolo sin sentido con un golpe de la empuñadura de su espada.

—¿Mi señor? —gritó sobre su hombro—. ¿Cuáles son sus órdenes?

Ludivine se unió a ellos. *Corred. Yo los distraeré.*

Rielle giró la cabeza. Su visión se inclinó dolorosamente.

«No voy a dejarte aquí».

Regresa al templo tan deprisa como te sea posible. No me obligues a forzarte.

Rielle subió corriendo la pendiente hacia los ponis a la espera, con el brazo fuerte de Audric alrededor de la cintura.

«¿Corien?». Las lágrimas obstruían sus pensamientos. «¿Qué he hecho?».

Todas las grandes obras tienen un comienzo, le contestó, con la voz tan intachable como la nieve intacta. Después, sin ni siquiera una caricia de consuelo, se marchó.

✦

La joven reina estaba esperándolos en los establos del templo con el escudo de Marzana a sus pies.

—¿Reina Obritsa? —Audric desmontó—. Esto es una sorpresa.

Obritsa miró a Rielle fijamente.

—¿Qué ha pasado?

—No estoy segura del todo —contestó Rielle, con la visión emborronada mientras desmontaba—, pero creo que los habitantes de Polestal podrían necesitar ayuda de la Corona y una visita de vuestros magistrados.

La reina apretó los labios.

—Estás cubierta por lo que debe ser la sangre de uno de mis ciudadanos, si no más de uno. El humor, aunque negro, no es apropiado en este momento.

—No podría estar más de acuerdo —dijo Rielle, y después se giró para aplastar la cara contra la piel fría de su poni. Había captado el olor de su ropa y se sentía a punto de echar lo que le quedaba dentro de la cena.

Audric le puso la mano en la espalda, una calidez que fue como un bálsamo.

—Obritsa, si me permites que te explique...

—No hay tiempo para eso —dijo con brusquedad—. Tengo instrucciones de Ludivine y debo obedecerlas. Haré que os envíen vuestras cosas a vuestra capital, aunque tardarán algunas semanas en llegar. El resto de los guardias de vuestra escolta ya han partido, y se reunirán con vosotros a vuestra llegada.

—¿Nuestra llegada a dónde? —le preguntó Audric.

—Un pequeño bosque a unos cincuenta kilómetros de aquí. Me temo que es todo lo que puedo hacer. Venid. Ya lo he preparado.

—¿Te ha explicado Lu algo de esto? —murmuró Audric, mientras seguían a Obritsa hacia la parte de atrás del establo—. Evyline, por favor, lleva el escudo.

Rielle negó con la cabeza, incapaz de hablar, al principio debido a su embravecido estómago y después, cuando entraron en un espacioso cuarto de aperos bordeado de pienso y heno, porque de repente comprendió qué era lo que Obritsa había preparado.

Un hilo se cernía, brillante, en el centro de la estancia. Varios hilos, de hecho, unidos y atados en un óvalo cambiante y tembloroso. Uno de los hilos era más largo que el resto; caía por el suelo y se atenuaba hasta desaparecer. Pero, cuando Obritsa se acercó, el hilo se iluminó y se engrosó hasta que la conectó visiblemente con el círculo de luz que iluminaba la habitación.

Rielle nunca había visto aquel tipo de magia, no en persona, pero de niña la habían fascinado las historias y había leído atentamente todos los relatos siniestros y fantásticos que pudo encontrar.

A su espalda, Evyline maldijo entre dientes.

—Eres una marcada —murmuró Audric—. ¿Lo saben tus magistrados?

—Mis instrucciones fueron que os enviara a un lugar seguro —contestó Obritsa—, no que os contara la historia de mi vida. Los hilos os dejarán en el bosque de Arsenza. Os sugiero que os marchéis a Celdaria tan pronto como hayáis descansado. Cuando se extienda la voz de lo que habéis hecho en Polestal, sea lo que sea, no seréis bienvenidos en este país. En esa bolsa hay provisiones, suficientes para llegar a Nazastal, donde podréis comprar caballos. También os he dejado un mapa en la bolsa.

—¿Y Lu? —graznó Rielle.

—Cuando llegue, la enviaré con vosotros. No me marcharé hasta que esté a salvo. —Obritsa abrió la boca y la cerró, frunciendo el ceño. Señaló los hilos, impaciente.

—Yo iré primero —le dijo Audric a la Guardia del Sol—, y después lady Rielle. Evyline, envía a los demás antes de hacerlo tú.

—Sí, mi señor —contestó Evyline.

Audric entró en el pasaje creado por los hilos sin vacilación. El cambiante espacio en el interior del círculo se lo tragó por completo, como si se hubiera zambullido bajo la superficie de un brillante estanque.

—Esto no me gusta, mi señora —murmuró Evyline.

Rielle dudó ante las vibrantes luces. Miró a Obritsa, demasiado desconcertada para hacerle preguntas que sabía que más tarde tendría.

—Gracias.

—No me des las gracias —le dijo Obritsa, con su pequeña mandíbula tensa—. En lugar de eso, sálvanos.

Rielle le dio la espalda (a Obritsa, al recuerdo del cuerpo del aldeano deshaciéndose bajo su mano) y se adentró entre los fulgurantes hilos hacia un pinar donde el aire estaba mudo y quieto.

Audric estaba esperándola allí, y se acercó a él de inmediato. Mientras su guardia llegaba tras ella, adentrándose suavemente uno a uno en la gruesa alfombra de nieve, Rielle aplastó la oreja contra el pecho de Audric, contra el tamborileo de su corazón, y acompasó su respiración con la del príncipe.

30
ELIANA

«Ella reconstruirá lo que se ha destruido. Ejecutará a aquellos que han ejecutado, y no mostrará clemencia hacia aquellos que han sido inclementes. Es una criatura de luz y una criatura de muerte, como lo somos todos nosotros. Pero, en su corazón, estos extremos son mayores, más peligrosos, más violentos, porque está encadenada al empirium y esa unión es abrasadora. Así fue para la Reina de la Sangre, y por eso os digo ahora que miréis a vuestras reinas con reverencia y respeto, con miedo y con paciencia, y, sobre todo, con compasión».

La palabra del Profeta

Simon.

A Eliana se le subió el corazón a la garganta mientras lo buscaba entre los árboles.

Se oyó un quinto disparo y una sombra pasó sobre ellos: una rapaz, no muerta sino herida y furiosa. Se estrelló contra el muro de piedra, se sacudió sobre la espalda hasta darse la vuelta, y después agarró el fusil de Patrik con su agrietado pico negro y lanzó tanto el arma como al hombre sobre su hombro hacia los árboles.

Patrik golpeó el tronco de un pino cercano y se deslizó hasta el suelo.

La rapaz saltó del muro y avanzó tambaleándose hacia el lugar donde estaba el hombre.

Eliana pasó sobre el muro, sin hacer caso al grito de protesta de Harkan, y se lanzó sobre la resbaladiza espalda emplumada de la rapaz. La criatura se retorció en el barro, intentando quitársela de encima, pero Eliana agarró un puñado de plumas y la fría piel reptiliana que había debajo y le clavó el cuchillo en la tierna curva bajo su mandíbula.

La sangre se vertió sobre su mano, caliente y de un azul brillante. Mientras la rapaz caía, se bajó de ella de un salto y se arrastró a través del barro hacia Patrik.

—¿Patrik? —Se limpió el lodo de las mejillas—. Por favor, di algo. ¿Estás vivo?

El hombre abrió los ojos con un pestañeo. La miró con los párpados entornados bajo la lluvia.

—Por extraño que parezca —graznó—, creo que lo estoy.

Ella se rio un poco, lista para ayudarlo a levantarse, pero entonces oyó un grito, una voz familiar:

—¡Eli, cuidado!

Levantó la mirada justo cuando una víbora, agazapada en una rama baja, saltaba hacia ella con la boca negra bien abierta.

Se produjo un abrupto repiqueteo de disparos y la criatura cayó con un chillido. Patrik, jadeando, rodó para esquivarla justo a tiempo.

Entonces se produjeron dos disparos más. La misma voz gritó de dolor.

Eliana buscó entre los árboles y lo encontró de inmediato: Remy, agarrándose el vientre. Se tambaleó y se apoyó en un árbol, a apenas unos metros de ella. La miró a los ojos a través de la lluvia y después, con un gemido leve y asustado, se desplomó.

◈

El mundo se detuvo.

Los sonidos de la batalla se amortiguaron: los disparos de los adatrox que avanzaban hacia ellos, los gritos de Harkan, Patrik arrastrándose hacia ella a través del barro. Las rapaces chillando, lanzándose en picado, devorando. Las acechadoras resollando palabras a medio articular, asesinando, y siendo asesinadas.

Las piernas la llevaron hasta Remy. Su cuerpo no obedecía órdenes y solo se movía por el instinto y el terror. El zumbido de su cabeza era lo único que podía oír. Eso y a Remy: sus respiraciones débiles y agudas, sus quejumbrosos gemidos. Se presionaba el vientre con las manos. La sangre se las pintó de rojo, salpicó su túnica.

Eliana cayó al suelo a su lado. Dijo su nombre, pero no consiguió oír su propia voz. Le tocó la cara, el torso, y su sangre le calentó los dedos.

Un movimiento la hizo volver en sí. Miró a su izquierda y vio a Harkan de rodillas a su lado.

—¡Tenemos que ponernos a cubierto! —gritó él, y después, cuando Eliana no se movió, tomó a Remy en sus brazos y corrió cojeando hacia el muro.

Eliana lo siguió, con las balas en sus talones. Reptó sobre el resbaladizo muro, torpe y temblorosa. Jessamyn, con un cinturón apretado alrededor del muslo, la ayudó el resto del camino. Patrik estaba tumbado en el barro junto al muro, con la cara pálida bajo la lluvia y un brazo contra el pecho en un ángulo antinatural. Estaba diciendo algo (todos decían algo), pero Eliana no lo entendía.

Entonces unas manos le agarraron los brazos, la hicieron girarse.

Simon. Tenía el cabello pegado a la frente, la mandíbula afilada cubierta de bozo. Sus ojos azules destellaban en un mar de cicatrices.

Con una oleada de sonido, el mundo explotó y regresó a ella. Había un nuevo ruido sobre todos los demás, irregular y ahogado.

—Eliana —le estaba diciendo Simon, con voz brusca y firme—. Escúchame. Tienes que salvarlo.

Eliana tomó aire para contestar (no podía salvarlo, no era sanadora; no era nada, era un monstruo; no podía curar, solo podía destruir), pero en lugar de eso, un grito escapó de sus labios y comprendió que el sonido ahogado era suyo, que estaba sollozando.

Un lamento agudo la hizo mirar al suelo. Remy estaba allí, con la cabeza en el regazo de Harkan y la cara blanca. Gimió, temblando. Harkan le tenía las manos apretadas contra la herida. Sus dedos entrelazados eran un oscuro enredo de sangre.

Harkan levantó la mirada. La desesperación estaba claramente escrita en su rostro. Clavó la mirada en la de Eliana y negó con la cabeza.

—No los mires a ellos —le ordenó Simon—. Mírame a mí.

Ella obedeció, aunque solo fuera porque no podía soportar un segundo más ver los ojos grandes y vidriosos de Remy, perdiendo toda su luz.

—Eliana. —Simon le sostuvo la cara con firmeza—. Escúchame. Respira y escucha.

—Se está muriendo —sollozó—. Oh, Dios...

—Sí, pero no tiene por qué ser así. Tú puedes salvarlo.

Eliana se apartó de él.

—Estás loco.

—No lo estoy. Tu madre podía hacerlo. Podía curar cicatrices. Podía crear carne nueva a partir de una herida grave. Resucitó ángeles. Y su sangre corre por tus venas; su sangre, y la de tu padre.

Eliana negó con la cabeza y se arrastró hacia Remy. Gimió su nombre.

Pero Simon volvió a tirar de ella.

—Escúchame, Eliana. No solo eres la hija de tu madre. También eres la hija de tu padre, y él era un buen hombre, un hombre valiente. Lideró ejércitos y mantuvo la cabeza alta cuando todos los demás habían caído de rodillas. Era la esperanza de su reino. Era la esperanza del mundo. Cabalgó a una guerra que sabía que sería su fin y luchó con una espada tan brillante como el sol. Cada vez que miro tu cara lo veo a él, Eliana.

Simon le apartó el cabello mojado de las mejillas.

—¿Me oyes? Tu padre era el Portador de la Luz, y tú eres la luz.

Eliana lo miró. La lluvia tallaba suaves líneas en el rostro cansado de Simon.

Levantó las manos para que él las viera. Sus vendas, mojadas y ajironadas, casi habían desaparecido. Las líneas de sus quemaduras eran la sombra de la telaraña de sus forjas.

—No las comprendo —le dijo, ahogada por las lágrimas—. Me dan miedo.

—Lo sé.

—Yo no soy ella. No lo soy.

—No, no lo eres. —Simon asintió—. Tú no eres ella, y tampoco eres él. Eres ambos, y los superarás.

Remy gimió. El dolor retorció sus rasgos.

—Eli —dijo Harkan, con la voz rota—, si puedes hacer algo, por favor, hazlo.

Simon le agarró las manos, se las envolvió con las suyas. Las forjas se le clavaron en las palmas.

—No tienes que comprenderlas. Solo tienes que confiar en ellas. —La soltó y la empujó hacia Remy—. Ahora sálvalo, o mira cómo muere.

Las balas volaron sobre sus cabezas.

Simon gritó sobre su hombro:

—¿Es que ninguno de vosotros va a abatir a al menos uno de vuestros putos objetivos? ¡Acabad con ellos!

Pero ahora Eliana oía su voz distante. Despacio, se alejó a rastras de él para arrodillarse junto a Remy. El niño tembló bajo la lluvia; su único color era un charco oscuro en su torso.

—¿Remy? —Le tocó la cara fría, los hombros delgados. Estaba llorando de nuevo, y no podía parar—. Estoy aquí.

—Eli —gimió él, resollando. Las lágrimas escaparon de sus ojos. Intentó decir algo más, abrió y cerró la boca, pero no emergió ningún sonido. Con una última exhalación, la miró a los ojos. Sonrió un poco y su rostro adquirió una expresión serena y horrible.

—No eres un monstruo —le dijo, y cerró los ojos.

El mundo aulló en los oídos de Eliana, alejando hasta el último pensamiento de su mente. Sus forjas cobraron vida con una oleada de dolor. Su sangre corrió a recibirlas y dio la bienvenida a su ascenso.

«Yo soy la luz».

En Astavar se había matado de hambre, se había privado de sueño, había forzado cruelmente a su cuerpo ejercicio tras ejercicio, hasta que al final su mente se había vaciado lo suficiente para permitirle existir en el mundo extraño y febril que había alumbrado su madre. Era un mundo dorado que existía más allá de lo visible y al que en realidad había accedido ya tres veces: cuando Rozen murió, cuando creo sus forjas y cuando inició el incendio en el Nido del que apenas había conseguido escapar con Harkan.

¿Quizá cuatro veces? Durante las explosiones en Caebris. Y ahora... Ahora, una quinta.

La diminuta caja metálica en la que Zahra estaba atrapada se iluminó en su bolsillo, empujando sus costuras.

—Aparta las manos —le dijo Eliana a Harkan. Su voz sonó vacía y extraña, pero él ya había comenzado a hacerlo, porque las manos de Eliana estaban encendidas. Dos telarañas gemelas de luz florecieron. Tiraban de ella hacia el cuerpo de Remy, como pájaros que conocían el camino correcto a casa.

Las siguió.

«Yo soy la luz».

Bajó las manos hasta el torso de Remy, colocó una a cada lado de su herida y después, de repente, como si atravesara un muro de cristal para llegar hasta el fuego que había más allá, el mundo se hizo añicos y destelló, incandescente.

La lluvia era una cascada de diamantes; las balas sobre su cabeza eran estrellas fugaces a través de un campo dorado. Harkan era una criatura de luz, como lo eran Jessamyn y Patrik más allá, aunque Eliana podía ver la irregularidad del brazo roto de Patrik y la negra herida abierta del muslo sangrante de Jessamyn como un vacío en el empirium, una ausencia, un dolor cósmico.

Cuanto más lo miraba todo, más se hundía en el oro. Se le desenfocó la mirada y su visión se expandió. Vio las estrechas calles de Karlaine, la amplia llanura en el norte de Meridian y sus montañas en el este, y la importante ciudad portuaria de Festival, situada en una península curvada como un cuerno.

Vio un océano brillante y ambarino, y al otro lado un palacio en una enorme ciudad. En su terraza más alta había una figura alada y negra estremeciéndose contra el dorado del cielo, desalineada y furiosa.

Simon le murmuró al oído:

—Vuelve conmigo, Eliana.

Ella obedeció, porque esa furiosa silueta negra la asustaba.

—¡No voy a soltarlo, Eli! —gritó Harkan—. ¡Lo tengo!

Su visión cambió, el oro se despejó lo suficiente para que pudiera ver el falso mundo gris en el que su cuerpo existía.

Harkan tenía los brazos alrededor de los de Remy, y Jessamyn y Patrik habían gateado alrededor del muro para agarrarle las piernas. Había figuras más allá de su círculo: en el muro, acercándose despacio, bajando las armas; a la izquierda y a la derecha, saliendo de sus escondites, cojos y magullados.

Un par de acechadoras se detuvieron, preparadas para atacar desde el muro, pero ahora parecían confusas, inquietas. Una víbora y dos rapaces huyeron chillando de allí, y una profunda parte de Eliana (que le era ajena y que, no obstante, era la parte de sí misma más auténtica) le dijo que huían porque ahora sabían qué era ella y qué estaba a punto de hacer.

El cuerpo de Remy se estaba elevando del suelo, sostenido solo por los esfuerzos monumentales de sus amigos, y las manos de Eliana estaban enterradas en su interior, unidas a él... no por la carne, sino por el poder de su sangre, y por el poder del empirium que vivía en el interior de Remy, aunque él lo ignorara. Una coraza de luz se formó alrededor del lugar donde las manos de Eliana se encontraban con su cuerpo.

Eso la asustó. Hizo una mueca y gritó. La luz se atenuó, se redujo.

—No pasa nada —gritó Harkan, con los ojos muy abiertos—. Lo tengo, continúa. ¡No vamos a soltarlo!

Y entonces Simon habló en voz baja contra su mejilla:

—No voy a soltarlo —le prometió, con las manos cerradas alrededor de sus muñecas. Su torso, fuerte y caliente en su espalda, la ancló a la tierra que tenían debajo.

Eliana respiró, trémula en el nido de sus brazos, y la tierra tembló cuando ella tembló, y el aire se tensó cuando ella lo hizo contra sus forjas. Si no controlaba su fuego, sus ávidas llamas, se hundiría con Remy en la tierra.

—Piensa en él, vivo y entero —murmuró Simon, en voz baja pero cerca—. Piensa en cuánto lo quieres. Lo estás haciendo muy bien, Eliana.

Ella obedeció, se imaginó la cara de Remy. Una sonrisa tiró de sus labios, y las palabras de Simon la encontraron a través de la bruma de una edad oscura.

—Yo soy la luz.

—Sí —le contestó Simon—. Tú eres la luz del mundo, y nos guiarás al hogar.

—Con el alba me levanto —susurró, porque a Remy le encantaban los santos, sus oraciones y sus bestias divinas, y le parecía adecuado honrarlo, usar esas palabras en concreto para buscar la vida que quedaba en él.

Los brazos de Simon se tensaron a su alrededor. Sintió el esfuerzo de sus músculos como sentía el suyo, y se preguntó cuánto le estaría costando mantenerlos a ambos anclados a la tierra.

—Con el día, ardes —continuó él con voz ronca, y otra vez, y otra, repitiendo la oración hasta que perdió la voz. Escondió la cara contra el cuello de Eliana, en su cabello, y aplastó las palabras en su piel con la boca.

«Yo soy la luz».

La tierra se sacudió y después detonó, en un estallido de energía que escapó del cuerpo de Remy y de las manos ardientes de Eliana.

Ella parpadeó, contuvo el aliento con los ojos secos y en llamas. El mundo a su alrededor era como debía ser: lluvioso, gris y oscuro, con olor a humo y a pólvora. Una fina ola de luz se movió desde donde ella estaba sentada, en el barro. El suelo se sacudió, como si las grandes placas bajo la tierra se estuvieran moviendo. Las cruciatas que quedaban cayeron del suelo, reptaron ciegas por el lodo. Las acechadoras huyeron; sus gritos contenían voces humanas en su interior.

Remy gritó y se irguió, tragando enormes bocanadas de aire.

Eliana se separó de él y cayó en los brazos de Simon, después lo buscó y lo abrazó, lloró en su cabello. Porque estaba vivo, estaba vivo, y sus propias manos seguían siendo suyas, sensibles bajo la red caliente de sus forjas. Besó las mejillas de Remy, su cabeza querida y oscura, y lo acunó contra su pecho, y él no se apartó de su monstruoso roce ni se agachó para evitar sus labios. Se aferró a ella, se agarró a su camisa.

—Te quiero —sollozó el niño, y se le rompió la voz—. Te quiero, Eli. Te quiero, te quiero.

Eliana no podía seguir en pie, pero tampoco soportaba la idea de soltarlo. Sintió una punzada en el costado y bajó la mirada para ver unas esquirlas brillantes como el cobre esparcidas por el barro. Oyó la voz de Zahra, grave y conocida y llena de lágrimas, y se dio cuenta de que el dolor en el costado era porque aquello que había hecho al salvar a Remy había roto la caja y liberado a Zahra.

Mareada, se percató de que Harkan le estaba limpiando la cara y oyó su risa rota y aliviada. Se apoyó en él, dejó que los sujetara a ambos, a ella y a Remy. Notó a Zahra a su lado, sus manos frías y acuosas en sus mejillas. Oyó las órdenes que gritaba Patrik, lo vio a él y a Jessamyn y a un serio Gerren abatiendo con facilidad a los desconcertados adatrox, que habían caído de rodillas y tenían las manos unidas en un ruego. Imploraban, suplicaban, pero no sirvió para nada.

Qué extraño, pensó Eliana mientras los veía morir, que un adatrox suplique. Nunca había visto eso.

Y después otra cosa extraña: Simon, todavía sentado allí donde la había sostenido, mirando una luz que giraba en el aire. Fina y dorada, la luz se extendía desde él hasta un punto a tres metros de distancia y un metro sobre el suelo; después se arqueaba, infinita, para desaparecer entre los árboles. Simon extendió la otra mano hacia ella y, temblando, se rodeó los dedos con la luz, dirigiéndola para que envolviera su muñeca derecha.

Durante un momento, la luz persistió, permitiéndole que la tocara. Incluso disfrutando de ello, pensó Eliana.

Después titiló y desapareció.

Simon se encorvó. Apoyó los puños en el barro y bajó la cabeza, tomando aire profundamente.

Zahra soltó un sonido grave y triste. El aire cambió junto a Simon, y Eliana vio el largo brazo negro del espectro rozándole la cabeza bajada.

Patrik exhaló una maldición.

—Por Dios, ¿qué era eso?

Nadie habló durante un largo momento mientras la tormenta retumbaba alegremente, ajena a todo. Entonces Simon se giró y la expresión de su rostro hizo que Eliana deseara acercarse a él, a pesar de lo cansada que estaba, a pesar de que Remy acababa de renacer en sus brazos. La estaba mirando como un hombre destrozado, con una expresión tan tierna y apabullada, tan claramente perteneciente al niño pequeño y asustado que había visto en la visión de Zahra, que la avergonzó mirarlo.

Supo de inmediato qué había sido aquella luz, aunque ni siquiera empezaba a comprender qué significaba, o cómo era posible.

—Era un hilo —dijo en voz baja, respondiendo por él—. Un modo de viajar a través del tiempo.

31
RIELLE

«Mientras Ingrid investiga el origen de las bestias caídas, yo debo prepararme para la llegada de un invitado especial: lord Merovec Sauvillier. Desea presentar sus respetos tras la muerte de mi padre. Han pasado años desde la última vez que un Sauvillier puso el pie en Tarkstorm. Bueno, aparte de Ludivine, por supuesto. Pero ¿cuenta ella como una verdadera Sauvillier? Perdóname, pero creo que no. Por supuesto, no informaré a Merovec de su verdadera naturaleza, como acordamos. ¿Te imaginas cómo reaccionaría? Creo que se desmayaría. Le estallaría la cabeza. Me imaginaré este escenario para aplacar mis nervios. El temible Escudo del Norte, desmayado en mi sofá. Sería digno de ver. Espero que vuestro viaje por Kirvaya no se vea afectado por ningún incidente, y que Rielle y tú estéis deslumbrando a todo el mundo. Cuando tengas un momento para escribir, háblame de la capital. Hace mucho que deseo ver el Trono de Fuego. ¿De verdad se sienta la nueva reina en una nube ardiente?».

Carta del rey Ilmaire Lysleva al príncipe
Audric Courverie, con fecha del 1 de febrero
del año 999 de la Segunda Era

Esperaron en la nieve casi una hora antes de que Ludivine llegara. Los hilos de la reina Obritsa se mantuvieron firmes, un estrecho óvalo de luz a unos centímetros del lecho nevado del bosque. Habían decidido esperar a Ludivine antes de acampar. Cuando se uniera a ellos, se dirigirían de inmediato a Celdaria.

Rielle estaba sentada en un tronco caído, encorvada sobre sus pieles, apelmazadas por la sangre. Mordisqueaba una tira de venado seco que Evyline había sacado de la bolsa que Obritsa les había entregado, aunque en realidad no tenía hambre..., y menos de carne.

Pero Evyline había insistido deteniéndose ante Rielle con los brazos cruzados y una expresión imponente en la cara hasta que Rielle obedeció por fin.

Ahora esperaban en silencio.

Rielle observó el avance de Audric entre los árboles. Caminaba con las manos enguantadas entrelazadas a la espalda. Rielle deseaba desesperadamente hablar con él, preguntarle qué había visto mientras ella intentaba curar al aldeano muerto. Pero la expresión de Audric era de feroz preocupación, una preocupación de la que ella se sabía la causa.

Así que mordisqueó la carne, intentando mantener la mente despejada y tranquila. No podía pensar en el aldeano, en los abominables nudos de carne que habían unido sus manos a su pecho. No podía pensar en cómo se había deshecho bajo sus manos, en la masa pulposa y abierta en la nieve a sus pies.

Ni en lo que Audric debió pensar, en el horror que debió sentir cuando vio al hombre destrozado bajo su mano.

¿Se apartaría de ella la próxima vez que intentara tocarlo?

Se le hizo un nudo en la garganta. Cerró los ojos, tomando aire y expulsándolo a través de la nariz.

Entonces algo cayó suavemente en la nieve.

Rielle abrió los ojos para ver a Ludivine enderezándose, sacudiéndose la nieve de las pieles bajo las ramas bajas de un pino. A su espalda, los titilantes hilos se replegaron hacia el interior antes de desaparecer.

Ludivine corrió hacia Rielle y la ayudó a levantarse.

—¿Estás herida?

—No. Tengo frío y estoy cansada.

«Y Audric apenas me ha mirado desde que nos marchamos del templo».

Ludivine le mostró una sonrisa tensa, le tocó la cara.

—Siento haberos hecho esperar.

Y siento haberte despertado, añadió. Su voz interior tembló de emoción. *Deberíamos haberlos dejado arder. Sabía que era una trampa, que los aldeanos eran un señuelo, y aun así permití que tú...*

—Evyline, déjanos un momento a solas, por favor —dijo Audric. A continuación, después de que la Guardia del Sol se hubiera alejado, se detuvo junto a ellas—. Por favor, incluidme en lo que estéis hablando —les pidió en voz baja—. Lo que ha ocurrido nos concierne a todos.

Rielle se obligó a sostenerle la mirada. Habría sido mejor, pensó, que estuviera enfadado, o asustado, o incluso asqueado. Pero aquella serena paciencia, la tranquilidad que conocía y a la que estaba acostumbrada, hacía que deseara fundirse con la tierra por la vergüenza.

—Por supuesto —dijo Ludivine, apretándole a Audric la mano—. Me estaba disculpando con Rielle por haberos despertado. Sabía que era una trampa, y aun así la conduje hasta él.

—¿Y por qué lo hiciste? —le preguntó.

Ludivine dudó. Rielle sintió una ondulación en su mente, pero no consiguió interpretarla.

—Porque me daban pena los aldeanos —contestó Ludivine—. No soportaba verlos torturándose unos a otros por orden de Corien.

—¿Y creíste que merecía la pena arriesgarse para salvarlos? ¿Aunque eso pusiera a Rielle en peligro?

Ludivine lo observó, pensativa.

—¿Tú no crees que mereciera la pena arriesgarse?

Audric se quedó callado un momento. Después pareció hundirse bajo el peso de la pregunta.

—No lo sé. Y esto es lo que temía cuando todo esto comenzó. No debería vacilar antes de enviar a Rielle a una situación peligrosa, sobre todo si con ello salváramos vidas inocentes, pero no soporto la idea de hacerlo. Especialmente, si eso la conduce hasta Corien.

—No estaba en peligro. —Rielle entrelazó los dedos con los de Audric—. Él no me habría hecho daño.

—No me preocupaba que él te hiciera daño —le dijo Audric—. Me preocupaba que intentara ponerte aún más en mi contra.

Rielle frunció el ceño.

—¿Tan débil es mi mente a tus ojos?

—No, y sabes que no me refería a eso.

—A mí me parece que a eso es exactamente a lo que te referías.

Rielle, le advirtió Ludivine, *no estás siendo sincera.*

Pero Rielle continuó, alejándose de ambos.

—Si creyerais que soy lo bastante fuerte para resistir sus avances, no os preocuparíais por mí.

—Cariño, eres fuerte —le dijo Audric—. Pero la fortaleza humana tiene un límite contra un ser tan poderoso como él.

—Ah, pero olvidas que no soy una humana ordinaria. —La voz se le rompió un poco al recordar el horror de la disolución del aldeano bajo sus manos, pero mantuvo la cabeza alta—. ¿O no visteis lo que conseguí hacer en Polestal? ¿Es esa la obra de una criatura que caería presa fácilmente de la voluntad de un ángel?

Un pesado silencio se cernió sobre ellos, reverberando en la serena nevada que había comenzado mientras hablaban. Audric la examinó, con el rostro casi escondido bajo la capucha de su capa.

A unos pasos de distancia, Evyline se aclaró la garganta.

—Me pregunto, mi príncipe, si deberíamos emprender el viaje a Nazastal. La reina Obritsa nos animó a darnos prisa.

—Deberíamos, Evyline, gracias —dijo Audric, dándole la espalda a Rielle para ajustarse las pieles—. Conduce el camino, y te seguiremos.

Avanzaron hacia el oeste a través de la nieve. El corazón de Rielle era un ardiente nido de contradicciones, demasiado enredadas para organizarlas. La nieve se derretía con cada paso de sus botas, dejando un camino humeante y medio congelado detrás.

Estás asustando a tu guardia, le dijo Ludivine después de un momento. *A Fara, en concreto, le preocupa que las llamas te consuman desde el interior.*

«Entonces debería alejarse de mí, ¿no?», replicó Rielle con brusquedad, concentrándose en el chisporroteante chasquido de sus pasos, y no en el horrible y pesado silencio de Audric a su lado.

≈≈≈

Se detuvieron solo durante una breve parada nocturna en Nazastal, apenas lo suficiente para adquirir los caballos que necesitarían para la siguiente jornada del viaje y descansar sus músculos doloridos en la destartalada posada, cuyo propietario estuvo a punto de desmayarse cuando se dio cuenta de que el príncipe Audric, el Portador de la Luz, acababa de atravesar sus puertas.

Pasaron la noche tranquilamente en la posada y, cuando se marcharon al alba, la nieve había dejado de caer. A media mañana, el manto blanco le devolvía al cielo sus duras espadas de sol, pero ni siquiera eso conseguía disipar el amargo frío.

Rielle se acurrucó en sus pieles y miró con los ojos entornados la brillante tierra blanca... hasta que una sombra pasó sobre ella, dibujando una conocida silueta sobre la nieve.

Se echó la capucha hacia atrás y levantó el brazo para protegerse la cara, y cuando esa misma silueta se zambulló entre los delgados y temblorosos pinos, gritó, intentando desmontar de su maltrecho caballo.

«Atheria».

El corcel de Riva, a la cabeza de la caravana, se encabritó y se alejó de Atheria. El resto de los caballos lo imitaron: sacudieron las cabezas, perturbadas por la presencia de una bestia divina.

Pero a Rielle le daba igual su alarma. Que las bestias huyeran a la montaña y no regresaran nunca; no le importaba. De repente, le parecía impensable que apenas unos momentos antes hubiera estado montando a una criatura tan simple y pequeña.

Corrió a través de la nieve hacia la emergente y oscura silueta de Atheria. El chavaile aterrizó en una pequeña loma en el bosque, acolchada por varios centímetros de nieve. Sacudió las alas antes de plegarlas pulcramente contra su cuerpo, y Rielle estuvo a punto de correr hacia ella, de rodear su enorme cuello gris con los brazos.

Pero, a unos pasos de distancia, se detuvo y extendió los brazos.

—¿Puedo, mi dulce niña?

Atheria la miró, inmóvil. Agitó la cola una vez, con brusquedad.

—Tenga cuidado, mi señora —le pidió Evyline.

—No me hará daño. —Rielle se acercó los últimos pasos, despacio. Incluso el aire que rodeaba a la bestia divina parecía más claro, dulcificado por su existencia—. Aunque yo le hiciera daño, ella no me hará daño a mí. ¿Verdad, Atheria?

A dos pasos de distancia, templada por las vaharadas que salían de las fosas nasales de Atheria, Rielle dudó solo una vez más.

Entonces el chavaile bajó la cabeza con un relincho retumbante y cansado. Le tocó a Rielle el hombro con su hocico de terciopelo, y la diminuta y tierna caricia la hizo llorar. Le rodeó el cuello con los brazos todo lo que pudo y aplastó la cara contra su oscura crin.

—Lo siento —susurró Rielle—. Mi querida Atheria, siento mucho haberte hecho eso tan horrible. Se me fue la cabeza cuando me vi delante de la Puerta. Me asustó. ¿Lo comprendes? ¿Me perdonas?

Atheria se movió de izquierda a derecha y expulsó una abrupta exhalación contra su espalda.

Rielle se rio entre lágrimas y abrazó con fuerza el cuello de Atheria. El chavaile olía a nieve, almizclado y silvestre, y Rielle se preguntó dónde habría pasado su bestial amiga aquellas largas semanas, y si alguna vez lo sabría.

—Bueno —dijo Audric después de un momento, cariñoso y contento—. Aquí estás, Atheria. Has vuelto con nosotros, después de todo.

Atheria empujó la palma de Audric con la cabeza y cerró los ojos. Sus largas y gruesas pestañas rozaron la mejilla de Rielle, como una lluvia suave.

Sobre la curva del hocico de Atheria, Rielle miró a Audric.

—¿Podemos irnos ya a casa?

Él sonrió, y aunque Rielle sabía que la preocupación regresaría a su rostro cuando aquella pequeña alegría hubiera pasado, se regocijó de verla desaparecer por el momento.

—Si Atheria nos lleva allí —contestó, acariciando la frente del chavaile—, volveremos a casa de inmediato.

Como respuesta, Atheria desplegó sus alas al cielo.

El vuelo les llevó solo dos días, en lugar de semanas, y cuando estuvieron de nuevo en Âme de la Terre, antes de ir a ver a Tal o de presentarse ante el arconte, Rielle dejó el escudo de Marzana en su dormitorio bajo la protección de Evyline. Se puso una sencilla capa con capucha gris y se escabulló a la ciudad en las sombras del crepúsculo.

Por desgracia, no era posible ser discreta con Atheria cerca, arrastrando sus largas alas por las limpias calles de adoquines y perseguida por los niños a una distancia prudente. Como Reina del Sol, Rielle quizá debería haber hablado con los niños para darles algún tipo de bendición y enviarlos de nuevo con sus padres con palabras de sabiduría en sus lenguas.

Pero estaba cansada, dolorida después de días en la amplia grupa de Atheria. Ahora que habían llegado a casa, volvía a sentirse terriblemente asustada, con una inquietud que se filtraba en sus huesos: los ecos de la carne informe del aldeano tejiéndose sobre sus nudillos y a lo largo de sus palmas. No había sabido de Corien desde aquella noche en la nieve. Cada vez que recordaba la presión de su cuerpo, duro y ávido, el fuego de su boca contra su piel, sentía su pérdida como si fuera nueva.

«Yo te veo», le había dicho. «Y no te tengo miedo».

Y ella lo creía. Estaba segura de aquello más que de ninguna otra cosa. Lo creía..., y se alegraba de ello.

Llamó abruptamente a la puerta de la tienda de Garver Randell, ignorando los susurros y murmullos de los ciudadanos que se habían reunido en su entrada. Cuando la puerta se abrió, corrió al interior.

—Por favor, cierra la puerta, Simon —le pidió, adentrándose en las sombras de la tienda—. Y apestíllala, si eres tan amable.

—Sí, mi señora. —El niño dudó, mirando al exterior—. ¿Permito que entre el chavaile?

—Por supuesto que no —dijo Garver Randell, saliendo del cuarto de atrás con los brazos cargados de trapos—. En lugar de eso, dobla estos trapos y remueve la cena antes de que se queme el fondo de la olla y me vea obligado a enviarte de nuevo a la tienda de Odo a por unos bocadillos.

Simon sonrió.

—Me encantan sus bocadillos.

—Sí, pero a mi monedero, no.

—Atheria no romperá nada —dijo Rielle—. Es ágil, a pesar de su tamaño.

—No me preocupa eso tanto como que se cague en mi suelo. —Garver dejó los trapos en la mesa de la esquina opuesta y se giró con una ceja arqueada—. Las bestias divinas también cagan, ¿no?

Rielle se rio, pero eso le pareció peligroso, pues desencadenó un hormigueante calor tras sus ojos. Se tragó el sonido casi de inmediato.

—Todos cagamos —contestó.

—Ah, la sabiduría de la Reina del Sol. Espero que esa frase termine en algún libro de oraciones. —Entonces entornó la mirada y la señaló con un dedo vendado—. Tienes un aspecto horrible. ¿Estás enferma?

—Te has hecho daño en el dedo. ¿Qué te ha pasado?

—Bah. —Agitó una mano—. No me hagas perder el tiempo.

—¿Cómo te atreves a hablarme así?

—Trato igual a todos los que acuden a mi tienda. Todos sangramos y todos nos morimos, Reinas del Sol y mendigos por igual.

Rielle tomó aire, inestable.

—Me he quedado sin hierba mañadama —le dijo, lo que era cierto, y después se echó a llorar.

Garver levantó las cejas.

—Por todos los santos, ¿qué he dicho?

—Nada. —Rielle sollozó—. No has hecho nada. Es solo que acabo de volver a casa después de semanas fuera, y que lo que sucedió en Kirvaya fue horrible y también maravilloso. Estoy tan cansada que apenas me tengo en pie.

—Entonces siéntate, por el amor de Dios —murmuró Garver, limpiando un sencillo banco de madera para ella.

Rielle se sentó, agradecida, secándose la cara con el dobladillo de la capa.

—¿Qué ocurrió en Kirvaya, señorita? —le preguntó Simon en voz baja. Se sentó en el banco a su lado.

—No puedo contártelo. Y en este momento no quiero estar cerca de la gente con la que puedo hablar de ello. Creo que por eso he venido a veros, para sentarme un rato en un sitio donde puedo olvidar, aunque sea por un breve instante, que soy... lo que soy. —Miró a Garver, impotente—. ¿Tiene sentido?

Garver se rascó la coronilla y señaló a Simon con la mano.

—Asegúrate de que lady Rielle tiene lo que necesita mientras yo doblo esos trapos. Y si descubro que este es un elaborado plan que habéis tramado juntos para que Simon se libre de sus tareas, debo deciros que mi venganza será impredecible e inmensa.

—Toma, señorita —susurró Simon, ofreciéndole un pañuelo limpio para la cara—. Puedes cenar con nosotros, si quieres.

—Ah, ¿sí? —gruñó Garver junto al fuego—. Supongo que ahora eres el dueño de esta tienda.

—Eso sería un consuelo, si tenéis suficiente para mí —admitió Rielle. Después, notando que Simon no dejaba de mirar las ventanas de la tienda, a través de las que los observaba Atheria, llenando de vaho el cristal, añadió—: Y os estaría agradecida si Atheria pudiera unirse a nosotros.

Simon se irguió. Sus ojos azules se habían iluminado.

Garver resopló.

—¿Qué? ¿Vamos a pedirle que se siente con nosotros a la mesa?

—Parece sentirse bastante sola ahí fuera, eso es todo —dijo Rielle—. Me parece cruel dejar en la oscuridad a una criatura de Dios.

Echó una mirada taimada a Simon, que estaba conteniendo una sonrisa. Cuando Garver se giró para mirarlos, eran todo inocencia. Fuera, Atheria soltó un gemido lastimero y solitario.

Garver apretó los labios.

—Vale, de acuerdo. Pero no seré yo sino tú, Simon, quien limpie la caca del suelo.

Simon se puso en pie de un brinco, corrió hacia la puerta y la abrió. Aunque Atheria apenas cabía en el marco, no pareció preocuparle este hecho y se tumbó rápidamente en el suelo junto al fuego, ocupando la mayor parte del comedor.

Garver la miró, paralizado.

Rielle tiró del brazo de Simon, se sentó en la alfombra junto al vientre de Atheria y dio una palmadita en el suelo para que el niño hiciera lo mismo. Le guiñó el ojo inocentemente a Garver.

—¿Ves? —le dijo—. ¿No es mucho más acogedor?

Él estaba tan indignado que parecía haber perdido el habla por completo.

Rielle se giró hacia Simon con una sonrisa. Mientras las lágrimas se secaban en sus mejillas, respondió a la interminable ristra de preguntas del niño sobre la bestia divina, completamente anclada al presente, a aquella humilde y pulcra tienda y a los olores de la cena que llenaban el aire. Lo ocurrido en Kirvaya fermentaba en silencio, inofensivamente, en los límites de su mente.

Y se le olvidó por completo que necesitaba una nueva remesa de mañadama.

32
ELIANA

«Estoy seguro de que vas a reñirme por esto en tu siguiente carta, pero, como sabes, hace mucho tiempo que soy inmune a tus enfados. Simon me ha pedido que empiece a instruirlo en los fundamentos básicos de la magia ambulante, y he accedido, aunque le he prohibido que la practique sin mi supervisión. Vas a decirme que es demasiado pequeño, y yo te contestaré que nosotros éramos demasiado pequeños para muchas cosas, y que, aun así, de algún modo, conseguimos sobrevivir. Como sea, el chico posee un extraordinario talento y preferiría que empezara a usarlo ya. Tiene un hambre insaciable. Es como tú, en ese sentido. Ambos abordáis el conocimiento con voracidad y sois más testarudos de la cuenta».

Carta de Garver Randell a Annick Caillabotte,
con fecha del 4 de octubre del año 997 de la Segunda Era

Una vez, Rozen le contó a Eliana que, durante los primeros meses de vida de esta, ni ella ni Ioseph consiguieron dormir por la noche.

—Nos costaba creernos que fueras de verdad —le había dicho Rozen, sonriendo al recordarlo. De aquello hacía ocho años, cuando Eliana tenía diez. Ioseph había vuelto unos días a casa de la guerra. Estaba sentado en un cojín en el suelo, junto al fuego, y Rozen en otro, con Eliana aplastada entre ambos y Remy, de cuatro años, dormido a su lado con las extremidades extendidas sobre sus regazos.

—Pensábamos que nos despertaríamos por la mañana y habrías desaparecido —le había contado Ioseph, acariciándole la mejilla suavemente con los nudillos—. Nuestra hija. Fuiste un milagro. Un regalo de Dios.

Eliana arrugó la nariz, indignada.

—Los bebés no los trae Dios. Mamá me lo ha contado.

La risa arrugó los ojos oscuros de Ioseph.

—Bueno, no. No es que Dios abra el cielo y deje un bebé en la carretera para que los padres lo encuentren, pero así fue para nosotros. Y por eso nos despertábamos varias veces durante la noche, solo para mirarte y asegurarnos de que seguías respirando. De que eras real, y nuestra.

Eliana se sentía así, ocho años después, sentada en la tierra con Remy en los brazos. Si se dormía, quizá se perdería algo importante. Remy podía dejar de respirar, como había hecho apenas unos días antes. La herida que le había cerrado se le abriría, y se desangraría mientras ella dormía. Intentaría curarlo de nuevo y sus forjas le fallarían. El cuerpo de su hermano palidecería y se marchitaría ante sus ojos.

Así que se mantuvo despierta, bajo una alfombra de estrellas y una luna creciente, y escuchó a Remy respirando a su lado. Le dolían los ojos, por la falta de sueño, y todavía no se había recuperado de lo que había hecho en Karlaine. Su mente se movía despacio, como si estuviera atrapada en el barro, y las forjas seguían vibrando en sus manos, como un ligero picor del que no pudiera aliviarse.

Y por supuesto, porque nada era fácil, había coincidido con su sangrado mensual. Estaba hinchada y dolorida, y aunque Jessamyn le había ofrecido un tampón de tela suave de su bolsa de provisiones, era el último que tenía y Eliana se negó a aceptarlo para usar trapos en su lugar.

Al otro lado de Remy, Harkan se movió en sueños y soltó un ronquido. Eliana lo observó con cariño: la suavidad de su rostro, cómo se curvaba protectoramente alrededor de Remy incluso en sueños.

Se escapó con cuidado de los brazos de Remy y lo dejó en los de Harkan. Ante el movimiento, este abrió un poquito los ojos.

—No te preocupes —susurró—. Solo tengo que hacer pis.

Y lo hizo, lo bastante lejos del campamento para disfrutar al menos de cierta intimidad. Después regresó al lugar donde dormían los demás: Remy y Harkan, Gerren y Patrik, seis soldados de la Corona Roja y cuatro de los refugiados que habían ido con ellos a Karlaine, dos hombres y dos mujeres. Rogan, Darby, Oraia y Catilla. Patrik les había pedido que se quedaran con sus familias (después de todo, por eso habían regresado a Meridian), pero después de ver cómo Eliana trajo a Remy de la muerte, se negaron a abandonarla. Se habían designado sus guardias, parecía, y ni siquiera el sangrado incomodaba tanto a Eliana.

—Tienen buena intención —murmuró Zahra, apareciendo como una columna de oscuridad a su lado, tan insustancial que habría sido fácil confundirla con una ilusión óptica. Tardaría un tiempo, le había dicho, en recuperar las fuerzas después de estar atrapada en la caja flagelo durante semanas. Así se llamaba, le había explicado. Ella conocía la existencia del artilugio, pero había tenido la suerte de evitar toparse con él hasta aquella horrible confrontación con Sarash en Annerkilak.

—Que tengan buena intención no es el problema —contestó Eliana, agachándose ante un pequeño arroyo para lavarse las manos. Aunque deseaba estar sola desesperadamente, no se decidía a pedirle al espectro que la dejara en paz.

—El problema es que temes decepcionarlos —le dijo Zahra.

—El problema es que, cuando me miran, no me ven a mí. Ven a la Reina del Sol.

Zahra era apenas un destello en el aire nocturno.

—Cuanto antes aceptes que Eliana y la Reina del Sol no son cosas distintas, más feliz serás, y más fácil descubrirás que te resulta vivir en tu propia piel.

—Espero que eso sea verdad.

—Pero no es en la identidad y en la magia en lo que quieres pensar en este momento —sugirió Zahra, con voz divertida.

Eliana la fulminó con la mirada.

—¿Estás hurgando en mi mente?

—Solo un vistacito.

—Entonces debes saber lo que me pregunto. ¿Por qué crees que Simon me mintió sobre la caja flagelo? Él debía saber lo que era, y aun así actuó como si no fuera así cuando te trajimos del Nido.

—He estado pensando en ello —le contestó Zahra—, y he intentado explorar su mente para encontrar la respuesta, pero…

—Pero no puedes, porque su mente es un caos horrible que no consigues organizar.

—Básicamente.

Eliana suspiró. Su mirada se perdió en la noche.

—Puede que solo sea que no quiere distraerme. Quería que me concentrara en su misión, y no en intentar liberarte.

—O no quería alimentar tus esperanzas. Las cajas flagelo son casi imposibles de romper.

—O no quería que desperdiciara mi poder intentándolo.

Zahra asintió.

—Eso es muy probable.

Eliana se cruzó de brazos y negó con la cabeza. Durante un largo momento, se mantuvo en silencio.

Después, dijo en voz baja:

—Debería odiarlo, creo, o al menos desconfiar de él. Pero no lo hago. ¿Me convierte eso en una idiota?

—No eres idiota. Eres una mujer joven y estás cansada y sola, y tu corazón alberga un millar de pesares distintos. Y aunque yo le tengo poco aprecio y no consigo leer lo que hay en su mente, no es necesario ser un espectro para saber que algunas cosas son ciertas.

Un cambio en el aire rozó la frente de Eliana, una ligera tensión agrupada en el tejido de la noche: un beso de Zahra.

—Ve con él —le dijo el espectro en voz baja—. Él te consolará, y eso es suficiente por ahora.

Entonces Zahra desapareció y Eliana caminó a solas. Evitó a Harkan y a Remy, vio a Jessamyn haciendo guardia en el perímetro oeste y buscó a Simon en la oscuridad de la noche.

Estaba sentado al este, a los pies de un pino rechoncho, con las piernas extendidas, el revolver en la cadera izquierda y la espada sobre un montón de agujas de pino a su lado.

Eliana lo observó desde unos metros de distancia, sin saber cómo acercarse a él. Antes, lo habría hecho y habría dicho algo para cabrearlo y que él hiciera lo mismo con ella, y ese intercambio de exabruptos la habría vivificado, la habría ayudado a aclararse la mente y a distraerse y no pensar en el dolor de su vientre.

Pero ahora se sentía tímida cuando estaba con él. Qué desnudo se había mostrado después de la aparición de aquel hilo, qué renacido y distinto, sin las líneas duras y crueles de su rostro.

—Te estoy viendo —le dijo, sin girarse para mirarla—. ¿Necesitas algo?

Eliana fingió indiferencia y se acomodó en el suelo a su lado con cautela. Miró los prados que resplandecían, negros y plateados, bajo la luz de la luna, desde el límite de los bosques a las montañas en el horizonte.

—No necesito nada —le contestó—. Es solo que no puedo dormir.

—¿Pesadillas?

—Esta vez no. Temo que la herida de Remy se abra mientras duermo y que se muera y se quede muerto.

Notó la mirada de Simon sobre ella.

—Entiendo ese temor. Supongo que no servirá de nada que te asegure, otra vez, que Patrik y yo le inspeccionamos el abdomen y que no hay peligro de que eso ocurra.

—Supones bien. No confío en vuestros ojos para estas cosas. —Levantó las palmas. La luz de la luna se reflejó débilmente en las cadenas de sus forjas—. Tampoco confío en estas, ni en lo que hicieron.

—Lo que tú hiciste, Eliana, fue real y cierto. Remy está vivo gracias a ello y...

Se quedó en silencio, y cuando ella se atrevió a mirarlo por fin, se dio cuenta de inmediato de que había sido una imprudencia, porque la luz de la luna le sentaba demasiado bien, pintaba de plata su piel malograda y doraba sus retorcidas cicatrices. Había pasado mucho tiempo desde la última vez que lo examinó en un momento de calma. Vio cosas que no se había percatado de que echaba de menos: sus largas pestañas, su grueso labio inferior, las arrugas cansadas alrededor de su boca y sus ojos. Lo desesperadamente que necesitaba un afeitado, y cómo su desaliño se ganaba su afecto.

—He despertado tu poder, ¿no? —le preguntó, porque si no hablaba, lo tocaría, y no creía estar lista para tocarlo; estaba demasiado cansada para tocarlo, demasiado incómoda y crispada—. Ese hilo. Por eso apareció.

Era la primera vez que alguno de ellos hablaba del hilo, y con esas palabras, Eliana sintió que algo cedía entre ellos y se forjaba de nuevo. La noche se expandió y vibró alrededor de sus cuerpos.

—Si fue eso lo que ocurrió —dijo Simon en voz baja—, entonces las cosas cambiarán muy pronto.

Eliana asintió. Había pensado en ello, aunque todavía no estaba segura de qué significaba (cuántas cosas cambiarían, cómo cambiarían, qué esperarían de ella y si ella estaría de acuerdo), estaba segura de que no estaba lista para comenzar esa conversación.

Antes de que Simon pudiera hacerlo por ella, le preguntó:

—¿Puedo intentar dormir aquí un rato?

Él frunció el ceño.

—Nos marcharemos dentro de una hora. Quiero dejar atrás algunos kilómetros antes del alba.

—Lo sé, pero hasta entonces.

—¿Por qué aquí?

—Porque tú me relajas —dijo sin más, demasiado cansada para buscar una respuesta inteligente.

Simon estudió su rostro y después asintió. Estiró las piernas, las cruzó y las estiró de nuevo, apartó el revólver y la espada de su cuerpo y después la miró, frunciendo el ceño otra vez.

—¿Quieres que me siente aquí? —Comenzó a reunir un montón de agujas de pino, una almohada improvisada—. Me temo que no vas a estar cómoda.

—Deja de quejarte. —Eliana se quitó el abrigo e hizo una bola con él, la apoyó contra la pierna de Simon y se tumbó a su lado, apoyando la mejilla en la tela.

Se hizo el silencio una vez más, este nuevo y frágil. Eliana se mantuvo rígida, y también lo hizo Simon bajo su mejilla, como si ambos temieran moverse, como si al moverse pudieran hacer añicos el mundo. Cuando tomó aire, Eliana captó el olor de la sangre de Remy. Su abrigo apestaba a ella, y cerró los ojos para evitar el recuerdo del niño, pálido y pequeño en sus brazos.

—Gracias por no echarle en cara a Harkan lo que hizo —susurró después de un rato—. Sé que estás furioso, pero no me importa. Él me falló a mí, no a ti. Le he echado la bronca por ello y, después de todo lo que ha pasado, creo que es suficiente. Si intentas castigarlo, te arrepentirás.

Simon se quedó callado un largo momento.

—Muy bien —dijo al final—. No le diré nada, ni le haré nada.

Eliana soltó una lenta exhalación, esperando que eso fuera todo. Después la abordó el dolor profundo y romo de la menstruación. Hizo una mueca, apretó los dientes.

—¿Te duele? —le preguntó Simon.

—Nunca había experimentado el dolor que acompaña al sangrado mensual —le contestó—. No hasta después de la tormenta, cuando todo comenzó. Ahora me duele y sufro retortijones e hinchazón como todas las demás mujeres del mundo. Qué suerte tengo.

—Es injusto que tengas que soportar tanto.

—¿Yo? ¿O las mujeres?

Él se rio, un estallido grave que hizo que una dulce y cálida oleada bajara por su cuerpo.

—Ambas —contestó.

—¿Y tú no has tenido que soportar injusticias?

Contuvo el aliento, esperando su respuesta.

Llegó en voz baja.

—Sí, es cierto. Pero, aun así, sufriría las tuyas por ti, si pudiera.

Entonces Eliana sintió su mano en el cabello: amable, cauta, como si temiera que ella fuera a rechazarlo. Cerró los ojos mientras los dedos de Simon trazaban líneas débiles desde su sien hasta su cabello trenzado, apelmazado por la tierra y la sangre. Pero la tocaba como si estuviera inmaculada, y su cabello fuera seda. Se lo permitió tanto tiempo como pudo soportarlo, con un nudo en la garganta, y después le agarró la mano y tiró de su brazo a su alrededor, se presionó su palma primero contra sus labios y después contra su corazón. Se preguntó si él podría sentir su salvaje latido. Si lo miraba, ¿lo vería mirándola a ella? ¿Y después qué? Con las estrellas y los pinos sobre sus cabezas, y las hierbas plateadas susurrando a sus pies, ¿qué?

No consiguió encontrar el valor para ello, y, en lugar de eso, le permitió que le apartara suavemente los dedos para entrelazarlos con los suyos. Unió su palma caliente y callosa a la de ella, pulso con pulso. Con el pulgar, dibujó círculos en el dorso de su mano y Eliana siguió sus caricias tiernas, agradecidas, hasta un sueño suave y sin pesadillas.

33
RIELLE

«Han pasado muchas cosas desde mi última carta. Pronto partiremos a Belbrion con el grupo de lord Merovec. Sí, a Belbrion. La sede de la casa Sauvillier. Durante la visita de Merovec, uno de los soldados que sobrevivieron a un ataque reciente se volvió loco y mató a su compañero. Entonces se le rompió el cuello, y otro superviviente comenzó a gritar en Lissar. Creo que estos soldados estaban poseídos por ángeles. Y ahora es cuando debo confesar que le robé un flagelo al Obex de las Solterráneas. Junto a mis forjas, llevo este flagelo siempre encima. Y cuando lo blandí, el soldado poseído chilló y se derrumbó. Merovec fue testigo de todo, y creo que lo impresioné. Me quedaré en Belbrion algunas semanas para buscar en la biblioteca de los Sauvillier, que incluye muchos textos arcanos sobre las Guerras Angélicas. Desconozco gran parte de lo que está pasando, y el conocimiento es el mejor modo de comprender. Además... Audric, no confío en Merovec. La ruptura de tu compromiso con Ludivine sigue siendo una herida abierta. Quiero mantenerme cerca de él... por tu bien, Audric, mi querido amigo. No te preocupes, pero mantén los ojos abiertos».

Carta del rey Ilmaire Lysleva al príncipe Audric Courverie,
con fecha del 15 de marzo del año 999 de la Segunda Era

El golpeteo de una llamada urgente a la puerta despertó a Rielle.

A su lado, Audric gruñó y le dio la espalda al sonido, abrazándola con más fuerza.

—No es justo que deba estar en un sitio que no sea esta cama contigo.

Ella se retorció contra él, deleitada, y contestó a la llamada:

—Evyline, me dijiste que esta mañana podría dormir hasta tarde.

La puerta se abrió, pero quien entró no fue Evyline sino Tal.

Rielle se tapó apresuradamente, tirando de la manta sobre su cuerpo y el de Audric.

—Tal, en el nombre de Dios, ¿qué estás haciendo aquí?

Evyline corrió tras él, con expresión agraviada.

—Lo siento, mi señora, pero lord Belounnon insistió.

Tal caminó hasta las ventanas, echando una mirada rápida a Rielle.

—Siento interrumpir —dijo, aunque no parecía sentirlo mucho—, pero tienes que ver esto.

Abrió las pesadas cortinas dejando entrar la luz de la mañana y se giró.

—Mirada al frente, Tal —le espetó Audric, poniéndose los pantalones. Se unió a él junto a las ventanas y tensó los hombros.

Rielle recuperó su vestido y se apresuró hasta ellos.

Una multitud, compuesta de cien o doscientas personas, se había reunido ante la verja de hierro que separaba la ciudad de los patios de piedra inferiores el castillo de Baingarde. Algunos golpeaban las puertas con los puños; otros haciendo ondear banderas escarlatas. A través de las ventanas cerradas, Rielle podía oír el sonido amortiguado de sus voces, coreando algo una y otra vez.

La recorrió un escalofrío.

—¿Qué dicen?

Sin pronunciar palabra, Tal abrió la ventana más cercana. Fuera, en la terraza, Atheria miraba la multitud, con las orejas levantadas y alertas. Rielle oyó sus gritos de inmediato.

«¡Reina de la Sangre!».

«¡Reina de la Sangre!».

Se apartó de la ventana; de inmediato, volvió a estar en las montañas nevadas de Polestal. Allí, los aldeanos habían bramado las mismas palabras, con las voces roncas por la furia y el miedo después de ver lo que le había hecho a aquel hombre, a aquel montón de sangre y huesos a sus pies.

Y ahora allí, en su hogar, en su propia ciudad, las mismas palabras furiosas buscaban sus oídos.

—¿Es la primera vez que ocurre esto? —le preguntó Audric en voz baja.

—No —contestó Tal—. Comenzó mientras estabais en Kirvaya. Solo eran un par al principio, pero el gentío es cada día mayor. Ah. —Señaló con seriedad—. Ahí vienen los resurreccionistas.

—¿Los qué?

Rielle se acercó, con el corazón latiendo deprisa, y vio a un grupo nuevo y más pequeño de gente, todos vestidos de blanco y dorado, caminando rápidamente por la carretera. Se unieron a los reunidos, gritando cosas que ella no entendía, porque de repente el caos era demasiado para captar las palabras. Solo oía voces furiosas, un airado estrépito distante. Observó a la multitud dispersándose y uniéndose, el dorado en conflicto con el rojo. Al otro lado del patio, apareció un pequeño escuadrón de la guardia real, con sus espadas destellantes. Una campana resonó frenéticamente en una de las torres blancas que coronaban la muralla de piedra.

—Os habéis perdido muchas cosas mientras viajabais —dijo Tal—. Los llaman resurreccionistas, aunque ellos se denominan la Casa del Segundo Sol. Al parecer, se formaron poco después de la reaparición de Ludivine, viva en lugar de muerta.

Se han obsesionado bastante contigo y con tus gestas. Vagan por las calles recreando la escena de la muerte y resurrección de Ludivine, y de su reaparición en tu nombramiento.

—Por Dios —murmuró Audric, dándole la espalda a la ventana.

Pero Rielle se acercó y presionó los dedos contra el cristal. Sonrió un poco al ver las túnicas blancas y doradas enfrascadas en un furioso combate con los disidentes de banderas rojas. Sus defensores.

—¿Y los otros? —preguntó—. Al parecer, creen que soy la Reina de la Sangre.

—Los más radicales han empezado incluso a pedir tu muerte —contestó Tal—. A menudo y ruidosamente. Odo ha estado enviando a algunos de sus espías a las tabernas de la ciudad y me informa a diario, para estar al tanto de cualquier complot.

Rielle se rio.

—Sí, me gustaría saber qué complots podrían ponerme en peligro, aunque solo fuera un momento.

Audric se giró, frunciendo el ceño.

—No deberías tomarte esto a la ligera, mi amor. Si se extiende el rumor de lo que sucedió en Kirvaya...

Guardó silencio.

Tal cerró la ventana.

—¿Qué ocurrió en Kirvaya?

Rielle le echó a Audric una mirada irritada.

—Si voy a hablar de esto, me gustaría vestirme primero.

—Muy bien. —Tal la recorrió con la mirada mientras pasaba junto a ella para dirigirse a la puerta—. Por favor, ¿podéis ambos venir a mi despacho cuando os hayáis adecentado?

—Sí —dijo Rielle—, y Ludivine nos acompañará.

—También Miren —añadió Tal.

Rielle se sintió incordiada ante la mención de la pareja de Tal, la gran magistrada del Crisol. Contárselo a Tal, sin público, ya sería bastante desagradable.

—¿Es necesario?

—Sí, lo es —le espetó Tal—. Estoy harto de cargar con tu peso yo solo.

Rielle se irguió, desconcertada, como si la hubiera abofeteado.

La expresión de Tal cambió de inmediato. La miró horrorizado, como si hubiera sido ella quien hubiera dicho esa cosa horrible.

—No quería decir eso, Rielle. Tú no eres una carga para mí.

—Si Rielle no te quisiera tanto, te rompería el brazo por eso —le dijo Audric con tranquilidad—. Puedes irte. Ya.

Parecía que Tal quería decir algo más, pero en lugar de eso inclinó la cabeza y se marchó, y cuando Evyline lo hizo también, Rielle se vistió en silencio y aceptó sin decir palabra el beso de Audric entre sus omoplatos.

Pero ningún beso podría borrar de su mente las palabras de Tal, sobre todo porque ahora sabía que siempre habían estado allí, a medio formar. Que las pronunciara en voz alta solo las había solidificado, delineando con claridad la segunda verdad que implicaban.

Quizá era justo que ella fuera una carga para Tal, para cualquiera de ellos. Porque el peso de su humanidad, pálida y frágil en comparación con Rielle, algo que se esperaba que imitara y que admirara a pesar de su insignificancia, era uno con el que ella había cargado toda su vida.

Se reunieron en el despacho de Tal después del almuerzo: Rielle, Audric, Ludivine, Tal y Miren. Rielle mantuvo la mirada en el suelo al comenzar a hablar, pero después, cuando la historia de todo lo que había ocurrido en Kirvaya se desarrolló, levantó la barbilla gradualmente hasta que se encontró mirando solo a

Tal, como si estuviera empujando sus palabras al interior de su cráneo y desafiándolo a protestar.

Cuando terminó, mientras Audric le sostenía la mano y la presencia de Ludivine en su mente era una consoladora suavidad, como el peso de un gatito somnoliento en su regazo, la habitación se quedó en silencio un largo momento.

Después, Miren, apoyada en el escritorio de Tal, resopló. En sus delicados rasgos llenos de pecas había una mueca de preocupación.

—Bueno —dijo—, la Casa del Segundo Sol se alegrará de oír esto.

Tal la fulminó con la mirada.

—Esto no tiene gracia, Miren.

—No, no la tiene. —Se cruzó de brazos. A la luz de las ventanas, sus rizos pelirrojos brillaban alegremente—. ¿Cuánto de esto sabías tú?

—Nada. —Tal se pasó una mano por la cara—. Ni lo de Corien, ni lo de los ángeles y la Puerta, y, desde luego, no que Rielle había estado experimentando con su poder de ese modo.

Miren alzó las cejas.

—Y yo que pensaba que Rielle y tú estabais muy unidos.

—Este no es el momento ni el lugar para tener esa conversación —murmuró Tal.

—¿Y qué conversación es esa exactamente? —le preguntó Audric.

—Una privada —dijo Tal, echando una oscura mirada a Miren—. No podremos protegerte, Rielle, si nos ocultas cosas.

Ella se irguió.

—No necesito protección.

—Claro que la necesitas. —Se levantó de su silla. Una energía furiosa y chispeante crepitaba por su cuerpo—. Ese ángel, Corien, te entregó el escudo de santa Marzana sin pedirte nada a cambio. ¿No te parece sospechoso?

Cuidado, le advirtió Ludivine.

Rielle, perdiendo la paciencia, apartó a Ludivine de su mente.

«No hace falta que me digas que tenga cuidado».

—A sus ojos, el escudo es un regalo para ganarse mi favor —dijo en voz alta.

—Para que lo ayudes a romper la Puerta y a resucitar a los ángeles —dijo Miren sin emoción—. Y eso es justo lo que estás haciendo: intentando resucitar, matando a gente inocente en el nombre de una práctica que no tienes ninguna razón para acometer.

Rielle se tragó sus respuestas inmediatas y airadas. Habían decidido no hablarles de la verdadera identidad de Ludivine ni de la cicatriz del flagelo, lo que les pareció una buena idea en su momento y ahora resultaba ser otra odiosa restricción.

—Si pudiera resucitar a los muertos, cuando llegara la guerra, podría sanar a nuestros heridos. Podría alejar de la muerte a los que agonizan. Y además...

Se detuvo, mirándose las manos con ferocidad.

—Además —dijo Tal en voz baja—, quieres explorar tus límites, la magnitud de tu poder.

Ella lo miró. La expresión conocedora y cansada de sus ojos avellana la hizo erguirse, prepararse para la habitual apelación a su compasión.

—Si es que mi poder tiene límites —dijo Rielle.

La voz amarga de Miren rompió el silencio.

—No es exactamente tranquilizador oírla decir cosas así.

—Tranquilizarte no es uno de mis deberes.

—Cuando alguien es tan poderoso como lo eres tú, sí, no asustar a los que te rodean es uno de tus deberes.

Rielle sonrió con arrogancia.

—Será que tú te asustas con facilidad.

—Basta —dijo Audric con voz cansada, silenciándolos a todos.

Ludivine se aclaró la garganta.

—Quizá sería mejor que Rielle se marchara un tiempo de Celdaria, hasta que la ciudad se calme un poco.

Tal, apoyándose pesadamente en sus rodillas, miró el suelo con el ceño fruncido.

—Eso es justo lo contrario de lo que debería ocurrir. Rielle tiene que mostrarse en los templos, rezando y orando. Tiene que usar su poder en situaciones controlables y fácilmente digeribles que demuestren que no deben temerla.

—Pero deben temerme —dijo Rielle—. Fingir lo contrario no ayudará a nadie.

—Ahora amenazas a nuestra ciudad. —Miren le lanzó una mirada a Tal—. ¿Esto te parece aceptable?

—No estoy amenazando a nadie. Solo digo la verdad. —Rielle se levantó, soltando la mano de Audric—. Yo soy más poderosa que ellos, más poderosa que nadie. Puedo hacer cosas que los demás no imaginan ni comprenden. —Le devolvió a Miren una pétrea mirada—. Insinuar que somos iguales es un insulto a su inteligencia.

Tal sonrió un poco.

—Y un insulto a tu vanidad.

—Bueno. —Rielle le devolvió la sonrisa—. Yo no he dicho eso.

Miren los observó a ambos con expresión ilegible.

—Sería prudente, en cierto sentido —dijo Audric—, que Rielle se quedara aquí para ganarse de nuevo el favor de la ciudad. Sin embargo, la Puerta se está viniendo abajo. Esa es la prioridad.

Rielle asintió.

—Tenemos que seguir reuniendo las forjas.

Audric tomó aire despacio.

—Tienes.

Ella lo miró con el ceño fruncido.

—¿A qué te refieres?

—Hemos hablado de viajar a Mazabat, una travesía que nos llevaría varias semanas. Yo no puedo marcharme de nuevo durante tanto tiempo, no estando las cosas así, con multitudes furiosas en las puertas de Baingarde y mi madre... —Se detuvo, recuperando la compostura.

Rielle parpadeó. No le había contado nada sobre la reina.

—¿Qué le pasa a Genoveve?

—Como sabes, no ha sido la misma desde la muerte de mi padre. Creo que la perturbaría que me marchara de nuevo tan pronto. Y si en la ciudad no pueden verte, si tu presencia no ha de ser un consuelo y una seguridad, entonces debería serlo la mía. —Le sonrió con tristeza—. Aunque no disfruto de la idea de estar separado de ti.

Ludivine entró en pánico rápidamente.

No. No puede quedarse. Debe venir con nosotros. Vosotros dos no debéis estar nunca separados. Debéis estar siempre juntos.

«¿Y eso por qué? ¿No confías en que me controle si Corien aparece de nuevo?», le espetó Rielle.

Exacto. No te hagas la tonta. No te pega.

«A ti tampoco te pega confiar tan poco en mí».

No obstante, Rielle sintió la vergüenza hinchándose en su pecho, porque había una parte de ella que temía la ausencia de Audric y su efecto en ella más de lo que la temía Ludivine. Le rodeó la cara con las manos y se inclinó para besarlo.

—Eres un regalo para tu pueblo —le dijo en voz baja—, y para mí.

Audric le plantó un beso en el centro de la palma.

—Tú eres mi luz y mi vida.

—Bueno —dijo Tal, levantándose—. Si Audric no va, iré yo.

Rielle se giró para mirarlo y disfrutó de la expresión consternada de Miren.

Audric se relajó visiblemente.

—Es una idea excelente.

No, dijo Ludivine de inmediato.

Rielle perdió la paciencia que le quedaba.

«¿Ahora qué? ¿Deben todos y todo contar con tu rigurosa aprobación? ¿Por qué no debería venir Tal? Es un gran magistrado. Traerá consigo la autoridad y el poder de la Iglesia».

Ludivine dudó. Su mente vagó.

«Me estás escondiendo algo», pensó Rielle. «¿Sobre Tal?».

Me preocupa que pasar tanto tiempo juntos no sea saludable para ninguno de vosotros, dijo Ludivine con cautela.

«Por todos los santos, ¿qué se supone que significa eso?».

Pero Ludivine, agarrándose el brazo de la cicatriz, no contestó, así que Rielle le lanzó un sentimiento de desagrado y se apartó de ella, tanto física como mentalmente. Se unió a Tal en su mesa y comenzó a inspeccionar su agenda, con él a un lado y Audric al otro, y Miren sentada sola, callada y rígida, junto a la ventana.

Decidieron esperar hasta que la Guardia del Sol de Rielle regresara de Kirvaya antes de marcharse de nuevo a Mazabat, en parte porque Audric confiaba en ella más que en cualquier guardia auxiliar y en parte porque Rielle se negaba a partir sin Evyline.

La joven se pasó gran parte de las tres semanas siguientes apretando los dientes. Obediente, rezó mañana y noche en un templo distinto. Obediente, se dejó ver ante la corte e hizo trucos de magia absurdos para sorprender a los miembros de la nobleza mientras tomaban el té y comían pasteles. Obediente, ayudó a las familias campesinas con el riego de sus cultivos, con el arado de la tierra y con el ángulo en el que la luz del sol iluminaba sus cosechas.

Por la noche, encontraba un febril consuelo en los brazos de Audric y dormía irregularmente, esperando una voz que nunca llegaba.

La mañana de su partida, el día 2 de abril, amaneció tranquila y fría. Una ligera nevada caía contra el alba gris.

Rielle se marchó de Baingarde para ir a la Pira con Ludivine a su lado, su Guardia del Sol a la espalda y Atheria volando alegremente sobre su cabeza. El chavaile llevaba días inquieto, mirando sin cesar al sur, en dirección a Mazabat, como si examinara el viento y se preparara para volar.

Pero Rielle no podía apreciar la dicha de Atheria. Un tenue temor estaba lanzando piedras en su vientre. Su piel seguía templada tras los besos de Audric. Tuvo que hacer un esfuerzo para no darse la vuelta y correr de vuelta con él. Estaba cansada después de la noche sin dormir, y dolorida después de la ferocidad con la que se habían movido juntos, de un modo que le habría encantado si no tuviera largas horas a caballo en su futuro cercano.

Le había parecido una decisión prudente no viajar a lomos de Atheria. Ella los acompañaría, por supuesto, y estaría disponible por si necesitaban huir rápidamente. Pero Atheria solo podía transportar cómodamente a tres personas, y ni a Audric ni a Ludivine les gustaba mucho la idea de que Rielle llegara a Mazabat sin su guardia.

Mientras caminaba, escuchando los alegres gorjeos de Atheria sobre su cabeza, Rielle se tocó la boca. Tenía los labios agrietados y sensibles después de horas besando a Audric. Disfrutaba del dolor punzante y exhausto de su cuerpo. Cerró los ojos, recordando las caricias amables e interminables del príncipe.

Las lágrimas acudieron a sus ojos. Sí, lo responsable era que él se quedara en Âme de la Terre, y ella sin duda quería ir a Mazabat y encontrar la forja de santo Tokazi. Pero la realidad de la ausencia de Audric le dolía. Le había pedido que se quedara, que no acudiera con ella a la Pira temiendo que fuera demasiado horrible alejarse de él, verlo empequeñecerse cada vez más en la distancia, pero aquello era mucho peor. Cada paso lejos de

Baingarde arrancaba algo en su interior; cada copo de nieve disipaba la calidez de Audric de su piel.

Buscó la mano sana de Ludivine y se sintió más tranquila al tocarle los dedos.

Entonces llegaron a la Pira. En el interior de las majestuosas puertas doradas, se quitaron las capas nevadas, y su calma se disipó.

De una de las diminutas salas de estar junto al vestíbulo salían las voces de Miren y de Tal.

—Hemos tenido esta discusión una docena de veces —dijo Tal—, y no quiero tenerla de nuevo.

—Bueno, es una pena —replicó Miren con brusquedad—, porque vamos a hacerlo.

—Llegarán aquí pronto. No quiero que nos despidamos así.

—Y yo no quiero que nos despidamos.

—No sé cuántas veces voy a tener que decirte que no hay nada entre Rielle y yo.

Rielle se detuvo en seco.

—Oh, por el amor de Dios, Tal —le espetó Miren—. Deja de intentar que mis miedos, que son muy reales, parezcan solo celos insignificantes. Sé muy bien que no hay nada entre vosotros. Lo que no sé es si estarás a salvo con ella. O si puedes estar con ella durante tantas semanas sin sumirte tan profundamente en tu propia mente que no consigamos sacarte de nuevo.

—Eso no es así —dijo Tal en voz baja.

—Es exactamente así. No me insultes. Te conozco. —Se oyó movimiento; quizá Miren se estuviera acercando a él. Después dijo, en voz más baja—: Sé que quieres protegerla. Sé que ansías a Dios, y que haber llegado al límite de tus habilidades te come por dentro. Pero no dejes que tu búsqueda de respuestas te ciegue al hecho de que Rielle es peligrosa, y de que el peligro la acecha como lobos de su propia creación.

—Amor, por favor, no te preocupes. —Una suave cascada de besos. La voz ronca, suplicante de Tal—. Por favor, confía en mí. Confía en Rielle.

Ludivine notó las intenciones de Rielle de inmediato.

Rielle, no...

Pero ella ya no los estaba escuchando. Dobló la esquina sonriendo alegremente.

—Buenos días. Espero que no pase nada. Me pareció oír gritos.

Tal se recuperó rápidamente y la miró con una amplia sonrisa que Rielle se habría creído si no hubiera oído su conversación.

—Buenos días, Rielle. Ludivine. ¿Estamos listos para marcharnos?

Evyline, detrás de Rielle, dijo:

—Los caballos están cargados y preparados, lord Belounnon.

—Excelente. —Entonces se detuvo—. Me pregunto si podría tener un momento a solas con la gran magistrada Ballastier antes de marcharnos.

—Por supuesto —dijo Rielle—. Dios sabe que no me gustaría que el peligro que me rodea pusiera vuestra conversación en riesgo.

Se dio la vuelta despreocupadamente, dejándolos boquiabiertos.

Ludivine se unió a ella junto a los caballos.

—Eso no era necesario.

—Era totalmente necesario —dijo Rielle, ajustando las alforjas de su caballo—, y espero que Miren se sienta fatal. Yo nunca le haría daño a Tal. Sinceramente, Lu, a juzgar por cómo se comporta todo el mundo a mi alrededor últimamente, cualquiera diría que han olvidado que soy la Reina del Sol, la protectora y guardiana de Celdaria. Cualquiera diría que...

Se detuvo.

Lu terminó la idea por ella.

Cualquiera diría que han decidido que el consejo se equivocó, que Bastien se equivocó, que las pruebas no significaron nada. Que tú no eres la reina que la Iglesia dice que eres.

Rielle acarició el cuello de su caballo con manos temblorosas.

«¿Y la reina que yo digo que soy? ¿Es que eso no importa?».

Tal salió de la Pira con el rostro nublado. Evitó la mirada de Rielle, y dijo en voz baja:

—Miren desea hablar contigo.

Rielle lo fulminó con la mirada, pasó junto a Ludivine y se reunió con Miren al otro lado de las puertas de la Pira.

Miren se levantó de su butaca, más pálida y empequeñecida de lo habitual. Las pecas resaltaban en su piel.

Rielle no soportaba mirarla. Se adentró en las suaves sombras de la Pira.

—¿Sabes dónde está Sloane? Es extraño que no haya venido a despedirse de su hermano.

—Se despidieron esta mañana. Rielle. —Miren tomó aire profundamente—. Sé que oíste lo que dije.

Ella la miró, impasible.

—Sí, lo oí.

—No voy a disculparme por ello.

—No te he pedido que lo hagas.

—No, pero entiendo que podría haberte dolido oírme.

Rielle se rio.

—Miren, te aseguro que se necesita mucho más para hacerme daño que los miedos tontos de una novia nerviosa.

Miren apretó los labios.

—No quiero discutir contigo. Solo quiero decirte una cosa: creo todo lo que dije. Creo que eres peligrosa, de un modo que todavía no podemos imaginar. De un modo, seguramente, que ni siquiera tú imaginas. No envidio la vida que te ha tocado, pero no voy a excusar las cosas horribles que has hecho o que vas a hacer. Y si le haces daño a Tal, bueno...

Miren suspiró, mirando los caballos reunidos a la espalda de Rielle. Le cambió la cara al ver a Tal, y a Rielle le dolió el pecho al verlo, porque le recordó a Audric, cómo se suavizaba su mirada cuando la miraba desde el otro lado de una habitación.

—Si le haces daño, no podré hacer nada para castigarte. Eres demasiado poderosa. Pero ha dedicado muchos años a tu seguridad, y por tu bien, ha cargado con ese peso solo. Ha temido por ti y te ha querido. Espero que recuerdes eso en el futuro: que muchos aquí te quieren, y que darían sus tontas y simples vidas por ti. No estás sola en el mundo. Eres parte de algo inmenso, frágil y finito. Espero que respetes eso, a pesar de lo poderosa que eres.

A continuación, Miren le dedicó una sonrisa tensa y la dejó sola en la entrada, con un pie en la casa del fuego y la otra en un mundo de hielo.

Durante una semana, viajaron al sur hacia Luxitaine y después tomaron un barco (pequeño y estrecho, pero repleto de lujos) para cruzar el mar de Silarra, que se extendía, tranquilo y resplandeciente, entre las costas de Celdaria y Mazabat. Tras una semana en el agua, Rielle vio las blancas costas de Mazabat en el horizonte, y después de algunas horas más, la capital Quelbani, elevándose sobre las olas como un grupo de perlas esculpidas.

Atracaron a cierta distancia del puerto de Quelbani y llegaron a la costa en pequeños botes. Mazabat había sido siempre aliada de Celdaria. La economía de ambos reinos dependía en gran parte del otro: Celdaria enviaba sus cultivos al sur, Mazabat enviaba sus minerales y metales al norte. Unas semanas antes, Audric había intercambiado unas amistosas cartas con las reinas mazabatíes, que parecían encantadas ante la idea de la visita de la Reina del Sol.

Y, no obstante, Rielle se sintió inquieta al acercarse a la costa. Aunque Corien no le había hablado desde aquella horrible noche en Kirvaya, se sentía observada por un ojo enorme y despiadado. Envió la sensación a Ludivine sin apartar la mirada de la orilla.

Ludivine no respondió.

Rielle la miró frunciendo el ceño. Ludivine estaba encorvada y tensa en el banco, con los labios cerrados con fuerza.

—¿Es la cicatriz? —le preguntó en voz baja, entre el susurro de las olas y las alegres exclamaciones de Tal desde el otro bote.

—Está empeorando —le contestó Ludivine—. Me duele más. —Levantó la mirada con una débil sonrisa—. Lo siento. Por favor, no te preocupes. Concéntrate en la reunión con las reinas. Me sentiré mejor, creo, cuando haya pasado un tiempo en una cama que no se mueva de un lado a otro.

Rielle no estaba ni convencida ni tranquila. Aquello era nuevo y había comenzado a tomar forma alarmantemente rápido mientras cruzaban el mar: la cicatriz de Ludivine, que se habían mantenido sin cambios durante largas semanas, ahora se estaba extendiendo y oscureciendo. Sus zarcillos le cruzaban ya las costillas hasta el hueco de la garganta. Había empezado a usar pañuelos de gasa alrededor del cuello, pero la cicatriz se extendería pronto por su rostro, y eso sería mucho más difícil de ocultar sin provocar preguntas.

Una sombra pasó sobre ellas: Atheria, zambulléndose en la superficie del mar. Hundió la cabeza en el agua, agarró un grueso pez plateado y lo lanzó al aire para atraparlo de nuevo con los dientes.

En la costa se oyó un coro de gritos de sorpresa. Estaban ya lo bastante cerca para que Rielle pudiera ver al séquito real que los esperaba, una brillante hilera en la arena blanca. Los tejesoles bordeaban el sendero desde la costa hasta las reinas, y las finas líneas de su luz se arqueaban elegantemente sobre sus cabezas en el pálido cielo de abril.

—Atheria puede llevarte a casa —murmuró Rielle a Ludivine—. De hecho, insisto en que lo haga.

Ludivine le apretó la mano.

—Por supuesto que no. No voy a dejarte.

—Tal está aquí, y mi guardia. No estaré en peligro.

Ludivine la miró con lágrimas brillando en sus ojos.

—Siempre estás en peligro, cielo. Y por eso yo siempre estaré a tu lado.

Rielle le dio un beso en la mejilla y la abrazó hasta que los botes llegaron a la orilla. Sus guardias bajaron de un salto y tiraron de los botes hasta la arena, y Rielle acababa de llegar a tierra firme cuando una joven mujer corrió hacia ellas desde la multitud.

Evyline se puso alerta de inmediato, pero Ludivine murmuró:

—No pasa nada. Es la princesa Kamayin, la hija de las reinas y su heredera.

Entonces, con una sensación de aliviada alegría, añadió: *Se alegra mucho de conocerte, Rielle.*

Un grito abrupto de una de las reinas hizo que la princesa se detuviera en seco, a pocos pasos de Rielle, y que sonriera con timidez. Era delgada y alta y no podía tener más de quince años: su piel era de un marrón cálido y oscuro; su cabello era una caperuza de apretados rizos negros. Llevaba un largo vestido blanco debajo de una chaqueta azul, con las mangas enrolladas hasta los codos y el dobladillo barriendo la arena. Le brillaban los ojos castaños, y alrededor de las muñecas llevaba dos gruesos brazaletes dorados con preciosos grabados de hojas y aves. Rielle se sintió atraída por ellos y supo de inmediato que eran forjas.

—Mis madres me dicen siempre que no debo abrazar a nadie hasta que me confirme que no le molesta que lo toquen. —Kamayin miró a Rielle con esperanza—. ¿Puedo, mi señora?

Rielle dudó, pero Ludivine dijo, cansada: *Es justo lo que parece. Es cariñosa y está llena de amor.*

Así que Rielle abrió los brazos y sonrió.

—Será un honor, alteza.

Una sonrisa tan brillante como el sol dividió el rostro de Kamayin. Rodeó a Rielle con los brazos y le besó las mejillas, antes de apartarse para mirarla.

—Sé que debes estar cansada después del viaje —le dijo—, pero os hemos preparado un almuerzo ligero, por si os apetece comer algo antes de ir a vuestros aposentos. —Entonces miró más allá de Rielle y abrió los ojos con sorpresa—. Por todos los santos, ¿quién es ese hombre tan guapo que está hablando con mi madre?

Rielle se giró. Una de las reinas se había acercado y estaba charlando animadamente con Tal.

Rielle se rio.

—Ese es Tal. Es mi profesor, más o menos, y un gran magistrado de nuestra Iglesia.

Kamayin lo examinó.

—¿Tiene pareja?

—Sí, y además de eso, creo que es un poco mayor para ti.

—Qué pena. —Entonces su expresión se animó, y enganchó el brazo con el de Rielle—. Vamos, entonces. Los dejaremos hablar todo lo que quieran y así seremos las primeras en sentarnos a la mesa. —Miró a Ludivine—. Lady Ludivine, ¿no te encuentras bien? ¿Estás enferma?

—Solo estoy cansada —dijo ella con una sonrisa débil, pero mientras subían la costa hacia la ciudad, Rielle no consiguió despojarse del creciente temor a que hubiera más en el dolor de Ludivine de lo que esta le permitía ver.

Esa noche, Rielle se tumbó en la cama en la espaciosa habitación que las reinas le habían asignado y disfrutó de sus limpias sábanas blancas.

Todavía sentía en la piel el hormigueo del placer que se había dado a sí misma unos momentos antes. Había disfrutado de una de sus fantasías favoritas, imaginándose en los brazos de Audric y también en los de Ludivine, mientras ellos la amaban con implacable concentración. Pero no consiguió encontrar la agradable paz que normalmente la embargaba después.

No lograba apartar de su mente la preocupación por Ludivine, ni dejar de preguntarse a dónde habría ido Corien. Allí estaba ella, lejos de casa, separada de Audric y sin rastro de Corien.

Obviamente, tendría razones para mantenerse alejado de ella, aunque no imaginaba cuáles serían. Odiaba su ausencia tanto como la agradecía.

Se puso de costado y miró con el ceño fruncido la ventana iluminada por la luna. Largas hiedras la encuadraban, y sus ramas se movían suavemente con la brisa. Envió una sensación de cariño a la habitación contigua («Lu, ¿estás despierta?»), pero no sintió nada en respuesta.

Sacó las piernas de la cama, se puso el camisón, se giró... y se topó con una sombra que se movía rápidamente. El intruso la agarró y le dio la vuelta, sujetándole el brazo a la espalda y colocándole una fina y fría hoja contra la garganta.

—No te muevas y no grites —susurró una voz—, o te cortaré el cuello.

Rielle la reconoció de inmediato.

Pertenecía a la princesa Kamayin.

34
ELIANA

«Mi abuela me contó, como su abuela se lo contó a ella, que Festival fue en el pasado la ciudad más alegre del mundo, un sitio lleno de luz y de música, de arte y belleza. En los cambios de estación, la ciudad entera lo dejaba todo para celebrar, durante días y días. En el pasado, los árboles corazón del mar cubrían cada colina, cada llanura y barranco. Los creó santo Tokazi y los plantó santa Nerida en persona, uno por cada humano caído en las Guerras Angélicas. Florecían en abril y sus pétalos se caían en septiembre. Incluso después de la muerte de la Reina de la Sangre, los árboles volvieron a retoñar. Pero después, el imperio taló todos los árboles que florecían. La abuela de mi abuela decía que, durante largas semanas, el aire olió a fuego, y el cielo se mantuvo sombrío y frío».

Antología de historias escritas por los refugiados de la Meridian ocupada, recopilada por Remy Ferracora

Después de dos largas semanas caminando lentamente por las tierras de Meridian, los interminables prados y los estrechos e irregulares bosques se convirtieron en un paisaje de riachuelos y lagos y de zonas boscosas más grandes en las que los altos árboles negros estaban cubiertos de un musgo blanco y plateado.

El musgo hizo que Eliana se acordara de su hogar, de Orline. Y el último día se mantuvo en silencio, como todos los demás, pero sentía, agotada, que su particular quietud era más triste que la del resto. Era una idea de la que no se sentía orgullosa, y aun así la rumió, una y otra vez, hasta que su mente se llenó de nubes negras e inquietantes.

Esperaron en una quebrada, debajo de un techo de raíces cubiertas de musgo mientras Simon se adelantaba para informar a la familia Keshavarzian de su llegada. Se trataba de una madre, un padre y tres chicos, y vivían en una hacienda llamada Sauce. Era grande, según Simon, una mansión en el campo con docenas de habitaciones, elegantes jardines, arrozales en los extensos humedales que había cerca y un bosque privado de varios acres. Hacía mucho que eran aliados de la Corona Roja y habían alojado y alimentado en su casa a muchos rebeldes, aunque conservaban sus propiedades y su dinero gracias a un engaño meticulosamente planeado.

Ante el mundo, eran leales al imperio. Igual que Eliana había servido a lord Arkelion en Orline, la familia Keshavarzian servía a lord Tabris en Festival.

Por tanto, Simon tenía que acercarse a la hacienda con cautela, porque no habían podido enviar una nota con información sobre su llegada y los guardias privados de la familia estaban apostados en el perímetro.

Agachado junto a Eliana, Harkan cambió el peso de la izquierda a la derecha.

—Supongo que no se alegrarán demasiado de tener de repente diecisiete bocas más que alimentar.

—Si no están preparados para ayudarnos —le dijo Eliana—, no deberían ser parte de esto. Deberían servir de verdad al imperio y dejarle la rebelión a la Corona Roja.

Harkan la miró. Ella sintió sus ojos inspeccionando su rostro, su cuerpo.

Pero fue Remy quien habló, al otro lado.

—No tienes buen aspecto, Eli.

—Tú tampoco, cariño —le contestó, apretándole la mano suavemente—. La verdad es que estamos todos en la mierda.

—Te agotó, lo que hiciste por mí —le dijo en voz baja.

Ella percibió la nota de culpabilidad en su voz y se giró hacia él de inmediato para tocarle la cara.

—Y lo haría de nuevo, diez veces más, para tenerte conmigo.

—¿Cien veces más? —susurró él, sonriendo un poco, con los ojos brillantes.

Ella le besó la frente sucia.

—Mil veces más.

Comenzó a llover, una llovizna ligera que repiqueteaba en las hojas de los árboles como unos dedos tranquilos. Eliana cerró los ojos y apoyó la cabeza en las raíces. Abrió la boca y dejó que el agua fresca le cayera dentro, que bajara por su cuello hasta su pelo.

Entonces Harkan se tensó a su lado. Patrik, a unos pasos de distancia, silbó bajito, alertando a los demás.

Eliana se irguió y rodeó a Remy con los brazos..., pero solo era Simon, acercándose a través de los árboles. Lo flanqueaban cuatro guardias armados.

—Levantaos despacio —dijo Simon—. No pasa nada. Solo quieren ver que todos sois como os describí.

Eliana obedeció, aunque odiaba tener que abandonar la seguridad de los árboles y exponerse a sí misma y a Remy ante las miradas entornadas de aquella gente a la que no podía ver con claridad a través de las lluviosas sombras.

Se produjo una pausa mientras los guardias los examinaban. La lluvia arreció; Remy tiritó contra el costado de Eliana y esta estuvo a punto de increparles, casi al límite de su paciencia.

Entonces uno de los guardias se acercó, bajando el arma. Se trataba de una mujer de peso y altura media, con la piel clara y una melena de espeso cabello negro salpicada de plata. Había una simetría agradable en sus rasgos y un destello de autoridad en sus ojos oscuros que hizo que Eliana se tranquilizara de inmediato.

—Vamos —dijo la mujer con brusquedad, indicándoles que se movieran—. Estáis a salvo, todos estáis a salvo. Pobrecillos, estáis mugrientos. Entraremos a través de la terraza de atrás; de lo contrario, a mi marido Arzen le dará un ataque. Yo soy Danizet Keshavarzian. Sé que es bastante largo. Podéis llamarme Dani.

La siguieron en silencio a través del bosque. Eliana observó a Dani con un nuevo interés mientras la mujer se movía de un lado a otro del grupo, tomando nota de sus heridas, de sus provisiones y del estado de sus ropas y botas.

Cuando llegó hasta Eliana y Remy, Dani chasqueó la lengua al verlos.

—Pobrecillos. No me había dado cuenta de que eras tan pequeño. —Se quitó el abrigo, que estaba empapado, y se lo colocó a Remy en los hombros—. Lo sé, está chorreando, pero no puedo quedarme de brazos cruzados viéndote tiritar. No te preocupes. Tenemos la chimenea encendida, y Evon ha cocinado estofado. Entraréis en calor rápidamente.

Entonces Dani miró a Eliana, con los ojos brillantes y astutos.

—Tú eres la especial, ¿no? La chica que está destinada a salvarnos a todos.

Ante esas palabras, pronunciadas con tanta franqueza, algo puro y frágil se quebró junto a las costillas de Eliana. Las lágrimas acudieron a sus ojos y los desbordaron antes de que pudiera hacer nada para detenerlas. Se dio cuenta, aturdida, de que habían llegado a la mansión. Tenía una extensa terraza de piedra, resbaladiza por la lluvia y rodeada de helechos de un verde vivo.

Alguien la condujo al interior, donde había calidez, luz y el aroma distante de la comida cocinándose.

Alguien la había apartado de Remy. Lo buscó a ciegas, pero unas manos firmes y fuertes la condujeron a una tranquila habitación, también caliente pero más silenciosa, menos luminosa. Vio que allí también estaba Jessamyn, y Catilla y Oraia, a las que una mujer de rostro amable, rizos pelirrojos y vientre abultado estaba ayudando a quitarse la ropa mojada.

—Esa es Ester —le dijo Dani, señalando a la pelirroja—. Ha sido mi amiga desde hace tanto tiempo que es como si fuera mi hermana. Tiene una hija que está fuera, ayudando a los refugiados de las Vespertinas, y otra de camino, que Dios la bendiga.

—Tú siempre tan alegre —dijo Ester con voz amarga.

—Bueno, ya está. —Dani suavizó la voz, quizá notando que Eliana había comenzado a temblar—. No pasa nada, cielo. Tu hermano está con ese joven tan guapo... ¿Cómo se llama?

—¿Harkan? —sugirió Eliana, secándose la lluvia y las lágrimas de la cara. Tenía las manos negras de barro.

—Sí, ese. Estáis bien, y a salvo. Ahora todos estáis a salvo, al menos durante un tiempo.

Eliana asintió y siguió las instrucciones de Dani.

—Quítate las botas, se las llevará una chica. Deja la ropa en el suelo. No pasa nada, alguien se ocupará de ella más tarde. Envuélvete en esta manta, ya está. Tendréis que bañaros de una en una, me temo. Estamos completos en este momento. ¿Quién quiere ser la primera?

—Yo me bañaré la última —susurró Eliana, sujetándose la rasposa manta de lana alrededor del cuerpo. Si conseguía mantenerla en su sitio, quizá conseguiría mantenerse en pie ella también, contener las lágrimas que seguían cayendo—. Mientras, ¿hay algún sitio donde pueda esperar a solas?

Dani la acompañó a una pequeña sala de estar con paneles de madera en las paredes. Había una suave alfombra roja en el suelo, y el fuego crepitaba en una diminuta chimenea. Qué maravilloso, que aquella casa fuera tan acogedora, que hubiera tantos fuegos y que ninguno de ellos lo hubiera provocado ella, ni el enemigo.

—Ahora siéntate aquí, en esta butaca, cielo —le dijo Dani—. Descansa los ojos, yo vendré a buscarte cuando te toque bañarte.

Pero, cuando Dani intentó marcharse, Eliana le agarró la mano. Le ardían las mejillas por la vergüenza, y se moría de ganas de que la cuidaran.

Cerró los ojos con fuerza; sin embargo, ese fue un error terrible, porque el rostro de Rozen apareció allí, retorcido por el dolor. «Termina con esto».

—Por favor, no te marches —gimió, y después, cuando Dani murmuró unas palabras suaves y compasivas y se sentó a su lado, el estricto control de Eliana se quebró. Esperando que la lluvia amortiguara el sonido de su dolor, se escondió en los brazos abiertos de la mujer y lloró.

Eliana se bañó y permitió que Dani la ayudara a quitarse los enredos del cabello antes de hacerse una pulcra trenza. Una vez limpia, apenas se reconoció. Dani la condujo abajo, donde se sentó en un extremo de la larga mesa casi llena de gente. Demasiado cansada para aprenderse sus nombres, Eliana comió en silencio. Milagrosamente, nadie la molestó. Devoró dos cuencos a rebosar de estofado de ternera con verduras y rebañó los restos con un trozo de pan caliente y crujiente.

Cuando terminó, la habitación se había vaciado un poco. Dani y un joven que Eliana supuso que era su hijo charlaban tranquilamente en un extremo de la mesa. Y entonces, cuando la comida que le llenaba el estómago le concedió por fin cierta claridad mental, se dio cuenta de que Simon estaba sentado cerca, reclinado en su silla, con el pie apoyado en un banco. Sostenía un montón de papeles y los leía con el ceño fruncido. Mientras lo observaba, otro joven que se parecía mucho a Dani se acercó a su silla, como si fuera a hacerle una pregunta..., pero una mirada glacial de Simon lo hizo escabullirse.

Ahora comprendía por qué nadie la había molestado mientras comía.

Sonriendo para sí misma, se acercó a Simon. Se alegraba de su cercanía, de su silenciosa vigilancia. Se alegraba de que se hubiera bañado, sí, aunque su cabello y sus mejillas sin afeitar todavía parecían desaliñados. La abrumó el deseo de tocarle la cara.

Se aplastó las manos contra los muslos.

—¿Qué estás leyendo?

Él ordenó el montón de papeles y lo colocó en la mesa frente a Eliana.

La joven pasó unos minutos leyéndolos y, con cada página, su corazón se hundía un poco más en su pecho.

—Astavar es ahora una zona ocupada por el imperio —le dijo. Le parecía necesario obligarse a decir las palabras en voz alta—. Los reyes Eri y Tavik han muerto, y también lady Ama. No se sabe nada de Malik, de Navi o de Hob. Se estima que durante la invasión se han producido tres mil bajas astavaris.

Le devolvió los documentos a Simon.

—No debería haberme comido ese segundo cuenco de estofado.

—Astavar habría caído al final, estuvieras tú allí o no. —Guardó los papeles en un hato de cuero y lo anudó—. No te martirices con ello, Eliana. Ya hay suficientes cosas con las que torturarse; no es necesario que añadas una más a la lista. —Entonces la miró, y Eliana no creía estar imaginando la amabilidad de su expresión—. ¿Estás cansada?

Ella se rio.

—¿Tú no?

—¿Yo? Nunca. —Se levantó y le ofreció una mano—. ¿Te ha enseñado Dani tu dormitorio?

Eliana aceptó su mano con cautela y un repentino enjambre de nervios aleteo en su garganta.

—Todavía no. ¿Tengo mi propia habitación?

—No se lo digas a Jessamyn. Ella tiene que compartirla con Catilla, que al parecer ronca un montón.

Comenzaron a subir una escalera que no era ni de lejos tan magnífica como la que daba acceso desde la parte delantera de la casa. Era estrecha y de peldaños altos, débilmente iluminada por diminutas lámparas de gas en apliques de latón. Eliana tenía la sensación de que Simon y ella, juntos, no cabían en un espacio tan pequeño. Respiraba superficialmente, tan consciente de la cercanía del cuerpo de Simon que pensó que iba a generarse espontáneamente una tormenta entre ellos.

Cerró los puños, dirigiendo la crispada energía que consiguió reunir a sus forjas: «Guardad silencio, pequeños monstruos».

Llegaron a la tercera planta y Simon la condujo por un tranquilo pasillo en el que había una gruesa alfombra con borlas. Había pinturas al óleo colgadas en las paredes que representaban escenas imperiales: distintos generales de ojos negros vestidos de uniforme; el emblema del emperador flotando en un campo de estrellas; lo que Eliana suponía que era el asedio de Festival, cuando Meridian cayó y sus gobernantes fueron ejecutados.

Los adornos de una familia leal al imperio.

—¿Estás seguro de que podemos confiar en ellos? —le preguntó Eliana en voz baja.

—Eso dice el Profeta —respondió Simon—, así que yo confiaré en ellos hasta que me digan lo contrario.

Como siempre, la inusual mención del Profeta despertó la curiosidad de Eliana, pero estaba demasiado cansada para hacerle la pregunta. Llegaron a la puerta al final del pasillo.

Simon la abrió y se apartó para dejarla pasar. Era una habitación pequeña pero acogedora, con el techo bajo abuhardillado y una cama en un rincón, lejos de las ventanas. En la esquina, un brasero brillaba suavemente, y el montón de mantas a los pies de la cama la llamaba como los brazos de un amante.

Soltó aire, sonriendo un poco.

—Me siento como si hubieran pasado años desde la última vez que dormí en una cama de verdad. —Entonces miró de nuevo a Simon, que esperaba junto a la puerta. Verlo allí, examinando su dormitorio con el ceño ligeramente fruncido, como si inspeccionara su contenido y le pareciera insuficiente, era tierno de un modo que la asustaba.

—¿Tú también tienes tu propia habitación? —le preguntó, solo por hablar por encima del sonido de su acelerado corazón. Pero era una pregunta horrible que solo hizo que sus latidos fueran aún más deprisa. Intentó mostrar una sonrisa tímida, pero le salió mal—. Por si empiezo a sentirme sola.

Simon la miró. La sonrisa que le dedicó le resultó forzada y pequeña.

—La tengo. Al otro lado del pasillo.

Eliana deseaba darle la espalda, pero se sentía físicamente incapaz de hacerlo.

—¿Y Remy y Harkan?

—Segunda planta.

—¿Patrik? ¿Jessamyn?

—Primera planta, segunda planta.

—¿Tenemos toda la planta para nosotros, entonces?

Simon levantó una ceja.

—Hay cinco habitaciones entre nosotros. Algunas son de nuestro grupo, y otras de quienes ya estaban aquí cuando llegamos.

—Sí, por supuesto. —Intentó mantener la compostura, lo que en el pasado le había resultado fácil de hacer—. Vale. Buenas noches, entonces.

—Antes de irme —dijo Simon antes de que ella pudiera cerrar la puerta—, tengo que decirte una cosa: sé que necesitas descansar, y yo también, pero debemos empezar a trabajar mañana mismo. No podemos demorarlo.

«A trabajar». Así que allí estaba, aquello de lo que no habían hablado durante las semanas que habían pasado viajando, desde el momento en Karlaine en el que el hilo apareció en las yemas de los dedos de Simon. Eliana había estado dándole vueltas en su mente, y ahora, parecía, tenían que afrontarlo.

—Quieres decir que yo debo seguir practicando con mis forjas —le dijo—. Y que tú debes practicar con tus hilos. Quieres enviarme al pasado, hasta la antigua Celdaria. Quieres que me enfrente a mi madre.

—Puede que un enfrentamiento no sea necesario —le contestó Simon—. Y esa será una de las cosas de las que hablaremos mientras trabajamos. ¿Cómo te acercarás a ella? ¿Qué harás y qué dirás? ¿Cuál será nuestro objetivo cuando viajemos hasta esa época?

—Evitar que este futuro suceda —contestó Eliana de inmediato, decidida a evitar que el terror que le provocaba la idea se mostrara en su rostro—. Cambiar algo que ocurrió en el pasado y, al hacerlo, evitar la victoria del imperio.

El silencio cayó sobre ellos, salpicado por el suave retumbo del trueno de la tormenta que se acercaba en el exterior. Simon escudriñó su rostro durante un largo y tenso instante. Una vez más, como cuando lo vio en Karlaine iluminado por el resplandor del tenue hilo, sintió el deseo de tocarle la cara.

Esta vez, lo hizo.

Él se giró contra su palma de inmediato, con los ojos cerrados, y posó los labios en sus dedos. En la lengua de Eliana había una sola palabra: «Quédate».

Pero en lugar de eso se apartó de él. Necesitaba descansar, y si le pedía que se quedara, no dormiría. Lo besaría hasta que su miedo a lo que la esperaba disminuyera. Lo besaría durante horas, y después, ¿cómo soportaría mirarlo? Mirarlo ya la hacía sentirse como si el mundo se moviera bajo sus pies.

—¿Dónde nos vemos? —le preguntó—. Por la mañana.

—Por la tarde —contestó él, sin mirarla a los ojos—. Ya es tarde. Necesitamos dormir toda la noche. Después de comer, iré a buscarte. Le preguntaré a Dani dónde podemos trabajar, algún lugar seguro y privado en los jardines.

Simon dudó, haciendo una mueca. Después, la miró de nuevo y le dijo en voz baja:

—Buenas noches, Eliana.

Y la dejó en la puerta, observándolo mientras se alejaba. Cuando él llegó a su dormitorio, Eliana cerró la puerta y se apoyó en ella hasta que recuperó el aliento. Después se metió en la cama y se acurrucó entre sus montones de mantas, observando la lluvia que bajaba por las ventanas al otro lado de la habitación.

Ahora que la idea de viajar en el tiempo a la antigua Celdaria se había pronunciado en voz alta, tenía la mente llena de preguntas que no quería responder, aunque sabía que tendría que hacerlo, y pronto.

¿Y si Simon la enviaba al pasado y después perdía su magia, porque su recién recuperado poder era nuevo y frágil, y ella se quedaba atrapada en un mundo desconocido?

¿Y si encontraba a su madre y hacía lo que Simon y ella habían acordado que debía hacer y fracasaba? ¿Y si tenía que huir, después de cometer un error fatal, y regresaba a un futuro irreconocible alterado por su tropiezo en el pasado?

¿Y si todo iba como esperaban que fuera, si viajaba a la antigua Celdaria y conocía a su madre y el imperio nunca triunfaba? Entonces, si la Reina de la Sangre nunca caía, si el mundo no terminaba casi destruido… ¿Qué? ¿Qué pasaría con la Eliana del presente? ¿Con el Simon del presente? ¿Y con Remy, con Harkan, con Patrik y Jessamyn y con todos a los que alguna vez había conocido y amado?

¿Dejarían de existir? ¿Dejaría de hacerlo ella?

El sueño tardó en llegar y, cuando lo hizo, trajo consigo una inquietud que, afortunadamente, no recordó al despertar.

35
RIELLE

*«Siente el viento a través de los árboles,
escucha la costa devorada por el oleaje,
mira el sol que se desliza por el cielo,
observa las sombras tejiendo su encaje.
¡Escucha! El viejo mundo te habla.
¡Espera! La magia antigua te habita.
¡Respira, y no tengas miedo!».*

Oración al Viejo Mundo, plegaria tradicional

Con la daga de la princesa Kamayin contra la garganta, Rielle comenzó a reírse.

—Te he dicho que no hagas ruido —siseó Kamayin.

—¿Qué esperas conseguir, alteza? —le preguntó Rielle—. Si quisiera, podría convertirte en cenizas.

—No antes de que yo te corte la garganta. Ni siquiera tú puedes hacer magia mientras te desangras en el suelo.

Fue entonces cuando Rielle se percató de que Kamayin tenía la voz temblorosa por las lágrimas. Rápidamente, se tragó sus instintos furiosos («Mata a esta chica, quémala, castígala por atreverse a amenazarte») y alejó el enfado de su voz.

—¿Por qué haces esto? —Esperó, escuchando la respiración superficial y rápida de Kamayin—. Alguien te obliga a hacerlo. ¿Por qué?

Durante un largo momento, solo hubo silencio y un retumbo distante: la llegada de una tormenta.

Entonces, a Kamayin empezó a temblarle la daga.

—Lo tienen, lady Rielle —susurró la princesa al final—. Tienen a mi Zuka, y me han dicho que, si te mato, no lo matarán a él.

—Te aseguro que matándome, o intentándolo, no conseguirás nada bueno. Mi reino le declarará la guerra al tuyo, y también Borsvall y posiblemente otros, y entonces, lo que le haya pasado a tu amigo será el menor de tus muchos problemas.

Después de una tensa pausa, Kamayin susurró:

—Si te suelto, ¿me matarás?

—La idea se me ha pasado por la mente —admitió Rielle—, como ocurre siempre que alguien me ataca en mi dormitorio en mitad de la noche a punta de cuchillo. Pero no, no voy a matarte. Si lo hiciera, tu reino le declararía la guerra al mío, y ya tengo bastantes cosas por las que preocuparme en este momento.

Kamayin se relajó y por fin bajó el cuchillo. Rielle se apartó de ella, frotándose el cuello, y la observó mientras se dejaba caer en un acolchado taburete bajo y enterraba la cara en sus manos. Parecía tener su edad de nuevo: era una niña asustada.

—¿Cómo eludiste a mis guardias? —le preguntó Rielle. «¿Y cómo eludiste a Ludivine?», pensó.

—Hay un pasadizo secreto que conduce a esta habitación —murmuró Kamayin—. Detrás del espejo de la pared.

Rielle inspeccionó el enorme espejo en cuestión. Lo apartó con cuidado de la pared y descubrió que, efectivamente, ocultaba una estrecha puerta y un oscuro pasadizo de piedra. Al oír los suaves sollozos de Kamayin, se giró.

La chica estaba encorvada en el taburete, con una mueca por el esfuerzo de contener las lágrimas. A su espalda, los amplios ventanales cuadrados revelaban que una tormenta se acercaba por el mar de Silarra. Los relámpagos danzaban sobre las olas y caían con una ferocidad y frecuencia alarmante. Un retumbo grave hizo temblar el suelo, las paredes, el techo sobre sus cabezas.

Rielle se puso tensa y escuchó. ¿Eran truenos lo que hacía temblar el palacio de las reinas? ¿O era otra cosa? Recordó el informe de Jodoc en las Solterráneas que hablaba de terremotos en Astavar, de ventiscas en el sur de Mazabat. Habían pasado meses desde aquel día, y allí seguían todos. Todavía no se había producido ningún desastre irrevocable.

Caminó hasta las ventanas y abrió una de ellas, permitiendo la entrada de una ráfaga de aire salado que trajo consigo la agria dentellada del rayo y el florecimiento de la lluvia. Una vez más, la embargó la extraña sensación que la había abrumado mientras se acercaba a las costas de Mazabat, la sensación de estar siendo observada. Y ahora, acompañándola, había algo más: un tirón en sus dedos, en el hueco de sus codos, en la nudosa longitud de su columna. ¿La carga eléctrica de la tormenta que se acercaba? Quizá.

Y, sin embargo, las tormentas no la asustaban. Aquella sensación sí lo hacía. Si un ojo desconocido y omnividente estaba vigilándola, también la estaban instando a avanzar unas poderosas manos fantasmas que sentía que estaban conectadas: el ojo y las manos pertenecían al mismo inexorable cuerpo.

La instaban a seguir adelante. Pero ¿hacia dónde?

Le dio la espalda a la tormenta; sentía en las sienes los latidos de su corazón.

—¿Quién tiene a tu amigo, Kamayin?

—El Obex. —La princesa la miró. Las lágrimas brillaban en sus grandes ojos castaños—. Te odian, lady Rielle. No van a permitir que te lleves el cayado de santo Tokazi. Creen que eres la Reina de la Sangre y que hay que impedir que reúnas las forjas de los santos.

—Y secuestraron a tu amigo para presionarte y que me mataras.

Kamayin intentó recuperar la compostura.

—Sí. Se llama Zuka. Es un acólito del Fortín, y mi mejor amigo.

—Y si me matas, lo liberarán.

—Sé que suena absurdo.

—Así es. —Miró los brazaletes que rodeaban las muñecas de Kamayin—. Eres una curteaguas, ¿no? ¿Por qué no has usado tus forjas? Podrías haberme ahogado mientras dormía.

Kamayin dudó, y en su silencio, Rielle encontró la respuesta.

—Porque no quieres matarme. Nunca has matado a nadie.

Kamayin asintió con tristeza.

—Mis madres se han asegurado de que aprenda a luchar, pero nunca he pasado de romperle la nariz a mi entrenador.

—Y si hubieras conseguido matarme, ¿qué habría pasado? La Puerta caería, pues no quedaría nadie vivo capaz de repararla, y todos los del Obex morirían igualmente. —Rielle agitó una mano y se giró hacia las sombras—. No matarán a tu amigo, Kamayin. Me están poniendo a prueba, y te han usado a ti para hacerlo. Esperaban que te atacara para defenderme, quizá incluso que te matara, y entonces habrían demostrado que soy exactamente lo que ellos creen que soy. Estaban dispuestos a perder a su princesa para exponerme.

Con una luz furiosa destellando en sus ojos oscuros, Kamayin se irguió... Pero entonces, con un estallido, algo enorme golpeó el palacio, lanzando al suelo tanto a la niña como a Rielle. Todas las ventanas de la habitación se rompieron, escupiendo fragmentos de cristal. A través de los marcos vacíos, aulló un viento furioso, escupiendo fría lluvia. Miles de nubes enturbiaban el cielo, destellando con ira. El mar era un retablo de espuma y olas negras de seis metros de altura.

Rielle se puso en pie, apenas notando que Kamayin se estaba incorporando a su lado, y el suave zumbido de sus forjas, cobrando vida.

Le tocó el brazo a la princesa.

—No malgastes energía luchando contra esta tormenta. Procede de la Puerta. No puedes detenerla.

Otra embestida al palacio hizo que las pinturas cayeran de las paredes. El suelo se inclinó, como si intentara librarse de sus moradores. Kamayin se tambaleó y se sujetó al poste de la cama más cercano. Rielle buscó sus botas en el suelo y se las calzó.

La puerta del dormitorio se abrió de golpe y Evyline entró, seguida, un instante después, por Tal, poniéndose su manto escarlata de magistrado sobre los hombros. Por último, apareció Ludivine, mirando con desesperación las ventanas rotas.

No la oí. Le envió a Rielle una sensación de absoluto terror. *A Kamayin. Ha conseguido eludirme. Caminó a través de los muros que separan nuestras habitaciones y no oí nada. No noté nada.*

Rielle se acercó a ella, intentando no fijarse en la horrible cicatriz de su brazo.

«¿Fue Corien? Me ha escondido de ti antes».

Ludivine negó con la cabeza. Levantó su mano ennegrecida. A la luz de la tormenta, destellaba como una joya.

Creo que fue esto.

Rielle tomó su mano maltrecha. La piel estaba fruncida, áspera y fría.

—Te juro que la haré desaparecer, Lu. Te arrancaré la cicatriz y la aplastaré bajo la hoja de mi voluntad.

Ludivine apoyó la frente contra la de Rielle.

—No me merezco una amiga como tú.

Evyline se detuvo en seco al ver a Kamayin.

—¿Alteza? Le ruego que me perdone, pero ¿cómo...?

—No hay tiempo. —Tal le ofreció la mano a Rielle—. Hay refugios subterráneos. La guardia real nos escoltará hasta allí.

Rielle soltó a Ludivine para echarle una mirada fulminante.

—No voy a esconderme bajo tierra. Voy a acabar con esto.

—No, no vas a hacerlo. Reservarás tu poder para la tarea que tienes por delante.

—¿Y cómo crees que vamos a encontrar el cayado de santo Tokazi si Quelbani queda sumergida bajo el océano?

—¿Y cómo crees que vas a reparar la Puerta si estás muerta?

Rielle negó con la cabeza.

—Tal, tú no lo comprendes. No voy a morir. Hoy no. No en esta tormenta.

Los relámpagos iluminaban el cielo, proyectando sus poco favorecedoras líneas por el rostro preocupado de Tal.

—¿Cómo puedes saber cuándo o cómo morirás?

—No lo sé. Pero conozco mi poder, y sé qué puede hacer.

Rielle le dio la espalda. Se sentía atraída hacia el balcón por una fuerza a la que no conseguía poner nombre. Con un abrupto chillido, Atheria se posó en él y después entró en el dormitorio, sacudiéndose el agua de las alas.

Rielle sonrió levemente, atravesando el suelo mojado por la lluvia y cubierto de cristal para acercarse. El chavaile la observó con sus ojos negros y una serenidad sobrenatural, llenando el repentinamente gélido aire del vaho de su respiración. Todos los sonidos se atenuaron: el rugido del mar, el penetrante aullido del viento, el temblor y los gemidos del palacio golpeado por la tormenta. Rielle solo oía la reverberante melodía de su propio corazón, ralentizándose para adaptarse al ritmo del de Atheria, y comprendió, cuando acarició el hocico aterciopelado de la bestia divina, que el ojo que había sentido sobre ella, y las manos invisibles que había notado tocándola, y las alas empapadas de Atheria rodeando su espalda con ternura e instándola a acercarse, eran una sola cosa.

Desenfocó la mirada, siguiendo el latido gemelo de sus corazones hasta el tranquilo espacio que solo ellas dos podían ver, y de repente los ojos de Rielle se llenaron de lágrimas, porque Atheria brillaba ante ella tan luminosa y dorada como el sol.

Se miró a sí misma, al principio para protegerse los ojos de la gloria de Atheria y después porque tenía que ver la verdad con sus propios ojos..., y allí estaba, caliente y dorada en su pecho. La luz resplandeciente que era el empirium y que vivía en su sangre y sus huesos (que formaba su sangre y sus huesos) y que estaba diciéndole, a través de la tormenta, a través del gran e inconmovible ojo y de las manos orientadoras, fantasmas, y de la mirada cansada y paciente de Atheria: *Ven. Ven a buscarme.*

Y no se parecía en nada a lo que Corien le cantaba en sus sueños, ni siquiera a los dulces murmullos de Audric en el refugio de su cama.

Aquella voz era fría y pura y miscelánea, como la luz de las estrellas que no ardían para nadie más que para sí mismas. Y Rielle supo que, si la seguía, encontraría la forja de santo Tokazi.

Aquella voz era la del empirium, y estaba intentando ayudarla.

Tal la agarró del brazo y la hizo girarse para mirarlo, haciéndola perder la concentración.

Evyline se movió rápidamente hacia él con expresión feroz.

—Lord Belounnon, suelte a mi señora de inmediato.

Tal desoyó a Evyline y examinó con frenesí el rostro de Rielle.

—Llévame contigo. Vas a ir a alguna parte y no quiero que vayas sola.

Ni siquiera podía enfadarse con él. Le tocó la cara, hizo que se agachara para darle un beso en la frente empapada por la lluvia.

—Tú no puedes elegir mi camino, mi querido Tal.

—Por favor —le pidió con reverencia, acariciándole el cabello con cariño—. Deja que vaya contigo. Te lo ruego. Quiero... —Tragó saliva. En su dorada claridad, Rielle vio la fragilidad de su tutor, su confusión—. Quiero comprender cómo tú eres posible.

A Rielle le dolió por él. Tal nunca comprendería cómo era existir así. Siempre estaría separado del empirium, por mucho que rezara, por diligentemente que estudiara. Lo compadecía profundamente por ello. Los compadecía a todos.

Le agarró las manos.

—Entonces ven.

Evyline se acercó a ella con una abrupta protesta, y Ludivine le envió una súplica urgente y tenue: *No lo lleves contigo. Es una crueldad. Cuanto más vea de tu poder, más ardiente será su desesperación.*

Pero Rielle no les hizo caso. Atheria se arrodilló bajo la lluvia y la joven subió a su grupa y ayudó a Tal a acomodarse a su espalda. El magistrado se agarró a ella, tiritando, y entonces Rielle se acordó del tal Zuka y descubrió que Kamayin estaba observándola, pensativa, desde la cama deshecha.

—Encontraré a tu amigo, alteza —le dijo—. Y lo traeré a casa contigo.

A continuación, condujo a Atheria por la ventana, hacia la tormenta.

⁂

No se parecía a nada que Rielle hubiera visto antes, y eso la maravilló.

Las nubes negras, a kilómetros de altura. Los relámpagos feroces cortando la lluvia y el viento como lanzas de fuego blanco. Las olas rompiendo contra la costa, tragándose las dunas y arrancando árboles del suelo. Incluso Atheria tenía que hacer un esfuerzo para mantenerse en el aire. Rielle estaba tumbada contra su cuello y Tal hizo lo mismo contra su lomo. La tormenta hizo que la tierra se abriera, que los bonitos edificios blancos que estaban más cerca de la costa se derrumbaran.

—¿Y bien? —gritó Tal junto a su oreja. La lluvia era fría, y también el aire, impropio de la estación. No estaban vestidos para aquel clima. Los dedos de Tal le rodearon las muñecas como arañas frías—. ¿No vas a detenerla?

Pero Rielle sabía que no podía. Todavía no. Leyó el pulso de las alas de Atheria y el pulso del corazón de Atheria y el pulso de su propio corazón. El empirium tenía las manos sobre ella, arrastrándola lejos del mar.

—No puedo —gritó en respuesta a través de las sábanas de lluvia—. Es una distracción. Podemos aprovecharla.

—¿El Obex? —le preguntó Tal.

Rielle asintió. La tormenta habría asustado al Obex; lo habría enfurecido, incluso. No la verían llegar.

Rielle esperó hasta que se le despejó la mente y encontró la fría mirada del empirium. La notó planeando sobre ella, a su alrededor, en el fondo de su estómago. Estaba mirando el corazón de la ciudad, donde los edificios blancos, delicadamente diseñados, se balanceaban entre una profusión de árboles de grandes hojas bajo la lluvia.

Hizo que Atheria descendiera hacia la tormenta, siguiendo el camino del terrible y antiguo instinto con el que había nacido.

※

No tardó mucho en encontrarlos.

Se habían refugiado en el Fortín: el más grande de los templos de la ciudad, con grandes tejados abovedados que se mantenían firmes ante las arremetidas de la tormenta. Habían tallado árboles y montañas en cada centímetro de la fachada exterior, y bajo los relámpagos, el viento y la lluvia, las tallas resplandecían y cambiaban como si estuvieran vivas.

Ludivine consiguió enviarle a Rielle jadeantes oleadas de emoción. A través de su conexión, que parecía más frágil y raída que nunca, Rielle tuvo la sensación de estar ahogándose.

«Lu, descansa, por favor», le envió en respuesta, con amabilidad. «Deja que nos ocupemos nosotros».

Lo siento, le contestó Ludivine, y su dolor, su enfado y su impotencia casi abrumaron a Rielle. *Decidieron refugiarse en el Fortín porque es el mayor de los templos, el que con mayor seguridad resistirá a la tormenta. Tienen al chico, Zuka. Están furiosos y asustados. Se han atrincherado...*

Pero entonces Ludivine gritó de dolor y se quedó en silencio.

Rielle se estremeció y Tal le gritó una pregunta, pero no consiguió encontrar la voz para responderle. En lugar de eso, hizo que Atheria descendiera hacia las cúpulas. Su visión era de un rojo abrasador, frenético, y con un pensamiento rápido y una puñalada de ira, abrió un gran agujero en la fachada occidental de una de las plantas superiores, a través de la que se lanzó Atheria.

En el interior, aquellos que se habían refugiado en el Fortín se alejaron del muro derrumbado, gritando y chillando. Un acólito con túnica y dos personas más estaban en el suelo, sangrando tras ser golpeados por la piedra que había salido despedida.

Tal le apretó a Rielle la cintura.

—Dime qué está pasando. Dime que sabes lo que estás haciendo.

Ella apenas lo oyó. Examinó los techos altísimos, las columnas rodeadas por enredaderas de piedra, los pulidos suelos de madera ahora cubiertos de polvo y lluvia. Escuchó las vibraciones del aire en aquel templo, los susurros y pasos de todos los del interior, las vibrantes y palpitantes entrañas del imperio que se movían en cada hoja, en cada oscura cámara.

Tal le tocó el interior de la muñeca.

—Estás brillando —le dijo, pero su voz llegó hasta ella apagada e indefinida, y... «Allí».

El Obex estaba bajo ellos, atrincherado en las aulas de la cuarta planta.

Rielle pensó para Atheria: «Vamos», y ella obedeció, se lanzó sobre la barandilla más cercana y bajó hasta un patio circular rodeado de vegetación. Cuando aterrizaron en la cuarta planta, sobre un suelo de piedra oscura que tenía pintadas hojas doradas, Rielle desmontó y se dirigió a zancadas a las puertas de madera más cercanas. Indicaban la entrada a la academia del templo, y el empirium le dijo (erizándole la piel con diminutas y candentes agujas de información) que habían bloqueado las puertas con enormes planchas de madera y montones de escritorios y sillas.

Qué desfachatez la del Obex. Qué idiotez y qué arrogancia, la de pensar que aquellos obstáculos podrían detenerla. La ira restalló en su cuerpo como un látigo. La lanzó contra las puertas y estas se abrieron, arrancadas de los goznes. Las barricadas salieron volando: sillas disparadas, tablones de madera reducidos a astillas.

En el extremo opuesto del aula estaba acurrucado el Obex: eran trece personas en total, hombres y mujeres de pieles claras y oscuras, y todos la miraban boquiabiertos, como si les sorprendiera que los hubiera encontrado, que hubiera destruido su patética defensa. Uno de ellos le dio un empujón a un chaval pálido de ojos enormes: Zuka, el amigo de la princesa. Una oferta, quizá, o una súplica de piedad.

—Corre —le dijo Rielle al chico—. Y no mires atrás.

El muchacho obedeció, escurriéndose en el suelo pulido, y cuando se marchó, un destello captó la atención de Rielle. Se giró y vio a una mujer delgada de piel oscura tejiendo frenéticamente varios hilos en un círculo de luz: la mascota del Obex, su marcada a sueldo, sin duda intentando proporcionarles una vía de escape.

Rielle se rio. Con un movimiento de su muñeca, le rompió el cuello a la mujer. Esta se desplomó sin hacer un sonido; sus hilos desaparecieron.

A su espalda, Tal gritó su nombre, pero Rielle solo tenía ojos para aquellos que estúpidamente habían creído que podían derrotarla. Se apresuró hacia ellos, tirando sus cuchillos y flechas del aire. Atrapó la luz y el viento y las sombras que le lanzaban sus forjas, lo reunió todo en sus palmas en forma de energía pura y cegadora y se lo devolvió. Su poder les cortó el cuello, los lanzó contra la pared, se zambulló en el interior de sus bocas aullantes y los hizo arder desde el interior.

Y, cuando terminó, cuando llegó por fin al extremo opuesto de la habitación donde sus cadáveres humeaban, quemados y desangrados, encontró en el suelo un largo cayado de madera en el que estaban grabados los símbolos de los siete templos. Lo tomó y se irguió. Admiró su artesanía, la facilidad con la que podía blandirlo, lo bien que encajaba en sus manos.

Y entonces se produjo un parpadeo en el mundo que la rodeaba... Un cambio que conocía bien y que hizo que su corazón latiera con anticipación.

Esa vez, cuando Corien apareció, estaba de rodillas ante ella. Su capa oscura se encharcaba sobre un brillante suelo negro. A su espalda había ventanas, un paisaje de montañas y de hielo.

Sus ojos claros brillaban como lunas.

—Mi querida niña —susurró—, eres una visión en rojo.

Y entonces Rielle se miró y vio que, una vez más, como en Polestal, sus manos, sus botas y su falda estaban empapadas en sangre.

La imagen fue lo bastante sorprendente para hacerla volver en sí. Parpadeó y se apartó de Corien, tambaleándose, y entonces él desapareció, y en su lugar Rielle vio la destrucción del aula. La sangre que pintaba las paredes. Las humeantes marcas calcinadas allí donde su fuego había quemado el suelo.

Incluso sin que yo te inste a ello, esto es lo que eres. La voz de Corien sonó lejana y amable. *De esto es de lo que eres capaz, y yo lo acepto.*

Después se marchó de verdad, y sin el consolador peso de su mente, Rielle se sintió perdida.

La habitación estaba en silencio, lejos del caos de la tormenta al otro lado de sus muros. Rielle se giró para mirar a Tal, que estaba pálido. Levantó la barbilla y lo observó con arrogancia, porque había algo nuevo en esa tranquila mirada suya... Algo nuevo y temeroso.

—Tengo la forja —anunció, para recordarle que había hecho lo que se suponía que debía hacer, que matar a aquella gente no había tenido nada de malo. Habían secuestrado a un chico; la habían amenazado de muerte, y también a Kamayin. Le habrían ocultado el cayado y, al hacerlo, habrían condenado al mundo.

Pero, cuando su furia se desvaneció, regresó su maldita humanidad. Tenía el sabor agrio de la sangre en la boca, y la vergüenza ardió en su estómago.

Se acercó a Atheria y se apoyó en ella un largo momento, inhalando el aroma de la tormenta en sus alas.

—Todas las grandes obras tienen un comienzo —susurró, repitiendo las palabras de Corien, pero la bestia divina se mantuvo inmóvil, y esa quietud no la consoló. Un momento después, la atracción del empirium abandonó las extremidades de Rielle. Volvía a ser pequeña y anodina; volvía a ser humana.

—¿Por qué me dirige a este lugar y me pide que haga las cosas que he hecho —comenzó, con voz grave y ronca— para después dejarme sola, avergonzada y confusa?

Tal se detuvo a su lado.

—¿El empirium?

—Sí. Me ha hablado. Lo he oído. Me dijo...

Pero entonces se quedó en silencio, porque en la nueva y horrible quietud de aquella habitación, empezaba a dudar de sí misma. ¿Había oído de verdad al empirium? ¿O había sido su instinto asesino, impulsándola? O Corien, empujándola a hacer todo aquello, a matar a aquella gente, a tomar el cayado porque había perdido la paciencia, como le había confesado. ¿Había disfrazado sus pensamientos para hacerlos pasar por los del empirium?

Rielle se tocó la sien, que había empezado a dolerle.

«Lu, ¿estás ahí?».

Ludivine le envió una emoción tenue, muda, tan amable y comprensiva que los ojos de Rielle se llenaron de lágrimas.

Le dio la espalda a Tal y subió a lomos de Atheria.

—Les diremos que el Obex nos amenazó —dijo sin emoción cuando Tal montó a su espalda—. Les diremos que amenazaron a Zuka y a Kamayin. Fue en defensa propia. No es mentira.

—No —dijo Tal después de un momento—. No es mentira.

El magistrado le colocó una mano amable en la muñeca, pero eso solo la hizo sentirse peor, porque tenía los brazos cubiertos de sangre y él, no obstante, la tocó como si fuera algo sagrado, algo digno de ser venerado.

Y todavía tenía que lidiar con la tormenta de la Puerta.

—Agárrate fuerte —le dijo, cansada, e hizo que Atheria regresara a la noche.

Dos días después, mientras Rielle y Ludivine descansaban en silencio junto a las ventanas de los aposentos de la primera, observando a los agitatierras y a los cantavientos que estaban limpiando los escombros de la soleada playa, llegó una carta de Audric.

Rielle abrió la nota con alegría en el corazón, y se sintió aliviada al ver su meticulosa caligrafía.

Ludivine levantó la vista desde su almohada, frunciendo el ceño. Tenía los labios descoloridos y agrietados. La cicatriz del flagelo había comenzado a extenderse por su mandíbula.

—Es extraño que no te haya enviado un mensaje a través de mí —le indicó.

—Lo intentó, pero no consiguió comunicarse contigo —le dijo Rielle, leyendo sus palabras por encima, y entonces se le hizo un nudo en el estómago y tuvo que leer una frase en concreto varias veces antes de que su mente se la creyera.

—¿Qué pasa? —le preguntó Ludivine, intentando sentarse.

Rielle la miró. Las implicaciones de lo que acababa de leer estaban recayendo, como ladrillos, sobre sus hombros.

—La reina Genoveve se está muriendo —susurró.

36
ELIANA

«Y por esto declaro, tras llegar a un acuerdo con el resto de los santos y con la autoridad de los gobiernos que hemos establecido para llevar el orden a nuestro valiente nuevo mundo, que cualquier marcado que haya sobrevivido (entendiendo por tal a la prole entre humanos y ángeles) sea ahora considerado un enemigo del estado y, por la naturaleza traicionera de su sangre, condenado a una muerte rápida e inmediata, y que cualquiera que conozca el paradero e identidad de un marcado debe entregar esta información con presteza o de lo contrario sufrir el mismo destino que estas peligrosas criaturas en cuya magia contaminada no podemos confiar y que, por tanto, debemos extinguir».

Decreto internacional establecido por
la reina Katell de Celdaria, la Magnífica,
el 17 de febrero del año 6 de la Segunda Era

—Es como una telaraña —susurró Remy, acercándose—. Eso fue lo que Simon me contó.

Se sentó junto a Eliana en un banco bajo de piedra en los jardines de Sauce, debajo de uno de los árboles cuyo nombre recibía la hacienda. Había un pequeño riachuelo cerca. Los jardines estaban llenos de ellos, pequeños arroyos que mantenían el follaje lozano y las flores vibrantes. Las altas hierbas del humedal temblaban con la brisa de la tarde, y los grupos de perfumadas flores silvestres se balanceaban alegremente junto a los caminos de tierra que serpenteaban entre los árboles.

Habrían estado solos de no ser por Simon, que estaba de espaldas al otro lado de un pulcro claro de tréboles y de pequeñas florecillas blancas. Tenía los hombros tensos, los puños apretados en los costados.

Después de dos días trabajando con él, practicando pequeños ejercicios con sus forjas y observándolo mientras intentaba crear un hilo, Eliana todavía era apenas capaz de mirarlo. La vergüenza e incomodidad de Simon eran palpables. Su inquieta presencia la ponía nerviosa. Le había preguntado si prefería tener cierta privacidad, pero él había insistido en que era importante que ella estuviera cerca, como lo había estado cuando su magia resurgió.

Así que allí estaba, sentada en un banco e intentando desesperadamente no correr para alejarse de él o para acercarse y obligarlo a mirarla. Le diría que no se sintiera avergonzado, que a ella sus hilos le parecían preciosos. Le acariciaría la cara y lo abrazaría hasta que relajara los hombros.

Pero en lugar de eso se mantuvo inmóvil.

—¿Una telaraña? —le preguntó.

Remy asintió.

—Anoche le hice un montón de preguntas, antes de irme a la cama. Casi cincuenta preguntas, seguramente. Hablamos mucho rato.

—Estoy segura de que disfrutó de ello —dijo Eliana, conteniendo una sonrisa.

—Al principio no, pero después sí. —Remy se abrazó las rodillas—. Le encanta hablar de viajar. De la persona que era antes.

Allí estaba de nuevo, ese horrible dolor en el pecho de Eliana. «De la persona que era antes». Dudaba que alguna vez consiguiera no sentirse culpable sabiendo que, de no ser por ella, él no se habría visto empujado a aquella vida extraña sin arraigo. Pero ¿qué habría pasado entonces? Ambos habrían estado en la antigua Celdaria cuando su madre cayó, y casi con toda seguridad habrían sido eliminados, junto con tantos otros.

¿Era aquel, entonces, el futuro más benévolo posible? ¿Una vida de guerra y de esclavitud ante un Profeta sin rostro?

—Cuéntame a qué te refieres —le pidió Eliana con cierta dificultad—. Con eso de la telaraña.

—Simon me dijo que debajo de la superficie del mundo, del mundo que podemos ver, hay otro mundo —le contó Remy.

—El reino del empirium —dijo Eliana, asintiendo.

—Sí, y solo los marcados pueden sentirlo, de un modo que para los demás es imposible. Ni siquiera tú puedes, Eli, porque no tienes sangre de ángel. Los marcados pueden notar los miles y miles de millones de hilos que conectan cada persona y lugar y momento. Está todo conectado. Cada persona está conectada con cada momento. Cada lugar está conectado con cualquier otro lugar. Y los marcados son los únicos que pueden moverse a través de todos ellos. —Remy soltó el aire, brincando un poco en el sitio—. Pensar en esto me hace sentir mareado.

Eliana recordó lo que Simon había dicho durante la primera hora que habían pasado en el jardín el día anterior.

—Para llegar a donde quieres ir —añadió—, o al momento al que quieres ir, solo tienes que encontrar el hilo correcto y seguirlo.

—Fácil, ¿verdad? —Remy resopló y apoyó la barbilla en la mano—. Me alegro de no tener que hacerlo.

Ella sonrió un poco, mirando a Simon. No se había movido, excepto los brazos. Los había extendido ante él, relajados y cómodos, como un artista, solo que en lugar de esculpir una figura de arcilla, estaba extrayendo luz de la nada: una luz alargada y finísima, lo suficientemente brillante para iluminar todo el sombrío claro.

Eliana contuvo el aliento mientras lo veía extraer uno, dos y después tres hilos cerca de su pecho. Los acunó allí, como si recogiera la luz en la cavidad de su torso. Pero entonces los hilos titilaron; brillaron, se atenuaron y desaparecieron.

El claro volvió a sumirse en la penumbra.

Simon escupió una maldición, tensando el cuerpo de nuevo. Se pasó ambas manos por el cabello y caminó hasta el límite del claro.

Eliana se armó de valor, se levantó y se acercó a él. Simon se giró cuando lo hizo; su rostro era una furiosa tormenta de sufrimiento.

—No consigo sostenerlos durante más de unos segundos —le dijo.

—Lo sé —contestó Eliana—. Lo he visto.

—Ni siquiera he intentado encontrar un hilo en el tiempo. Solo he probado hilos pequeños, unos que nos llevarían de vuelta a la casa si los siguiéramos. Pero ni siquiera consigo dominar esos. —Apartó la mirada, apretando la mandíbula—. Antes, esto era fácil. Era como respirar. Y ahora es como si me abriera camino a través de un pantano decidido a ahogarme.

Durante un momento, ella observó su perfil: su nariz recta, el fruncido de su piel marcada, el feroz azul de sus ojos bajo la luz gris.

—Bueno —le dijo—, llevas dos días trabajando en ello después de dieciocho años durante los que tu poder se ha mantenido dormido. No sé por qué no lo has recuperado todo de golpe. Dieciocho años no es nada, después de todo.

Una diminuta sonrisa jugó en las comisuras de los labios de Simon.

—Te estás burlando de mí.

Ella sonrió.

—Sí. —Y entonces le tocó la mejilla para que la mirara—. Creo que tus hilos son preciosos. Cada vez que lo haces, me quedo sin aliento.

—Son irregulares —replicó él, en voz más baja ahora—. Mis hilos son frágiles. Apenas se sostienen.

—Para ti, quizá. Para mí, son un milagro.

—Son inútiles si no pueden llevarte a donde necesitas ir.

—Todas las grandes obras tienen un comienzo —dijo, y se estremeció un poco, porque no había pretendido decir esas palabras. Habían emergido como si alguien hubiera buscado en su interior para sacarlas. Se tocó la garganta, frunciendo el ceño.

—Sí, eso es cierto —dijo Simon—, pero, por desgracia, no tenemos tiempo para estar aquí sentados años mientras yo recupero mis habilidades.

Remy se acercó; sus botas hacían un sonido de chapoteo en el barro.

—Sabes lo que debes hacer —anunció, pronunciándolo como si fuera una pregunta.

—Ah, sí —dijo Simon—. Había olvidado que tú eras el experto aquí.

Remy se cruzó de brazos.

—Hablo en serio.

—Lo sé. —Le alborotó el cabello a Remy con una sonrisita y a Eliana le saltó el corazón a la garganta. Tenía que alejarse de ellos, tenía que poner distancia con el cuerpo de Simon.

—La primera vez que creaste un hilo fue cuando Eliana me curó —dijo Remy—. La estabas tocando, y ella estaba usando su poder. Así que... —se encogió de hombros— solo tienes que volver a hacerlo.

Eliana lo miró fijamente.

—No podemos recrear ese momento. Tendrías que morirte de nuevo.

—Bueno, no el momento exacto. Pero has estado haciendo muchos ejercicios pequeños con las forjas: moviendo ramas, inundando riachuelos. Quizá tienes que hacer algo más grande. —Entonces Remy examinó el rostro de Simon—. Quizá deberías intentar curarlo a él.

Eliana apenas consiguió ocultar su sorpresa, aunque la idea tenía cierto sentido. Miró a Simon, permitió que sus ojos vagaran por el paisaje devastado de su rostro, por lo que podía ver de sus brazos.

Simon tenía la misma expresión que si alguien lo hubiera abofeteado.

—No —dijo, apartándose de ella—. No lo permitiré.

—Pero podría funcionar —insistió Remy—. Tienes heridas por todo el cuerpo. Dices que siempre te duele.

Eliana lo miró con el ceño fruncido.

—¿Qué significa eso?

—Da igual —dijo Simon, echándole una mirada fulminante a Remy—. Estoy bien.

Remy puso los ojos en blanco.

—Me lo dijo anoche mismo. Me dijo: «Por favor, por todas las cosas buenas que hay en este mundo, ¿podrías marcharte para que pueda irme a la cama? Porque el cuerpo me está gritando, y pronto seré yo el que te grite a ti». Y entonces le pregunté qué se suponía que significaba eso y me dijo que el dolor siempre lo acompañaba, debido a su entrenamiento con el Profeta. —Remy se detuvo, con expresión arrogante—. Y después me fui a la cama.

Se hizo el silencio entre ellos. Eliana tardó varios segundos en poder mirar de nuevo a Simon. Cuando lo hizo, vio que se había encerrado en sí mismo. Volvía a ser el Lobo: frío y duro, con la mandíbula apretada.

—No hagas eso —le dijo en voz baja—. No finjas conmigo.

Él sonrió con dureza.

—¿No es eso lo que hacemos, Eliana? Fingimos, tú y yo.

—Ya no. Si vas a enviarme al pasado, si vamos a intentar hacer esta locura, vas a tener que mirarme a los ojos y decirme solo la verdad. —Lo miró—. ¿Te duele?

Durante mucho tiempo, Simon no dijo nada. Después, algo cedió en la tensión de su cuerpo.

—Sí —reconoció, incómodo—. Siempre.

—¿Por culpa del Profeta?

—Y de muchos otros.

Al verlo allí, maltrecho y valiente, soportando su dolor en silencio, a Eliana se le hizo un nudo en la garganta.

—¿Me lo contarás, algún día? ¿Me contarás qué te pasó?

Simon tomó su mano y le dio un beso en la palma.

—Espero tener tiempo para ello —dijo contra su piel, y después se apartó de ella y la dejó tambaleándose un poco en su ausencia.

Remy le echó una mirada astuta.

—Entonces voy a dejaros un rato solos. Por si eso ayuda.

Eliana lo miró con una mueca que él le devolvió con entusiasmo. Y después, cuando se marchó, tomó aliento profundamente y se giró para descubrir que Simon estaba observándola, pensativo.

—¿Y bien? —Le señaló la cara—. ¿Puedo intentarlo?

—No sé quién sería sin mis cicatrices —le dijo en voz baja—. Me recuerdan lo que he hecho, y lo que me han hecho a mí.

—¿Y no quieres olvidar al menos esa segunda parte?

Negó con la cabeza.

—No. Eso me motiva. Sin mi dolor, no soy nada.

—No lo creo. Somos más que aquello que nos hicieron. No somos solo nuestra ira. Y creo que tenemos que intentarlo. O podemos sentarnos aquí y ver cómo tus hilos desaparecen una y otra vez mientras esperamos a que el imperio nos encuentre.

Había comenzado a llover, poco más que una ligera llovizna, y la fina cortina plateada pintaba el claro de un extraño tono iridiscente, como si la luz viniera del interior de las gotas y no del cielo encapotado.

Simon asintió con brusquedad.

—Bien.

Se sentaron en el suelo, en una zona de tierra seca debajo de un amplio roble envuelto en un fibroso musgo blanco. Los nervios de Eliana arraigaron en su vientre. Tardó mucho en acomodarse en la hierba y, cuando volvió a levantar la mirada, Simon estaba observándola, con ojos cautos y serios.

Antes de perder la valentía, le puso las manos en la cara y cerró los ojos. Cuando se acostumbró a la insoportable intimidad de aquel gesto (sus rodillas rozándose sobre la hierba, las ásperas mejillas de Simon bajo sus palmas y su respiración moviendo las puntas de su cabello), le dijo en voz baja:

—Abrázame. Como hiciste en Karlaine.

De inmediato, Simon deslizó las manos por sus brazos y la sujetó con suavidad. Como si un círculo roto se hubiera completado, Eliana notó que la calma se asentaba en su interior. Unida a él, concentró su mente y su energía en los durmientes soles gemelos de sus forjas. Comenzaron a vibrar, despertando contra su piel. Notó que se movía, que se deslizaba, como si se escurriera entre dos frías capas del mundo, separadas la una de la otra para crear un espacio para ella en el centro. Relajó la mandíbula y la lengua. Se sentía líquida, templada; vibraba con sus forjas.

—¿Te duele? —susurró.

—Todavía no —dijo él con frialdad.

Eliana sonrió un poco y, cuando abrió los ojos, su visión era una bruma dorada. Los ojos de Simon, de ese azul brillante y ardiente, atravesaron el resplandor para clavarse en ella.

Cada vez que accedía a su poder le era más sencillo zambullirse en el reino del empirium, liberar su mente, expandirla, dirigir su visión para que descascarillara el revestimiento del mundo humano. Qué valioso era, qué sencillo y frágil, el caparazón sobre el que todos caminaban y luchaban y amaban: viento y agua, tierra y llama. Y, bajo todo eso, había un mundo de diamante, un reino fulgurante. Una auténtica vastedad dorada que había existido siempre y que seguiría existiendo siempre, sin importar qué imperios gobernaran el mundo o qué reinas se alzaran y cayeran.

Se estremeció y soltó un suspiro roto. Porque, cuando se deslizó en el interior del rugiente río de su poder, dejando que su corriente la llevaran cada vez más lejos del punto donde su cuerpo estaba sentado en la tierra, comenzó a ver a Simon, a verlo de verdad, como nunca lo había visto antes. Igual que había visto a Remy, y a Patrik y a Jessamyn en la horrible pradera de Karlaine. La luz que portaban, la luz de la que estaban hechos. Eran criaturas del empirium, todos ellos, dentadas y carentes, incompletas allí donde las heridas les habían arrancado algún fragmento.

—Oh, Simon —susurró, porque ahora veía su luz, cómo resplandecía y pululaba. E incluso con mayor claridad, vio el dolor que le habían infligido. Al igual que vio la herida en la pierna de Jessamyn y el brazo roto de Patrik, ahora veía las cicatrices que cartografiaban el cuerpo de Simon como una maraña de sombras recubriendo el sol. Las cicatrices subían y bajaban por sus extremidades, por su abdomen, por su cara y su pecho. Aún más brutal era el encaje cruel de su espalda, donde en el pasado tuvo las alas de marcado. Y aquellas ni siquiera eran las peores cicatrices. Las peores vivían en su mente: latentes y retorcidas, una densa telaraña negra tan oscura que sobrepasaba su comprensión.

Pero las sintió a través del alcance dorado de su poder. Sintió el dolor discordante de cada golpe, el corte de cada hoja, y lo que cada uno de ellos había hecho en su mente cansada.

—¿Qué pasa? —Su voz llegó hasta ella suavemente—. ¿Qué ves?

Eliana negó con la cabeza y se inclinó hacia adelante, acercándose a él. Sus frentes se encontraron.

—Por favor, dime que no te estoy haciendo daño —le pidió. Las lágrimas le obstruían la voz.

—No me haces daño. —Simon deslizó las manos por los brazos de Eliana hasta su nuca—. Te lo diré si lo haces.

—Veo todo lo que te han hecho. Cada latigazo, cada corte y crueldad. Ni siquiera puedo comprender todo lo que veo. Simon —dijo su nombre una y otra vez, como si pronunciarlo pudiera restaurar sus fragmentos perdidos—. Simon, lo siento mucho.

—No llores por mí. —Simon le dio un beso en la mejilla, en la comisura de la boca—. Por favor, no lo hagas.

Pero Eliana lloraría, y le ayudaría. Seguramente no podría hacerlo todo en una sola vez, en aquel jardín; quizá no lo consiguiera nunca. Esas cicatrices en su mente... eran demasiado profundas para que ella las mitigara. Sintió esa verdad. Eran demasiado crueles, estaban ejecutadas con demasiada habilidad. Quizá, si tuviera años para estudiar su poder y practicar... Pero no tenían tanto tiempo.

No obstante, movió las manos por su rostro. Trazó suaves líneas con los dedos, dibujando caminos a través del mar dorado del empirium, y le presionó las palmas en el amplio y sólido plano de su pecho. Encontró una cicatriz retorcida en su esternón, serrada y amplia, más fea que las demás.

Una herida cruel que Rahzavel le había hecho con su espada semanas antes, justo antes de su batalla contra las acechadoras en la bahía de Karajak. En un destello trémulo de oro líquido, vio el sonriente rostro pálido del sicario de Invictus sobre ella. Sintió la hoja atravesando su pecho como había atravesado el de Simon, cortando la piel y el músculo. Oyó el aullido terrible y desigual de Simon, y un segundo grito, el de Rahzavel, burlándose de él.

—No —susurró una y otra vez, pasando los dedos lentamente sobre la cicatriz, de arriba abajo, hasta que se aprendió su trazado. Hasta que le fue tan familiar como los huesos de su propia mano. Entonces la presionó con sus palmas: dos soles gemelos contra una oscura herida. Vertió en él, en la ausencia donde debería haber estado Simon, toda la energía que consiguió invocar, y después, temblando, notó sus manos en su cabello.

—Eliana —dijo, con voz ronca—, abre los ojos. Mira.

Lo hizo, sintiéndose dúctil y leve. Su visión se aclaró solo lo suficiente para ver lo que Simon veía.

Hilos... Una docena de hilos, quizá más. Brillantes y firmes, se cernían sobre las ramas y en el frío y brumoso aire que los rodeaba y en la hierba enredada. De inmediato, Eliana notó su fuerza, su constancia. Cómo anhelaban el poder de Simon, igual que sus forjas anhelaban el de ella.

Simon la soltó despacio y tomó los hilos. Su expresión era sincera y amable, como lo fue en Karlaine, y esta vez Eliana no apartó la mirada. Lo observó hasta que el escozor de sus ojos fue insoportable. Parpadeó, se secó la humedad de la cara con dedos temblorosos.

Y entonces Simon murmuró:

—Ve. A través de ese pasaje, allí.

Había tejido los hilos formando un brillante aro de luz. Delimitaba un cambio en el aire, una decoloración. Tenía uno de los hilos, el más brillante, agarrado en su palma.

—¿Adónde conduce? —le preguntó.

—A la casa. —Su concentración era extraordinaria y portaba peso, como si una red de cables de acero lo uniera a los hilos que destellaban ante él. Tenía la voz suave y grave, teñida por el sueño—. No pasa nada. Es totalmente seguro. Noto su fuerza.

Y entonces la miró, una vez, y ella nunca olvidaría la expresión desguarnecida de su rostro, cómo lo sobrecogía lo que estaba ocurriendo y su absoluta comprensión de que ella era la causa.

—Ve, Eliana —insistió en voz baja—. Yo te sujetaré. Será como adentrarte en el invierno, durante un momento, y después volver a salir.

Se levantó, temblorosa, odiando que fuera necesario alejarse de él, y cuando atravesó el aro de luz cambiante, la realidad de lo que había ocurrido la apresó de verdad. Era su poder el que hacía que aquello fuera posible. Su propia fortaleza, su concentración.

«Tu padre era el Portador de la Luz, y tú eres la luz», le había dicho Simon.

Y allí estaba ella, demostrando que era cierto. Su poder podía destruir, pero también reparar. Podía sanar e iluminar. Podía invocar tormentas, pero también enmendar heridas. Su poder estaba lleno de ira, y aun así era capaz de una extraordinaria ternura, como una dicotomía de luz y de oscuridad existiendo a la vez.

Un inmenso alivio la abrumó cuando emergió a una de las salas de estar de la mansión, donde Harkan estaba sentado con Remy junto al fuego, remendando unas camisas rotas.

Remy se puso en pie de inmediato, sonriendo.

—Te dije que funcionaría —le dijo, y le ofreció una silla junto a Harkan—. ¿Simon viene?

—En un momento, espero —murmuró Eliana, cansada.

Remy se puso en pie de un brinco y corrió al vestíbulo.

Mientras Eliana veía la luz de Simon apagándose sobre la alfombra, negó con la cabeza, riéndose un poco.

—No soy la Reina de la Sangre —susurró. Se echó hacia atrás en su silla y se despojó del remanente del frío de los hilos—. No soy ella.

Harkan soltó su labor.

—Por supuesto que no —le dijo, mostrándole una leve sonrisa—. Yo podría haberte dicho eso.

—Sí, pero creo que por fin empiezo a darme cuenta de verdad. Que yo soy yo misma, y no ella. Tengo poder, sí, pero no siempre debería tenerle miedo.

—Me alegro de ello. De verdad. —Harkan buscó su mano, y dudó.

Ella le agarró la suya.

—No pasa nada. Puedes tocarme.

La sonrisa de Harkan parecía disminuir con cada segundo.

—Me siento como si ya no pudiera hacerlo. Ya no te intereso. Ahora estás distante, y eres poderosa de un modo que no comprendo.

—¿Y qué, si ya no me interesas de ese modo? —Eliana lo observó con firmeza—. ¿Significa eso que ni siquiera podemos ser amigos? ¿Vas a drogarme de nuevo?

Harkan se apartó de ella, con el rostro lleno de vergüenza.

—Lo siento, Eli. Ojalá fuera algo más para ti. Ojalá esto se me diera mejor. Ojalá no...

Su voz cayó en el silencio.

Eliana tragó saliva para deshacerse de un duro nudo de dolor. No estaba preparada para aquella conversación, ni para la terrible y distante tristeza de Harkan. Sabía muy bien cómo era, la sutileza con la que cargaba en su desesperación. Pero entonces la puerta de la casa se abrió y se cerró, y, unos segundos después, Simon irrumpió en la habitación con Remy pisándole los sus talones.

Simon se detuvo al verla y después sonrió, una sonrisa enorme y despreocupada. Era algo que ella nunca había visto en su rostro, una expresión real y sincera de descarada felicidad. Durante un momento, apenas sintió su propio cuerpo. Estaba dichosa, casi mareada, observando la sonrisa de Simon.

—Funcionó —dijo él sin aliento, y después se acercó a ella en dos zancadas y Eliana se levantó para recibirlo. La rodeó con los brazos, fuerte, y ella aplastó la cara contra su camisa, inhaló la lluvia y el sudor de la piel de su cuello. Entre sus brazos, casi se olvidó de sí misma. Casi levantó la cabeza para besarlo.

Pero Remy estaba allí, y también Harkan. Y la puerta estaba abierta, y podría entrar alguien en cualquier momento. Si iba a besarlo, quería que el beso fuera solo para sí misma.

Así que se apartó de él, deteniendo los dedos en sus mangas, y cuando se giró para mirar a Harkan, forzando una expresión un poco más neutral, un poco menos cautivada, este ya se había marchado.

≈≈≈

Esa noche, Eliana no consiguió encontrar ni el sueño ni un poco de calma. Cuando cerró los ojos, vio una abrumadora variedad de imágenes: los recuerdos que contenía la cicatriz de Simon, su tortura a manos de Rahzavel. Los hilos cerniéndose ante las yemas de sus dedos. La telaraña de heridas en su mente.

La sonrisa vacía y valiente de Harkan.

Abrir los ojos no era mejor, porque lo primero que vio fue la puerta, y sabía que más allá de ella estaba el pasillo, y que al final del mismo estaba la puerta de Simon. ¿Estaría durmiendo o también seguiría despierto, con la mente tan frenética como la suya?

Unos minutos después, se sentó y sacó las piernas de la cama. Se levantó y volvió a sentarse. Después se levantó de nuevo y se detuvo, enfadada, ante la ventana, mirando el bosque húmedo.

Sería fácil, pensó con pesar, que él acudiera a ella. Eliana, al parecer, no conseguía reunir el valor.

Justo cuando había decidido volver a meterse en la cama y aliviarse con sus propias caricias, una silueta se manifestó en la esquina de su dormitorio: negra y vaga, apareciendo y desapareciendo.

Eliana se llevó la mano a Arabeth, preparada sobre su mesita de noche.

—¿Zahra?

—Oh, mi reina —dijo el espectro con voz distorsionada, todavía no tan fuerte como había sido antes de su encarcelamiento en la caja flagelo. Bajó al suelo. La insistente presión de su forma cambiante tiró del aire, poniendo a Eliana de rodillas.

Tocó la fría y vacía sombra de la cabeza del espectro, su ondulado cabello oscuro.

—¿Qué pasa? ¿Algo va mal?

Una llamada a la puerta las interrumpió, y cuando Eliana abrió, encontró a Simon al otro lado, con el ceño fruncido. A su espalda, la casa estaba cobrando vida mientras la gente abandonaba sus dormitorios poniéndose las botas y los abrigos.

—¿Qué ha pasado? —le preguntó Eliana.

—Los exploradores de la Corona Roja han llegado con noticias —le contestó Simon—. Las tropas del imperio avanzan desde el norte hacia las regiones al sur del continente. Refuerzos, unos que no esperábamos. Nuestros espías no dijeron nada de esto. Estarán aquí en menos de dos semanas.

A Eliana se le heló la piel.

—Saben que estoy aquí —dijo, viendo la verdad en sus ojos—. Vienen a por mí.

37
RIELLE

«*Llevo semanas instalado en los archivos de Belbrion; cuando me gané la confianza del bibliotecario jefe, Quinlan, conseguí acceder a una biblioteca superior, diferente. A pesar de que he prometido no darte más detalles, puedo contarte que este archivo pertenece a una mujer algo excéntrica, Annick, en cuyo intelecto y carácter confío plenamente. Ella y Quinlan son pareja, y aunque en un principio Annick se mostró reticente a acogerme en su casa, no hemos tardado en hacernos amigos gracias a la fascinación que compartimos por los textos sobre el empirium. Pero, sobre todo, Audric, he de decirte que, durante estas semanas de estudio, he llegado a la conclusión de que, pase lo que pase, hemos de confiar en Rielle. La profecía, todo el asunto de la Reina del Sol y la Reina de la Sangre, es un disparate. Los humanos no son todo bondad o maldad, y reducir a Rielle a tal disyuntiva, hacer que encaje en dos extremos humanamente imposibles, es terriblemente cruel. Nos llevará a la ruina. Debemos permitirle vivir su propia vida*».

Carta del rey Ilmaire Lysleva al príncipe Audric Courverie
con fecha del 9 de mayo del año 999 de la Segunda Era

Rielle había insistido en que regresaran a Âme de la Terre a pie en lugar de volar directamente a Baingarde a lomos de Atheria, pero el plan tenía un problema: concretamente, que ella se había apresurado a volar de vuelta solo con Tal y Ludivine y que, por tanto, había dejado atrás a la Guardia del Sol, que haría el viaje de un modo más convencional.

A aquel se le había unido el de la ciudad en sí.

Al parecer, se había extendido el rumor de su regreso a casa desde Mazabat. La gente había estado esperándola, buscando a Atheria en el horizonte desde sus ventanas, y cuando la bestia divina aterrizó a las afueras de la ciudad, entre la alta y fina hierba de los Llanos, ya había una multitud aguardando en los puentes de los lagos que los rodeaban. Se habían reunido en los caminos que, desde los barrios de la periferia, serpenteaban en dirección norte, hacia Baingarde, erigido en la ladera del monte Cibelline. Sacaban el cuerpo por las ventanas y se agrupaban en las azoteas.

No era la ciudad entera, ni siquiera la mitad, pero sí varios miles de personas.

Y gritaban su nombre. No con el que había nacido, sino los que se le habían adjudicado.

—¡Reina de la Sangre! —chillaban.

—¡Dama de la Muerte!

—¡Azote de Reyes! ¡Azote de Reyes!

Aquel no lo había escuchado nunca, pero la hacía sentirse mareada y nerviosa, como si se hubiera acercado demasiado al borde de un precipicio y se hubiera percatado en el último instante. Era el vértigo de haber evitado el desastre por poco.

Mantuvo la cabeza alta e hizo lo que Audric le había enseñado a hacer durante sus primeros viajes por el reino. Sonrió y saludó; ignoró los abucheos y los chillidos furiosos. Nadie le lanzó nada (ni la persona más enfadada se atrevía a ponerla a prueba), pero agitaban banderas carmesíes. Le mostraban colgantes de soles, cuyas impolutas superficies doradas estaba ahora manchadas de pintura roja. Se agolpaban a su alrededor, agrediéndola con su cercanía. El aire crepitaba como el calor de un fuego hambriento.

—Tenemos que llevarte al palacio —susurró Tal. Portaba el cayado de santo Tokazi amarrado al torso con una correa de cuero, en gran medida oculto bajo su capa—. Monta en Atheria y vete.

Rielle lo miró.

—No me van a amedrentar. No voy a huir de ellos. No pueden hacerme daño.

Ludivine le envió una sensación de urgencia. *Estoy de acuerdo con Tal. Tu presencia es una provocación.*

«Pues los provocaré». La mirada de Rielle se cruzó con la de un hombre que fruncía el ceño, lleno de un odio feroz. Le dedicó una sonrisa deslumbrante. Cuando él escupió a sus pies, su sonrisa se volvió más radiante.

—¿Dónde está mi madre? —gritó alguien cuando Rielle accedió a la ciudad desde el puente.

—¡Tráelos de vuelta!

A los que murieron en la prueba del fuego, le aclaró Ludivine.

«Sí». Rielle cuadró los hombros. «Quiero decirles algo».

No. No es ni el lugar ni el momento adecuado.

«Lo es, si yo así lo digo», sentenció Rielle. Decidió que se detendría en la plaza del mercado, más adelante. Se subiría a los escalones y les hablaría, les diría que había estado estudiando la resurrección, que había estado conduciendo su poder por un camino que algún día le pondría fin a la muerte. No volvería a morir ningún soldado misteriosamente en el frío norte. Ningún ataque imprevisto volvería a acabar con la vida de docenas de ciudadanos.

Se agarró la falda embarrada y se acercó rápidamente a los escalones del mercado. Alguien le escupió; alguien le lanzó, esta vez sí, un puñado de barro que se estrelló contra una de sus botas. Tal le pidió que se detuviera, pero ella no le hizo caso. Cuando la agarró de la muñeca, tiró violentamente para liberarse.

Rielle, así no, le pidió Ludivine, pero sus pensamientos eran débiles.

Todos eran débiles.

Rielle subió los escalones y se dio la vuelta para enfrentarse a la multitud con la cabeza alta.

Pero, antes de que pudiera hablar, un sonido le llegó por la derecha, desde la espalda de Tal. Al girarse, vio a un hombre atravesando el gentío en su dirección con una brillante daga.

No le sorprendía que alguien intentara asesinarla, pero sí de una forma tan estúpida, así que lo miró con frialdad.

Atheria se apresuró a interponerse entre los dos, encabritándose. Sus alas dibujaron inmensas sombras sobre la plaza.

Quienes estaban más cerca del chavaile gritaron, sobresaltados, pero el atacante, con expresión seria y los ojos desorbitados, trató de esquivarlo. Atheria aplanó las orejas y siseó, mostrándole sus largos dientes negros.

—No pasa nada, Atheria —la tranquilizó Rielle—. No puede hacerme daño.

Atheria se aquietó enseguida y el hombre pasó de largo. Tal arremetió contra él para interceptarlo, pero Rielle lo detuvo con un rápido movimiento de muñeca, paralizándolo a mitad de zancada.

Después vio que la daga del hombre se precipitaba en su dirección, bien lanzada. Sofocó una carcajada, en el último momento, pensando que Audric le desaconsejaría reírse cuando había tantos ojos puestos en ella.

En lugar de eso, levantó los dedos y detuvo la hoja en el aire. El arma se disolvió en una infinitud de motas de metal y bronce que flotaron en el viento.

Tras ello, Rielle estiró la palma y obligó al hombre a arrodillarse. En el tenso silencio de la multitud que los observaba, se acercó a él. Lo vio temblar y disfrutó de su terror hasta que al agresor se le escaparon dos lágrimas de los ojos para dibujarle regueros en las mejillas.

—Como Reina del Sol —anunció en voz alta y clara—, soy y seguiré siendo compasiva. Incluso con los homicidas y los traidores que hay entre vosotros.

Con un nudo en la garganta, se agachó para posarle un beso en la frente, asqueada por la mugre y el sudor de su piel. Sin pronunciar más palabras, lo dejó allí, arrodillado en la tierra; le ofreció el brazo a Ludivine y continuó con su camino hacia Baingarde. La muchedumbre se abría paso ante ella, silenciosa. Rielle no permitió que el hombre se levantara hasta que llegó al distrito del templo, donde el sonido de las plegarias le borró de la mente todo rastro de enfado.

Audric estaba reunido en su despacho con la Dama del Tesoro, el Señor de las Letras y otros tres consejeros, que inclinaron la cabeza y se marcharon rápidamente en cuanto Rielle llegó.

Una vez solos, el cansancio inundó a Rielle como el caudal de un río. Audric rodeó el escritorio y se encontraron a medio camino. La abrazó con fuerza y le acarició el pelo, sucio tras el viaje. Ella cerró los ojos y apretó el rostro contra su pecho hasta que la fatiga dejó de ser tan abrumadora.

—Un mes separados es demasiado, mi amor —dijo él, besándole el cabello, las mejillas y, por último, la boca. A continuación, la condujo hasta el sofá que había junto a la ventana, se sentó en un cojín y ella se acomodó en su regazo. La abrazó en silencio, dibujándole círculos entre los omóplatos hasta que Rielle se sintió capaz de hablar.

—Me estaban esperando —susurró contra su cuello, aspirando el aroma de su piel y de su cabello—. Eran miles, en los puentes y en las calles.

—Lo sé —dijo Audric con firmeza. Aunque Ludivine no estaba allí para ayudarla, Rielle percibió que la tranquilidad que emanaba se instalaba en su mente, como si fuera algo material, para mitigar todas sus preocupaciones—. Espero que no estés enfadada porque no haya ido a recibirte.

Ella levantó la mirada en su dirección.

—¿Por qué iba a estarlo?

—Pensé que sería mejor que manejaras la situación por ti misma. —La miró a los ojos con ternura—. Dios, cuánto te he echado de menos.

Rielle le dio un beso, largo y lento; después, adormilada, se desperezó contra él.

—Me odian —le dijo, tras un instante.

—No todos —le contestó Audric.

—Esos pocos ya son demasiados. ¿Por qué me temen? ¿Por qué no me quieren?

—Ya conoces la respuesta.

Ella frunció el ceño.

—Si dejaran a un lado la ira y el miedo hacia aquello que no entienden, verían que no soy ningún peligro. Que no quiero hacerles daño.

—Creo que se percatarán de ello, a su debido tiempo. —Audric hizo una pausa. Cuando volvió a hablar, su tono era grave—. He recibido una carta de la reina Bazati. Me ha contado lo que ha ocurrido con el Obex.

Rielle se detuvo.

—¿Sí?

—Dice que te atacaron, y también al amigo de la princesa Kamayin.

—Es cierto.

—Dice que los mataste. A todos.

—También es cierto —admitió mientras se apartaba de él.

—¿No crees que con desarmarlos habría bastado?

—Merecían ser castigados —le contestó—. No solo por atacarme a mí y a ese chico, Zuka, sino por poner en peligro la vida de todo el mundo al intentar esconderme el cayado.

—Como le preocupaba que aquel razonamiento resultara frío,

añadió—: De todas formas, nos atacaron a mí, a Tal y al niño. Los maté en defensa propia.

Audric asintió, pensativo.

—Sí, eso pensaba.

—Entonces, ¿por qué me lo preguntas?

—Quería escucharte decirlo a ti. Quería ver el brillo de tus ojos al decirlo.

Rielle tensó el cuerpo.

—Porque querías asegurarte de que no los hubiera asesinado impulsada por mi sed de sangre, ¿no? Que mi poder no me hubiera hecho perder el control.

—No he querido decir eso, cielo.

Pero ella tenía la sensación de que era aquello lo que había querido decir y, por mucho que quisiera, no podía enfadarse con él por ello. Al levantarse del sofá, evitó su mirada.

—Vale, de acuerdo. Creo que debería ir a ver a tu madre.

—Está dormida. Es mejor que no la despiertes.

—¿Qué le pasa exactamente? No lo mencionaste en tu carta.

—No lo sé. —Audric frunció el ceño y bajó la mirada—. Tampoco lo sabe Garver, ni los sanadores reales. Me preocupa que… —Hizo una pausa. Rielle le tomó la mano y él se la apretó, agradecido—. Me preocupa que ya no quiera seguir en este mundo. Apenas come, apenas duerme. La asolan pesadillas terribles. No hace más que hablar de mi padre. De él y de ti.

Aquello la pilló desprevenida.

—¿De mí?

—Dice cosas sin sentido, Rielle. —Audric levantó la vista para mirarla con solemnidad en sus ojos oscuros—. Dice que no eres de fiar, que todo lo que ocurrió en la prueba del fuego fue tu culpa. Le dije que eso era absurdo, que fue un ángel el promotor del ataque. Le recordé lo que está pasando en las Solterráneas y en la Puerta, pero se niega a entrar en razón.

—Debe de echar mucho de menos a Bastien —sugirió Rielle, obligándose a no apartar la mirada.

—Sí, pero todo esto es demasiado. Mi madre es una mujer razonable. Nunca me había imaginado que fuera el tipo de persona que se deja marchitar de esta forma.

—El dolor por la muerte de un ser querido es horrible —se obligó a decir Rielle, recordando sin pretenderlo la prueba del fuego: los cuerpos inmóviles de Bastien y de lord Dervin, tirados en el suelo. Los ojos de su padre, cerrándose poco a poco mientras le cantaba—. Nunca habías visto a tu madre sufriendo una pérdida tan terrible. La muerte de mi madre cambió a mi padre para siempre.

Audric asintió, con el ceño fruncido. Ella se sentó a su lado, dejando que aquel momento de dolor compartido se extendiera entre ellos. Fingiendo, por el bien de Audric, que su tristeza era tan intensa como la que él sentía. Se quedó muy quieta y se obligó a despejar la mente, a ponerla en blanco, hasta que la verdad de su horrible mentira se desvaneció.

Al final, Audric suspiró y se restregó la cara con las manos.

—Hay algo más. —El cambio en su tono de voz hizo que Rielle levantara la mirada—. ¿Te lo ha contado Lu? Lo de su hermano.

—¿Merovec? No. ¿Qué pasa?

—Llegará dentro de tres días para quedarse dos semanas. —Dejó escapar un largo suspiro—. Como no ha visto a mi madre desde la muerte de mi padre y de lord Sauvillier, quiere presentarle sus respetos.

Rielle levantó las cejas, sorprendida.

—¿Por qué no me lo contaste en tu carta?

—Supuse que él le habría escrito a Lu o que ella, de alguna forma, habría percibido sus intenciones. Aunque no sea realmente su hermana, el cuerpo en el que está lo era, así que creí... —Una leve tristeza se asentó en su rostro, como ocurría siempre que alguno de ellos hablaba de la verdadera naturaleza de Ludivine—. Creí que ya lo sabría.

—No. No lo sabía, y no me dijo nada. —Dudó antes de añadir—: Lu no está bien, Audric.

—¿Por la cicatriz del flagelo?

—Se está extendiendo. Está interfiriendo con su habilidad para leer la mente y comunicarse conmigo.

—Y con su capacidad para protegerte de Corien. —Audric se puso de pie.

Rielle jamás se acostumbraría a oír el nombre de Corien en los labios de Audric. Era como intentar meterse en un vestido que no le estaba bien.

—Sí —le contestó—. Eso también.

Él se quedó un rato callado, mirando por la ventana. Cuando volvió a mirarla, su expresión era ilegible para ella.

—Pues tendrás que practicar, supongo, y seguir estudiando —le dijo—. Si Ludivine no se cura, estarás indefensa ante él.

—No digas eso. —Se levantó mientras él regresaba a su escritorio—. No estoy indefensa. Ya lo hemos hablado.

—Lo sé. —Su voz sonó vacía, cansada—. No debería haber dicho eso. Lo siento. No estás indefensa. A lo que me refería era a que con Lu estás más protegida que sola. Ella te aconseja de una forma que yo no puedo. —Le dedicó una pequeña sonrisa—. Y sé que te gustaría curarla. Sé que quieres ayudarla... A ella y a todos nosotros.

En un instante, lo había perdonado. La tranquilidad del amor que se reflejaba en su rostro la sosegaba. Era un tópico, comparar su cariño con la luz del sol, pero eso era lo que sentía cada vez que Audric la miraba: un resplandor tibio que recorría su cuerpo de la cabeza a los pies. Él era el sol de su hambrienta tierra. Él era la voz firme que hablaba en su mente cada vez que se sentía insegura.

Se acercó a él y volvió a acomodarse en su regazo. A Audric le fue fácil abrazarla, aferrarse a su ternura mientras se acurrucaba contra él. Susurró su nombre, cerró los ojos al sentirla y esa vez, cuando lo besó, Rielle no se detuvo.

Cuando Merovec llegó tres días después, a las tres de la tarde, la ciudad entera salió a recibirlo.

Rielle observó su avance a través de la ciudad desde sus aposentos, mientras sus doncellas la vestían. Evyline, desde la puerta, no dejaba de chasquear la lengua. Llegarían tarde.

Pero a Rielle no le hacía gracia la idea de esperar a las puertas del palacio, jugueteando con sus pulgares mientras Merovec se tomaba su tiempo para atravesar la ciudad. Se había cambiado de vestido cuatro veces antes de quedarse con el que consideró adecuado, uno de terciopelo que combinaba el ciruela y el verde bosque y que tenía un escote profundo que le dejaba los hombros al descubierto y ribetes dorados en las mangas y en la falda. Aunque era más de invierno que de primavera, el dramatismo que destilaba le resultaba irresistible, tanto como los colores de la casa Courverie. Las doncellas le apartaron el pelo del rostro para trenzarle una parte y dejarle sueltas las ondas oscuras.

—Estoy lista —dijo finalmente, con recato, al pasar junto a Evyline en la puerta.

Evyline soltó un suspiro y la siguió; el resto de la Guardia del Sol iba en formación detrás de ella.

—Mi señora... —comenzó Evyline.

—¿Sí, mi querida Evyline? —dijo Rielle.

—No creo que sea buena idea hacer esperar a lord Sauvillier. De hecho, creo que deberíamos intentar complacerlo, en general.

—Evyline, ¿quién es la Reina del Sol? ¿Merovec o yo?

—Mi señora —continuó Evyline, exasperada—, esa no es la cuestión. La casa Sauvillier...

—Oh, yo lo sé todo sobre la casa Sauvillier —la cortó Rielle, gesticulando con la mano—. Tienen dinero, poder, popularidad, y tantas tierras que no saben qué hacer con ellas. Son espantosas y pedregosas, en el norte, donde nieva constantemente y a nadie con dos dedos de frente le gustaría vivir, pero aun así son tierras, supongo.

—Es solo que después de todo lo que ocurrió entre, bueno, su alteza y lady Ludivine... Quiero decir, después de la ruptura del compromiso y el anunció de su relación con el príncipe...

Rielle dejó de caminar.

—Evyline, ¿crees que ignoro las circunstancias de mi propia vida y los entresijos políticos de mi país?

—No, mi señora. —La capitana se ruborizó.

—Estupendo. Entonces, vamos a caminar en silencio, ¿de acuerdo?

Así lo hicieron hasta que desembocaron en el iluminado patio de piedra al que daban las puertas del palacio. En la entrada se había reunido una multitud ondeando los colores de la casa Sauvillier: plata, color teja y azul pizarra. A los oídos de Rielle llegaron gritos estridentes, vítores para Merovec y Ludivine y alegres cantos de una antigua tonada del norte: «Guárdate de la sonrisa Sauvillier, ten cuidado...».

Justo antes de que Rielle se uniera a Audric y a la reina Genoveve, delgada y pálida y vestida de luto, Evyline le tocó el brazo para detenerla.

—Por favor, tenga cuidado, mi señora —le dijo en voz baja—. No me fío de él. Y no me gustan las cosas que he oído sobre las revueltas que se han producido en el norte.

Rielle se ablandó y le apretó la mano, cubierta por un guante dorado.

—Hablaremos de esto más tarde.

Después, con una tenaza de aprensión en el pecho, se giró con una alegre sonrisa para recibir al Escudo del Norte.

38
ELIANA

«Nunca he tenido muchos amigos. La mayoría piensa que soy tonto por creer en viejas historias, por escribir sobre ellas, por contarlas una y otra vez y por cambiar detalles para mejorarlas. La única persona que nunca se ha burlado de mí, ni siquiera una vez, es Eliana. Ella no cree que las viejas historias sean ciertas, ya no, pero las escucha siempre que se las cuento. Se las leo para ayudarla a dormirse. Cuando lloro o me enfado porque no soy capaz de dar con las palabras precisas, me toma las manos hasta que las encuentro».

Entrada del 27 de julio del año 1015
de la Tercera Era en el diario de Remy Ferracora

Mientras los exploradores informaban al resto de lo que habían visto (un ejército de miles de soldados del imperio que se dirigía inexorablemente hacia una ciudad donde ya había cientos de ellos), Eliana estudió el rostro de Simon, pero no le dejó entrever nada.

Los sentimientos que había reflejado se desvanecieron, como si hubiera bajado una persiana rápidamente sobre sus ojos. Cuando los exploradores terminaron de hablar y Ester los acompañó para que comieran y les trataran las heridas, un silencio se instaló entre los que quedaron en la estancia. Simon miró a Eliana una única vez y después se acercó a la ventana más alejada.

Patrik suspiró, con el brazo en cabestrillo. Remy estaba inquieto, sentado en una silla junto a Harkan, tranquilo y callado. Dani se reclinó en su butaca, pensativa. Jessamyn estaba en la esquina, apoyada en su muleta, mirando el suelo con enfado. Llevaba el desvaído cabello rojo recogido en dos pulcras trenzas que bajaban por su espalda.

—Bueno, está claro que tenemos que marcharnos lo antes posible —dijo—. Cuando el peligro haya pasado, iremos al oeste, atajaremos en dirección sur hacia Morsia y evitaremos cruzarnos con las tropas. ¿No hay varios asentamientos de la Corona Roja por el camino? Veremos qué necesitan y les ayudaremos en lo que podamos. Quizá para entonces hayamos recibido noticias de tus amigos de Astavar y de Hob y podamos reunirnos con ellos en las Vespertinas. —Como nadie contestó, le echó a Patrik una mirada irritada—. ¿Por qué no dices nada?

—Si lo que Eliana y Simon me han contado es cierto —contestó con parsimonia—, dará igual que huyamos. El imperio está buscando a Eliana. Nos encontrarán allá donde vayamos.

—Entonces será aquí donde nos separemos. Nosotros iremos por nuestro lado, y Eliana por el suyo. Pasaremos desapercibidos, pues estarán centrados en ella. Es una oportunidad perfecta para ayudar en todo lo que podamos mientras están distraídos. —Jessamyn miró a Eliana, y su expresión se suavizó un poco—. Lo siento, Eliana, pero en la Corona Roja no quedamos muchos. Tenemos que protegernos.

Patrik negó con la cabeza.

—Creo que nuestras prioridades deben cambiar.

Jessamyn lo miró.

—¿Hablas de dejar la misión? ¿De abandonar la causa para ayudar a Eliana?

—Tú viste lo que hizo en Karlaine. Sabes quién dicen Simon y Zahra que es. Ella es la causa. —Cansado, Patrik se pasó una mano por la cara—. Si la protegemos, si nos aseguramos de que tiene éxito, podríamos salvar muchas más vidas de las que salvaríamos solos.

—O podríamos morir. Ahora que Astavar ha caído, no me entusiasma apostar por una princesa perdida que podría no serlo, y por un marcado que quizá no sea capaz de viajar en el tiempo. —Miró rápidamente a Eliana y después a Simon. Apretó los labios—. Lo siento. Una vez más.

Eliana le dedicó una media sonrisa.

—Yo tampoco apostaría por mí.

—Pero es una princesa —dijo Remy, frunciendo el ceño—. Más que eso: es la Reina del Sol. ¿No has estado escuchando? ¿No conoces las oraciones? Si el emperador la encuentra antes de que esté lista para enfrentarse a él, estarás muerta de todas formas, así que ¿para qué huir?

Jessamyn consideró sus palabras.

—Escucha al niño —la instó Zahra, sonriendo—. Es muy sabio, a pesar de su edad.

Pero Jessamyn no dio su brazo a torcer.

—Has dicho: «si nos aseguramos de que tiene éxito». ¿En qué, exactamente? Me da vergüenza decir algo tan absurdo, pero, si de verdad es capaz de hacerlo, Simon la enviará al pasado, ¿y después qué?

—Me apuesto lo que sea a que antes también pensabas que resucitar a alguien era absurdo. —Remy levantó la barbilla con expresión obstinada.

—Hablaré con mi madre —respondió Eliana, aunque tenía la sensación de que sus palabras no eran suficientes.

Jessamyn apretó los labios.

—Ah, sí. La Reina de la Sangre. Se le daban bien las conversaciones civilizadas, ¿verdad?

—¿Cómo reaccionará cuando una chica la aborde afirmando que es su hija? —preguntó Dani en voz baja—. Podría creer que es un truco. Podría atacarte.

Remy, sentado en el borde de su silla, parecía a punto de estallar.

—La reina Rielle sabe que existen los marcados. Sabe lo que es el viaje en el tiempo, y que ellos lo pueden realizar. Creerá a Eli. Sé que lo hará.

—No la conoces, Remy —replicó Patrik, cansado—. No puedes estar seguro.

Remy se levantó, indignado.

—Pero he leído...

—Historias —replicó Jessamyn—. Has leído las historias que los pocos que consiguieron sobrevivir a la Caída transmitieron a sus descendientes, y estos a sus descendientes, a través de los siglos. Cientos de miles de personas que podrían haber malinterpretado cualquier información. Ninguno de nosotros la conoció. No podemos saber qué hará.

—Yo la conocí —dijo Simon en voz baja. Todavía estaba junto a la oscura ventana que la lluvia había comenzado a golpear—. La conocí y aun así no puedo saber qué hará, pero sé que intentar abordarla a través del tiempo es nuestra única opción. —Echó un vistazo por encima del hombro; su perfil se recortó contra el cristal—. A menos que quieras seguir huyendo, Jessamyn, hasta que te maten luchando, tras lo que el mundo seguirá sumido en la miseria. Esta es tu oportunidad de ayudar de verdad.

Jessamyn se irguió.

—¿Insinúas que las vidas que he salvado mientras trabajaba para la Corona Roja no significan nada?

—No. Estoy diciendo que quedándote con nosotros, con Eliana, y ayudándola en lo que te sea posible en los próximos días, harás más por la gente de lo que podrías hacer en cualquier otra parte. Necesitamos tantos combatientes a nuestro lado como sea posible.

—Disculpadme por hacer la que seguramente será una pregunta tonta —los interrumpió Dani, un segundo después—, pero ¿cómo funciona esto exactamente? Si es que funciona. Viajaréis al pasado y hablaréis con tu madre para convencerla de que no se alíe con los ángeles, ¿no?

A Eliana se le formó un nudo en la garganta.

—Así es.

—Digamos que lo consigues. En el pasado, cambias algo que la Reina de la Sangre hizo o no hizo. Alteras el curso de la historia. —Dani hizo una pausa para mirar a Simon—. ¿Qué pasará con todos nosotros?

—Cualquier cosa que Eliana haga en el pasado —se apresuró a contestar Zahra—, tenga éxito o no, cambiará irrevocablemente este futuro de formas que no podemos predecir. Su mera presencia allí cambiará las cosas.

—Y solo ella y yo, que seremos los que estaremos conectados con el hilo que la enviará al pasado, notaremos las diferencias cuando regresemos —añadió Simon en voz baja.

—Eso significa que podríamos estar muertos —dijo Remy, también en voz baja—, en cualquier otra parte del mundo o haber nacido de padres diferentes, y no nos daríamos cuenta.

No era una pregunta, y dichas con la voz infantil de Remy, aquellas palabras poseían una inquietante rotundidad.

—Sí —dijo Simon, con la máscara que impedía entrever sus sentimientos firmemente en su lugar.

—O algo de lo que haga podría hacer que este futuro fuera peor de lo que ya es. —Las palabras de Jessamyn partieron la estancia en dos—. ¿No es verdad?

Simon inclinó la cabeza.

—Podría ser.

Una presión enorme se había estado reuniendo en el pecho de Eliana, aplastándole los pulmones, y se había vuelto tan

— 497 —

insoportable que tuvo que levantarse para apartarse del grupo y acercarse a la ventana más alejada. Se quedó allí de pie, con los brazos cruzados y los hombros encorvados, como para protegerse de un vendaval.

—Así que podría salvarnos o condenarnos —dijo.

—Y tenemos que actuar rápido. —La voz de Simon denotaba frustración—. Esperaba que tuviéramos más tiempo para practicar juntos, a salvo. Pero si seguimos a este ritmo, las tropas llegarán antes de que tengamos siquiera la oportunidad de intentar viajar.

Habló como si solo ellos dos estuvieran presentes, y Eliana supuso que así sería para él. ¿Qué otra cosa le importaba, aparte de cerciorarse de que estaba segura y de que cumplía con su misión de protegerla? Desde luego, no las vidas de los que los rodeaban.

Patrik dejó escapar un largo suspiro.

—La cuestión entonces es: ¿lo arriesgamos todo para librar al mundo del imperio, aunque al hacerlo reescribamos nuestras vidas? ¿O no nos arriesgamos y dejamos que el mundo siga tal y como es, aunque con ello aseguremos la victoria del imperio?

—Y con ello condenemos este mundo —añadió Zahra, cuya voz se onduló como las aguas oscuras— y todos los demás.

—Poco me importa la seguridad de unos mundos lejanos que podrían no existir —dijo Jessamyn con decisión— cuando el mío está sumido en una guerra interminable.

—No tiene por qué ser interminable. —Dani se levantó con brusquedad y se alisó los pantalones—. Eso es lo que yo estoy entendiendo de esta conversación: que, si lo hacemos bien, podemos ponerle fin. He vivido una doble vida desde que tengo consciencia, una de rebelión y otra de falsa lealtad a un régimen que va contra todo lo que creo, y es agotador. Si puedo ponerle fin y transportar cada uno de los átomos que me componen, reunidos en una nueva forma, hasta un mundo mejor, lo haré encantada. —Dani se llevó las manos a las caderas—. Así que, ¿cuál es el plan, capitán? Sea el que sea, mi familia y yo os ayudaremos a ti y a Eliana en la medida de lo posible.

La sonrisa de Simon fue tan pequeña y cansada que a Eliana le escocieron los ojos. Su nueva capacidad para llorar parecía no tener fin.

—Hay un baile de disfraces —empezó Simon— dentro de cinco días, ¿no?

Dani asintió.

—Para inaugurar el Jubileo del Almirante.

—¿Qué es eso? —preguntó Jessamyn.

—Una celebración que se prolonga durante una semana y que tiene lugar aquí, en Festival, para conmemorar tanto el aniversario de la resurrección del almirante Ravikant como la conquista de Meridian por parte del imperio —le explicó Dani—. De hecho, el almirante ya está en la ciudad. Llegó a principios de mes. Lord Tabris lleva días agasajándolo.

Jessamyn frunció el ceño.

—¿No tiene el almirante de la armada del emperador nada más importante que hacer que asistir a una fiesta?

Dani alzó las cejas.

—¿Más importante que asistir a una celebración en su honor de varios días de duración? Parece ser que no.

—Ravikant. —Enfadada, la oscura forma de Zahra se estremeció—. Es uno de los ángeles más orgullosos que jamás he conocido. Orquestó el ataque de la armada a Festival para que coincidiera con el día de su nombramiento.

—El Jubileo es famoso por sus excesos —añadió Patrik—. Día y noche hay banquetes, conciertos y representaciones teatrales. He oído muchas historias sobre las fiestas de madrugada.

—Te aseguro que todo lo que has oído, por extraordinario que parezca, es cierto —le dijo Dani.

—Dicho de otro modo, que no es una fiesta a la que me interese asistir —determinó Patrik animadamente—, y aun así, tengo la sensación de que eso es justo lo que vamos a hacer.

—Las celebraciones nos vendrían bien como tapadera —sugirió Simon—. De otro modo, nunca conseguiríamos llegar al muelle.

—¿Al muelle? —Jessamyn frunció el ceño—. ¿Quieres un barco?

—Sería el modo más rápido para salir de Meridian. Si consiguiéramos subir a bordo y marcharnos antes de que llegaran las tropas... —Los cálculos se reflejaron en su mirada—. Con el ejército imperial en movimiento, quiero a Eliana tan lejos de este continente como sea posible, y lo antes posible.

Eliana lo miró, deseando hablar con él a solas para que le contara qué tenía en la cabeza.

—¿Adónde iremos? —le preguntó.

Simon le devolvió la mirada.

—No lo sé. Si optamos por ello, tendremos cinco días para decidirlo.

—Y cinco días para regresar a la antigua Celdaria —añadió ella—, si vamos a intentarlo mientras estamos aquí, en Sauce. Seguros y protegidos.

Él inclinó la cabeza.

—Así es.

—A menos que los exploradores se hayan equivocado —los interrumpió Patrik— y las tropas lleguen antes de lo esperado. Quizá incluso antes del Jubileo. Puede que tengamos que marcharnos antes de lo que pensamos.

Zahra se rio.

—El almirante Ravikant nunca permitiría que una acción militar interrumpiera sus celebraciones. Además, ha hecho tanto por el emperador que creo que este lo respetaría.

—¿Aunque retrasando la fiesta consiguieran capturar a Eliana? —preguntó Jessamyn—. A juzgar por lo que has dicho, me cuesta creerlo.

Harkan, que se había mantenido sentado en silencio, con la vista fija en el suelo, dijo en voz baja:

—Necesitareis exploradores en la frontera atentos a la llegada de las tropas. Y si se produce pronto, antes de que hayáis embarcado, necesitareis que alguien los distraiga para ganar tiempo.

Se levantó, con los hombros rígidos y una expresión tan cauta y dura en el rostro que a Eliana se le contrajo el corazón. Había decidido algo que a ella no iba a gustarle.

—Me gustaría encargarme de organizar y liderar al equipo indicado. —Se giró hacia Zahra para añadir—: Contigo, Zahra, si es que estás dispuesta a venir conmigo. Colocaremos explosivos y sabotearemos a las tropas cuando y donde nos sea posible. No las detendremos, pero les pondremos las cosas difíciles.

—Harkan —consiguió decir Eliana por fin—, no lo dirás en serio. Estamos hablando de miles de soldados imperiales...

—Un equipo bien coordinado podría hacer mucho daño si trabajara con astucia. Podemos hacerlo. —No estaba mirando a Eliana—. No tengo magia que ofrecer y desconozco el funcionamiento del Viejo Mundo. Además, soy...

Harkan dejó de hablar y apretó la mandíbula. A Eliana le dolía verlo así. Su tristeza era tan evidente y terrible que le dolía el corazón.

El joven giró la cabeza para mirar a Simon.

—Yo puedo liderar ese equipo. Quiero liderarlo. Sé que seríamos de ayuda.

Simon consideró la propuesta en silencio. Después, asintiendo, contestó:

—Dani, ¿alguno de los tuyos estaría dispuesto a unirse?

—Así a bote pronto se me ocurre una docena —le confirmó—. Todos apreciarían la oportunidad, y creo que podríamos reclutar a más.

Simon asintió.

—De acuerdo. Harkan, hablaremos con los exploradores mientras comen y veremos qué nos pueden contar.

Pero, antes de que pudieran marcharse, Eliana agarró a Harkan del codo para detenerlo.

—Si te quedas en Festival, luchando contra el ejército, cuando zarpemos a Dios sabe dónde —le dijo con vehemencia—, ¿qué será de ti?

A Harkan le brillaron los ojos. Le dedicó una sonrisa trémula y triste, tan familiar que la rompió por dentro.

—¿Acaso importa eso?

Furiosa con él por sugerir que su vida, o la de cualquier otro, era menos importante o valiosa que la suya, Eliana se dio la vuelta abruptamente y abandonó la estancia.

39
RIELLE

«*Merovec Sauvillier, que nació el 14 de diciembre del año 974, fue el primogénito de lord Dervin Sauvillier (943-998) y lady Marivon Sauvillier (Gouyet; 947-981). Tuvo una hermana, Ludivine Sauvillier, nacida en el año 979. Poseía el poder elemental de los acuñametales y demostró un gran talento para la equitación y la esgrima, además de astucia para la política. A menudo patrullaba la frontera entre Celdaria y Borsvall con su padre. A los quince años contribuyó a la redacción del Tratado de los Dos Ríos. Gracias a sus importantes logros en el campo de batalla, especialmente en el enfrentamiento de Courroux (944), consiguió una inmensa popularidad a nivel nacional, así como el apodo de Escudo del Norte*».

Catálogo completo de las grandes
casas celdarianas de la Segunda Era,
recopilado por varios autores

La noche de la llegada de Merovec, cuando él y las dos docenas de soldados y consejeros de su séquito se hubieron retirado a sus aposentos, Rielle se sentó en la cama de Ludivine. Tres velas iluminaban tenuemente la habitación. Atheria merodeaba, intranquila, por la terraza.

En la mesita de noche tenían un libro con un registro de las veces que los santos habían intentado usar sus poderes en vano para sanar heridas durante lo más crudo de las Guerras Angélicas. La cantidad de bajas los había empujado a actuar desesperadamente. A cada uno de los doce desastrosos intentos, registrados con un detallismo repugnante, lo seguía la evaluación que cada santo había hecho de lo ocurrido y de los errores cometidos. Tras las doce tentativas y después de mucho debate y estudio, la conclusión era que resultaba imposible expandir el poder de un elemental más allá de los siete elementos conocidos, pasar del agua y del metal a la sangre y el hueso.

Rielle había empleado todos sus ratos libres de los últimos tres días en leer atentamente los informes hasta aprendérselos de memoria.

Y en ese momento se encontraba sentada, con el brazo de Ludivine en su regazo, preparada para intentar lo que los santos habían considerado imposible.

Como había hecho las tres últimas noches, recorrió el brazo de Ludivine con los dedos, de arriba abajo, desde las yemas hasta el codo, y después llegó al cuello y a la mandíbula para bajar por las costillas y el pecho, donde los nuevos límites de su cicatriz resaltaban, azules y negros, sobre su pálida piel. Después de toda una vida de amistad, Rielle estaba familiarizada con la forma del cuerpo de Ludivine, pero aquella marca era nueva y todavía desconocida, y quería memorizarla.

Ludivine la observaba en silencio. Tenía las piernas tapadas con una manta gris y la parte superior del cuerpo al descubierto, para que Rielle pudiera trabajar.

—No me harás daño —le dijo con amabilidad.

Rielle evitó su mirada, cansada y pálida.

—No me preocupa hacerte daño.

—No estoy tan mal como para no percibir lo que sientes —le dijo Ludivine con ironía—. No cuando estás tan cerca.

Rielle alzó la vista, consciente de cómo Ludivine intentaba mantener la compostura, de cómo se le marcaban los pómulos. Era como si hubiera determinado en qué postura sentarse para evitar el dolor y temiera incluso respirar profundamente.

—Pero podría hacerte daño —razonó, apartando la vista—. Ese hombre de Polestal. Podría hacerte lo mismo.

—No lo harás.

—Pero podría.

—Sí. Podrías. —Con un dedo gentil, Ludivine le levantó la barbilla para que la mirara—. Pero por eso eres más poderosa que tu propio poder. En él yace la posibilidad tanto de destruir como de crear, y solo tú puedes decidir cómo guiarlo.

Rielle no estaba completamente convencida de que aquello fuera cierto. En ocasiones (muchas, de hecho), su poder parecía haberse apoderado de ella. Durante la prueba de las sombras, en la que le lanzó al arconte un dragón hecho de tinieblas. En las colinas a las afueras de Styrdalleen, donde la presencia de Audric había sido lo único que había evitado que destruyera la capital de Borsvall. Cuando intentó curar al aldeano de Polestal.

Cuando encontró al Obex de Mazabat.

«¿De verdad se apoderó de mí todas esas veces?», le preguntó a Ludivine, incapaz de pronunciar aquella terrible pregunta en voz alta. «¿Es porque todavía no soy lo suficientemente fuerte como para controlarlo cuando me siento coaccionada? ¿O lo único que hizo fue obedecer mis deseos?». Tragó saliva. «¿Se adaptó a mi verdadera naturaleza?».

Ludivine bajó la mano.

—Hay mucha luz en tu interior, Rielle.

—Eso no es lo que te he preguntado.

—No —suspiró—. No ha sido eso.

—Bueno, supongo que no solo podemos intentarlo —continuó Rielle, como si de repente no quisiera saber la respuesta—. Acompasa tu respiración con la mía. Eso ayudará.

Había leído las anotaciones de santa Katell, cuyo intento por sanar una horrible herida en el estómago había tenido más éxito que otros, a pesar de que había fracasado igualmente. Aquella había sido la tentativa que había provocado que los santos decidieran no intentarlo nunca más.

Según escribió santa Katell: «El de la curación es claramente un poder al que los elementales no tienen acceso. El empirium no lo tolera. Es antinatural, e intentarlo es sucumbir a la arrogancia y el orgullo».

También Rielle era antinatural, y el orgullo y la arrogancia no le parecían defectos tan terribles si le permitían aliviar el dolor de sus seres queridos.

De modo que acunó el brazo de Ludivine entre los suyos y ralentizó su respiración, volviéndola más profunda, hasta que sus extremidades se tornaron cálidas y tranquilas, hasta que el ritmo de sus respiraciones se acompasó. Un momento después, su visión desenfocada ya se había adentrado en el empirium. El dormitorio de Ludivine era un paisaje dorado de suave luz cambiante, pero Ludivine... era algo totalmente distinto.

En aquel reino, su silueta estaba deformada. Era reconocible, pero entonces se convirtió en otra cosa, en una figura más alta y más esbelta, con alas angélicas en su espalda, y después volvió a ser Ludivine. El cambio era tan rápido que parecía atrapada entre las dos formas, de mujer y de ángel, y el efecto le confería una apariencia deforme. El empirium se movía rápidamente por su cuerpo, una onda frenética blanca y dorada, como un animal encerrado intentando escapar de su jaula desesperadamente.

Verlo la hacía sentirse mareaba, le revolvía el estómago. Sabía que estaba viendo algo que no debía ser, que Ludivine no debía ser.

Pero aún más discordante era la cicatriz de su brazo izquierdo. Tal como había visto el caparazón destrozado de la piel quemada del aldeano de Polestal, veía ahora la inmóvil carcasa de luz que revestía el brazo de Ludivine. Tenía un brillo enfermizo, como visto a través de un velo oscuro, teñido de un azul desconocido y furioso.

Rielle reconoció instintivamente que aquel azul no pertenecía a este mundo.

Y fue aquella certeza, aquella repulsión, la que le despejó la mente hasta que fue tan brillante y clara como una joya.

Colocó las manos en el brazo de Ludivine y fue como si se dividiera en dos: una Rielle en el territorio del empirium, observando la tonalidad discordante, y otra Rielle, distante y apagada, tocando la piel agrietada de su amiga.

«No deberías estar aquí», pensó, firme pero sin enfado, porque no quería provocar a la luz ni hacerle daño a Ludivine. Con cuidado, entrelazó los dedos sobre los surcos tenuemente iluminados del brazo desfigurado de Lu y se imaginó que con cada ligero toque empujaba a la cicatriz de vuelta al mundo del que provenía. Estaba calentando una mano agarrotada por el invierno. Estaba desterrando a la muerte para sustituirla por la vida.

Mientras trabajaba, Ludivine le murmuraba palabras que no entendía (en alguna lengua angélica, a juzgar por su cadencia), pero que sabía que eran de amor. Ludivine le envió una emoción que al principio fue poco más que un calor distante y que después, conforme avanzó la noche, se volvió más firme y más brillante, hasta que se vio rodeada de tanto amor que, mareada, tuvo que rogarle que parara.

Al final, de manera abrupta, como el tirón de un músculo al distenderse, Rielle sintió que algo cambiaba en su interior y supo que había terminado.

Parpadeó para regresar al mundo humano, donde estaba su cuerpo sudoroso. Ludivine acudió en su ayuda de inmediato, para sujetarla con sus dos brazos, pálidos y tan suaves como la seda.

Lo has conseguido, le dijo Ludivine, con la voz más fuerte y clara que en las últimas semanas. *Oh, querida, eres maravillosa.*

—Háblame en voz alta —murmuró Rielle, apoyando la cabeza en su cuello—. Estoy demasiado cansada para la comunicación mental.

—Por supuesto —dijo Ludivine, que la abrazó y la ayudó a acomodarse sobre las almohadas. Le apartó el pelo lleno de sudor de la frente para que se le enfriara la piel y esperó a que le disminuyera el ritmo cardiaco. Después, con la voz temblorosa y llena de emoción, susurró algo tan inesperado que Rielle no reparó en ello de inmediato—: Siempre he sabido que podías. Lo supe desde la primera vez que noté tu poder, cuando todavía estaba atrapada en el Profundo. Sabía que serías tú quien me renacería.

Hubo un silencio en el que Rielle, agotada, intentó comprender las palabras de Ludivine.

Incapaz de encontrarles un sentido, se giró para mirarla.

—¿A qué te refieres?

Algo titiló en el rostro de Ludivine, tan fugaz y diminuto que a Rielle le fue imposible percibirlo. Después, se inclinó para besarle la frente.

—Viene Audric —le dijo—. Lo he llamado para cuando te hayas recuperado un poco.

Dirigió la atención de Rielle hacia la puerta, pero esta no consiguió enfadarse con ella por tomar las riendas de su mente, por obligarla a desviarse de la conversación. Porque, un momento después, Evyline llamó para anunciar la llegada de Audric, que se acercó deprisa a la cama con una sonrisa en el rostro cansado que lo borró todo de la mente de Rielle excepto el deseo de tocarlo, de anclarse a la calidez de su cuerpo. Lo recibió con los brazos abiertos en la cama de Ludivine y aceptó ávidamente sus besos y elogios mientras su amiga le contaba lo que había hecho. Y muy pronto, la extraña mención de Ludivine al renacimiento había desaparecido de su mente, convertida en un recuerdo desechado y distante.

Al día siguiente, todos se reunieron a cenar en el refectorio privado de la reina Genoveve, pues Merovec era parte de la familia, su sobrino y el hermano de Ludivine.

Pero en cuanto puso un pie en la estancia, Rielle se dio cuenta de que aquella comida tenía poco que ver con un momento de disfrute en familia.

Se trataba de lealtad.

Habían adornado la sala con los colores de la casa Sauvillier: el azul pizarra en las alfombras bordadas con flores plateadas y el color teja en el mantel cubierto de lentejuelas de plata. Había tapices que mostraban nevados paisajes norteños. Los colores de los Sauvillier no eran extraños en Baingarde, no desde que Bastien se casó con Genoveve, pero jamás se habían exhibido de una manera tan llamativa y excluyente.

Tras un vistazo rápido a la sala, Rielle se percató de que todo rastro de los colores de la casa Courverie (verde bosque, dorado y ciruela) había desaparecido del lugar, como si nunca hubieran existido.

Vio que Audric estaba sentado junto a su madre y se le encogió el estómago al reparar en la reina Genoveve, callada y con aspecto demacrado. Aunque los últimos días le había preguntado al príncipe varias veces si podía visitarla, en todas ellas le había pedido que esperara a que su madre no estuviera descansando, a que se encontrara un poco mejor o que estuviera más animada.

Rielle sospechaba la verdad tras sus evasivas. La reina Genoveve no quería verla y Audric intentaba no herir sus sentimientos. Aquella teoría se vio reforzada por cómo la miró la reina desde el otro extremo del comedor: con un odio ordinario y refrenado, como si hubiera reparado en la presencia de un bicho que llevara tiempo irritándola.

Rielle apartó los ojos de ella y miró a Audric. Para cualquier otro, la tensión de su cuerpo habría pasado inadvertida. Estaba hablando con una de las consejeras de Merovec y parecía interesado en lo que la mujer le estaba diciendo.

Pero sus ojos se cruzaron con los de Rielle y, con esa única mirada, ella llegó a varias conclusiones. Que él también se había percatado del cambio en los colores de la sala. Que la amabilidad que se reflejaba en su rostro mientras hablaba con la consejera era fingida. Que sería cauto durante la velada, y que esperaba que ella también lo fuera.

Un escalofrío nervioso le recorrió el cuerpo. Recordó las funestas palabras que Evyline le había dicho el día anterior: «No me gustan las cosas que he oído sobre las revueltas que se han producido en el norte».

Pero si de verdad hubiera algo de lo que preocuparse, los espías de Audric lo habrían descubierto. Ludivine habría conseguido leerle la mente a Merovec. Por consiguiente, los rumores que Evyline había escuchado no eran más que eso, habladurías fácilmente descartables. La capitana solía preocuparse por todo.

Así que Rielle dejó de pensar en la mirada ansiosa de Audric y se acercó a Ludivine, que estaba sentada junto a Merovec y le agarraba el brazo con el suyo recién sanado.

—Lord Sauvillier —dijo amablemente mientras se sentaba al lado de Ludivine—. Espero que hayas descansado durante la noche, y también tu séquito.

—En efecto, Rielle. —Merovec sonrió—. Y, por favor, llámame Merovec. Estoy seguro de que te lo pedí hace años.

Tenía la voz divertida y en sus ojos azules de largas pestañas había un brillo jovial, pero Ludivine le envió una advertencia.

Ten cuidado con él esta noche, le dijo, algo preocupada.

Rielle tensó el cuerpo.

«¿Por qué? ¿En qué está pensando?».

No puedo verlo con claridad, pero veo lo suficiente como para temerlo.

«Te he curado», repuso Rielle. «¿Cómo es que no puedes leerlo?».

Cuando Ludivine titubeó, su frustración se acrecentó en la mente de Rielle como el calor de un fuego avivado, y lo comprendió de inmediato.

«Es Corien, ¿verdad?», le preguntó. Un pequeño escalofrío le atravesó el cuerpo, desde los pies hasta el cuello. «Está bloqueándote el acceso a Merovec».

Uno de los sirvientes hizo sonar la campana de la cena con delicadeza y otros trajeron la comida desde la cocina.

Me pregunto si algún día podrás usar tu poder para hacer que mi mente sea más fuerte que la suya, le dijo Ludivine, amarga y brusca.

Y las palabras llegaron acompañadas de un deseo y de un odio tan fuerte que Rielle perdió el aliento durante un instante.

«Yo jamás intentaría tal cosa», le dijo. «Jamás pondría tu mente en peligro. Hacerlo con tu cuerpo fue más que suficiente».

Pero esa idea... Ser capaz de fortalecer las habilidades mentales de Ludivine para que Corien no pudiera acercarse a ella nunca más, por mucho que lo intentara...

Rielle no sabía si la perspectiva la complacía o la aterrorizaba.

Un sirviente dejó un plato ante ella. Su mirada se cruzó con los ojos curiosos de Audric, al otro lado de la mesa, y se obligó a sonreírle. Después de unos instantes en los que comieron y conversaron en voz baja, Merovec empezó a hablar:

—Estos últimos días ha llegado a mis oídos información interesante —dijo, con el borde de la copa cerca de los labios—.

Al parecer, hasta las noticias que vienen desde Mazabat se expanden rápido.

Rielle apenas titubeó mientras se llevaba una cuchara a la boca.

—¿Qué tipo de información? —se interesó Ludivine—. Siempre has sido muy cotilla.

La sonrisa en respuesta de Merovec no llegó a sus ojos.

—Quizá sea cierto, pero esta vez me ha venido bien. Me he enterado de tus aventuras en Mazabat, Rielle.

Ella agarró la cuchara con fuerza e intentó mantener un tono agradable.

—¿Mis aventuras?

—Oh, perdona. —Merovec dejó su copa y la miró—. Me refería al asesinato a sangre fría de trece soldados del Obex.

Las conversaciones se desvanecieron y un silencio terrible se hizo en la habitación. Una de las consejeras de la reina se aclaró la garganta.

Rielle miró a Audric. No había dicho una palabra, pero su oscura mirada estaba clavada en ella.

«He de ser yo quien le conteste», le envió a Ludivine. «Permitir que cualquiera de vosotros hable por mí solo me debilitaría a sus ojos».

Ludivine le apretó la mano debajo de la mesa con delicadeza. Seguía frunciendo el ceño, con la mirada desenfocada y fija en la mesa. Rielle supuso que Corien continuaba interfiriendo en sus pensamientos.

Levantó ligeramente la barbilla.

—No fue un asesinato a sangre fría, lord Sauvillier. Me atacaron y los castigué por ello.

Merovec no pasó por alto el uso deliberado de su título. Rielle tuvo que tragarse una sonrisa ante la irritación que mostró su rostro.

—Los maté en defensa propia —continuó—, y para proteger a Tal y a Zuka, el chico al que secuestraron. Lo hice, de hecho, para proteger a todos los que ahora viven. El Obex no pretendía darme el cayado de santo Tokazi. Sin él, sin las forjas de los siete santos, no podré reparar la Puerta.

Merovec, con la copa en la mano, se reclinó en su asiento.

—Ah, sí. La Puerta. La estructura que, según mi amigo borsvalino, tú misma has empeorado, lady Rielle.

—¿Y qué amigo es ese? —le preguntó Audric en voz baja.

—El rey Ilmaire me lo contó en una carta hace poco. En vista de la oscuridad que se avecina en el horizonte, desea que seamos aliados. No es que quiera amistarme con un hombre sin carácter incapaz de ganarse el respeto de su propio reino, pero mis opciones son limitadas. —Se detuvo para mirar a Audric—. Hubo una época en que te consideraba mi amigo, príncipe Audric. ¿No es curioso, cómo cambian las cosas tan repentinamente?

La reina Genoveve soltó una risotada. Sus dedos, apoyados en la mesa, se sacudieron como si le hubieran golpeado las costillas.

Audric se quedó peligrosamente inmóvil.

—Ya hemos hablado de esto, Merovec —dijo Ludivine, saliendo del trance en el que había estado sumida—. No hay rencor entre Rielle y yo, ni entre Audric y yo. Tampoco entre mi tía, la reina, y yo. Harías bien en recordarlo, y en recordar que aquí eres un invitado.

Merovec levantó la mano de Ludivine para darle un beso en el dorso.

—Eres demasiado generosa de espíritu, hermanita.

—Si hay algo que quieras decir, Merovec —lo instó Audric, con una voz tersa y calmada que Rielle reconoció de sus peores discusiones—, dilo, por favor. A fin de cuentas, aquí todos somos familia.

La reina Genoveve se levantó de la silla y se acercó a una mesa auxiliar, donde había una bandeja plateada con hojaldres glaseados que esperaban a que llegara el turno del postre. Rielle sabía que no debía distraerse de la conversación que se estaba produciendo en la mesa, pero no conseguía apartar la vista de los pómulos marcados de la reina, de la forma en la que picoteaba un pastelillo, como si fuera un pájaro. Tenía los ojos muy abiertos y su silueta, recortada contra los tapices por la luz de las velas, era alarmante.

—Familia. —Merovec se rio un poco—. Mira, el compromiso roto no me habría enfadado. Bueno, miento. Me habría puesto furioso, fueran cuales fueran las circunstancias. Pero nunca te perdonaré que hayas traicionado a mi hermana pequeña para cambiarla por el monstruo que es esta mujer.

—Merovec, ya es suficiente —le advirtió Ludivine.

La tensión que emanaba del cuerpo de Audric se desplazó por la mesa como una tormenta por el cielo.

—No hables así de lady Rielle. Ni en mi presencia ni en la suya.

—Hablo de ella tal como se merece —le contestó con voz apacible, como si estuviera debatiendo las cualidades de un caballo en comparación con las de otro—. Es una mujer en quien no se puede confiar, una mujer cuyo poder no entendemos. Atacó al arconte durante las pruebas. Mató a trece personas en Mazabat e hirió a muchas más. No sabemos a cuántas pobres almas hirió en Kirvaya, pues esta información todavía no ha llegado al oeste. Su intromisión en la Puerta produjo un sinfín de muertes y desastres, estoy seguro, muertes de las que nunca sabremos nada porque suceden en los lugares más recónditos del mundo. Oh, sí —añadió al ver la expresión de Audric—. Sé todo lo que tú sabes, príncipe. Mis muchos espías hacen su trabajo rigurosamente. Y, aun así, a pesar de todo lo que ha hecho, aquí está, ocupando un lugar de honor en la mesa. En la capital. En los templos.

Merovec se inclinó, con los codos sobre la mesa y el fantasma de una sonrisa en los labios.

—Y, por supuesto, también en tu cama —continuó—. Dime, Audric, ¿tendrás la entereza necesaria para matarla mientras duerme cuando se vuelva contra nosotros? —Merovec volvió a reclinarse y chasqueó la lengua, asqueado—. Lo dudo. Creo que nos dejarías morir a todos con tal de seguir follándotela.

Tras ello ocurrieron tres sucesos terribles.

Audric se levantó de la mesa con la mirada consumida por la furia.

Merovec se levantó también, con una sonrisa de burla. Ludivine se puso de pie de inmediato y lo agarró del brazo. Les gritó a ambos que se sentaran y se calmaran, que no disgustaran a la reina.

Y la reina...

Rielle, tan distraída que las palabras de Merovec apenas habían rozado la superficie de su mente, vio que Genoveve abandonaba la sala con rapidez.

Un instinto frío y urgente la apremió a seguirla. Se alejó de la mesa, desoyendo la llamada de Audric, y fue tras la silueta pálida y delgada de Genoveve por el pasillo sumido en la penumbra. La reina andaba cada vez más rápido, con un susurro de su vestido gris, y miró una vez sobre su hombro.

—¡Aléjate! —chilló, gesticulando con frenesí—. ¡No me toques! ¡Me vas a matar, me vas a quemar!

Echó a correr y Rielle la siguió con cuidado de no acercarse demasiado, pero reacia a perderla de vista. Tras un débil sollozo, la reina se presionó las orejas con las manos y empujó con la espalda una puerta que estaba entornada. Se apresuró al interior de la pequeña sala de estar y Rielle corrió tras ella. Escuchó a Ludivine gritando a su espalda, y unos pasos a la carrera que reconoció como los de Audric.

Después, demasiado rápido para que Rielle pudiera agarrarle el brazo o al menos llamarla o pronunciar su nombre, la reina Genoveve se lanzó contra las puertas de cristal que daban a la terraza y las atravesó, como si la moviera una fuerza sobrehumana.

—¡No van a parar! ¡No van a parar! —gritó, con la voz rota y llorosa.

Se golpeó las sienes con los puños ensangrentados y, mirando las estrellas, como si hubiera alguna escapatoria más allá de su brillo, se tiró por la barandilla y se perdió en la noche.

El mundo se ralentizó y se contrajo, existió solo en momentos cargados de emoción. Merovec corrió a la terraza, y ya no parecía engreído sino horrorizado. Ludivine agarró a Rielle por los brazos y le dijo palabras que ella no podía oír, no desde el lugar vacío en el que había caído. Los consejeros de la reina, la guardia real y la guardia de Rielle atravesaron las habitaciones y salieron a la terraza y bajaron, gritando órdenes.

Audric tenía la mirada fija en las puertas, hechas añicos. Tenía el rostro horriblemente serio, como si hubiera recibido un golpe fatal.

Rielle no soportaba verlo así, paralizado, incrédulo. Su padre había fallecido hacía solo unos meses. Y su madre acababa de morir.

Ella había reconocido la desoladora desesperación que había destilado la voz de Genoveve en sus últimos momentos. Cómo se había golpeado las sienes con los puños y cómo se había presionado las orejas con las manos.

Un calor se propagó, raudo, por su cuerpo.

«Tú has hecho esto».

Superada la conmoción, se esforzó por reunir la rabia que acumulaba en el cuerpo. La furia se materializó en su mente, se reflejó en sus ojos, se condensó en la certeza de lo que tenía que hacer.

Corien contestó un segundo después.

No te voy a mentir, querida. Me lo planteé, pero resulta que apenas he tenido que hacer nada.

Rielle salió de la habitación, con la visión teñida de un carmesí candente. Ludivine le envió una protesta y la agarró del brazo, pero ella se zafó y echó a correr.

La mujer estaba sufriendo, continuó Corien en cuanto huyó escaleras abajo, gritándole a cada guardia que se cruzaba que se apartara de su camino.

«¿Y eso te daba derecho a acabar con su vida?», le espetó Rielle.

Estás dando por seguras cosas que no deberías asumir. ¿Se te ha pasado por la cabeza la posibilidad de que la reina Genoveve se hubiera planteado acabar con su vida antes de que yo empezara a visitarla?

Rielle abrió las puertas del palacio de par en par. Los guardias iban y venían. Sus gritos confusos la hicieron suponer que habían encontrado el cadáver de la reina destrozado en el patio de piedra.

«Mientes». Le envió una cruel oleada de enfado. «Tú contaminaste sus pensamientos. Estás intentando destruirlo, pero no lo vas a conseguir».

¿A quién? Ah. La voz de Corien era apacible. *Te refieres al bobo de tu amante.*

«Mi amante, sí, y mi marido algún día». Tras ello, Rielle se despojó de sus pensamientos, desterrando a Corien tanto como le era posible con un esfuerzo que la hizo trastabillar, a pesar de que todavía lo notaba cerniéndose sobre ella, en los límites de su conciencia.

Los guardias se habían congregado alrededor del cadáver de Genoveve para protegerla de las miradas de los que pasaran junto a las verjas, pero en cuanto Rielle se acercó, se dispersaron.

La joven se arrodilló y se obligó a examinar el cuerpo de la reina: todas sus heridas, cada fisura en el cráneo. Tenía las extremidades torcidas y había un charco de sangre oscura en el suelo. Tenía la mirada vidriosa e inmóvil.

Audric llegó sin aliento, con las lágrimas bajando por sus mejillas. Al ver el cadáver de su madre, dejó escapar un sonido horrible y roto y se arrodilló en el suelo a su lado.

—No la toques —le ordenó Rielle, que ya veía más allá de lo que le permitían sus ojos humanos. Se estaba sumergiendo en un furioso mar dorado—. Aléjate.

Entonces se inclinó sobre la reina muerta y empezó a trabajar.

Tejió en un frenesí controlado, deslizando los dedos sobre cada hueso roto. Dibujó un camino dorado sobre el pecho y las extremidades torcidas de la reina, alrededor de su cráneo destrozado. El brillante ojo de su mente, que no parpadeaba, la vio tal y como había sido antes de la muerte de Bastien: sana y fuerte, toda una belleza del norte con la piel pálida y el cabello cobrizo, la nariz recta y unos ojos claros y astutos, como los de Ludivine.

Esta vez, cuando Rielle sintió que algo cambiaba en su interior, no se asemejó al tirón de un músculo al distenderse, sino a una expansión. Le dio la bienvenida, entregándose a su fiebre. Le abrió su propia mente para dejar que la consumiera, y cuando la envolvió en sus llamas por completo, tenía estrellas en las manos y fuego bajo la lengua. Ardía fría y clara, y cuando volvió a abrir los ojos, el mundo que la recibió le fue tan familiar como ajeno.

Sonrió un poco al regresar a su cuerpo. Serena, disfrutó del resonar de sus huesos. Se había liberado de toda preocupación, de todo enfado y toda desesperación. Escuchó un estruendo lejano golpeando los límites de su consciencia, pero lo desestimó como habría hecho con el zumbido de una mosca.

—Lo soy todo y no soy nada —susurró, riéndose un poco, y cuando se topó con los ojos de Audric, su expresión calmada y serena y llena de lágrimas le resultó imposible de descifrar.

Genoveve se incorporó, temblorosa, ensangrentada pero de una pieza. Audric corrió a estrecharla contra su pecho mientras la reina, con ojos desorbitados, buscaba algo que no veía. Miró a Rielle y soltó un grito tan furioso que, a pesar de la euforia, la hizo temblar de la cabeza a los pies.

—Deberías haberme dejado morir —le dijo Genoveve, jadeando. Aulló, mirando al cielo—: ¡Deberías haberme dejado morir!

Se tapó las orejas con las manos una vez más mientras Audric la acunaba entre sus brazos.

—Nos matará —susurró, girando la cara contra el pecho de su hijo. Sollozaba, lloraba—. Nos matará a todos.

Entonces el estrépito lejano creció, intensificándose con los lamentos de la reina. Rielle se giró para recibirlo, miró con curiosidad el patio iluminado por las antorchas.

La multitud reunida en las puertas inferiores había estado golpeando el hierro forjado con los puños, y el grueso muro de piedra con sus forjas, sus martillos y cuchillos falsos. Ahora, cuando Rielle se levantó para recibirlos, enmudecieron poco a poco, hasta que solo se oyeron algunos murmullos testarudos.

—No temáis —les pidió, levantando las manos para enseñarles que no llevaba ningún arma. Era un gesto inútil, pero esperaba que los apaciguara—. No pretendo haceros daño. Vuestra reina estaba mal, pero la he traído de vuelta con nosotros. Tal y como hice con lady Ludivine. Tal y como haré con cualquiera que lo necesite. Soy vuestra Reina del Sol, y no tenéis por qué temerme. No tengáis miedo.

Sonriendo con debilidad, les dio la espalda y se arrodilló junto a la reina. Genoveve gimoteó, intentando alejarse de ella todo lo posible pero todavía en los brazos de su hijo.

Audric no dijo nada, y miró a Rielle en silencio. Pocas veces había visto su mirada tan sombría.

Rielle le tocó la cara.

—Cariño —susurró, dándole un beso en su frente—. No tengas miedo.

Se arrepintió de haberle dado un beso casi de inmediato, pues en cuanto sus labios rozaron su piel, el hechizo de su poder se desvaneció. Se sintió drenada y dolorida, enteramente humana. Cuando Evyline la ayudó a ponerse en pie, se dio cuenta de que, por primera vez desde que lo conocía, Audric la estaba mirando con algo parecido al miedo.

40
ELIANA

«Durante el invierno más largo que el mundo había visto hasta la fecha, mientras las semillas de la guerra brotaban de la tierra, Gilduin viajó lejos. Su corazón anhelaba visitar territorios desconocidos. Una desazón en su sangre lo inducía a viajar sin descanso. Y no apreciaba este anhelo, sino que ansiaba deshacerse de él.
Y Morgaine permanecía en su castillo, reinando justa y equitativa. Tenía los ojos de acero y la mente afilada y certera. Pero por la noche lloraba, sola en su torre, sin saber que, solo en el desierto, en una lejana duna blanca, Gilduin también la lloraba a ella y se rasgaba el pecho, deseando arrancarse el terrible y furioso dolor de las venas y regresar a casa con ella para blandir su espada a su lado».

La balada de Gilduin y Morgaine,
antigua epopeya celdariana
de autor desconocido

Aquella noche en que la lluvia dio paso a otra tormenta, Eliana estaba despierta, tumbada en la cama, incapaz de detener el brutal torbellino de su mente.

El sonido de un trueno la estremeció y, antes de pensárselo dos veces, salió de la cama. El corazón le latía con fuerza. El aire era tan frío como el tacto del suelo de madera bajo sus pies descalzos; el camisón que le había dado Dani apenas le proporcionaba calor.

Pero, cuando abrió la puerta de su habitación, toda sensación de frío se le escapó de la mente.

Simon estaba allí, con el pelo tan revuelto como si se hubiera pasado la noche toqueteándoselo y el puño en alto, preparado para llamar.

Durante un instante, lo único que hicieron fue mirarse, pero la terquedad que amurallaba a Eliana acabó cediendo. La inquietud de la noche, la tensión del día y el terrible peso del porvenir unieron fuerzas para hacerla caer. Horrorizada al percibir que se desmoronaba, se inclinó sobre él para sollozar contra su manga.

Simon la abrazó y se quedaron en el umbral durante unos segundos. Eliana notó su mejilla contra la suya; él le besó el pelo. Después, entraron en la habitación y cerraron la puerta.

—¿Te parece bien que me quede? —le preguntó—. ¿O debería marcharme?

Eliana sacudió la cabeza contra su pecho.

—No me dejes sola, por favor. Dios, apenas puedo respirar. No puedo dormir, no puedo pensar.

Simon se quedó callado.

—Tienes miedo.

—Sí, y me odio por ello.

—Estoy familiarizado con el autodesprecio, pero es innecesario en tu caso. Estás en todo tu derecho de tener miedo.

—¿Tú lo tienes? Por favor, dime que tú también lo tienes.

—¿Te sentirías mejor?

—En cierta medida.

—Vale, bien. A decir verdad, he tenido miedo cada día desde que tengo memoria.

Eliana se apartó de él y le miró el rostro cansado. Salvo por los restos de una vela a punto de acabarse, que proveían a la habitación de pequeños destellos de luz, el lugar estaba a oscuras. Un impulso la hacía desear observar mejor el contorno de la nariz de Simon, el mapa de sus cicatrices, su mandíbula marcada.

—¿Cómo lo has hecho? —susurró—. Luchar todos estos años, ver y lidiar con actos tan cruentos. Entrenar con el Profeta. Los horrores que has aguantado, todo aquello que no me has contado. —Le tocó el pecho, justo donde la cicatriz que ella le había curado había estado. Le temblaban los dedos, estaba nerviosa—. ¿Cómo has sobrevivido?

Tras una pausa, Simon le acarició el pelo y le levantó la cabeza para que lo mirara. La pequeña sonrisa que le dedicó le resultó tan tierna que le llenó el cuerpo de luz.

—He sobrevivido —contestó, rozándole las mejillas— porque pensaba en ti.

Aquellas palabras se propagaron por su piel, dejaron un rastro tibio, un hormigueo al pasar.

—Pero hasta hace unos meses no me conocías.

—No, pero la esperanza de encontrarte... esa sí la conocía. La esperanza de no haberte perdido del todo. —La oscuridad le inundó el rostro y la soltó—. A veces me resulta imposible mirarte.

—¿Porque te recuerdo a mi madre?

—Porque todos los días me levanto y temo fallarte, porque todas las noches me acuesto y deseo... —Se pasó una mano por la cara y se dio la vuelta para encarar la ventana—. Perdóname, Eliana.

Con cuidado, ella se aproximó a él y tomó sus manos entre las suyas. Simon las levantó y le besó los dedos, las muñecas, las líneas de metal de sus forjas. El cuerpo de Eliana intentó acoplarse a cada uno de sus movimientos, a su respiración.

—¿Por qué? —le preguntó. Como no obtuvo respuesta, fue ella quien se llevó sus manos a los labios—. ¿Qué deseas cuando te acuestas?

Él murmuró su nombre y ella lo agarró del cuello y se estiró para darle un beso en la línea de la mandíbula.

—¿Por fin vas a darme un beso de verdad? —susurró contra su piel—. Ha sido lo único que he deseado durante meses.

—Cuando no estabas discutiendo conmigo, querrás decir —le contestó Simon, con la voz atrapada por una sonrisa.

Eliana le tiró de la camisa. Le ardía la sangre en las venas.

—Simon. O me besas o te marchas para que pueda empezar a odiarte.

Simon no tardó en inclinarse para besarle las lágrimas que se le estaban secando en las mejillas, en las comisuras de la boca, en la frente y en las sienes. Después, cuando ella emitió un gemido delicado y enfadado y apretó los puños contra su camisa, él enredó las manos en su pelo y buscó su boca.

El beso envió una oleada de calor por el cuerpo de Eliana, que le rodeó a Simon el cuello con los brazos para ir a su encuentro. Sus besos eran largos y lentos; sus brazos la agarraban con fuerza y con una mano le acunaba la cabeza. Deslizó la lengua en su boca, con un gemido; el calor alojado entre sus piernas palpitaba con tanta desesperación que temía que le fallaran las rodillas. Se había acostado con hombres y mujeres, tanto en su trabajo como la Pesadilla como por deseo, y había pasado muchas noches en la cama de Harkan. Aquello no era nuevo para ella.

Y aun así, se sentía tan temblorosa e inexperta entre los brazos de Simon, como si no la hubieran tocado en su vida.

—¿Estás bien? —murmuró Simón, pegado a su garganta, lamiéndole el cuello.

Ella se rio casi sin aliento.

—Si paras, te odiaré para siempre.

—Necesito que lo digas, Eliana. —Apoyó la frente contra la suya—. Pídeme que me quede.

—Quédate —susurró. La intensidad de su mirada le resultó insoportable. Se apartó, acariciándole la barba incipiente—. Quédate y llévame a la cama.

Él se rio contra su cabello, un sonido ajironado y tan crudo que ella tuvo que apretar los párpados para evitar una nueva oleada de lágrimas. Simon no dijo nada, pero no tenía que hacerlo. Eliana entendía su alivio, lo sentía ella misma: aquello estaba bien, como si llegara a casa por fin. Era como si todas las capas con las que se había revestido para protegerse del mundo, de su poder, de la terrible verdad de su familia, hubieran cedido hasta desvanecerse.

Sin ningún tipo de esfuerzo, Simon la levantó y sus caderas se unieron. Eliana gimió, agarrándose a su cuello con más fuerza. La llevó hasta la cama y se sentó en el borde. Ella se acomodó en su regazo, sosteniéndole el rostro con las manos. Lo besó hasta que tuvo que apartarse, jadeando, porque se sentía mareada por el deseo; e incluso con las manos de Simon firmes en sus caderas, se preguntó si saldría flotando.

—No lo entiendo —susurró a poca distancia de su boca antes de darle un beso en el labio inferior y morderlo con suavidad. No podía alejarse de él durante mucho tiempo; cada beso incrementaba su agitación, como si él pudiera desaparecer en cualquier momento.

—¿Qué no entiendes? —le preguntó, con voz irregular.

Temblando, clavó sus ojos en él y empezó a moverse en círculos sobre sus caderas. Simon gimió abruptamente y le rodeó el cuello con una mano.

—Eliana —dijo mientras le mordisqueaba la zona del esternón, mientras le apartaba la ropa con la boca—, ¿qué es lo que no entiendes? Si seguimos así, dejaré de pensar con la claridad suficiente como para que me importe.

Ella le sostuvo la cabeza contra su pecho y gimió levemente cuando empezó a besarla, con la boca caliente y segura.

—Por qué me gusta tanto. Nunca me había sentido... así. —Intentó explicarse mejor, pero no consiguió encontrar las palabras.

—Tú y yo hemos sobrevivido al fin del mundo —le respondió Simon en voz baja, repitiendo las palabras que había pronunciado en la helada bahía de Karajak. Le acarició los mechones de pelo que se le habían escapado de la trenza—. Es por eso, amor. Yo también lo siento. Tú y yo somos lo único que queda de nuestro hogar.

La tristeza que impregnaba su voz le robó el poco sentido que le quedaba. Con un nudo en la garganta, se inclinó para besarlo. Fue un beso torpe, rígido y débil, en el que se esforzó por contener las lágrimas. No tardó en esconder el rostro en su cuello y en aferrarse a él, con los brazos alrededor de sus hombros.

Simon la abrazó un instante, murmurando palabras dulces contra su cabello, y después se levantó junto a ella. Con una pregunta en los ojos, empezó a desabotonarle la camisa.

Eliana lo ayudó con dedos temblorosos; primero se desabrochó sus botones y después los de él. Pronto estuvieron desnudos, solo con las forjas alrededor de sus manos. Las marcas de los malos tratos en el cuerpo de Simon le dieron ganas de llorar. Era de complexión delgada y fuerte, magnífica a pesar del tapiz de cicatrices que le recorrían la piel, y no parecía avergonzado ante ella. Eliana le acarició el torso, el vientre plano y el pecho ancho, y comenzó a besarle las cicatrices, dispuesta a aliviar el dolor de cada una de ellas.

Pero él pronunció su nombre con voz ronca para detenerla y susurró:

—¿Puedo tocarte, por favor? He soñado con esto, Eliana, con adorarte durante horas y horas.

Ella le dedicó una sonrisa y levantó una ceja.

—¿Durante horas? Dios mío, qué ambicioso.

—Y ni siquiera eso sería suficiente para mí.

Con gentileza, la ayudó a tumbarse sobre el cálido nido de mantas de la cama. Su mirada la recorrió, codiciosa y brillante, seguida por el deslizar de sus palmas sobre cada curva. Eliana se estremeció bajo las plumas de sus dedos, inundada por el calor, y cuando él bajó hasta su vientre y le besó la piel temblorosa justo debajo del ombligo, se rio.

—Eres más bonita de lo que había imaginado —susurró. Entrelazó sus dedos con los de ella, le inmovilizó las manos sobre la cama y volvió a bajar para acomodarse entre sus piernas.

Eliana gimió y se arqueó contra su boca mientras él la besaba, una y otra vez, hasta que se convirtió en una implorante mujer de fuego líquido incapaz de pensar. Justo cuando estaba a punto de explotar, Simon se apartó para besarle los muslos y el vientre.

—Vete a la mierda —jadeó, mirándolo, pero verlo sonreír entre sus piernas la hizo querer acercarse a él, mareada—. Simon, por favor. Tú que eres tan guapo y tan encantador.

—No te preocupes, mi amor —le dijo con voz engreída y satisfecha—. No he terminado.

Y entonces volvió a concentrarse en ella, la besó y la acarició hasta que se revolvió debajo de él, hasta que se agarró a las sábanas con fuerza, a las manos con las que le sujetaba las caderas. Eliana le enterró los dedos en el cabello y se movió contra su boca hasta que por fin, con un brusco gemido, el calor que había estado reuniéndose en su interior restalló, arrastrándola a un mar tibio, dorado y vibrante.

Se estremeció debajo de Simon, despacio y flexible, y después se quedó sin fuerzas en la cama, con un calor hormigueante en el cuerpo.

Cuando abrió los ojos, lo vio acomodarse a su lado y le dedicó una sonrisa delirante. Se acurrucó contra su pecho mientras recuperaba el aliento. Él la abrazó, le acarició el cabello, y cuando su corazón se tranquilizó, Eliana se estiró para darle un beso, lista para burlarse de él (quizá sobre lo insoportable que sería a partir de entonces, presumiendo de su habilidad con la lengua), pero se detuvo al ver la expresión de su rostro. La dulzura y calidez de su mirada, una que supo instintivamente que solo sería para ella.

—Simon, por favor, dime que quieres más —le pidió, tocándole la mejilla—. Dime que serás mío.

Él le besó la mano.

—Quiero todo lo que estés dispuesta a darme. Te quiero todo el tiempo que nos quede.

Esas palabras la apuñalaron porque le recordaron verdades sobre el futuro que no quería tener en cuenta, al menos no en ese momento, con la lluvia en la ventana y sus brazos rodeándola en la suave crisálida de la cama, como si ese fuera su único propósito.

Negó con la cabeza contra su pecho, como si con ese gesto pudiera oponerse al terrible destino que les esperaba, y después se estiró y lo besó hasta que sintió su dureza contra el vientre. Bajó la mano para acariciarlo, disfrutó de sus gemidos bruscos y contenidos, de cómo se agarraba a ella mientras le besaba los hombros y el pelo. Aquel hombre temible, desesperado y tembloroso en sus brazos.

Un momento después, él le detuvo suavemente la mano y jadeó contra su cuello.

—Por favor —susurró—, así no. Te necesito. Eliana, Eliana. —Frotó el rostro contra el de ella, que suspiró alegremente ante el suave arañazo de sus mejillas sin afeitar—. ¿Puedo?

Eliana lo besó en respuesta, con dulzura, despacio, hasta que dulce y lento ya no fue suficiente. Simon se cernió sobre ella con un gemido y le metió la lengua en la boca. Ella se aferró a su espalda sudorosa mientras se movía sobre su cuerpo, dibujando círculos que enviaban ondas de calor por su cuerpo, hasta que se rindió a su fuerza hambrienta, jadeando con cada beso. Simon le mordisqueó el cuello y Eliana gimió y lo rodeó con las piernas. En voz baja y ronca, Simon pronunció su nombre, y ella se estremeció, sujetándole la cabeza contra la suya.

—Sigue hablando —murmuró, cerrando los ojos—. Me encanta escucharte así.

Él se rio.

—¿Y qué te digo? ¿Que verte entre mis brazos es mejor de lo que podría haber imaginado? —Le dio un mordisco en la piel suave detrás de la oreja—. ¿Lo dispuesto que estoy a darte todo el placer que desees? —Enterró la cara en su pelo y volvió a pronunciar su nombre con un quejido ahogado.

Aturdida por el sonido ronco de su voz y con la piel vibrante y caliente, comenzó a apartarse de él, que la soltó de inmediato.

—No —le dijo, acercándose a él de espaldas—. No te vayas. Vuelve conmigo.

—Aquí estoy. —Le dio un beso en la sien y la rodeó con sus brazos—. ¿Así, Eliana? ¿Así es como lo quieres?

Ella asintió, contoneando la cadera, sonriendo al sentirlo tan duro y ansioso. Simon siseó contra su cabello, jadeó una maldición. La sostuvo, con una mano amable alrededor de su cuello y la otra entre sus piernas para acariciarla. Y a continuación la penetró, con empellones lentos y profundos que la hicieron arquearse contra él, gemir de placer. Sus brazos rodeándola, su pecho fuerte contra su espalda; su plenitud, su calor; las caricias de sus dedos mientras movían las caderas.

Eliana se agarró a su brazo y le clavó las uñas en la carne.

—Simon —dijo, con voz entrecortada—. Oh, Dios...

—Repite mi nombre. —Sus labios estaban calientes en su oreja, y tenía la voz forzada—. Por favor, amor.

Eliana lo hizo, una y otra vez, hasta que ya no pudo hablar más, pues los sonidos que él hacía al moverse eran tan deliciosos, tan animales y apasionados, que su piel parecía bañada en fuego. Simon apoyó la cara contra su cuello y la estrechó con fuerza. Le dio un beso en la garganta, en la mandíbula, y cuando se rio, sonó febril.

—Eres preciosa —le dijo con voz ronca—. Eres exquisita. Dios mío, mírate.

Le acercó la cara a su cabeza, el cuerpo caliente al suyo, y murmuró su nombre tras cada beso en las mejillas, en la boca. Y la ternura, los mechones húmedos que se le pegaban a la frente, la firmeza de sus manos, hicieron que a Eliana le doliera el pecho con la perspectiva de una terrible pérdida.

Pronto intentarían lo imposible.

Pronto podría perderlo. Podría perderlos a todos.

—Más fuerte —susurró, encantada de que la obedeciera—. Más rápido, Simon.

Él la ayudaría a despojarse; la haría deshacerse una segunda vez y le quitaría el dolor del corazón. Se tocó el pecho, suspirando y retorciéndose en sus brazos, y sonrió un poco cuando él maldijo contra su cuello.

Simon obedeció todas las órdenes que le susurró. Eliana intentó pronunciar su nombre una vez más, pero justo su placer llegó a su punto álgido y la palabra se quebró en su garganta mientras se deshacía en sus brazos con un suave gemido. Ese sonido llevó a Simon al límite. Le sujetó la espalda con fuerza, le clavó los dedos en las caderas y jadeó su nombre con la voz ronca y deshilachada. Lo dijo de nuevo, y de nuevo, susurrando contra su cabello. Después de largos minutos, mientras temblaban en los brazos del otro, cuando el corazón de Eliana se calmó lo suficiente para que pudiera volver a pensar, se giró para mirarlo.

Él sonrió, con los ojos entrecerrados. Su felicidad era tan deslumbrante que dolía, como mirar demasiado rato un cielo soleado.

—Hola —le dijo con voz ronca—. Estás radiante, ¿sabes? Como si te hubieran estado besando.

Pero ella no consiguió sonreír y se odió por ello. A pesar de sus caricias y de sus besos, seguía teniendo miedo. Aquella tristeza terrible y candente se había instalado en su pecho, y no conseguía deshacerse de ella.

Le tocó la boca, memorizando su forma.

—¿Qué pasa? —le preguntó Simon, cuya expresión se tornó preocupada.

Las palabras estaban en su lengua, listas para ser pronunciadas: «Esto ha sido un error».

Porque ahora, si lo perdía, cuando lo perdiera, la pérdida le dolería más.

Pero en realidad no le dolería. Claro que no. Si conseguían hacer aquello y detenían a su madre, si reescribían el curso de la historia para que la Reina de la Sangre no cayera y el imperio muriera antes de nacer, nada de aquello ocurriría. Ella no sería hermana de Remy, nunca conocería a Harkan ni mataría a Rozen.

Nunca se enamoraría de Simon.

Era la primera vez que se decía esas palabras y sintió que la golpeaban, que le robaban el aliento hasta dejarla mareada. Pero eran ciertas, tanto como el hecho de que, si perdía a Simon, si perdía aquella vida y aquel futuro y a todos los que formaban parte del mismo, no sería una pérdida. Solo sería un borrado.

Y aquello, decidió, era lo peor que podía imaginar. No perder algo que amaba, sino que se lo quitaran, que le arrancaran la experiencia del corazón sin dejar atrás ningún recuerdo. Ignorar la pérdida por completo.

—Eliana —Simon le retiró el pelo enredado de la cara—, dime qué te pasa. Veo en tus ojos que algo te preocupa.

—Sabes de sobra qué me preocupa —le espetó. Antes de que él pudiera responder, apoyó el rostro contra su pecho, con los brazos atrapados entre los cuerpos de ambos, y susurró—: Quédate conmigo. Por favor. Quédate conmigo toda la noche.

Simon se quedó quieto un instante y después tiró de las sábanas para taparse con ellas. Le cubrió el cuerpo a Eliana, que temblaba. Le enganchó una pierna con la suya y le besó la frente, haciendo que se le saltaran las lágrimas.

—Estoy aquí —le dijo, acariciándole el pelo—. No pienses en nada más. No esta noche.

—¿Y mañana? —le preguntó Eliana, que fue incapaz de contenerse.

Simon la hizo mirarlo y la besó con tanta gentileza que el corazón estuvo a punto de explotarle.

—No pienses en eso —le pidió—. Esta noche es lo único que importa ahora.

—Esta noche estamos juntos —dijo ella, mirándolo.

La expresión de Simon era sincera y tierna, muy diferente del Lobo al que había conocido en Orline pero a la vez familiar, como si se llevara toda la vida mirándolo. No tuvo más remedio que besarlo.

Y esta vez, cuando se amaron, lo miró y dejó que su peso la hundiera en la cama. Sin apartar los ojos, Simon le acunó la cara y ella lo miró hasta que no pudo seguir haciéndolo, hasta que el placer de sus caricias la arrastró. Se aferró a él, temblando, agarrándole el pelo. Escuchó su voz rompiéndose en su cuello y rezó furiosamente (a los santos, al empirium, a su propio impensable poder) para despertar al día siguiente y descubrir que otro había venido a salvar el mundo, dejándolos descansar por fin.

41
RIELLE

«—Cuando sientas que se te eriza el vello de la nuca, aunque no haga frío; cuanto te sientas observada, aunque estés sola; cuando tengas la sensación de que ya has caminado antes por un sendero desconocido, sea en un sueño o durante una fiebre —dijo Tahti, la bruja buena—. Esos son los momentos, pequeña. Escúchalos con atención. Estos son los momentos que te dicen que una de tus muertes ha nacido. Son muchas, y algunas son amables y otras crueles. Deambulan por el mundo, ciegas, con dedos hábiles y diestros. Algún día, una de tus muertes te encontrará. Algún día, una de ellas te reclamará en nombre de un final».

Bosque negro, cielo blanco,
colección de relatos infantiles de Borsvall

Rielle se hallaba sentada en un vasto campo sin árboles que estaba cubierto de nieve.

Estaba descalza, vestida únicamente con un fino camisón, y tiritaba. Se abrazaba las rodillas, que mantenía pegadas al pecho. Aguardaba en silencio el sonido de los pasos que sabía que vendrían, y cuando por fin se aproximaron, crujiendo sobre la hierba helada, sonrió para sí misma, pero no se dio la vuelta.

—¿Por qué me has traído aquí? —le preguntó.

Corien, que tenía las manos entrelazadas a la espalda, la rodeó. Vestía un gabán oscuro y una capa ribeteada en piel.

No lo miró. No lo miraría.

—Porque deseabas que lo hiciera —le respondió.

—Deseaba dormir.

El ángel se rio.

—Me deseabas a mí.

Rielle se mordió la lengua, decidida a no mirarlo. No se equivocaba: desde la resurrección de Genoveve, había estado desesperada por escuchar su voz y sentir el roce de su consuelo, pero se negaba a admitirlo en voz alta.

—No he podido dormir —admitió—. No desde que la traje de vuelta a la vida. —Aunque el calor de las lágrimas invadió sus mejillas, sus ojos permanecieron secos—. Garver me ha dado medicinas para dormir, pero no funcionan. Nada funciona.

Corien se agachó ante ella, que siguió sin mirarlo, concentrada en el paisaje invernal de su mente.

—Dormirías plácidamente si dejaras de luchar contra la verdad —le aseguró.

—¿Y cuál es esa verdad?

—Que quedarte allí con ellos, con él, te llevará a la ruina.

Rielle se pasó la lengua por los labios secos.

—Audric me ha dicho que Genoveve tampoco duerme. Solo grita y grita. Tiene pesadillas terribles, peores que antes. A veces la escucho. A veces vuelo con Atheria a las montañas para no hacerlo.

—Me cuentas esto como si no lo supiera ya.

Rielle lo miró por fin y se quedó sin aliento al reparar en la belleza de su figura recortada por la luz fría y pálida.

—¿Qué le he hecho? —susurró—. ¿Por qué no puede dormir? ¿Por qué no puedo dormir yo?

—Ya he contestado a la segunda pregunta. En cuanto a la primera... —Se quitó la capa y se la puso a ella sobre los hombros—. Algunas mentes son demasiado débiles para soportar la gloria de la resurrección.

—La has emponzoñado. Eso es lo que ha ocurrido. La has vuelto loca.

Rielle se arrebujó bajo la capa, demasiado agradecida por el calor que le proporcionaba como para rechazarla. Olía a él, a su fragancia intensa y especiada, a la fuerza del humo y el mordisco del invierno.

—Le he contado la verdad sobre nuestro sufrimiento —le dijo, sosteniéndole la mirada sin pestañear—. El sufrimiento que su gente le infligió a la mía. Si no soporta escucharla, el problema lo tiene ella, no yo.

Rielle lo fulminó con la mirada.

—Déjala en paz.

—No —fue la respuesta de Corien—. Ha de ser castigada, todos han de serlo. Ni es la primera ni será la última.

Rielle se levantó del suelo, se quitó la capa a pesar de que le castañeaban los dientes por el frío y se alejó de él, apresurándose hacia el horizonte.

Él caminó a su lado.

—Estás tiritando.

—Bien visto.

—Voy a llevarte a un lugar donde haga más calor. Donde estés más cómoda.

Tras aquellas palabras, el mundo se reorganizó. El paisaje helado desapareció y lo sustituyó una habitación caliente y oscura. Había un fuego ardiendo en una enorme chimenea negra, una cama con dosel y un elegante diván. Pieles y sábanas bordadas. Una mesa puesta con comida y bebida.

A través de los amplios ventanales se apreciaba un paisaje ártico: montañas coronadas de nieve, un valle helado y el brillo distante de un mar congelado.

—Ya he estado aquí —murmuró Rielle—. En otro sueño. Ya me habías traído aquí.

Corien se acercó a la ventana, firme e impasible junto a Rielle.

—Y lo volveré a hacer. En la vida real, si me lo permites.

Rielle examinó las montañas rápidamente, percatándose de la pulcra red de caminos trazados a través de la nieve, de los barcos a medio construir en la bahía congelada. Había puertas abiertas en las montañas y fosas cuadradas excavadas profundamente en la tierra, todas ellas refulgiendo con el brillo anaranjado del fuego.

Se guardó aquella información en un rincón de la mente con una sensación torpe y frenética a la vez. Los pies no la sujetaban. Corien se daría cuenta de que estaba intentando procesarlo todo, de que iba a trasmitir aquella información a Audric al regresar a casa.

Rielle le acarició la mano para distraerlo y él se estremeció un poco, pero después entrelazó los dedos con los de ella.

Sus palmas se encontraron. La de ella ardía, la de él estaba helada. Una imagen apareció en su mente, inesperada: Corien y ella, abrazados, con los labios de él en su cuello y las manos de ella enredadas en su pelo.

Intentó controlarla, expulsarla a pesar de la respuesta de su cuerpo, del cosquilleo de su piel, pero fue demasiado tarde.

El mundo volvió a cambiar y dejaron de estar de pie junto a la ventana.

Estaban en la cama, en aquella cama enorme en una esquina de la habitación, envueltos en seda y piel. Él la presionaba contra las almohadas, inmovilizándola con las caderas, succionándole el cuello con ansia. Y fue como si llevaran horas besándose. Su cuerpo palpitaba, flexible y resbaladizo. Aunque lo rodeada con las piernas, ella no las había movido. El camisón se le había levantado hasta el vientre, y Corien le agarró los muslos desnudos.

—No —jadeó contra su boca.

—Esto es lo que quieres —murmuró él contra su cuello—. Lo sé, Rielle, lo he visto en tu mente.

—Ha sido un pensamiento, no una invitación —replicó, y lo empujó con tanta fuerza que lo mandó volando por la habitación, hasta que se golpeó la cabeza contra la pared. Y aunque todavía estaba mareada por sus besos y le dolía el cuerpo por el deseo, se obligó a mirarlo sin emoción—. Tú no sabes lo que quiero. Y si me vuelves a obligar, te destruiré.

Entonces, mientras él la miraba, aturdido, con un hilillo de sangre en la sien, la puerta de la habitación se abrió.

Ludivine entró, con fuego en sus ojos claros y el cabello dorado y suelto, tan brillante como las llamas. Llevaba un vestido gris con hombreras cuya tela brocada se asemejaba a una armadura, y una espada brillante.

—Ponte detrás de mí, Rielle —la instó con voz clara y firme—. No lo mires. No le hables.

Corien, desplomado junto a la pared, empezó a reírse, un sonido áspero que no tardó en aclararse. La sangre que tenía en el rostro se desvaneció. Se levantó, blandiendo una espada que se había materializado de repente en su costado.

—Qué ternura —dijo—. ¿Así es como te ves a ti misma, rata? ¿Como una salvadora, una vengadora?

En lugar de responder, Ludivine le lanzó una mirada asesina.

—Detrás de mí, Rielle.

Rielle se levantó de la cama, temblando.

Corien la fulminó con la mirada, con los ojos pálidos y furiosos.

—¿De verdad? ¿Vas a obedecer? Te llama y corres hacia ella como un perro hacia su amo.

—Tienes una manera curiosa de intentar ganarte mi corazón —le contestó Rielle, apoyada en uno de los postes de la cama para recuperar el aliento—. Me fuerzas. Me comparas con un perro.

—Trato de salvarte de ellos. —Su voz cortaba, afilada como la hoja de un arma—. ¿Es que no lo ves? Si ella quisiera, podría despertarte de este sueño. Está más cerca de ti de lo que lo estoy yo. De hecho, esta junto a tu cama. Podría hacerlo, si lo intentara. Pero quiere que la veas así. Quiere impresionarte.

—No lo escuches —le ordenó Ludivine—. Intenta ponerte en mi contra.

Impaciente, Corien hizo un movimiento con la espada.

—Y ella quiere lo que yo quiero, lo mismo, pero oculta sus deseos tras una capa de amabilidad y de mentiras.

Rielle se llevó las manos a las sienes. Tenía la mente llena de sus palabras enfrentadas.

—Para —susurró—. Me estás haciendo daño.

—Pregúntale qué nos pasó de verdad. —Corien se acercó; le brillaban los ojos—. Pregúntale qué hicieron tus queridos santos. Cómo nos engañaron.

—Cállate, víbora —le espetó Ludivine.

Rielle cerró los ojos y se giró para dejar de verlos. En su cabeza era una sinfonía de tambores.

—Por favor. Te lo ruego.

—¿Yo soy la víbora? —Corien soltó una amarga carcajada—. Hago lo que tengo que hacer para salvar a los nuestros. Sí, en efecto. A los nuestros. Tú también eres un ángel, ¿acaso se te había olvidado? Pero lo que tú haces, lo haces por ti misma. No piensas en nadie más. Te has olvidado de nosotros. Solo te preocupa salvar tu propio pellejo robado.

—¡Para! —gritó Rielle, cayendo de rodillas. En su interior se estaba librando una batalla, dividiendo su mente en dos. Se hizo un ovillo, presionándose las sienes con el canto de las manos.

Entonces notó unas manos en los hombros y unos labios en la frente.

Levantó la mirada, con las mejillas surcadas por lágrimas, y vio que Audric estaba arrodillado ante ella. Hablaba, pero su voz le llegaba distante. Echó un vistazo frenético por la habitación.

Estaba en casa, estaba en casa, en los aposentos de Audric, junto a su cama de sábanas arrugadas de color ciruela. El fuego todavía crepitaba en la chimenea. Evyline y otras dos soldados de la Guardia del Sol, Jeannette y Fara, se hallaban detrás de él.

—Audric —dijo Rielle, jadeando mientras apoyaba la cabeza en su pecho desnudo—. Oh, Dios. Ayúdame. No paraban. Los sentía mi interior y no paraban.

Un suave susurro de tela, un familiar aroma a lavanda.

—Lo siento mucho, Rielle —le dijo Ludivine—. Solo intentaba ayudarte.

—Lu, aléjate de ella o te desterraré de esta ciudad —la amenazó Audric, cuyo tono estaba impregnado de una furia que sonaba nueva en él.

Rielle negó con la cabeza contra su pecho.

—Solo tú —susurró mientras enredaba los dedos en sus rizos—. Por favor, cariño, quédate solo tú.

El corazón le latía con rapidez. Sentía la presencia de Ludivine demasiado cerca, aunque lejos de su mente, y se negaba a mirarla. Todavía le palpitaba la cabeza; todavía podía verlos a ambos a su alrededor: Corien y Ludivine, con las espadas alzadas.

—Evyline —le dijo Audric—, ¿podrías dejarnos solos unos minutos, por favor?

—¿Qué está pasando? —preguntó una voz nueva, afilada.

Mareada y con la vista nublada, Rielle vio que Merovec entraba en la habitación.

—Oh, por favor, no te preocupes —le dijo Ludivine, con una sonrisa y un beso en la mejilla—. Rielle ha tenido una pesadilla, eso es todo.

—Yo también tengo pesadillas y nunca ninguna ha causado este revuelo. —Cuando las miradas de Merovec y de Rielle se cruzaron, pudo ver su semblante, frío e imperturbable—. ¿Con qué has soñado, lady Rielle? ¿Son tus pesadillas las mismas que le ocasionabas a mi tía?

—Rielle no tiene nada que ver con las pesadillas de mi madre —espetó Audric—. Todavía no ha superado la muerte de mi padre.

—Y aun así, insisto, yo no me despierto gritando histérico tras soñar con mi difunto padre. —Merovec se acercó para arrodillarse junto a Rielle y mirarla directamente a los ojos—. ¿Qué eres, exactamente?

—Merovec, es suficiente —se apresuró a decir Ludivine.

Él la ignoró y continuó concentrado en Rielle.

—¿Cuánto queda para que la muerte y la locura que te acompañan se ciernan sobre nosotros?

—Dile una sola palabra más —lo amenazó Audric, con voz vibrante y furiosa— y me encargaré de que no vuelvas a poner un pie en este palacio.

Merovec sonrió.

—Está bien. Te lo diré a ti, entonces: compartes cama con un monstruo, Audric. Y me preocupa sobremanera que el heredero de mi reino muestre un juicio tan peligrosamente dañado.

—Sal de la habitación ahora mismo, Merovec —le ordenó Ludivine—. Vuelve a la tuya y espérame allí.

Merovec levantó las cejas y miró a su hermana.

—También te ha embaucado a ti, hermanita. No es tu amiga. Solo es una ladrona y una zorra que acabará por condenarte.

De una zancada, Evyline se interpuso entre Rielle y él. Jeannette y Fara, mirándolo con desprecio, hicieron lo mismo.

—Lord Sauvillier —gruñó Evyline—, si no obedece al príncipe, la guardia se verá obligada a echarlo.

—Es sorprendente, la cantidad de gente que has conseguido que te aprecie mediante engaños —dijo Merovec—. Pero, lady Rielle, yo te veo tal como eres. Te veo claramente.

Se escuchó una voz familiar junto a la puerta.

—Audric. —Eran Tal y Sloane, pálida y con los labios apretados—. Siento interrumpir, pero tenemos un problema.

Ludivine contuvo el aliento.

—Hay gente en las puertas.

Merovec la miró.

—¿Quiénes?

—¿Cuántos? —preguntó Ludivine, ignorándolo.

—Miles —respondió Sloane en voz baja.

—¿Cómo has sabido lo que iba a decir? —preguntó Merovec a su hermana, con voz impaciente.

Rielle miró a Tal sobre el hombro de Audric. Estaba tenso y tenía las manos en puños, como si quisiera acercarse a ella.

—¿Quiénes están en las puertas, Tal? —le preguntó.

Él exhaló un suspiro.

—Todos.

Se arremolinaban en las calles de alrededor de Baingarde, llenaban cada camino, cada patio, del distrito del templo. Sacaban el cuerpo por las ventanas y se agrupaban en las azoteas. Lanzaban comida podrida por encima de las verjas de palacio, así como puñados de barro y desechos. Los amplios patios adoquinados quedaron cubiertos de basura. Golpeaban las verjas de hierro con los puños; escalaban los muros de piedra hasta que la guardia real les golpeaba la cabeza y los esposaba para reducirlos.

Pero seguían llegando, pues las barricadas que habían construido los soldados para impedirles el paso a través de las puertas de palacio no los disuadían. No tardaron en llenar las zonas más alejadas. Hileras de soldados los mantenían fuera del palacio, pero se subieron a las fuentes de los santos para ondear antorchas, bastones y cuchillos. Orinaron en el agua. Estallaron peleas; puñetazos para defender el honor de Rielle, crueles patadas en las costillas y en las cabezas de aquellos que llevaban el emblema de la Reina del Sol manchado de pintura roja.

La gente de Âme de la Terre abucheaba, vociferaba. Gritaban el nombre de Rielle, de Audric, de Genoveve. Llamaban a Merovec. Exigían que hablara el arconte.

Rielle se detuvo ante las puertas de Baingarde, atrapada entre las hileras de guardias y el inmenso muro de ruido que la golpeaba.

—¡Reina de la Sangre! —chillaban—. ¡Reina del Sol! ¡Rielle!

Los chillidos se convirtieron en un clamor, en un estruendo indescifrable.

Pronto, un cántico se alzó por encima del resto:

—¡Entregadnos a la reina! ¡Entregadnos a la reina!

—¿Hablan de mí o de Genoveve? —le preguntó Rielle a Tal.

—No creo que importe —le respondió—. Ojalá no hubieras bajado.

—Tienen que verme. Tienen que ver que no les tengo miedo.

Audric estaba hablando, furioso, con la comandante del ejército real, que había sido la mano derecha del padre de Rielle: Rosalin Moreau, una mujer de piel pálida y semblante serio con ojos de acero y el cabello blanco rapado.

—No puedes esperar que me crea que cientos de soldados armados se sienten abrumados por una turba de rebeldes. —Audric señaló el patio—. Sácalos de aquí. Echadlos de la muralla del palacio. ¡Santo cielo, Rosalin, casi están en las puertas!

—¿Tengo su permiso, mi señor, para desplegar los medios que sean necesarios? —le preguntó la comandante Moreau, impasible.

—No te lo recomiendo —murmuró Ludivine, que estaba cerca de Audric—. Eso solo les dará más munición contra ti.

—¿Qué harías en mi lugar, entonces?

Podría colarme en sus mentes, le respondió Ludivine. *Podría calmarlos, alejar a los suficientes como para que el resto se disuelva.*

Aquello pilló a Rielle por sorpresa, sentirla no solo a ella en su mente, sino también a Audric. Sonaba débil, enterrado bajo la superficie de sus propios pensamientos y de los de Ludivine, pero allí, firme y sólido, tenso y lleno de preocupación.

«¿Te estás comunicando con los dos a la vez?», le preguntó Rielle.

Me ha parecido eficiente, le contestó Ludivine.

Rielle recuperó la compostura. Todavía sentía la mente frágil, delicada, después del sueño. Deseaba estar tranquila, que Ludivine se marchara y se llevara a Audric con ella.

«Creo que debería hacerlo, Audric», contestó. «Deja que se ocupe de ellos».

«¿Eso es lo que vamos a hacer?». Los pensamientos del príncipe, que no la miraba, tenían un poso de tristeza. «¿Usaremos a Ludivine para arrebatarle al pueblo la voluntad siempre que nos convenga?».

Ludivine se impacientó.

¿Se te ocurre algo mejor?

Los pensamientos de Audric se tornaron afilados. Se giró hacia Rielle y esta apartó la mirada, pues la expresión de estupor y enfado que convertía su rostro en una máscara desconocida era terrible. Seguía siendo él, pero parecía envuelto en una nube oscura.

Y entonces habló en voz baja, para que solo ella pudiera oírlo.

—Lo viste anoche.

Se le cerró el estómago. Por un instante, se planteó mentir.

Lo ha visto, la informó Ludivine, que entró en pánico. *Oh, querida. Lo siento. No he caído en ello antes de conectarnos a los tres.*

Rielle se tragó el enfado y trató de poner en orden sus pensamientos.

—Lo vi, sí. En el sueño.

—Lo besaste. —Audric tensó la mandíbula—. Lo acabo de ver.

—Sí.

—Estuviste en su cama. Te estaba tocando.

Rielle se quedó sin aliento.

—Sí, pero yo no quería. Me forzó. Tomó el control de mis pensamientos y los hizo realidad sin mi consentimiento.

Audric se dio la vuelta para no verla y se pasó una mano por los rizos con brusquedad.

Ella lo siguió con un nudo en la garganta y los ojos llenos de lágrimas.

—Audric, por favor, tienes que creerme. —Sus propias palabras parecían ahogarla.

—Te creo —le dijo él, pero evitó su mirada.

—Mi señor —insistió la comandante Moreau—, ¿cuáles son las órdenes?

Merovec dio un paso al frente.

—Deja que yo hable con ellos. Quieren que se los escuche, y yo lo haré. Veros a cualquiera de vosotros solo los provocará más.

Se oyó un alarido agudo en el patio, seguido de más. La multitud se disolvió en gritos de enfado que se convirtieron en chillidos de pánico.

Rielle se apresuró hacia la puerta, pasando junto a Evyline.

Docenas de resurreccionistas de la Casa del Segundo Sol, vestidos de blanco y dorado, se detuvieron ante la multitud y se llevaron una daga al cuello. Algunos ya habían caído y la sangre manaba a borbotones del corte de sus gargantas. Uno a uno, los siguieron los demás, demasiado rápido como para que pudieran hacer algo para detenerlos, hasta que solo quedó uno, un hombre con los ojos desorbitados que estaba junto a las puertas de Baingarde. En la mano derecha sostenía un cetro dorado cuyo mango relucía bajo la luz de las antorchas. Estaba coronado por un medallón con forma de sol que también brillaba.

El hombre miró a Rielle y la llamó, sonriendo.

—Le pedimos que haga con nosotros lo que hizo con nuestra reina. Nos lo prometió, Reina del Sol. ¡Nos lo prometió, alabada diosa y salvadora!

Rielle echó a correr, pero Evyline le agarró la muñeca con fuerza.

—¡Lu, detenlo! —gritó.

Pero él ya se había cortado el cuello. Primero cayó de rodillas, y después hacia adelante; el cetro resonó contra la piedra. Verlo ahí tendido, ahogándose con su propia sangre en un charco bajo su cuerpo, acabó con cualquier rastro de calma que Rielle hubiera podido reunir.

Se lanzó contra la tenaza de los brazos de Evyline, gritando y llorando por la muerte del hombre, por los cadáveres que manchaban el patio de rojo y por los miles que estaban siendo aplastados mientras intentaban escapar, alejarse de las puertas, regresar a las calles. Y lloró por sí misma, furiosa y agotada. Golpeó los brazos de su capitana, y cuando esta no la soltó, buscó en sus entrañas, en sus palmas y en sus pies y los empujó a todos: a Evyline, a su Guardia del Sol, a Merovec, a las docenas de soldados que atravesaban las puertas en ambas direcciones.

Audric lo había esperado. Se agarró a Ludivine y se sostuvieron el uno al otro, tambaleándose en lugar de caerse.

—¿Esto le está permitido? —Merovec señaló a Rielle, poniéndose en pie—. ¿Este temperamento? ¿Esta imprevisibilidad? Sois unos estúpidos. —Señaló a Audric—. Y tú eres el peor de todos. ¿Acaso no ves lo que pasa? Primero te ha envenenado a ti, y pronto caeremos los demás.

Ludivine lo agarró del brazo y le habló en un tono demasiado bajo como para que Rielle lo oyera. Merovec no tardó en aquietarse y su rostro reflejó cierto desconcierto, como el de un niño al despertarse de un sueño. Se alejaron juntos. La guardia de Merovec los escoltó, con el ceño fruncido y confusa.

Audric los siguió con la mirada. Después se dirigió a la comandante Moreau.

—Quiero el patio vacío y limpio dentro de una hora. Quiero el orden restaurado en las calles dentro de dos.

La comandante asintió.

—¿Y aquellos que se nieguen a marcharse?

—Creo que no os costará convencerlos —dijo el príncipe con tono sombrío. Después miró a Rielle y pasó junto a ella, alejándose de la puerta—. Ven conmigo, por favor —susurró, tras lo que añadió volviéndose hacia la guardia—: Que no nos molesten.

Ella dudó solo un instante. Pensó en buscar a Ludivine o a Corien, pero se abstuvo al recordar cómo se habían peleado en su mente.

Siguió a Audric por el vestíbulo. Los gritos de la multitud se disiparon a su espalda, atenuados por el repique dorado de los pasos de la Guardia del Sol, que la seguía de cerca.

Audric la condujo a la Cámara de los Santos. Cuando la guardia se apostó fuera, ante las puertas cerradas, el silencio envolvió la amplia estancia.

Rielle se estremeció. El frío allí era distinto del de su sueño. Este frío era estéril, marmóreo. Miró las estatuas de los santos y sintió sobre los hombros el peso de sus ojos, de las enormes armas de bronce que portaban.

Audric se detuvo en el centro de la sala, mirando el estrado donde se hallaba el trono de su padre.

—Tendrán que coronarme pronto —dijo. Su voz inexpresiva reverberó en los fríos suelos y paredes—. Lo he pospuesto tanto como me ha sido posible, pero ha llegado la hora. Mi madre está demasiado débil, y no espero que se recupere. La reina que fue ha muerto.

Rielle se acercó a él despacio, viéndolo encorvado bajo el peso de sus propias palabras.

—El pueblo necesita saber que la Corona es fuerte —continuó.

—¿Por qué hemos venido aquí? —le preguntó ella.

—Porque la última vez que estuvimos en esta sala, nuestros padres acababan de morir y el arconte te nombró Reina del Sol —le contestó, girándose para mirarla con expresión inescrutable. Y aquello fue lo más preocupante de la noche, porque su mirada siempre era cariñosa y sincera, y su rostro estaba lleno de amor por ella.

—Y quieres recordarme cuál es mi deber, ¿verdad? —Rielle se irguió, poniéndose a la defensiva—. Como si pudiera olvidarlo, aunque fuera durante un segundo.

—Sabes que me gustaría que las cosas fueran diferentes para ti.

—Y aun así me traes aquí para avergonzarme.

—No para avergonzarte, sino para entenderte. —Cerró y abrió los puños—. Antes me has dicho que Corien te obligó a meterte en su cama.

Al recordar la habitación oscura en las montañas, Rielle se sintió dividida entre el temor y un escalofrío de placer.

—Sí —le contestó.

—Me has dicho que hurgó en tus pensamientos y los hizo realidad sin tu consentimiento.

De repente, Rielle entendió a qué venía aquella conversación. Una oleada de frío bajó por su cuerpo.

Audric la estaba mirando, esperando, pero Rielle no podía pronunciar palabra alguna, así que él lo hizo por ella.

—Hizo tus pensamientos realidad. Te imaginaste con él, en su cama, y él lo vio y te lo ofreció porque pensó que eso era lo que deseabas.

Rielle negó con la cabeza y notó que las lágrimas empezaban a cegarla. Se acercó a él con la intención de tomarle las manos.

—Audric, por favor. Tú no lo entiendes.

—Creo que sí que lo entiendo —le contestó con la voz entrecortada. La máscara que le impedía ver sus sentimientos le acabó revelando una tristeza terrible.

Le agarró los brazos y la acercó a él con brusquedad. Se inclinó sobre ella, notó su aliento caliente en la cara.

—¿Es esto lo que quieres?

Le apretó las muñecas. Le mordisqueó el labio inferior, quizá con demasiada fuerza, y aunque Rielle odiaba la expresión de su cara (como si se odiara a sí mismo, como si apenas soportara tocarla), notó que se erguía para devolverle la pasión. Su cuerpo respondió; el deseo vibraba en su sangre.

—Sí, esto es lo que quiero —murmuró, intentando tocarle la cara, pero él no se lo permitió. La besó con fuerza y le inmovilizó los brazos en los costados. Ella gimió en su boca, retorciéndose contra él.

—Ven aquí —le dijo Audric con voz ronca. Se tambalearon hasta una de las amplias mesas brillantes colocadas a la sombra del escudo de santa Marzana. Le arrancó el camisón del cuerpo, pero cuando ella intentó desabotonarle la camisa, él se apartó.

La empujó contra la mesa, de espaldas. Enredó una de sus manos en su cabello y con la otra la rodeó para acariciarla, y soltó un gruñido ronco contra su cuello cuando la notó caliente y preparada para él.

—Esto es lo que quieres, entonces —le dijo, acariciándola entre las piernas—. Que te traten así. Que te usen como si no fueras nada, como si nada pudiera hacerte daño.

Rielle intentó darse la vuelta para mirarlo, pero él se lo impidió.

—No, Rielle.

La empujó, inmovilizándola contra la mesa con una mano en su cuello.

Y aunque se odió por ello, aunque sabía que eso era justo lo que él esperaba que hiciera, Rielle se desmoronó con un gemido y cerró los muslos alrededor de su mano. Y Audric no esperó a que se recuperase antes de penetrarla.

—Dime que me equivoco —le pidió mientras la embestía con las caderas—. Por favor, Rielle. Dime que a él no lo deseas.

—No... —Negó con la cabeza, presa del placer a pesar de que el corazón se le estaba rompiendo—. No puedo.

—Ya sé que no puedes.

Audric sollozó un poco. Le agarró las caderas con tanta fuerza que Rielle supo que llevaría las marcas de sus dedos durante días, y aun así era su crueldad lo que quería. Quería olvidar aquella noche horrible, la fortaleza oscura en las montañas, el peso de Corien aplastándola en su cama. Si Audric la tomaba con la suficiente firmeza, erradicaría todas sus sombras, toda su confusión.

—Te utilizará —le dijo Audric—. Sé lo que te ofrece, y entiendo por qué lo quieres. Pero él no te ama, Rielle. Quiere lo que puedes hacer. Quiere que lo ayudes a conseguir lo que quiere. Eso es todo. Nada más.

Y se equivocaba. Rielle lo supo incluso al escuchar la voz rota de Audric. Su conexión con Corien no era solo lo que Audric afirmaba. Sabía que Corien deseaba su poder, pero le tembló la mano cuando ella lo tocó, en ese paisaje helado, como si apenas pudiera creerse que ella estuviera tocándolo. Y no la miraba con miedo, a pesar de conocer cada oscuro rincón de su mente.

Audric le besó el cuello con suavidad, con dulzura, y la caricia le resultó tan familiar, tan característica de cuando hacían el amor, que desterró a Corien de su mente. Comenzó a llorar, aliviada, e intentó tocarlo, doblando el brazo en una postura extraña. Encontró su mano y se la apretó. Jadeó su nombre.

El príncipe se encorvó sobre ella, rodeándola con los brazos. Tenía la mejilla húmeda, y giró la cara contra su cabello.

—Dime que me quieres —susurró, desesperado—. Por favor, Rielle, dímelo y me lo creeré.

—Te quiero —le dijo una y otra vez, y era verdad, siempre lo sería. Si Corien desapareciera al día siguiente o si viviera en su mente durante el resto de sus días, seguiría siendo verdad. Incluso si Audric la acabara temiendo tanto que se alejara de ella para siempre. Incluso entonces, seguiría queriéndolo.

Terminó en su interior, tumbándola de nuevo con él, y después de que el profundo rugido de su sangre se acallara, cuando la respiración entrecortada del príncipe se calmó contra su cuello, se dio la vuelta para mirarlo. Suavemente, evitando sus ojos, él la ayudó a sentarse en la mesa. Después la abrazó y enterró la cabeza en su cabello húmedo.

Rielle lo recibió, lo rodeó con piernas temblorosas.

—No pasa nada —susurró, sosteniéndolo mientras lloraba. Le limpió las mejillas con la manga, con la vista perdida en el semblante severo de santa Katell—. Todo va a salir bien.

42
ELIANA

*«Veloz en la noche,
calmo en la batalla,
fiel al corazón
y con la mente afilada».*

Oración tradicional de los soldados mazabatíes

Eliana se despertó poco a poco y se encontró rodeada por los brazos de Simon, que tenía la cabeza hundida en su pelo y roncaba suavemente junto a su cuello.

Por un instante, se permitió disfrutar de su calor, del pacífico silencio de la habitación. Fingió que aquello era todo lo que existía: una cama, una noche de besos sobre la piel, Simon abrazándola contra su pecho.

Pero el amanecer no tardó en pintar las ventanas de gris, así que se obligó a incorporarse, a escapar del pesado abrazo de Simon. Se vistió en silencio, descalza sobre el frío suelo, y supo que él se despertó en cuanto lo hizo porque la habitación se expandió para contener toda su fuerza.

—¿Estás bien? —le preguntó con voz ronca, medio dormido.

Eliana no se giró para mirarlo. De hacerlo, regresaría a la cama y no querría salir de ella.

—Sí. —Se abotonó la camisa y enrolló las mangas hasta los codos—. Hay mucho que hacer hoy, viajar en el tiempo y enfrentarnos al poder de mi madre. Todo eso. Me gustaría estar preparada.

Lo escuchó levantarse y necesitó un esfuerzo sobrehumano no darse la vuelta para verlo vestirse.

—¿Tienes algún tónico del día de después? —le preguntó Simon—. No pensé... Debí preguntártelo anoche. Debería haberme cerciorado. Lo siento.

—No te preocupes. Soy muy capaz de cuidar de mi propio cuerpo. —Se pasó los dedos por el pelo enredado y se lo trenzó—. Hace dos años tomé una medicina que me impide tener hijos. Me la dio una mujer que trabajaba en los Cuartos Rojos de Orline. No hay que preocuparse.

Se acercó a la puerta y estaba a punto de marcharse cuando Simon le agarró la muñeca con suavidad.

—No conseguiré concentrarme si pienso que estás enfadada conmigo —le dijo.

Eliana miró la puerta.

—No estoy enfadada contigo.

—Está claro que tampoco estás contenta.

—No estoy contenta con nada. —Las lágrimas se le reunieron en los ojos, soltó un pequeño gruñido y levantó la mirada, parpadeando—. Anoche sí lo estaba. Estaba tan contenta que me sentí renacida. Y ahora que ha llegado el momento de que probemos esta locura, estoy enfadada conmigo misma por prestarme a ella porque una parte de mí espera que no funcione. Una parte de mí espera que fracasemos porque, si lo hacemos, podré tenerte a mi lado.

Simon susurró su nombre con ternura y Eliana lo miró a través de un velo de lágrimas. Se inclinó para besarla (los labios, las mejillas, la frente) y ella se aferró a él. Cuando no pudo seguir soportando el roce de su boca, escondió la cara en su pecho.

—No te quiero —susurró. La mentira le supo amarga—. Me niego a quererte.

—Lo sé —contestó Simon mientras la abrazaba y le acariciaba el pelo—. Yo tampoco te quiero a ti.

Eliana sonrió, con un nudo en la garganta. Se aferró a él hasta que un agudo dolor le impidió respirar, y entonces se apartó. Intentó no mirarlo para no verlo ante ella, tan cerca y cariñoso y con el cabello revuelto por el sueño, y huyó escaleras abajo sin mirar atrás.

Entrenaron en zonas diferentes de los jardines de Sauce, separados por un buen número de árboles húmedos, caminos embarrados y arroyos caudalosos. Simon insistió en ello, diciendo que viajar en el tiempo era algo sensible e impredecible y que, hasta que reaprendiera todo lo que había sabido en el pasado, no quería a nadie cerca del peligro.

Aunque él no se lo hubiera pedido expresamente, Eliana lo habría dejado trabajar. Entrenar juntos en el jardín, curarle la cicatriz del pecho, lo había ayudado a recuperar la sensación de lo que implicaba tejer un hilo estable y firme. Ahora los invocaba con mayor facilidad, y terminada su parte, al menos por el momento, Eliana quería estar tan lejos de él como fuera posible. Verlo la destrozaba. Cuando estaban juntos en los salones de Sauce, su presencia la atraía. Si comía con él, tenía que controlarse para no tocarlo.

Tras un par de horas en las que practicó con sus forjas varios ejercicios elementales mientras Remy la animaba alegremente desde un banco cercano, Eliana recorrió la finca hasta dar con Jessamyn, que estaba limpiando sus cuchillos a la sombra de un roble plateado.

—Necesito pelearme con alguien —anunció.

Jessamyn enarcó las cejas y se señaló la pierna. Tenía la muleta apoyada en el tronco del árbol.

—Me temo que en estos momentos no soy una oponente impresionante.

—Bien. —Entonces se le ocurrió una idea que la pilló desprevenida—. ¿Puedo curarte?

Jessamyn se lo pensó durante unos segundos.

—Me preguntaba cuándo me lo ofrecerías. —Dejó los cuchillos a un lado e hizo una mueca de dolor al estirar la pierna herida—. ¿Tengo que hacer algo?

—Solo estarte quieta.

—¿Te dolerá hacerlo? ¿Gastarás demasiada energía?

—No y no.

Jessamyn hizo una mueca.

—Espera un momento y hazme caso. ¿No pasará nada? ¿Se enfadará Simon si malgastas tus fuerzas conmigo?

—No las malgastaré. Eres buena luchadora. Te necesitaremos en plena forma para el Jubileo. Y si Simon se enfada, bueno...

Pero mencionarlo la hacía sentirse confusa. Se quedó callada, mirando el suelo.

—¿Quieres hablar de ello? —le preguntó Jessamyn con cuidado.

—¿De qué?

—De Simon.

—¿Qué pasa con él?

—Que estás enamorada de él.

Eliana levantó la cabeza de inmediato, ruborizándose.

—Para nada.

—Vamos, por favor. Conozco esa mirada. Yo he tenido esa mirada. —Jessamyn se inclinó hacia delante, con los ojos brillantes—. Dime, ¿lo hace bien? Por favor, dime que lo hace bien, aunque sea mentira. Me rompería el corazón que fuera de otro modo.

La expresión de Jessamyn era tan descarada que Eliana no pudo contener la risa.

—Lo hace bien —le dijo—. Lo hizo bien varias veces, de hecho.

Jessamyn se llevó una mano al corazón.

—Gracias, Dios mío. ¿Puedo pedirte que te explayes?

Eliana titubeó. Mientras pensaba una respuesta, varias imágenes de su noche con Simon le inundaron la mente, y no fue capaz de dar con las palabras. Se sintió acalorada y apartó la mirada, avergonzada.

—No importa. —Jessamyn le apretó la mano—. Lo siento, no debería haberme burlado. —Después, tras una pausa, añadió—: Estás enamorada de verdad, ¿eh?

—No —le contestó Eliana. Se pasó la mano por los ojos y tensó la mandíbula—. No lo quiero.

Jessamyn asintió y volvió a apretarle la mano.

—Bueno, vale. La pierna me duele horrores. ¿Puedes ayudarme?

Eliana sonrió y exhaló un suspiro entrecortado. Colocó las manos sobre el muslo herido de Jessamyn y alejó a Simon de sus pensamientos para poder concentrarse en las forjas que le recorrían las palmas. Se despertaron, zumbando, y la enviaron a un mundo dorado.

Así pasaron dos días. Eliana usó sus forjas tanto para practicar magia elemental como para aliviar el dolor de aquellos en Sauce que tenían lesiones.

Le cerró las heridas a Jessamyn y le unió los huesos rotos a Patrik. A Dani le calmó un viejo dolor de cadera que llevaba tiempo impidiéndole moverse tan ágilmente como le gustaría, y se sentó con su hijo mayor, Evon, cuya mente cargaba con el peso de demasiados traumas. Dormía muy poco y sus músculos estaban agarrotados por la tensión de estar siempre preparado para un terrible asalto. Pero cuando Eliana se sentó a su lado y se adentró en el territorio del empirium para leer las cicatrices de su cuerpo, se relajó y le habló de las viejas heridas que nunca le había confesado a nadie.

Y aunque la agotaba asumir nuevas cargas, no quería parar. Había algo reconfortante en su trabajo; sanar heridas la enraizaba de una forma que invocar el fuego y el agua no lo hacía. Cuando manipulaba el viento o la tierra, se sentía alejada de sí misma, como si en realidad no fuera su cuerpo el que llevara a cabo tal tarea, sino el fantasma de su madre invadiéndola desde el más allá. Pero sentarse con alguien en una habitación silenciosa para curarle las heridas, o utilizar su poder para ver con claridad el mapa de dolor con el que cada uno cargaba, conectaba con su humanidad, con la fragilidad de su carne. Ese recordatorio la habría enfadado y asustado en el pasado, pero ahora la confortaba.

Ella no era su madre. No era ni un dios ni una reina, y tampoco la invencible Pesadilla.

Era una chica, y era humana.

Así que se volcó hasta que casi todos en la finca fueron atendidos. Hasta que sus malestares fueron vistos y escuchados, y sus dolencias aliviadas.

Casi todos, excepto Harkan.

Sabía que había estado evitándolo y que hacerlo era un comportamiento infantil. Pero ¿qué podía decirle para reconfortarlo? Además, parecía que él también la evitaba. Siempre que se lo cruzaba estaba hablando con Patrik, con Jessamyn o Dani, consultándoles alguna estrategia: conseguir un barco a Eliana; crear distracciones en Festival; decidir dónde, cuándo y qué soldados de la Corona Roja debían ser apostados en las distintas rutas de la ciudad y en los barrancos y acantilados que la rodeaban.

Dos días después de la noche que pasó con Simon, tras la cena, Eliana decidió que no podía seguir escondiéndose de

Harkan, que se había marchado con Zahra para dar un paseo por los jardines. Se sentó en un banco cerca de la amplia terraza de atrás y lo esperó.

La oscuridad casi había caído por completo cuando regresaron. Eliana los vio acercarse y se le hizo un nudo en el estómago. Zahra fue la primera en salir a su encuentro, y se inclinó para posarle un beso frío en la frente.

Sé amable con él, mi reina, le pidió antes de marcharse y entrar en la casa sin hacer ni un ruido.

Eliana se aplastó los muslos con las manos.

—Hola.

Harkan se detuvo en la entrada de la terraza, con las manos en los bolsillos.

—Hola.

—Siéntate conmigo —le sugirió, echándose a un lado para hacerle hueco en el banco.

Él titubeó, pero obedeció. Se mantuvo en silencio hasta que Eliana suspiró y le agarró las manos.

Entonces se rio y le pasó el pulgar por los dedos.

—Esto ya no se me da bien. No se me da bien ser tu amigo, y lo siento.

—No lo sientas. —Inhaló profundamente—. Creo que soy yo quien tiene que disculparse.

—¿Por qué?

—Porque no puedo darte lo que quieres. Porque he cambiado y porque nada de esto es justo. Porque siento que es culpa mía que todos estemos luchando y en peligro, aunque una parte racional de mí sepa que no lo es.

—Y porque te has enamorado de otro.

Eliana se giró para mirarlo. Harkan lo dijo sin juzgarla, sin ningún tipo de rencor. Estaba sentado a su lado, apoyado en la pared que tenían detrás, observando el cielo. Los faroles que titilaban en la terraza proyectaban formas suaves y temblorosas sobre su piel, dorado claro sobre dorado oscuro.

—Yo siempre te querré, Harkan —le dijo en voz baja—. Y creo que lo sabes.

—Y yo siempre te querré a ti. —La miró con ternura en los ojos—. Estoy preocupado por ti.

Eliana se estremeció.

—¿Por lo de Simon?

—Sí, pero no por él, sino por lo que quiere que hagas. Has estado trabajando muy duro estos últimos días; estás agotada. ¿Crees que no me he dado cuenta?

—Has estado evitándome.

Harkan levantó una ceja.

—Y tú has estado evitándome a mí.

Se miraron el uno al otro un instante y Eliana empezó a reírse por lo absurdo de la situación: estaban allí sentados, lejos de casa, y un ejército de ángeles iba de camino para destruirlos mientras Simon practicaba entre los árboles para viajar en el tiempo y Patrik estaba sentado junto al fuego, arreglando los viejos vestidos de Dani para el Jubileo. Y tenía unas forjas en las manos, extrañas y valiosas, y poder en las venas, y su madre vivía en el pasado sin saber que una versión adulta de su hija no tardaría en visitarla para pedirle que fuera compasiva con el mundo.

Nada tenía sentido, y, aun así, Eliana no podía mirar hacia otro lado. Era su futuro y su pasado. Era la guerra que había escogido luchar.

La risa de Harkan se unió a la suya, y cuando pararon, se apoyó en su hombro y se frotó los ojos. Observó las sombras del jardín. Se preguntó si los años de guerra habrían alterado la forma de los árboles, el color de las flores. Se preguntó cómo habrían sido si hubieran crecido en un mundo que no hubiera estado gobernado por el imperio, qué clase de chica sería ella si triunfara en su intento de cambiar el curso de la historia. Se habría criado en un palacio, sería hija de un rey y de una reina, ¿en qué tipo de mujer se convertiría? ¿Quiénes serían sus amigos? ¿Quiénes compartirían su cama?

—Me marcho por la mañana —le contó Harkan.

Eliana se despojó de sus pensamientos.

—¿Para prepararte para la llegada de las tropas?

Él asintió.

—Vamos a formar un perímetro.

—¿Quiénes van contigo?

—Catilla, Viri, Evon y el hijo de Dani. También Gerren.

—Gerren. —Eliana suspiró—. Es demasiado joven para ser soldado.

—Todos somos demasiado jóvenes para ser soldados.

—No seréis únicamente vosotros cinco.

—No. Solo en nuestro equipo somos treinta. Simon y Dani han organizado otros cinco grupos para que se dispersen por la ciudad y te cubran si es necesario.

Los ojos de Eliana se llenaron de lágrimas.

—Son muchos. Más de los que esperaba.

—Están dispuestos a luchar por ti —le dijo Harkan en voz baja—. Han escuchado cosas sobre lo que hiciste en Karlaine, y también en Astavar. Que hundiste la flota. —Le dio un beso en el cabello—. Harían lo que fuera por ti, todos ellos. Hablan sobre ti con lágrimas en los ojos.

—No me digas esas cosas —murmuró Eliana.

—Eli, les has dado esperanza.

—Para, por favor. No soporto saber que me aprecian, no sabiendo que puedo acabar matándolos.

—¿Y de qué quieres que hable? ¿De cómo me duele el trasero después de tanto tiempo sentado? ¿De que Darby tararea mientras caga?

Eliana le dedicó una sonrisa y se rio un poco.

—Dime a dónde vais a ir exactamente. Tu equipo. Tú en particular.

—Cuanto menos sepas, mejor.

—Capullo. Sabía que dirías eso. —Tragó saliva—. Has dicho que os marcháis por la mañana. ¿A qué hora?

—Al amanecer.

Nunca dos palabras sonaron tan crueles.

—Como tu Reina del Sol, te ordeno que vuelvas conmigo sano y salvo. —Intentó que fuera una broma, pero su voz sonó extraña.

—Y como tu amigo, te ruego que te cuides —replicó Harkan. Tomó aire con lentitud—. Eli... Simon quiere que luches por él, por todos, y lo has estado haciendo de maravilla y no me cabe duda de que seguirás haciéndolo. Pero, por favor, no te pongas en peligro por él. Sé que lo quieres, pero también sé que él es un fanático y que tú tiendes a convertirte en mártir en cuanto tienes la más mínima posibilidad. Es una combinación peligrosa.

Después, antes de que ella pudiera decir nada, antes de que pudiera deshacerse del nudo que le atenazaba la garganta, Harkan se apartó de ella y se levantó. Mirando los jardines, se alisó el abrigo.

—No quiero marcharme —le dijo con voz extraña y cerrada—, pero si no lo hago perderé la cabeza. Diré cosas que no debería y te pediré cosas que no puedes darme. Y, de todos modos, ahí viene Simon, que parece tener algo importante que decirte.

Con un par de zancadas, Harkan entró en la casa y la dejó allí sin poder hacer nada.

«Zahra, ve con él», pensó, desesperada, sin saber si el espectro estaba lo bastante cerca para escucharla. «Asegúrate de que está a salvo. Hazle saber que lo quiero. Dudo que a mí me crea».

Simon apareció de inmediato, acercándose deprisa a la terraza. Le brillaban los ojos. Con sorpresa, Eliana se percató de que no lo había visto en todo el día.

La energía frenética que derrochaba la hizo ponerse en pie. Traía consigo un olor frío y punzante, como el sabor del humo y el zumbido caliente de la luz galvanizada.

—Lo has conseguido —adivinó, leyendo la extraña expresión de sus ojos—. Has viajado.

—Sí. No muy lejos.

Se sentó en el banco y se pasó las manos por el pelo. Le temblaban la voz y los dedos, pero Eliana no sabía si de emoción o de miedo.

Eliana le agarró las manos, se las acercó a los labios y, al ver que no dejaba de temblar, le puso las piernas en el regazo y lo rodeó con los brazos. Se aplastó contra él, metió la cabeza bajo la suya.

—Lo siento —susurró Simon, devolviéndole el abrazo—. Es que llevaba años sin viajar. Pensaba que no sería capaz de volver a hacerlo. Y ahora, de repente, ha vuelto; de repente, tengo que hacer algo que pensaba que no volvería hacer. Y si fracaso, nos condenaré a todos.

—¿Si tú fracasas? ¿Qué hay de mí? —Una vez más, intentó que sonara a broma, pero su voz emergió temblorosa—. Soy yo quien tiene que enfrentarse a mi madre, no tú.

Simon maldijo en voz baja antes de darle un beso en el pelo.

—Soy yo quien debería estar consolándote.

—Pues consuélame. —Se apartó de él y trazó las líneas de su boca con los dedos—. Llévame arriba y consuélame. Después dormiremos.

—Y mañana empezaremos. —Le besó las manos.

Eliana ayudó a ponerse en pie a aquel hombre con fuego azul en la mirada.

—Y mañana empezaremos —asintió, dirigiéndolo arriba, a la habitación que ya no consideraba solo suya, sino de ellos. Una vez dentro, cerró la puerta.

Al amanecer, cuando los primeros rayos de luz grisácea tocaron el cielo, el equipo de Harkan dejó atrás la seguridad de Sauce para adentrarse en los acantilados rocosos que bordeaban Festival por el sur. Eliana bajó a la terraza donde había estado con él para despedirse. Sin pronunciar palabra, Viri y Catilla la abrazaron con gentileza, y Gerren, con firmeza. Escuchó las plegarias de los soldados arrodillados y los murmullos agradecidos y los buenos deseos de aquellos que Dani había reclutado en la ciudad.

Por último, aunque no estaba preparada para ello, Harkan le dio un abrazo fuerte y rápido, escondiendo la cara en el hueco de su cuello. Tras dos segundos en los que ella le rodeó los hombros, se marchó, sorteando los árboles para unirse al resto.

—No me obligues a hacerlo —le pidió Zahra con tristeza, y Eliana apartó la mirada de la silueta cada vez más pequeña de Harkan para mirar al espectro que vagaba junto a su codo, pequeño y reducido. Sus ojos oscuros destellaron en los bordes, como faltos de cohesión.

Eliana acarició el denso aire frío en el que se encontraba el rostro de Zahra.

«Escúchame».

—No —dijo Zahra con voz entrecortada. Miró hacia otro lado y sus brazos nubosos titilaron como si hubiera tormentas lejanas reunidas en ellos.

«Zahra, te ordeno que me escuches».

Mi reina. Los pensamientos del espectro se revolvieron en la superficie de la mente de Eliana. *No me pidas que me vaya. Por favor. No ahora. No cuando estás a punto de ponerte en tanto peligro.*

«Tengo mis forjas. Tengo a Simon». Eliana se agachó para quedar a la altura de los ojos de Zahra. «Y Harkan te tendrá a ti. De otro modo, luchará por mí él solo, se enfrentará al ejército imperial él solo, y yo me volveré loca de preocupación por él».

Sin decir nada, Zahra sacudió la cabeza una y otra vez.

«Y no querrás que conozca a mi madre en ese estado, ¿verdad?».

No, mi reina, contestó tras una larga pausa. Un nido de tensión se liberó en el aire, como si algo físico hubiera cedido.

El espectro se aproximó a ella, renqueando al caminar, y se volvió del tamaño de un niño para apoyarse en el pecho de Eliana. Tan cerca, el amor de Zahra fue tan grande e inesperado que la hizo tropezar, como si hubiera calculado mal la altura de un escalón. En silencio, con Remy llorando a su lado, la agarró del hombro y la tranquilizó.

Eso es de mi parte y de parte de Harkan, le dijo Zahra con la voz fragmentada. *Qué suerte tienes, mi reina, de que te quieran tanto.*

A continuación, el espectro se marchó, atravesando el jardín como si fuera la estela sombría de una flecha. Todos se habían marchado, todos se habían adentrado en la mañana. Remy enganchó su brazo con el de Eliana y la ayudó a regresar a la casa. Le vino bien, porque su ánimo se había vuelto oscuro. Rodeó los hombros del niño con el brazo y caminó con él hasta el salón, donde Dani la había abrazado esa primera noche lluviosa. Allí, lo abrazó y lo dejó llorar contra su camisa hasta que dejó de hacerlo, temblando y medio dormido.

Eliana se alegró de que Simon se hubiera quedado arriba. Se alegró de compartir aquel momento de tristeza solo con Remy.

Envió un pensamiento por las venas del empirium que ahora siempre podía sentir en sus yemas, como el eco fantasma de una canción que jamás llegaría al final.

«Cuídalo», rezó, con más ímpetu de lo que había rezado jamás. «Cuídalos a todos. Santos. Dios. Empirium. Seas lo que seas, habites donde habites. Que la luz de la Reina los conduzca al hogar».

Cerró los ojos.

«Dame la fuerza para arder por ellos, sin importar lo que esté por venir».

Simon la estaba esperando en el lugar que habían acordado, en el prado cubierto de hierba y tréboles junto a los riachuelos plateados, cerca del sauce donde le curó la cicatriz.

Se reunió con él sin decir nada, con las lágrimas de Remy todavía humedeciendo su camisa. Evitó su mirada, pero aun así la notó como la presión cálida de un beso en las mejillas.

—Lo siento, Eliana —dijo Simon. Parecía que quería añadir algo más, pero ella temía que fueran palabras de consuelo, palabras que no conseguirían calmar el dolor que le atenazaba el corazón o la preocupación que zumbaba en su cuerpo como avispas, así que se acercó a él y le dio un beso en la boca antes de que pudiera seguir hablando.

Él la abrazó un instante mientras ella recuperaba el aliento. Después, le agarró los hombros y la miró a los ojos.

—No deberíamos intentarlo si estás sufriendo —le dijo.

—Yo siempre sufro —contestó—. ¿No lo hace todo el mundo?

—Ya sabes a qué me refiero. —Simon frunció el ceño y miró los árboles—. Vamos muy deprisa. Ni siquiera hemos tenido el tiempo suficiente para prepararnos.

—Si esperamos más, la muerte llamará a nuestra puerta antes de que lo hayamos intentado. Las tropas del emperador vienen de camino. Nuestros amigos van a intentar detenerlas. Así que vamos a ello. —Pasó por su lado y se colocó en el centro del claro. Alzó la barbilla, luchando contra la angustia que le inundaba el cuerpo—. Ahora. Estoy preparada.

—Eliana, por favor, mírame.

—Te he mirado —comenzó, pero le falló la voz—. Te he mirado tantas veces que te veo cuando cierro los ojos. No te puedo sacar de mi cabeza. Estoy convencida de que voy a perderte a ti también. Perderé a Remy y a Harkan, a Patrik y a Jessamyn; ya he perdido a Navi, y estoy cansada de esta certeza. Estoy cansada de vivir en un mundo definido por la pérdida. Estoy preparada para deshacerme de él. Ya hemos revisado el plan cientos de veces. Vamos a comenzar.

Él se detuvo frente a ella y le puso las manos en el rostro.

—Mírame.

—No —le espetó, con los dientes apretados—. No puedo soportarlo.

—Eliana, cariño. Vamos, mírame.

Eliana obedeció, incapaz de resistirse a la tierna atracción de su voz.

—No te mandaré a ningún sitio si estás así de alterada —le dijo, con la mirada clavada en ella—. Necesitas tener la mente despejada para hablar con tu madre. Necesitas concentrarte.

Eliana sabía que tenía razón, pero si se quedaba en los jardines un segundo más, perdería todo su valor. La tristeza la ahogaría. Cerró los ojos y se permitió sentir su roce una vez más, tras lo que dio un paso atrás, se secó las mejillas y alzó la barbilla.

—Envíame al pasado de inmediato —le dijo, con voz firme y fría—. Como tu reina que soy, te lo ordeno. No tenemos tiempo que perder, y me tomaré como un insulto que sigas poniéndome en duda.

Simon la miró un instante más. Después se dio la vuelta, descontento, y se puso manos a la obra.

Aunque Eliana ya estaba familiarizada con los hilos, dorados y brillantes, esta vez, cuando Simon los trenzó formando un círculo reluciente, se le unieron otros, igual de largos y de finos pero hechos de oscuridad en lugar de luz. Eran de un iridiscente negro azulado, y cada uno de ellos se agitaba de forma perversa en el aire, como si fueran volutas de humo que provenían de un fuego ardiente. Aquellos hilos oscuros crujían y restallaban; luchaban contra la firmeza de los dedos de Simon. El sudor le perló la frente y el cuello. El esfuerzo de aquel trabajo lo puso de rodillas.

Aunque el impulso de acercarse a él le resultó abrumador, Eliana se concentró en quedarse quieta. Simon le había advertido de que viajar en el tiempo requería más trabajo por su parte, que presenciarlo sería inquietante y molesto. Pasara lo que pasara, le había dicho, no podía interferir.

Así que aguardó, con la boca seca y el corazón latiéndole en los oídos, hasta que escuchó a Simon graznar:

—Ahora, Eliana.

Otra de sus instrucciones fue que no podía titubear. Cuando le pidiera que se marchara, tenía que hacerlo. Él mantendría el hilo abierto durante todo el tiempo que ella necesitara, pero con cada segundo que pasara se volvería más complicado. Su figura arrodillada en la hierba, con hilos de luz y oscuridad que emergían y se retorcían en su pecho y en sus dedos, empezó a cambiar y a titilar. Su voz se escuchaba distorsionada.

Ella inspiró hondo y se concentró en el plan. Simon la enviaría a una época de relativa paz en Celdaria, antes de que la guerra contra los ángeles estallara de verdad. Su madre tenía diecinueve años y acababa de quedarse embarazada. Su padre, el Portador de la Luz, todavía vivía.

No podía esperar más. Pasó junto a Simon, se adentró en la red de sus hilos y se dejó llevar por ellos.

43
RIELLE

«Merovec ha regresado a casa desde vuestra capital y me ha invitado a cenar mañana por la noche. En Belbrion me he enterado de la resurrección de la reina Genoveve. Me he enterado del tumulto que se formó en vuestras calles, de la multitud que se reunió para recibir a Merovec, de que, al parecer, él y Rielle no se tienen ningún tipo de aprecio. Voy a informar a Merovec acerca de lo que he aprendido y leído con la esperanza de que eso lo anime a iniciar una amistad que, de momento, es escurridiza. Contigo y con lady Rielle, entre la casa Sauvillier y la casa Courverie. Las dos principales familias de Celdaria han de mantenerse unidas, han de enfrentarse a la guerra que se aproxima como aliadas. Pues sé, tan bien como tú lo sabes, que se aproxima una guerra. Los ojos de los ángeles están por todas partes, y tienen hambre».

Carta del rey Ilmaire Lysleva al príncipe Audric Courverie, con fecha del 1 de octubre del año 999 de la Segunda Era

Diez días antes de la coronación de Audric, Rielle se despertó al amanecer porque se sentía observada.

Con cuidado, se incorporó en la cama. Junto a ella, Audric dormía plácidamente con el brazo sobre su cadera. La habitación estaba a oscuras; la Guardia del Sol estaba fuera, dejándoles privacidad durante la noche.

Rielle se quedó un instante en la oscuridad. Esperaba que la sensación se disipara, pero no lo hizo; notaba un gran ojo invisible que la observaba, tal y como lo había hecho cuando estaba en Mazabat.

El empirium, frío e infinito, esperaba que comprendiera.

Salió de la cama y se dejó guiar por la energía que le atenazaba el esternón, como si unos dedos calientes buscaran alcanzarle el corazón. En silencio, salió a la terraza, donde Atheria esperaba con las orejas aguzadas hacia las negras laderas del monte Cibelline, que empequeñecían el palacio. El sol escalaba por el este, pero la montaña permanecía sumida en la oscuridad.

—Tú también lo escuchas —susurró Rielle. Sintió un calambre en los dedos al tocar el pelaje grisáceo de Atheria y, tras un escalofrío, la bestia divina se arrodilló para que pudiera montarla. Con las palmas apoyadas en su cuello, le dijo—: Tenemos que seguirlo.

Atheria movió las orejas, oyéndola.

—Lo sé. Yo tampoco quiero.

Pero seguía notando la llamada en el pecho, y unas imágenes doradas que no conseguía entender brillaban tenuemente en la superficie de su visión. El empirium era una canción obstinada que Rielle anhelaba sacarse de la cabeza.

Hizo que Atheria alzara el vuelo, lejos del palacio, para adentrarse en el pinar que cubría el monte Cibelline. Con cada estruendoso batir de alas, el puño cerrado alrededor de su corazón ejercía más presión, hasta dejarla sin aire. La sangre le recorría las venas y rugía bajo el calor de su piel. Oteó la oscura red de árboles que estaban sobrevolando e intentó desechar el velo dorado de sus ojos. Invocó un jirón de energía que emergió de sus entrañas y lo empujó fuera a través de las manos, como si hacerlo pudiera arrancarle el empirium de los ojos.

—Déjame en paz —susurró—. Solo quiero dormir. Eso es lo único que quiero, dormir un rato. Déjanos en paz.

Cuando Atheria aterrizó en una pequeña arboleda al borde de un amplio acantilado cubierto de hierba, Rielle se deslizó de su grupa y se desplomó sobre sus manos y rodillas. Jadeaba. Alzó la vista para examinar el bosque. No vio nada que le llamara la atención, solo pinos agitándose con el viento de la montaña, rocas esparcidas por las colinas, briznas de hierba. A lo lejos, oyó la llamada de un halcón. El oro se deslizó por sus ojos, como si el empirium estuviera sustituyendo su cuerpo por uno nuevo, lleno de esplendor.

Atheria se agachó para cubrir a Rielle con las alas. Ella miró el dosel de plumas, observó con cansado asombro cómo sus suaves barbas se iluminaban como un cielo estrellado comprimido en un único y luminoso momento.

Entonces una onda de luz pasó sobre ella, cubriéndola.

Había experimentado algo así varias veces antes, pues soñar con Corien siempre la hacía sentirse agitada e inquieta y acosada por unas visiones que solo Ludivine conseguía alejar de su mente.

Aquello era distinto.

Aquello, notó, era un mensaje enviado por el propio empirium.

No tenía extremidades, carecía de cuerpo. En aquel reino, era su versión más auténtica, una criatura de luz infinita. Estaba hecha de polvo de estrellas, luminoso y antiguo; era una diminuta ceniza de un mundo que había perecido hacía mucho.

Flotaba en un mar dorado, sujeta por remolinos de luz que se agitaban. Apenas se atrevía a respirar por miedo a hacerlos trizas, pero respirar era algo que pertenecía al mundo de los humanos.

Aunque había una planicie infinita frente a ella, en lugar de extenderse hacia el horizonte lo hacía en vertical, como si fuera un amplio espejo. A pesar de que no entendía lo que veía reflejado en aquella superficie recorrida por ondas, sabía que se estaba viendo a sí misma.

Se acercó, sin brazo que estirar, y tocó el mar dorado contenido en el cristal, sin dedos con los que rozarlo.

La imagen de aquella naturaleza ajena se hizo añicos y otra cosa la sustituyó. Un millón de colores, un millón de sonidos que giraban más y más rápido hasta convertirse en un borrón terriblemente imponente. Plata y violeta, gritos de agonía y valses bailados en hilos extensos, cielos de color mostaza y campos de jade, el rojo de una herida abierta, el grito agudo de un niño que jugaba, el azul deslumbrante del rayo que trazaba un arco en medio de la tormenta. Un cielo amoratado, con manchas, surcado por venas; un río oscuro de gritos que se escapaban de su boca. Un mundo verde que se pelaba a sí mismo, como la piel de una manzana, hasta que solo quedó una oscuridad opresiva, un vacío tangible que le extrajo el aire de los pulmones.

Siete rostros vislumbraban aquel mundo que colapsaba. Estaban pintados con fuego y con agua, con tierra y con metal y con sombra, con la furia del aire y con la ardiente luz del sol.

Sus ojos humanos no habrían entendido lo que estaba viendo.

Pero sus verdaderos ojos, los que el empirium le había dado, los que se ocultaban en lo más profundo de su ser, lo comprendieron enseguida. Una vieja mentira se solidificó, pútrida, en su paladar.

Y en cuanto supo la verdad, el empirium la liberó.

Cuando Rielle regresó a la montaña, estaba tumbada, sin aliento, sobre la planicie que se extendía bajo el despejado cielo azul. Atheria no parecía estar por ningún lado.

Se incorporó, con la piel vibrante. Sintió que la mente se le asentaba tras aquella visión, como si las mismas piezas que le componían el cráneo tuvieran que reorganizarse.

Se llevó las manos a la cabeza y pensó en Ludivine, demasiado estupefacta para estar enfadada.

«Tú lo sabías. Debías saberlo. ¿Por qué no me habías dicho nada?».

Ludivine no respondió.

En su lugar, fue Corien quien lo hizo. Salió de entre los árboles y le ofreció la mano.

—No perteneces a la tierra —le dijo antes de que ella aceptara su ayuda. Lo hizo solo porque el suelo estaba frío y porque no confiaba en que su cuerpo la mantuviera en pie.

—Tú no estás aquí —le contestó.

—No, claro que no. Estoy lejos, como me pediste. —Hizo una reverencia fingida.

—Los santos os mintieron. Lo acabo de ver en mi mente. El empirium me lo ha enseñado.

Corien se quedó quieto, observándola en silencio.

Rielle se acercó a él despacio.

—Durante las negociaciones de paz, hacia el final de la guerra, os dijeron que habían descubierto otro mundo que se hallaba más allá del nuestro, uno deshabitado donde podríais crear un nuevo hogar. Los humanos se quedarían en Avitas, y los ángeles en el nuevo mundo. Las dos razas estarían separadas. Mintieron.

Negó con la cabeza, se rio y se llevó las manos a las sienes.

—Creísteis estar viajando a un nuevo mundo —continuó— y en su lugar terminasteis en el Profundo.

—Y sin cuerpo. —Las mejillas de Corien se tiñeron de color.

—Fue un tormento para vosotros. Lo acabo de sentir. Lo he vivido. He notado cómo se me despojaba de mi cuerpo, igual que os ocurrió a vosotros.

Corien se volvió bruscamente hacia Rielle.

—Aunque te lo haya mostrado el empirium, es imposible que entiendas lo que de verdad supone que te quiten el cuerpo. Perder toda la belleza, toda la fuerza, el sentido del tacto y del gusto, verte obligado a existir como un simple cascarón. Y ser consciente, además, de que tu verdadero hogar se halla tras un velo que no puedes traspasar. —Tomó el rostro de Rielle entre sus manos—. ¿No te das cuenta, Rielle? Lo que estoy haciendo, lo hago para salvar a los míos. Se nos desterró a un lugar que no es un hogar, y aquellos que nos traicionaron nos dibujaron como los villanos de la historia.

—No os habrían hecho daño —replicó ella—, si no hubieras estado tan celoso de nuestro poder como para intentar matarnos.

Aquellas palabras lo dejaron estupefacto.

—Sí, también lo he visto —le contestó ella en un susurro, sonriendo—. Fuiste tú quien inició la guerra, hace siglos y siglos. Tú iniciaste la revuelta en las ciudades angélicas que se incendió y se extendió. Creías que era injusto que Dios hubiera otorgado poderes elementales a seres inferiores a vosotros, inferiores a ti. No éramos más que una lacra, un insulto para vuestra existencia, una plaga que echaba a perder vuestro mundo. Ansiabas nuestro poder. Tú instigaste la guerra. Eres un fanático. Volviste a tu raza contra la mía. Si hay que culpar a alguien por lo que le pasó a los tuyos, no es a los santos. Es a ti y solo a ti.

Rielle dio un paso atrás, alejándose de las manos de Corien.

—Casi al final, lideraste un levantamiento. Intentaste evitar el destierro, pero los santos eran demasiado fuertes para ti. Te obligaron a entrar en el Profundo. Kalmaroth. Ese era tu nombre.

El ángel se encogió, como si la palabra fuera un puño que lo hubiera golpeado.

—Ni se te ocurra repetir ese nombre —le dijo en voz baja—. Ya no me pertenece.

—¿Huyes de él porque te recuerda lo que hiciste?

Corien se lanzó sobre ella y le agarró las muñecas para impedirle escapar. Rielle se preparó para hacerlo arder, si era necesario; tenía la lengua afilada, llena de insultos.

Y justo entonces, en la distancia, más allá de la visión de sí mismo que Corien había creado, Atheria relinchó. El ángel perdió fuerza. Frunció el ceño y miró a lo lejos.

—Algo va mal —murmuró.

Rielle se giró para examinar los árboles.

—¿Atheria?

—Otra cosa. Algo que no debería estar aquí.

La liberó del velo de su mente, pero su eco permaneció junto a ella, como un fantasma de su propio cuerpo. De repente, Rielle vio el mundo tal y como era: el pinar, idéntico a aquel en el que Corien la había visitado solo que más oscuro, todavía bajo la luz del alba. Atheria estaba frente a ella con las alas abiertas, como si quisiera protegerla de un ataque.

Y detrás del chavaile se encontraba una mujer delgada cuya piel era un par de tonos más oscura que la suya. Tenía el pelo oscuro recogido en una trenza, y unos ojos castaños y grandes que le resultaron familiares. Recorrió a Rielle con la mirada, como si estuviera viendo algo impensable.

Detrás de la chica, entre los árboles, brillaba tenuemente un aro de luz.

—Ella no debería estar aquí —repitió Corien, cuya presencia inundó su mente de una confusión absoluta—. No pertenece aquí.

Rielle lo notó tan desconcertado que un miedo atroz le recorrió la columna.

—¿Quién eres? —le preguntó—. ¿Cuál es tu nombre?

Indecisa, la chica respondió. Pronunciaba las palabras con un acento tan torpe que a Rielle le costó entenderla.

Pero repitió lo que acababa de decir y esta vez sí la comprendió. Era mentira; tenía que ser algún truco diseñado por Corien. Estaba tan exhausta que la mente había comenzado a fallarle, y ya no podía confiar en ella.

—Me llamo Eliana —le dijo la chica—. Soy tu hija.

44
ELIANA

«*Varios estudios escritos por marcados experimentados y confiscados por el gobierno mazabatí enfatizan la importancia de la discreción al viajar. Una palabra errante, una piedra mal puesta en el camino podría alterar el curso de la historia futura de mil maneras distintas (en algunos casos, simples minutos; en otros, cambios gigantescos). Incluso un marcado atento y meticuloso porta en su sangre el potencial de una devastación catastrófica*».

Una reflexión sobre el tiempo,
de Basara Oboro, célebre erudito de Mazabat

Eliana esperó, con el cuerpo tenso, la respuesta de Rielle, intentando ignorar a la enorme bestia divina que se interponía entre ellas.

Esperó durante tanto tiempo que empezó a dudar de sí misma.

La mujer que se hallaba al otro lado era Rielle, ¿no? Simon le había dado una descripción detallada, y había rasgos similares a los suyos en el rostro de la mujer: la nariz, el trazo de la mandíbula, las cejas arqueadas.

Era extraño reconocer partes de su cara en la de aquella desconocida, era extraño saber que esa persona a la que jamás había visto le había dado la vida. Intentar entender aquello era como intentar contener el mundo entre sus brazos.

Dubitativa, dio un paso al frente. Los últimos días, Remy le había enseñado algunas palabras y frases importantes en el antiguo idioma de Celdaria con el objetivo de que pudiera comunicarse: «No te alíes con los ángeles. Lo que vas a hacer destruirá el mundo. Los ángeles vencerán y destrozarán no solo este mundo, sino también otros. Yo puedo ayudarte».

Había practicado aquellas frases hasta que se le grabaron en la mente. Pero en ese momento, de pie en aquel mundo que era suyo y no lo era, la eludieron.

El aire estaba cargado de magia, un poder caliente y vital que no podía contener en los pulmones. Se le atascaba en la garganta al respirar y le quemaba la faringe. Sus forjas cobraron vida con más entusiasmo del que jamás habían mostrado. El calor que le transmitían le picaba en las palmas, y tuvo que tragarse un grito de dolor.

—¿Madre? —dijo—. ¿Podemos hablar, por favor?

Rielle la estudió un instante, murmurando en el antiguo idioma de Celdaria. Hablaba en voz baja y pronunciaba demasiado rápido como para que Eliana pudiera descifrar algo, pero captó algunas palabras sueltas: «Mentiras». «Creer». «Matar». «Corien».

Eliana se puso tensa.

—¿Corien? ¿Está aquí?

El semblante de Rielle pasó del desconcierto a la oscuridad y la crueldad. Le dijo algo a la bestia divina y la criatura alzó el vuelo y se marchó del bosque. Incluso antes de que su madre moviera el brazo, Eliana sintió un tirón en el aire, como si se tensara. Sabía que algo terrible estaba a punto de ocurrir, que la magia la golpearía en cualquier momento, pero la sensación de enfrentarse a la ira de Rielle fue tan inmensa que se vio incapaz de moverse. El tiempo se convirtió en una sustancia tangible, viscosa y pegajosa. Vio una onda en el aire cuando el poder de Rielle se abalanzó sobre ella, notó el calor de su llegada.

La golpeó con la fuerza del bofetón de una mano monstruosa, quemándole una estrecha franja a lo largo del abdomen.

Se cayó, sin aliento. En silencio, intentó respirar sobre la tierra, y después sintió otra oleada y se giró, tratando de incorporarse, y movió las palmas en dirección a Rielle.

Su poder invocó al viento y lo lanzó contra su madre en dos puntas tan afiladas como flechas. Rielle esquivó una de ellas; la otra le rozó la espinilla izquierda e hizo que le fallaran las piernas. Se cayó, apoyándose en las manos. Giró la cabeza y le echó a Eliana una mirada tan furiosa que se sintió clavada al suelo.

Ella levantó las manos, mostrando sus forjas.

—No quiero hacerte daño —le dijo, esperando haber encontrado las palabras adecuadas—. Solo quiero hablar.

Con un rápido movimiento de sus muñecas, Rielle la atacó. El suelo bajo los pies de Eliana se sacudió para lanzarla al aire. Otra oleada de magia se estrelló contra ella y la lanzó hacia los árboles. Chocó contra el tronco de un pino y se deslizó hasta el suelo. Balanceándose en la frontera entre la consciencia y la oscuridad, mareada y con la visión estrellada, levantó la vista.

Rielle la había adentrado unos veinte metros en el bosque, veinte metros más lejos de donde la esperaban los hilos de Simon. Solo sería necesario, le había dicho él, una única conversación. Unas cuantas palabras, una mirada compartida. Un momento de conexión. Plantar la semilla de una idea en la mente de Rielle: que los ángeles eran el enemigo, que unirse a ellos los conduciría a todos a la ruina, incluida ella misma. Eso, según Simon, bastaría para cambiar el futuro.

Pero ninguno de los dos había esperado aquello, y cuando Rielle corrió hacia ella a través de los árboles, derribándolos a su paso y haciendo que la tierra se elevara como una ola a cada lado, Eliana se percató, con un sentimiento profundo que le atenazó las entrañas, de lo mucho que se habían equivocado. Qué estúpidos habían sido, qué ingenuos. Habían estado tan cansados de luchar y tan obcecados en ponerle fin a todo que se habían metido en un conflicto que no terminaban de comprender.

—Espera —le pidió, retrocediendo sobre un grupo de raíces—. ¡Por favor, escúchame!

Con un leve movimiento de su mano, Rielle arrancó el árbol en el que Eliana estaba apoyada. El tronco salió volando y aterrizó en algún lugar del bosque, y la joven cayó unos seis metros sobre un matorral. Golpeó la tierra con fuerza; el impacto eliminó el pánico de su mente.

Soltó un grito enfadado y se puso en pie. Esta vez, cuando el poder de Rielle se precipitó sobre ella, extendió las palmas y las mantuvo al frente como si fueran un escudo.

Su magia se bloqueó y el calor abrasador de la de Rielle colisionó con el inestable muro que había construido. En sus manos saltaban chispas blancas y doradas. Un sonido terrible emanó de sus poderes entrelazados, como el rechinar de la piedra contra el metal.

Eliana entornó los ojos para ver más allá del calor cegador que las separaba y alcanzó a distinguir la mirada de Rielle. Era de un verde claro e intenso, rodeado de ojeras cansadas. Alrededor de los iris tenía dos anillos dorados que giraban rápidamente.

—¡Escúchame! —gritó Eliana—. No quiero hacerte daño. Tengo que hablar contigo.

El sudor le bajaba por la espalda. Se sentía febril, con la visión borrosa y carmesí. Y la quemadura que le cruzaba el estómago latía con un dolor tan abrasador que apenas se podía mantener en pie. Pero lo hizo, por mucho que le temblaran las piernas, y se obligó a no apartar la mirada de Rielle.

Y durante un único y fugaz instante, mientras se miraban a los ojos, Eliana vio un destello de emoción cruzando el rostro de su madre. Bajó los brazos un poco; la increíble presión de su ataque disminuyó.

Eliana sonrió un poco, aunque el dolor de su estómago se estaba expandiendo, tan brillante como el sol naciente.

—¡Me llamo Eliana! —gritó por encima del rugido de su chispeante poder—. Puedo ayudarte.

Pero entonces, antes de que pudiera añadir nada más, una presencia extraña se abrió paso entre sus pensamientos. La hizo tambalearse y caer de rodillas; le habló con una voz que le resultó familiar:

Ah, Eliana. Esta no es la primera vez que nos cruzamos, al parecer. Qué curioso.

Corien. El Emperador. Hizo un esfuerzo por ponerse en pie y echó un vistazo frenético a su alrededor. Perdió toda capacidad de expresarse en el antiguo idioma de Celdaria y regresó al venterano.

—¿Dónde estás? —gritó. Extendió las manos temblorosas hacia la izquierda, hacia la derecha—. ¡Aléjate de mí! ¡Sal de mi cabeza!

Pero si es una bonita cabeza, le dijo Corien, *y contiene muchísimos secretos. Ah, bueno, esto es muy interesante, sin duda.* Tarareó un poco, como si pensara en una comida deliciosa. *Esto es muy revelador, en efecto. Menuda vida has llevado. De qué compañía tan interesante has gozado.*

Eliana corrió hacia el bosque, tambaleándose, esquivando las explosiones del poder de Rielle. Rayos de magia caliente cortaban los árboles por la mitad, lanzaban por los aires trozos enormes de tierra y roca. Una piedra le golpeó la parte baja de la espalda; dos más le golpearon la pantorrilla, la nuca. Se tambaleó, a punto de caerse. Recordó la oración a santa Tameryn y, con un dolor abrasador en el cuerpo, se concentró en las familiares palabras.

«No temo a la noche ni temo a la oscuridad».

Se giró, recogió las sombras de los árboles y las impregnó de toda su desesperación, de todo su miedo. Se convirtieron en una bandada de pájaros oscuros, con las alas y los picos tan afilados como cuchillos, que lanzó en dirección de Rielle. Eliana la vio noquearlos con la misma facilidad con que ahuyentaría una nube de moscas.

Lo volvió a intentar. «Con el alba me levanto».

Se limpió el sudor de los ojos, tomó la luz del sol que había en el ambiente y la lanzó por encima de sus hombros. Escuchó el impacto de los puños de Rielle y vio que cada uno de sus nudos de luz se dispersaba hacia los árboles como estrellas fugaces.

Con qué valentía luchas, le dijo Corien con voz burlona. *Tu padre estaría orgulloso.*

Eliana se cayó, apoyó las manos en el suelo y se impulsó para levantarse. El sudor le picaba en los ojos; le dolían el abdomen, la cabeza y las piernas. El cegador miedo a los pensamientos de Corien le aplastó la mente como un puño cerrado. Apenas podía ver, mientras se arrastraba por una pequeña pendiente, apoyándose en sus dedos arañados.

Y allí, en la cima, vio algo que la hizo llorar de alivio: los hilos de Simon, a cincuenta metros de distancia, todavía girando tenuemente en el aire donde los había dejado. Pero ¿no eran demasiado leves? ¿Se adentraría en ellos y regresaría a un tiempo que no era el suyo? ¿Terminaría al otro lado del mundo, lejos de Simon, de Remy, de todos?

Pero Rielle estaba cerca, a su espalda, caminando tranquilamente por el bosque, lanzando fuera de su camino todos los obstáculos que se encontraba. Con cada momento que pasaba, Eliana sentía que Corien hurgaba más profundamente en su mente. Esperaba que la grieta en el tiempo la ayudara a deshacerse de él.

Esperaba que no hubiera visto toda su vida.

Echó un último vistazo sobre su hombro, incapaz de resistirse a mirar una vez más a Rielle, y saltó hacia los hilos para golpear con fuerza el suelo al otro lado.

—¡Ciérralo! —chilló.

Se obligó a mantener los ojos abiertos hasta que sintió que Simon le apoyaba las manos en los hombros y pronunciaba su nombre. Tomó aire y lo soltó, tanteando su mente. Cuando se aseguró de que volvía a ser suya, sollozó y buscó un ancla a la que agarrarse. Simon le tomó las manos, vio la herida que tenía en el estómago y soltó una maldición. Después, repitió su nombre varias veces. Le tocó la cara y la hizo mirarlo, pero el cielo era demasiado brillante, un lienzo en blanco de árboles que no dejaban de girar.

El dolor le ordenó que se rindiera, y ella obedeció.

45
RIELLE

«Desesperado, te escribo estas palabras. Me ha derrotado, Audric. Mi cuerpo agoniza. Va a por ti. Ha estado reuniendo a todos los que le son leales, lleva meses planeando su ataque. Me pidió mi lealtad y yo le dije que sería aliado de ambos, tanto para la casa Sauvillier como para la Courverie. Y me atacó por ello. Apenas puedo respirar. Me he enfrentado a él, pero no como debía. Me arrebató las forjas. No sé cómo conseguí escapar. Ahora me estoy escondiendo. Le daré esta carta a un amigo que espero que te la entregue más rápido que cualquier mensajero. Audric, pretende...».

Carta sin fecha del rey Ilmaire Lysleva
al príncipe Audric Courverie,
interceptada por lord Merovec Sauvillier

El anillo de luz desapareció poco después de que Eliana lo atravesara; se cerró con un golpe sordo, como el del filo de una espada contra la madera.

Rielle se fijó en el lugar donde la luz había estado y observó las chispas blancas y doradas hasta que se dispersaron y desvanecieron. Estando allí de pie, el torbellino de pensamientos que le inundaba la mente desapareció y la dejó con un sentimiento de vacío. Escuchó a Atheria relinchar, nerviosa, mientras volaba en círculos sobre los árboles.

Rielle se dio la vuelta para mirar a Corien.

—¿A qué estás jugando? ¿Has ideado este truco para castigarme?

Corien estaba mirando el lugar en el que Eliana había desaparecido, con la mirada distante y el ceño fruncido.

—No ha sido ningún castigo. Yo no sabía nada de esto.

—Me estás engañando. Quieres volverme loca.

—No.

—Mientes.

Por fin se dignó a mirarla.

—A ti no, y menos sobre esto.

—Te odio. —Rielle se giró y se llevó las manos a las sienes, que le ardían—. Te odio tanto que me sabe la lengua a veneno.

Corien la siguió mientras se alejaba, con paso inseguro, de los árboles.

—La chica no ha sido ninguna ilusión mía, Rielle. Ha sido real.

—No me hables. Ni así ni en mis pensamientos. —Rielle se adentró en una zona iluminada por el sol y entrecerró los ojos. Silbó para llamar a Atheria—. No me creo ni una palabra de lo que dices. No os creo a ninguno.

—Tiene sentido que desconfíes de la rata, pero lo que ha ocurrido me ha desconcertado a mí tanto como a ti. Bueno. —Hizo una pausa, de nuevo con la mirada distante—. Quizá no tanto como a ti.

Atheria se arrodilló y Rielle montó en ella. Desde aquella posición, subida a lomos del chavaile, se fijó en Corien una vez más y se acorazó ante su mirada, que brillaba con la firmeza de la luna.

—Hoy te has burlado de mí —le dijo, echándole un vistazo al bosque que había destruido—. Me has hecho perseguir como una loca a un producto de tu retorcida imaginación.

—Rielle, te juro...

—No quiero que me jures nada —le espetó—. Hoy no. Harías bien en mantenerte alejado de mí hasta que me haya olvidado de lo que acaba de ocurrir.

Tras ello, le dio la espalda y apremió a Atheria a alzar el vuelo.

Aterrizaron en la terraza de su habitación y, cuando Rielle entró, se sentó temblorosa en el suelo y se abrazó. Apoyó la cara en la alfombra y lloró. Sus sollozos fueron largos e irregulares, unos que le destrozaron la garganta.

Atheria, con las alas plegadas, la miró desde la terraza. Golpeó el suelo de piedra blanca con una pata, nerviosa.

Aquí estás. La voz de Ludivine llegó hasta ella rápidamente. *No puedes marcharte así. Audric está desesperado, muy preocupado.*

El peso del alivio de Ludivine apenas la dejaba respirar. La sensación se adhirió a ella como una membrana pegajosa y gelatinosa. Enterró la cabeza entre sus brazos y se tiró del pelo.

—Déjame en paz —susurró—. No me hables. No lo soporto. Sé lo de los santos, sé lo que os hicieron. Sus mentiras, su gran engaño. No me lo habías contado, ¿cómo se supone que voy a confiar en ti ahora? —Apretó los ojos al cerrarlos—. ¿Buscas venganza? ¿Es por eso que te hiciste mi amiga?

No.

—Conspiras en mi contra desde mi propia casa.

No. Los pensamientos de Ludivine estaban cargados de tristeza. *Cielo, ¿cómo puedes pensar eso de mí? Yo te quiero.*

—No confío en ti —susurró Rielle—. No confío en nadie, ni siquiera en mi propia mente. Se me va a abrir el cráneo. Se me va a partir en dos.

Voy a llamar a Audric.

—¡No! —graznó Rielle—. A él no. No ahora. A Evyline. Manda llamar a Evyline, y aléjate de mí.

Ludivine no dijo nada más y, tras varios minutos, Evyline, Dashiell y Riva abrieron las puertas de los aposentos de Rielle y entraron.

—Solo tú, Evyline, por favor —le pidió Rielle. Cuando las otras se hubieron marchado y la capitana se acuclilló a su lado, Rielle la miró e hizo el amago de acercarse a ella. Le palpitaba el corazón a un ritmo que no parecía disminuir—. Por favor, siéntate a mi lado y no digas nada.

Evyline se acomodó torpemente en la alfombra. Le agarró una mano.

—Sí, mi señora. Todo el tiempo que necesite.

Rielle estuvo un rato llorando en silencio, reconfortada por la firme presencia de Evyline, que no la cuestionaba. A través de las lágrimas, vislumbraba la cola de Atheria moviéndose de un lado a otro, como si fuera un péndulo de plumas grises.

Después, cuando las puertas se abrieron, la paz que se había instalado en la habitación se hizo añicos. Audric pronunció su nombre y se acercó a ella a zancadas. Rielle cerró los ojos al escuchar su voz. No podía quitarse de la cabeza la imagen de esa chica, Eliana. Sus enormes ojos oscuros. La forma en que le había suplicado clemencia.

—Déjanos, Evyline —le ordenó Audric, arrodillándose a su lado.

—No —susurró Rielle—. La necesito.

—Quédate, entonces —dijo el príncipe, acariciándole el pelo a Rielle—. ¿Qué ha pasado, cielo?

Ella le tocó la cara y hundió los dedos en sus rizos.

—No me dejes. Pase lo que pase, no me dejes.

Se le llenaron los ojos de lágrimas; no conseguía deshacerse de un miedo repentino y atroz a perderlo.

Audric la miró.

—No te voy a dejar. Eres mi luz y mi vida. —Le dio un beso en ambas palmas y, después, en las comisuras de los labios.

Rielle giró la cabeza para mirarlo, como si fuera una flor desesperada por la luz del sol.

—Evyline —murmuró—, puedes dejarnos.

Cuando estuvieron solos, el príncipe la ayudó a levantarse y a sentarse con él en la butaca junto a la chimenea. Rielle se acomodó en su regazo y, nerviosa, empezó a juguetear con las manos.

—Estás temblando —le dijo Audric, sujetándole las muñecas para detener su inquietud—. ¿Qué te ha pasado? ¿Adónde has ido?

—Necesitaba tomar aire fresco —mintió, pues no tenía ninguna intención de contarle lo que había ocurrido en la montaña, y menos que Corien le había enviado la visión que la había perturbado. Su hija. Había sido un engaño absurdo e intolerable.

—Has volado con Atheria —le dijo Audric—. ¿Por eso te sientes mal?

Rielle apoyó el rostro en el cuello del príncipe.

—El empirium me ha hablado. Me ha enseñado...

—¿Qué te ha enseñado? —insistió Audric, tras una pausa.

—Cosas horribles —susurró—. Cosas que me hacen dudar de mi propia mente. Cosas que me hacen querer huir lejos de aquí y no dejar nunca de hacerlo, no hasta saltar en pedazos.

Y si lo hiciera, susurró la parte oscura de su mente, si huyera, si desapareciera en los confines del mundo, donde nadie pudiera encontrarla, ni siquiera Corien, Audric sería un rey sin distracciones y ella se libraría de la corte, de la ciudad, de la gente que la quería y que la odiaba a la vez.

—Quédate conmigo —murmuró él, como si percibiera el conflicto en el que se encontraba. Apoyó la frente en la de ella—. Quédate conmigo, Rielle.

—Estoy aquí —le dijo, con voz débil. Después, tuvo que agacharse para que no le viera la cara, porque no soportaba mirarlo a los ojos y ver su amor tan claro en ellos. Además, si le miraba a los ojos, Audric quizá descubriría la verdad sobre las vidas que se había cobrado, sobre las mentiras que había contado.

La duda le atenazó el corazón como una tumultuosa tormenta.

Poco a poco, su mente empezó a romperse en dos.

Rielle salió rápidamente de la Cámara de los Santos para entrar en una de las pequeñas antesalas que la rodeaban. Su guardia, desconcertada, la seguía con la mayor discreción posible, y eso que se trataba de siete soldados que portaban armaduras bañadas en oro.

En cuanto cerró la puerta a su espalda, dejando atrás las resplandecientes galas de la coronación de Audric, se aproximó a una esquina de la habitación, se puso de rodillas, de espaldas a su guardia, y vomitó. Al terminar, se limpió la boca con el borde de la manga.

No era la única vez que había vomitado los últimos días. La primera vez había asumido que se debía a que estaba agotada, a que apenas había dormido durante las últimas semanas. Corien la visitaba cada noche, Ludivine rondaba la superficie de su mente y las calles que rodeaban el palacio se llenaban cada día de gente que pedía su muerte, su amor, su cuerpo, su sangre. Venían de la capital, venían de todas las partes del reino; cada día había más.

Y a todo eso se sumaba la visión de la chica desconocida en la montaña, un recuerdo que siempre tenía presente. No conseguía deshacerse de él. Cuando lograba dormir, la veía con el ojo de su mente. Su miedo, su mandíbula marcada.

Rielle cerró los ojos y escondió los puños tras el elegante brocado dorado del vestido que llevaba puesto. Todas las noches dormía con Audric, ya fuera en su cama o en la de él. Todas las noches se amaban, completamente agotados. Sus días estaban llenos de preparativos para la coronación; de interminables reuniones con los consejeros, los magistrados y el arconte; de informes de sus espías sobre la desaparición de la reina de Kirvaya o de los miembros del Obex sobre los terremotos que azotaban Mazabat y las ciudades del sur o sobre las crueles tormentas que asolaban Meridian.

Y el Obex apenas les era de ayuda. Se negaban a colaborar con Rielle en la búsqueda de la forja de santa Katell. Se negaban a presentarle a los marcados que estaban a su servicio para viajar a Meridian, Astavar o Ventera, los reinos situados al oeste, y seguir buscando las forjas. Cuando se enfadó con ellos, le recordaron lo sucedido en Mazabat. Cuando los amenazó con matarlos a ellos también, le dijeron, sin perder la paciencia, que no le darían la espada de santa Katell.

—¿Preferís salvaros vosotros antes de darme la oportunidad de salvarnos a todos? —les espetó durante una reunión especialmente conflictiva.

El portavoz no tardó en responder.

—Lady Rielle, consideramos que, según son las cosas ahora, mantenerla alejada de la forja de santa Katell será precisamente lo que nos salve.

Aquella noche entró tan furiosa en la habitación de Audric que las paredes y las ventanas temblaron a su llegada. Aunque le dolían los ojos por la falta de sueño, aunque todavía le dolía el cuerpo tras la noche anterior, encontró a Audric dormido junto al fuego con una pila de solicitudes sobre la mesa y no dudó en saltar a su regazo. Lo despertó con la boca y con la cadera y se sujetó a él con fuerza cuando la penetró. Pero ni siquiera después, sudorosa y agotada, consiguió dormir. Había regresado a la oscura fortaleza del norte; había corrido por los desconocidos pasillos oscuros, persiguiendo y huyendo del sonido de la voz de Corien, rechazando y buscando el consuelo de los brazos de Ludivine.

Y la chica de las montañas la había perseguido cada día y cada noche, como si de un fantasma tenaz se tratara.

Rielle estaba arrodillada en la alfombra, con los dedos temblando contra la boca. Le dolía la cabeza, sacudidas de dolor le partían las sienes. Ni Corien ni Ludivine se habían ido en realidad. El ruido de sus espadas al chocar reverberaba en sus huesos constantemente.

Se le emborronó la vista, dorada y opaca. El ruido de la coronación de Audric se coló por la puerta cerrada: el coro cantando la *Canción a santa Katell*, el arconte entonando las palabras de la coronación, el murmullo de los cientos de personas que se habían reunido para ver cómo ponían en los hombros de Audric la capa dorada de santa Katell y la corona de su madre en la cabeza.

—Mi señora, ¿qué puedo hacer? —le preguntó Evyline, que se acercó a ella con sigilo.

Tras un segundo, Rielle se puso en pie. Un miedo atroz le escalaba el cuerpo y le calentaba la frente, ya sudorosa. Desde la cámara, Ludivine trató de comunicarse con ella, pero Rielle ignoró la presión urgente de sus pensamientos. Percibió que se acercaba a la antesala y tuvo la repentina necesidad de alejarse de ella. Había una Ludivine luchando contra Corien en su mente y otra atravesando la Cámara de los Santos para acercarse a ella. La mente de Rielle siempre la hospedaba, y nunca le pertenecía en su totalidad.

—Necesito ver a Garver Randell —dijo con voz ronca y los dedos en las sienes—. Llevadme con él, rápido. Que no nos vean.

Su guardia se dispersó por la calle, desapercibida gracias a la ropa de civil y a las capas de viaje. En el interior de la tienda de Garver, Rielle le contó todo lo que había estado sintiendo; después, tapada con una colcha, se tumbó en la pequeña cama de una habitación de la trastienda para que la examinara.

Simon estaba en silencio junto a ella y le sujetaba la mano. Cuando Garver terminó y le indicó que se incorporara, Rielle lo miró y supo lo que iba a decirle.

—Estoy embarazada —adivinó—, ¿verdad, Garver?

Él sonrió.

—En efecto, mi señora. Ya sabía que esto podía suceder. Ha pasado un tiempo desde la última vez que viniste a verme. Envié la mañadama al palacio, pero puede que no llegara.

Rielle se levantó, temblando. Se frotó en la falda las manos sudorosas.

—La recibí, pero he estado bastante ocupada últimamente. No he tenido la cabeza como para pensar. Me he descuidado. Oh, Dios.

Se llevó las manos a la cabeza. Ludivine le presionó la mente, llamándola una y otra vez. Estaba atravesando la ciudad; pronto, llegaría a la puerta de la tienda.

Oh, Rielle, le decía su voz, llena de ternura. *Me lo estaba preguntando.*

Al salir tambaleándose de la habitación, se chocó con una silla.

—¡Aléjate de mí! —chilló. No soportaría ver el rostro de Ludivine. Le traía recuerdos de la fortaleza del norte, de las noches sin dormir, de los labios de Corien en su cuello, del tira y afloja que se traía con él en su mente—. Si vienes aquí, Lu, te mataré.

—Siéntate, por favor —le pidió Garver, siguiéndola—. No voy a tocarte, pero tienes que sentarte. No estás bien.

—No, no lo estoy —le dijo entre risas—. ¿Te lo puedes creer, Garver? Otra yo.

Se llevó las manos al abdomen. Cuando se imaginó la vida que crecía en su interior, una copia infantil de sí misma suelta por el mundo, una sensación caliente subió deprisa por su esófago.

Simon se acercó a Rielle para ofrecerle un cubo. Ella se puso de rodillas sobre la alfombra y echó lo poco que le quedaba en el estómago.

—Dos reinas surgirán —dijo—. ¿Sabías, Garver, que Audric quiere que nos casemos? Dice que para demostrarle a todo el mundo que la casa Courverie tiene fe en mí, que la Corona me es tan leal como yo le soy a ella. Seré reina, entonces, reina de verdad. Seré tanto la Reina del Sol como la reina de Celdaria.

—Lady Rielle, no llores, por favor —le pidió Simon en voz baja.

—Apuesto todo mi poder a que el bebé será una niña —señaló Rielle con tono amargo—. Dos reinas surgirán. Y aquí estamos, trayendo con nosotras el destino que Aryava predijo.

—Olvídate de esa maldita profecía y escúchame —la instó Garver, sosteniéndole las manos—. Estás respirando demasiado rápido. Escucha mi voz y respira cuando yo te lo diga.

Ella se zafó de él.

—Una de sangre. Otra de luz. ¿Cuál crees que soy yo, Garver? ¿Tengo el poder de salvar el mundo o de destruirlo? ¿Cuál será mi hija? ¿No sería mejor para todos que me entregara a aquellos que me odian y dejara que me destruyeran antes de que sea demasiado tarde?

Entonces, la voz de un Corien demacrado resonó en su mente, horrorizada: *No es verdad. No has permitido que eso ocurra. Rielle, por favor, dime que no es verdad.*

Ella lo ignoró, abandonó la tienda de Garver y se acercó a Atheria, que la esperaba en el patio.

—Si vas a montar, hazlo con cuidado —le recomendó Garver, siguiéndola de cerca—. O perderás el bebé.

Una pequeña multitud se había reunido en la calle, contenida por la Guardia del Sol. Le lanzaron un trozo de repollo podrido a la sien y una plasta húmeda y maloliente que no pudo identificar porque acabó en la cadera de Garver.

—Lleva dentro a Simon —le dijo— y atranca la puerta.

Dicho esto, subió a lomos de Atheria, conteniéndose para no girarse hacia la gente que gritaba su nombre y aplastarla contra el suelo.

Enterró la cara en las crines grises del chavaile e intentó expulsar de su mente la imagen de la chica de la montaña: sus palabras temblorosas; la valentía con que había mantenido la cabeza alta; sus labios gruesos y sus ojos, tan grandes y oscuros como los de Audric; las cejas arqueadas, como las suyas.

Pero no podía confiar en lo que había visto. No podía confiar en nada ni en nadie, y mucho menos en sus propios pensamientos, pero por un momento contempló la posibilidad de que la chica de la montaña dijera la verdad. Sin embargo, su mente rechazó la idea enseguida. Era inconcebible, imposible. Pensar en ello la hacía sentirse mareada, la asustaba tanto que apenas era consciente del miedo. Se percató de su terror superficialmente, como si observara el mundo desde las alturas, y se apartó de él.

La chica había sido un truco de Corien, un engaño pensado para desestabilizarla.

«No le digas nada de esto a Audric», pensó para Ludivine. «Y si me quieres tanto como dices, me dejarás en paz».

—Llévame lejos. Vuela durante horas. Vuela hasta que no sienta nada —susurró a Atheria después.

Dejó que la bestia divina la condujera al rugiente silencio del cielo.

46
ELIANA

«Muchos queréis encontrarme. Queréis ver mi rostro con vuestros propios ojos. Pero nunca daréis conmigo. Estoy en todas partes y en ninguna a la vez. Lucho por vosotros en la oscuridad, y en la oscuridad permaneceré, y si alguna vez os cruzarais conmigo, os arrancaría el corazón del pecho y la lengua de la garganta para que los secretos de mi rostro y de mi nombre murieran con vosotros. No me busquéis. Escuchadme. Seguidme. Confiad en mí».

La palabra del Profeta

La mente de Eliana flotaba en un mar de colores extraños: fucsia, mandarina, ébano, el granate de sus pesadillas habituales, el dorado de las brasas, el negro azulado que enturbiaba el océano por la noche.

Una voz lejana flotaba sobre las olas. Le resultaba familiar, aquella voz, pero no quería escucharla. Sentía que le haría daño (o que, por lo menos, anhelaba hacérselo). Puede que solo quisiera apoderarse de ella, pero se vio incapaz de mover los brazos para taparse los oídos. No tenía brazos; no tenía oídos.

No era más que una mente maltratada y una franja de dolor que se volvía más ardiente a cada segundo que pasaba.

Algo la sostuvo con fuerza por debajo de los brazos. Ligeramente desconcertada, se dio cuenta de que sí tenía brazos. Abrió los ojos para ver el mundo. Estrellas relucientes flotaban delante de ellos. Sacudió la cabeza para liberarse de algunas.

El dolor se adhirió a su cabeza como dos manos que carecían de fuerza.

—Lo siento —le dijo Simon, que estaba cerca—. Casi te dejo caer. Apenas puedo mantenerme en pie.

Eliana se obligó a abrir los ojos a pesar de la llamada del mar extraño. Vio a Simon, vio el brillo de sus ojos, azules como el cielo de verano, como dos llamas gemelas, como joyas pulidas.

—Tus ojos son como el fuego —susurró, acercándose a él.

Simon se tambaleó un poco, y los dos se cayeron al suelo.

—¡Que alguien venga a ayudarnos! —gritó, quitándole a Eliana el pelo del rostro. Después, en un susurro, añadió—: Espero que quien venga nos conozca y no nos dispare de inmediato.

«Qué cosa más rara», pensó Eliana, tras lo que dejó de pensar.

Se despertó con la cabeza despejada y abrió los ojos a un techo que conocía. Supo de inmediato que se encontraba en la habitación de la tercera planta de Sauce. La bombardearon recuerdos de aquel día: había atravesado el anillo de luz formado por los hilos de Simon y había emergido en el bosque de una montaña negra, completamente desorientada. Esperaba encontrarse con un palacio, una ciudad, una sala del trono.

Se había encontrado a Rielle.

El corazón no tardó en latirle al ritmo en que lo había hecho en la montaña. Se incorporó deprisa y un dolor agudo le recorrió el abdomen. Se llevó una mano al estómago y notó el ajuste del vendaje que tenía bajo la camisa.

—Dani y Remy se han ocupado de tus heridas —le dijo Simon en voz baja. Estaba sentado en una silla junto a la cama. Como estaba tan rígido y tenía una expresión tan sombría, Eliana no se había percatado de su presencia.

Intentó sonreír, pero apenas pudo hacer una mueca.

—Se ha vuelto habitual que me despierte y te encuentre sentado a mi lado.

Por un instante, Simon se mantuvo callado; después, le agarró la mano y le dio un beso en ella.

—Te vi enfrentarte a Rielle a través de los hilos —susurró—. Te vi, pero no podía hacer nada para ayudarte. Si me hubiera movido, los hilos se habrían desvanecido. Te habría vuelto a perder.

—Pero no fue así. Aquí estoy yo, y aquí estás tú.

Simon negó con la cabeza contra su mano.

—Las cosas han cambiado, justo como sospechaba.

—¿Estamos a salvo? —le preguntó ella, interrumpiéndolo.

—Por ahora, sí.

—¿Está Remy aquí? ¿Está bien?

—Sí, y parece el de siempre.

Eliana tiró de Simon hacia ella.

—Entonces no hablemos de esto ahora. Ven, por favor. Aunque solo sea unos minutos.

—Te voy a hacer daño —le dijo, acariciándola—. Deberías descansar y estarte quieta.

—No hablo de sexo —le contestó, perdiendo la voz. Sintió la magia de Rielle golpeando su cuerpo otra vez, y aun peor, la mente de Corien invadiendo la suya. Sus dedos hurgando en ella, su voz amable y sonriente.

Simon se metió en la cama a su lado; su cuerpo era un escudo caliente que la protegía del resto de la habitación. Con cuidado, la rodeó con los brazos y ella se acurrucó en el refugio de su abrazo, ignorando el dolor que le atenazaba el abdomen.

—Todavía puedo sentirlo en mi interior —susurró—. Pensaba que lo había perdido, que el tiempo me lo había arrancado. Pero todavía lo siento, creo. O quizá es solo que no consigo deshacerme de su recuerdo.

Simon estaba tan quieto que Eliana se preguntó si se habría quedado dormido. Sin embargo, le dijo en voz baja:

—¿Te refieres a Corien?

Apoyada en su pecho, ella asintió.

—Estaba allí. O eso creo. No lo vi, pero lo escuché. Lo sentí. Intenté deshacerme de él, pero no sabía cómo, y él no me soltaba. —Soltó una risa temblorosa y habló rápidamente, como si las palabras se le derramaran de la boca—: No recuerdo ni la mitad de lo que ella me dijo, o si algo de lo que yo le dije tuvo sentido para ella. Remy debería haber estado allí. —Se limpió las mejillas en la camisa de Simon—. Nos habría ayudado a comunicarnos. Y habría visto una bestia divina. ¿Tú la viste? Era enorme.

Simon empezó a acariciarle el cabello. Tenía la voz tranquila.

—Sí.

Eliana cerró los ojos. El ritmo de los dedos de Simon comenzó a apaciguarla.

—Debería haberte hecho caso —susurró con voz pesada—. Querías esperar y yo te obligué a mandarme de todas formas.

—Yo tenía tantas ganas de intentarlo como tú —le respondió—. Si no hubieras estado tan desconsolada, no habría dudado.

—Entonces es culpa de los dos, eso es lo que estás diciendo.

—Bueno —le dijo, con los labios en su cabello—. No sé si tanto.

—¿Estás enfadado conmigo? Yo en tu lugar estaría enfadada conmigo.

—Para no quererme, te preocupa mucho mi opinión.

—Simon. —La voz, frágil, se le astilló al hablar. Utilizó las manos para tratar de apartarse de él, pero la volvió a tomar entre sus brazos y le acarició las mejillas con los pulgares.

—No estoy enfadado. —La miró, preocupado—. No he pasado tanto miedo en mi vida.

Eliana persiguió los distantes fantasmas que habitaban sus ojos, las descarnadas sombras que no habían estado allí el día anterior, y dejó que Simon volviera a rodearla con sus brazos. No tardó en dejar de escuchar sus suaves palabras. Cayó tranquilamente en un sereno sueño negro.

Cuando despertó, Simon ya se había marchado y el lado de la cama que había ocupado se había quedado frío.

Se calzó las botas e hizo una mueca de dolor al agacharse para atarse los cordones. Se preguntó si debería intentar curarse la herida antes de bajar y decidió colocarse las manos sobre la piel y llamar a sus forjas con la mente.

Pero el mero hecho de intentar concentrarse hizo que la cabeza le diera vueltas. Se sentó en el borde de la cama para recuperar el aliento y, antes de rendirse, de acabar exhausta, volvió a intentar curarse.

—Comida —murmuró para sí misma—. Comer algo me sentará bien.

Siguió el aroma de la mantequilla y de las salchichas fritas que provenía del piso de abajo, y estaba a punto de unirse al resto en el comedor cuando Simon apareció a su lado y le agarró el codo.

—Antes de que vayas —le dijo—. Las cosas han cambiado y deberías saber qué esperar.

Había algo en su voz, en el cuidado con el que se pasó una mano por la cara, que hizo que un escalofrío recorriera a Eliana de arriba a abajo.

—¿Patrik?

—Está aquí. Por desgracia, igual que antes.

—Y has dicho que Dani se encargó de mis heridas.

—Sí, Dani también está aquí, al igual que sus tres hijos. Pero a su marido lo mataron hace tiempo, así que yo no le preguntaría sobre el tema. La finca apenas ha cambiado, que yo me haya dado cuenta. Un par de cambios menores en el paisaje. Un estilo arquitectónico algo más elaborado. —Titubeó—. Ahora el Jubileo comienza mañana por la tarde. El día del nombramiento del almirante Ravikant es el catorce de octubre, en lugar del dieciséis.

—Mañana —repitió Eliana. De repente, se sintió incapaz de mirarlo, pues lo primero que había pensado no había sido que aquello les daría menos tiempo para prepararse para el Jubileo, menos tiempo para recuperarse del viaje y volver a intentarlo antes de verse obligados a abandonar el continente, sino que tendría menos tiempo para estar con él. No como soldados, sino como ellos mismos.

Era un pensamiento estúpido y egoísta, un deseo infantil, en vista de todo lo que ocurría, pero eso no la avergonzaba. Una parte despreocupada de su mente quería marcharse con Simon y con Remy, huir. Se esconderían en algún confín remoto del mundo y dejarían que los demás se encargaran de la guerra. Tendría a Simon solo para ella y mataría a cualquiera que intentara arrebatárselo.

—¿Y Jessamyn? —le preguntó con tono amargo.

Pero Simon no respondió. Eliana levantó la mirada bruscamente, y el temor le calentó los brazos. Aquel silencio era una respuesta, pero necesitaba que Simon se lo dijera.

—¿Dónde está, Simon? —volvió a preguntarle.

—No está aquí —le dijo al final—. Y nunca lo ha estado.

47
JESSAMYN

«Kalmaroth no abandona mis sueños. Antes soñaba con amor y estrellas e inescrutables mares antiguos. Ahora, su furia inunda mis noches. A veces se mueve suavemente, acariciando mis mejillas como el roce de una pata antes de matar. A veces me apuñala, y me despierto sudando y gritando. Todos deberíamos temerlo: ángeles y humanos por igual. Su furia nunca morirá. Aunque tengamos éxito, su ira inundará el Profundo».

Escrituras perdidas del ángel Aryava

En un sucio apartamento en el centro de Festival, sentada ante una ventana con cortinas brocadas de un descolorido violeta, Jessamyn afilaba su segunda espada favorita.

Era larga y fina, con una empuñadura de obsidiana tan pulida por el uso como un guijarro de río, y con cada paso de su piedra de afilar contra la hoja, la joven reflexionaba no sobre la misión que daría comienzo al día siguiente, sino en lo profundamente que odiaba su nombre.

«Jessamyn». Era un nombre vulgar, un nombre humano. Había sido suyo durante cada uno de sus diecinueve años, y lo había odiado desde que entendió por vez primera, a sus cuatro años, que no era un nombre de ángel. Se lo habían puesto sus padres humanos, a quienes no recordaba y no le importaba no recordar. Lo único que sabía de ellos era que la habían ofrecido a los profesores del liceo para conseguir entrar en la ciudad del emperador. Varos se lo había dicho cuando la eligió como alumna. La dejaron allí, en los majestuosos peldaños de mármol, le contó, bajo la lluvia, una niña pequeña con la piel oscura y pecosa y unas trenzas castañas, sin más posesiones que la ropa que llevaba a la espalda.

Eso, y un nombre que odiaba tanto que apenas soportó abrir la boca para decírselo al director del liceo para sus registros.

«Jessamyn». Carecía del peso de las lenguas angélicas. Cada vez que pensaba en él, cada vez que alguien lo pronunciaba, se sentía constreñida en sus confines, como un animal en una jaula estrecha.

«Jessamyn». Una vez, le suplicó a Varos que la llamara por el nombre que había elegido para sí misma, el nombre que algún día se ganaría sirviendo a su sagrada majestad, el emperador eterno, como agente de Invictus. Era una palabra tan valiosa para ella que se permitía pensar en ella solo en ocasiones, por miedo a desgastar el brillo de sus sílabas.

Pero Varos se había negado. Después de observarla fríamente un momento, la abofeteó. Aquella noche, Jessamyn lloró contra su almohada como si fuera una niña; no porque estuviera enfadada con él, o por la marca hinchada que su mano le había dejado en la mejilla, sino por pura y cruel vergüenza.

Se había merecido aquella violencia. Lo cierto era que se merecía cosas peores. Haberse atrevido a pedirle algo así era una insolencia que merecía un castigo mucho mayor.

Varos le dijo eso al día siguiente, mirándola desde el otro lado de la mesa de su apartamento mientras ella desayunaba en silencio. Había sentido la marca de su mejilla como un brillante faro, anunciando su vergüenza al mundo. Una mirada a su mejilla y sus compañeros de clase sabrían la verdad: que era inadecuada, insubordinada, indigna.

—Debería haberte matado por pedirme eso —le había dicho Varos.

Jessamyn se tragó la comida y bajó la cabeza.

—Sí, *kaeshana*.

—Pero no lo he hecho —dijo Varos, sin emoción— porque te quiero.

Ante esas palabras (¡tan inesperadas, tan ansiadas!), Jessamyn se había puesto tensa. No había tenido la menor idea de cómo responder. ¿Debía darle las gracias? ¿Debía decirle que se moría por él, que ser su alumna era un honor aun mayor que el verdadero nombre que tanto deseaba?

¿Debía decirle que ella también lo amaba?

Varos se limpió la boca con la servilleta y se apartó de la mesa para mirarla.

—Ven aquí.

Jessamyn estuvo a punto de tropezar consigo misma en sus prisas por obedecer. Se arrodilló a su lado, bajando la cabeza.

Pero Varos le levantó la barbilla, obligándola a mirarlo para inspeccionar su rostro. Su atractivo hizo que Jessamyn perdiera la razón: su cuerpo esbelto y esculpido; su piel suave, bronceada y dorada tras su reciente viaje a las Vespertinas, y sin cicatrices, porque era demasiado hábil para eso, demasiado cauto y astuto; sus ojos dorados como la miel, incongruentemente amables y bonitos para pertenecer a un asesino tan feroz.

Jessamyn se estremeció bajo su escrutinio. Había oído hablar de los *kaeshani* de Invictus, que se habían llevado a sus estudiantes a la cama, pero Varos no le había indicado ni una sola vez que estuviera interesado en ella en ese sentido, al menos no hasta aquella mañana en la mesa del desayuno, cuando la recorrió con la mirada como si por fin se diera cuenta de que era casi una mujer.

A Jessamyn nunca la había entusiasmado la idea del sexo. Su amor por Varos era el de una niña hacia su padre. Pero, si él la elegía, si la quería, ella encontraría el deseo.

—Dime, Jessamyn, quiénes somos —dijo Varos con amabilidad.

El pulso de Jessamyn saltó hasta su garganta. Le estaba pidiendo que recitara el juramento de Invictus: las palabras que algún día recitaría ante el emperador en persona, cuando Varos considerara que estaba preparada.

—Él me ha elegido para custodiar sus obras —dijo de inmediato.

Sin expresión, Varos le acarició la mejilla.

—Continúa, *virashta*.

El modo en el que Varos pronunció *virashta* llevó un delicioso escalofrío a la columna de Jessamyn. Virashta, una palabra angélica ceremonial que significaba «alumno» pero también «querido» y «terrible», y que Varos solo pronunciaba cuando creía que Jessamyn había hecho algo para merecérselo.

—Me ha elegido para recibir su gloria —recitó Jessamyn, intentando mantener la voz firme.

Varos suavizó su expresión. Le besó la frente.

—Yo soy la daga que corta en la noche.

Y de repente, los sentidos de Jessamyn (perfeccionados durante años bajo su tutela) le dijeron que estaba en peligro.

Varos echó mano al cuchillo que llevaba en su cinturón y fue rápido, pero Jessamyn lo fue más. Esa era la razón por la que Varos la había elegido como estudiante hacía tantos años. Incluso de niña, había sido rápida como un halcón.

Se sacó su propio cuchillo de la bota izquierda, le quitó a Varos el arma de la mano y lo amenazó con su daga contra su garganta. Con una llamarada de triunfo, lo miró y pronunció la última frase del juramento.

—Soy la albacea de su historia.

Varos sonrió de oreja a oreja, haciendo que Jessamyn se sintiera mareada.

—Te ganarás tu nombre, *virashta*.

Ahora, en el apartamento donde esperaban que comenzara el Jubileo del Almirante, Jessamyn oyó que la puerta se abría y cerraba y levantó la mirada para ver entrar a Varos. Iba vestido con ropa de viaje, como ella. Sus uniformes de Invictus los esperaban en el barco del almirante.

Se levantó y bajó la cabeza.

—*Kaeshana*.

Él pasó junto a ella en silencio, apestando a alcohol y a humo.

Jessamyn intentó que no le importara. Varos había acudido a la ciudad; había estado haciendo tareas de reconocimiento. Obviamente, dicho trabajo lo habría llevado a tabernas, salones de juego, burdeles.

Y, aun así, le importaba.

Se preguntó si habría disfrutado de la cama de alguien durante el día que había pasado en la ciudad. No lo habría culpado por ello. La suya era una vida exigente, a menudo brutal, y aunque se vanagloriaban de ello, si Varos necesitaba desahogarse en el sexo, ella, su alumna, no era quien para juzgarlo.

No obstante, la idea de que encontrara consuelo en alguien que no fuera ella la irritaba profundamente. Ella no necesitaba a nadie más que a Varos para sentirse satisfecha y completa. Que pudiera ser distinto para él sacaba a la luz el viejo y huidizo miedo a no ser nunca suficiente. A que nunca le presentara al emperador y que su nombre deseado muriera en silencio en su interior.

Observó sin decir palabra mientras Varos caminaba por la habitación. Cogió el plato de comida que ella le había preparado y lo lanzó contra la pared. El plato se rompió, y sus fragmentos salieron disparados por el suelo.

Jessamyn ni siquiera pestañeó. Estaba acostumbrada a sus arrebatos y había aprendido hacía mucho a no reaccionar a ellos.

Varos se apoyó en la mesa, mirándola fijamente.

—He recibido nuevas órdenes del almirante —dijo al final—. En lugar de ir a la hacienda de los Keshavarzian, zarparemos en el barco del almirante y esperaremos instrucciones.

Jessamyn abrió la boca, la cerró. Una furia traicionera destelló en su interior, e intentó contenerla. Varos y ella eran los únicos que habían descubierto la duplicidad de Danizet Keshavarzian y sus hijos, una familia a la que lord Tabris había invitado a menudo a cenar con él, una familia supuestamente leal al imperio que en realidad llevaba años supervisando las actividades de la Corona Roja en Festival. La misión de destruir Sauce y matar a la familia de traidores que vivía en ella se les había asignado como recompensa por su duro trabajo. Y, ahora que Rahzavel había muerto, Varos era el miembro más condecorado de Invictus, el más apreciado. Erradicar el corazón de la presencia de la Corona Roja en Festival era la recompensa que merecía.

Y, si se la arrebataban, Jessamyn no tendría la oportunidad de demostrar su valía. No conseguiría una audiencia con el emperador. No oiría su voz pronunciando el nombre que había elegido. Y no sabía cuándo volvería a presentarse una oportunidad así.

—¿Las nuevas órdenes vienen del almirante? —consiguió preguntar.

—De uno de sus tenientes —murmuró Varos—. Ni siquiera me ha dedicado un momento para hablar conmigo en persona.

—Pero pertenecemos a Invictus. Somos los ojos y los oídos del emperador, sus dagas. Nos hemos pasado semanas descubriendo la estafa de los Keshavarzian y planeando esta operación. —Vaciló. Puede que fuera demasiado atrevido hacer esa pregunta—. ¿El emperador ha confirmado estas órdenes?

—El emperador lleva días sin hablar conmigo. Incluso me he atrevido a buscarlo y no he encontrado nada. —La furia vibró en su voz—. Se mantiene alejado de mí. No lo comprendo.

Jessamyn esperó a que hablara de nuevo, y cuando no lo hizo, tomó aire.

—Pertenecemos a Invictus —dijo de nuevo, manteniendo la voz firme y serena—. No somos adatrox, estúpidos y desechables. Nosotros no vamos a esperar en un barco mientras la gloria arde en otra parte. Nosotros aceptamos órdenes del emperador, y solo del emperador, y si el almirante no es capaz de aceptarlo, es que es un idiota.

Sin previo aviso, Varos se giró hacia ella. Su mano voló fuerte y rápida para golpearle la mandíbula.

Jessamyn soportó el impacto en silencio. El dolor de sus puños no había disminuido con los años, pero había aprendido a aguantarlo mejor.

—Somos humanos —le espetó—, y no importa cuánto nos ascienda el emperador en su servicio: nunca superaremos la gloria de sus generales, y, desde luego, tampoco la del almirante. Harías bien en recordarlo. No vuelvas a decir esas cosas. Ni siquiera las pienses.

Ella agachó la cabeza, parpadeando para aclarar su visión borrosa, y susurró:

—Sí, *kaeshana*.

Él le agarró la mandíbula y la obligó a mirarlo. La observó durante un largo momento antes de soltarla con una mueca de burla.

—Dices que deseas el favor del emperador, y aun así me obligas a reprenderte demasiado a menudo.

Jessamyn no lloró. Varos le había estrujado hacía mucho hasta la última lágrima del cuerpo, sin dejar nada atrás. Pero ardía de rabia, y de vergüenza, y deseaba desesperadamente huir a las montañas a las afueras de la ciudad. Correría por los mortíferos pasillos estrechos que se elevaban sobre los ríos del cañón. Correría hasta que ya no sintiera la humillación de su desdén.

—Sí, *kaeshana* —dijo, en lugar de eso, rígida.

Y después, tras unos largos minutos de silencio, Varos dijo:

—Pero no te equivocas.

Jessamyn miró el suelo, sin atreverse a levantar la mirada.

—Hemos pasado largas semanas preparándonos para este momento —continuó—. Y estamos tan cerca de la victoria, de nuestra presa, que ya puedo saborear su sangre en mi lengua. Y tú, Jessamyn. Mírame.

La joven obedeció, con los labios apretados. El corazón le latía con fuerza en la garganta, y su avidez la desagradaba.

Varos le sonrió. El enfado desapareció de su rostro y, en ese momento, Jessamyn olvidó el resto de sentimientos excepto la chispa de dicha que le lamía la columna como una llama hambrienta. Soportaría un millar de palizas para que él volviera a mirarla así. Su *kaeshana*, su Varos. Su profesor y su familia, y su llave para el favor del emperador.

—Te mereces tu nombre, *virashta* —le dijo—. Y si para ello debemos desafiar al almirante, lo haremos.

Jessamyn se arrodilló a sus pies. Demasiado abrumada para hablar, se quedó allí acurrucada, con las palmas apoyadas en el suelo. Después de un momento, Varos le puso la mano en la cabeza, riéndose con cariño, y le pidió que limpiara el desastre de su cena arruinada.

Ella obedeció de inmediato, consciente de su mirada mientras trabajaba. Y aunque la alegría la hacía sentirse estúpidamente mareada, sabía que, si Varos se rebelaba, no era por ella. Que pensara siquiera en desobedecer le demostraba lo mucho que el rechazo del almirante le había dolido. Varos desafiaría al almirante por sí mismo, para demostrarle al emperador que no era un simple humano. Que era algo más, infinitamente más valioso. Que estaba por encima de las órdenes que todos los demás debían obedecer.

Pero a ella no le importaban nada sus razones, siempre que eso significara que su misión terminaría como habían planeado.

Mientras trabajaba, pensó en la chica, Eliana, a la que la familia Keshavarzian había alojado. Jessamyn deseaba cazarla a ella, más que a ningún otro. En sus sueños, era ella quien la presentaba ante el emperador. Que le dieran, a Sauce y a Danizet Keshavarzian. Presentar a Eliana Ferracora ante el emperador sería una gloria que no tendría igual en este mundo.

Pero Eliana era la presa del almirante, así que, en lugar de eso, Jessamyn recitó lo que sabía de la chica. Había nacido en Ventera. Tenía un hermano de doce años llamado Remy. Su padre había fallecido, asesinado durante la invasión de Ventera. Su madre había muerto, transformada en uno de los laboratorios de Fidelia y perdida en las gélidas aguas de la bahía de Karajak cuando la chica, de algún modo, consiguió enviar a toda la flota imperial al fondo del mar.

Tenía poder, eso era evidente. Un poder que ningún humano se merecía.

Un poder que pertenecía a los ángeles.

Jessamyn no sabía qué iba a hacer el emperador con ella cuando la tuviera, ni le importaba..., aunque sentía una fugaz curiosidad que descartó fácilmente.

Lo importante era aquello: pronto, Eliana estaría retorciéndose a los pies del emperador. Puede que Jessamyn fuera lo suficientemente afortunada para estar allí, que se le permitiera asistir como recompensa por completar con éxito su misión. Quizá podría oír a Eliana suplicando una piedad que el emperador nunca le concedería.

Se estremeció al pensarlo y redirigió sus pensamientos al presente, al plato roto, la comida desperdiciada, la misión que tenía por delante, y que haría que Varos se sintiera tan orgulloso que presumiría de ella allá a donde fuera: su *virashta*, su brillante protegida. No necesitaría a nadie más en su vida, solo a ella. Ni amantes, ni estudiantes.

Y Jessamyn se ganaría por fin su nombre.

48
CORIEN

«En algunos idiomas, la palabra se traduce como "parladragones". En otros, se convierte en "estirpe de bestias". En la lengua borsválica, es kammerat, y en ese idioma, su lengua nativa, significa "los que guardan secretos salvajes", porque los kammerat (si son reales, si no son solo parte de un cuento de fantasía) han protegido desde hace mucho tiempo lo que queda de las grandes bestias divinas, cuyos ancestros llevaron a Grimvald y a sus soldados a la batalla contra los ángeles. Todos aquellos que han viajado hacia las altas y lejanas montañas de Borsvall para buscar a los dragones han muerto. Algunos culpan a las duras condiciones climáticas. Otros, que añoran la antigua magia, culpan a los kammerat, que cuidan de sus sagrados protegidos con hierro y acero».

Nota incluida en *Una tierra fría y poderosa: estudio de las leyendas de Borsvall*, de Inkeri Aravirta

En el lejano norte, en la cordillera montañosa conocida como Villmark, tan al norte que podría haber caminado centenares de kilómetros en cualquier dirección sin toparse con nadie, Corien estaba sentado en una butaca escarlata, mirando el hielo con el ceño fruncido.

Sus aposentos estaban lujosamente decorados porque eso era lo que se merecía: suelos de piedra, alfombras gruesas, arte en las paredes, todo abrillantado y estéticamente colocado. O, mejor dicho, había estado estéticamente colocado antes de que él lo destruyera.

No había abandonado sus habitaciones en semanas, no desde el día en el que se descubrió la verdad más horrible y reciente de su vida.

Rielle estaba embarazada. De Audric.

Cuando se percató de ello, cuando sintió el cambio en ella a pesar de los miles de kilómetros que los separaban, a pesar del extenso continente que había entre ambos, abandonó su fortaleza, una alta y descarnada edificación de piedra negra que se alzaba sobre la base militar a la que había llamado Destacamento Norte. Atravesó furioso las minas, los laboratorios, los astilleros. Mató a treinta y un esclavos humanos ese día, y a diez de los niños elementales secuestrados en Kirvaya, y después destripó a uno de sus tenientes que se había vuelto perezoso y caóticamente brutal desde que Corien le asignó la tarea de supervisar los dormitorios de los niños.

Por último, Corien asesinó a dos de los kammerat, los parladragones de Borsvall. Con mirada triste y malnutridos, se ocupaban de las bestias en sus corrales y los ayudaban a diseccionar sus cadáveres en los laboratorios. Corien se arrepintió de inmediato de matar a dos de ellos, porque los kammerat eran útiles y necesarios por su trabajo con los dragones.

Pero la furia lo había vuelto estúpido y no se había dado cuenta de que había matado a alguien hasta que llegó a sus aposentos, empapado en sangre y apenas capaz de ver debido a las lágrimas.

Dio un portazo y siguió golpeando todo lo que encontró: cada pintura, cada artefacto robado. Bandejas y cálices, los espejos de su cuarto de baño, incluso las ventanas con vistas al destacamento.

Y después se bebió todas las botellas de vino de sus aposentos y se desplomó en la butaca junto a las ventanas rotas.

Se había quedado allí durante semanas, dirigiendo sus asuntos y supervisando el trabajo del destacamento desde la comodidad de su butaca y la entumecida coraza de su dolor.

La nieve entraba a través de las ventanas rotas. Montones de invierno y fragmentos de cristal ensuciaban sus antes inmaculados suelos.

De vez en cuando, se atrevía a dirigir su mente de nuevo hacia Celdaria, pero todo lo que veía lo llenaba de desesperación: Rielle, en los brazos de Audric; Rielle, probándose su vestido de novia; Rielle, examinando su cuerpo ante el espejo, buscando cambios que todavía no habían aparecido.

No soportaba mirarla más de unos segundos cada vez. El dolor de la distancia que había entre ellos no se parecía a nada que hubiera sentido desde que sufrió la pérdida de su cuerpo en el Profundo.

Entonces, semanas después, mientras estaba sentado en sus aposentos escarchados y cubiertos de cristal, con la cabeza apoyada en las manos y el cuerpo robado frío y pálido y hermoso en su bata de terciopelo, sintió un cambio en el aire del destacamento. Un movimiento.

A pesar de lo borracho que estaba, a pesar de cómo lo entumecía la tristeza, no necesitó hacer un esfuerzo para extender los límites de su mente y buscar en el destacamento la causa de aquel cambio.

Lo vio de inmediato y se irguió en su butaca.

Qué interesante: la reina kirvayana, Obritsa Nevemskaya, había conseguido eludir de algún modo la seguridad de sus laboratorios. Estaba robando, de hecho, llevándose un contenedor del belluorum que sus cirujanos usaban para mantener a los dragones dóciles y dependientes.

La observó; la curiosidad que sentía atravesó el lodo negro de sus pensamientos. Cuando ella extrajo unos hilos del aire y los usó para huir de los laboratorios y escapar a las montañas cercanas antes de que sus soldados pudieran detenerla, Corien se levantó de su butaca por primera vez en días. Caminó sobre el cristal y la nieve para detenerse ante las butacas rotas.

Su corazón que no era un auténtico corazón latió más rápido en su pecho. Sentía tanto deleite y excitación como le era posible con aquel cuerpo.

La reina kirvayana era una marcada.

Durante un momento, se permitió admirar su diligencia guardando el secreto, los gruesos muros de su fortaleza mental. Había pasado por muchas cosas, aquella chica, había soportado años de malos tratos que la habían endurecido…, aunque notaba que, bajo aquellas capas de acero y hierro, latía un corazón que amaba selectivamente pero con ferocidad.

Vio cómo le entregaba el belluorum a uno de los kammerat, un muchacho de diecinueve años llamado Leevi. El chico le administró la droga a su dragón, una cría apenas lo bastante grande para llevar siquiera a aquel flacucho. Después, chico y dragón alzaron el vuelo y se dirigieron al oeste… a Borsvall, suponía.

¿Para pedir ayuda al nuevo rey, quizá?

Corien sonrió, se quitó la bata y se la cambió por una camisa y unos pantalones, y por su largo abrigo negro.

Podría imaginárselo.

—Oh, rey Ilmaire —dijo, con voz melindrosa—. ¿Puedes ayudarme a rescatar a mis amigos dragones? Por favor, oh, por favor. ¡Un ejército de ángeles los tiene secuestrados en el lejano norte! ¡Están usando dragones en horribles experimentos! ¡Debes ayudarnos, debes hacerlo!

Corien resopló.

—Buena suerte con eso, chico. Tu rey es un cobarde, y tú eres un maldito idiota.

Entonces se puso la capa y atravesó las puertas.

Hizo que llevaran a la chica y a su guardia a una de las salas de recepción de la fortaleza. Después de todo, era una marcada. Poseía sangre de ángel, aunque mancillada, y se merecía algo mejor que una celda bajo la montaña.

Tardó un tiempo en recuperar la consciencia después del golpe que le habían propinado sus hombres, algo que les había hecho pagar introduciéndose en sus mentes hasta que se retorcieron en el suelo y le suplicaron piedad.

—No le peguéis ni la maltratéis —les dijo con frialdad, escuchándolos sollozar. Eran ángeles inferiores, apenas lo bastante poderosos para mantenerse en sus cuerpos robados. Verlos le desagradaba. En el pasado, habían sido criaturas gloriosas y poderosas, antes de que la larga oscuridad del Profundo los redujera a eso.

Se sentó en una butaca frente a Obritsa y la observó abrir los ojos despacio. Era diminuta, con la piel bronceada y el cabello blanco como el hielo, parecido al de la difunta mentirosa Marzana.

—Por fin despierta —murmuró.

Obritsa lo miró, poniéndose tensa. Sus ojos viajaron hasta su guardia, inmóvil en el suelo, y de nuevo hasta Corien.

—Eres tú —susurró—. Te he oído en mi mente. Eres un ángel.

Se arrodilló ante ella.

—Mi nombre es Corien. Y tú eres Obritsa Nevemskaya, la reina electa de Kirvaya. Los revolucionarios humanos de tu país te llaman Korozhka. La Destructora. Es un placer conocerte, de verdad. Tu mente es brillante, y sigue creciendo. Aprecio una buena mente, sobre todo una con tanto potencial. Y eres una marcada. —Sonrió—. Eso es lo mejor de todo.

Ella levantó la barbilla, examinando el rostro de Corien. Tenía los ojos claros y brillantes.

—Al secuestrarme, has declarado la guerra al reino de Kirvaya. Si nos sueltas de inmediato y nos permites marcharnos de este lugar ilesos, lo tendré en cuenta cuando informe a mis magistrados de lo que has hecho.

—Tus magistrados. Oh, niña. —Corien le tocó la mejilla. Ella no se apartó de él; lo miró a los ojos sin parpadear—. Están pasando muchas cosas en el mundo que no entiendes. Tu ignorancia es encantadora.

Se levantó, limpiándose de las manos la suciedad de la cara de la niña.

—Necesito que hagas algo por mí. Y lo vas a hacer, de un modo u otro. Si tengo que obligarte, puedo hacerlo y lo haré. Pero preferiría no hacerlo. Tu poder mestizo es impredecible, y si tomo el control de tu mente, eso podría afectar a la pureza de sus hilos. Y entonces, ¿dónde terminaríamos? Aplastados contra una ladera en alguna parte. Lanzados al fondo del mar, o al futuro.

Las palabras abandonaron sus labios antes de que pudiera pensar en su significado.

«Al futuro».

Recordó a la chica de la montaña, la que había afirmado que era la hija de Rielle. Se llamaba Eliana.

Y las cosas que había atisbado cuando rozó su mente...

Pero dejaría eso para más tarde. Todo tenía un orden, y Obritsa iría primero.

La mente de la pequeña reina se puso a trabajar con rapidez. Corien admiraba su ingenio, la agilidad con la que se movía.

—No voy a llevarte a ninguna parte —declaró—. He visto lo que estás haciendo aquí. Eres un demonio que debería ser juzgado por sus crímenes. Las atrocidades que has cometido en estas montañas no serán toleradas.

Él ladeó la cabeza, examinándola.

—¿No se suponía que odiabas a los elementales? ¿Qué te importa que secuestre y torture a esos niños?

La chica no tenía nada que responder a eso. Corien paladeó la textura de su conflicto: años de condicionamiento para odiar a los elementales en guerra con el puro horror que había sentido después de descubrir la que era su gran obra.

—Comprendo tu desagrado —le dijo—, pero te equivocas completamente en ello, y en todo lo que acabas de decir. Vas a llevarme a Celdaria, y también a Bazrifel, y nos acompañará tu guardia, Artem, porque no confío en que no intentes hacer algo estúpido y, si Artem está allí, quizá te lo pienses dos veces antes de jugármela.

Obritsa le mostró una expresión de frío desdén.

—Bazrifel. ¿Otro ángel?

—Así es. —Corien señaló a su guardia, Artem, tirado en el suelo entre ambos—. Está dentro de tu amigo, en este momento, pasándoselo en grande.

Entonces ordenó a Bazrifel: *Empieza*.

Artem comenzó a gritar de inmediato, convulsionándose en el sitio, y Obritsa lo observó, al principio implacable y después con creciente pánico, hasta que perdió la serenidad y soltó un sollozo suave y brusco. Corrió hasta el hombre y se arrodilló a su lado. Corien los observó, a los dos acurrucados en el suelo: Artem temblando, con los labios humedecidos por la saliva; Obritsa sosteniéndole la cabeza en su regazo, apartándole el cabello húmedo de la frente.

—Artem, ¿me oyes? —le susurró—. Estoy aquí, querido Artem. Todo va a salir bien.

Artem abrió los ojos. Tomó las manos de la chica y se las llevó al pecho.

—No sé qué quiere de ti, Obritsa, pero no lo hagas —resolló—. No por mí.

Sin que ninguno lo viera, Corien puso los ojos en blanco.

—Tú no me das órdenes, Artem —contestó Obritsa.

—No podemos permitir que vaya a Celdaria. Busca a lady Rielle. Será la ruina para todos nosotros.

—Rielle lo detendrá —dijo Obritsa. Corien podía ver su incertidumbre con tanta claridad que estuvo a punto de reírse—. Audric reunirá a sus ejércitos contra él.

—Obritsa. —Artem intentó incorporarse—. Deja que me mate. Resístete a él con todo lo que tengas.

—No me quedaré de brazos cruzados mientras te mata ante mis ojos. No me pidas que haga eso. No puedes ordenarme que haga eso, Artem. —Las lágrimas que había intentado contener se derramaron por fin—. Tú eres la única familia que tengo.

Corien se quedó callado un instante, dejando que lo inundara el amor que Obritsa sentía por aquel hombre, y el de él hacia ella. Un padre y una hija, no de sangre sino de corazón. Queridos amigos, únicos en el mundo, que se entendían el uno al otro mejor que nadie. Esa soledad (su desesperada fragilidad), caló hondo en la mente de Corien.

Se agachó junto a ellos.

—Lo comprendes —dijo en voz baja—. Puedo verlo en tu mente. Ya has decidido que harás lo que te pido, aunque una parte de ti sabe que es lo peor que puedes hacer, que obedecer significa que tú pierdes y yo gano. Lo que es verdad. Y has tomado esta decisión ilógica por amor. —Sonrió un poco—. En realidad, no somos tan diferentes, reina Obritsa. Lo que yo hago también es por amor. Por el amor a los míos, que han vivido durante mucho tiempo en el dolor. Y por el gran amor de mi muy larga vida.

Entonces se levantó.

—¿Harás lo que te pido?

Artem siguió susurrando protestas, pero Obritsa evitó su mirada, y también la de Corien.

—No soy lo bastante fuerte para viajar más de cincuenta kilómetros de una vez —dijo en voz baja.

—En realidad, eres más fuerte de lo que crees —le contestó Corien, y era verdad. Podía ver con claridad la fuerza cruda de su talento, atenuada por aquellos que la habían criado, por los humanos de mente débil a los que asustaba todo aquello que no podían comprender ni poseer—. Lo he visto. Has permitido que otros más débiles y con menos talento dicten tus límites. Se trata de una tragedia con la que estoy familiarizado.

Obritsa se quedó callada mucho tiempo. Corien notó que estaba rezando, algo que no se le daba bien porque la niña odiaba a Dios.

La comprendía.

Sus oraciones terminaron rápidamente y, cuando volvió a mirarlo, sus ojos duros estaban llenos de lágrimas.

—Cuando estés listo —susurró—, comenzaré.

49
RIELLE

«Quiero que se sepa que me opongo a esta unión con todas mis fuerzas. Que se sepa que voy a hacer todo lo que esté en mi mano para fracturarla. Lady Rielle va a arrepentirse del día en el que me devolvió a este mundo durante todo lo que le queda de vida, que espero que sea breve y que pase con premura. Se arrepentirá de todas las sonrisas y besos con los que sedujo a mi hijo y lo hizo perder la razón. Se arrepentirá de todas las palabras que ha pronunciado y de todos los pasos que ha dado, y solo entonces, cuando se haya postrado a mis pies sufriente e inconsolable, muerta o agonizante, solo entonces descansaré».

Diario de Genoveve Courverie,
27 de octubre del año 999 de la Segunda Era

Durante días, Rielle observó con tristeza cómo los visitantes llegaban a la ciudad desde todas partes del mundo, preparándose para una boda a la que ella deseaba desesperadamente no asistir.

Por desgracia, la boda era la suya.

Y si ahora rechazaba a Audric, después de decirle que se casaría con él, le rompería el corazón. Sería una humillación para la casa Courverie y quizá provocaría aún más resentimiento e incertidumbre de la que ya existía en el reino. Y la verdad era que quería casarse con él. Quería declarar ante el mundo (ante sí misma, y sobre todo ante Corien) que ella era de Audric, y él de ella. Nada tenía el poder para separarlos, y quería que se supiera.

Sobre todo, quería convencerse de que no solo serviría a Celdaria el resto de su vida como Reina del Sol, sino también a Audric como reina. Tenía la fuerza suficiente para hacerlo. Conseguiría embridar sus dudas y tragarse sus protestas y vivir su vida siguiendo el cauce al que la habían empujado.

Y esa le parecía una extraña razón para casarse con alguien, a pesar de cuánto amor había involucrado.

Pero allí estaba, la mañana de su boda, en un pequeño estrado en su sala de estar mientras sus doncellas y las modistas de Ludivine le probaban por última vez el que estaba convencida que pasaría a la historia como el vestido más bonito jamás creado.

Miró su reflejo en el espejo, consolándose al verse en aquella elaborada y brillante nube de tela. El corpiño era de un oscuro brocado dorado en el que resplandecían delicadas espirales de pedrería. Las diminutas mangas posadas en el borde de sus hombros dejaban sus brazos al descubierto. Capas diáfanas en gasa dorada, blanca y ciruela bajaban por sus brazos y más allá de sus dedos, hasta el suelo, cada una con un patrón bordado: estrellas blancas, rosas de color ciruela, enredaderas y hojas en el verde de los Courverie. El vestido tenía la espalda al descubierto y unas delicadas cadenas cruzaban su piel desnuda en una fría y cambiante red dorada. La falda era una voluminosa explosión de seda, encaje y gasa en los colores tanto de la Reina del Sol como de la casa Courverie.

Ludivine la observaba con los ojos brillantes. Llevaba un vestido sencillo de terciopelo rosa ceñido en la cintura con un fino cinturón con forma de pájaros dorados.

—¿Está muy trillado decir que estás preciosa? —le preguntó.

Rielle intentó sonreír.

—Puede, pero te lo agradezco.

La respuesta le sonó forzada incluso a ella. Había pasado casi un mes desde que Corien le había ofrecido aquella horrible visión de la chica en la montaña... la chica que decía llamarse Eliana y que afirmaba ser su hija.

Habían pasado casi tres semanas desde que Rielle descubrió que estaba embarazada.

Y durante esas tres semanas apenas había hablado con Ludivine. Desde su visión del empirium, Rielle no había conseguido alejar de su mente la verdad de la expulsión de los ángeles y no quería hablar con Ludivine de ello... Ni de la expulsión ni del hecho de que Ludivine le hubiera escondido la razón, y también a Audric, durante años. De vez en cuando, Ludivine se atrevía a abordar el tema, acercándose a la mente de Rielle suavemente, con un pensamiento que se parecía un poco a una disculpa.

Pero Rielle no estaba preparada para hablar del gran engaño de los santos y enfrentarse a las horribles dudas que la embargaban ahora: sobre la verdadera lealtad de Ludivine y los planes de venganza que pudieran residir en lo más profundo de su corazón. Ludivine había mentido sobre quién era. Había decidido no contarle a Rielle la verdad sobre el Profundo. Ahora, cada vez que miraba a su amiga, sentía una duda en el corazón que no podía ignorar.

Y después, por supuesto, la distrajo la boda.

Había sido un torbellino de preparativos para la ceremonia y los posteriores días de fiesta. El arconte, con la ayuda de sus secretarios, tuvo que redactar los documentos oficiales de la Iglesia que unirían a Rielle y a Audric como rey y reina. Había tenido que reunirse durante horas con las modistas, con el Consejo Magistral, con el arconte, con los cocineros y los decoradores. Incluso con la reina Genoveve.

Pero la esperanza que Rielle había albergado de que la reina cambiara de opinión sobre ella en las semanas que habían pasado desde su resurrección se disipó rápidamente. Siempre que se encontraban, la reina la miraba desde su mesa de té y se negaba a hablar. Las antiguas ojeras habían regresado a la delicada piel debajo de sus ojos. Las pesadillas la impedían dormir más de un par de horas a la semana. También, afirmaba, le robaban el apetito.

Rielle no dudaba que la mujer estaba sufriendo. Corien se lo había confirmado. Pero a pesar de que Ludivine la estaba ayudando a calmar su mente inquieta, la reina se negaba a tratar a Rielle con nada que no fuera desdén.

No la habría sorprendido que la reina se estuviera negando a dormir y comer solo para hacerle daño.

Y mientras el castillo bullía con la absurda trivialidad de la logística, la ciudad crecía y crecía.

La noticia de la boda se extendió rápidamente y la ciudad se llenó pronto de visitantes. Ciudades de campaña brotaron en los Llanos, bajo los puentes, a lo largo de las orillas del lago. Las celebraciones se prolongaban noche y día, como lo hacían las protestas que consideraban que aquella boda era el fin de la paz y el inicio de la guerra.

Grupos de resurreccionistas de otras ciudades, de miradas y sonrisas frenéticas, merodeaban por la ciudad con sus túnicas blancas y doradas como pájaros en la temporada de cría, alabando a Rielle como si fuera su única salvación. Se abalanzaban sobre los manifestantes que se reunían ante las puertas del castillo, agitando sus soles de latón salpicados de escarlata. Se producían pequeñas trifulcas cada pocos minutos; las refriegas más importantes, que terminaban con heridos y muertos, irrumpían cada día. La guardia de la ciudad fue insuficiente durante varias horribles jornadas, hasta que Merovec llegó del norte con sus soldados, listo para ayudar donde fuera necesario.

Pero incluso aquello fue motivo de disputa, porque en la capital muchos recordaban demasiado bien que habían sido los soldados de la casa Sauvillier quienes habían asesinado a sus hermanos, a sus madres y vecinos el día de la prueba del fuego de Rielle. Entre estos ciudadanos dudosos había algunos radicales que no estaban de acuerdo con la presencia de nada relacionado con la casa Sauvillier en su ciudad. Ni siquiera la de Merovec, tan popular y sonriente, consiguió convencerlos. No les importaban los rumores que especulaban que aquellos soldados habían estado bajo la influencia de los ángeles. Esa idea solo conseguía incrementar su histeria. La casa Sauvillier había caído en desgracia; la casa Sauvillier era vulnerable a los ataques de los ángeles.

Era una época caótica en Âme de la Terre. El momento perfecto para una boda, había indicado Tal con frialdad.

Y al menos una docena de veces cada día, Rielle se sentía rebelándose bajo el peso combinado de un millar de expectativas distintas. Cuando esto ocurría, allá donde estuviera, se alejaba de la conversación o de la reunión o de la cita que estuviera sufriendo en ese momento, cerraba los ojos y recordaba la noche en la que Audric le pidió matrimonio.

Había sido un momento ordinario y tierno, cuando ambos estaban desnudos y jadeantes en su cama. Se habían devorado apenas unos momentos antes. A pesar de las interminables reuniones y del tumulto de las agitadas calles que estaba agotándolos en el resto de los sentidos, al menos sus apetitos seguían siendo voraces.

Pero sus relaciones sexuales habían cambiado desde aquella noche terrible y maravillosa en la vacía Cámara de los Santos. Había comenzado a asumir una desesperación que Rielle nunca había sentido antes. Y sabía, cuando miraba a los ojos a Audric, cuando oía su voz ronca contra su cuello y sentía sus manos temblorosas en su cuerpo, que a él le pasaba lo mismo. Algo había cambiado, algo irrevocable.

Aquella noche, después de recuperar el aliento, una horrible tristeza se había asentado en ella, como la lenta presión de una bota contra su pecho. Se giró en los brazos de Audric y lo pilló mirándola, solemne y con los ojos brillantes. La expresión en el rostro de Audric era un reflejo de la caliente sensación de augurio alojada en su garganta.

Y de repente ella comenzó a llorar.

—Él te odia —le dijo, acariciándole la cara—, y me odia a mí por amarte. Hará que tú también me odies. De algún modo, lo conseguirá. Y entonces me darás la espalda, y yo no podré soportarlo.

—Escúchame. —Audric se sentó y la tomó suavemente en sus brazos. Le secó las mejillas con los pulgares y la hizo mirarlo—. No me importa lo que él haga, ni lo que intente hacer. Yo nunca podría odiarte. Nunca.

Rielle negó con la cabeza.

—Él conseguirá que lo hagas.

—No. Nunca. Soy tuyo, y tú eres mía. Nadie puede cambiar eso, ni siquiera él. —Presionó las manos de Rielle contra su pecho—. Siénteme. Estoy aquí, y no voy a irme a ninguna parte. Esto es real. Mi corazón, y el tuyo. Que le den a Corien, y a cualquier guerra que pueda estallar, y a esta ciudad llena de locos que, sinceramente, necesitarían tomarse un vaso de vino y acostarse un buen rato.

Rielle se rio a pesar de las lágrimas.

—O varios vasos de vino.

—De verdad, que se vayan todos a la cama para siempre —declaró Audric con un movimiento del brazo—. Qué gusto, ser el rey de un país durmiente. Así tendría más tiempo para ti, mi amor.

Y entonces la besó, suavemente, le cubrió la cara de pequeños besos que fueron como la caída de una lluvia ligera, y ella se escondió en él, ambos se refugiaron en la cálida madriguera de sus almohadas. La rodeó con sus brazos, dibujó círculos lentos sobre su hombro desnudo y después le dio un beso en la frente y murmuró:

—Cásate conmigo, Rielle. Quiero que estés a mi lado. Por favor, cariño.

En ese momento, Rielle pensó en el niño que llevaba dentro y tuvo que esconder el rostro en el cuello de Audric para evitar llorar otra vez. Llegaría el día en el que no podría seguir escondiéndolo. Llegaría el día en el que él lo sabría, ¿y entonces qué? ¿Qué pensaría la gente de una Reina del Sol que podía ser la madre de una Reina de la Sangre? Ya la querían muerta, y también a Audric.

Casarse con él era una malísima idea. Incluso quedarse en aquella ciudad ponía en riesgo a todos los que vivían allí. Algún día, Corien iría a por ella. Era inevitable.

Y, no obstante, quería a Audric. Quería que fuera oficial, quería una boda grotescamente ampulosa, en la que pudiera mirar a los ojos a todos y cada uno de sus detractores y desafiarlos a intentar algo. Llevaría dos coronas: una hecha con la luz del sol, y la otra con el oro de Celdaria. El arconte le pondría sobre los hombros la capa de la casa Courverie y todos los asistentes temblarían ante ella con adoración y envidia. Se morirían de vergüenza por haberla vituperado y por haber dudado de Audric.

—Sí —le contestó entonces, con los labios contra la piel de Audric—. Sí, me casaré contigo.

Viene Merovec.

Rielle parpadeó para alejar el recuerdo y se dio cuenta de que estaba sola en sus aposentos con Ludivine. Las doncellas y modistas se habían marchado, y Ludivine estaba mirándola con una expresión extrañamente melancólica.

¿Cómo es?, le preguntó Ludivine. *Amar a alguien tan completamente en todos los sentidos posibles. Sentir ese amor con cada parte de tu ser.*

—Te pedí que no me hablaras con la mente hasta que haya decidido si puedo confiar en ti de nuevo —le espetó Rielle—. Ahora, ayúdame a bajar.

Ludivine le ofreció el brazo para ayudarla a bajar con cuidado de la plataforma.

—Parece que no dejo de hacer cosas que exigen perdón —dijo, en voz baja—. Es una sensación horrible.

—Bueno, podrías dejar de hacer cosas que exijan perdón.

A Ludivine le brillaron los ojos.

—Y supongo que tú podrías enseñarme a hacerlo, porque tú nunca haces nada por lo que merezca la pena disculparse.

Rielle se apartó de ella.

—¿Cómo te atreves a decirme eso cuando fuiste tú la que hace meses me animó a mentirle a Audric?

Llamaron abruptamente a la puerta de sus aposentos. Un instante después entró Evyline, y cerró la puerta en silencio a su espalda.

—Lord Sauvillier está aquí para verla, mi señora.

Durante un momento, Rielle y Ludivine se miraron la una a la otra. Ludivine fue la primera en apartar la mirada y bajarla al suelo.

—Hablaremos de esto más tarde —dijo en voz baja—. Te casas hoy, y, a pesar de todo, me alegro por ti. —Dudó, antes de entrelazar los dedos con los de Rielle. Su sonrisa fue leve, pero cariñosa—. Siento el amor de Audric por ti tan intensamente como si estuviera a mi lado. Hoy, cubre todo el castillo. Es como un sol recién nacido.

Rielle se ablandó; diminutas alas de dicha aletearon por su cuerpo. En respuesta, le apretó la mano a Ludivine.

—Bueno, entonces debería ir con él. Pero, primero, dime qué quiere tu hermano.

—Quiere acompañarte abajo —le dijo Ludivine—. Cree que eso demostrará a todos los asistentes que la casa Sauvillier apoya a la Corona, aunque haya nuevos ocupantes en el trono.

—Un sentimiento en abrupto contraste con los que mostró la última vez que estuvo aquí —dijo Rielle con severidad.

—Puede que haya cambiado de idea.

—¿No deberías saberlo tú?

—Con tanta gente en la ciudad —contestó Ludivine—, y tantas pasiones contradictorias, me es difícil leerlo.

Pero Rielle oyó la vacilación en su voz.

—Eso no es todo, ¿verdad? Está escondiendo algo.

—Deja que ciertos pensamientos vaguen libremente, y otros los mantiene bien cerrados. —Ludivine frunció el ceño—. Un control mental tan preciso no es propio de Merovec.

Rielle se tensó.

—Hace días que no sé nada de Corien.

—Tampoco yo. Deberíamos mantenernos alertas.

—¿No debemos hacerlo siempre?

La expresión de Ludivine se suavizó.

—Espero que algún día no tengas que seguir preocupándote por estas cosas.

Después le dio un beso en la mejilla, y aunque Rielle todavía no se fiaba de ella (y aunque temía, sinceramente, rasgarse el vestido), la abrazó con ferocidad.

—No vas a dejarme sola con él, ¿verdad? —susurró.

En la voz de Ludivine había una sonrisa.

—Mientras viva, nunca te dejaré sola.

༺❀༻

Rielle nunca había imaginado que el día de su boda la escoltaría Merovec Sauvillier, pero el mundo era un lugar extraño que se volvía más extraño cada día.

Las puertas y ventanas de Baingarde se habían abierto al glorioso día. El cielo era de un azul cristalino y alegre. Había pétalos de flores alfombrando cada patio, y banderolas con los colores Courverie se agitaban en las balaustradas de todas las torres vigías. La fresca brisa otoñal enfrió las frentes sudorosas de los nobles, con sus levitas y vestidos más elegantes, y de los acólitos con sus túnicas formales.

Pero con las puertas y las ventanas abiertas, todos los que rondaban el castillo con sus copas de ponche y sus platillos con aperitivos podían también oír los gritos de la multitud que se había reunido ante sus puertas.

Cuando Rielle bajó, el rugido grave del exterior se volvió estruendoso. Mientras estaba en la seguridad de sus aposentos, había decidido no permitir que los gritos histéricos de los idiotas perturbaran su felicidad, pero eso se volvió más difícil al enfrentarse con su abrupta y caótica realidad.

—Ah, lady Rielle, no dejes que las masas te inquieten, por favor —dijo Merovec con amabilidad mientras doblaba la esquina de la entreplanta norte hacia la gran escalera central. Agitó la mano en dirección a la ciudad—. Si yo fuera el tipo de hombre que disfruta del juego, apostaría a que muchos de los que se encuentran ahí fuera hoy están ansiosos por verte en tu adorable vestido. Muchos más, diría yo, que los que desearían expulsarte de la ciudad y rezar para que nunca regreses.

—Tienes un curioso modo de tranquilizar a Rielle, hermano —dijo Ludivine en voz baja.

—Estoy seguro de que Rielle es totalmente capaz de tranquilizarse sin ayuda, considerando sus muchos talentos.

Rielle forzó una sonrisa mientras cruzaban el vestíbulo. Habían decorado todas las columnas y balaustres con cintas doradas y esmeralda, y la estancia estaba abarrotada de los invitados que no habían recibido una invitación para la ceremonia real. Se apartaron cuando se acercó, murmurando tras sus abanicos y dedos, mirando con apreciación su vestido. Los reunidos se movieron cuando pasó: bajaron las cabezas, hicieron reverencias.

Las enormes puertas de la Cámara de los Santos se abrieron, dejando escapar una oleada de sonido. El coro del templo estaba cantando la *Canción de santa Katell*, acompañado por una pequeña orquesta de flautas, cuernos y campanillas.

—¿Por qué quieres escoltarme hoy, Merovec? —le preguntó Rielle en voz baja—. La última vez que estuviste aquí me odiabas.

—Así es —admitió—, y pasará algún tiempo antes de que pueda sentir por ti el cariño que se espera de un primo. Pero mi hermana me ha hecho entrar en razón, y el tiempo que pasé en la carretera camino de Belbrion después de mi última visita me dio la oportunidad de pensar y de atemperar mi enfado.

—Entonces, ¿has decidido dejar atrás el pasado? ¿Y que yo no soy un símbolo de fatalidad que va a arruinarnos a todos?

—He decidido —contestó Merovec con una sonrisa—, que el único camino que me queda se dirige hacia adelante.

Se detuvieron en las puertas. Merovec le dio un beso en la mejilla y se unió a la multitud. Ludivine apareció poco después, distraída, mirando la silueta de Merovec alejándose con el ceño fruncido bajo su elaborada corona de trenzas doradas, y entonces Rielle se giró para mirar el estrado al otro lado de la habitación, y todos los pensamientos menos uno abandonaron su mente.

Audric la esperaba a los pies del estrado, y había otros a su alrededor, suponía Rielle: el arconte, por supuesto, preparado para oficiar la ceremonia, y los acólitos que lo ayudarían, y el consejo, incluidos Tal y Sloane y Miren, vestidos con sus ropas más espléndidas y listos para contribuir con sus propios rituales. La reina Genoveve se sentaría con Merovec y Ludivine, casi seguramente odiando todo lo que iba a ocurrir, y aun así, todavía lo bastante ella para odiar.

Pero Rielle solo tenía ojos para Audric.

Llevaba una casaca de un verde profundo, ceñida en su torso y decorada con bordados dorados: hojas delicadas, soles brillando sobre espadas cruzadas. La casaca le llegaba hasta las rodillas y se abotonaba en el hombro; llevaba un chaleco dorado oscuro debajo, pantalones oscuros y brillantes botas pulidas. El fajín de santa Katell destellaba, dorado, sobre su chaleco, y un pesado manto de color ciruela colgaba de un lado de su cuerpo para cerrarse en el hombro contrario.

Y llevaba a Illumenor, envainada, en un brillante cinturón, y guantes cerrados con botones metálicos. Vestía la corona de su padre, una sencilla banda dorada con esmeraldas incrustadas, posada sobre sus rizos oscuros como un conjurado aro de luz solar. El aire parecía chisporrotear y brillar a su alrededor, como si el poder que contenía no soportara estar atrapado en el interior de su cuerpo en un día así.

Sonrió a Rielle cuando esta se acercó, una sonrisa tan amplia y conocida que, durante un momento, fue un niño de nuevo, y ella una niña. No eran un rey y una casi reina, sino niños. Estaban corriendo por los jardines, saltando de piedra en piedra en los estanques de adivinación. Estaban acurrucados en la cama junto a Ludivine, leyendo en voz alta historias fantásticas y absurdas de la Primera Era.

Y ahora allí estaban, observados por centenares, y con miles más esperándolos fuera, vitoreándolos, insultándolos, y no importaba nada más que aquello: Audric se quitó uno de sus guantes y le ofreció la mano, y sus dedos se cerraron alrededor de los de Rielle.

La joven subió al estrado a su lado, incapaz de apartar los ojos de su cara. Sus suaves rizos, su fuerte mandíbula bronceada, sus ojos cálidos y alegres al mirarla. Estaba muy guapo, maravilloso e impresionante, y con la corona y el manto parecía un rey. Su poder era palpable, como el roce de un relámpago en su piel.

Entonces el arconte se aclaró delicadamente la garganta.

Rielle se giró hacia él, sorprendida. Una pequeña ola de risas atravesó a los invitados reunidos, y con ella llegó el alivio. Todavía podía oír los gritos tenues de la multitud de fuera, pero aquella cámara en concreto, y todo lo que había en ella, le pareció de repente más amable, más flexible.

El arconte les pidió las manos y después las unió para presionarlas suavemente entre las suyas.

—Hoy celebramos no solo el matrimonio de un rey y una reina, sino también la unión entre la Reina del Sol y la Corona.

Y, en ese momento, mientras el arconte proseguía con la ceremonia tal como lo habían practicado y el sol de mediodía calentaba el cuello de Rielle, el estrés de las últimas semanas se disipó. No había ninguna chica fantasma en la montaña, ni mentiras contadas por los ángeles, o por los santos que se suponía que habían sido valientes y puros. No había ningún aldeano derretido en Polestal. No había Obex muertos, y ella no era ni la Reina del Sol ni el Azote de Reyes, y no había ningún niño creciendo en su interior.

En ese momento (singular y luminoso, apresado cuidadosamente en el tiempo como una única gota de lluvia equilibrada en el borde de un tembloroso pétalo) era solo una chica en el día de su boda, insoportable e imposiblemente feliz.

50
ELIANA

«Su Excelencia, Ravikant, almirante de la Armada Imperial, leal siervo de Su Majestad, el Emperador Eterno, os invita a la ciudad de Festival el 4 de octubre para disfrutar de la celebración que se organizará en su honor con motivo del aniversario de su nombramiento y para conmemorar la llegada de las tropas imperiales que tomaron este reino e iniciaron la importante labor de devolverle su antigua gloria angélica. La asistencia no es obligatoria, pero se recomienda encarecidamente».

Invitación al Jubileo del Almirante,
enviada a todos los ciudadanos de Festival
y de los territorios circundantes el 14 de septiembre
del año 1018 de la Tercera Era

El día antes del Jubileo pasó en un borrón de nervios y preparativos.

Los agentes de la Corona Roja revoloteaban por la mansión como aves, portando mensajes y provisiones. Los hijos de Dani corrían de arriba abajo, llevando platos de comida a todos los que estaban trabajando. La lluvia golpeaba de nuevo las ventanas, algo de lo que no se alegraba nadie, porque el barro hacía que todo fuera más fácil de rastrear.

Mientras, una ansiosa Eliana descansaba.

Simon le había ordenado que lo hiciera y ella le riñó rotundamente por darle órdenes, pero después de que él obedeciera su orden de dejarla un rato en paz, había tenido que reconocer que él tenía razón. Necesitaba descansar. Luchar contra Rielle la había dejado agotada, como lo hizo el viaje a través del tiempo. Sentía su poder muy lejos, como enterrado bajo capas de piedra. Y Simon estaba descansando en su dormitorio, que se había convertido en una sala de guerra de la que todos entraban y salían con mensajes, mapas enrollados de la ciudad y armas que debían ser inspeccionadas y aprobadas.

Lógicamente, Eliana sabía que, cuando más descansaran, más exitoso sería el siguiente viaje al Viejo Mundo.

Pero eso no hacía que la agonía de estar sentada sin hacer nada, esperando a que el tiempo pasara, fuera menos agonizante.

A última hora de la tarde, Dani acudió al dormitorio de Eliana y la encontró sentada en el suelo con las piernas cruzadas, limpiando sus cuchillos. Remy estaba sentado en una butaca cerca de la ventana, escribiendo frases en celdariano antiguo para que ella las estudiara.

Dani se apoyó en el marco de la puerta.

—Creo que esos cuchillos no podrían estar más limpios ni aunque trabajaras en ellos otros cien años.

Eliana apenas había levantado la mirada cuando Dani llegó. Era una rareza sin igual en su muy extraña vida adaptarse a la nueva realidad de su mundo: Jessamyn se había ido, el marido de Dani se había ido, la casa había cambiado justo lo suficiente para que se sintiera desestabilizada, y nadie excepto ella y Simon notaba la diferencia. Varias veces en las últimas horas había tenido que morderse la lengua para no apartar a Patrik de su trabajo, sentarlo y contarle todo lo que sabía de Jessamyn, por saber si eso conseguía desencadenar algún recuerdo leve, deformado en su interior.

Pero Simon le había aconsejado que no lo hiciera. Eso solo lo haría todo más confuso, le advirtió. Solo enturbiaría las aguas que ya estaban agitadas después de viajar al pasado.

—El viaje en el tiempo tiene muchas repercusiones, algunas de las cuales ni siquiera yo comprendo —le había dicho, caminando por su dormitorio, enderezando innecesariamente los muebles y las almohadas y su ropa desordenada—. No es un acto que pueda tomarse a la ligera.

Como si ella se tomara algo a la ligera. Como si alguna vez le hubieran dado la oportunidad de hacerlo.

Al final, perdió su resbaladiza paciencia y le ordenó que se marchara de su habitación. Sabía que su innecesario revuelo era una manifestación de su energía, tan nerviosa como la de ella misma, pero le daba igual. Después de eso, caminó de un lado a otro a zancadas, con un humor de perros, sin saber a dónde dirigir su rabia y decidiéndose por todo al final. Después, su mente, al parecer ansiosa por dañarse a sí misma, vagó hasta Harkan, y tuvo que sentarse en el borde de la cama, inmóvil, respirando despacio, porque de repente le parecía que cualquier movimiento repentino la abocaría al caos.

Se preguntó cómo le iría, si se habría instalado en la ciudad con Zahra, Viri, Catilla y el resto de reclutas que les habían asignado. ¿O los desastrosos últimos momentos del pasado le habrían estropeado todo al equipo de Harkan? ¿Estarían a punto de caer en una trampa en aquel mismo momento? ¿Estarían ya muertos?

Y ahora Dani estaba en su puerta, al parecer, decidida a iniciar una conversación.

—Preferiría estar sola ahora, Dani —le dijo Eliana, apretando con fuerza la hoja curvada y plana de Nox.

—Yo soy una excepción —añadió Remy desde el otro lado de la habitación.

—Remy es una excepción —asintió Eliana.

—Bueno, me temo que vas a tener que tolerarme al menos un rato —le dijo Dani—. He encontrado uno de mis viejos vestidos para ti, y creo que puede quedarte bien.

Eliana tenía que admitir que era un vestido magnífico.

De un profundo escarlata en el cuello, los hombros y los brazos, se degradaba hasta un puro y brillante ónice en el dobladillo. Tenía el cuello alto por delante y mangas largas tan ceñidas a los brazos que parecían pintadas en la piel. En la espalda, el corpiño ajustado se abría en una amplia V que dejaba la mayor parte de su espalda al descubierto y que terminaba en punto en la curva de sus caderas. La tela era lo suficientemente ligera para que pudiera moverse con facilidad, pero estaba decorada con una complicada pasamanería que atrapaba la luz cuando giraba. Ester y Patrik le habían cosido varios bolsillos astutamente escondidos en la falda amplia, estrechos pero profundos, para que pudiera guardar sus cuchillos. Y la falda fluía y giraba cuando caminaba, facilitándole el movimiento. Las botas que Dani le había encontrado eran un poco sosas, pero flexibles y recias.

Solo desaprobaba dos elementos del diseño: las hombreras de plumas negras y el hecho de que la pedrería que decoraba el vestido estuviera cosida también con forma de plumas.

—¿Podemos al menos quitar las plumas de las mangas? —dijo Eliana, tocando las plumas con el ceño fruncido—. Son bastante de ángel.

—Esa es la idea. —Dani se movió a su alrededor, indicándole a Ester dónde poner los alfileres y señalando qué había que ajustar—. En estas fiestas, todos intentan hacer referencia a los ángeles en su vestuario, de todos los modos posibles. Halaga a los ángeles y les demuestra que te lo estás tragando todo.

—¿Todo? —le preguntó Eliana.

—Lo del imperio. Su gobierno perpetuo y global. Ya sabes. Todo.

Ester la miró, con la boca llena de alfileres.

—Oh, ¿así es como lo llamas?

—Podría llamarlo de otras maneras, pero estoy intentando refrenar mi mala lengua —dijo Dani.

—¿Por qué?

—¿Sabes? Ahora que lo pienso, no me acuerdo de por qué decidí eso. Así que... Que le den. —Dani se puso las manos en las caderas y examinó a Eliana del dobladillo al cabello—. Estás preciosa, al menos. Eso es una alegría para mis ojos cansados. Sin embargo, tendremos que hacer algo con tu cabello. No puedes llevar esa trenza despeinada todos los días de tu vida.

Eliana se pasó los dedos por delante, girándose a izquierda y derecha en el espejo. Hizo una pequeña mueca cuando rozó las vendas debajo del corpiño.

—Podrías cortármelo —murmuró—. Estoy cansada de lidiar con él. En cuanto me quito la trenza, se me hacen un centenar de enredos nuevos. Y cortármelo quizá evitaría que me reconocieran.

Dani hizo un sonido, pensativa.

—Es una idea.

—¿Recuerdas cómo tenía el cabello cuando lo llevaba corto? —Ester se levantó con un pequeño jadeo y le dio un beso a Dani en la frente—. Podríamos probar algo así.

—Sí, lo recuerdo, y deja de agacharte, mi guapa y tonta embarazada. —Dani agitó una mano—. Ve a sentarte, pon los pies en alto.

Simon entró en la habitación y sus ojos se clavaron en los de Eliana a través del espejo. Ella se contuvo para no mirarlo con la boca abierta. Llevaba un abrigo largo y negro abotonado en la cintura sobre un chaleco brocado negro, con faldones que le llegaban a las rodillas, cuello alto y un pañuelo gris en el cuello. Se había puesto unos guantes negros, y los gemelos plateados destellaban en sus mangas. La arquitectura de sus hombros altos y rectos se asemejaba a la de unas alas en pleno vuelo. Se había afeitado por fin, aunque su cabello seguía estando despeinado.

Cuando pasó junto a Eliana, la abrasadora cercanía de su cuerpo la atrajo como si la hubiera tocado y tirado de ella tras él.

—En realidad —dijo, dirigiéndose a las otras—, me pregunto si podría hablar con Eliana a solas un momento.

Dani y Ester intercambiaron una mirada.

—¿Un momento? —dijo Dani, imperturbable—. ¿O quizá una hora o dos?

Ester le dio un codazo en las costillas y la agarró del brazo. En la puerta, Dani se giró de nuevo.

—Por favor, no rompáis el vestido —dijo—. Si lo hacéis, me niego a arreglarlo.

Ester tiró de ella hacia el pasillo con una carcajada estrangulada y cerró la puerta a su espalda.

En su ausencia, Eliana solo pudo soportar el denso silencio durante un segundo.

—Nunca te había visto así —le dijo—. Tan limpio y elegante. Casi no sé qué pensar.

Simon sonrió un poco. Después, se acercó a ella y la ayudó a bajar del taburete en el que estaba subida.

—Y después estás tú —dijo en voz baja, recorriendo el cuerpo de Eliana con sus brillantes ojos azules. Soltó una larga y lenta exhalación y, durante un momento, Eliana pensó que iba a decir algo sobre su apariencia. Pero entonces una sombra cayó sobre su rostro, una oscuridad que no se parecía a nada que le hubiera visto antes, titilante y extraña, y le dio la espalda. Se acercó a la ventana y se detuvo ante ella, rígido, mirando el mundo húmedo y gris del exterior.

—Patrik acaba de probarme la ropa para el Jubileo —dijo.

Eliana levantó una ceja.

—¿De verdad? Nunca lo habría adivinado. ¿No vistes siempre así?

—Estaba allí, oyendo parlotear sin parar, y de repente no pude aguantarlo más. No podía pasar ni un segundo más en esa habitación. —Abrió y cerró los puños en los costados—. Tenía que verte.

—Bueno, aquí estoy. —Cuando más tiempo pasaba Simon allí, cabizbajo ante la ventana, mayor era la inquietud de Eliana. La expresión que tenía en la cara, débilmente reflejada en la ventana, era terrible.

—Sí, y ni siquiera puedo mirarte —le dijo—. Cuando lo hago, quiero abandonarlo todo. Quiero olvidarme de mi entrenamiento y de mi misión, desafiar al Profeta, huir contigo como un chaval enamorado.

Con el corazón brincando contra sus costillas, Eliana se acercó a él. Sabía que no debería disfrutar de su angustia y aun así lo hacía, porque era como la suya propia y porque él era un hombre al que pocas cosas podían vencer. Pero aquello sí. Ella sí.

—Simon —dijo, acercándose, pero dudó y bajó el brazo—. ¿Quieres que me marche?

—Debería mantenerme alejado de ti —murmuró, como si hablara consigo mismo—. Hasta que nos marchemos para el Jubileo, no debería quererte cerca. Y, aun así, aquí estoy.

Eliana le tocó el brazo con suavidad y lo hizo girarse para mirarla.

—No quiero que te mantengas alejado de mí —le dijo—. ¿Cuánto tiempo nos queda? Menos de un día.

—Dieciocho horas —le dijo con brusquedad— antes de que tengamos que marcharnos a Festival.

Ella lo sabía, porque había estado contando las horas. Pero oírselo decir puso lágrimas en sus ojos, y el dolor de su pecho creció, implacable, hasta que abrumó el resto de su cuerpo.

Simon vio sus lágrimas y maldijo apasionadamente, con una mueca casi furiosa, y se acercó a ella. Eliana se encontró con él a medio camino. El beso fue duro y torpe. Simon deslizó sus manos enguantadas en su trenza, enredó los dedos en su maraña, y ella recibió con agrado cara tirón en su cuero cabelludo, porque el pequeño y abrupto dolor le recordaba que estaba viva, y también él..., al menos durante aquella hora desesperada, al menos durante otras diecisiete horas después.

Simon la besó contra la pared, junto a la ventana, con las manos en su cabello, y ella le tiró con fuerza del abrigo, acercándolo tanto a su cuerpo como pudo. Pero no era suficiente. Estaba demasiado lejos de ella, y Eliana se apartó de él con un sollozo frustrado. Una voz estúpida y frenética en su interior gritaba que, si no lo tocaba en ese mismo momento, en ese mismo instante, él desaparecería de sus brazos y jamás volvería a encontrarlo. Le revolvió la ropa, necesitada de la conocida superficie áspera de su piel. Buscó bajo su abrigo, encontró su túnica, se la sacó de los pantalones y, cuando sus palmas se encontraron con la calidez de su espalda desnuda, le dio un beso en el cuello y susurró su nombre.

Y entonces él le levantó la falda, la alzó contra sus caderas y, cuando la penetró, fue rápido y duro y todo lo que ella ansiaba. Lo rodeó con sus brazos y se aferró a él, mareada, totalmente envuelta en él. La mejilla de Simon le arañó la cara; él susurró su nombre.

Después, mientras se agarraban el uno al otro, Eliana apoyó la frente en la de Simon, jadeando y sonriendo un poco. Le acarició el cabello húmedo.

—Sigo sin quererte —murmuró, esperando que eso lo hiciera sonreír, esperando que eso suavizara su propio dolor.

Pero la expresión en el rostro de Simon era de total desolación, aguda y vacía de un modo que la asustó, y supo entonces que se había equivocado al decirlo.

—Simon —susurró, pero antes de poder disculparse, él le agarró la cara con las manos.

—Necesito más de ti —le dijo, con voz ronca y hambrienta y su mirada paseándose incansable por su rostro. Deslizó las manos por su cuerpo, le tiró de las mangas, del corpiño. Enterró la cara en la curva de su cuello, le rozó la piel con los labios—. Eliana, que Dios me ayude. Si no te tengo de nuevo, perderé la razón que me queda.

Y allí estaba de nuevo, en su voz, esa extraña y evasiva oscuridad. Esa agitación en sus movimientos, el bucle ligeramente maniaco en la risa que exhaló contra su mejilla.

Eliana creía entenderlo. El tiempo los estaba lanzando hacia adelante, y ninguno de ellos podía hacer nada para detenerlo.

Lo besó, lenta y tierna, hasta que él se calmó, hasta que su propia inquietud disminuyó, y entonces lo condujo en silencio arriba, a su dormitorio, donde lo ayudó a desvestirle y le dijo con sus caricias lo que no podía con palabras.

51
RIELLE

«Oh, las doncellas bailaron y cantaron.
Y con cada palabra pronunciada causaron
una estación tormentosa y un ala negra iluminada,
un cuchillo de acero y un anillo de luz dorada,
un cuello pintado de rojo y una soga anudada.
Y las alegres doncellas cantaron, zapatearon y aullaron,
y los páramos ennegrecieron y sus ríos se emponzoñaron».

Las alegres doncellas de los páramos de Marrowtop,
canción popular de Celdaria

Baingarde nunca había estado más encantador.
Era una fresca noche de otoño en la que las estrellas brillaban claras y frías en el cielo, pero se habían dejado todas las puertas del castillo abiertas. Había velas encendidas en todos y cada uno de los salones, todas las mesas estaban llenas de humeantes bandejas repletas de comida, y la presión de los cuerpos moviéndose de sala de baile en sala de baile era suficiente para calentar el aire.

Los veinte patios del castillo habían sido decorados con banderolas doradas y blancas, esmeralda y ciruela. Diminutos faroles de latón colgaban de los árboles del jardín, y sus llamas titilaban en la fría brisa. Habían enviado desde Luxitaine ramos de lirios reales, montones y montones de lirios que habían colocado concienzudamente por el castillo: en jarrones de cobre bruñido, insertados en frescas enredaderas verdes que habían cortado de los viveros reales apenas unas horas antes para rodear con ellas las brillantes balaustradas. Llenaban el aire de un empalagoso aroma dulce que hacía que Rielle se sintiera mareada y ligeramente indispuesta.

Y, aun así, bailó.

La sala de baile más grande de Baingarde, solo superada en su tamaño por la Cámara de los Santos, era un remolino de color: vestidos brocados que brillaban a la luz de las velas; trajes elegantes y levitas planchadas con los faldones volando. En el extremo opuesto del salón, en un escenario rodeado por un telón de terciopelo verde, una orquesta tocaba alegremente valses y canciones populares de todas las regiones de Celdaria.

Una de esas canciones (*Las alegres doncellas de los páramos de Marrowtop*) concluyó con una floritura dramática, los violinistas levantando sus arcos en el aire. Todos los que bailaban se giraron y aplaudieron. La directora de orquesta hizo una reverencia, con sus mejillas pálidas sonrosadas por el calor.

Rielle soltó un suspiro, riéndose de pura euforia, y después sonrió a Audric. Se le daba maravillosamente bien bailar, y habían estado haciéndolo durante casi dos horas seguidas. Se sentía ebria de él, de sus rizos húmedos y sus ojos brillantes.

Audric la pilló mirándolo y sonrió.

—¿Ves algo que te guste?

Rielle le rodeó el cuello con los brazos y se puso de puntillas para besarlo.

—Veo todo lo que me gusta —susurró contra su boca, y después se apartaron, riéndose, porque los que bailaban cerca de ellos habían comenzado a gritar y a vocear, animándolos.

En los límites de su mente se agrupaban demasiadas preocupaciones para contarlas: los miles que seguían reunidos fuera, contenidos por las filas de soldados reales y de los Sauvillier, sin duda cada vez más descontentos mientras Baingarde brillaba en la noche.

Las mentiras de Corien y Ludivine, el siempre presente eco de su pelea por su alanza en una esquina distante de su mente.

La chica fantasma que Corien había creado para atormentarla, con su rostro y el de Audric perfectamente combinados.

Lejos, en las Solterráneas, la Puerta estaba cediendo.

Y Merovec, paseándose por el castillo con una sonrisa en la cara y la mente preocupantemente bloqueada. Ludivine no había dejado de pensar en esa rareza concreta en toda la noche. Rielle sentía su preocupación como el persistente zumbido de una mosca.

Pero nada de eso disminuiría su felicidad. No aquella noche. No en aquel salón.

La orquesta comenzó con los acordes de un nuevo baile, uno del centro de Celdaria que provocó un vítor en el salón.

Rielle le agarró la mano a Audric.

—¿Uno más?

Él miró con anhelo una de las mesas de comida, que los cocineros acababan de rellenar con bandejas de pasteles.

—¿Cuántos bailes será eso?

—Solo siete. —Hizo un mohín—. Por favor, cariño. Me encanta este. Después cogeremos un pastel entero y nos esconderemos en la sala de estar de arriba. —Se acercó más a él, y su sonrisa se volvió traviesa—. Primero nos hartaremos de pastel, y después el uno del otro. Los miraremos mientras nos amamos y ellos seguirán bailando, aquí abajo, sin darse cuenta de nada.

Audric contuvo un gemido y apoyó la frente en la de Rielle.

—Si de verdad quieres que me quede aquí y baile, vas a tener que dejar de decir esas cosas.

Ella le agarró la mano, sonriendo, y él la hizo girar hacia la pista de baile. Todos los que estaban cerca les dejaron espacio, pero antes de que el baile comenzara de verdad, mientras las flautas y el violín se adentraban en los pasajes de la obertura, una cegadora punzada de dolor explotó en el cráneo de Rielle.

Se tambaleó, llevándose las manos a la cabeza.

¿Rielle? Era la voz de Ludivine, una pregunta estridente y asustada, como si fuera una niña atrapada de repente en una habitación oscura. *Oh, Dios. No, no...*

Entonces, sin previo aviso, Ludivine desapareció.

No fue simplemente que ya no estuviera hablando; su presencia desapareció por completo de la mente de Rielle. Era la sensación más desorientadora que había experimentado nunca, como si le hubieran arrancado brutalmente una parte crucial de su cuerpo.

Se giró, buscando entre la multitud frenéticamente.

«¿Lu? ¿Qué ha pasado? ¿Dónde estás?».

—¿Qué pasa? —Audric la agarró del brazo. A su espalda, los invitados empezaron a mirarlos.

—Algo va mal. Se ha ido.

Audric se puso tenso.

—¿A qué te refieres con que se ha ido?

—Me refiero a que ya no puedo oírla, ni siquiera sentir que sigue viva.

Entonces Rielle abrió la boca en una muda exclamación de dolor. El tronido de su corazón era espectacular. Notaba un tumulto, en alguna parte. Algo que tenía que ver con Ludivine, con un ángel. Pero era como si la hubieran echado de una habitación y tuviera la oreja aplastada contra la puerta, sabiendo que algo está pasando al otro lado de la madera, pero sin permiso para entrar. Incapaz de entrar. Una puerta cerrada sin manija. Colosal e inamovible.

Contuvo el aliento un momento e hizo un esfuerzo por despejarlo todo de su mente excepto una pregunta sencilla: «Corien, ¿estás aquí?».

Entonces se oyó un clamor en las puertas del extremo opuesto de la habitación que conducía al exterior, a la extensa terraza norte y los jardines. Jadeos y gritos, llamadas de alarma, acercándose deprisa. Los bailarines se dividieron y dispersaron, y entre ellos apareció Ludivine, con los ojos muy abiertos y el rostro rígido y pálido.

Corrió directamente hacia Rielle, pero Audric se interpuso entre ellas y la detuvo, sujetándole los brazos. Illumenor destelló, blanca y dorada, en su cadera.

—Lu, dime algo —le dijo con firmeza—. Con tu boca y tu voz. No con la mente. Dime quién eres.

Merovec se abrió paso entre la multitud.

—¿Qué significa esto? ¿Ludivine?

Entonces una sonrisa se desplegó despacio en el rostro de Ludivine, y a Rielle se le heló la sangre.

«¿Corien?». Lo buscó frenéticamente en la estancia. «¿Qué estás haciendo? ¡Libérala, de inmediato!».

—Me has encontrado —dijo Ludivine—. *Bien hecho.*

Su voz sonó dividida en tres partes, como un coro distorsionado: su voz, la de Corien y una tercera, desconocida y frágil, inhumana. Ni siquiera era de ángel. Sonaba inmensa y fría.

Audric la soltó y retrocedió lentamente.

Merovec la miró.

—¿Qué significa esto?

—*Manipular la mente de mi padre* —continuó Ludivine— *no te ayudará a ganarte mi corazón.*

Con esa frase, las voces cambiaron. La voz de Ludivine y la tercera voz sin nombre permanecieron.

Pero la voz de Corien se convirtió en la de Rielle.

Un escalofrío recorrió su piel. Recordaba esas palabras. Las había pronunciado varios meses antes, el día de la prueba de fuego, en la cueva bajo la montaña.

Continuó. La conversación se desarrolló rápidamente.

—¿Debería liberarlo, entonces? —La voz de Corien.

—*Libéralos a todos* —Su propia voz.

—*Como desees* —dijo Corien de nuevo, como lo hizo Ludivine, y la tercera voz desconocida, todas acompañando cada frase, como si fueran tres actores de una obra leyendo las mismas frases al unísono.

Audric miró a Rielle. Una rabia fría y dura había reemplazado su alegría de unos instantes antes.

—Dime qué está pasando. Ahora.

Ella negó con la cabeza.

—No lo sé.

Pero lo sabía. Estaba comenzando a entenderlo.

—*¿Qué significa esto?* —continuó Ludivine..., y esa vez, horriblemente, la nueva voz fue la del rey Bastien. Se oyeron algunos gritos en el salón. La voz de su difunto rey estaba llegando hasta ellos de algún modo desde más allá de la muerte—. ¿Por qué estamos todos aquí? ¿Armand?

Parecía que el suelo acababa de abandonar su lugar bajo los pies de Audric.

—¿Padre? —susurró.

Desde su butaca junto a las puertas, Genoveve gritó el nombre de Bastien con una voz horrible y desesperada.

—*No lo sé, mi rey* —continuó el coro, ahora junto a la voz del padre de Rielle.

Ludivine cayó de rodillas, apoyó las manos en el suelo. Estaba jadeando con rapidez.

Tal apareció entre la multitud. Se apresuró hacia Rielle, con su abrigo escarlata y dorado brillando bajo la luz de las velas.

—¿Alerto a la guardia de la ciudad? —Le puso una mano firme en el codo—. Rielle, dime qué hacer.

—Esto lo está haciendo él —susurró. Miró a Tal con expresión desolada—. Va a arruinarlo todo. No sé cómo detenerlo.

—¿Corien?

La voz de Merovec explotó.

—¿Quién es Corien? ¡Que alguien traiga a los sanadores reales, por el amor de Dios!

—No me dejes. —Rielle agarró los brazos de Tal—. Pase lo que pase, no me dejes.

Tal la miró con amabilidad.

—Nadie va a dejarte, Rielle.

—¿*Estás herida?* —De nuevo, la voz del padre de Rielle escapó del cuerpo tembloroso de Ludivine—. *¿Qué está pasando aquí?*

—Me temo que Rielle va a dejarte. —Y ese era Corien.

Audric se giró para mirarla.

—Rielle, ¿qué pasa? ¿Por qué está diciendo esas cosas?

Pero ella no podía responder; las palabras se le habían quedado atascadas en la garganta.

«Corien, no hagas esto». No podía mirar a Audric. Se agarró a la manga de Tal. «Te lo ruego».

Lo siento, querida, contestó Corien por fin, y el sonido de su voz fue a la vez un alivio y un tormento, porque no contenía ni alegría ni satisfacción, solo una callada piedad. *Hago esto pensando en tu felicidad.*

«¡Tú no eres quien para determinar lo que me hace feliz!».

Tú lo estás haciendo fatal, contestó. *He esperado mucho tiempo a que veas la verdad. Cuando descubran quién eres en realidad, te rechazarán. Y él también lo hará. Sobre todo él.*

Y entonces se oyó la voz de lord Dervin, cargada de desesperación:

—*Yo nunca quise que esto pasara.*

—Dime qué está ocurriendo ahora mismo —dijo Merovec. Miró a Ludivine como si fuera a brotarle una segunda cabeza—. ¿Un ángel está hablando a través de ella?

La voz de Rielle, patética y pequeña, escapó de la garganta de Ludivine:

—*Creí que tú...*

—*¿Que te quería?* —La voz de Corien, tierna y consoladora—. *Niña, te quiero más de lo que puedo decir. Estoy haciendo esto por ti. Si no los abandonas, te reprimirán, te humillarán y te castigarán por atreverte a romper los muros que están construyendo a tu alrededor.* —Entonces hizo una pausa y Ludivine miró a Audric con las lágrimas bajando por su rostro—. *Sí* —susurró, forzando el cuello como si luchara contra su propia voz—. *Incluso él.*

Y entonces una visión atravesó la mirada de Rielle, y cuando se desplegó, notó su fuerza como un terremoto vibrando a través de su cuerpo. Instintivamente, supo que todos los de la sala de baile estaban viendo lo mismo que ella, extendiéndose ante sus ojos como siluetas dibujadas en las nubes: ella en esa cueva extendiendo los brazos con una expresión de salvaje éxtasis en la cara. Una llamarada de poder erupcionó de las yemas de sus dedos para correr por la cueva, lanzando a tres hombres al suelo. Lord Dervin. El rey Bastien.

Su padre.

Las imágenes se sucedían más y más rápido. Ludivine, acurrucada en el suelo, siguió con su horrible narración.

El resplandeciente fantasma de Rielle miró a lord Dervin, al rey Bastien, a su padre. Todos muertos.

Desde el otro lado de la sala de baile llegaron gritos de alarma, de miedo, de furia. A su lado, Tal susurró:

—Que Dios nos ayude. Rielle, dime que esto no es verdad.

Pero no podía. Se sentía impotente, mientras sus mentiras recorrían la estancia como una inundación que acabaría con el mundo.

La visión cambió y mostró a Audric llegando a la cueva.

—*¿Rielle?*

Estaba acurrucada junto al cuerpo de su padre.

—*Aquí.*

Audric se detuvo ante el cadáver de su propio padre.

Tal le dio la espalda, con una mano en la boca.

—Intenté detenerlo —susurró Rielle, acercándose a él—. *Lo siento, yo... Lo quemé. Está gravemente herido, pero... No fue suficiente. Audric, lo siento mucho. Su nombre es Corien. Es un ángel, Audric. Él volvió a los hombres de los Sauvillier contra nosotros...*

Sus siluetas se abrazaron.

—*Gracias a Dios que estás bien. Rielle, creí que te había perdido.*

—Nunca —le dijo Rielle, rodeándolo con los brazos—. Nunca.

La visión terminó y la estancia volvió a ser la que había sido, aunque ahora estaba alborotada. El pánico chisporroteaba en el aire. Había preguntas gritadas y maldiciones, quejumbrosos lamentos. La guardia del rey y la Guardia del Sol de Rielle formaron de inmediato un círculo protector alrededor de Audric y de ella, manteniendo a la gente a raya.

En el suelo, Ludivine gritó. Su cuerpo se sacudió como si la hubieran pateado, y después su mirada se aclaró. Tomó aire, resollando, y se puso en pie tambaleándose.

—Están aquí. —Su voz volvía a ser la suya, pero tan rota como el papel rasgado. Le agarró a Rielle las manos—. Debemos encontrarlos antes de que hagan algo más. Están cerca. Aquí, en la ciudad.

Pero Rielle solo podía mirar a Audric, rígido por el miedo.

—No fue así —susurró para que solo él pudiera oírlo—. Pasaron más cosas. No te ha enseñado todo lo que ocurrió. Ese día intenté detenerlo. Perdí el control.

La expresión de Audric era ilegible. Estaba mirándola con tanta fijeza que se sentía desollada, como si le estuvieran arrancando cada capa de sí misma.

Entonces él murmuró, brusco y frío:

—Ven conmigo.

Y pasó junto a ella en dirección a las puertas del jardín, ubicado en el lado norte de la sala de baile. La guardia real lo seguía de cerca.

En la profundidad de los jardines, cerca de los estanques de adivinación y lejos de la luz dorada de la fiesta, Audric se detuvo por fin. Estaba de espaldas, mirando los negros estanques, las puertas de las catacumbas más allá. Estaba oscuro y silencioso, tan lejos del castillo. La confusa indignación de los invitados era un retumbo distante.

—Dejadnos —dijo a su guardia, y también a la Guardia del Sol. Obedecieron, alejándose hacia los árboles hasta que se quedaron solos, Rielle, Audric y Ludivine.

Rielle se sentía mareada, un extraño entumecimiento que atravesaba su cuerpo en oleadas constantes. Lo único que sentía con certeza era la mano de Ludivine.

—Te defendí —dijo por fin Audric, en voz baja—. Te defendí desde el principio.

Ludivine dio un paso adelante, poniéndose frente a Rielle.

—Audric, por favor, deja que te explique...

—Oh, creo que ya has hecho suficiente. Creo que ahora seré yo quien hable. Es verdad, ¿no? La visión. Esa es toda la verdad. Y todos los demás lo han visto también. Oí sus reacciones.

—Esa es parte de la verdad, sí —dijo Ludivine—, pero lo que te ha mostrado no es todo. Es más complicado.

—Oh, por favor, deja de hablar, Ludivine. Deja de hablar ahora mismo. —Y entonces Audric se giró y su terrible mirada oscura cayó sobre Rielle—. Dímelo tú. Cariño. ¿Es verdad?

Rielle buscó frenéticamente una solución, las palabras perfectas que desintegrarían aquel horror y que harían que su vida volviera a ser lo que había sido apenas unos minutos antes, cuando estaba bailando con él.

Su silencio se prolongó demasiado.

—¡Dímelo! —rugió.

Rielle se sobresaltó; la furia en la voz de Audric rompió contra ella como el cristal. Solo lo había oído levantando la voz un par de veces en su vida, y siempre había sido para defenderla o amándola.

—Es cierto —susurró—. Lo que has visto, lo que todos han visto, es una parte de lo que ocurrió.

—Parte de lo que ocurrió —repitió él.

—Él no te lo ha enseñado todo.

—Él. —Audric soltó una carcajada—. Corien.

Rielle dio un paso vacilante.

—No intentaba matar a nuestros padres. Intentada evitar que Corien les hiciera daño.

—Y aun así, murieron.

—Yo... —Negó con la cabeza. Las lágrimas le inundaron los ojos—. Nunca había liberado tanto poder. Estaba aterrada. Creí que él iba a matarlos. Perdí el control. —Lo miró, pero su expresión seguía siendo fría y dura, y eso hizo que el mundo se alejara de ella, dejándola suspendida en la oscuridad—. No me crees.

—Ya no sé qué creer —dijo, con la voz desprovista de emoción.

—Créeme —gimió, acercándose a él—. Te quiero, y yo nunca...

Se quedó en silencio, deteniéndose.

Él sonrió con crueldad.

—¿Nunca me mentirías?

—Intenté salvarlos. —Sentía las palabras pequeñas en su lengua, pálidas e inadecuadas—. Perdí el control.

—Y ahora están muertos —dijo Audric sin emoción—. Y ahora estamos casados, y ahora tú eres la reina. —Le dio la espalda, se pasó una mano por la cara—. ¿Qué se supone que voy a hacer ahora, Rielle? Todos lo han visto. Puede que lo hayan visto incluso en la ciudad. Y acabo de casarme contigo. ¿Cómo te llaman? Los que te odian. El Azote de Reyes. Y ahora él ha demostrado que tienen razón.

—Deja de reprenderla y escúchame —le dijo Ludivine—. Corien viene de camino, y está cerca. Deberíamos enviar hasta al último soldado a reforzar las defensas de la ciudad. Y yo debería estar buscándolo, en lugar de estar aquí evitando que os hagáis daño el uno al otro. Sugiero que hablemos de esto más tarde.

—A la mierda tus sugerencias —siseó Audric—. Estamos hablando de esto ahora.

—Te dije que él conseguiría que me odiaras. —La voz de Rielle sonó débil y temblorosa. Era desconocida, más allá de su control—. Ha estado esperando la oportunidad de volvernos al uno contra el otro.

—Bueno, y lo ha conseguido, ¿no?

Dile lo del niño, le dijo Ludivine, aguda y penetrante. *Rielle, no debe alejarse de ti.*

«Si le cuentas lo del niño, te mataré», contestó Rielle.

—Perdí el control, Audric —dijo en voz alta por lo que le pareció la enésima vez, y lo diría tantas veces como fuera necesario. Apretó los puños para dejar de temblar—. Por favor, créeme. Estaba intentando detener a Corien. Te estaba amenazando. ¿No lo recuerdas? Tú volabas con Atheria. Te vi. Estabas sufriendo. Podrías haber muerto.

Él la observó en silencio un momento.

—Sí, lo recuerdo.

—Bien. —Sintió una suave oleada de alivio—. Lo que hice fue un accidente, y lo hice mientras intentaba salvarte.

Pero Audric permaneció impasible.

—Y después mentiste al respecto. Ambas lo hicisteis.

—Solo para...

—¿Para protegerme? ¿Porque pensasteis que no entendería lo que había ocurrido? ¿Porque no confiabais en mí para que os ayudara a lidiar con la situación?

—Porque tenía miedo —susurró Rielle—. No soportaba la idea de perderte.

—¿Y los Obex muertos? ¿El aldeano de Polestal? —Su rostro estaba cerrado, y eso fue lo que la destrozó, la aguja que se hundió lentamente en su corazón—. ¿Y las noches que pasaste con Corien? ¿Todo eso fue porque temías perderme?

Ella negó con la cabeza, incapaz de hablar.

—Y tu madre —insistió Audric—. Perdiste el control, o eso dijiste, y yo te creí. Solo tenías cinco años. Pero una niña de esa edad sabe lo que es la rabia. Podrías haber parado, pero no quisiste hacerlo.

—Eso no es justo —dijo Ludivine, con voz grave y peligrosa—. No había recibido entrenamiento, no tenía un profesor que la ayudara. Era imposible que controlara su poder la primera vez que erupcionaba.

—Injusto, sí, tienes razón. Todo esto es horriblemente injusto. Que te hayas pasado las noches persiguiendo el amor de otro hombre. Que tengas en tu cuerpo el poder de destruirnos a todos, y haber creído todo este tiempo que podía confiar en ti. Que debería seguir amándote, incluso ahora.

Rielle se acercó a él. Se le escapó un sollozo.

—Audric, te lo suplico, ¡tienes que creerme, por favor! ¡Fue un accidente!

—¿Y cuántos accidentes voy a tener que perdonar? —Le apartó los brazos—. ¡No me toques!

Se tambaleó y Ludivine la atrapó. Notó que buscaba la mente de Audric, rápida y furiosa, preparada para someterlo, y se giró hacia ella.

—¿No has hecho suficiente? —gritó—. Por el amor de Dios, Lu, ¡déjalo en paz!

Ludivine retrocedió. Sus ojos eran dos monedas de acero.

—Estás deseando inventarte más mentiras, ¿verdad? —dijo Audric, con los ojos brillantes por las lágrimas—. No puedes resistirte a interferir en cada oportunidad. Eres una serpiente, y una cobarde. Desde el momento en el que descubrí que eras un ángel, debería haberme opuesto a ti con todas mis fuerzas.

Ludivine lo contempló con inquietante calma.

—Te quiero con todo mi corazón, Audric. Pero, si intentas hacerle daño, te mataré.

—Y en el momento en el que lo intentes —le dijo Rielle— te haré cenizas.

Audric las observó a ambas con una sonrisa amarga en la cara.

—Mis detractores dicen que me he dejado embaucar por ti. Que soy un tonto blandengue de mente débil, fácilmente manipulable. Supongo que tienen razón.

—No eres débil ni manipulable —protestó Rielle.

Él apartó la mirada, apretando la mandíbula. Miró los estanques de adivinación, y Rielle se preguntó si estaría recordando lo mismo que ella: su infancia, cada año precioso, inocente e ignorante.

Así es, dijo Ludivine. *Se está ablandando. Habla con él, ahora.*

—Audric —le dijo Rielle, acercándose a él, odiándose a sí misma por correr a obedecer las instrucciones de Ludivine. Pero estaba desesperada; las cosas se estaban moviendo con demasiada rapidez en la dirección equivocada—. Por favor, mírame. Sigo siendo yo. Seguimos siendo nosotros.

—Nuestro amor se ha construido con mentiras —le dijo él, con voz ahogada.

Rielle le tocó el brazo, y él se apartó de ella.

—Te he dicho que no me toques.

Rielle lo miró con impotencia.

—¿Qué puedo hacer? Dime cómo arreglar esto.

Y entonces él soltó una carcajada horrible y cansada.

—Ni siquiera te has disculpado. Después de todo esto —dijo, señalándolas con el brazo—, ninguna de vosotras se ha disculpado. Y me preguntas cómo arreglarlo. No habrá más secretos, no habrá más mentiras. Eso fue lo que dijimos el día que enterraron a mi padre. Me lo prometiste. —Su voz se volvió horrible—. Qué idiota he sido, al pensar que una promesa significa algo.

Comenzó a alejarse de Rielle y ella corrió tras él, frenética e irreflexiva. Le agarró el brazo y él se giró y le sujetó la muñeca con fuerza. Rielle intentó no asustarse; levantó la barbilla y lo miró a los ojos.

—Suéltala —dijo Ludivine, corriendo hacia ellos.

—Te defendí —dijo Audric de nuevo. Su voz era solo un susurro—. Siempre que alguien decía que podías ser la Reina de la Sangre, la desgracia que habíamos temido durante siglos, yo era el primero en decirle que se equivocaba. Que podías controlar tu poder, que podíamos confiar en ti, que tú nos mantendrías a salvo. Y ahora has demostrado que todos tenían razón. Eres el monstruo que predijo Aryava. Una traidora y una mentirosa.

Y rápidamente, de repente, como un rayo iluminando un campo oscuro en una tormenta, Rielle se dio cuenta de que tenía razón.

Ludivine estaba diciendo algo, tanto en su mente como fuera de ella. Pero era un tenue murmullo, y después Audric la soltó, dejó caer su brazo como si le diera asco, y le dio la espalda.

En ese momento, apresada y aturdida en una red de desesperación, oyó hablar a Corien.

Tú no eres un monstruo, niña, le dijo, con voz tierna y compasiva. *Solo eres tú misma.*

Rielle soltó un suspiro tembloroso, un sollozo a medio formar, y se apartó de Audric, de Ludivine, de los estanques de adivinación de su infancia. Ludivine intentó detenerla. Con un parpadeo, un movimiento rápido de su muñeca, Rielle la lanzó contra los árboles, y a Audric también, y a Evyline, que apenas unos segundos antes había aparecido entre los árboles, incapaz de seguir alejada.

Sola, con la fuerza de su desolada furia resonando en los jardines, sintió que Corien abrazaba su mente, protegiéndola de Ludivine.

¡No lo escuches!, gritó Ludivine, y después se silenció.

Rielle se deslizó en la calidez de las palabras de Corien, buscando consuelo desesperadamente. Se giró una vez, vio a Audric tumbado sobre su espalda entre los árboles. Illumenor cobró vida en su costado.

Ven conmigo, la instó Corien. *Rielle, date prisa. La ciudad no será segura mucho más.*

No comprendía qué significaba eso, pero no preguntó. No importaba. La ciudad ya no era responsabilidad suya.

Corrió a través del jardín, siguiendo el hilo de su voz. Los árboles que conocía se la tragaron; la tristeza la había cegado, y las lágrimas formaron un nudo en su garganta hasta que apenas pudo respirar. Pero el paciente zumbido de la presencia de Corien iluminó un camino, conduciéndola a la salida.

Mientras corría, su desesperación comenzó a convertirse, lenta e inexorablemente, en furia.

52
ELIANA

«Cada noche soñarás con mi regreso, y en todas tus pesadillas resonará el aporrear de mis puños. Me temes, incluso ahora. Haces bien en temerme. No descansaré. Nunca descansaré. Me alzaré contra ti, y acudiré con estrellas ardiendo en mis dedos...».

Últimas palabras registradas
del ángel Kalmaroth

La ciudad de Festival estaba inundada de luz.

Se alzaba sobre la costa montañosa, con vistas al océano: era una ciudad edificada sobre acantilados escalonados que se elevaban desde el agua como peldaños colosales de algún castillo en el cielo. Los edificios estaban construidos con piedra blanca; los tejados de solapadas tejas blancas y grises; los caminos, un suave brezo gris, como el vientre de una paloma. La vegetación rebosaba en los patios, y los rocíos de flores abundaban en cada vecindario. El aire era caliente y salado; suaves olas tan oscuras como la noche dejaban la playa gris cubierta de espuma blanca. Más allá de la orilla, dormidos en los amplios muelles, había varios barcos enormes pintados de naranja y dorado por la luz de las antorchas. El Jubileo, parecía, había llegado incluso al agua.

Y el resplandor de todo ello, su pura fastuosidad: miles de farolillos dorados pendían de todas las puertas y ventanas; ristras de vibrantes luces galvanizadas blancas colgaban de tienda a tienda y de apartamento a apartamento, cubriendo las carreteras de cuadriculas brillantes. Había velas por todas partes, goteando cera en los alfeizares y en las verjas de forja, y el humo de las antorchas y del incienso endulzaba el aire.

Dani les había descrito cómo sería, había llevado a Eliana por la hacienda para mostrarle sus pinturas al óleo de los Jubileos anteriores. Pero nada podría haberla preparado para la realidad de la noche más festiva y alegre de Festival.

Las calles estaban atestadas de gente, un desfile constante de cuerpos paseando y bailando en su ebrio camino de edificio en edificio, donde en cada estancia se celebraba una fiesta. Capas, vestidos y largos abrigos brillantes se movían con la multitud, con dobladillos de plumas teñidas de celeste y de dorado y de escarlata. Había brazos y piernas desnudos rodeando espaldas y caderas desnudas, y cada centímetro de piel expuesta estaba espolvoreado de plata y turquesa brillante. Y en cada cara había una máscara: de terciopelo, rodeada de cintas de raso, rígida y esculpida para simular animales. Zorros, osos y aves, sobre todo, de picos ganchudos y sonrientes.

Eliana había asistido a muchas fiestas así en el palacio de lord Arkelion en Orline, pero esa había sido otra vida, y había pasado algún tiempo desde la última vez que llevó un vestido elegante, que se puso una sonrisa falsa y recatada y se adentró en un entorno como aquel.

Y, además, ninguna de las fiestas de lord Arkelion se había acercado nunca en tamaño y esplendor a aquella. Un banquete del tamaño de una ciudad, que Dani le había dicho que duraría días, cuyo frenesí nunca disminuía. A través de las ventanas abiertas para dejar pasar el aire de la noche, Eliana captaba atisbos de las parejas atrapadas en el éxtasis, de salas de baile en las que efervescían la luz y el color, de salones sombríos llenos de cuerpos.

Y era casi imposible saber, en una noche así, qué cuerpos pertenecían a humanos y cuáles a ángeles. Solo los delataban sus ojos negros, y su movimiento inusualmente fluido, impecablemente elegante. Pero algunas de las máscaras tenían redes en los ojos, y ni siquiera los cuerpos de los ángeles eran totalmente inmunes a los efectos estupefacientes del alcohol.

El ruido y el opresivo calor de tanta gente en tan poco espacio hizo que a Eliana se le erizara la piel. Agradecía lo que Dani y Ester habían hecho con su cabello. Ya no era lo bastante largo para recogérselo en una trenza; era corto, una rebelde mata de rizos oscuros cuyas puntas rozaban su mandíbula. Remy la había mirado, la abrazó con ferocidad y después susurró que echaría de menos trenzarle el cabello antes de las fiestas.

Así que le permitió que la peinara con cierto estilo: dos trenzas finas que comenzaban cerca de sus sienes, sujetas entre sus rizos con un grupo de horquillas negras. Su máscara también era negra, de terciopelo suave y encaje, con cintas de gasa anudadas detrás de la cabeza. Era una versión más delicada y más elaborada de la máscara que había llevado cuando era la Pesadilla de Orline. Y se movió con ella por las calles de Festival como si fuera un escudo tras el que se alegraba de esconderse.

Se recordó que en treinta minutos habrían dejado atrás las abarrotadas calles de la ciudad y estarían a salvo a bordo de un carguero llamado Dovitiam, listos para zarpar y dejar aquel continente muy atrás.

Entonces Simon le tocó el codo, haciéndola detenerse.

Se paró e inclinó lo suficiente para recolocarse la falda, y lo miró. Estaba cerca, junto al muro de piedra del patio de una estrecha casa sobre el que se derramaban unas flores zafiro iluminadas por las velas. Otro hombre enmascarado, al que Eliana reconoció como uno de sus exploradores de la Corona Roja, estaba hablando con él, aunque sus voces no eran audibles sobre el barullo jubiloso de la calle.

Pero lo que estaban discutiendo no podía ser bueno. Mientras lo miraba, el cuerpo de Simon asumió una postura furiosa.

Unos segundos después, el explorador se perdió entre la multitud. Eliana lo vio irse y contó rápidamente a los doce de su equipo: seis delante, seis detrás, repartidos por la carretera como eslabones flotantes de una cadena que de repente parecía tensa y frágil.

Tomó aire profundamente para tranquilizarse y se encontró con Simon a mitad de camino.

—¿Qué pasa? —murmuró.

Él le puso una mano en la cintura y la acercó suavemente. Con los labios contra su oreja, dijo con voz tensa:

—Nueva información. El barco todavía no está aquí. Debería llegar en tres horas.

Eliana se sintió aplastada por el miedo. En cualquier momento, el ejército llegaría a las puertas de Festival.

—No podemos quedarnos en la calle —dijo de inmediato—. Estamos demasiado expuestos, incluso vestidos así. Y me volveré loca si esperamos aquí tres horas. ¿Hay algún sitio seguro donde podamos esperar?

—Ya no hay ningún sitio seguro. —Le agarró la mano—. Sígueme.

※

A un kilómetro y medio de allí, en la sala de baile oriental del palacio de lord Tabris, Eliana se dirigió a la entreplanta de la segunda planta.

Fue un proceso laborioso que le llevó casi diez minutos, cada uno de ellos insoportables. Simon había ordenado a su equipo que entrara en la sala de baile por separado, para ser discretos, y ahora, mientras caminaba entre la multitud, con el aire cargado de vino y sudor, Eliana se sintió más sola que nunca en su vida.

Un vals la siguió hasta arriba; la enorme orquesta en el extremo opuesto de la habitación tocaba tan fuerte que, de no haber estado tan abarrotada, la música lo habría ahogado todo excepto los gritos. Pero un constante murmullo de risas y conversaciones flotaba sobre la rítmica y ligeramente deshilvanada melodía. Era un vals, sí, inesperadamente alegre, pero también un poco desequilibrado, como si lo hubiera compuesto alguien con una percepción del mundo sesgada.

Por fin llegó a la entreplanta y se agarró con gratitud a la barandilla de piedra cuyas estrechas columnas estaban talladas para parecer alas. Tomó una copa de vino tinto de la bandeja de un sirviente que pasó junto a ella y se la bebió tan rápido que se le llenaron los ojos de lágrimas, desesperada por conseguir una ligera calma en sus nervios.

Sola, esperó a Simon y pensó una vez más en el trazado de su plan modificado.

El equipo se dispersaría por el palacio, preparado para moverse en cuanto sus exploradores los informaran de la llegada del Dovitiam. El grupo de Harkan esperaba en los acantilados al sur de la ciudad, preparado para interceptar al ejército imperial y abatir a tantos soldados como pudieran. Otros dos equipos lo flanqueaban, preparados para ayudar. Tres grupos más patrullaban la ciudad, desde el palacio a los muelles, esperando para crear distracciones que permitieran a Eliana, a Simon y a su escolta un acceso despejado al muelle, si era necesario. Allí se reunirían con el grupo de Remy y Dani, y una vez a bordo del Dovitiam, todos zarparían hacia las Vespertinas: las verdes islas tropicales donde las aguas eran templadas y la presencia del imperio dispersa y descuidada. Esperarían y se esconderían allí tanto tiempo como pudieran. Simon practicaría con sus hilos; Eliana haría que su poder fuera más allá de sus límites actuales. Juntos, cuando ambos fueran más fuertes, intentarían viajar de nuevo al Viejo Mundo.

Y en ese segundo intento no fracasarían. Eliana no huiría ni permitiría que Rielle la intimidara. Haría que su madre comprendiera, aunque para ello tuviera que luchar durante días.

Al menos, eso era lo que había decidido decirse, una y otra vez, hasta que empezara a creérselo.

Se obligó a respirar con un ritmo constante, concentrándose en el caleidoscopio de bailarines que había debajo. Simon estaba tardando demasiado en reunirse con ella, y su pánico había comenzado a incrementarse en silencio cuando él llegó por fin hasta ella y le colocó la mano enguantada sobre la suya.

—Hay demasiada gente —murmuró a modo de disculpa.

Eliana soltó un suspiro, tan mareada por el alivio tras verlo que tiró de él para besarlo.

Simon le puso las manos en la cintura, y cuando bajó la boca hasta su cuello, las líneas frías de su máscara se le clavaron en la piel. Su antifaz era tan duro como el de ella suave, en metal plateado y opaco con la forma de un toro sonriente.

Lo cierto era que la odiaba. No habían tenido muchas opciones, pues tuvieron que elegir entre las máscaras que Dani tenía guardadas de los Jubileos anteriores, pero aquella en concreto bordeaba lo macabro.

Sin embargo, le encantó su frialdad contra su piel demasiado caliente.

Deslizó los dedos en el cabello de Simon y lo sostuvo contra su cuerpo.

—¿No podemos quedarnos aquí? —murmuró, y por un momento, con su cuerpo fuerte y conocido bajo las manos, pudo cerrar los ojos y fingir que vivían en un mundo distinto.

Simon se apartó de ella, con una sonrisa curvándose bajo el borde de su máscara.

Se llevó la mano de Eliana a los labios.

—Ven. Baila conmigo.

A la orquesta le gustaban los valses, cada cual más alegre que el anterior, y no fue hasta el cuarto que bailaron juntos cuando Simon se detuvo abruptamente.

Eliana estuvo a punto de tropezar con sus pies. Simon la sujetó con fuerza, ayudándola a recuperar el equilibrio, y echó un vistazo sobre su hombro, con la mirada ilegible de repente.

Alguien le dio a Eliana un golpecito en el hombro. Se giró, con el cuerpo preparado para correr.

Un hombre vestido todo de negro estaba ante ella, más o menos de la altura de Simon pero más musculoso, robusto. Hizo una reverencia lenta, sin prisas, apartando su capa. Llevaba una chaqueta de cuello alto y rígido, una cadena plateada alrededor de la cintura. Su máscara tenía forma de cuervo, de plumas iridiscentes que brillaban en un negro azulado. Le cubría toda la cara, y su duro pico negro amortiguaba su voz, distorsionando su verdadero tono.

—Os he estado observando. Bailáis maravillosamente. —Le ofreció la mano a Eliana: un guante negro con el borde decorado con plumas a juego con su máscara—. ¿Me harías el honor?

Eliana le ofreció una sonrisa coqueta.

—Me halaga, señor, pero le prometí a mi compañero que bailaríamos toda la noche.

—Qué egoísta por su parte, no compartir una joya como tú. —Miró a Simon—. Creo que mi decepción es comprensible.

Y entonces Simon, con voz tranquila y despreocupada, dijo:

—Por supuesto, almirante. —Le apretó a Eliana la mano y después la soltó—. Querida, creo que no has reconocido al almirante. Esta celebración es en su honor, después de todo. Seguramente puedes concederle un baile o dos.

El cuerpo de Eliana parecía haber abandonado el lastre de su corazón. Era un latente y vibrante pulso de miedo. El almirante Ravikant. Uno de los ángeles más poderosos del mundo. Quería mirar a Simon desesperadamente, pero en lugar de eso, hizo una reverencia y le mostró al almirante una deslumbrante sonrisa.

Intentó vaciar su mente. Se la imaginó como una impoluta bandeja de cristal, de líneas claras y brillo pulido.

—Discúlpeme, excelencia —murmuró—. No le reconocí, así vestido.

—Ah, por supuesto. Ese es el peligro, y el atractivo, de un baile de máscaras. Y la razón por la que no me resisto a ellos. —Le tomó la mano. La presión de sus dedos contra la palma de Eliana era como la suave presión de una daga—. Perdóname, niña. No conozco tu nombre.

—Scarlett —dijo de inmediato, y después sonrió un poco, mordiéndose el labio—. Al menos durante esta noche.

Él echó la cabeza hacia atrás, riéndose, y después la alejó de Simon hacia el corazón de la pista de baile.

Eliana se concentró en sus pies. Mantuvo la mente fija en la mano con la que el almirante sostenía la suya, y en la que tenía agarrándole la cintura, y en no perder la cabeza por completo y tropezar con su falda. El ritmo frenético de su pulso marchaba a contratiempo con el vals de la orquesta.

No se permitió pensar en su nombre, ni en el de Simon. Ni en Remy, ni en Patrik ni en ninguno de los cientos de rebeldes que se habían dispersado por la ciudad para preparar su huida.

Cada vuelta del vals era más rápida que la anterior, y más bailarines se disipaban, riéndose demasiado alto y con demasiada alegría. Eliana apenas conseguía mantener el paso de las zancadas del almirante, y cada vez que trastabillaba, él la sujetaba con más fuerza.

—Pareces inquieta, Scarlett —observó el almirante después de charlar de cosas sin importancia durante varios bailes—. ¿Puedo preguntarte por qué?

Eliana se lamió el sudor del labio superior. Había perdido la cuenta de los bailes, la noción del tiempo. ¿Cuántas horas habían pasado? No buscó a Simon; se negaba incluso a pensar en él. Pero su mente empezaba a flaquear, y cada vuelta la desconcentraba un poco más. No lo notaba intentando entrar en su mente, como había hecho Corien, pero quizá Corien no había intentado pasar desapercibido. El almirante podría ser capaz de hacerse con sus pensamientos, sigiloso y taimado, antes de que ella se diera cuenta.

—Estos valses son demasiado rápidos, excelencia —dijo, decidiendo que al ángel le gustaría un poco de sinceridad—. Apenas puedo seguir su paso.

—Bueno, eso no es un problema. —Se quedó en silencio un momento y entonces la orquesta se detuvo un brevísimo instante antes de comenzar un nuevo vals, mucho más lento y con menos instrumentos. Una melodiosa harpa, dos violines en duelo, una única vocalista.

—Bien. —Sonrió. Su voz era un ronroneo—. ¿Mejor así, Scarlett?

Eliana deseaba que dejara de llamarla así. Cada vez que lo hacía, le preocupaba que estuviera más cerca de la verdad.

—Es usted un hombre generoso, excelencia, y una pareja de baile considerada —le contestó.

—Ah. Pero, Scarlett, yo no soy un hombre —replicó él.

Eliana no sabía cómo responder a aquello, más que con una disculpa servil y un par de halagos sobre su destreza en la pista de baile.

Él no respondió. Su silencio se prolongó ominosamente hasta que el vals terminó. Se detuvo en el centro de la sala de baile para postrarse ante ella.

—Es una lástima, Scarlett —dijo el almirante, rozándole la mano con la boca—, que no dispongamos de más tiempo juntos.

Sus labios no la tocaron. En lugar de eso, el pico de su máscara le rozó la manga.

Entonces la habitación estalló.

En el baile de disfraces se hizo el caos.

Los asistentes se empujaban unos a otros mientras corrían hacia las salidas, pisoteando a los caídos y tropezando con sus vestidos.

Eliana buscó la fuente de las detonaciones, pero solo podía ver humo y nubes de polvo, ríos de gente huyendo hacia las calles. Alguien la golpeó con el hombro, y después con un codo. Se tambaleó y, al siguiente empujón, dejó volar su puño y golpeó. Bajo sus guantes, sus forjas cobraron vida por primera vez desde que regresó del Viejo Mundo.

Cuando se giró para mirar al almirante, este había desaparecido.

Pero Simon estaba allí, abriéndose camino hacia ella contra la corriente de la multitud. Tenía un revolver en la mano. Eliana se encontró con él a medio camino, y Simon la aplastó contra su pecho con el brazo libre.

—¿Son nuestras? —le preguntó sobre las explosiones—. Nuestros equipos deben saber algo.

—Han sido los ángeles —le contestó Simon, con el rostro tallado en hielo—. El ejército ha llegado.

Harkan. Un escalofrío sacudió su cuerpo sudoroso e hizo que el pecho le constriñera el corazón. Su equipo sería el primero en la línea de fuego del ejército. Cerró los ojos, le envió a Zahra un mensaje de amor y esperó que lo recibiera, que pudiera trasmitírselo a Harkan. Un mensaje de esperanza, de agradecimiento.

«Mantente con vida, Harkan. Lucha contra ellos y ven a buscarme. Esperaremos tanto como podamos. Haré que te esperen».

Simon parecía a punto de escupir fuego.

—Tenemos que llegar al muelle. Ahora. No podemos esperar a los demás.

—¿Ha llegado el barco?

—Buscaremos otros si debemos hacerlo —dijo con seriedad—. Y terminaré con cualquiera que intente detenerme.

Juntos, corrieron.

En el exterior del palacio, las calles estaban en llamas.

Los cañonazos habían destrozado la ciudad, haciendo que los tejados se derrumbaran e inflamando las reservas de fuegos artificiales que habían preparado para lanzar durante las celebraciones, más tarde aquella noche.

Ángeles con cotas de malla doradas y brillantes armaduras inundaban las calles. Marchaban por todas las carreteras, con el emblema alado del emperador decorando sus pechos. Alas bruñidas coronaban sus cascos como si fueran cuernos, y atravesaron Festival como una ola. Mataban indiscriminadamente. Había cadáveres por todas partes: vestidos manchados de sangre, gargantas cortadas cargadas de perlas, corpiños brillantes atravesados por las flechas. Había antorchas aplastadas, tapices y carpas ahora consumidas por las llamas.

Mientras Eliana corría, esquivando escombros y manteniéndose cerca de Simon, pensó sin cesar en Harkan.

Si las tropas habían llegado, su equipo ya se habría enfrentado a ellas. Quizá estaban reteniendo a algunos de ellos, manteniéndolos a raya. Quizá habían abandonado su puesto, notando la inutilidad de su empeño, y se reunirían con ella en el muelle.

Quizá estaba ya muerto.

«¿Zahra?». Envió sus pensamientos a la caótica noche. «¿Estás ahí? ¿Harkan está vivo?».

Simon la agarró con fuerza del codo. Se detuvieron junto a las pequeñas lunas desde las que se veía la costa blanca.

La playa era una amplia sonrisa de luna creciente, y sus dársenas serpenteaban hasta el agua como largos colmillos podridos. La confusión cargaba el aire. La gente de Festival que había conseguido escapar de la masacre de sus calles gritaba en la arena, intentando llegar a los muelles, nadando hacia las aguas poco profundas. Intentaban subir a bordo de los barcos de mercancías, de los cargueros, incluso intentaban acceder, desesperados, a los buques de guerra del imperio, brillantes y con las velas negras y escarlata. Gritaban piedad cuando los ángeles los abatían, como una implacable tormenta de oro escapando de la ciudad.

Simon señaló el agua. El sudor goteaba bajo su máscara.

—Es el Dovitiam. Ha llegado.

Eliana lo vio, un sencillo carguero, robusto y desvencijado, esperando tranquilamente en la orilla. Comparado con los esbeltos buques, era enano. Pero su primer oficial pertenecía a la Corona Roja, y el capitán estaba encantado con ella y haría todo lo que le pidiera.

Dio un paso adelante, preparada para correr hacia él, pero Simon la detuvo.

—Hay demasiada gente en la playa —murmuró—. No conseguiremos llegar hasta él sin que nos aplasten.

Entonces un cañonazo estalló a su derecha, y se produjo una nueva cascada de disparos. Eliana se giró y vio los fantasmas de los acantilados blancos alrededor de la playa, la entrada de un despeñadero, caminos estrechos bajando por la pared del acantilado. Los destellos de las armas, de las armaduras, de los disparos. Otro río de tropas del imperio estaba bajando a la playa desde el sur.

Eliana buscó a Zahra una vez más, con los ojos llenos de lágrimas.

«¿Harkan? ¿Zahra? Por favor, di algo».

Pero su mente permaneció vacía, suya.

—Tenemos que conseguir llegar —dijo, haciéndose oír sobre el miedo que estaba haciendo brotar tentáculos en su interior—. El Dovitiam es el punto de encuentro. Todos nos reuniremos ahí. Remy está ahí.

—No me importan los demás. Solo quiero sacarte a ti a salvo de este continente —dijo Simon con brusquedad.

Ella lo fulminó con la mirada.

—Si crees que voy a ir a alguna parte sin mi hermano, es que estás loco.

—¿Y si mueres intentando encontrarlo en este caos? —Señaló hacia abajo, la tumultuosa costa—. Todo lo que hemos hecho habrá sido para nada. No permitiré que arriesgues tu vida por él, ni por nadie.

—¿No me lo permitirás? —Se rio—. Creí que, a estas alturas, ya habías comprendido cómo funciona esto.

Simon soltó una maldición y apartó la mirada de ella.

—No sé cómo vamos a conseguir pasar a través de esa turba sin que te maten.

Eliana le mostró una dura sonrisa y se quitó los guantes. Sus forjas destellaron, contentas al ser libres.

—Creo que conozco mi fuerza mejor que tú.

—Tus forjas son un faro. Si las usas, atraerás al ejército hacia ti.

—Y daré esperanza a nuestra gente —replicó, quitándose la máscara—. Verán mi luz y correrán hacia ella con renovado valor.

—Y entonces todos los ángeles sabrán exactamente en qué barco estás.

—Hundiré cualquier barco que nos siga. Invocaré una tormenta. Invocaré diez tormentas.

—Te agotarás. Nos atacarán cuando estemos en el mar, y no te quedarán defensas.

Eliana tomó la cara de Simon en sus manos.

—Confía en mí. Puedo hacerlo.

Detrás de su máscara, los ojos de Simon eran fríos y mates de un modo que asustó a Eliana. Durante un momento, no pudo estar segura de que fuera de verdad él quien estaba ante ella.

—Eliana, por favor —le dijo, con la voz frágil por una emoción que ella no podía nombrar—. Encontraremos otro modo. Nos retiraremos y nos reagruparemos.

—No hay otro modo —dijo, y entonces se giró y corrió por las dunas y la hierba hasta la costa. Cuando pisó la arena, unió las manos, sus forjas destellaron, y a continuación elevó los dedos al cielo de medianoche, los cerró en un puño, y las bajó con brusquedad.

La luz del sol le llenó las palmas con dos ardientes estrellas doradas. Las lanzó al aire y cobraron vida, iluminando la playa como si fuera mediodía. Entonces se arrodilló y golpeó la tierra con los puños. Un rayo de energía cobró vida bajo la arena y voló por la playa hacia el Dovitiam. Lanzó al suelo a todo el que tocó, humanos y ángeles por igual, despejándole el camino.

Corrió y oyó a Simon siguiéndola.

—¡Mantente cerca! —gritó sobre su hombro.

Los disparos los siguieron hasta el agua. Flechas ardientes sobrevolaron a la multitud. Pero Eliana tenía los ojos clavados en el Dovitiam, y verlo la impulsó inexorablemente hacia adelante. «Remy, Remy». Pensó su nombre con cada movimiento de sus piernas. Elevó los puños como si fuera a bloquear un golpe e hizo caer las balas y las flechas del cielo. Un ángel se lanzó en su camino, disparando su arma. Ella movió el puño, creando un escudo de energía que lo hizo volar veinte metros, a él y a su arma, hacia la espumosa orilla.

Y llegaron a la dársena donde estaba el Dovitiam. «Que Dios me perdone», pensó, y envió una ráfaga de viento sobre el muelle abarrotado, lanzando al agua a todos los ciudadanos que corrían hacia el barco.

—¿Vienen los nuestros? —le gritó a Simon. Casi habían llegado al barco, que había bajado la rampa. En el muelle, una figura les hacía señales frenéticas—. ¿Nos siguen? ¿Los ves?

Pero Simon no respondió. Oyó un gruñido de dolor y se giró para mirarlo.

Era Jessamyn. Era Jessamyn, imposiblemente, luchando contra Simon. Las dagas volaban, los cuerpos giraban con rapidez. A Simon se le había caído el arma. Jessamyn le dio un pisotón en el pie y le golpeó la mandíbula con el codo. Simon se tambaleó, aturdido.

Jessamyn se giró entonces y vio a Eliana. Le sangraba el brazo izquierdo y la pierna derecha; tenía el cuerpo cubierto de sudor. Y no obstante, le brillaban los ojos; cuando corrió hacia Eliana, fue rápida, ágil y furiosa, y ella, desconcertada, no tuvo tiempo para reaccionar adecuadamente.

Consiguió evitar por los pelos el golpe de Jessamyn, agachándose justo a tiempo. Pero entonces recibió una patada en el estómago. Se tambaleó hacia atrás, casi perdiendo el conocimiento, y buscó el poder de sus forjas, pero Jessamyn era implacable y cayó sobre ella con demasiada rapidez. Le dio un puñetazo en la mandíbula, le golpeó con fuerza la garganta.

Eliana cayó de rodillas, asfixiándose..., y entonces buscó a Simon y vio lo imposible.

Se había recuperado del ataque de Jessamyn y estaba a unos pasos de ella, mirando la playa. Había recuperado su arma y gritaba algo a los ángeles que seguían en la costa. No en venterano, no en la lengua común, sino en una de las lenguas angélicas.

Eliana recordó las instrucciones que Zahra le había dado en el Nido, las palabras que memorizó frenéticamente y la búsqueda de la desconocida inscripción en esa sala del sótano llena de medicamentos. Reconoció la cadencia de lo que Simon gritó, las sílabas de melodiosa cadencia.

Lissar. Estaba hablando en lissar.

Y los ángeles de la costa lo estaban escuchando.

Se reunieron en la entrada del muelle, disparando flechas, lanzando oleadas de disparos. No a Simon, sino a una multitud atrapada entre él y los ángeles.

Jadeando, perdiendo y recuperando la visión, Eliana comprendió por fin qué estaba viendo. El tiempo se ralentizó, un eterno tira y afloja entre la vida que había conocido y la vida que llevaría a continuación.

Eran Dani y sus tres hijos, y Ester. Darby, Oraia. Patrik.

Habían seguido su luz hasta el muelle, listos para unirse a ella, desesperados por llegar hasta el barco que los llevaría a la seguridad. Remy estaría en alguna parte con ellos.

Y ahora los estaban masacrando.

Cada uno de ellos luchó desesperadamente hasta el final. Dani protegió a Ester con su cuerpo. Patrik cargó contra Simon con un bramido. Y todos cayeron. Diez. Veinte. Treinta. Los soldados de la Corona Roja que la habían ayudado a planear su huida. Algunos corrieron, dirigiéndose a la extensa playa. Las flechas de los ángeles los abatieron por la espalda. Todos los que dejaban atrás la línea de fuego de los ángeles caían con los eficientes disparos de Simon.

Y Jessamyn continuó pateando las costillas de Eliana, el estómago, gritando furiosamente sobre su cabeza palabras que ella no entendía, una de ellas una y otra vez: Varos.

Mareada, Eliana gritó el nombre de Remy. En vano, lo buscó en la oscuridad. Intentó usar su poder, pero era como tratar de navegar las aguas de una pesadilla. No conseguía concentrarse, rota por el dolor. Gritó buscando a Remy, gritó para que Simon parara.

Entonces unos pasos rápidos se dirigieron hacia ella. Oyó el carnoso golpe de un puño contra la carne y la paliza de Jessamyn terminó abruptamente. Mareada y con los labios calientes por la sangre, Eliana se quedó allí, apenas viva, escuchando cómo Simon murmuraba algo en un furioso y rápido lissar.

Jessamyn cayó de rodillas ante él. Susurró algunas palabras reverentes. ¿Una disculpa?

Eliana buscó a ciegas, con los brazos temblorosos. Intentó invocar su poder, débil, pero Simon tenía razón. No se había recuperado del todo de la pelea contra Rielle.

Y ahora, después de su huida por la playa, todavía aturdida por los golpes de Jessamyn, apenas conseguía que sus forjas destellaran.

Y ahora, Simon había hecho aquello. Los cadáveres de aquellos que habían confiado en que ella los salvara cubrían el muelle y el agua.

«¿Harkan?». Intentó encontrarlo una vez más. Buscó a Zahra, pero le dolía la cabeza. «Harkan, ¿dónde estás?».

Alguien la levantó, la puso en pie. Decidió que le pondría más difícil moverla y cedió a la marea creciente de su dolor.

53
HARKAN

«Papá me dijo una vez que, cuando me esté muriendo (porque algún día me moriré, como nos morimos todos), no debo pensar en las cosas que me asustan, no debo pensar en mi dolor. Debo pensar en todos y todo lo que he amado, porque si hago eso, esos pensamientos me seguirán a la muerte, y ese lejano lugar negro se volverá luminoso y dorado, como solía ser antes el mundo».

Antología de historias escritas por los refugiados de la Ventera ocupada, recopilada por Hob Cavaserra

Harkan supo que algo iba terriblemente mal. No sabía qué, pero sentía la irregularidad como unos ojos crueles en su espalda, inmovilizándolo a la tierra sobre la que yacía. No podía tragar; tenía un sabor agrio en la boca, que le dolía y tenía extrañamente húmeda.

Se encontraba en un acantilado rocoso, mirando una extensa pendiente de esquisto. Tenía uno de los fusiles cargados de Dani, y estaba abatiendo soldados imperiales mientras marchaban a través del barranco que tenía debajo, avanzando inexorablemente hacia la playa en la que el barco esperaba la llegada de Eliana. El Dovitiam. Un carguero. Práctico, sí, pero no lo bastante bueno para ella.

Ninguno era lo bastante bueno para ella, y tampoco lo era él.

Eso no es cierto, le dijo Zahra con amabilidad. *No eres justo contigo mismo.*

Harkan negó con la cabeza, apartando a Zahra. Todavía no se había acostumbrado a la sensación de los pensamientos del espectro deslizándose en el interior de su mente, como un viejo sueño que no quería recordar volviendo a la vida sin su permiso.

«Debo concentrarme», le dijo, aunque le fue más difícil formar esa sencilla idea de lo que debería.

Una vez más, le pareció raro.

Su equipo tenía a aquella oleada de soldados atrapada. Casi habían salido del desfiladero, y si conseguían llegar a los acantilados donde se encontraba el grupo de Harkan, escondido tras rocas, disparando bala tras bala, recargando y agachándose cuando los proyectiles imperiales golpeaban las rocas justo sobre sus cabezas, si conseguían llegar allí, todo habría acabado. Llegarían a la playa. Inundarían la orilla, formando una barrera entre Eliana y su barco.

Harkan no permitiría que eso ocurriera. Sin importar cómo, debían contenerlos allí, en aquel estrecho barranco blanco, hasta que Zahra le dijera que el barco había zarpado, que Eliana estaba a salvo.

Se detuvo para recargar. Miró a la izquierda, a Catilla y Viri, gritando órdenes a los que estaban colina abajo, proporcionándoles cobertura. Miró a la derecha: Gerren, agazapado como un gato tras una roca, abatiendo a soldado tras soldado. Daba igual que los adatrox siguieran llegando, docena tras docena y tras docena de herramientas imperiales de ojos grises. Y también había ángeles en sus filas. Ángeles que, cuando recibían un disparo, volvían a levantarse de nuevo segundos después. Volvían a estar enteros, y fuertes, con sus alegres ojos negros y una sonrisa cruel cortada en la cara.

Todo eso daba igual. Gerren era el mejor francotirador que Harkan había visto, una idea que lo ponía profunda e insoportablemente triste.

«Vivimos en un mundo en el que los niños deben aprender a ser asesinos», pensó, y las lágrimas acudieron a sus ojos. «En el que las niñas crecen para convertirse en cazarrecompensas, en veneradas salvadoras y en reinas asustadas».

Harkan, deja de disparar, le sugirió Zahra. *Suelta el arma.*

«No puedo», pensó.

—No puedo —susurró, quitándose el polvo y el sudor de la cara—. Debemos contenerlos aquí. Debemos retenerlos.

«Debemos detenerlos en los acantilados», pensó, una y otra vez. «Debemos evitar que lleguen a la playa. Debemos protegerla».

—¡Retenedlos! —gritó. Chilló hasta que se sintió como si la garganta se le hubiera roto en dos—. ¡Retenedlos aquí!

Harkan. La voz de Zahra le rozó la frente, y de repente la notó tan cerca, tan completa y presente, que casi pudo oír las grietas de sus palabras, a pesar de los disparos y del implacable ritmo de las botas del ejército.

La voz de un espectro, rompiéndose.

El miedo lo apresó con fuerza. Intentó respirar a pesar de ello, pero era demasiado difícil, respirar. Había una tenaza en su pecho. Buscó esa extraña decoloración en el aire, esa borrosa irregularidad que señalaba la presencia de Zahra. Pero no consiguió encontrarla, y se incorporó, se levantó del suelo, pero entonces ella apareció y lo mantuvo inmóvil. La notó en su mente: una palma cálida, empujándolo suavemente.

«¿Qué ha pasado?», le preguntó, con un nudo en la garganta. «No lo comprendo».

Por favor, no te muevas.

—No —consiguió decir. Intentó levantarse. Reptó por el terreno de tierra apelmazada, aplastada y allanada por miles de pies. Manchas rojas, arena blanca. Tenía las manos encostradas en color, espectrales y destrozadas—. ¿Qué ha pasado?

Se arrastró hasta el borde del acantilado, con la visión borrosa. Y entonces fue cuando vio la playa destrozada, muy abajo. El surco calcinado en la arena que se extendía desde la ciudad hasta el agua, originado por un gran fuego abrasador. Los cuerpos dispersos en la orilla, empujados suavemente por unas olas que nada sabían de la muerte.

Entonces vio el Dovitiam, todavía anclado en la bahía, ardiendo. Alguien le había prendido fuego y la dársena que lo conectaba con la orilla también estaba ardiendo. Y, más allá de las llamas, el elegante barco negro del almirante se deslizaba por el agua, persiguiendo la luna creciente.

Verlo abandonar la bahía, escuchar los sonidos de Festival cayendo de nuevo bajo las espadas de los ángeles, siendo derrotada de nuevo, como lo fue años antes, despojándose de los que le eran desleales, de los traidores y sus planes... Harkan tomó aire, temblando.

Y, de repente, con el frío vacío de la mano de Zahra en la mejilla, recordó.

***

Había ocurrido apenas unos minutos antes, pero toda una vida había pasado entre ese momento y el presente.

Primero, vio la eterna marea del ejército que se acercaba pasando sobre su miserable línea de defensa. Claro que pasó. Que alguna vez hubiera pensado que los suyos podían tener éxito en aquello, que un par de docenas de humanos ordinarios podía contener de verdad aquella incansable ola de monstruos durante el tiempo suficiente para que Eliana escapara...

No, le dijo Zahra suavemente, redirigiéndolo. *No hay tiempo para eso.*

Harkan avanzó.

Segundo, los miembros de su equipo comenzaron a caer a su alrededor. Durante un momento, más largo de lo que debería haber sido posible, mantuvieron a raya el avance de docenas de soldados. El ejército entraba en la ciudad desde todas direcciones, pero Harkan se negaba a pensar en ello. En lugar de eso, debía concentrarse en aquella sección concreta, en aquel barranco en el que debía retenerlos. La playa debía seguir libre y despejada hasta que Eliana estuviera a salvo.

Qué idiota había sido, pensando aun por un momento que podría reunirse con ella antes de que su barco zarpara. Qué idiota era, y que eternamente, que fatalmente enamorado estaba.

Zahra creó distorsiones en las mentes de la vanguardia del ejército, distrayéndola. Ocultó al equipo de Harkan de la vista cuanto pudo, hasta que al final, después de una hora así, se quedó sin fuerza. Fue entonces cuando los suyos comenzaron a morir, uno a uno. Debieron ver la muerte acudiendo a por ellos; debieron saber, cuando abandonaron Sauce, que aquel era el final más probable, que ninguno de ellos se reuniría con los demás en ese barco.

Pero no huyeron. Harkan lo recordaba ahora. Él les había ordenado que resistieran. Les había gritado el nombre de Eliana, una y otra vez.

«¡Por Eliana!», había gritado. «¡Aguantad! ¡Retenedlos aquí!».

Y no huyeron.

Los comandaste bien, dijo Zahra, con la voz rebosando orgullo. La sensación le calentó las frías extremidades.

Tercero, un hombre emergió de la masa de soldados, dirigiéndose directamente a Harkan. Había decidido que él era el líder de aquel grupo de rebeldes, de aquel escuadrón de idiotas que creía que podía evitar que un ejército imperial hiciera lo que mejor sabía hacer.

Pero lo habían evitado, al menos durante un tiempo, al menos en aquel pequeño barranco.

¿Había sido suficiente?

«¿Fue suficiente?», preguntó Harkan, mareado.

Zahra le envió un sentimiento, una emoción..., sus dedos antiguos acariciándole el cabello.

Estoy contigo, Harkan.

Hizo un esfuerzo por recordar. A pesar de la ayuda de Zahra, le fue difícil. Resbaladizo y elusivo.

Pero ahora lo veía: el hombre, corriendo hacia él. Ligero y ágil, un espadachín eficiente. Harkan agarró su espada y se puso en pie de un brinco, recibiendo al arma del hombre con la suya. Estuvieron igualados durante algunos minutos en los que esquivaron con destreza la hoja del otro..., hasta que Gerren cayó. Herido en el cuello. Abrió los ojos, sorprendido. Se llevó la mano a la garganta. Y después cayó, murió rápidamente, y ese momento de distracción fue suficiente.

El hombre le dio un puñetazo en la mandíbula, lanzándolo hacia atrás. Y entonces le lanzó una daga, que se le clavó con fuerza en el vientre.

Harkan sufrió un espasmo. A través de una bruma recordó el dolor, que había sido como fuego en su interior, extendiéndose desde su abdomen hacia fuera, como si las forjas de Eliana le hubieran quemado las venas. Se llevó las manos al cuchillo que tenía en el vientre y lo miró y se rio. Después cayó de rodillas, se desplomó con fuerza sobre el costado y oyó la voz de Catilla a lo lejos, instándolo a levantarse, a huir, antes de que su voz muriera bruscamente.

Recordó que se había arrastrado sobre la tierra, buscando su pistola, su daga, cualquier cosa, porque aquel hombre, fuera quien fuera, estaba matando a todo el mundo: a Viri y a la niña, Roen, y a Qarissa y a Rogan, todos aquellos a los que Dani había reclutado en las granjas de las afueras de la ciudad. Y a continuación vio, en un destello furioso que Zahra le envió desesperadamente, que aquel hombre se llamaba Varos, y que era miembro de Invictus. Que había incendiado Sauce y ejecutado a todos los miembros de la Corona Roja que todavía estaban allí.

Que pretendía acudir a la playa y asegurarse de que ningún rebelde interfiriera en...

Y Zahra se dio cuenta al mismo tiempo que Harkan, porque estaba hurgando frenéticamente en la mente de Varos con la fuerza que le quedaba. Aulló cuando vio la verdad, un alarido horrible y estridente que sacudió los huesos de Harkan.

Simon.

Simon no estaba conduciendo a Eliana hacia la libertad, sino hacia el almirante.

Simon no era de la Corona Roja.

No le era leal al Profeta, si es que el Profeta era real. Zahra no podía ver eso. ¿Era una quimera, una mentira? ¿Parte de una estratagema? Quizá.

No, él solo le era leal a una persona, y pretendía llevar a Eliana hasta las puertas de su palacio, al otro lado del océano.

El emperador.

Zahra aulló de rabia, pero Harkan fue más rápido. Su furia cristalizó su dolor; su desesperación afiló su mente confusa.

Se apoyó en sus manos y rodillas y encontró su fusil. Se giró, vio a Varos extrayendo su espada del vientre de Catilla y disparó con todo lo que le quedaba.

Varos cayó, atravesado en el estómago.

Otro grito perforó el aire, tan lleno de tristeza como el de Zahra había estado de rabia.

Harkan parpadeó. El dolor de su vientre subía hasta aporrearle las sienes. Encontró la fuente del grito: una mujer con la piel oscura y pecosa y una trenza teñida de rojo. Ágil y peligrosa; sin duda era una soldado. Miró el cuerpo de Varos, paralizada por el horror, y entonces una luz brillante destelló en la playa.

La chica se giró, protegiéndose los ojos. Miró una vez más a Varos, asesinado. Su mirada brillante se detuvo en Harkan y él vio cómo se endurecía su expresión, el velo de odio que bajó sobre sus ojos. Después, la joven se giró y corrió por el sendero del acantilado, uniéndose al ejército imperial que se estaba congregando en la playa.

Harkan se arrastró hasta el borde del acantilado, observó aquella luz, aquel sol caído que se movía hacia el agua.

A lo lejos, oyó el grito de Zahra:

—¡No consigo llegar hasta ella! ¡No puedo detenerla! ¡Para, mi reina! ¡No! ¡No!

Y notó la furia de Zahra, su puño golpeando una jaula que él también podía sentir, como si alguien hubiera levantado un escudo invisible entre Eliana y ellos, manteniéndolos inmóviles mientras ella corría hacia la traición sin saberlo.

Harkan apoyó la mejilla sobre la tierra caliente y sucia, riéndose un poco, con el escozor de las lágrimas y de la arena en los ojos. Escuchó el sollozo, el lamento de Zahra, luchando inútilmente contra la fuerza que la estaba aprisionando allí, en aquel acantilado de muerte. Después cerró los ojos, escuchando los sonidos distantes de los disparos en los muelles. Abruptos, eficientes. Uno tras otro.

Era un tirador impresionante.

Incluso mejor que Gerren.

—¿Eso es lo que ha pasado? —susurró.

Notó la caricia de Zahra, fría y suave contra su mejilla.

Sí, Harkan. Eso es lo que ha pasado.

Pero esto, añadió, esto también ha ocurrido.

Aquellos recuerdos eran de Harkan: más antiguos, más profundos y queridos. Tan lejanos que, dadas las circunstancias, no habría conseguido encontrarlos solo.

Pero, con la ayuda de Zahra, lo hizo.

Primero, con siete años. Le pasaba mensajes a Eliana, desde su balcón al de ella. Movía la palma sobre la llama de su vela para que ella viera una luz parpadeante desde su ventana. Fue la primera vez que se inventaron un código propio.

Segundo, con diez años. Sus hermanos se marcharon a la guerra y estuvo inconsolable durante semanas. Su único consuelo era jugar con Eliana en el dormitorio de esta, ayudarla a cuidar a Remy cuando Rozen estaba fuera, en su misterioso trabajo. Por la noche, encendían las velas de las ventanas. «Que la luz de la Reina los conduzca a todos a casa», había dicho Rozen sobre sus cabezas: la suya, la de Eliana y la del pequeño Remy, todos encorvados sobre libros de cuentos, esperando sin aliento a que se abriera una puerta con unas buenas noticias que nunca llegaron.

Y tercero, con quince años. Cuando ya era un asesino, junto a Eliana. Reacio pero entregado. Y por fin la había besado. Esa primera noche, en su cama, ambos temblando por los nervios, todo ángulos incómodos y frentes sudorosas, Eliana susurró su nombre contra su cuello. Había temido tocarla, había estado desesperado por tocarla. Después, apoyó la mejilla en su pecho y escuchó los latidos de su corazón, intentando contener el aliento. Su cama olía a ella. Enterró la cara en la almohada que ella había usado, inhaló.

—Sí —susurró, sonriendo un poco. Tenía los ojos húmedos, como la boca—. Sí, eso también ocurrió.

Y entonces miró el tenue y ondulado rostro de Zahra, tan extraño y desconcertante en el aire, y supo que se estaba muriendo, porque ¿de qué otro modo podría él, que no tenía el favor del empirium, que era ordinario y común, ver por fin el rostro de Zahra?

Qué extraño, que el rostro de un ángel que amaba a los humanos fuera lo último que viera.

—¿La ayudarás? —le preguntó. Su pecho comenzó a agarrotarse; sus pulmones intentaban atrapar un aire del que no disponían.

—Encontraré un modo —le prometió Zahra—. Hasta que el mundo termine, lucharé por ella.

—Ambos lo haremos —dijo una voz; un hombre, encorvado sobre él. Tenía el cabello cobrizo y manchado de sangre, y la voz rota y cargada de dolor.

—¿Patrik? —Harkan intentó formar la palabra, pero sonó incoherente. Frustrado, lo intentó de nuevo. Le falló la voz.

Notó una mano caliente en su rostro frío.

—Esta lucha no ha terminado todavía. —Sintió una lenta exhalación en su cara. Un sollozo diminuto y furioso—. Dios, Harkan. Lo siento mucho. Lo intentamos. Nos esforzamos mucho. Lo hiciste muy bien, amigo mío. No te preocupes. Todo va a salir bien.

Un estallido de miedo, repentino y salvaje.

«¿Zahra?».

Estoy aquí. Yo, y Patrik. Está vivo. Algunos siguen vivos. Estamos aquí. Continuaremos.

«¿Ella todavía me quiere?». Harkan ya no podía hablar. Sus pensamientos eran un susurro, desvaneciéndose. Pero tenía que saberlo. Lo necesitaba, lo necesitaba.

Oh, Harkan, le contestó Zahra, amable y triste. *Nunca ha dejado de hacerlo.*

54
RIELLE

«Todo esto ha ocurrido antes, y ocurrirá de nuevo. Ante los ojos del empirium, una guerra solo es un instante; una era es poco más que un parpadeo. No nos dejaremos confinar por la limitada comprensión humana de los acontecimientos. Debemos aceptar que no podemos comprender los engranajes del mundo y permitir que el libre albedrío humano se desarrolle sin restricciones».

Hijos de Dios. Historia del empirium

Estaban pidiendo a gritos su muerte.
La oyó mientras corría, a la gente de la ciudad en la que había nacido, el único hogar que había conocido. Oyó sus gritos elevándose como bandadas de pájaros negros alzando el vuelo frenéticamente hacia el cielo.

«¡Azote de Reyes!».

«¡Azote de Reyes!».

«¡Azote de Reyes!».

Sus gritos pidiendo justicia, sus gritos exigiendo su muerte la acompañaron rápidamente por los jardines, a través de los establos y de las armerías, a los distritos de los templos.

Las campanas de la ciudad comenzaron a tañer y Rielle se rio un poco, secándose las lágrimas de la cara. Audric había hecho sonar la alarma. Quizá enviaría a la guardia de la ciudad tras ella. ¿Dispararían a matar? Esperaba que lo hicieran. Fundiría sus espadas y fusionaría sus pies con el metal derretido. Les cortaría las manos de los brazos y los dejaría desangrarse junto a sus inútiles flechas.

Ludivine le estaba gritando, lejana y distorsionada, como si Rielle estuviera oyéndola a través de océanos de aguas negras. Reunió toda la energía que consiguió encontrar y se la lanzó, alejándola. No podía ver a Ludivine, no podía hablar con ella, no podía pensar en ella. Porque, si pensaba en Ludivine, pensaría en Audric, y si pensaba en Audric, se derrumbarían. Sus fragmentos se desplomarían, como un edificio condenado al derribo.

¡Rielle, por favor, no me dejes! Las últimas palabras de Ludivine, que Rielle descartó con su mente cansada. Estaba empujando una puerta, desesperada por mantener a Ludivine alejada de ella, pero le temblaba el cuerpo, estaba agotada y apenas podía ver... Y entonces Corien apareció a su lado. Tenía los ojos secos y despejados, los brazos firmes. Juntos, cerraron la puerta a la parte de su mente donde vivía Ludivine. Él puso la mano en el pestillo y giró la llave.

Casi has llegado, murmuró Corien. Su voz era una luz en el frío horizonte. *Casi eres libre.*

La guardia de la ciudad intentó detenerla.

Lo intentaron y fracasaron.

Los soldados de su padre, docenas de ellos. Siguieron las órdenes que les gritaban sus comandantes y corrieron hacia ella, con los ojos muy abiertos. Sabían que morirían, que algo iba horriblemente mal. Después de todo, ella era el Azote de Reyes. La Reina de la Sangre. Los abatiría, eso estaba tan claro como el agua. Lo había hecho con su difunto rey. Habían recibido la visión, como todos los demás.

Rielle movió el brazo hacia ellos, como si limpiara los restos de una mesa.

Cayeron de inmediato, disolviéndose, y cuando golpearon el suelo, no eran más que brillantes remolinos de ceniza.

Rielle atravesó corriendo los ecos de sus cuerpos, ahogándose en la ruina.

Nadie intentó detenerla después de eso.

Salió tambaleándose de la ciudad, corrió hacia las montañas. El valle entero estaba abarrotado de gente, pero su camino se encontraba despejado, tranquilo. Corien la estaba ayudando, se dio cuenta de ello de repente y se sintió tan agradecida que creyó desvanecerse. No dejaba de darle vueltas en su mente a un hecho indiscutible: él era el único que todavía la ayudaba. La única persona viva que podía mirarla y ver a una niña, y no a un monstruo.

Pensó en Garver y Simon, sentados en su pequeña tienda, con la cena enfriándose mientras la visión de Corien se reproducía sobre su mesa. El dulce Simon, viendo cómo su Reina del Sol se desmoronaba ante sus ojos.

Era justo que él también viera la verdad. Se la había escondido, a todos ellos, durante demasiado tiempo.

Levantó la mirada hacia el cielo solo una vez, llamó a Atheria solo una vez. Pero la bestia divina no acudió. El cielo permaneció vacío, un vertido de negro sin luna.

Furiosa, corrió entre los árboles. Estaba sola de verdad. La idea se asentó en ella como una armadura, ralentizando sus pies. Pero corrió a pesar del peso extra, con los músculos ardiendo.

Estaba sola. Estaba sola.

Se lo repitió veinte veces. Cincuenta. Cien. Seguiría repitiéndolo hasta que ya no le doliera.

Estaba sola.

Pero no durante mucho tiempo.

Lo encontró en la profundidad del bosque.

Había una chica sentada en la hierba a sus pies, con la piel bronceada y el cabello como la seda blanca. Era la reina Obritsa de Kirvaya, con los ojos muy abiertos y embrujados, y ojeras oscuras en su rostro manchado por las lágrimas.

A su lado había una figura inmóvil con andrajosas ropas de viaje. Tenía la cabeza apoyada en sus brazos. Era un adulto: piel oscura, una suave mata de despeinado cabello castaño.

Rielle también lo recordaba a él. El guardaespaldas de la reina. Artem era su nombre.

Pero entonces Corien abrió los brazos para ella, con expresión compasiva, y ella se escondió en su abrazo. Aplastó la cara contra su pecho, respirando con dificultad contra él.

—Lo siento —susurró Corien. Le temblaban las manos al acariciarle el cabello, los hombros, los jirones destrozados de sus mangas largas—. Mírate. Mi pobre y querida niña. Siento lo que has sufrido.

Rielle abrió los ojos y miró la capital. Baingarde resplandecía, con los colores del fuego, contra el telón de fondo negro de las montañas. Se negó a parpadear. Sus lágrimas convirtieron la ciudad en un infierno borroso y brillante.

—No sientas pena por mí —susurró al final—. Y no te disculpes. Está bien que lo sepan. Me alegro de que lo sepan. Y, además —añadió, cerrando los dedos sobre la rígida lana negra de su abrigo—, no sufriré mucho más.

55
ELIANA

«*La Reina del Sol es altruista y pura. Protectora y abnegada. Nunca se quiebra. Nunca se siente tentada. Brilla y brilla y brilla, y entrega toda su luz a los demás sin guardar nada para sí misma. Esto es lo que muchos de nosotros creemos. Pero ¿os parece esa una vida especialmente amable? ¿Os parece esa una vida que se merece algún niño de este mundo?*».

La palabra del Profeta

Cuando Eliana despertó estaba sentada en una silla, con los brazos y las piernas atados. Era una sencilla silla de madera, en la cubierta de un barco. Un barco enorme, brillante y negro, con velas rojas y negras como velos de luto manchados de sangre.

Como el vestido ajironado que se le pegaba a la piel: sudado, ensangrentado, empapado por el agua del mar.

Recuperó la consciencia en oleadas fluctuantes. Miró el horizonte con los ojos entornados. Allí estaba Festival, alejándose lentamente, pero todavía lo bastante cerca para llegar nadando, si conseguía saltar.

Pero no podía hacerlo sin Remy.

Se soltaría de sus ataduras y lo buscaría. Juntos, nadarían hasta la orilla. Encontrarían otro barco, o quizá desaparecerían en los acantilados que rodeaban Festival. Se reuniría con Harkan, con Zahra, con Patrik.

Recurrió a sus forjas… y no encontró nada. No se produjo en respuesta ninguna chispa de poder, el calor no cobró vida en sus manos. Flexionó los dedos. La ausencia de las cadenas que había creado, la ligereza de sus palmas sin el peso de los discos en su interior le provocó una arcada. Tenía las manos desnudas, despojadas; su poder estaba atrapado en su interior, sin ningún sitio al que ir.

Miró a su alrededor; la furia intensificó su visión y el dolor de sus heridas. Se sentía maltrecha después de los golpes de Jessamyn, y un dolor vibrante iluminaba un camino por su cuerpo. No comprendía por qué la había atacado Jessamyn, en qué se había convertido en aquel nuevo futuro, pero todas sus preguntas desaparecieron cuando vio a Simon acercándose a ella por la cubierta.

Se había cambiado el traje del Jubileo por el elegante uniforme de los soldados del imperio: un abrigo ceñido, con los hombros marcados, que le llegaba a las rodillas. Rojo sobre negro, con bordes dorados. El emblema del emperador en el pecho. Una brillante espada nueva en el cinturón.

Y no estaba solo.

Arrastraba a Remy con él: con una mano le agarraba el brazo y con la otra sostenía un cuchillo contra su garganta.

A Eliana se le secó la boca. Reconocía esa daga serrada.

Arabeth.

Era absurdo, pero fue eso lo que hizo que las lágrimas acudieran a sus ojos por fin.

Le había quitado su puto cuchillo favorito.

—Suéltalo —le dijo, con la voz ronca.

—Eli —dijo Remy. Las lágrimas dejaban un rastro brillante en sus mejillas—. No hagas nada de lo que te digan. Si me matan, que me maten. No cedas. No permitas que ganen.

—Simon no va a hacerte daño, Remy —dijo Eliana automáticamente.

Simon levantó una ceja.

—¿No?

Aquella voz pertenecía al Lobo, escarchada e impasible.

Y Eliana se dio cuenta, despacio, de la verdad que se estaba desangrando fría y lentamente por su cuerpo: de que lo haría. Lo haría. Había matado a todos los demás. Se había detenido a menos de diez metros de ella y les había disparado a todos.

Remy empezó a sollozar.

—No pasa nada —le mintió, con voz temblorosa—. Todo va a salir bien.

Apartó la mirada, incapaz de seguir viendo su miedo. En lugar de eso, concentró su furia en el rostro implacable de Simon. Los recuerdos la golpearon, crueles: Simon moviéndose en su interior, inmovilizándola contra la cama. Simon bajando a besos por su cuerpo. Simon murmurando palabras de amor contra su piel.

Las lágrimas bajaron más rápido. La cabeza le daba vueltas mientras buscaba respuestas inútilmente. Y Simon se mantuvo firme, con Remy llorando en sus brazos. La observó sin expresión, como si fuera una desconocida, como si no hubieran compartido un solo momento juntos, y mucho menos la cama.

—¿Cómo puedes hacer esto? —susurró. Quería gritarle, maldecirlo, levantarse de aquella silla y lanzarse sobre él, arrancarle los ojos del cráneo con las uñas, aplastarle la cabeza, sacarle las tripas con la daga con la que amenazaba el cuello de su hermano—. ¿Por qué has hecho esto?

No recibió ninguna respuesta. En lugar de eso, el almirante Ravikant se acercó a ellos por la cubierta, todavía con la horrible máscara con pico. Tenía las manos a la espalda. Se mantuvo en silencio, observándolos a todos.

Después dijo:

—Scarlett, me mentiste.

—Y tú lo sabías —le dijo en voz baja—. ¿Qué estabas haciendo? ¿Jugando conmigo? ¿Pasando el rato hasta que el barco estuviera preparado? ¿Hasta que llegara el ejército?

—No voy a darte explicaciones —le contestó—. En lugar de eso, quiero contarte lo que va a ocurrir ahora. Quiero que comprendas cuál es tu futuro.

Lejos de la abarrotada sala de baile, su voz enmascarada ya no sonaba tan amortiguada y extraña. De hecho, le era casi familiar, aunque Eliana no conseguía identificarla. Una nota de alerta resonó en su mente; un instinto frenético le estaba gritando, advirtiendo.

—¿Quién eres? —susurró—. Te conozco.

—Te meterán en una celda hasta que me hayas probado que te mereces algo mejor. El emperador me ha dado permiso para tratarte así, porque has demostrado que no mereces amabilidad alguna. Si intentas atacarme, o a Simon, o a alguien de mi tripulación, si haces aunque solo sea un intento de agresión, empezaré a cortar a tu hermano. No lo mataré. Lo cortaré, y seguiré cortándolo, y te obligaré a mirar. Me suplicará que lo mate. Tú me suplicarás que lo mate. Y no lo haré. Lo mantendré con vida y consciente para que sienta cada instante de dolor. Así que te sugiero que hagas lo que te digo.

La mente de Eliana, a pesar de rota y sufriente, había comenzado a identificar la voz del almirante. Su estatura, la forma de sus manos. Un mal presagio creció en su interior, y siguió incrementándose hasta que las ganas de vomitar le llenaron la boca.

Entonces él se quitó la máscara, confirmándolo.

Era el rostro de Ioseph Ferracora: la barbilla sobresaliente, como la de Remy. Cabello oscuro, piel clara, ojos como dos gruesas gotas de pintura negra.

—¡No! —gritó Remy, con la voz rota. Sus sollozos eran terribles, rasgados y aullantes, e intentó girar la cara para no ver a su padre mirándolos con los ojos oscuros de un ángel, pero

Simon no se lo permitió. Simon, con una sonrisa cruel jugando en la comisura de su boca, sostuvo a Remy justo dónde estaba.

Los siguientes minutos pasaron en un borrón entumecido y negro.

Llevaron a Eliana abajo, media docena de adatrox de ojos vacíos la condujeron por unas escaleras. Tenía cadenas inmovilizándole las muñecas y también los tobillos: las cadenas del imperio, no las suyas. La pérdida de sus forjas hacía que le doliera el pecho; su aflicción la hacía perder el equilibrio. Tropezó en el penúltimo escalón y los adatrox dejaron que se cayera. Tiraron de ella para ponerla de nuevo en pie, sin emoción, brutalmente eficientes.

Una puerta se abrió en su interior, grande y amplia. Como la boca de una bestia, dándole la bienvenida.

Arriba, en algún sitio, Remy gritaba y protestaba. Se aferró desesperadamente a ese sonido, aunque cada grito le arrancaba un fragmento del corazón.

Cuando su voz se perdió en el silencio, Eliana se perdió con él. Su mente cayó a un abismo sin fondo.

La empujaron al interior de un camarote, con las paredes y el suelo de madera. No tenía ventanas, y había una sola puerta. Medía aproximadamente tres por dos metros.

Cayó de rodillas con fuerza. Se quedó allí, respirando, de espaldas a la puerta. La tenue columna de luz de un farol pasó sobre ella, iluminando una zona de pared.

Y después, apareció una silueta.

Se giró para mirarla. Con tan poca luz, no podía ver las líneas de su rostro; solo sombras, un mínimo atisbo de sus cicatrices, el brillante azul de sus ojos.

«Tus ojos son como el fuego», le había susurrado... una vez, cuando acababan de regresar del Viejo Mundo, ambos débiles y temblorosos, con el abdomen quemado por el poder de Rielle.

Y otra vez sentada sobre él en la silla de su dormitorio, la última vez que se amaron. Él tenía las manos en sus caderas para ayudarla a moverse, y llamas en los ojos.

«Tus ojos son como el fuego», le había dicho, segundos antes de que él la besara.

—¿Por qué? —susurró. La palabra sonó lastimera, la súplica confusa de una niña. Pero era la pregunta que se imponía en su mente a todas las demás.

Él no respondió. No dijo una palabra. Cerró la puerta y la apestilló. Eliana siguió sus pasos, atravesando con ligereza el estrecho pasillo, hasta que desaparecieron.

Entonces se hizo una bola, aplastó la mejilla contra el suelo y respiró en la oscuridad.

56
AUDRIC

«Lo llamaban el Rey Áureo. Lo llamaban el Portador de la Luz. Decían que cabalgó a la batalla contra los ángeles a lomos de un chavaile: una bestia divina, un caballo alado tan terrible como hermoso. Dicen que era un hombre valiente, un hombre temible. Dicen que era un hombre desesperado. Dicen que su corazón rebosaba amor hacia su reino, y amor hacia Rielle, la Reina de la Sangre, y que, cuando la guerra llegó, no le quedaba amor para sí mismo».

Entrada del 23 de enero
del año 1016 de la Tercera Era
en el diario de Remy Ferracora

Audric se puso en pie, mareado. Se apoyó en un árbol cercano para recuperar el aliento, justo cuando Evyline soltó un abrupto grito de advertencia a su espalda.

Se agachó, esquivando justo a tiempo el golpe de una espada: el capitán de la guardia real, cayendo sobre él con una mueca de furia en el rostro. El hombre era un acuñametales y su espada se movió rápidamente, leyendo su instinto, volando como si tuviera mente propia.

Pero Audric fue más rápido.

Esquivó otro golpe, extrajo a Illumenor de su vaina y golpeó con fuerza. La hoja restalló, escupiendo luz del sol. Sus espadas colisionaron, la suya y la de su capitán, y Audric giró para alejarse de él, y todo lo que había ocurrido (la tensión de los últimos meses, la horrible visión que Corien les había enviado, su discusión con Rielle) se acumuló como un ariete en su corazón y empujó, rompiéndolo.

Lanzó todo el poder que poseía a Illumenor, hasta que la hoja brillo tanto que le hizo daño en los ojos. El capitán retrocedió con un grito. Audric avanzó sobre él, entornando los ojos para protegerlos de la luz de su forja, y atravesó al hombre desde el hombro a la cadera, cortándolo limpiamente en dos.

Cayó al suelo en trozos; las heridas humeaban, sin sangre.

Audric se giró para unirse a los demás, pero el resto de la guardia real había huido hacia Baingarde. Solo quedaba allí la Guardia del Sol: Evyline, Dashiell, Riva. Ivaine, Jeannette, Maylis, Fara.

Evyline, con los ojos húmedos, se arrodilló ante él. Las demás la imitaron.

—Mi rey, no sé qué decirle en este momento, excepto que soy la capitana de la Guardia del Sol y usted es el Portador de la Luz. —Se detuvo, apretando la mandíbula—. Si mi reina se ha ido, debo seguirle a usted y servirle, con todo mi corazón, hasta que me ordene otra cosa.

Audric le puso una mano en el hombro.

—Tu reina no se ha ido, Evyline. Entiendo que lo que ha ocurrido es desconcertante, pero te prometo que...

Entonces las campanas de la ciudad comenzaron a sonar, distrayéndolo. Miró el castillo. ¿Había ordenado su madre que tocaran las campanas? Y si lo había hecho, ¿por qué?

Se oyó un gemido lastimero entre los árboles. Tras buscar, Audric encontró a Ludivine, y verla lo clavó al suelo.

Estaba sentada a los pies de un árbol, con las rodillas contra el pecho, tapándose las orejas con las manos. Se estaba balanceando para tranquilizarse, pero sollozaba y temblaba.

—Dashiell —dijo Audric, obligándose a alejar el miedo de su voz—, llévate a Riva y busca a mi madre. Ella es la única, además de mí y de Rielle, con autoridad para hacer sonar las campanas de la ciudad.

—¡No! —Ludivine levantó la mirada, con los ojos frenéticos—. Manteneos alejados de Baingarde. No es seguro.

Dashiell y Riva se detuvieron, mirándose con inquietud.

—¿Mi rey? —preguntó Evyline.

—Quedaos aquí por ahora. —Audric se agachó delante de Ludivine. El pánico corría por sus venas, provocándole escalofríos—. Dime qué ha pasado. ¿Dónde está?

Ludivine negó con la cabeza.

—Se ha marchado —dijo, con la voz cargada de desdicha—. Nos ha dejado.

Audric no la comprendía. Las palabras escaparon de él.

—¿A qué te refieres con que nos ha abandonado?

—Se ha ido con él. Corien está aquí, está cerca. No deja que me acerque a Rielle. Ella tampoco me deja hacerlo. Me ha hecho daño. Estoy perdiéndome. Apenas puedo pensar.

Audric se levantó y se apartó de ella. Un gemido sordo y resonante floreció en sus oídos.

—Oponte a ellos. Tráela de vuelta.

—Audric, no puedo.

—Entonces, iremos a buscarla. La encontraremos y la traeremos de vuelta con nosotros. —Se giró, envainando a Illumenor—. Jeannette, adelántate y pide que lleven mi caballo al patio delantero. Evyline, ve con ella, ordena que la primera línea de la guardia de la ciudad se reúna con nosotros junto a las puertas del castillo.

—No lo comprendes —gimió Ludivine.

Él la fulminó con la mirada.

—¿Qué no comprendo? Habla con claridad.

—Audric. —Tomó aire, temblorosa, y sus ojos se llenaron de lágrimas nuevas—. Nos ha dejado.

Y a continuación, le envió una sensación..., una sensación inmensa, tormentosa, que lo golpeó como la primera ráfaga del invierno.

La furia de Rielle, su dolor por el amor perdido. Su alivio, y su resolución. Le dolieron, a pesar de lo diluidos que estaban en los pensamientos de Ludivine. Vio su discusión desarrollándose a través de los ojos de Rielle. Oyó su propia voz, furiosa, vio el dolor y la rabia convirtiendo su rostro en una nueva máscara. Sintió la desesperación de Rielle, su desesperanza..., y sintió el momento en el que decidió que él tenía razón.

Con cada palabra pronunciada, él la había ayudado a tomar esa decisión.

«Eres el monstruo que predijo Aryava».

«Una traidora y una mentirosa».

Entonces Ludivine lo liberó y cayó al suelo, con fuerza, sobre sus manos y rodillas, y jadeó un sollozo.

Ludivine se arrastró hasta él y le puso las manos en la cara.

—Escúchame.

—No —murmuró él, negando con la cabeza—. No, no, no...

—Audric, no podemos demorarnos.

—Cabalgaremos tras ella. Las campanas están sonando. Habrán cerrado las puertas de la ciudad. —Intentó levantarse, apartarse de ella, y no consiguió encontrar las fuerzas. Se le estaba rompiendo el pecho en dos.

—No funcionará.

—La encontraré. La traeré de vuelta.

—No te escuchará. Ha tomado una decisión.

—Eso no puedes saberlo, Lu —le dijo estúpidamente, sabiendo, incluso mientras lo decía, que no era cierto. Buscó sus manos. Ella se las tomó, se las apretó con todo el corazón—. La amo. He cometido un error. No tuve tiempo para pensar. Estaba fuera de mí, no sabía qué estaba diciendo.

—Lo sé. —Estaba demacrada, como si la noche la hubiera reducido—. Lo sé, cielo.

—Tenemos que hacer algo. Le enviaremos un mensaje. Yo cabalgaré. Los seguiré allí a donde vayan.

—Y en el momento en el que él pueda hacerlo sin enfadarla, te matará.

Audric encontró por fin la fuerza para ponerse en pie. Apenas era consciente de la presencia de Evyline y del resto de la Guardia del Sol, esperando instrucciones, pero parecían tan perdidas como él se sentía. No sabía qué decir, cómo proceder. Apenas conseguía mantenerse en pie.

—¿Las forjas de los santos? —murmuró, apenas consiguiendo hablar.

—Desaparecidas —dijo Ludivine sin emoción—. Mientras estábamos... ocupados, los agentes de Corien las robaron. Ahora las tiene él..., él y Rielle.

Audric asintió. Sentía la mente cargada, trabajando despacio.

—Ya.

Ludivine le tocó el brazo.

—Debes prepararte para marcharte. Sé que no será fácil. Será como aceptar una derrota.

Un trío de figuras se estaba apresurando hacia ellos a través de las sombras. Audric las observó, con la mano sobre la empuñadura de Illumenor. El miedo empezaba a reptar sobre él. Las campanas, repicando frenéticamente, un clamor plateado. La insistencia de Ludivine en que debían marcharse.

Y un castillo entero, una ciudad entera, llena de gente que había visto la misma terrible verdad que él había visto.

No te preocupes. La presencia de Ludivine se tambaleó en su mente, inestable, y después desapareció.

—Es Tal —susurró—. Sloane, y Miren. No puedo seguir hablando contigo así, Audric. Tardaré algún tiempo en recuperarme.

Audric se relajó al ver el rostro de Tal..., hasta que vio su expresión, y que su túnica de ceremonia estaba salpicada de sangre.

Tal estaba sin aliento.

—Están tomando el castillo. Cientos de nuestros propios guardias se han unido a ellos, y muchos de los que se enfrentaron al enemigo han caído ya. El arconte ha sido detenido. El resto del consejo está bajo vigilancia. Nosotros escapamos por los pelos, para avisarte. —Entonces hizo una pausa y miró los árboles—. ¿Dónde está Rielle?

—Ocurrió muy rápido —murmuró Sloane. Su cabello oscuro cortaba líneas bruscas sobre su piel pálida. La furia endurecía sus ojos azules, iguales a los de Tal—. Estaba bien planeado. Debían llevar meses preparando esto.

La comprensión cayó sobre Audric como si fuera lodo.

—Merovec.

Miren asintió.

—Todos sus abanderados del norte. Deben de ser miles, sin duda. Se han dispersado por la ciudad, formando un perímetro alrededor de los puentes.

Evyline se acercó con gesto severo.

—Si esto es cierto, mi rey, entonces lady Ludivine tiene razón. Debemos marcharnos de inmediato.

—Mi madre —dijo, intentando poner orden a sus pensamientos—. ¿Está bien?

—Merovec no le hará daño —murmuró Ludivine—. Estará más segura en Baingarde que en ningún otro lugar, cuando se extienda el rumor de lo que ha ocurrido.

Sloane clavó sus ojos furiosos en ella.

—¿Sabías tú esto, ángel?

—No, no lo sabía —contestó Audric por ella—, y no quiero oír una palabra más sobre ese tema.

Entonces les dio la espalda. Miró los estanques de adivinación y su mente conjuró fantasmas de la infancia: Rielle, corriendo sobre las piedras resbaladizas; Ludivine, eligiendo su camino meticulosamente detrás de ella, y el eco de sí mismo, cerrando la marcha. Pidiéndole a Rielle que tuviera cuidado. Rogándole que fuera más despacio.

Cerró los ojos con fuerza contra el recuerdo de esa noche, cuando Rielle estaba ante él, rogándole desesperadamente que la mirara.

—Audric, debes marcharte. —El tono de Miren era urgente—. Él está buscándote y, cuando te encuentre, te matará, sobre todo después de lo que ha sucedido esta noche, de lo que han visto.

—A sus ojos, la Corona está corrupta —añadió Ludivine—. No te perdonará la vida.

—Conoces los túneles que hay bajo la montaña —dijo Sloane—. Te llevarán al otro lado del monte Cibelline.

—Mi padre se aseguró de que pudiera recorrerlos con los ojos cerrados —dijo Audric, y después tomó aire profundamente y se giró para mirarlos.

Era hijo de reyes y reinas. Su familia descendía de santa Katell. Era el Portador de la Luz, el heredero de la casa Courverie. Y su reino se estaba sumiendo en el caos.

No podía dejarse derrotar por su dolor. Todavía no.

—Miren, necesitaré ojos aquí, en la ciudad —le dijo—. Que parezcan leales a Merovec pero que en realidad me sean leales a mí. ¿Lo harás tú?

Miren miró a Tal. Solo un pequeño destello de insatisfacción cruzó su rostro.

—Por supuesto, mi rey.

—Y Sloane, deberíais uniros a mí, a Ludivine y a la Guardia del Sol.

Sloane asintió, apretando la mandíbula.

—¿A dónde iremos?

—A Mazabat. Las reinas nos ofrecerán asilo.

Miren levantó las cejas.

—¿Incluso después del incidente con el Obex?

—Si Rielle estuviera aquí con nosotros, objetarían —dijo Audric, tenso—. Pero, teniendo en cuenta las circunstancias, espero que nos reciban.

Tal dio dos pasos hacia él, con los ojos fríos como la piedra.

—¿Dónde está, Audric?

—Se ha ido. Se ha marchado para reunirse con Corien. Y necesito que vayas tras ella y que la traigas a casa. Ludivine te dirá lo que necesitas saber. —Audric se alejó antes de poder ver la reacción de Tal. Se sentía como si se moviera a través de una horrible niebla cuyos brumosos tentáculos tiraban de él hacia el suelo—. Mientras tanto, Evyline, necesitaremos caballos. Los túneles son lo bastante grandes para ellos.

Pero antes de que pudiera dar alguna instrucción más, sobre las copas de los árboles se oyó un graznido suave y agudo y Atheria apareció, descendiendo entre los árboles. Aterrizó ante ellos en silencio y se acercó a Audric con un relincho grave y vibrante. Él la observó con lágrimas en los ojos, y cuando el chavaile inclinó la cabeza para acariciarle la cara con su largo rostro de terciopelo, se abrazó a él y se permitió un momento para inhalar su aroma: el frío y limpio viento alpino; almizcle, como el de cualquier caballo; una brillante y nítida brillantez, como si su manto contuviera el lejano fuego de las estrellas.

—Monte en su grupa y váyase, mi rey —sugirió Èvyline en voz baja—. Lady Ludivine, usted y... —señaló a Sloane con la cabeza— la gran magistrada. Nosotros seguiremos los túneles. Yo los conozco. Su padre, el rey, me habló de ellos cuando me designó... —Dudó—. Cuando se me asignó mi puesto actual. Nos reuniremos con usted en Mazabat tan pronto como podamos.

—No —dijo Sloane—. Yo me quedaré con tu guardia, Evyline.

Sacó su forja, un fino cetro negro coronado por un orbe de cristal azul. Al cortar el aire, dibujó sombras con forma de lobo que saltaron a los jardines y pegaron el hocico a la tierra.

Sloane le mostró a Evyline una dura sonrisa.

—Por si necesitáis mi ayuda.

Evyline le devolvió la sonrisa con un asentimiento.

—Será un honor para nosotros, mi señora.

Atheria se arrodilló, extendió las alas y Audric dudó solo un momento antes de subir a su grupa. Ludivine montó en silencio delante de él y se agarró a la melena de la bestia divina. Atheria se levantó y, desde su lugar sobre ella, Audric los miró a todos. A Evyline y la Guardia del Sol, a Sloane ajustándose la túnica azul y negra a su lado. A Miren y Tal, apartándose después de un apasionado abrazo. Miren lo miró con los ojos brillantes. Tal le besó la frente y después se marchó, corrió de vuelta a Baingarde. El magistrado la vio marcharse con el rostro sombrío.

Audric también la observó, siguió a Miren por el jardín hasta que desapareció. Escuchó el clamor de las campanas de la ciudad, los gritos lejanos de miedo y violencia, el estrépito de las espadas escapando por las ventanas abiertas de Baingarde.

Recorrió con la mirada las torres de Baingarde, los extensos jardines, los lejanos fantasmas grises de las puertas de las catacumbas.

Después, incapaz de dar un gran discurso, dijo:

—Que la luz de la Reina nos conduzca al hogar.

Atheria se elevó en el aire y pronto dejó atrás los árboles, empequeñecidos por la imponente negrura del monte Cibelline, volando rápidamente al sur.

Lejos de Baingarde. Lejos de Âme de la Terre.

Lejos de Rielle, y del hogar en el que Audric la había amado.

ELEMENTOS EN LA TRILOGÍA EMPIRIUM

---◆---

En Celdaria, el reino de Rielle, la Iglesia es el organismo religioso oficial. Los ciudadanos rezan en los siete templos elementales que hay en cada ciudad celdariana. Los lugares de culto varían de sencillos altares en una pequeña habitación a los complicados y lujosos templos en la capital, Âme de la Terre. Existen similares instituciones religiosas en todos los países de Avitas. En la época de Eliana, la mayor parte de los templos elementales fueron destruidos por el Imperio Eterno, y poca gente sigue creyendo en las historias del Viejo Mundo sobre la magia, los santos y la Puerta.

ELEMENTO	NOMBRE ELEMENTAL	SIGILO	TEMPLO	COLORES
Sol	Tejesoles		La Casa de la Luz	Dorado y blanco
Aire	Cantavientos		El Firmamento	Azul celeste y gris oscuro
Fuego	Fraguafuegos		La Pira	Escarlata y dorado
Sombra	Lanzasombras		La Casa de la Noche	Azul oscuro y negro
Agua	Curteaguas		Las Termas	Azul pizarra y verde mar
Metal	Acuñametales		El Crisol	Gris carbón y naranja vivo
Tierra	Agitatierras		El Fortín	Sombra tostada y verde claro

SANTO	PATRÓN	FORJA	ANIMAL ASOCIADO
Santa Katell la Magnífica	Celdaria	Espada	Yegua blanca
San Ghovan el Intrépido	Ventera	Flecha	Águila imperial
Santa Marzana la Radiante	Kirvaya	Escudo	Pájaro de fuego
Santa Tameryn la Astuta	Astavar	Daga	Leopardo negro
Santa Nérida la Luciente	Meridian	Tridente	Kraken
San Grimvald el Poderoso	Borsvall	Martillo	Dragón de hielo
Santo Tokazi el Tenaz	Mazabat	Cayado	Ciervo gigante

AGRADECIMIENTOS

Terminar de escribir la secuela de un libro en el que estuve trabajando catorce años es extraño, hermoso y aterrador, sobre todo porque lo escribí durante una época difícil de mi vida. No podría haberlo hecho sin un ejército de gente extraordinaria a mi lado.

Me gustaría darle las gracias a mi agente, Victoria Marini, por su infatigable entusiasmo y apoyo y por su habilidad para calmar mi ansiedad con un sencillo correo electrónico. También me siento indescriptiblemente agradecida hacia mi editora, Annie Berger, que me ayudó a convertir el monstruoso primer borrador de este libro en algo más esbelto, limpio y sin duda más simple. A estas dos mujeres debo agradecerles además su paciencia, comprensión e infinita compasión cuando más lo necesitaba.

No podría alegrarme más que estos libros de mi corazón hayan encontrado un hogar en Sourcebooks. Su pasión, diligencia y creatividad han convertido en una alegría el proceso de llevar *Nacida de la Furia* y ahora *Azote de reyes* a las manos de los lectores. Quiero dar las gracias a Sarah Kasman, Margaret Coffee, Stefani Sloma, Stephanie Graham, Ashlyn Keil, Beth Oleniczak, Heidi Weiland, Valerie Pierce, Lizzie Lewandowski, Katherine

McGovern, Sierra Stovall, Kate Prosswimmer, Danielle McNaughton, Heather Moore, Beth Sochacki, Steve Geck y Dominique Raccah, así como a Cassie Gutman y Diane Dannenfeldt. El mérito de las impresionantes portadas e interiores de la trilogía Empirium es de la directora de arte Nicole Hower y del ilustrador David Curtis, ambos increíblemente talentosos. También debo darle las gracias a Lia Chan por su ayuda con el tema de los derechos cinematográficos; a Heather Job, Aaron Blank y el fantástico equipo de Penguin Random House Audio; y a Fiona Hardingham por dar vida a mis personajes con su increíble interpretación. Muchos libreros, bibliotecarios y lectores han abrazado esta historia y han acogido a Rielle y a Eliana en sus corazones. Siempre les estaré agradecida. Tengo un montón de almas luminosas y hermosas en mi vida. Estos dos últimos años me he apoyado sobre todo en algunas de ellas. Alison Cherry, Lindsay Eagar, Diya Mishra, Mackenzi Lee, Anica Rissi, Anna-Marie McLemore, Katherine Locke, Ken Richardson, Sara Raasch y Lauren Magaziner: gracias por ser mis salvavidas.

He dedicado este libro a Erica Messmer, una amiga que tengo la sensación de que conozco de toda la vida, aunque en realidad te encontré hace apenas tres años. Erica, te quiero. Gracias por comprender los caóticos nudos negros de mi alma. Como siempre, a mamá, papá, Drew, Anna, Ashley, Andy, Kylie, Jason y Sara: gracias por animarme sin descanso. Tengo mucha suerte por teneros.